KB185883

위키드

OUT OF OZ:

The Final Volume in the Wicked Years
by Gregory Maguire

"Duck Variations" © 2010, Ron MacLean
"Atlantis" © 2010, Todd Hearon
Maps designed by Gregory Maguire, drawn by Douglas Smith
Illustrations by Douglas Smith
Korean Translation Copyright © 2012 by Minumsa
This Korean edition is published by arrangement with
HarperCollins Publishers through EYA.

이 책의 한국어 판 저작권은 EYA를 통해
HarperCollins Publishers와 독점 계약한 (주)민음사에 있습니다.

WICKED

오즈마 이야기

위키드

그레고리 머과이어
이지연 옮김

민음사

차례

노란 벽돌길

연합 길리킨
운하 회사

노스타

시즈 대로

남
계

빈민
구역

번트포크

로어 쿼터

법원

법원 다리

오즈마 분

곡물
거래소

인민 예술 및
기술 아카데미

처프리
전시관

먼지 대로

에메랄드 역
종점

웨스트게이트

스팽글타운
캬바레

마법사으
아치

쿼들링
구역

스트럼펫 광장

세인트사탈린의 움집

레스트워터
관개수로

에메랄드 시

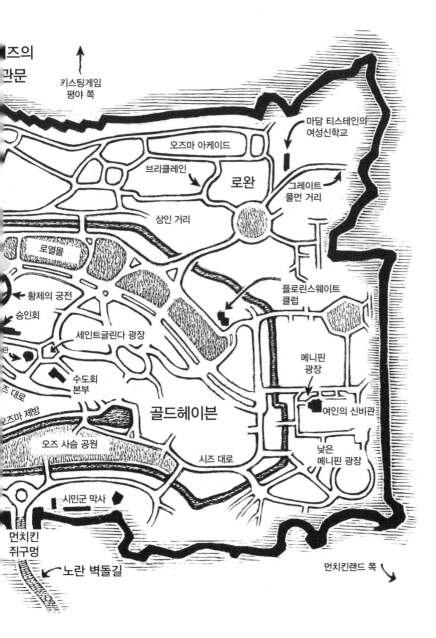

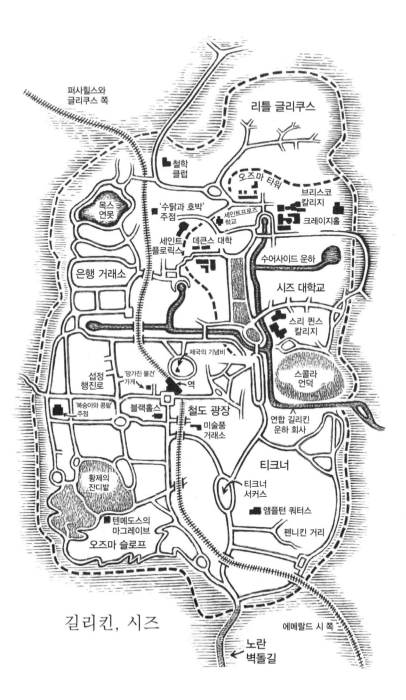

퍼사힐스와
글리쿠스 쪽

리틀 글리쿠스

철학
클럽

오즈마 타워

브리스코
칼리지

'수탉과 호박'
주점

세인트프로즈
학교

크레이지홀

목스
연못

세인트
플로릭스

데콘스 대학

수어사이드 운하

은행 거래소

시즈 대학교

스리 퀸스
칼리지

제국의 기념비

섭정
행진로

'망가진 물건'
가게

역

스콜라
언덕

'복숭아와 콩팥'
주점

블랙홀스

철도 광장

미술품
거래소

연합 길리킨
운하 회사

황제의
잔디밭

티크너

티크너
서커스

앰플턴 쿼터스

텐메도스의
마그레이브

펜니킨 거리

오즈마 슬로프

길리킨, 시즈

에메랄드 시 쪽

노란
← 벽돌길

도로시의 심판

1

밤이 될 때쯤에는 사자와 한 쌍의 동지가 별다른 사고 없이 국경을 지나 먼치킨랜드로 들어섰다. 하우가드 요새와 소요가 있는 호수 인근 마을들을 피하려고 북쪽으로 빙 둘러 길을 갔다. 레스트워터 호수와 파인배런스는 이미 뒤에 있었다. 잘 정비된 노란 벽돌길을 타박타박 걸어가는 게 정말 끝내주게 기분 좋았다. 먼치킨랜드 자유령이 지불 불능 상태에 가까워 간다지만, 착실한 농사꾼인 그 작은 이들은 지붕을 이은 파란 기와에 새똥이 묻으면 박박 씻어내고 토마토에 버팀대를 세워 주기를 마치 박람회에 출품해 상을 탈 화초를 가꾸듯 했다.

"먼치킨랜드인들은 연중 이 시절을 '씨뿌리기달'이라고 불러요." 꼬마 다피가 말했다.

"왜인지 알 것 같군요." 브르르가 말했다.

이 호황은 전시의 불안감을 속여 가리기 위함인 듯했다. 전쟁 따위는 엿이나 먹으라는 듯이 먼치킨랜드는 대놓고 흥성했다. 초록빛

13

술 장식을 자글자글하게 두른 것 같은 초지가 몇 킬로미터, 몇 십 킬로미터나 펼쳐져 있다. 풀이 난 땅에 새소리는 어지러울 만큼 흐드러지고 잉잉대는 벌레들이 구름처럼 자욱했다. 목초지는 농부들이 빠짐없이 돌아보고 챙기며, 간간이 바퀴가 달리고 도르래와 견인 띠로 움직이는 시계태엽 장치가 순찰을 돌기도 했다.

"먼치킨랜드의 들판에 길리킨의 흉물이 돌아다니다니, 저게 질색인 건 내가 편파적이라서 그래요." 꼬마 다피가 말했다.

"곡물을 주고 기계장치를 받아오는 거죠. 그런 게 자유무역 아니겠어요." 브르르가 말했다.

"내가 구식이라고 해도 좋아요. 그렇지만 난 전통적인 허수아비 쪽이 낫겠어요. 혹시 우리가 가다가 문득 댁의 친구와 마주칠 수도 있으려나? 어쩌면 댁의 친구인 허수아비도 도로시를 구하러 오고 있을는지 모르잖아요?"

"그럴 것 같지 않은데요. 허수아비는 머리가 있어서 확실하게 맺고 끊는 데가 있었거든요. 나로 말할 것 같으면 겁쟁이 짓도 늘려서 이러지만."

"흐으음." 요즘 들어 의견을 내놓는 일이 많아진 대장 나리가 토를 달았다.

"먼치킨랜드의 이 지역이 콘배스킷('곡창 지대'를 의미)이라고 불리는 것도 놀랄 일이 아니네요." 사자가 말했다.

브르르는 이전에는 이보다 척박한 땅밖에 본 게 없었다. 한두 세대 전 오즈 충성령이 법으로부터, 상거래로부터, 그리고 은행과 대학에서 받을 수 있는 어엿한 지위로부터 동물들을 쫓아냈을 때 그들이 피신해 갔던, 뼈 빠지게 일해야 입에 풀칠하기도 힘든 그런 땅들 말이다. 이제는 들판을 보니 동물들이 보였다. 브르르가 예상했던 것보다 더 많이 보였다. 그렇다, 동물들은 관리직을 하기보다 막노동에 종사하고 있었다. 하지만 어쨌든 그것도 일은 일이다.

"수익 분배라는 걸 할 때에 저 동물들에게도 찌꺼기나마 몫이 돌아가긴 할까요?"

"그거야 내가 말할 수 있는 일이 아니죠." 꼬마 다피가 어처구니없다는 듯이 숨을 뱉었다. "난 한세월 전에 먼치킨랜드를 떠났던 몸인걸요. 새로운 노동력이 유입되기 전이지요. 왜 그러는데요? 이번 도로시 재판 건에서 우리가 어찌 해볼 도리가 있긴 한지는 모르겠지만 할 수 있는 데까지 하고 나서는 농장 일꾼으로 취직할 생각이 있어서 그러는 거예요?"

아니, 그런 건 아니었다. 농장 일이라면 브르르는 남행 길의 소농가들에서 이미 할 만큼 했다. 정말 근근히 유지해 가는 기업들이었지. 브르르는 뼈가 부서져라 퇴비 수레를 끌었고, 가물에 콩 나듯 듬성듬성 열린 작물을 거두어들였다. 그렇게 일을 시키고 받은 삯은 겨울을 넘긴 묵은 당근이었고, 덮고 자라고 빌려준 것은 벼룩이 들끓는 담요 한 장이었다. 7년 동안 그에게 말을 건넨 이 아무도 없었다. 그래도 그거야 상관없었다. 하지만 먼치킨랜드 중앙지는 그때도 줄곧 번영하고 있었나? 브르르는 그런 줄 몰랐다. 자기혐오의 감정에 온통 정신이 팔려 있어서였다.

1킬로미터씩 길을 갈 때마다 꼬마 다피는 점점 더 콧대가 높아졌다. 꼬마 다피 말로는 자신은 노란 벽돌길 끄트머리 근처의 센터먼치에서 태어났다고 했다. 물론 농가 출신이다. 이제는 기억이 나지않는 넷인가 다섯 남매들 중 하나였다. 꼬마 다피는 노란 벽돌길로 여행해 본 일이 이전에 단 한 번뿐이었다. 십 대가 되어 브라이트 레틴스에서 간호 실습생으로 첫 발을 내디딜 때였다.

"거기가 옛날 그 시절에는 그냥 시골 동네였거든요. 먼치킨 강의 지류 윗부분에 자리 잡고 앉은. 거기가 그럴싸하게 광을 내어 도움이 되다니, 한번 보고 싶어 죽겠네요."

"어찌 됐든 에메랄드 시처럼은 보이지 않을 거예요." 사자가 말했다. "이 장소는 오즈 충성령하고는 아주 많이 다르거든요. 나는 먼치킨랜드인들이 이전에 에메랄드 시에 기꺼이 통치를 받고 싶어 했던 적이 있었다는 게 신기해요."

꼬마 다피가 대꾸했다. "네사로즈 트롭은 먼치킨랜드인들이 늘 느끼고 있던, 하지만 억제해 왔던 지역적인 정체성을 개척함으로써 두각을 나타냈지요. 우리는 오즈 충성령 사람들을 신뢰한 적이 없어요. 자유령의 분리 독립 이전에도요. 우린 당신들 같지 않아요."

"글쎄요, 난 동물입니다만." 브르르가 말했다. "하지만 요점은 알아들었습니다."

"나 역시 나 같지가 않단 말이야, 이제는 영." 난쟁이가 말했다.

"그게 꼭 키 문제만 갖고 그러는 건 아니거든요." 꼬마 다피가 말했다. "먼치킨랜드인들 중에도 여타 오즈인들만큼 키가 큰 사람들이 많아요."

"우리 중 많은 수가 입은 바지 바깥으로 재기보다 안으로 잴 때 한층 훤칠하지." 꼬마 다피의 남편이 말했다.

"입 닥쳐요, 당신." 꼬마 다피는 그렇게 말했지만 애교 있는 어조였다. 최소한 대장 나리가 말수라도 많아졌다.

⊹⊹⊹

며칠 후 일행은 관개수로를 건너지르는 나지막한 다리들을 이리 저리 건너서 새로운 수도로 접근해 갔다. 어쩐지 가족 대상의 휴일 놀이공원 같은 느낌이 드는군. 브르르는 그렇게 생각했다. 브라이트 레틴스는 에메랄드 시처럼 번쩍번쩍 휘황찬란하게 빛이 나지는 않았다. 그리고 또 길리킨의 수도인 시즈처럼 해묵어 개성 가득한 그런 곳도 아니었다. 하지만 그 도시는 먼치킨 특유의 확고한 태도로 그곳만의 품격을 갖추어 풍경을 수놓고 있었다. 이 방향으로 접근해 가노라니, 멀리 바라보이는 광경은 마치 아이들이 갖고 노는 집 짓기 나무토막을 쌓아 둔 것 같다는 것이었다. 파란색이나 자주색으로 올록볼록 골이 진 기와지붕들. 도시에 들어서자, 여행자들은 돌로 외장을 한 벽토 건물들에 잿빛에서 모래 빛에 이르는 색조로 칠을 올린 것을 볼 수 있었다. 많은 구조물들이 서로서로 길을 가로질러 놓인 아치 다리로 연결되어서 줄줄이 이어진 옥외 공간들을 만들어 놓고 있었다. 공터는 골목으로 흘러 들어갔다가 다시 소광장으로 펼쳐져 나갔다. 보기에 좋고, 반가이 맞아들이는 느낌이다.

그리고 깨끗하기도 한가? 길거리의 갓돌 바로 옆에 쇠로 된 격자가 쳐 있고 그 밑으로 하수로가 흘러서 온갖 종류의 대변을 흘려보내고 있었다. 창문들은 산에 언 얼음보다도 더 말갰다. 늘어선 건물들은 3층 반 높이로 지어 올렸는데 척 보아도 억지로 그렇게 하게끔 한 게 분명했다. 3층 반이라고는 해도 먼치킨 기준의 층이라 그리 높지는 않았지만 말이다.

"키 큰 사람들과 동물들은 어디에 묵지요?" 브르르가 물었다.

"여긴 아니에요."라는 것이 여자든 남자든 여관집 주인들이 한결

같이 돌려준 대답이었다.

그렇게 어느 정도 시간을 보낸 후에 누군가가 일행에게 한층 허름한 동네에 있는 동물 숙박 시설을 알려 주었다. 들은 얘기로는 동물들과 인간들이 한지붕 아래 잠을 잘 수 있는 유일한 곳이라는데, 바깥에 내건 간판은 '마구간집(A Stabel House)'이라고 되어 있었다. 키 큰 사람들과 동물들을 위한 출입구는 '기타'라고 쓰여 있는 옆문이었다.

"흠, 내가 누구고 무엇 하는 존재인지 가늠하는 데 근 40년이 걸렸건만, 끝내는 떡 하니 마주친 답이 이거로군요." 브르르가 말했다. "난 '기타'인 거예요. 그렇지만 우리 방값은 어떻게 낸다죠?"

꼬마 다피는 앞치마 밑에 숨겨 차고 있던 전대에서 꽁꽁 뭉쳐 둔 지폐 다발을 끄집어냈다.

"어이쿠, 우리가 못 보는 사이에 양귀비 꽃가루 장사라도 한 겁니까?" 눈앞에 돈뭉치를 보고 브르르가 물었다.

"내가 몇 년 전 수도원을 떠났을 적에, 그러기에 앞서 우선 보물 창고로 달려갔더랬죠. 잔돈 관리 수녀가 돈을 내버리고 갔을 거라고 짐작했거든요. 그이나 다른 이들이나 목숨을 구하자고 줄행랑을 쳤으니까. 지금까지 그 돈을 써야 할 필요성이 없었던 거예요."

"그건 절도 아닙니까?"

"난 30년간의 희생에 값하는 밀린 임금으로 생각해요."

"불만이라는 얘긴 아닙니다."

여관 주인은 어려운 시절을 당하여 실의에 빠진 과부였다. 숙박객을 받는 것도 그러지 않을 수 없게 되어서였다. 그 여자는 일행을 처음 보자마자 눈살을 찌푸렸다. 하지만 방을 빌려주는 건 딴 얘기였다.

"댁네 영감은 좀 쉬셔야겠구려." 대장 나리가 비딱하게 벽에 기
대 서 있는 쪽을 흘긋 곁눈질하면서, 그 여편네가 꼬마 다피에게 말
했다. "이 근방 출신은 아니지요. 아픈 건가? 저 양반……."

"저이는 난쟁이예요. 저인 원래 저래요." 꼬마 다피가 말했다.
"우린 먼 길을 온 참이거든요. 묵을 방을 가르쳐 주시고 열쇠 주시
면 고맙겠어요."

"당신네 둘은 층계 올라가서 바로 있는 방에 주무시우. 내 방 바
로 옆이지. 그래야 내가 당신네들이 뭔 수작을 부리려 들면 감시할
수 있으니까."

"내 이따가 야단스럽게 잠자리를 하면서 부르고 싶은데, 아줌씨
는 그래 이름이 뭐요?" 대장 나리가 물었다. 심술이 솟구쳐서 쌩쌩
해진 것이다.

"당신네들이 내 이름은 알 필요 없어요. 이 장사는 힘든 시절이
지나갈 때까지만 할 거니까. 난 시설이 아무렇게나 되라고 내버려두
고 그러지는 않아요. 그러니까 이 숙소 안에 머무는 동안에는 엉뚱
한 짓은 하지 말아 주었으면 고맙겠어요."

"그렇담 내 한 성깔 여사님이라고 불러 드리지." 대장 나리가 담
뱃진으로 누레진 이를 활짝 드러내고 웃음 지었다.

"싹 쓸고 닦는 건 기꺼이 도울게요. 전 살에 박힌 가시를 뺄 줄 알
고요, 빵 굽기도 조금 한답니다." 꼬마 다피가 황급히 말했다. "우리
는 이상적인 숙박객이 될 거예요. 믿어 주세요."

"자네." 하고, 여인숙 여주인이 사자를 불렀다. "자네 방은 저 뒤
쪽 끝이야. 복도로 나가게. 공용 공간에서 갈기를 빗지 마. 난 알레

르기가 있으니까."

아아. 동물에게는 사정이 거의 바뀐 게 없구나. 브르르는 생각
했다.

브르르가 든 방은, 비록 따로 떨어져 있고 방 꾸밈이 인색하기 그
지없긴 했으나 그만하면 깨끗했다.

✤✤✤

다음 날은 브라이트 레틴스의 장날이었다. 중앙 지구는 가판대와
물건 사러 나온 사람들로 발 디딜 틈 없이 붐볐다. 확실히 풍성했다.
꽃호박이 산더미같이 쌓여 있고, 퍼클젬이나 퀸스비즈 같은 봄에 나
는 나무열매가 광주리로 나와 있었다. 상추는 정말 갓 돋은 잎이라
어찌나 야들야들한지 쳐들고 빛을 보면 빛이 투과할 것만 같았다.
그렇기는 했지만, 양적으로 넉넉함에도 불구하고 흥정은 치열했다.
물건 파는 사람과 주부 양쪽 모두 언성을 높였다.

"이 동네에서는 누구 주머니에 푼돈닢인들 도무지 남아나는 게
없나 보네." 꼬마 다피가 중얼거렸다.

어느 장사꾼 한 명은 머리끝까지 성이 나서 그렇게 형편없는 헐
값에 파느니 차라리 자기 돼지에게 먹이겠다며 값비싼 흰 아스파라
거스를 수레째로 뒤집어엎었다. 브르르가 아침나절을 통틀어 본 중
에 유일하게 그 돼지만이 음흉하고 만족스러운 웃음을 짓고 있었다.

신출내기들은 뭔가 쓸 만한 이야기가 귓전에 들려오지 않을까 하
는 기대를 품고 오전 요기차 한 카페에 자리 잡았다. 농부들은 투덜
투덜 날씨 이야기를 하고, 물가 이야기를 하고, 전황 이야기를 했다.

20

농민 전사 진주리아 장군에 대한 이야기가 오가고 정부의 수장 몸베이에 대한 이야기가 오갔다. 꼬마 다피는 차와 맥주, 그리고 타라곤에 담가 요리한 민물새우를 주문했다. 일행은 말없이 먹었다. 들을 가치가 있는 이야기들이라면 뭐든 귀 기울여 듣느라고 그랬다.

"놈들이 우릴 굶겨 죽일 일은 절대 없어." 한쪽 귀를 양철로 해단 수염 난 사내가 말했다. "우리의 소중한 레스트워터 호수에 사이펀을 꽂아 물을 죄 빼 가려면 빼 가라지. 우리 농장들이 호수 상류에 위치하는 한, 우리에게 물이 부족할 일은 없을 것이고, 따라서 식량이 부족하게 될 일도 없다 이 말씀이야."

"먼치킨 강에 둑을 쌓아서 호수를 말려야 해요." 자기가 마실 맥주잔을 갖다 놓으면서 여종업원이 말했다.

"기적이 일어나지 않는 한 우리가 그 호수 물을 말릴 방도가 없지. 그레이트 켈스에서 흘러 내려오는 물이 들어차는데." 누군가가 반박했다. "애당초 그게 에메랄드 시가 물에 대해 청구를 제기한 근거의 일부였다고."

"진주리아라는 이가 에메랄드 시 병력을 하우가드 요새에 잡아 놓고 있는 건 어떻게 해서지요?" 브르르가 물었다.

먼치킨랜드인 지역민들은 서로서로 눈짓을 했다. 브르르는 생각했다. 아마 동물들은 사교적으로 안면이 없는 인간들에게 카페에서 문득 말을 건네거나 하지 않는 건가 보군.

"사자가 질문을 했잖아요. 정중하게요." 꼬마 다피가 말했다.

늙은이는 저렇게 모를 수가 있는가 하고 의심스러운 눈초리를 보냈다. 그리고 캐러멜 색 수염을 손가락으로 빗어 내렸다.

"진주리아, 그 사람은 하우가드 요새를 손아귀에 틀어쥐고 지켜

왔지. 댁들도 알다시피요. 거기 거의 난공불락이거든. 좁은 틈새 같은 창들은 높이 나 있고, 문은 두 군데인데 해자가 파여 있고. 에메랄드 시 구세군은 수적 우세를 바탕으로 호수 쪽으로부터 새까맣게 몰려들었다오, 알겠어요? 그러자 진주리아 장군의 병력이 우르르 무너지는 근사한 장면이 연출되었소. 하지만 그건 단지 유인책이었을 뿐. 습격자들이 사다리며 화살에 매달아 성벽에 걸친 밧줄을 타고 기어 올라오자, 진주리아는 계획했던 대로 빠른 후퇴를 감행했소. 하우가드 요새를 점거하고 있었던 우리 군의 주 병력은 육지 쪽으로 후퇴했고, 나오면서 출입구 해자를 건너지르는 나무다리를 불태웠소. 물론 모두가 다 무사히 나오지는 못했지요. 그래서 순국한 우리 애국자들의 머리가 해자로 내버려져서 그 후 몇 주 동안이나 머스크멜론처럼 둥실둥실 떠 있었다오. 하지만 진주리아의 계략은 먹혀들었소. 에메랄드 시의 총사령관, 체리스톤 장군이라고들 부르는 그자를 밀봉해 버렸지. 그리고 그자가 거느린 핵심 병력도 함께. 진주리아가 체리스톤을 굶겨 죽일 수는 없소. 이런저런 선단을 통해 호수 쪽으로 들어오는 보급을 끊을 수가 없으니까. 하지만 그자가 육로로 요새를 떠나지 못하게 막을 수는 있지. 그리고 체리스톤이 호수 쪽으로 해서 요새를 떠난다면…… 뭐, 그건 후퇴가 되는 거지. 빼도 박도 못하게 간단한 얘기요. 암, 진주리아는 그자를 구석으로 몰아붙였소. 식료품실 생쥐를 갖고 노는 고양이처럼 말이오."

"정말 훌륭해요." 꼬마 다피의 눈동자는 자부심으로 빛이 났다.

"교착 상태에 빠진 거요. 뭐라고 달리 얘기해 볼 도리도 없이." 지역 주민 중에서 입이 싼 사람이 그렇게 말했다. "이런 얘기들이 죄다 처음 듣는 소식이라니, 댁들은 대체 어디에 박혀 지냈소들."

22

"선교 사업을 하느라고요." 꼬마 다피는 브르르가 켕겨서 우물쭈물 얼버무리는 소리를 하기에 앞서 재빨리 그렇게 말했다.

"몸베이가 여기에 와 있나요?"

"콜웬 그라운즈의 거처에 있다고 그러던데."

"그리고 도로시는요?" 브르르가 물었다. "도로시는 곧 온다고 합디까?"

그들은 브르르가 무슨 얘기를 하는 건지 몰랐다.

"도로시? 그 도로시? 도로시 같은 유를 다시 볼 일은 없을걸. 우리 생전에는 없을 거요."

"도로시가 여기 와서 맥주를 시키면, 맥주 값은 세 배로 받을 거예요." 웨이트리스가 다짐했다. 그러고는 꼬마 다피가 낸 돈을 깨물어 보았다. "그 계집에게 책임을 물을 일이 잔뜩 있지요. 우리 정부의 여수장님을 뭉개 버린 장본인이잖아요."

늙은 농부가 웨이트리스를 나무랐다.

"아가씬 네사로즈 트롭을 기억할 나이가 아니잖나. 그 도로시가 정부 발표 성과에 대해서는 어떤 무책임한 짓을 했던 건지도 몰라, 그렇지만 옛날 그때 당시에는 노래하고 춤추고 다들 퍽 신났지. 사람들은 도로시에게 속박에서 해방시켜 주었다며 무릎 꿇고 감사했어."

웨이트리스는 탁자에 행주질을 쳤다.

"먼치킨랜드인들이 자세를 더 낮출 게 있어요? 우리가 무릎을 꿇었는지 안 꿇었는지 누가 본다고 안대요?"

"글쎄, 굉장히 먼 데서부터 뚝 떨어졌지. 그 여자애는." 농부는 굳이 우겼다. "일종의 방어 수단으로 자기 몸 주위에 나무 집을 두르

23

고서 왔다니까 진짜 희한하게 영리했던 거야, 어린애기."

"그 앤 그렇게 똑똑하지 못했어요. 전혀 아니죠." 브르는 말했고, 너무 늦게야 자기도 전혀 똑똑하지 못하다는 것을 깨달았다.

"제법 의견이 있으시네요? 잠깐만요. 당신이 그 사자 아니에요? 겁쟁이 사자요. 사람들이 그렇게들 불렀지요? 도로시의 졸자 중 하나죠? 아니라고 말해 보시죠."

"그렇지는 않군요, 아닙니다." 브르가 말했다.

"그렇다면 댁은 무슨 의견을 내놓을 권리가 없지."

다른 농부들은 탁자 얼룩 위에 턱을 괴고는 맥주 거품 위로 눈총을 쏘았다. 분위기에 초석 냄새처럼 찌릿찌릿한 느낌이 감돌았다.

"그게 당신이었지 싶은데. 안 그래요? 그 계집애를 이곳에서 무사히 빼내 가서 직접 청문회에서 증언하지 못하게 한 사자가 당신 맞지요?"

"그건 아마 내 동생이었을 겁니다. 쌍둥이 동생이요, 운수 기구한 놈이죠. 하지만 바로 그놈이 장본인이에요."

브르는 생전 처음으로, 그리고 아마도 이걸로 마지막이겠지만, 한 번도 만난 적 없는 똑같이 생긴 쌍둥이 형제가 있어서 참 다행이라고 생각했다.

"그 새우 마저 드세요, 대장님. 그것 드시고 나가십시다."

2

"왜 먼치킨랜드인들이 평화협정을 맺지 않는 거지요?" 사자가 일행들에게 물었다. "그래요, 분명히 레스트워터를 잃었지요. 그건 모욕이요 분개할 일 맞습니다. 그렇지만 먼치킨랜드인들의 농업이 상류의 물로 너끈히 잘해 나갈 수 있는 거라면 말이에요. 왜 나쁜 상황 속에서 최선을 도모하여 휴전 협정에 나서지 않는 겁니까? 호수를 포기하고 평상시 생활로 돌아가면 어때요?"

일행은 묻고 돌아다녔다. 수군수군 뒷말에 끼어들었고, 귀를 쫑긋 세워 엿들었다. 오랜 세월 에메랄드 시에 물을 대 주었던 것이 먼치킨랜드에 회계상 이득을 가져다주고 있었던 것으로 밝혀졌다. 그리고 자유령의 정부는 수입과 영토 그 자체를 분리하는 것이 내키지 않았다.

더욱 심오한 질문, 국가 집단들은 왜 우세를 점하자고 옥신각신 다투는가 하는 질문에는 여전히 답이 나오지 않았다. 이곳 출신이라는 자긍심, 서로 다른 민족들이 각자 품고 있는 애국 애족의 마음은 브르가 보기에는 영 시답지 않았다 지나치게 감상적인, 당혹스러운 감정이다. 그렇기는 하지만 자기 자신 이렇다 할 무리를 갖지 못하고 성장했으니만큼(일가족 한동아리 무리도 없었고, 그 시시껍적하고 근시안적인 자화자찬적 자긍심도 거의 가져 본 바 없다.) 다른 이들에게 동기를 부여하는 것이 무엇인지 그로서는 이해할 도리가 없는 게 당연하다.

하지만 하다못해 도로시가 오즈로 돌아왔다는 것이 정말일까? 브라이트 레틴스에 있는 사람 그 누구도 그런 얘기는 들어 본 적 없는 모양이었다. 어쩌면 도로시의 귀환이라는 뜬소문은 일부러 동요를 일으키려고 유포되었던 것인지도 모른다. 어떻게 해서든 『그리 머리』가 세상에 나오게 만들려는 공작의 일환으로 말이다. 아니면 혹시 전략가들은 리르가 세상에 나타나게 만들 수 있을 거라는 생각을 품었을 수도 있다. 어느 쪽이든 간에, 그 대단한 책을 리르와 리르의 가족 손에 맡겨 두고 온 게 참 얼마나 다행한 일인지.

어쩌면 도로시는 여론 조작을 위한 재판을 개시할 때가 무르익기 전에 병에 걸려 죽어 버렸는지도 모른다. 아니면 공중 앞에 내세워 굴욕을 줌으로써 가장 큰 이득을 취할 수 있을 때까지는, 최소한 애국적 도덕심을 고취시킨다는 차원의 이득이겠지만, 도로시를 무명의 죄수로 잡아 두고 있는 것일 수도 있었다.

✛✛✛

사자와 친구들은 치즈와 양파를 넣은 샌드위치에 커피라는 아침을 들고 나서 거리를 배회했다. 한들한들 가게 진열창을 들여다보며 뭐가 들리나 듣고 다녔다. 브르르는 경찰 병력이 거의 보이지 않는 데에 놀랐다.

"시내에 경찰대가 없다는 것은 확고한 자신감을 나타내는 건가요?"

"먼치킨랜드의 방어력이 모조리 하우가드 요새를 둘러싼 지역에 우선 배치되었다는 데다 걸겠어요." 꼬마 다피가 말했다. "하지만 무슨 상관일까요? 우리는 나라를 전복시키려고 온 것도 아니고 구하러 온 것도 아니잖아요. 우린 할 수 있는 한 도로시를 도와주려고 온 것뿐이에요. 봐요, 저기 부인용 모자 가게에 덤핑 세일을 하네요."

꼬마 다피는 매력적이라고 해야 할지 뭐라 해야 할지 감 잡기 힘든 보닛을 쓰고 나타났다. 난쟁이는 콧방귀를 뀌었다.

"우리는 도로시를 찾아 나선 참이잖소. 당신 모습이 꼭 만들다 망친 디저트를 머리에 뒤집어쓴 것 같구려."

"나도 사랑해요." 꼬마 다피가 말했다. 남편이 원래대로 돌아온 것을 보게 되어 기쁜 기색이 역력했다. "우리 방에 가서 '내 예쁜이를 간지럽혀요' 놀이 해요."

"요란한 버전으로 말이지." 대장 나리가 맞장구쳤다. 충분히 기운이 났다. "한 성깔 마나님이 열쇠구멍으로 볼 만한 구경거리를 소소하게라도 만들어 드리자고."

"그럼 나중에 만나요." 사자가 말했다.

27

브르르는 손수레의 팔 물건들을 꼼꼼히 정독하고, 장사꾼은 그를
무시하던 중이었다. 느닷없이 폭우가 쏟아져 내려 가까운 건물 현
관 지붕 아래로 피하지 않을 수 없었다. 먼치킨 한 무리에 섞여 비
가 개기를 기다리면서, 브르르는 그들이 왁자하게 떠들어 대는 말
중에서 라 몸베이에 관한 얘기를 주워들었다. 브르르는 군중 속에서
앞으로 밀고 나갈 필요가 없었다. 그 사람들 머리 위로 보면 보였다.
사륜마차를 끌던 두 마리 말 중 한 마리가 편자를 빠뜨리는 바람에
편자공을 부르러 누가 심부름을 갔다. 마차 문이 열렸다. 팡파르는
울리지 않았다. 남청색 서지에 은단추를 단 먼치킨랜드 공식 의전복
을 차려입은 수행원 한 사람이 여자가 마차에서 내릴 때에 파라솔
을 받쳐 들어 주었다.

설마 이 사람이 몸베이일까? 낮게 수군거리는 말들을 들어 보니
그런 것 같았다. 여자는 키가 컸고 무척 눈에 띄는 외모로, 브르르가
상상했던 늙은 할멈은 전혀 아니었다. 아른아른 비치는 구릿빛 비단
옷은 폭이 넓어 치렁치렁 주름진 모습인데 요크 처리한 어깨 부분
으로부터 허리띠 없이 그대로 흘러내리고 있었다. 창백한 손은 다듬
질한 아마천처럼 매끈해 보였다. 여자는 빙그르르 선회해서 나른한
시선으로 거리를 살펴보았다. 그 얼굴은 냉정하고, 너무 지나치다
싶을 만큼 깔끔하게 떨어진 얼굴이라 마치 럴라인 청동상을 만들기
위해 빚은 밀랍 원형 같았다. 아니면 먼치킨 특유의 근면성을 형상
화한 것이랄까? 몸베이는 처마 지붕 아래 몰려 서 있던 시민들을 향
하여 가볍게 고개를 숙여 반절을 했다. 그러고는 무척 놀란 집주인
들이 문 양옆에 나와 선 한 사가로 들어가 버렸다. 집주인들은 영광

스러움과 복종심에 가득 차 뻥 터져 버릴 듯한 모습이었다.

먼치킨랜드인들은 다시 조잘조잘 자신들의 지도자에 대한 감탄을 늘어놓기 시작했다. 브르르는 도로시에 대한 정보가 혹 있을까 싶어서 귀를 기울였다. 하지만 들리는 것은 오직 몸베이 이야기뿐이었다. 몸베이의 행동거지가 신중하고, 지적이고, 따뜻한 성품에, 속이 깊다고 했다. 군사적인 감각이 섬세하고 옷 입는 감각은 흠잡을 데가 없다. 우리는 결국에는 에메랄드 시를 이겨낼 거야. 몸베이에게는 아직까지 채 다 발휘하지 않은 재능이 있으니까.

"그게 정확히 무슨 뜻입니까? '아직까지 채 다 발휘하지 않은 재능'이라는 게?" 사자가 물었다.

하지만 이때쯤 되어서는 브르르도 알 만했다. 먼치킨랜드인들이 말하는 동물들이 자기네 수도에 어정거리는 것을 참아 주고 있기는 해도 서로 인사말 이상을 주고받고 싶어 하지는 않는다는 것을 말이다.

브르르는 나머지 군중과 함께 기다렸다. 한 시간쯤 시간이 지나서 비가 걷히자 브르르는 그 자리를 떠나 '마구간집'으로 돌아왔다.

✛✛✛

성미 사나운 여관집 여주인은 양치식물에 앉은 먼지를 터느라 재채기를 해 대고 있었다. 브르르가 좀 전에 보고 온 광경 이야기를 했더니 마나님은 말했다.

"몸베이는 때때로 몸소 서쪽으로 행차를 하지. 진주리아 장군과 군사 전략을 논의하기 위해서야. 우리는 여총독 각하께서 지나가시는 데 아주 익숙해서 행차를 하신들 아무렇지두 않아. 아무튼 지금은 우리 동네가 먼치킨랜드의 수도니까 말이지."

"뒷소문에 그 '재능'이란 건 무슨 얘깁니까?" 브르르가 물었다.

"아, 몸베이는 마법에 대해서 그저 소질이 좀 있다고 할 정도가 아니거든." 늙은 여자는 걸레를 창밖에 대고 털었다. 먼지는 거의 다 도로 바람에 실려 들어와 식기장 위에 내려앉았다.

"먼치킨랜드인들이 마법을 괜찮아하는 줄은 모르고 있었는데요."

"나는 동물들을 상대로 정치 토론을 하는 걸 괜찮아하진 않지. 또 다른 의견을 원한다면, 저 아래 클러리클 코너스에 있는 독서실에 가 보지그래. 아무래도 뒤가 구린 얘기이지만 기대하는 게 있긴 할걸."

브르르는 가 보기로 마음먹었고, 그러기를 잘했다고 생각하게 되었다. 기다란 독서용 탁자 끄트머리에, 손에는 돋보기를 들고 한 눈으로 렌즈 너머를 흘끔거리며 앉아 있던 나이 지긋한 원숭이는 한때 브르르와 안면이 있던 사이였다. 미코 씨다. 전직 시즈 교수이고, 이제는 전혀 들어맞지 않는 틀니를 덜그럭거리고 있는 신세로서, 미코 씨는 브르르가 다가가자 그 입술을 까뒤집어 그 틀니를 드러내 보였다. 그랬다가 그만 도로 주워 들어 입 안에 끼워 넣어야만 했는데, 왜냐하면 틀니가 탁자 위로 튀어나와 떨어졌기 때문이다.

"난 오늘 떠돌이 고양이들을 위한 자선 공제회에 가입한 바가 없소, 경." 원숭이가 브르르를 향해 짖었다. "이 휴식의 성역에서 그래 무슨 배짱으로 나에게 들이대는 거요?"

"날 못 알아보시겠어요?"

"내 퍼런 궁둥이를 물어뜯어도 우리 할머니라도 못 알아볼 거요. 난 백내장인데 백내장 속에 또 새끼 백내장이 끼어 있거든." 그러면 서도 미코 씨는 실눈을 뜨고 외알 안경을 눈썹 밑에 갖다 맞추었다.

"틀림없지, 틀림없어. 내 저금액을 절반이나 날리도록 도움을 주었던 그 사자로구먼. 그 돈을 도로 갚으러 왔소, 이자 붙여서?"

"그 건은 시즈 은행들에 대고 따지세요. 선생님이 피해를 입으신 건 원래 그쪽에 기인한 거니까요."

"댁은 은행들이 허용한 것 이상으로 높은 이자율을 붙여서 나를 벗겨 먹었잖소. 그러다가 된통 걸렸던 거지. 내가 추문을 못 들었을 거라고 생각하지 마요. 우리가 오즈 충성령과 전쟁을 하고 있을는지는 몰라도 그렇다고 경제 뉴스가 새어나오지 못하게 된 건 아니란 말씀이야. 난 신문을 읽는다오, 경!"

"그러세요. 만약에 무지개 끝에 묻혀 있다는 금항아리가 나한테 뚝 떨어진다면, 거기서 제일 먼저 한 국자 퍼 가세요."

"난 댁의 무지개 끝에 무엇의 항아리가 묻혀 있든 거기엔 손도 대고 싶지 않아." 그렇기는 해도 미코 씨는 신문을 접더니 두 팔을 가슴 앞으로 팔짱 끼었다. "그렇게 절도 행위를 해 놓고서 내 앞에 얼굴을 들이밀다니 놀랍구려."

"나는 사회에 진 빚을 갚았습니다. 그리고 선생께도 기회가 주어지기만 한다면 갚아 드릴 거예요. 렝크스 교수는 어떻게 지내십니까?"

미코 씨는 당시에 멧돼지와 한집에 살았었다. 마찬가지로 시즈에서 교수로 있다가 동물 규제법이 제정돼 있었던 당시 은퇴한 인물이었다.

"그이는 세상을 떠났다오, 딱한 양반 같으니. 내가 혼자서 집 살림을 하고 살 수가 없었지. 그럴 마음도 나지 않고, 또 그보다도, 도와줄 일손을 구할 만큼 넉넉하지도 못했거든. 그 점에 대해서는 댁한테 톡톡히 신세를 진 셈이오. 그래서 난 스톤스파 엔드의 그 낡은 집을 버려두고 이리로 옮겨 살게 됐소. 여기서 나이 든 동물들을 위한 구역질나는 호텔에 들어 살고 있어요. 내가 오래전에 후각을 잃어서 참 다행이야. 정말이라오. 아니, 앉지 마요. 앉으라고 권하지 않았소."

"여기는 동물 규제법 발효 하의 에메랄드 시가 아니에요. 난 앉고 싶은 곳에 앉을 수가 있습니다."

브르르는 혹시 자기들의 대화 때문에 짜증 나 하는 사람은 없는가 주위를 둘러보았다. 하지만 둘 이외에 손님은 창턱에 매달려서 잠들어 있는 흰 앵무새 한 마리뿐이었다.

"저이는 신경 쓰지 마시오." 원숭이가 말했다. "귀도 먹었고 잠들어 있기도 하니까. 우리가 귓전에 대고 '불이야!' 하고 고함을 쳐도 꿈쩍도 못 할 새라오."

"이제는 누구도 믿지 않게 돼서요." 사자가 대꾸했다.

"이제 철드셨구먼."

하지만 원숭이는 다소 태도가 누그러졌다. 인생의 길동무가 죽고 나서 고독한 게 분명했다.

"그런 편집증적인 태도가 저 스스로를 보호하려고 비밀에 의존하는 정부에 대한 응답으로 부적절하다는 얘긴 아니오. 오히려 그러는 게 정신이 제대로 박힌 거지. 암, 그렇고말고. 나는 오즈 역사를 강의했다오. 그러니 내가 하는 말이 모르는 소리가 아닌 줄 댁도 알겠지. 분명히 댁도 기억하고 있을 거요."

"아니오, 전 선생의 학생이 아니었습니다. 선생의 재무 대리인이었지요."

"시간은 흘러가는 법이지. 댁이 나를 벗겨 먹은 게 얼마 전이더라?"

"렝크스 교수가 사망한 지는 얼마나 됐나요?"

이건 브르르가 잔인했지만, 그래도 브르르는 대화를 진전시켜야만 했다. 미코 씨는 외알 안경을 내리고 냉랭한 눈으로 창밖을 내다보았다.

"도무지 기억이 떠오르지를 않아서 말이오." 미코 씨가 말했지만, 말할 것도 없이 빤한 거짓말이었다. 십중팔구 이이는 그 이후로 살아온 시간을 매일 매시 기억하고 있을 것이다.

"내 연구 영역은 초기와 중기 오즈마 집정기들이었지요. 근대사에는 도무지 밝질 못해요. 왜 그리 쓸데없는 소리를 해서 내 명상을 방해하는 거요?"

브르르가 아무리 숫기 없고 고립주의 경향이 있다고 해도 지금까지 지각 있는 동물들을 결코 완전히 신뢰한 적은 없었다. 언사에 주의를 기울이고, 건방지게 굴지 않으려고 애써야 할 터였다.

"제가 듣기로 여총독이 몸소 이 마을에 왕림했다더군요. 몸베이 말입니다."

미코 씨의 단기 기억이 고장 나서 네사로즈 트롭을 떠올릴까 봐 브르르는 그렇게 덧붙였다.

"난 머저리가 아니오." 원숭이가 짖었다. "난 몸베이가 누군지 알아요. 몸베이가 얼마든지 오고 싶으면 오고 가고 싶으면 가는 거지.

그게 뭐 어떻다고 시비요?"

"몸베이가 이곳에 온 게 어떤 건에 대한 법적 조사회를 소집하려는 것 아닌가 알아내려고 그럽니다. 그러니까 법정에서 재판할 사건 말입니다."

"횡령 혐의로 붙들려 들어갈까 봐 걱정이 되시나? 기소자 측 사람들은 어디 있소? 나도 기소자 측 증인으로 이름을 올려 줘요."

"그게 아닙니다." 브르는 설마 그럴 일은 없을 거라고 생각했다. "제가 들은 얘기로 '다른 세상'에서 온 여자아이가 귀환했답디다."

"오즈마가?" 원숭이는 코웃음을 치다가 또 한 번 틀니를 탁자 위에 뱉어 놓았다. 그와 함께 침도 푸짐히 튀었다. "댁은 반편이로구먼. 오즈마 티페타리우스는 110년하고도 7년 전에 갓난아기 무덤 속에 내던져졌소. 이렇게 오랜 세월이 지난 지금에 와서 살아 돌아오기로 한다면, 휠체어를 타고 나타나게 될걸. 그럼 내가 경의를 표하는 의미에서 내 틀니를 바치겠소."

"오즈마 말고요. 도로시 말입니다."

원숭이는 다시 코웃음을 쳤다.

"도로시에 대한 건 댁이 좀 기억을 일깨워 줘야겠는걸. 걔가 세티카인가 프로티카에서 장학금 받아 온 천치 같은 길리킨 계집애들 중 하나였나? 한 10년간 그 짓거리가 난리도 아니었지. 소젖 짜는 촌 계집애들을 대학에 보내는 유행 말이오. 어느 모로 보나 나쁜 계획이었지."

"캔자스에서 온 도로시 말입니다. 타고 온 집이 네사로즈 트롭을 납작하게 깔아뭉개 먼치킨랜드인들을 폭정에서 해방시킨 그 도로시요."

"아, 그래. 그래서 먼치킨랜드인들이 일어나 또 다른 폭정을 기꺼이 맞이할 수가 있었지. 우리 훌륭하신 몸베이 여왕님을."

"이보세요, 미코 선생님. 전 단지 선생님이 도로시의 귀환에 관하여 뭐라도 알고 계신 게 있는지 여쭤보는 것뿐입니다. 제가 듣기로는 도로시가 재판에 부쳐질 거라고 그랬거든요. 그래서 몸베이가 브라이트 레틴스에 당도했다는 게 도로시도 곧 이리로 잡혀 올 거라는 뜻이 아닐까 생각해 본 겁니다. 선생이 최근 시사 문제에 관심이 없으시다면, 뭐 좋습니다. 낮잠 방해하지 않겠습니다." 사자는 일어나 자리를 뜨려 했다.

"아, 굳이 나 같은 거 신경 써 줄 거 없어요. 젊은 바보 양반." 원숭이가 받아쳤다. "나야 도로시의 귀환보다 내 잃어버린 은행 잔고의 귀환에 더 관심이 있긴 하지. 하지만 내가 이 늙은 귀를 숙소의 단칸방 얇은 벽에 대고서 무슨 말들을 우짖는지 들어는 보겠소. 그러고 나서 내일 다시 여기 와서 댁에게 들은 걸 이야기해 주지요."

다음 날에, 불쾌한 쪽으로 따사로운 화창한 날이었는데, 브르르는 미코 씨를 다시 만났다. 입장료를 지불하고 들어가 보니 독서실은 전날이나 마찬가지로 거의 이용객이 없다시피 했다. 브르르는 원숭이 미코 선생이 도로시에 대한 정보를 모아 오는 데 조금도 운이 없었다는 사실을 알게 되었다.

"나도 있을 것 같지는 않았지만, 그래도 성의껏 물어는 봤다오." 원숭이가 말했다.

"안 물어보셨지요." 사자가 말했다. "선생은 그저 제가 여기 와서 선생을 보기 위해 쓸데없는 돈을 쓰기를 바랐던 것뿐이에요. 그것 참 감사합니다."

"세상에 꼭 필요할 때 마주친 옛 친구만 한 것도 없지, 아 그렇소?"

브르르는 이쯤은 당해도 싸다는 생각이 들었다. 뭐가 어쨌든 간에 자신이 원숭이에게서 알토란 같은 자산을 얼마간 사취하긴 했으니까 말이다. 브르르가 한 가닥 뉘우침이라도 전할 만한 작별의 말을 생각해 내기 전에, 흰 앵무새가 반짝 눈을 뜨더니 말을 했다.

"저기, 질문을 하실 때 나한테 하신 건 아니었지만요, 신사 나리. 실은 나도 나대로 좀 조사를 해봤네요."

"어이쿠, 이런." 사자가 놀랐다.

"직감이 퍽 예리하시더라고요." 앵무새가 평했다. "맞아요, 몸베이는 이 동네에 와 있고, 맞습니다, 아닌 게 아니라 도로시를 피고로 한 재판을 벌이려고 온 겁니다. 내일이면 마을 광장들마다 다 나붙을 겁니다. 인쇄소 바깥쪽 빗물받이 홈통 굽어진 데 사는 비둘기들한테서 들은 얘기입니다. 신문 게시대며 가판 상점마다 붙이라고 공고문이 쫙 깔리고 있는 중입니다. 어떻게 미리 알고 있었는지 궁금하네요."

"지나가는 새가 지저귀더라고요." 사자가 말했다.

3

"도로시, 애국자 암살범." 기세도 등등한 비난의 문구가 나 있었
다. "곧 도착!" 이런 문구도 보였다. 세 번째 것은 "그녀가 돌아왔다.
우리 시대의 재판"이라고 되어 있었다.

"보나 마나 뻔하지." 미코 씨가 말했다. 그가 사자를 위해 요약 정
리해 주었다. "공판은 닷새 안에 시작할 거요. 판사 쪽에서 변호인
과 기소자 측에 사건 준비할 시간을 주는 거지. 몸베이가 직접 법정
변론인(상하 법원이 나뉘어 있는 사법 체계에서 상위 법원 변론을 맡는 법
률가)을 뽑을 모양이로군."

브르는 이전에 법정 경험이 있었다. 그리고 늘 법률을 집행하
는 쪽이 아니라 거기 겨눠지는 신세였다. 하지만 그것은 예전에 에
메랄드 시에서의 일이다. 먼치킨랜드의 정의란 건 뭐가 좀 다를까?

미코 씨가 브르를 정신 차리게 해 주었다.

"일반적으로 먼치킨랜드에서 법적 논쟁은 한 건 한 건을 별개로
해결해요. 선례에 의존하는 전통은 먼치킨랜드에 그리 깊이 뿌리 내

리지 못했소. 지역이 촌이고 되는 대로 뜨문뜨문 자리 잡고 살다 보니 그런 거지. 대부분의 사건은 막후에서 결정이 난다오. 순회 판사가 고해신부 노릇도 하고 심판관 노릇도 하거든. 벌금도 자기 주머니에 받아 챙길걸. 뻔하지. 먼치킨랜드에 법리학이란 아예 존재하지 않는다는 것이 내 믿음이오. 제일 힘센 개 쪽에 유리하도록 힘을 실어 주려는 걸 제외한다면 말이에요. 비유는 그렇소만, 대장 노릇 하는 놈이 절대 동물은 아니지. 적어도 먼치킨랜드에서는 어림도 없소."

"선생이 이 투견 시합에서 미는 개가 있으신 줄은 미처 몰랐군요." 브르르가 말했다.

"하하. 자, 어디 잘 들어 보시오. 이 재판은 가일층 공식적인 것이 될 거요. 이 판에 비밀회의는 안 하지. 이번 건은 대중에게 공개할 거예요. 그야 새삼스러울 것도 없는 이야기지만."

"배심원들이 서나요? 증인들도 부르고?"

미코 씨는 곰곰이 생각을 가다듬었다. 이른바 공개 재판이라는 것을 하려면 다섯 명으로 구성된 배심원단이 비용 자가 부담으로 선정된다. 이 경우, 몸베이가 몸소 나와 모두 연설을 하여 사건을 상정할 것 같았다. 그런 다음에는 이 재판만을 위하여 임명된 성가 높은 치안판사에게 재판 진행을 넘길 것이다. 법정 변론인들이 기소자와 변호인 측에서 각각 사건을 둘러싸고 변론을 펼칠 텐데, 그러면서 그레인지 센트럴의 문에 있는 공고판에 증인 요청을 게시할 것이다. 증인으로 나설 수도 있는 사람들은 때맞춰 그 자리에 나타나야만 자리를 차지할 수 있었다. 일반적으로는 증인이 자발적으로 자유의지에 따라 이름을 대고 나서든가 그럴 마음이 나지 않을 때는 증언을 거부하든가 할 수 있었지만, 규범이 상황 상황마다 천차만별이다 보니 누가 미리 알 수 없다고 했다.

"닙이랍디다." 여인숙에 돌아와서, 브르르가 꼬마 다피에게 말해 주었다. "치안판사로 임명된 사람 이름이요. 언제 들어 본 것 같긴 해요?"

"난 모르겠네요." 꼬마 다피가 말했다. "그렇지만 내가 그토록 오랜 세월 수도원에 칩거해 있었다는 걸 잊지 마세요."

"난 알겠는데." 대장 나리가 말했다. "그자는 네사로즈 트롭이 그 새초롬한 꼬마 아가씨 도로시 양의 손 아래 냉혹하게 살해당한 후 제일 먼저 먼치킨랜드의 집정관을 했던 위인이야. 아가씨의 조그마한 영혼에 가호가 있기를." 대장 나리는 기분이 썩 괜찮았다.

"별 의견이 없으시군요. 잘 알겠습니다." 브르르는 그렇게 말하기는 했지만, 대장 나리가 어느 정도 원래대로 돌아오는 것 같아서 마음이 기뻤다.

재판은 작은 살롱식 극장인 덴슬로덴에서 열리기로 되어 있었지만 사람이 붐빌 것이 염려되어 곧 닐하우스라고 불리는 장소로 변경되었다. 닐하우스는 과거에 무기고였는데 이제는 봄철에 소 전시회를 열 때 쓰였다. 아치문 위에 세 면으로 방청석이 마련되었다. 닐하우스에는 찾아오는 사람들을 많이 앉힐 수 있었지만 첫날에는 관심이 거의 쏠리지 않는 것 같았다. 그래서 꼬마 다피와 대장 나리와 브르르는 쉽게 방청권을 구하여 배심원단에게 지침을 주는 것을 참관할 수 있었다. 장내는 반에 반도 채 차지 않았다. 일행은 맨 앞줄에 앉을 수도 있었는데, 브르르는 덩치가 있다 보니 한쪽으로 비켜나 바닥에 누워 엎드려야 했다. 먼치킨랜드인들에게 맞도록 만든 접는 의자에는 세상없어도 뒷다리 하나 끼워 넣을 수 없었던 것이다.

좌석에 놓여 있던 그날의 소식지에는 이 재판에 등장할 인물들에 대하여 간략한 이력이 실려 있었다. 브르르는 겨우 치안판사에 대해 읽을 시간밖에 없었다. 닙은 콜웬 그라운즈에서 일종의 관리인으로서 직업 이력을 시작했다. 네사로즈 트롭 밑에서 일했다. 어느 날 그녀가 치여 짜부라질 때까지 말이다. 닙이 긴급 시 국무총리 자리를 꿰차고 들어온 건 명백히 실질적인 의사당의 열쇠를 닙이 쥐고 있었기 때문이었다. 먼치킨랜드인들의 입맛이 다시 총독에게 치리 받고 싶다는 쪽으로 돌아서기까지의 일이었지만. 몸베이는 이전에 익명이었다가 어느새 부각된 인물이었다. 몸베이의 신분 상승에 대한 논쟁은 여기에는 실려 있지 않았다. 이에 닙은 멋진 데코레이션 케이크에 장식 띠에 평생 쓸 암모니아염을 받으면서 명예롭게 물러났다. 암모니아염을 준다는 건 분명 그 어떤 상징적인 중요성이 있었을 텐데, 언론사 사회부에 있던 이들 그 누구도 굳이 그 점을 밝혀 쓴 바 없었다.

닙이 법정에 들어섰을 때 브르르는 겨우 그의 일대기를 다 볼까 말까 하던 참이었다. 먼치킨랜드인치고 키가 큰 축에 드는 닙은 모자챙에 털공이 올망졸망 달려 있는 뾰족 모자를 썼다. 그는 코트걸이 꼭대기에다 모자를 던져 걸어서 와그르르 박수갈채를 불러일으켰다. 편자 던지기 놀이를 하는 것처럼 모자를 그렇게 사뿐히 떨어지게 할 수 있었다는 것은 곧 손을 떨지 않고 안정되게 시중을 들 수 있다는 증거라고 브르르는 추론했다. 그런 다음 닙은 판사석에 자리 잡았다. 판사석에는 전통적으로 법봉으로 사용되는 종이 있었고, 판사가 다른 누구에게 들려주고 싶지 않은 경우 글로 끼적여서 해당자에게만 몰래 보여 줄 수 있는 석판 한 장에다, 파리가 붙지 않게 위에다 망을 씌운 소복이 담은 햄샌드위치 한 무더기가 마련 돼 있었다. 판사의 등 뒤에는 날씨가 지나치게 따뜻해질 경우를 대비하여 문법학교 학생 아이 둘이 푸른색 타조 털로 만들어진 부채를 든 채 대기 중이었다.

"먼치킨랜드 시민들이여." 님이 말문을 열었다. 노령으로 떨리는 음성이지만 읽는 문장으로 인해 힘이 실렸다. "우리는 잘 떠드는 입을 닥치고 귀 기울여 듣기 위해 이 자리에 나왔소이다. 제공되는 발언을 들으러 나왔단 말이오. 닐하우스에 들어온 그 누구라도 소란을 피우거나 우리가 공판에 주의를 기울이는 것을 방해할 시에는 밖으로 끌어내고 벌금을 부과하든가, 아니면 총살하든가, 차꼬에 채워 조리돌림을 시킬 것이오. 모기 철이 막 시작된 이 시절에 그러고 있으면 무척이나 괴로울 거요. 질문할 것 있소? …… 없으면 계속합시다. 나는 이 재판이 일주일, 어쩌면 두 주까지도 계속될 거라고 예상하오. 열기를 견디지 못할 것 같으면 아예 오지 말고 집에 있도록 하시오. 아기들은 입장 불가요. 만약에 불이 나거든 모두 다 한꺼번에 '불이야!' 하고 외치지 말도록 해요. 그랬다간 말도 못하게 난장판이 될뿐더러 사람들 신경만 곤두설 테니 말이오. 추가로 증인을 불러야겠다고 생각되면 내가 알아서 호출을 할 거요. 그래서 이 참에 분명히 밝혀 두겠는데 이번 재판에서는 저항권이 없소. 장내에 있다면, 얼마든지 증인으로 부를 수 있는 대상으로 간주될 것이오. 또한 만약 장내에 없다면 대리 권한을 부여받은 군중으로 하여금 신변을 구속하여 좋든 싫든 상관없이 이리로 호송해 오도록 할 것이오. 친구들과 이웃들에게 얘기해 주도록 하시오. 만약에 출석해야

41

하는 판국에 휴가랍시고 모스미어나 어디 다른 데 놀러가고 없을 경우 생각 없이 휴가를 간 죄로 돌아오는 대로 감옥에 들어가게 될 것이오. 혹시 무슨 질문 있소? 있으면 해봐요. 질문 없지요? 알았소. 그러면 내가 이 재판의 원고 측과 피고 측 법률 대리인들과 배심원들을 배석시키면서 시작을 합시다."

"이건 두 주씩 걸릴 일이 없겠는데요." 브르르가 꼬마 다피에게 소곤거렸다. 꼬마 다피가 그 열의 맨 끝자리에 앉아 있었던 것이다.

닙은 기소자 측을 대표하는 이를 소개했다. 여자 검사인 페그 여사는 시간제 법정 변론인으로, 평상시의 본업은 장례에 가서 곡해 주는 호곡꾼이었다. 막이 쳐 있는 출입구로부터 모습을 드러낸 페그 여사는 브르르가 보기에는 성가대복을 줄여 만든 것 같은 옷을 차려입었다. 재봉사의 손길을 탈 것도 없이 5분 전에 뚝딱 줄여 놓은 것 같은 옷이다. 자리로 가는 그녀의 머리에는 머리를 마는 핀들이 그대로 꽂혀 있는 채였다. 허튼소리는 전혀 통하지 않을 것 같은 중년의 농촌 아낙네였고 눈 밑에 처진 주름이 어찌나 깊은지 에메랄드 시 완행열차 토큰이라도 넣을 수 있을 것 같았다. "어이쿠." 브르르가 중얼거렸다.

다음으로 변호인 측 대표가 소개되었다. 이름이 템퍼 베일리라는데, 알고 보니 갈색 털의 열(熱)부엉이였다.

"돈 좀 내서 사람을 기용할 수는 없었나?" 꼬마 다피가 중얼거렸다. "누워서 떡 먹기로 후딱 해치울 재판인가 보네요."

"동물들은 아직도 한결 낮은 급여를 받고 있을 테죠, 틀림없이." 브르르가 대꾸했다.

부엉이는 횟대로 날아가 앉아 머리를 빙그르르 완전히 한 바퀴 돌렸다. 부엉이라면 흔히 하는 몸짓이지만 기소 법정에서 그렇게 하니 어쩐지 방청객들을 비롯한 모두에게 불안정한 느낌을 주었다. 템퍼 베일리는 이어서 페그 여사에게 목례를 했다. 하지만 페그 여사는 모종의 액상 도료를 손톱에 바르느라 답절을 하지 않았다.

배심원이 자리에 착석을 하고 나서야 판사는 장내에 사람이 드문드문, 거의 비어 있다는 것을 알아차린 모양이었다. 판사는 까치발을 하고 서서 경멸을 담아 방청객들을 지그시 노려보았다. 마치 살그머니 뺑소니를 친 게 그들이라는 것처럼 말이다.

"총독께서는 이 재판이 모든 먼치킨랜드인들이 관심 가질 재판일 것이라고 말씀하셨소." 님이 말했다. "한 세대 전, 아무런 도발도 없었건만 느닷없이 침입해 온 도로시가 아니었더라면 우리가 에메랄드 시로부터 레스트워터를 지켜야 할 위치에 있지 아니할 것임은 내가 굳이 언급할 필요조차 없을 것이오. 그 시절 먼치킨랜드 총독이었던 네사로즈 트롭 양께서 필경 아직까지 콜웬 그라운즈에 편안히 자리해 계셨겠지요. 아니면 그분과 그분의 부군께서 그분의 자리를 이을 새로운 총독을 출산하셨을 것이오."

키득키득 무례한 웃음이 일었다가, 신속히 억제되었다. 군중 중에 충분한 수가 네사로즈에게 구혼자가 그다지 많지 않았다는 사실을 기억할 만큼은 나이를 먹었다. 네사로즈는 배우자나 자식은 얻어 보지 못한 채 죽었을 것이다.

"도로시는 언제쯤 보게 되겠습니까?" 템퍼 베일리가 물었다.

브르르는 피고 측 변호인이 재판이 공식적으로 개시되기 전에 자기 의뢰인에게 질문을 해볼 기회쯤은 있었을 것이라고 생각했던 것이지만, 이제 보니 먼치킨랜드 정부는 이 재판을 싸구려로 후딱 해

치워 버리려는 모양이었다.

님은 첫 판결을 내렸다. 법봉이 아니라 종으로 했다.

"이 법정의 모든 이들을 내일 아침까지 해산하는 바이오. 친척들과 친구들을 데리고 돌아오도록 하시오. 그들에게 라 몸베이가 몸소 이 자리에 나와서 피고인을 소개할 것이라고 얘기해 줘요. 만약 이 법정이 수용 한계까지 가득 차지 않는다면, 먼치킨랜드인들이 공공 정신을 모조리 잃어버렸다는 이야기가 에메랄드 시까지 전해져 갈 거요. 내가 말하는 대로 하시오, 정의의 이름으로."

"저이가 말하려는 건 '대중 홍보의 이름으로'인 게 틀림없다는 생각이 드는군." 브르르가 말했다.

"그 소리 들렸소, 당신." 님이 말했다. "방청석에서 이러쿵저러쿵 뒷소리 하는 건 허가할 생각이 없소. 더군다나 동물한테서는. 물러들 가시오."

‡‡‡

아마도 기대에 부응함인지, 다음 날 방청석은 거의 가득 찼다. 먼치킨들이 바글바글 한데 몰렸다. 아마도 소개 단계에서 님이 도로시를 데리고 나오도록 하기를 거부한 것이 입맛을 바짝 돋워 놓은 모양이었다. 여하튼 여름은 재판을 진행하기에는 딱인 계절이다. 수확기까지는 아직 여섯 주나 남았다. 큰 읍에 놀러 나온 농장 사람들 무리 가운데서 브르르와 꼬마 다피와 대장 나리는 입장권을 휘두르며 앉을 자리를 잡았다. 꼬마 다피는 자루 하나에 머핀과 과일과 혹시 상황이 지루해질 경우를 대비한 보온병에 넣은 감자 브랜디를

44

든든히 챙겨 왔다. 가까운 곳에 앉은 십 대 개구쟁이 둘이는 '도로 시'라는 글자를 힌트 삼아서 교수대 게임을 하고 있었다.

닙이 페그 여사와 템퍼 베일리를 뒤에 거느리고 당당히 입장했다. 부엉이는 페그 여사가 입은 것과 그리 다르지도 않은 통옷을 덮개처럼 몸에 걸쳤다. 그러고 있으니 흡사 보온용 찻주전자 싸개에 부엉이 대가리가 달린 꼴이었다. 군중이 웃음을 터뜨리는 바람에 템퍼 베일리는 움찔 움츠러들었다. 닙이 법봉을 그 받침에 딱딱 두드리고 먼치킨랜드의 총독 라 몸베이를 소개하자, 모두가 진정했다.

"그러니 일어나시오, 이런 얼간이들아. 이건 당신들 장기자랑 잔치가 아니란 말이오!"

한 쌍의 침팬지들이 판사석 뒤편에 있는 양쪽 문을 기운차게 열어젖힐 때, 군중은 시키는 대로 꿈지럭꿈지럭 일어섰다.

총독은 또 다른 파도 치는 비단 옷자락의 일제 포화를 휘몰며 장내로 범람하듯이 입장하였다. 이번 것은 짙은 밤색 배경에 흰 꽃잎처럼 활짝 피어오르는 드레스였다. 브르르는 몸베이의 얼굴을 세심히 뜯어보았다. 달라 보였다. 끌로 파 새긴 듯한 느낌은 약해진 반면 한층 섬세하여 심지어 연약해 보이기까지 했다. 그리고 몸베이의 머리 위 머리카락은 뒤로 모아 틀어 올렸는데 어찌나 야무진지 머리카락이 아니라 관을 쓴 거라고 해도 될 지경으로, 색이 더 어둡고 더 삐죽삐죽했다. 하지만 브르르는 감히 그녀의 면전에서 그런 소리를 중얼거리지는 않았다. 몸베이는 슬픔 어린 위엄으로 가득 찬 모습이었다. 브르르는 그가 이름 짓지 못할 그 무엇인가의 존재 앞에 순간 자신이 머리를 수그리고 있음을 자각했다. 다른 무엇이 아니라면 냉정함, 침착함이라 할 것이다.

"우리는 먼치킨랜드인입니다." 몸베이기 군중에게 말했다. 그녀의 목소리는 칼날에 덮인 꿀 같았다. "우리는 모든 이들에게 후한 대접을 해 줍니다. 심지어 우리를 못살게 굴고, 살해하기 위하여 우리 고향 땅을 찾아오는 이들에게도 말입니다. 나는 우리의 전통적인 예의를 피고인 도로시 게일에게까지 확장하여 적용해 주기를 요청합니다. 마음에 대하여 저지른 범죄에 대해서는 공소시효가 존재하지 않음을 상기하십사 간곡히 부탁합니다. 우리가 피고인에게 유죄를 선고해야만 한다면, 올바르게 유죄를 선고하도록 합시다. 만약 우리가 살인 혐의에 관하여 도로시를 무죄로 보기로 한다면, 그녀가 석방되어 풀려날 적에 불법 행위를 하고픈 마음은 가슴속에 담아 두지 말도록 합시다."

몸베이는 한편에 서 있던 다섯 배심원들 쪽으로 몸을 돌렸다. 그들은 눙치고 어르고 할 도리도 없이 전부 다 인간이었다.

"여러분 다섯은 먼치킨랜드의 눈이요 귀입니다. 그리고 정의의 영혼이사 심장이 되어 주셔야 합니다. 자비심을 가지고 도로시를 재판에 부쳐 신속히 처리하도록 하세요. 여러분이 판사에게 추천하시는 바는 그 어떤 것이든 가장 깊이 심사숙고하게 될 것입니다. 하지만 우리가 따르게 될 것은 판사의 결론입니다. 여러분은 단지 고문 역할로 이 자리에 있는 것입니다. 그리고 공중은 공판 내용에 이러쿵저러쿵 토를 달기 위해서가 아니라 직접 보아 증인이 되기 위해 이 자리에 있습니다. 그럼으로써 자녀들과 손자 손녀들에게 오즈에 정의가 살아 있음을 이야기해 줄 수 있도록 말입니다.

우리 국가에 대한 그의 봉사를 보아 오늘 나는 우리의 전직 국무총리를 귀족으로 승격시키는 바입니다. 이제부터 닙 공은 '드래곤

찬장의 닙 콩'이 될 것입니다. 경찰대가 이방인을 끌어내게 하세요."

마치 피고인과 같은 방에 있는 것을 보이는 것 자체가 위엄에 대한 도발이 될 수 있기라도 하다는 듯이, 라 몸베이는 아까 나왔던 그 문 뒤로 물러나 모습을 감추었다. 침팬지들이 양쪽 문을 철커덕 소리가 나도록 닫았을 때에야 비로소 브르르는 한쪽에 뚜껑 문이 있는 것을 알아차렸다. 침팬지들은 손마디가 두드러진 앞발로 각각 문고리를 잡았고, 함께 뚜껑 문을 들어 올려 열었다. 그런 다음 그들은 창살 우리 뒤편으로 물러났다. 이 오랜 세월이 지난 지금 사자는 이제 다시 한 번 도로시를 언뜻이라도 보고자 몸을 앞으로 기울였다.

4

도로시가 모습을 드러낼 때, 사다리를 오르도록 누가 도와주었으면 하고 손을 내밀면서 어정쩡히 서툰 동작으로 나오는데, 그렇지만 아무도 그에 응해 손을 내밀어 주는 이는 없었고, 사자는 자신이 도로시를 한 열 살쯤 더 나이를 먹은 것처럼 생각하고 있었음을 깨달았나. 노로시는 딱 지금 레인의 나이 또래였다. 아무튼 그 비슷했다. 그것 말고도 몇 가지 추측이 뒤따랐다. 거의 동시에 이루어진 일이었다.

브르르가 레인에 대하여 갖고 있는 애정은 도로시에 대한 추억과 연관이 있었다. 도로시한테는 몇 번 크게 웃은 것과 길을 가며 길동무로서 할 법한 일들을 한 것 말고는 별로 대단히 해 준 것이 없었다.

레인한테도 그보다 더 해 주었다고 할 게 없다. 그래도 레인의 앞날에 대해서는 도로시에게 그랬던 것보다 한결 더 책임을 느꼈다. 이게 나이를 먹어서 브르르 나름대로 성숙해졌기 때문일까? 아니면 감상일까?

또는 레인이 그 나이 때의 도로시 같지 않게 척척 알아서 하는 아이는 못 되기 때문에 그런 것인가? 브르르를 한층 더 필요로 하니까 그러나?

도로시가 저질렀다고 고발을 당한 범죄는 15년, 18년, 20년 전에 일어난 것이었다. 도로시는 지금쯤 원숙한 성인 여자가 되어 있을 것이다. 충분히 상황이 요하는 대로 잘 해명하여 빠져나가거나 아니면 어린 시절에 사고로 벌어진 일에 대하여 사죄하거나 할 능력이 있다.

성년이 된 도로시가 나를 알아볼까?

브르르는 숨을 멈추었다. 하지만 그의 꼬리가 바닥을 턱 하고 내리쳤다. 불안한 마음, 즐기는 마음, 그리고 때때로 그를 닮은 작은 친척(고양이)을 죽인다고들 하는 호기심이 그를 사로잡았다.

5

도로시는 바닥의 사각형을 보고 있다가 고개를 들었다. 도로시와 마주보는 앞에는 치안판사가 있었다. 전에 도로시를 본 일이 한 번도 없었다는 듯이 눈을 크게 뜨고 빤히 내려다보고 있었다. 어쩌면 도로시는 이 재판에 관련된 이들 모두와 격리되어 있었을 것이다. 템써 베일리는 앉은 자리에서 여섯 바퀴나 고개를 빙그르르 돌렸다.

"이건 꼭 우리 고향 캔자스에서 건초 다락으로 기어 올라가던 것 같네요."

맞다. 도로시의 목소리였다. 진짜 도로시의 목소리다. 늘 그랬듯이 도통 감을 못 잡는 쾌활한 목소리 말이다. 브르르는 먹은 머핀이 목구멍으로 솟구치는 느낌이었다.

"그렇긴 하지만, 캔자스 올빼미가 부풀부풀 속치마를 받쳐 입은 건 보신 일이 없을 거예요!"

가벼운 키득거림보다는 조금 더한 것이 장내에 물결쳤다. 템퍼 베일리는 험악하게 눈을 깜박였다.

"예의를 지켜야지." 닙 공이 말했다. "그 부엉이가 네 변호인이니까."

"어머나 세상에." 도로시가 대답했다. "물론 놀리려고 한 말은 아니에요."

도로시는 몸을 돌려 법정과 방청석에 착석한 군중을 보았다. 브르르는 눈에 안 띄게 있어야 한다는 걸 알고 있었다. 그래서 강한 햇살이 쏟아져 들어오는 창으로 가서 그 아래 그늘 속에 웅크리고 앉아 있었던 것이다. 도로시가 자기를 아마 보지 못할 거라고, 최소한 첫눈에는 못 알아볼 것이라고 생각했다. 그러면 자기가 도로시를 찬찬히 뜯어볼 기회가 있을 터였다.

도로시는 한 세대 전에 오즈에 와 겪은 일들로 그 모습 그대로 굳어 버렸던 것이든지, 아니면 모종의 왜곡된 마법이 작용했든지 했다. 그랬다, 그 여자애는 충분히 알아볼 만한 도로시가 맞았다. 환한 코코아색 저 눈동자. 어깨와 쇄골을 움츠려 가며 얘기하는 방식. 지금쯤이면 중년의 나이여야 하지 않나? 하지만 도로시는 브르르가 기억하는 모습보다 불과 몇 년밖에 더 나이 들어 보이지 않았다. 키는 커졌지만 몸은 거의 여위지 않았다. 포동포동했던 젖살이 이제야 겨우 형태 잡혀 가는 여성다움으로 막 재배치되기 시작한 참이다. 그 얼굴은 최근의 고생을 겪고 났어도 여전히 열의가 있고 방어벽이 쳐 있지 않았다. 도로시라는 증거다.

닙 공은 자기가 판사라는 것을 상기시키려는 듯 법봉을 두드렸다. "본인의 신분을 밝히도록. 이름, 나이, 출신, 그리고 우리에게 무슨 꿍꿍이를 품고서 왔는지까지."

"아 네, 그건 퍽 쉬운 일이네요." 도로시가 말했다. 누구를 제일

51

먼저 사랑해 줄 것인지 결정하기 힘들다는 듯이 도로시는 이쪽저쪽을 돌아보았다. 도로시가 템퍼 베일리를 보니까 그는 앉아 있던 횃대에서 찔끔 뒤로 물러났고, 그 다음에는 닙 공을 보았다가, 이어서 마침내 페그 여사를 바라보았다.

"난 캔자스 주에서 온 도로시 게일이에요. 괜찮으시다면 알아주세요. 캔자스 주는 미합중국의 서른네 번째 주랍니다. 이제는 자유령이고 그 사실을 자랑스럽게 여기는 곳이에요. 이렇다 할 노예 제도가 존재하지 않지요."

도로시는 둘째 줄에 앉아 있던, 장내에 몇 없는 동물 일행 중 하나인 돼지 일가족을 향하여 어정쩡하게 절을 해 보였다.

"몇 가지 문제점은 아직 해결하려고 그러는 중이긴 해요."

"질문에 답하도록." 닙 공이 말했다.

"아, 그렇군요. 으음, 있잖아요, 난 지난번 생일 때 열여섯 살이 됐답니다."

닙은 종이 철에다 몇 마디 끼적여 기입해 넣고는 눈살을 찌푸렸다.

"그래서 오랜 세월 자취를 감추었던 네가 오즈로 돌아온 의도는?"

"맙소사, 의도는 전혀 개입되어 있지 않아요. 내가 그런 일들을 겪고 지나 놓고서, 이리로 돌아오자고 맘먹었을 것 같으세요? 그랬다면 내가 미쳤게요…… 아, 이 얘긴 관둘게요. 진상은, 내가 어느 곳에 있을 것인지에 관하여 나 자신이 전혀 통제를 할 수 없는 것 같다는 거거든요. 그러니 길거리에 내놓기가 참 위험한 애라고, 헨리 아저씨는 말씀하세요. 아니면 생전에 그리 말씀하셨다고 얘기해야 할지도 모르겠네요." 도로시는 약간 눈물을 비쳤다. "아저씨가 살아 계신지 모르겠어요."

"무슨 깍깍 소리를 내지르고 있는 거야?" 페그 여사가 다그쳤다. "판사님이 제시하신 첫 질문에 답을 하지 않았잖아."

"난 오즈에 대해서 무슨 속셈은 하나도 없어요." 소녀가 말했다. "헨리 아저씨와 엠 아주머니와 나는 샌프란시스코에 갔더랬어요, 아시죠, 가족적으로 여러 가지 이유가 있어서요. 결혼을 앞두고 내 정신 상태를 멀쩡하게 만들려는 것도 그 이유 중 하나였죠, 까놓고 말하자면요. 우리는 우스꽝스러운 음식을 먹었고, 숨이 턱 막히는 기분이 들 때까지 굉장한 풍경들을 바라보았어요. 그렇게 지냈는데, 하루는 아침에요, 아, 뭐라고 말하면 좋지요! 내가 호텔 옥상으로 잠깐 마실 나갔는데, 건물 전체가 막 심하게 흔들리고 튀기 시작한 거예요. 돌이 떨어지는 소리랑 사람들이 지르는 비명 소리가 들렸어요. 한순간 엘리베이터가 멈추더니 모든 게 새까맣게 깜깜해졌죠. 그리고 고약한 냄새가 나더라고요. 하긴 어쩌면 그 냄새는 토토였을지도 모르지만요. 우리 개요. 그러고 나서 엘리베이터가 다시 움직이기 시작했어요. 빠르게 점점 더 빠르게 슝 하고 떨어져 내리는 거예요. 그래서 난 이렇게 엘리베이터 구멍 밑바닥에 쾅 메어쳐져서 죽는 거구나 생각했어요. 회오리바람이 왔던 때 이래로 나한테 일어난 일 중에서 정말 제일 겁나는 일이었어요. 시끄러운 소리는 더한층 커지고, 공기는 먼지가 빽빽할 만큼 자욱해지고요. 잠시 후에, 아직 엘리베이터 안인데, 내 개가 빠져나가 없어져 버려서 난 그만 제정신이 아니었어요."

브르르는 수긍하지 않을 수 없었다. 도로시는 예나 지금이나 맹하니 어디가 좀 모자란 게 맞다. 그렇지만 젠장맞을, 사람들이 어찌나 귀 기울여 저 애 말을 들어 주는가 말이다. 청중은 도로시의 언변에 휘말려 시간 속을 너울너울 헤엄칠 지경이었다.

"맙소사, 어쩜 좋아요. 땅이 진동하기 시작했어요, 내가 들어 있던 철장이 막 흔들리기 시작해서, 난 정말 큰일 났다고 생각했어요."

"연극 조는 좀 억제하도록." 치안판사가 말했다.

"정신이 들고 보니." 하고 도로시는 읊조리는 투를 조금 줄여서 말을 이었다. "산사태로 무너진 낙석 더미에 내가 탄 엘리베이터실이 반쯤 묻혀 있지 뭐겠어요. 사람들이 나를 파내 주기에 나는 그이들이 샌프란시스코 사람들인 줄로만 알았어요. 하지만 내 팔자가 이렇죠. 상상이 되세요? 작은 사람들이 떼 지어 모여 오는 거예요! 또요! 처음에는 내가 또 어디 쓸데없는 나라를 발견한 거라고 생각했어요. 그렇지만 나중에 이름을 사칼리 오아피시라고 하는 사람이 결국은 내가 오즈에 와 있다는 걸 알려 줬어요. 그러니까 아시겠죠, 판사님. 난 무슨 속셈 같은 건 전혀 안 갖고 있어요. 멋진 휴가를 즐기려는 마음, 그리고 봐서 혼수품 모으는 상자에 넣어 둘 레이스라도 좀 살까 했던 생각 말고요. 혹시라도 어떤 총각이 나한테 관심이 생길지도 모르잖아요?"

도로시는 커다란 눈으로 다시금 장내를 훑어보았다.

"제가 신랑감을 얻을 가망이 그렇게 많아 보이지는 않네요. 지금 이 순간을 봐서는 말이에요."

"우선 이 말부터 해 두지." 닙 공이 말했다. "도로시 게일, 너는 먼치킨랜드에 반한 범죄 행위로 기소되었다. 이는 개인에 대한 폭행과 국가에 대한 공격이 융합된 것이기에 가장 가공할 범죄에 해당

한다. 너는 당시 트롭 가문의 수장이었으며 따라서 먼치킨랜드의 총
독이었던 네사로즈 트롭의 살해 혐의로 기소되어 있다. 또한 네사로
즈의 언니인 키아모코의 엘파바 트롭의 살해 혐의로도 기소되었다.
원래는 먼치킨랜드 사람이지."

"어머나, 그거 참 엄청 황당무계한 양배추김치네요. 저한테 물어
보신다면요." 도로시가 말했다. "난 누굴 맘먹고 죽인 일은 절대 없
어요. 옛날 그때에 저보고 그 집을 캔자스에서부터 조종해 왔다고
그러시는 거예요?"

"너에게 적용 기소된 죄목의 심각성을 확실히 이해하도록 하는
것이 나의 제일 과제야. 유죄 판결이 나면, 사형에 처해질 수도 있
다."

소녀는 두 눈을 평소보다도 한층 더 커다랗게 떴다.

"오즈에 있는 이들은 모두 다 너무너무 친절해서 사고로 날려 온
이민자한테 그런 고약한 짓은 하지 않아요."

"너의 발언을 주어진 질문에 대한 대답으로 한정해 줄 것을 요구
하지 않을 수 없구나. 네가 살았다는 그 캔자스라는 땅 쪼가리에서
그 어떤 사법 절차를 경험해 보았는지 모르겠지만…… 아마 상당히
경험이 있을 테지, 재난을 일으키는 데는 이력이 붙은 것 같아 보이
니까 말이야. 하지만 이곳 오즈에서 우리들은 법정에서 확실하게 격
식 있는 태도를 유지해 오고 있다. 이 말은 방청석에서 샌드위치 포
장지를 벗기고 있는 저 사람들에게도 들려줘야 할 말이지. 꼭 점심
거리를 가지고 와야겠거든 종이 말고 천에 싸 가지고 오도록 하시
오. 그래야 그렇게 시끄럽게 부스럭부스럭 소리를 내지 않을 거 아
니겠소!"

"기소 내용을 이해하겠어요. 그치만 내가 상황을 설명 드리면 여러분은 이건 전부 다 무시무시한 오해라는 걸 이해하실 거예요. 그리고 틀림없이 제 편에 서서 증인이 돼 주실 분들이 계시겠지요? 최소한 성격증인(원고 또는 피고의 평소 사람됨에 관한 증언을 하는 증인)들을 마련해 두긴 하셨을 거 아니에요? 저도 여기에 친구들이 있었어요. 옛날 그때에요."

"우리는 이 재판을 진행하기에 비교적 신속히 손발을 맞추어야만 했지."

"그렇담 우리 모두 충분히 준비가 다 될 때까지 이 조그만 말장난 놀이는 연기해야 되지 않겠어요?"

그 상황에서 가장 턱없이 엇나가는 소리를 해 놓고도 아무렇지 않게 넘어가는 재주는 여전하구나. 브르느는 그렇게 생각했다.

"몸베이 총독께서 우리에게 부여하신 과업이다. 지금 시기는 면치킨랜드에 절박한 때란 말이다. 우리는 상황이 허락하는 한도 내에서 최선을 다하여 우리의 임무를 수행할 것이다."

"여기에 아무도 나를 기억하는 사람이 없다고 그러시는 거예요?"

도로시는 몸을 돌려 다시금 모인 군중을 살펴보았다. 비껴드는 햇살 탓에 눈 위에 손차양을 만들고서 보았다.

"손 좀 들어 보라고 해 주시겠어요, 닙 콩?"

"재판을 어떻게 진행할지 네가 결정할 일이 아니야. 넌 피고인이다."

"저는 도로시의 발안을 시행할 것을 요청하고 싶습니다." 템퍼 베일리가 나섰다. "재판을 진행하기에 앞서, '도로시 사태'에 대하여 직접적으로 아는 바가 있는 누군가가 혹시 이 자리에 참석하고 있는지 여부를 보도록 하지요?"

"좋소, 그럽시다. 우리 중에 오늘 이전에 이 도로시 게일을 시야에 담아 본 적이 있는 이가 있다면, 기립할 것을 명령하는 바요."

아무튼 이것이 일행이 먼치킨랜드를 찾아온 이유였다. 안 그런가? 브르르의 심장은 가만히 있지 않고 목구멍으로 치받치려 했다…… 그러니까 식도 저 아래 어디쯤에 올라와 있었다, 느끼기에는 그랬다. 사자는 자리에서 일어섰다. 먼치킨랜드인들의 웅성거림이 일어, 도로시가 몸을 돌려 장내에 브르르가 있는 쪽을 향했다.

"어머나, 믿을 수가 없네!" 도로시가 외쳤다. "누군가 와 줄 줄 알았어. 기왕이면 허수아비가 와 줬으면 하는 마음이었지. 그렇지만 그래도 역시."

"앞으로 나아오시오." 닙이 말했다.

브르르는 그대로 했다. 우쭐대며 걷지 않으려고 노력했다. 대중 앞에 나서는 것은 아직도 때때로 어려움이 있었다.

"나는 브르르입니다. 몇 가지 다른 이름으로 불리기도 하지요. 대중적으로 알려진 바로는 몇몇 집단들에서 저를 '겁쟁이 사자'라고 부릅니다. 유감이지만 제가 어쩔 수 없는 부분입니다. 길리킨에 있을 때에는 종종 트라움의 기명 귀족 브르르 경이라고 불렸습니다."

"거기는 오즈 충성령이지." 닙이 말했다. "여기서는 전혀 안 통하네, 사자."

"글린다 부인이 왕권 대행 총리이실 때 그분께서 저를 귀족으로 올려 주셨지요. 경이라는 명예칭을 붙여 달라고 요구하는 것은 아닙니다. 전 그저 관련 사실을 숨겼다고 문책하실 일이 없게 말을 하려고 하는 것뿐입니다. 아마도 에메랄드 시에서는 선동죄로 수배를 당한 몸일 겁니다. 국경 건너에서 법률석으로 다소 곤란한 처지에 휘말려서 가석방 조건을 어기고 몸을 뺐으니까요."

"우리는 범죄인 인도 협약을 맺고 있지 않다. 그러니 그 문제에 한해 여기서는 안전해." 닙 공이 말했다. "그렇다고 해서 또다시 자네가 그런 보호를 받을 만한 자격이 있다는 것은 아니네만."

사자는 도로시를 향했다. 둘 사이의 간격은 이제 2미터도 채 안되었다. 도로시는 두 팔 벌려 덥석 얼싸안기에는 이제 나이를 먹어 철이 들었다. 아닌 게 아니라 그녀는 약간 겁먹은 모습이었다.

"지금 이 순간까지 난 어쩌면 이 모든 게 다 꿈일지도 모른다는 희망이 있었어. 하지만 넌 정말 너 그대로구나. 그리고 그러면서도 옛날의 너와 다른걸. 몸무게가 좀 불었나? 내가 보기엔 그런 것 같아."

"너 역시 모습을 보자 하니 퍽 반갑구나." 브르르가 도로시에게 말했다.

"잡담은 폐정 후로 미루어 두도록." 치안판사가 한마디 했다. "달리 누구 없소?"

브르르는 꼬마 다피가 일어나 판사석 쪽으로 나오는 것을 보았다고 놀라지 말아야 했다. 꼬마 다피는 이전에 도로시를 본 적 있다며 몇 마디 우물우물 무슨 말을 한 적도 있었던 것이다.

"제가 누구인지 신고를 드려야 할 것 같군요. 꼬마 다피라고 불리고 있어요. 원래 이름은 대퍼딜 설리였어요. 그렇지만 꽤 오랜 세월을 남들에게 '약제사 수녀'로만 통했죠. 길리킨 남쪽 끄트머리 셰일셸로의 세인트글린다 수도원에 자리 잡은 통합교 수녀로 살았으니까."

"그래서 피고를 어떻게 안단 말이지?" 치안판사가 물었다.

꼬마 다피는 도로시 게일을 곁눈으로 흘긋 보았다.

"안다고 말씀드릴 수는 없겠네요. 난 그저 이전에 도로시 게일과 마주쳤던 일이 있는 사람은 나서라는 말씀에 응했을 뿐이랍니다. 나는 도로시가 오즈에 처음 도착했던 그날 센터먼치에 있었어요. 도로시의 집이 하늘에서 쾅 하고 떨어져 내려 네사로즈를 죽게 한 그날 말이에요."

장내의 웅성임이 더욱 커졌다. 치안판사가 동물을 심문하거나, 불법 이민자를 심문하거나 하는 것은 또 딴 얘기다. 하지만 네사로즈 트롭이 죽은 그 자리에 있었던 먼치킨 사람이라니! 브르르는 그 웅성거리는 소리가 우러러보는 건지, 못 미더워하는 건지, 아니면 경고하는 건지 확신이 서지 않았다.

꼬마 다피는 도로시를 향해 짤막하게 고개를 끄덕해 보이고는 이렇게 말했다.

"그날에 무슨 일이 벌어졌던가를 논하기로 하자면 나 역시 다른 누구 못지않게 한 발 끼어들 자격이 있어요."

닙은 두 증인을 자리로 돌려보냈지만 재판이 이어지는 동안 계속 출석할 것을 명령했다. 때가 되면 앞에 나가서 증언을 하게 될 것이다. 오늘은 말고. 닙은 그렇게 말했다. 우선 해결하고 넘어가야 할 다른 문제들이 있었다.

남은 오후 시간은 브라이트 레틴스에서 있었던 과거의 사건들을 다시 거론하느라 다 지나갔다. 페그 여사는 검사로서 기소하여 승소한 이력이 상당했다. 개중 가장 유명한 승소 사건들이 거명될 때마다 박수갈채가 터져 나왔다. 최근 사건들은 암탉에 몹쓸 마법을 건

일, 탈세, 한두 건의 염색 사건들이었다. 그아 충분히 흥미롭지만, 그 사건들은 도로시를 살인죄로 기소하는 것과는 좀 동떨어져 보였다. 반면에 템퍼 베일리는 맡아서 이겨 본 사건이 한 건도 없었다.

꼬마 다피와 눈을 마주쳐 혹시 뭔가 흥미로운 일이 일어나려 하거든 깨워 달라는 뜻을 전한 후에 사자는 앞발에 머리를 얹고 잠이 들었다. 치안판사가 법봉을 요란하게 내리쳐 오늘의 심리를 완료할 때까지 브르르는 깨움을 받지 않고 죽 잤다.

"하나도 놓친 거 없어요. 알짜배기는 내일부터 시작이니까." 꼬마 다피가 말했다.

"아아, 브르르." 침팬지들에게 채근 받으며 뚜껑 문 쪽으로 밀려 가면서, 도로시가 자기 어깨 너머로 말했다. "네가 나를 변호하러 와 주다니 나한테는 정말 대단한 일이야."

"널 마지막으로 본 때로부터 지금껏 여러 해에 걸쳐 내가 이룩한 업적들을 네가 안다면 그렇게 신나지 않을걸. 하지만 그래도 내가 할 수 있는 건 할 거야, 도로시. 난 너를 한순간일지라도 이해한 적은 없지만, 네가 잘못 되기를 바라느냐 잘되기를 바라느냐 사이에서 선택을 하라면 네가 잘되길 바라."

"그럴 줄 알았어." 도로시가 말했다. 그리고 뭔가 말을 더 할 것처럼 입을 벌렸다. 하지만 침팬지들이 뚜껑 문을 쾅 닫아 버렸다. 잘하면 도로시의 정수리를 정통으로 찧었겠지만 아슬아슬하게 비켜났다.

6

브르르와 꼬마 다피가 다음 날 아침에 가 봤더니만 장내는 가득 차서 터질 듯했다. 닙 경이 들어와서 아래에 있는 구질구질한 창살 우리로부터 도로시를 호출해 냈고, 페그 여사는 젠체하는 종종걸음 으로 앞으로 나서서 이렇게 말했다.

"이제 모두 진술을 완료하였으니 증인 심문을 시작해도 되겠습 니까, 재판장님?"

"잠시만." 닙 경이 말하고, 법복 자락 속에서 종이 한 장을 끄집 어냈다.

"도로시 게일, 너는 나이가 열여섯 살이라고 주장하고 있고, 겉보 기에나 하는 말을 들을 때나 분명 그 나이 대의 어린애인 것 같기는 하다. 이 지역 기준으로 볼 때 덩치는 크지만 말이야. 네가 처음 오 즈를 찾아와서 네사로즈 트롭을 살해했을 때에 몇 살이었는지 말해 주겠나?"

"내 행동에 대한 그 정의에 이의를 제기할래요." 도로시가 말했다. "그치만 그건 잠깐 제처 두고요. 회오리바람이 우리 지역을 휩쓸고 지나간 건 1900년의 일이었다고 말씀드리도록 할게요. 제 나이 열 살이었어요."

"그런데 지금 열여섯 살이다, 이 말이지. 그러니까 여섯 살을 더 먹었다는 거군. 그렇지만 내가 어제 이 자리를 떠난 후로 장담컨대 앞으로 더해도 보고 뒤로 빼 보기도 했다만, 내 계산으로는 네가 오즈에 와서 몇 달을 보냈던 그때는 대략 18년 전이야."

소녀는 혼란스러운 표정이었다. 한동안 손가락을 꼽으면서 셈을 하고 있었다.

"난 학교 공부는 그렇게 잘하지 못했어요. 결국에는 선생님이 내가 너무 공상에 빠져 있다면서 도로 농장 집에나 가 있으라고 돌려보냈답니다. 하지만요, 이게요, 내가 이 덧셈은 할 수 있거든요……."

"네 사로즈 트롭과 그 언니 엘파바는 죽은 지 18년이 되었다." 닙이 엄격한 태도로 말했다. 마치 이거면 도로시의 유죄를 입증할 증거가 되고도 남는다는 듯이.

"그렇지만 진짜 희한하네요. 어쩜 그렇게 어긋나죠! 저번에 내가 오즈에 와 있었을 때는 열 살 때였어요. 나이에 비해서는 큰 애였지만요. 그리고 이번에는 내 나이 열여섯 살이에요. 그러면 여섯 살을 더 먹은 거죠. 그 말씀은 딱 맞아요. 그런데 그때 그 마녀 자매가 둘 다 세상을 떠난 지 18년이나 지났단 말씀이세요? 어떻게 그럴 수가 있어요?"

"아마 시간이 캔자스에서 더 느리게 흐르는가 보지." 치안판사가 말했다.

"캔자스에서 시간은 꾸물꾸물 기어요. 그치만 어떤 사람들은 캔자스가 기분이 그래서 그런 거라고 그러거든요." 도로시는 똑바로 몸을 세운 자세로 앉으면서 봉긋한 가슴을 내밀었다. 마치 이제는 꼬마 계집아이가 아님을 방금 상기하기라도 한 것 같았다. "그럴 수는 없는 노릇이에요. 어쩌면 내가 정신이 온전치 못하게 되었나 봐요."

페그 여사는 배심원들이 도로시가 시인한 말을 똑바로 들었는지 확인하려고 그쪽으로 찌푸린 안색을 비추었다.

피고인이 한결 밝은 낯을 지었다.

"잘 따져 보면 문제가 풀릴 거예요. 오즈에서 날짜 계산을 어떻게 하는지만 얘기해 줘 보세요. 내가 처음 오즈에 왔을 때가 몇 년이었죠?"

법정은 도로시가 설명하기를 기다렸다. 파리 한 마리가 위쪽 창유리께에 정신없이 부딪히며 붕붕 날았다.

"네가 왔던 해는 바로 네가 왔던 해지." 닙 공이 참을성 있게 침착한 목소리로 그렇게 말했다. 왜 그런지 물어보는 아이의 질문에 '왜냐하면' 하고 대답하는 부모처럼 말했다.

"그렇죠. 그치만 그해의 명칭이 뭐였나요? 그러니까 말이에요, 고향에서 전 1890년에 태어났고요, 회오리바람이 불어와서 농장 집을 캔자스에서 오즈로 날려 보내게 됐을 때 열 살이었어요. 그러니까 그해는 1900년이죠. 그때가 오즈에서는 1900년이었나요? 내가 처음으로 찾아왔던 그해가요? 그리고 그러면 올해는 몇 년이라고 그러세요? 내 얘기는요, 혹시 어딜 가든 보편적이어야 하는 게 있다면 시간이 그럴 거란 말이에요."

치안판사가 말했다.

"난 너의 선생 노릇을 하려고 이 자리에 있는 건 아니야, 게일 양. 그래도 말은 해 주지. 아가씨 논리는 우리에게는 낯선 연도 명명 체계에 의거하고 있는 것 같구먼. 우리 오즈에서는 시간을 조각조각 쪽 내어 헤아리거나 한 해의 흐름에 임의의 수를 부여하는 보편적인 수단은 갖고 있지 않아. 쿼들링들은 전혀 아무런 계산 체계 없이도 얼마든지 잘산다고 들었네. 그쪽 지역의 기후가 아무래도 계절에 따라 크게 요동치는 법이 없고 보니까 말이야. 길리킨 지역과 에메랄드 시에서는 시간의 흐름을 누대의 오즈마 치세에 의거하여 단락 짓지. 아니면, 오즈의 마법사가 찾아온 때 이후로는 왕권 대행 총리의 치세들에 의거하고. 셸 황제 치리 원년, 7년, 12년, 이런 식으로 말이야. 그렇게 세어 나가는 거지. 이곳 먼치킨랜드에서는 한 달 한 달의 길이나 배치가 달의 주기에 따라서 다양하게 변한다네. 예를 들면 자칼의 달이 뜨는 해에는, 우리는 가면달을 빼놓고 넘어가지. 아무도 기억 못하는 그 어떤 오래된 미신 때문이야. '씨뿌리기 날'에 태양이 비쳐도 그림자가 생기지 않는 해 같으면 우리는 '알곡 기간'이라고 부르는 농번기에 7주를 더한다네. 만약에 봄에 비가 너무 많이 내릴 시에는 '손님빛철'을 그냥 거르고 말지. 그러니까, 우리들의 한 해 한 해는 불규칙하게 빚어져 있고 쉽사리 헤아릴 수 있도록 나란히 줄 세워져 있지 않단 말이야. 굳이 그렇게 하려는 사람도 없고."

"게다가 말이지요." 꼬마 다피가 옆에서 목소리를 내어 참견했다. "내가 한마디 보태도 된다면, 수를 헤아리는 건 다 제각각 문화적인 분위기에 따른 거예요. 예를 들어 수녀원에서는, 어떤 기간이 햇수로 6년만 넘어가면 대충 그걸 10년으로 쳐요. 10년 전이라고 말한다 해서 꼭 열 해 전이 아니란 말이지요. 그 말은 그냥 대충 한 10년 된 것 같다는 뜻일 뿐이에요."

어쩐지 대담이 되어 버렸기에 브르르도 한마디 거들었다.

"게다가 말할 것도 없이 이런 점도 있지요. 아무 일도 일어나지 않는 것 같을 때에는 혹시 시간이 좀 끼었다가 가더라도 알 수가 없단 말씀이에요. 여섯 해가 10년처럼 갈 수도 있고 눈 한 번 깜박 할 사이처럼 지날 수도 있지요. 하지만 뭔가 주목할 만한 다른 일이 일어나지 않는 한, 이름을 뭐라고 부르건 아무래도 상관없어요. 기억을 못 박아 놓을 어떠한 이유가 없다면, 뭣 때문에 쓸데없이 죽은 시간을 헤아리느라 시간 낭비를 하겠습니까?"

치안판사가 말했다.

"난 방청객들에게 의견을 말하라고 청하지 않았소."

도로시는 기가 죽었고 성질이 난 모습이었다.

"그러니까 내가 6년 전에 여기에 왔다고 그러잖아요. 그리고 지금 난 열여섯 살이고요. 당신네들은 그게 대략 18년 전이라고 말하고 있고요. 달이니, 지역이니를 따져서 세는 햇수인 데다, 누군가가 그 세월이 지나가는 것을 잊지 않고 주목하고 있었느냐에 좌우되는 거지만요. 당신들 말대로라면 난 스물여덟 살도 될 수 있겠네요. 캔자스에서 그건 완전히 할망구인데."

헛기침을 하여 목청을 가다듬으면서, 템퍼 베일리가 감히 첫 발언을 꺼내 놓았다.

"시간이란 분명 매혹적이지요, 네. 그렇지만 왜 이걸 가지고 시간을 끌고 있는 거죠?"

"만약에 내가 스물여덟 살이라면요. 그럼 난 완전히 성인이 거고 나 스스로 내 변호인 역할을 할 수 있겠네요. 난 휴정을 요청할래요. 밖에 나가서 내 첫 위스키 스매시를 마셔 볼래요. 헨리 아저씨는 위스키 스매시가 진짜 굉장하대요. 누구 나랑 같이 갈 분 계세요?"

도로시는 부엉이가 앉으려면 앉을 수 있게끔 팔뚝을 횃대 삼아 쭉 내뻗었다.

"아직 아침 먹을 시간도 다 지나지 않은 때인데. 그리고 법정은 오늘 낮 동안에는 휴정하지 않는다." 닙이 말했다. "네가 체포 구금 상태라는 거야 말할 것도 없고."

"아, 그러네요." 그래도, 도로시의 어깨는 조금 더 당당하게 각 지게 펴졌다.

"이제 시작하겠습니다." 페그 여사가 말했고, 닙 공은 고개를 끄덕여 그에 동의해 주었다. "나는 피고가 처음 오즈에 도착했던 때 이전의 범죄로 점철된 삶에 관한 질문으로 심문을 시작하고자 한다, 도로시 게일."

"아, 그냥 도로시라고 부르세요. 모두들 그러는걸요."

"너희 고향 땅에서는 마녀를 죽이는 걸 문법학교(학교 제도 초창기의 초등교육 기관)에서 훈련시키는가? 아니면 과목 외의 취미로 선택하는 것인가?"

"어머나 세상에, 페그 여사님…… 이렇게 불러 드리면 되나요? 문법학교에서는 가르쳐 주는 게 별로 많지 않거든요. 간단한 숫자 셈 정도죠. 우리가 쓰는 글자랑, 석판 위에다 그 글자들을 써 보는 방법이랑. 베르길리우스 시 쪼금 배우고, 정부의 기독교적 원칙하고요. 그리고 서로 나누는 법도 배우지요. 아무튼 말예요, 캔자스에는 마녀가 하나도 없어요. 제가 얘기할 수 있는 한에는 샌프란시스코에도 없고 말이죠. 솔직히 그쪽 동네에서 일이 돌아가는 걸 제가 밑바닥까지 들여다본 것 같지는 않지만요. 거기는 확실히 캔자스 같지는 않았지요, 비록 거기에 모종의 마법이 작용하고 있는 것처럼 느껴지긴 했지만. 아무튼요, 난 누굴 죽이려고 그러지 않았어요. 마녀가 됐건 누가 됐건. 헨리 아저씨는 우리가 대충 믿는 퀘이커 교도래요. 우린 폭력을 신봉하지 않는답니다. 물론 돼지 잡는 철에는 예외지만요. 왜냐하면 샌프란시스코 호텔에 있던 웨이터가 나한테 그랬는데요, 딱 그 사람 말대로 아침에 일어나서 제일 먼저 따뜻 말랑한 맨 빵에 뜨끈뜨끈 근사한 소시지를 척 하고 끼워 넣는 일보다 더 좋은 건 없거든요."

둘째 줄에 앉아 있던 암퇘지가 얼굴빛이 잿빛이 되어 제일 작은 새끼돼지의 귀를 앞발 발굽으로 덮었다.

"있잖아요, 그 웨이터 참 무지 괜찮은 사람이었지만 아무래도 내 타입은 정말 아니라고 난 생각해요. 헨리 아저씨는 아저씨 보기에 나한테 무슨 타입이 있는 것 같지는 않다고 그러셨어요. 그리고 또 적당한 사람이건 그렇지 않건 간에 하여튼 '네가 샌프란시스코에서 직접 남자를 찾을 건 아니지.' 하고 말씀하셨죠."

페그 여사는 마치 도로시의 대답에 돌이 된 것처럼 우두커니 서 있었다. 입만 한두 번 뻐끔거렸고, 메모를 하는 손은 떨리고 있었다.

"도로시 게일, 내가 묻는 질문에만 대답하라는 점을 다시금 일깨워 주어야만 하겠다. 그렇지 않았다가는 여기서 1년을 묵새길 수도 있겠어. 1년을 어떻게 계산하건 간에 말이지."

"아, 그렇군요, 페그 여사. 질문에 대답하라, 그 말씀이시죠. 캔자스에서 학교 선생님이 나한테 늘 하시던 말씀이 그거였어요. 그 탓에 내가 학교 건물 밖 긴 의자에 앉아서 수업을 듣게 됐던 거랍니다. 교과서랑 석판을 창틀에 기대 놓고 수업을 들었죠. 만약에 내가 너무 많이 말을 종알대기 시작하면 선생님이 창가로 와서 창을 닫아 버렸어요. 그래서 선생님 말씀이 안 들리게 되면 난 그냥 캔자스를 둘러보고 있었지요. 아마 애당초 그 때문에 여행이 하고 싶어 좀이 쑤시는 사람이 됐나 봐요. 내 말은요, 캔자스를 고상하고 멋지게 보려면 물구나무서서 봐야 한다는 거예요. 근데 그래도 그게 오래안 가요. 여행을 해 본 적 있으세요, 페그 여사님?"

"칸지즈로는 가 본 적이 없지." 검사는 일종의 농담처럼 들리게끔 일부러 꾸민 음성으로 말했다. 흡사 '아직 정신이 나가 본 적은 없지.' 하고 말하는 것처럼 말이다.

군중은 웃는 것이 허락되어 있는지 어떤지 잘 모르는 채로 킥킥 웃었는데, 님 공 또한 손으로 입을 가리고 있었으니 아마 괜찮은 것 같았다.

"제가 기꺼이 첫 번째로 여사님을 오시라고 초청해 드리고 싶네요." 도로시가 말했다. "물론 제가 여사님의 보호자가 되어 드려야 할 거예요. 왜냐하면 여사님처럼 조그마한 사람은 어린애 취급을 받을 거거든요. 그러면 위스키 스매시도 못 사 드세요. 물론 캔자스에서는 어떤 일이 있어도 위스키 스매시 같은 거 한잔 하실 수가 없겠지만요. 캔자스는 바짝 메마른 동네거든요. 말랐어요, 말라, 말랐어."

도로시가 주문을 외우기라도 한 것처럼 페그 여사는 그 단어를 꼬투리 잡아 달려들었다.

"도로시 게일, 네가 처음으로 칸자스에서 왔을 때에 우리는 우리가 기억할 수 있는 한계까지 오래오래 오즈땅 대부분을 침식해 들어간 가뭄으로부터 회복되는 중이었다. 큰 바람에 실려 네가 도착했고, 하필 이름도 수상쩍게 폭풍우를 의미하는 '게일(Gale)'이라고 했지. 너는 불과 몇 달 만에 트롭 자매를 둘 다 해치우는 데 성공했어. 장차 먼치킨랜드를 하나로 결속시키고 더욱 강하게 만들었을 마법 능력을 가진 그이들을 말이야. 트롭 자매가 없었기에, 자치를 바라는 우리 국민의 의지가 아무리 굳건했어도 먼치킨랜드는 부흥하지 못했다. 연간 강우량은 그저 조금 증가했을 뿐이고, 오즈 충성령의 군대가 우리의 아름다운 먼치킨랜드 땅을 침략해 들어와 운송 가능한 물이 가장 넉넉히 담긴 오즈 최대의 수원지 레스트워터라 불리는 호수를 점거하기에 이르렀다. 너에게 책임을 물어야 할 일이 어마어마해."

"어, 우선 캔자스 사람들도 가뭄이라면 일가견이 있다는 말씀부터 드릴게요. 정말이라니까요. 제가……."

"넌 우선 조용히 하기부터 하도록." 님이 말했다. "페그 여사, 일단 이 시점에 질문은 살인에 대한 것으로 한정해 주시겠소? 우리가 사는 햇수를 그 칸자스라는 동네에서 한다는 것처럼 세지는 않을지 모르겠으나 우리도 하루하루 소중하게 헤아려 가는 사람들이고, 손주의 손주가 태어날 때까지 이 자리에 미적이고 있는 것은 바라지 않소. 그리고 너, 아가씨, 대답은 짧게 하고 요점 있게 하도록. 진정 심각한 혐의로 기소되어 법정에 선 몸이니까."

"알았어요." 도로시가 말했다.

"간략하게, 제발 부탁이니, 간략하게 해요." 페그 여사가 말했다.

"우리에게 센터먼치에 도착했던 때 이야기를 하도록 하시오. 그게 글쎄 몇 년 전이라고 치건 말건 간에. 특히 피고가 어떻게 트롭 가문의 장이자 먼치킨랜드의 집정자인 네사로즈가 그날 그곳에 있을 것임을 알았는지에 대하여, 그리고 어떻게 그렇게 교묘하고 정밀한 암살 계획을 짰는지, 또한 피고가 언제 어떻게 에메랄드 시로 행군할 것을 결정했는지에 대하여 대답하도록 해요."

꾸지람을 듣고 나서 그에 맞추어 주려고, 도로시는 그게 6년 전이건 18년 전이건 간에 자기가 처음 오즈에 왔을 때 일을 되도록 돌이켜 떠올렸다. 한옆에서 브르르는 도로시가 전에 자기와 허수아비와 양철 나무꾼에게 말해 줬던 내용을 웬만큼 기억해 냈다. 브르르가 기억하는 한 도로시는 알리바이가 될 만한 사실들을 제대로 쫙 늘어놓았더랬다. 그게 알리바이가 되긴 된다면 말이지만. 어린 도로시는 폭풍우가 밀려오자 자기 가족의 농장 집 안으로 은신처를 찾아 숨었다. 비록 아마도 어떤 심오한 마법에 의하여 지지되었을 모종의 큰 자연재해에 휘말려 집이 공중으로 떠올랐고, 회오리바람에 빙빙 돌며 암흑의 경로를 통하여 오즈를 둘러싼 건널 수 없는 모래밭을 가로질러 왔고, 그리하여 센터먼치에 내려앉아 버렸지만 말이다. 정통으로 네사로즈 트롭의 머리 위에 떨어져 버렸다.

도로시가 학교에서 우리나라 지리를 배운 중에 오즈에 대한 것은 배우지 못했던 게 분명했다. 하긴 어쩌면 교과 과정에 있었는데 닫힌 창 밖의 긴 의자로 쫓겨나와 있느라고 못 듣고 빠뜨린 것인지도 모르지만 말이다. 도로시는 캔자스로 돌아간 후에도 오즈에 관하여 질문을 해볼 수가 없었다. 왜냐하면 회오리바람이 그렇게 지척까지 다가왔다는 데 질겁한 선생님이 그만 시카고로 떠나 버렸기 때문이다.

"시즈로 떠났다고 했나?" 페그 여사가 귀를 긁으면서 물었다.

"시카고요." 도로시가 말했다. 나불나불 지껄이지 않으려고 자제를 하느라 도로시는 그냥 엄청나게 높은 건물들이 늘어선 도시 풍경을 손짓으로 그려 보이기만 했다. "시이이이카아아아고오오오예요."

도로시는 이야기를 계속했다. 그것은 소름 끼치는 이야기였다. 착륙하고 나서, 도로시는 그날 아침 모종의 종교적인 제전이 있어서 센터먼치 주민들 다수와 외부 사람들도 거기에 모여 있었던 것임을 알게 되었다. 어린 학생들이 상을 받고 있던 참이었다. 갑자기 하늘이 어두워지자, 사람들은 모두 다 관목 수풀로, 가까운 집들로 뛰어들었다. 기괴한 휘이잉 소리에 이어 산산조각 나는 콰장창 소리가 나는 걸 모두가 들었다. 정확히 그 순간에는 공포 때문에 눈들을 꼭 감고 있어서 소리만 들었다. 숨어 있던 곳에서 기어 나오자, 사람들은 행사를 위해 세워 놓았던 특별석 단상에 집 한 채가 내리꽂혀 있는 것을 발견했다. 도로시는 마을 광장 한복판에 서 있었다. 노란 벽돌길이 시작되는 지점으로부터 그리 멀지 않은 장소였다. 아연실색한 센터먼치 사람들이 진상을 깨닫기까지는 조금 더 시간이 걸렸다. 바로 네사로즈 트롭이, 그들 중에서 오직 혼자만이, 임박한 공격의 조짐 아래에서도 한 치라도 움직이는 것을 거부하고 있었다는 사실을 말이다.

"정말 네사로즈다운 일이지요." 페그 여사가 중얼거렸다. "그분의 성품을 증명하는 거예요."

그렇다지만 브르가 기억하기로 네사로즈가 그때 그 자리에 버티고 서 있었던 것은 지독한 우월감을 증명하는 것이라고들 과거에 사람들은 수군거렸던 것이다. 네사로즈가 일단 자신의 두 발로 버티고 서는 법을 배우고 나자 그렇게 되었다 이 말이었다.

"지금은 여러분이 그걸 살인이라 부를지 몰라도 그때는 아무도 저한테 사슬을 채우지 않았답니다. 그때는 사악한 마귀할멈한테서 해방됐다고 축하 잔치를 벌였어요. 몰라요, 저한테는 그렇게 얘기했어요. 사악한 동쪽 마녀는 옳고 그름을 결정하는 모든 권력을 틀어쥐었던 장본인이었다고요." 도로시는 몸을 똑바로 세웠다. "전 해방자라고 환호도 받았죠. 그리고 곧 글린다가 찾아와서 날 보고 상을 받으러 에메랄드 시로 길을 떠나라고 했어요."

"아마 글린다는 그곳에서 너를 투옥시킬 의도였을 거야. 남쪽계단에." 페그 여사가 말했다. "위험천만한 중범죄자가 사회에 돌아다니지 않게 하는 것이야말로 저명인사의 최우선 의무지."

"그런 게 아니었는데요." 도로시가 말했다. "노래 부르고 춤추고, 누군가는 또 빵에 발라 먹는 달콤한 덩어리를 꺼내 오기도 했고요. 뭔가 엄청 끈끈한 크림잼 같은 거였죠. 난 절대 마녀를 죽이려고 그런 게 아니었어요. 동화책에 나오는 것 말고 마녀란 게 실제 있는 줄도 몰랐는걸요. 그리고 캔자스에서는 아이들이 마녀가 나오는 그런 동화책은 못 읽어요. 정말이라니까요. 모든 게 다 너무나도 느닷없이 일어난 일이에요. 아시겠지요?"

"너의 증언에는 엄청난 수의 구멍이 뻥뻥 뚫려 있구나." 페그 여사가 말했다. "너희 집이 정확하게 우리의 총독인 트롭 가문의 수장 머리 위에 떨어져서 그녀를 죽였고, 그녀 한 명만을 죽인 것만 봐도 그렇지. 그런 못 믿을 걸 믿으라고 하다니. 내가 의심하기로는 에메랄드 시 인사 누군가 관련 있을 거야."

"내가 땅에 내려앉았을 때는 사람들이 그걸 불가능한 우연의 일 치라고는 부르지 않았어요." 도로시가 말했다. 브르르는 도로시가 그렇게 냉정한 목소리로 말하는 것을 들어 본 적이 한 번도 없었다. "기적이라고 불렀죠."

"나는 재판관님과 배심원들께 이는 피고가 악의를 가지고 사전 모의하여 가장 치명적인 방법으로 일격을 가하고자 계획한 것임을 주지시켜 드리는 바입니다." 페그 여사가 말했다. "피고인은 가는 곳마다 재난을 몰고 가지요. 지난번에도 그랬고 이번에도요. 딱한 암소 같으니."

그러나 딱한 암소라는 게 도로시를 지칭해 욕하는 건지 아니면 이번에 도로시가 오면서 깔아뭉갠 글리쿤 암소를 말하는 건지는 명확하지 않았다.

브르르의 바로 코앞에서 꼬마 다피가 팔을 휘둘렀다.

"신사 숙녀 여러분, 제가 한마디 보태도 될까요?" 꼬마 다피는 앉아 있던 의자에서 팍 튀어 일어나 판사석 쪽으로 다가갔다.

"적절한 발언이라면, 하시오." 닙이 말했다.

"내가 그곳 센터먼치에 있었거든요. 그때 내 나이가 지금의 도로시 나이쯤 되었더랬죠. 아무튼 자기가 그 나이라고 하는 나이 말이에요, 내 얘긴. 내가 그때 열여섯인가 열여덟 살이었어요. 통합교였던 선조님들이 남긴 글에 대한 공부를 끝내는 마지막 해였죠. 실제로 일어난 일이 무엇인지, 또 그때의 정서가 어떠했는지 내가 확실히 얘기할 수 있어요."

닙 공이 고개를 끄덕였고, 페그 여사는 경계의 빛을 띠었다. 그렇지만 꼬마 다피에게 깃펜을 흔들어서 계속하라는 신호를 보냈다. 템퍼 베일리는 한 발로 퐁 하고 제자리 뜀을 뛰며, 처음으로 흥미 있는 기색이었다.

"물론 난 나이 젊었지요. 하지만 우리 중 누구도 도로시의 도착과 같은 것은 이전에 결코 본 적이 없었어요. 그 불합리한 옷차림을 하고 그 뭔지 모를 강아지를 안은 모습으로……."

"아, 토토 얘기는 하지 말아 주세요. 아님 저 울어요." 도로시가 말했다.

"그러니까 내가 확실히 말씀드리는데, 우리 모두에게 도로시는 뭔가 이동 가능한 주택 안에 타고서 어딘지 모를 곳으로부터 찾아온 여마법사랄까 성녀처럼 보였던 거예요. 먼치킨랜드를 일종의 독재자로부터 해방하기 위해서요."

"네사로즈의 독재는 주로 종교적인 것 아니었소?" 페그 여사가 물었다.

"그래요, 그 말 맞아요."

"그런데 그래도 당신은 수녀원에 들어가서 평생을 보내려고 했군. 아쉽네요."

"내가 해바라기꽃이나 데이지꽃으로 차려입었던 건 사실이에요. 어쩌면 수선화 한 송이라고 해도 되겠죠." 꼬마 다피가 말했다. "일종의 미인 대회였어요. 그땐 나도 젊었기 때문에 그렇게 떠들썩한 분위기에는 물론 민감했지요. 하지만 이 지점에 내 기억은 어긋나지 않았어요. 도로시는 엄청난 찬사를 받으며 융숭하게 대접받았답니다. 네사로즈의 죽음은 사고로 보였어요. 그리고 내가 주장하는데, 사고라도 다행스러운 사고였죠. 내가 일어나서 이야기를 하는 건 사실은 사실이기 때문이에요."

"아주 멋지군요. 정말 매혹적이야. 수선화의 증언이라니. 자리에 앉아도 좋소." 닙이 말했다.

"그리고 나 혼자만이 아니었어요." 꼬마 다피가 말했다. "글린다 부인이 그 후 곧 도착했죠."

"그거면 됐소." 닙이 말했다.

"제가 질문을 제기해도 되겠습니까?"

부엉이는 정말이지 머리에서 발끝까지 너무나도 소심하다고, 브르르는 생각했다. 비록 어쩌면 그것이 하필 동물 신세인 법률 고문이 법정에서 취하는 전략일 수도 있을 것 같았지만 말이다.

"꼭 해야겠다면." 닙이 말했다. 페그 여사는 경멸적으로 입술을 말아 들였다.

부엉이가 말했다.

"당신은 네사로즈를 위한 장식으로 해바라기꽃이 되는 게 좋았습니까?"

"너무너무 좋았죠." 꼬마 다피가 말했다.

"난 펠트를 오려서 만든 커다랗고 편편한 노란 꽃잎들을 꿰매 붙인 일종의 그물 모자를 썼어요. 네사로즈가 그 눈부시게 멋진 구두를 신고서 걸어갈 때 우리는 나란히 줄 맞춰 서서 미리 정해져 있던 구절을 노래 불렀어요. 「정원의 교훈」이라는 동요였지요."

"어떤 구절을 노래로 불렀습니까? 기억해 내실 수 있나요?"

"궤를 벗어났소. 부적절한 요청이오." 닙이 말했다. "게다가, 아무도 그런 건 신경 안 써요."

"난 신경 쓰는데요. 노래하는 거 정말 좋아요." 도로시가 말했다.

"법정에서 듣고자 하신다면…… 그리고 누래 전곡을 다 부르진 않을 거예요. 난 그저 한 단락만 불렀답니다. 옛날 그 시절에는 내가 소프라노였고 지금은 걸걸한 콘트랄토니까, 음조를 조정해서 불러 보자면 노래는 이래요."

"아, 제발 좀." 페그 여사가 뇌까렸다.

브르르는 그녀에게 송곳니를 드러내 보였다. 딱 한 개만 보여 주었다.

"하세요. 그럼 혹시 내가 일종의 음악 인류학자가 되어서 노랫가락들을 모으고 다닐 수도 있을지 모르잖아요. 나 거기다 '먼치킨랜드의 노래들'이라고 제목을 지을래요." 도로시가 손뼉을 치면서 그렇게 말했다.

꼬마 다피가 노래했다.

자그맣고 별것 없는 해바라기 씨앗아
뭐가 있어야 하는지 나는 안단다
이름 없는 신의 사랑은 순수해
진한 똥거름만큼이나 잘 듣는다

"그냥 관뒤야겠네요." 도로시가 말했다.

"방금 한 노래야말로 내 생애를 통틀어 가치 있는 몇몇 순간들 중에 들어갑니다." 템퍼 베일리는 어이없어하는 닙을 향해 그렇게 말했다. "본인은 이로써 꼬마 다피의 순수한 본성을 확실히 구축하였고 피고인을 보호하기 위해 거짓말을 하고 있는 것이 아님을 증명하였습니다."

"난 수녀였어요. 거짓말을 하지 않기로 맹세한 몸이죠." 꼬마 다피가 말했다.

"당신은 아마도 독신의 서약도 했을 것 같은데요. 그런데 당신이 불편해지니까 그 서약들을 내던져 버린 모양이에요." 페그 여사는 아내의 손을 꼭 쥐고 있는 대장 나리를 가리켜 말했다. "나는 이 키 작은 먼치킨랜드 민들레가 노래 부른 것들 어떤 것도 믿을 만한 증언에 포함시키지 말기를 권고합니다."

"우리 마누라 키가 당신만큼은 되는데. 내가 당신 다리를 분질러 놓겠어, 이 여편네야. 그러고 나서 누구 키가 작은지 어디 보자고."

대장 나리는 그렇게 말하고, 불손한 언행으로 인해 법정 밖으로 쫓겨났다.

"나는 우리가 꼬마 다피가 분명 그러하였던 것과 같이 어리고도 감수성이 예민한 증인의 증언을 고려해야 한다고는 생각하지 않소. 기록에서 꼬마 다피의 발언들을 지우도록 하시오." 닙이 말했다.

하지만 임명해 두었어야 했을 법정 서기를 임명하지 않았던 터라, 그 명령을 받들어 움직이는 사람은 아무도 없었다.

"저 사람 그때 나이가 어렸다면 오늘 저도 똑같이 어린데요." 도로시가 말했다. "만약 저 아주머니가 그때 너무 나이 어려서 하는 말을 진지하게 고려해 볼 수도 없을 정도라면 여러분이 지금 절 재판에 붙일 수는 없어요. 전 미성년자인걸요."

"우리 계산에 따르면 너는 중년 여성이다. 겉보기는 덩치 큰 둔탱이처럼 보이더라도 말이지." 닙이 쏘아붙였다. "그 문제를 다시 끄집어내지는 않을 거다. 당신 차례요, 페그 여사. 이번 건 좀 속도를 내어 봅시다. 점심 먹을 때가 되면 휴정을 하고 내일 다시 소집할 텐데, 내 뱃속이 점심 먹을 준비가 더할 나위 없이 잘돼 있구려."

페그 여사는 이어지는 90분에 걸쳐 도로시가 먼치킨랜드에 관하여 알고 있는 것들에 관해 닦달을 해댔다. 검사는 도로시를 속여 넘겨서 무엇인가 오즈의 지정학적 상황에 대하여 도로시가 알고 있는 기밀 정보를 한 끄트러기라도 흘리게 만들려는 듯했다. 하지만 도로시는 아주 능란한 피고인이든가, 아니면 심지어 지금에 와서도 오즈가 어떻게 조직되어 있는지에 관하여 어처구니없을 만큼 감을 못 잡고 있는 것이든가 둘 중 하나였다. 도로시는 내내 허방을 짚었고, 페그 여사는 이거다 싶으면 꼬투리를 잡았으며, 닙은 신음소리를 내며 뱃속에서 꼬르륵거리는 소리를 냈다. 템퍼 베일리를 아무리 존중해 주자고 한들 그의 질문은 도무지 도로시에게서 자신이 무죄임을 밝히는 발언을 이끌어 내는 것 같지가 않았다. 닙이 종을 울려 오늘의 공판 종결을 알렸을 때쯤에 브르르의 생각엔 오고간 공방 전부가 거의 시간 낭비였던 것 같았다. 그렇기는 해도, 관전하는 군중이 법정을 꽉 채우고 있었던 이상 변론은 요란했다. 논쟁이 벌어지고, 웃음이 터져 나왔다. 하여튼 즐길 거리로서는 잘 진행되고 있는 중이었다. 그러고 보면 이 재판이 누군가에게는 성공적인 재판일 터였다. 그거야 누구의 관점에서 성공 여부를 재기로 하느냐에 달린 일이었다.

카페에서, 산들바람 한 점 없는 저녁 무렵 향기로운 과일나무들이 바람에 팔락이는 법도 없이 드리워 놓은 그늘에서 일행은 미코 씨와 그날의 공판에 대해 토론했다. 독서실을 떠나 큰맘 먹고 공공장소인 소광장으로 나오시도록 설득을 해서 데리고 나온 참이었다.

"나는 아직도 이 재판이 뭘 이룩하자는 의도인지 궁금해요." 꼬마 다피가 말했다. "국가적 목적과 분투에 관한 감각을 한곳에 집중시키도록 하기 위하여 악당을 구축하는 건 그렇다 쳐요. 그렇지만 그러면 오즈의 신성황제와 그자의 수석 지휘 장교인 체리스톤 장군이 먼치킨랜드 자유령의 적 자리를 이미 꿰찬 것 아닌가 말이에요. 도로시가 지금 열여섯인지 예순하나인지 밝히는 건 공적으로 호들갑을 떨 가치가 있는 사안 같질 않네요. 이 딱한 여자애를 박해하는 게 누구에게 무슨 이로움이 된단 말인가요?"

"먼치킨랜드 자유령은 셸에게 손을 뻗칠 수가 없어요. 더할 나위 없이 딱하지 뭐요. 게다가 체리스톤하고는 교전이 영구적인 교착 상태에 빠진 것 같단 말씀이오." 미코 씨가 논평했다. "도로시를 적대하는 이 운동은 국가적인 낙담을 빨아들여 제거하는 사이펀 구실을 시키려는 것이지. 먼치킨랜드인들에게 무엇인가 성취했다는 느낌을 주자는 겁니다."

브르르가 질문했다.

"그러면 이 재판은 공정한 재판이 되지 않는다는 거죠? 지금 하시는 말씀이 그 뜻입니까?"

"물론 공정하게 못 가지. 고발의 전제 자체부터가 기괴하잖소. 언니 동생 둘 다의 죽음을 얼렁뚱땅 한데 묶어서는! 엘파바 트롭이 먼치킨랜드에서 태어났다고는 하지만 그녀는 동생 네사로즈와 아무런 정치적인 결속도 유지하지 않았고, 동생이 죽고 나서도 권력을 틀어쥘 기회를 그냥 모른 체해 버렸소. 게다가 먼치킨랜드의 법정이 사악한 서쪽 마녀를 살해한 죄목으로 누군가를 기소해? 어처구니없는 일이오. 서쪽 나라는 오즈 충성령 깊숙이 있는데. 전제부터가 편견에 차 있고 여기에서 필요로 하는 것이 재판이 아니라 유죄판결이라는 것을 증명하고 있는 거예요."

"나도 동감이오." 대장 나리가 말했다. "공중 앞에서 벌어지는 참수형만큼 사람들을 신나게 만드는 일도 없지."

"난 역사는 도무지 배운 바가 없지만요." 꼬마 다피가 말했다. "그래도 이 일이 착착 정렬되는 게 영 마음에 안 드네요. 몸베이와 진주리아 장군, 강력한 먼치킨랜드의 수호자들 두 사람이 그래 법률로써 또 한 명의 여성을 맹렬히 공격하는 데에 나라의 주의를 집중시킨단 말이에요? 먼치킨랜드의 진짜 적수는 에메랄드 시에 있는 남자죠. 그리고 레스트워터에 있는 그자의 총사령관이고요."

"계집년들끼리 물고 뜯는 판이지." 대장 나리가 동의했다. "당신은 그런 걸 전에 본 적이 없다고? 그러면서 수녀들하고 같이 수십 년을 살았다 이 말이오? 당신 뭐요, 장님인가?"

"아주머니 말에 일리가 있어요." 미코 씨가 말했다. 아무튼 미코 씨는 왕년에 교단에 서서 역사를 가르치던 몸이었다. "에메랄드 성 탑들 속에 있는 셸과, 하우가드 요새에 틀어박힌 체리스톤…… 내 부모 세대와 또 그 부모 세대를 포위했던 40년에 걸친 마법사의 압제의 역사를 지나온 이래로 오즈의 강력한 남성 두 명이지요. 파스토리우스가 권좌에서 내쫓긴 지 60년이 되었소. 그러니까 마지막 오즈마가 죽은 지 그게 아마 65년이지요? 여가장제의 오랜 전통이 있는 땅에서 남자들이 많이도 다스렸던 거요."

꼬마 다피가 맞장구를 쳤다.

"내 말이 바로 그거예요. 만약 먼치킨랜드인들이 저력을 증명하기 위하여 적대할 누군가가 필요하다면 오즈의 황제라고 떡 하니 자리 잡고 있는 인물이야말로 좀 더 뚜렷이 떠오를 대상자 후보 아니겠어요? 이 도로시는 시시한 대체물 같잖아요."

"도로시야 나타난 그대로일 뿐이지. 재판을 좀 더 흡족하게 하자고 편하게 등 대고 앉아 계집애 성별을 바꿔 놓을 수도 없지 않나."

"그렇지만 꼬마 다피 말에 일리가 있어요." 미코 씨가 고집했다. "역겨운 오즈마가 남편인 오즈마 섭정과 아기 오즈마 티페타리우스를 남기고 죽은 이래로 오즈 충성령에는 우리가 아는 바 단 한 명의 여성 집정관이 있었을 뿐이지요. 글린다 부인 말이오. 그리고 글린다 부인은 나라를 잘 다스렸어요, 하지만 너무나 짧은 기간이었지."

브르가 다시 물었다.

"그렇지만 도로시를 기소하는 요점이 뭔가요?"

미코 씨는 부드러운 아이러니를 담은 어조로 응답했다.

"레스트워터를 수복하기 위한 싸움은 여론 재판의 법정에서 이길 수 없는 거지요."

"그러면 지금 여기서 진행되고 있는 것의 실제 정체는 뭐죠?" 브르르가 해답을 구했다. "그걸 밝혀내는 게 중요할 것 같은데요. 가엾게 된 도로시를 변호해 줄 방법을 찾기 위해서라도 말입니다."

일행은 앉아 있었다. 오리무중으로, 은식기를 만지작거리며 앉아 있었다. 결국 난쟁이가 입을 열었다.

"나는 '타임 드래곤의 시계'가 펼쳐 보이는 쇼가 대중의 관심을 '시계'의 진정한 임무로부터 다른 곳으로 돌리기 위한 의도에서 나온 것이라고 종종 생각하곤 했지. 『그리머리』를 수용하는 비밀 창고 역할이 진짜인데 말이야. 이 재판이 대중 홍보로서는 그다지 별 것 없고 사람들 시선을 돌리려는 쇼가 아닐까 싶구먼. 전쟁의 전면 어디 다른 곳에서 무슨 일인가가 진행 중인 게 아닐까? 라 몸베이가 우리가 눈치 채기를 원치 않는 뭔가? '시계'라면 우리에게 단서를 주었을지도 모르는데. 빌어먹을 것이 뭉쳐 문드러져서."

✦✦✦

'마구간집'이 제공하는 의문의 여지가 있는 편안함을 찾아 돌아오는 길에, 일행은 노천 맥주집 옆을 지났다. 저마다 손에 맥주잔을 잡은 키 작은 촌사람들이 무엇인가 쇠 깨지는 소리로 노래를 불러 대었다. 술이 취해 노랫말은 발음이 샜다.

땡땡 종을 울려라, 나쁜 년을 매달자
종 치는 추처럼 매달아 흔들자
이리저리 흔들자, 숨 끊어질 때까지!

"우리 고향 사람들이 대체 무슨 혼이 들린 거죠?" 꼬마 다피가
말했다.
"주춤거리지 말고 쳐다보지 마세요. 놈들이 봅니다." 브르르가 말
했다. 그의 뱃속에 해묵은 뭔가가 꿈틀거리는 것이 금방이라도 평
터져 오를 듯 위태로웠다. "눈은 앞을 봐요. 계속 가요."
"그게, 노랫가락은 세상에나 저렇게 쾌활하잖아요." 꼬마 다피가
말했다. "그래요, 우린 노래잔치를 벌이곤 했어요. 하지만 가사가 저
렇게 험악하지는 않았다고요."
"시대마다 기후가 있는 게지." 대장 나리가 말했다. 일행은 서둘
러 그곳을 지나쳤다.

✤✤✤

아침이 되어 법정이 재개장하자 장내는 수용 한계까지 가득 찼
다. 닙 공은 침팬지들에게 커다란 골풀 부채를 부치도록 지시했다.
창턱이 두꺼운 여닫이창은 창 여는 손잡이를 돌려 열 수 있는 한껏
활짝 열어 두었고, 바깥에는 모인 구경꾼들이 더 많아졌다. 좀처럼
들여다보기도 힘들고 햇볕도 따가운 그 바깥에 모인 군중 사이에
레몬 보리차를 잔으로 팔면서 제법 짭짤하게 잔돈벌이를 하는 이들
도 있었다. 밖에서 기다리기로 했던 미코 씨가 나중에 분위기를 전

하기로는 국장(國葬)과 수확제 사이의 잡종 같더라고 했다. 음울한 동시에 신나 어쩔 줄 모르더라고.

어제 도로시가 옷을 갈아입도록 허락받은 이상, 그러나 갈아입을 옷으로 고르라고 한 것들이 그렇게 친절한 대안들은 아니었기 때문에, 도로시는 누가 지었는지 긴팔원숭이에게 입히려고 만든 것 같은 던들(허리가 조이고 아래 폭은 너풀너풀한 원피스)을 입었다. 소매가 너무나도 길어서 리본으로 묶을 수도 있을 정도였다. 도로시는 아빠 잠옷을 입은 어린애처럼 보였다.

페그 여사는 오늘 말 달리듯 속도를 내어 바로 질문을 전개했다. 다시금 도로시가 먼젓번 오즈에 왔을 때를 주제 삼았다.

"피고는 글린다 처프리가 피고에게 네사로즈의 마법 구두를 주고 살금살금 마을을 벗어나라고 조언해 주었다고 말했지요?" 페그 여사가 물었다. "그 사람은 그 사람대로 문책을 받아야 할 점이 잔뜩 있네요, 그 글린다라는 여자. 그 구두는 먼치킨랜드의 보물창고에 들어가야 할 물건이에요."

"글린다 부인이 무슨 생각으로 그랬는지는 내가 말 못하죠." 피고인이 말했다. "부인은 그냥 나한테 오즈의 마법사가 날 도와줄 거라고만 말해 줬어요. 그리고 노란 벽돌길로 가면 그 사람을 만나게 될 것이라고요. 난 그냥 그 여자 분이 여행안내 일을 하는 분이라 나를 관광시켜 주려고 그런 줄 알았어요."

"글린다가 피고에게 무장한 경호원도, 수행원도 전혀 붙여 주지 않았다고? 먼치킨랜드가 오즈 충성령으로부터 떨어져 나온 자치령이라는 데 대해 은근히 비쳐 준 것도 없고?"

"안 그랬던 것 같아요. 그렇지만 그때 일은 정말 옛날 일 같거든요. 그리고 물론 그땐 모든 게 너무나 새로웠죠. 그리고 전 그 구두가 정말 맘에 쏙 들었어요. 아마 제가 별 생각 없었던가 봐요."

"아마 그랬겠지. 도로시 양, 아가씨는 생각이란 걸 하는 일이 도대체 없는 사람이니까."

군중은 이 대사에 낮은 웃음들을 터뜨렸다. 시즈의 어느 극장 무대에 오른 소극에서 한 장면을 마무리하는 대사이기라도 한 것처럼 말이다. 하지만 브르르는 페그 여사가 실수를 했다고 생각했다. 페그 여사가 지금까지는 도로시를 '도로시 양'이라고 지칭하지 않았다. 이제 그렇게 부르기 시작했으니, 도로 물릴 수는 없을 것이다. 그리고 그건 도로시에게, 우스꽝스러운 몰골로 볼 때 이만하면 되리라고 생각되는 것보다 조금이나마 더 예우를 해 주게 된다는 것이다.

"페그 여사님." 도로시가 재잘거리기 시작했다. "만약에 여사님이 느닷없이, 마법처럼 우리 고향 캔자스로 날아간다면 우리 쪽에 적응해서 익숙해지시는 데 시간이 얼마나 오래 걸릴 것 같으세요?"

"그건 추측을 요하는 문제지." 페그 여사가 말했다.

"질문을 하는 건 아가씨가 아니야, 도로시 양." 닙 공이 말했다.

그렇지, 나왔구먼. 브르르는 생각했다. 도로시는 이제 완전히 '도로시 양'이야. 도로시가 얼간이 같은 정직성으로 대하다 보면, 도로시의 적들이 그러지 않으려고 해도 그러지 않을 수 없이 그녀를 존중하게 되는 것이었다. 브르르는 그것을 카리스마라고 부르지는 않을 작정이지만, 아, 도로시가 모종의 매력을 갖고 있는 것만은 분명했다.

페그 여사는 '노란 벽돌길 비정규군 부대'에 대하여 도로시를 다

그쳐 갔다. 항간에 인기 있는 이야기 속에 그런 이름으로 일러저 있었던 것이다. 세상 모든 살아 있는 것에 대하여, 그리고 몇 가지 음침하게 생긴 정물에 대해서도 충분히 소심한 태도를 띠고서 평생을 살아온 브르르는 도로시와 교분이 있었던 것으로 인해 자기 이름에 먹칠이 되는 것이 부담스러웠다. 하지만 그는 어쨌든 한 마리 사자였다. 먼치킨들 사이에 낀 사자다. 그리고 치아 위생을 잘 챙긴 덕택에 그는 원래 치아를 모두 그대로 지니고 있었다. 그래서 브르르는 자세를 곧추세우고 머리를 탁 쳐들어 갈기가 한층 더 인상적으로 이마에 흐트러져 내려오게 하여, 설사 그게 전부 대중 홍보라 할지라도 보기에 용맹해 보이도록 모습을 가다듬었다.

"그리고 허수아비는 정말 사랑스럽고 무척 도움이 돼 주었어요." 도로시가 말했다. "그 담에 또 양철 나무꾼은 어쩌면 그렇게 멋지고 상냥했던지. 그리고 사자는요, 처음에 턱 나타났을 땐, 정말 꼴이 형편없었죠."

도로시는 브르르의 평판을 망쳐 놓을 말은 하지 않았다는 듯이 그를 향해 생긋 미소 지었다. 브르르가 망쳐질까 걱정할 만한 좋은 평판이 있기는 하다면 말이지만.

"만약에 내가 언제라도 너희들을 데리고 샌프란시스코로 돌아간다면, 난 너희들이 모두 거기 아주 잘 적응할 거라고 생각해."

"어느 시점에 그들로 하여금 광적인 총독 시해자인 본인의 비밀스러운 배경을 알고 가담하게 했지요?" 페그 여사가 물었다.

"이의를 제기합니다. 증인을 유도 심문하고 있습니다." 대부분의 시간 동안 횃대에 앉아 낮잠을 자는 것만 같던 템퍼 베일리가 말했다.

"사람들은 그녀를 마녀라고들 불렀는데요. 그 네사로즈를요." 도로시가 설명했다. "전 어느 정도 시간이 지난 후에야 조금씩 그 사람이 총독이기도 했다는 사실을 알게 됐어요."

"먼치킨랜드와 오즈 충성령에서 각각 그 지도자감들을 모조리 제거하려는 일념으로 피고는 마법사의 졸개 된 부역자 한패거리를 모았습니다." 페그 여사가 밀어붙였다.

"발언해도 될까요?" 브르르가 일어나 섰다. 닙 공이나 페그 여사에 비해 브르르는 덩치나 몸무게가 대략 열 배쯤 되었다. 그래서 그들은 안 된다고 할 수가 없었다. 비록 페그 여사는 경멸을 담아 핏발이 선 경건한 실눈을 뜨고 브르르를 꽈 보았지만 말이다.

"도로시는 선동을 하자든가 아니면 어떠한 정부를 전복하자는 계획으로 저를 유혹한 것이 아니었습니다. 사실을 말하자면, 그 당시 저는 인생길에 다소 방황을 겪던 중이었습니다. 몇 번인가 막다른 길에 몰린 경험들, 몇 가지 신통치 못한 선택으로 인한 수치를 지난 일로 돌리고 벗어 버리고픈 마음이었지요."

"부디, 멜로드라마는 관두시오." 닙 공이 말했다. "우리는 지금 법정에 서 있는 것이지 인생 상담을 해 주자는 건 아니니까."

"우리는 에메랄드 시로 갔습니다, 재판장님. 도로시가 고향에 돌아가도록 도울 방법이 있을까 하여 간 것이지요. 제가 들은 바에 따르면 먼치킨랜드에는 아무도 그 점에 관하여 신통한 방안을 가진 이가 없었습니다."

"그 말은 맞아요. 그렇지만 적어도 누가 날 체포해서 가두진 않았죠. 그때는요." 도로시가 말했다.

"그래서 갔더니 이른바 오즈의 마법사라는 그 작자가 당신들을 네사로즈 언니 암살 작전에 기용한 것이지." 페그 여사가 말했다.

"어, 그건요. 그것까지는 아니라고 할 수가 없네요." 도로시가 말했다. "마법사는 사악한 서쪽 마녀가 무시무시하게 악하다면서 저지해야 한다고 했어요. 난 어려서 '무엇으로부터 저지해요?' 하고 물어볼 생각을 못했죠. 마법사는 마녀가 죽어 마땅하댔어요. 내가 마녀를 죽일 때까지는 도와달라는 내 부탁을 들어 주지 않을 거였죠."

"이제 들어 볼 만한 얘기가 나오는군요." 페그 여사는 목적에 집중하여 날을 세웠다.

"전 서쪽으로 향할 수밖에 다른 선택의 여지가 없었어요. 그렇지만 마법사 좋으라고 마법사의 지저분한 일을 대신 해 줄 의도는 전혀 없었어요. 그 점은 전혀 고려가 안 되나요? 도시를 떠나든가, 아니면 에메랄드 시에서도 후줄근한 동네 어디에서 입주 하녀 일을 구하든가 둘 중에 하나였다고요."

"턱없는 소리를. 선택의 여지는 언제나 있어." 페그 여사가 말했다.

"아, 제가 정확하게 설명하지를 못하네요. 제 얘기는요, 나 자신 그렇게 할 수밖에 다른 도리가 없었다는 거예요. 왜냐하면 차차로 네사로즈 트롭이 우연한 사고로 집에 깔렸다는 게 얼마나 무시무시한 일인지 깨닫게 되었거든요. 난 고의는 아니지만 그녀의 여동생이 세상을 떠난 일에 관여된 데 대하여 가장 가까운 인척인 그녀에게 사과하고 싶었어요. 그것이 내가 서쪽으로 갔던 이유였어요. 그거예요, 정말 다른 이유가 아니라."

"우리가 그 말을 믿을 거라고 생각해요?" 페그 여사는 울컥한 것 같았다. "피고 자신이 인정한 바에 따르면, 마법사가 피고에게 사악한 서쪽 마녀를 죽이라고 요구했지요. 그래서 피고는 그의 계획을 교활하고도 기민하게 실행에 옮겼어요. 그래놓고 그 사태에 아무런 과실이 없다고 주장하다니? 가당찮은 소리."

페그 여사는 연기상을 받아도 될 것 같은 냉소를 보여 주었다.

"저기요, 잠깐만요. 마법사가 목표한 바와 마녀의 성 키아모코에서 내가 겪게 된 일이 우연히 맞아떨어졌다는 게 내가 유죄라는 증거는 못 돼요."

또 우연이지. 브르는 생각했다. 증거는 못 되지만, 도움 되는 것도 아니다.

템퍼 베일리가 다시금 불쑥 발언을 했다.

"사자에게서 좀 더 이야기를 들어 보지요. 사자도 그 작전에 참가했으니까요. 그렇지 않습니까?"

닙은 차가운 시선을 브르에게 돌리고 고개를 끄덕였다.

브르는 생각했다. 이 재판이 결국 잘 풀리지 않으면, 도로시는 어떻게 될까? 나는? 그가 입을 열었다.

"나는 도로시가 마법사에게서 임무를 부여받을 때 그 자리에 없었습니다. 마법사가 도로시에게 뭐라고 말했는지 내가 확인해 드릴 수는 없군요. 마법사가 나에게도 마녀를 죽여 줄 것을 요청했다는 점은 저도 시인합니다. 그리고 각각 따로따로 마법사를 만나 보고 난 뒤에 허수아비와 양철나무꾼 둘 다 같은 이야기를 했습니다. 우리는 서쪽으로 갔지요. 마법사의 요구대로 하기 위해서가 아니라 길동무에게 힘을 주기 위해서였습니다. 우리 모두가 보아서 알았듯이 도로시는 나이 어리고 순진했으니까요. 이렇게 말씀드리면 아실지 모르겠지만, 어딘가 조금 모자라는 것은 차치하고라도 말이죠."

도로시는 그 말에 낯을 찡그렸다.

"그래서 당신이 엘파바 트롭의 살인 사건에 관해서 해 줄 수 있는 증언은 무엇입니까?" 템퍼 베일리가 물었다.

"그녀의 죽음에 관하여 제가 말씀드릴 수 있는 것은 무척이나 적습니다. 그것을 살인이라 부르는 데 대해서 저는 답변할 수 없습니다." 사자가 말했다. "나는 마녀의 아들 리르와 함께 주방 식료품실에 갇혀 있었습니다. 그리고 우리가 거기서 빠져나와 성의 높은 난간으로 올라가는 탑실 층계로 달려 올라갔을 때에는 도로시가 이미 층계를 내려오고 있었습니다. 눈이 짓무르도록 펑펑 울면서 말입니다."

"정말 심하게 엉엉 울었어요. 내가 퍼부은 양동이 물을 내 머리 위에 뒤집어쓴 꼴이었죠." 도로시가 말했다.

"그렇다면 문제는 이거지요." 브르르가 말했다. "그 윗방에서 무슨 일이 일어났는가? 도로시가 마녀를 죽였는가? 의도적으로 그랬든 사고로 그랬든 간에? 우리들 한 명 한 명 모두가 그 사안에 대하여 알고 있는 것은 마녀가 처치 당했다는 것입니다. 그녀는 사라졌습니다. 그렇지만 죽음을 당했느냐?"

장내는 고요해졌다. 페그 여사는 도로시 쪽을 돌아보았고, 템퍼 베일리도 그렇게 했다. 몇 백 명의 먼치킨랜드인들이 뜨개질을 멈추고, 작고 동그란 아침 식사용 페이스트리를 우물거리던 것을 멈추었다. 침팬지들은 들고 있던 부채를 움직이지 않았다.

"정직하게 대답하기로 선서했다는 사실을 내 상기시켜 주도록 해야겠구먼." 닙 공이 말했다. 마치 던져진 질문의 주문을 깨는 것이 두렵기라도 한 듯이 웅얼거리는 소리였다.

도로시는 두 손에 얼굴을 묻었다. 소매가 그렇게 길고 보니 영 어설픈 동작이 되었다. 이윽고 눈물 젖은 얼굴을 들자, 도로시의 윗입술에는 허연 점액질이 끼여 있었다. 제모용 크림이라도 바른 것 같은 모습이었다.

"전 제가 기왕에 일어난 일에 대하여 책임을 져야 한다고 생각해요." 도로시가 인정했다. "6년 전에도 그렇게 생각했어요. 그리고 그게 바로 키아모코로 갔던 이유였어요. 네사로즈 트롭의 죽음에는 일부 제 탓도 있다고 고백하려고요. 그리고 엘파바 트롭의 죽음에도 제 탓이 있다고 고백해요. 적어도 그 일이 일어났다는 건 확신할 수 있지요. 그렇지만 검은 치마에 불이 붙어서 타 죽을까 봐 구해 주려고 제가 양동이 물을 마녀에게 퍼부었을 때에 벌어진 일은 엄청나게 연기가 난 것하고 지직거리는 소리였어요. 꼭 번철에 돼지 비곗살을 올려놨을 때 같았죠. 그리고 마녀는 치렁치렁한 치맛자락과 울컥울컥 치솟는 연기 속으로 고꾸라졌어요. 지독한 매운 냄새가 나고 눈이 쓰라려서 난 외면하고 말았죠. 놀라고 무서워 구역질을 했어요. 그리고 내가 돌아보았을 때에는…… 으음, 마녀는 사라졌어요."

"살해된 거지." 페그가 말했다.

"사라졌어요." 도로시가 말했다. "그게 똑같나요?"

"누가 알겠나?"

"아주 좋은 질문입니다." 템퍼 베일리가 말했다. "누가 알겠습니까? 그 자리에 목격자들이 있었던가요?"

"토토뿐이었어요. 그리고 토토는 한결같이 말은 절대 안 하는 성격이지요." 도로시가 말했다.

"아, 그만. 그 코 훌쩍이는 소리를 또다시 시작하진 말기로 해요."

페그 여사가 조소했다.

"마녀의 늙은 유모가 마침내 층계를 올라왔어요. 그리고 청소를 하는 동안 나가 있으라고 날 내쫓았지요. 난 그 위로 다시 올라가지 않았어요. 그리고 사망 현장을 조사하지도 않았고요. 내가 목격한 건 마녀가 사라진 거예요. 그래요, 어쩌면 그게 죽은 거였을지도 모르죠. 그렇지만 시체가 있어야 하지 않나요?"

"물론 시체는 있었지요." 페그 여사가 코웃음 쳤다. "피고는 본인이 믿을 수 없는 증인이라는 사실을 몇 번이나 스스로 입증하고 있어요. 기뻐 날뛰며 마음이 놓인 나머지 살펴보지 않은 것뿐이지. 혹은 살펴보고도 안 본 체하는 건지도 모르죠."

방이 살짝 흔들리는 것 같았다. 열기 때문인지도 모른다. 아니면 도로시가 마음대로 전개할 수 있는 개인용 지진을 가지고 다니는 것이든가. 브르르는 똑바로 몸을 세워 앉았다.

템퍼 베일리는 작은 소리로 연이어 부엉부엉부엉 소리를 냈다. 하지만 그게 그냥 입소리를 낸 것인지, 부엉이 말로 자기가 하필 이런 일을 하기에는 지혜가 모자라다는 사실을 인정한 것인지는 딱히 분간하기 힘들었다.

"아가씨가 다시 누구를 살해하기 전에, 반드시 사형에 처하도록 해야겠어." 페그 여사가 말했다.

닙 공은 법봉을 반복해서 두들겨야 했다. 마침내 장내가 다시 정숙해지자, 닙은 공판을 이틀간 중단하겠다고 선언했다. 그는 동물들이 와서 마지막 심리를 보고 '도로시 심판'을 듣게끔 부르도록 하라는 제안을 했다. 그러니 먼치킨랜드 농부들은 자기 집에 묵고 있는 하숙인이며 농장 노동자들에게 가서 재판을 보라고 원만한 자세로

권해 줘야 할 것이다. 어느 만큼 시민 정신을 발휘하여 이 재판의 결론을 직접 증인 서라고 말이다. 아무튼, 글리쿠스에서 죽음을 당한 건 한 마리 암소였지 않은가. 동아리 의식이라 할 만한 게 있지 않겠는가.

8

 휴정은 왜 했담? 기소자 측에서 바라본다면, 브르르가 보기에 그건 서투른 한 수 같았다. 재판을 중단하는 건 풍문에, 엘파바가 어떻게 해서인가 아직 살아 있다는 풍문에 무게를 실어 주고 대중의 여론을 도로시에게 유리한 쪽으로 흔들리게 할 수도 있다. 미코 씨도 그에 동의하며 닙에게 분명 시간을 지연해야 할 만한 타당한 이유가 있을 것에 틀림없다고 결론지었다. 그들이 어딘가에서 누군가 엘파바의 시체를 옮긴 것에 관하여 뭐라도 털어놔 줌으로써 엘파바의 죽음을 확인해 줄 수 있는 증인을 찾아오려고 뒤지고 있는 것일까?
 "당치도 않지." 브르르가 말했다. 대체 누가 그럴 수 있단 말인가? 그 무시무시했던 날로 돌아가 보자면, 브르르도 리르도 엘파바가 죽은 높은 난간 위로 올라가 볼 수 없었다. 그 비극의 현장에 관하여 증언할 수도 있을 인간은 단 한 명 도로시 본인뿐이었다. 그리고 마녀의 늙은 유모가 있겠지. 도로시가 내려온 다음에 층계로 올라간 사람이니까. 하지만 리르는 못 올라가게 막은 게 유모였다. 브르르는 유모가 좋은 뜻으로 그러는 것이라고 짐작했더랬다. 리르는 아무튼 겨우 열네 살밖에 되지 않았으니. 그리고 굳이 말하자면 열넷치고도 어린 축이었다.

엘파바의 늙은 유모가 어느 정도 수준이든 간에 사기를 칠 수 있는 일이었을까? 마녀를 숨겨서? 브르르는 아니라고 생각했다. 심지어 그 당시에도 유모는 현실에서 거의 발이 붕 떠 있는 상태였다. 아직 살아 있다면 이제 백 살이 넘었을 것이다. 게다가 키아모코는 아무튼 어떻게 가든 거의 2000킬로미터 길인 것이다. 유모나 유모의 귀신을 증인석에 앉히지는 않을 테지.

그러면, 치스터리는 어떨까? 브르르는 그런 생각도 했다. 날개 달린 원숭이 떼의 우두머리 치스터리? 브르르가 아는 한 치스터리는 오즈에 다시없는 별종이었다. 치스터리는 애초에 언어를 구사할 수 없는 한 마리 동물로 태어났으나 어떻게 해서 언어를 배울 수가 있었다. 엘파바의 보살핌, 그리고 아마도 그녀의 마법에 힘입어서 그리 되었다. 브르르는 치스터리가 오늘날 얼마나 늙어 있을는지 감이 잡히지 않았다. 또 눈원숭이가 일반적으로 얼마나 오래 사는지도 전혀 몰랐다. 그는 미코 씨에게 의견을 물었다. 하지만 원숭이는 브르르를 향해 의치를 드러내면서 그 문제에 관하여 논의하기를 아예 거절했다.

"난 심지어 나 자신의 기대 수명도 모르고 있네." 미코 씨가 쏘아붙였다. "내가 도대체 무슨 재주로 날개 달린 원숭이같이 인위적으로 만들어진 혈통의 수명이 얼마나 될지를 알아맞히겠나?"

설사 치스터리가 살아 있다손 치더라도 수십, 수백 킬로미터 머나먼 길을 날아와 마녀의 죽음을 확인하는 증언을 해 주기에는 이

제 너무 늦었을 것이라고, 브르는 마음을 접었다. 게다가 한 마리
동물의 증언은 꼭 그만큼의 무게감밖에 갖지 못할 것이다.

✢✢✢

재판 재개 예정일 하루 전날 저녁에, 대장 나리는 말했다.

"닙이 이틀간 휴정을 한 이유가 딱히 따로 없고 보면, 나는 몸베
이의 사절들이 도로시에게서 정보를 얻어내기 위해 공작을 하고 있
지 않았나 수상하구먼. 이제 도로시가 사형 집행으로 위협을 받게
된 판이니 말이야."

"무엇에 관한 정보요?" 대장의 아내가 물었다.

"척 하면 척이지 않소? 라 몸베이는 황제만큼이나 『그리머리』의
소재에 지대한 관심이 있을 거요. 어쩌면 그 책과 같이 강력한 물건
이라야 도로시를 도로 오즈로 끌어올 수 있었을 것이라고 생각하
는지도 몰라. 그리고 도로시가 그것이 있는 곳에 대해 뭔가 아는 게
있으리라고 말이오. 죽음의 위협이면 그 계집애 헛바닥을 나불대게
만들 수 있겠지."

"도로시의 헛바닥이라면 일부러 나불대게 만들 필요도 없죠." 대
장 나리의 먼치킨 아내는 그렇게 말했다. 하지만 브르는 대장 나
리의 말이 정곡을 찌른 게 아닐까 싶었다.

✢✢✢

일행은 닐하우스 바깥쪽 소광장을 통하여 숙소로 돌아가는 우를

범했다. 거기엔 업자들이 일종의 길가 가판 상점 같은 구조물을 못 질하여 세울 수 있게끔 활활 커다랗게 불을 피워 놓았다.

"'도로시 심판!'이라고 쓰여 있는 기념품을 팔려는가 봐요. 머리 띠나 손목 띠나." 꼬마 다피가 추측했다.

"조그만 집을 지어 줘서 도로시가 그걸 타고 도로 캔자스로 돌아갈 수 있게 하려는 게지." 대장 나리가 말했다.

그러고 나서 일행은 농담을 그쳤다. 때마침 누군가가 위쪽으로 밧줄을 올려 매고, 또 다른 누군가가 덜컹 내려앉는 발판을 시험해 보았던 것이다.

"그럴 리 없어요." 꼬마 다피가 눈을 비볐다. "우리 동포들이, 이렇게나 험악해지다니?"

'마구간집'에서, 꼬마 다피는 큰맘 먹고 한 성깔 여사에게 질문을 해보았다.

"닙 공이 도로시를 교수형에 처할 거라고 생각하세요?"

"고년이 땡그랑 종처럼 흔들릴 거라던데, 사람들 말이. 땡그랑 땡그랑." 과부가 대꾸했다. "그리고 참, 내가 댁들한테 할 얘기가 있어요. 우리 집에 묵겠다고 들어올 때 댁들은 도로시와 교분이 있는 사이라는 걸 감쪽같이 숨겼지요. 그러니 내일 방을 비우고 나가 줬으면 해요. 내 이 집이 수준 낮은 족속들이 꼬이는 집이라는 평판이 나는 건 원치 않으니."

"그렇지만 전 먼치킨랜드 사람이에요!" 꼬마 다피가 소리쳤다.

"그거면 충분히 낮긴 낮지." 난쟁이가 말했다. "뭐, 내가 그런 말할 처지는 아니지만."

"난 들어가요." 여관집 여주인이 말했다. "더 이상 댁들하고 말

섞지 못하겠어."

"우린 아주머니한테 아무 짓도 안 했어요." 꼬마 다피가 말했다. "난 예의범절이 발라요. 쓰고 난 건 우리가 직접 깨끗이 정돈을 해요. 이보세요, 제가 아침으로 드실 커피 빵도 구워 드릴 거라고요." 남도 아닌 자기 동포에게 이런 취급을 받게 되자, 꼬마 다피는 거의 제정신이 아니었다.

2층에서 들려온 대답이라고는 문을 닫는 꽝 소리뿐이었다.

브르르는 넌더리가 났다. 자기 방으로 물러났지만, 거기서도 멀리 일꾼들이 지은 형틀을 시험하고 또 시험하느라 탕탕 망치질 하는 소리와 신나게 왁자지껄 떠드는 소리가 밤이 이슥토록 들려왔다.

✛✛✛

재판이 연기된 이유가 뭐든 간에, 법정이 다시 소집되는 다음 날에 닐하우스는 전보다도 한층 더 와글와글 붐볐다. 천 명의 먼치킨 랜드인들이 건물을 둘러쌌고 정문 근처의 광장으로 쏟아져들 나왔다. 그 위에 먼치킨 농부들이 구슬리고 윽박질러 구경 오게 한 동물들도 더해졌다. 동물들은 주로 어린 것들이 왔다. 새끼고양이, 강아지, 망아지, 송아지, 새끼양 같은 갖은 동물 새끼들이 훈련용 장구를 차고 있었다. 어미 동물들이 새끼들을 데리고 왔는데, 표정은 알아볼 길 없이 가린 얼굴에 때때로 외출용 보닛을 쓰기도 했다. 군중 속 인간들은 낄낄거리고, 때로는 큰소리로 대놓고 웃기도 했다. 턱에 턱수염이 나고 엉덩이에는 엉덩이 주머니가 늘어진 지치고 늙은 암염소조차도 맥주통 같은 농부들로 이루어진 군중에게서 거의 존중을 받지 못했다.

"지금까지는 이 그림처럼 예쁘장한 마을에서 내 덩치와 존재감이 어떤 군중이라도 뚫고 지나가기에 충분한 것 이상 같았지요." 브르르가 난쟁이와 그의 부인에게 중얼거렸다. "그런데 먼치킨랜드인들은 위협감이 대단하군요. 아니면 이게 제 기분 탓인가요?"

미코 씨가 말했다.

"난 돌아가겠네. 이 분위기는 마법사의 동물 규제법 반포를 들으러 모여들었던 군중을 너무 많이 생각나게 해요. 무슨 진전이 있었는지 듣는 거야 저녁 때까지 기다리면 되지. 그리고 만약 내가 오늘 거시기가 머시기가 되어 덜컥 죽으면 내가 마지못해 간다고 생각하지 마시오들. 길고 험난한 한평생이었소. 가능성도 잔뜩 있었지만 인간의 추함이 너무 과했지."

먼치킨랜드인들이 들보에까지 빽빽이 타고 앉아 있었으므로 장내는 말 그대로 가득 찼다. 분위기는 이미 엄숙해졌다. 닙은 목청을 가다듬고 한 모금 물을 마시고 헛기침 같은 소리로 발언을 하기에 앞서 다시금 목청을 가다듬었다.

"국제적인 상황의 전개로 인하여 내가 주재하는 재판을 빠르게 진행할 것이 요구되는 바요. 더 이상 다른 증인이 없으므로 오늘 아침 나는 양측 변론인게 최종 변론을 펼칠 것을 청하려 하오. 그런 다음 배심원단으로 하여금 도로시 게일에 대한 심판을 내리도록 지시하겠소. 기소된 혐의대로 유죄인 것인지, 아니면 몇몇 혐의 또는 모든 혐의에 대해 무죄인지 결정하시오. 배심원단의 조언을 경청하고 그것이 건전한지 판단하는 특권은 여전히 나에게 있소. 여러분 모두에게 최종적인 정의의 중재는 판사의 손 안에 남아 있음을 상기시키는 바이오. 즉 나요. 페그 여사, 시작해도 좋소."

검사는 달력 날짜가 바뀐 것을 바로 인지한 게 분명했다. 페그 여사는 일종의 어두운 색 학사 가운을 두르고 나왔다. 옷 바로 위에 강철 같은 많은 머리는 오늘 아침 돌돌 꼬아서 양쪽 관자놀이에 딱 붙여 꽂고 도무지 어처구니없는 꼬락서니의 비녀를 찔러 넣어 고정시켰다. 창 밖에까지 더 잘 들리라고 그러는 건지 속삭이는 듯 극적인 음성으로 페그 여사는 이제 마지막으로 한 번 더 도로시를 피고인석으로 불러 올렸다.

피고는 전과 같이 아래쪽으로부터 층계를 딛고 올라왔다. 아무도 손을 빌려 주지 않았다. 하지만 최소한 마지막으로 단상에 오를 때에 원래 자기 옷을 입고 나타나는 것은 허락을 받았다. 오즈에서는 영 구경하기 힘든 옷차림이다. 옷단에 반들반들 새까만 파이핑이 둘린 파란 우단 치마. 파이핑은 중간중간 허리 쪽으로 고리를 이루어 올라가 손으로 땀을 뜬 당초무늬를 그렸다. 치마 길이는 종아리 중간까지 오고, 폭이 넓은 가슴받이가 어깨를 부풀린 소매가 달린 하얀 리넨 블라우스를 죄었다. 뾰족뾰족한 깃 장식과 리넨으로 된 파란색과 은색의 가짜 장미꽃이 머리 위에 술 취한 듯 비뚜름히 자리 잡고 있었다. 도로시는 장갑 낀 양손을 계속해서 쥐어 비틀었다. 고뇌하다 못해 금방이라도 우렁찬 노랫가락을 뽑아 낼 것처럼 말이다.

"님 재판장님." 페그 여사가 말문을 열었다. "베일리 변호인님과 배심원단의 신사 숙녀 여러분. 방청석에 계신 신사 숙녀 여러분과 방청석 바깥에 계신 분들, 그래요, 역사의 증인 되시는 신사 숙녀 여러분, 저는 여러분 모두를 거명하여 말씀드립니다."

도로시가 작은 기침 소리를 냈다.

"그렇군요, 도로시 양. 도로시 양도 거명하여 말씀드립니다."

과장된 예의를 차려 보이며 페그 여사는 그렇게 말했다. 이날 아침 최초의 심술궂은 킬킬 웃음이 솟아올랐다. 브르르는 눈을 굴려 꼬마 다피와 대장 나리를 흘긋 살폈다.

"이 재판은 이미 우리 앞에 놓인 쟁점들을 하나하나 검토하는 데 필요한 만큼 오래 지속되지 못했습니다. 그러므로 나는 기록을 위하여 대략의 개요를 말씀드리도록 하겠습니다. 도로시 게일이 네사로즈 트롭과 엘파바 트롭을 모살한 혐의에 유죄임을 나는 배심원들께 주지시켜 드리는 바입니다. 글리쿠스에 있던 암소를 죽인 혐의에도 유죄인지 여부는 오늘 아침 우리가 신경 쓸 주제가 아니지요."

"아무도 그게 말하는 소라고 그러진 않았는데요." 도로시가 말했다. "하지만 그러고 보면 여러분이 늘 주의를 기울여서 그걸 구분하는 건 아니긴 하더라고요."

"우-우-우." 하고 군중 가운데 인간들이 소리를 냈다. 마치 이것이 서로 공방을 벌이는 논점이기라도 한 것처럼 말이다. 브르르는 그들이 대체로 그 말이 맞다고 맞장구친 것인지, 아니면 혹시 도로시가 지나치게 정곡을 찌른 건 아닌지 확실히 말할 수가 없었다. 동물들은, 브르르가 그 점을 눈치 챘지만, 조용히 있었다. 심지어 자세조차 굳힌 채였다.

"나는 우리가 약 18년 전 도로시 양의 주거 시설이 트롭 가문의 수장이자 먼치킨랜드 총독인 네사로즈의 머리 위로 추락함으로써 명백히 네사로즈의 죽음을 초래하였다는 사실을 확실히 구축하였다고 믿습니다. 비록 당시에는 사악한 동쪽 마녀로 알려져 있었지만, 네사로즈는 먼치킨랜드 독립에 기여한 역할로써 기림을 받습니

101

다. 그러므로 도로시 게일은 우리 조국, 우리 소중한 먼치킨랜드의 어머니를 죽인 죄가 있는 것입니다."

"거지 같은 소리를 하려고 그러는군." 대장 나리가 웅얼거렸다. "냄새가 풍풍 나."

페그 여사가 지금까지 주로 거기 서서 질문을 했던 둥근 탁자 옆을 떠났다.

"우리는 작은 사람들입니다." 그녀가 말했다. "우리들 대부분이 미처 태어나기 전에, 오즈마 섭정 파스토리우스가 길리킨 남부 너블리메도스를 에메랄드 시라고 새롭게 이름 붙임으로써 우리의 국가적 독립을 목 조르는 일을 시작하였습니다. 파스토리우스는 훗날 노란 벽돌길이 된 것의 초기 단계를 계획했지요. 파스토리우스의 작업은, 아무리 순수한 뜻에서 한 것이었다 할지라도, 오즈의 마법사가 전용할 바탕을 깔아 준 것입니다. 네사로즈 트롭이 그녀의 언니 엘파바가 거절한 먼치킨랜드 수장 직위를 이어빋기까시 우리는 오늘날 오즈 충성령이라 불리는 체제의 힘 아래 농노 신세였습니다. 그래서 먼치킨랜드의 최근 역사는, 우리 중 많은 이들이 그 역사 속에 태어났는데, 우리를 부유한 자들의 시녀 자리에 가장 자주 갖다 놓습니다. 들판의 노동자, 층계참 아래 선 하인, 난쟁이 유랑 희극단의 자리에 우리가 있지요."

장내는 완전히 조용해졌다. 인간들도 동물들도 한결같이 침묵했다.

"작은 건 맞아요." 페그 여사는 강조하고 자세를 취하기 위해 이제 다시 강단을 앞에 두었다. "작지요. 하지만 미미하진 않습니다. 우리는 우리 선조들로부터 우리의 사랑하는 먼치킨랜드를 돌보고 관리할 권리를 수여받았습니다. 우리가 쟁기질하는 토지에는 우리 조상의 뼈가 촘촘히 빗살무늬를 아로새기고 있습니다. 조상들이 경작했던 땅, 조상들이 소중히 여겼던 풍경은 우리의 것입니다. 우리는 그 누구라도 침략자를 용납하지 않을 것입니다. 도로시 게일이든 하우가드 요새에 있는 에메랄드 시 구세군이든 우리 자유를 침해하고 우리의 신성한 영토의 트러스트를 몰수하도록 좌시해선 안 됩니다. 북으로 글리쿤들이 에메랄드를 채굴하는 스칼프스 산비탈로부터……."

페그 여사는 손수건을 끄집어내느라 잠시 말을 끊어서 대장 나리가 중얼거릴 기회를 주었다.

"기술적으로 글리쿠스는 먼치킨랜드가 아니지. 이 무리들도 출신지 국경선에 대해서 무지하기는 어디의 누구나 매한가지로군."

페그 여사는 말을 이었다.

"동쪽으로 자리 잡은 거대한 사막의 가장자리에 깃든 용감한 작은 촌락들에, 하딩스의 외지고 메마른 산비탈들과 우리를 늪 투성이 쿼들링 나라와 갈라놓고 있는 클로스 힐에, 그리고 그 너머, 그렇습니다, 레스트워터에! 레스트워터에, 오 빌어먹을! 더 이상 침입자의 탐욕스러운 손아귀에 남아 있어서는 안 될 그곳, 누구보다 그곳을 소중히 여길 이들에게로 정당하게 반환되어야만 할 그곳에 이르기까지 말씀입니다!"

환호성이 올랐다.

"잘하면 폭동으로 변하겠는데." 대장 나리가 동행들에게 중얼거렸다. "근사한 폭동은 항상 즐겁지."

"우리는 할 일이 있어서 온 겁니다. 그러니까 끝까지 봐야지요."

103

자기 자신 그 말이 진심이었으면 싶은 기분으로 브르르가 말했다. 브르르는 꼬마 다피가 좀 어떤가 하고 흘긋 한번 눈길을 주었다. 꼬마 다피는 고갯짓으로 자기는 끄떡없다고 했다.

"그리고 저 멀리 우리 서쪽에 첩첩이 겹쳐 있는 완만한 산언덕들, 우리를 길리킨과 갈라 주는 마들렌 산맥에 이르기까지." 페그 여사는 말을 잇고 있었다. "보호되지 못한 먼치킨랜드의 가장 긴 국경선, 편안한 베개 받침에 지나지 않는 그 산맥, 그 산맥의 누구 쪽 경사를 타고 구름이 우리에게 흘러와 풍성한 비를 내림으로써 우리를 명실상부 부족할 것 없는 오즈의 곡창 지대로 만들어 주는 그 산맥에 이르기까지. 생산성 높은 먼치킨랜드, 그 부분은 우리 대다수가 가장 잘 알고 있는 부분이지요. 부드럽게 물결 치는 연보랏빛 들판, 저녁이면 농장 집들에 켜지는 힘이 나는 불빛들, 이런저런 수확제며, 마을 잔디밭에 기다란 식탁을 놓고 상을 차리는 지역의 전통. 그리고 맥주…… 그래요, 우리 맥주를 빚을 권리를 수호합시다!"

이 말에 또 한 번 큰 환성이 올랐다.

"이 모든 것이, 우리의 생활양식 전부가, 우리에 앞서 살아갔던 모든 이들의 보물 같은 유산이…… 이 땅의 이 모든 것이 침입자들에게 위협을 받고 있습니다. 여러분에게 도로시 양을 소개합니다." 페그 여사가 목소리를 높였다. 배심원단을 향하기보다 군중들 보라고 하는 쇼였다. "도로시 게일 양, 자기가 처음에 어떻게 오즈로 오게 되었는지에 관해 신뢰할 만하지 못한 기억을 갖고 있는 여성입니다. 우리의 모국, 우리 먼치킨랜드의 통치 가문에 반하여 우리 수장을 시해하고자 찾아와 놓고 말입니다."

나중에 브르르는 맹세코 누군가가 문 뒤에서 음조 피리(악기의 기준 음을 잡는 데 사용하는 피리)를 분 소리를 들었노라 장담했다. 하지만 아마 냉소에 사로잡힌 나머지 그렇게 생각했을 것이다. 군중 가운데 누군가가 노래를 부르기 시작했다. 사자는 이윽고 그 노래가 먼치킨랜드의 국가임을 알아차렸다.

먼치킨랜드, 우리의 모국
다른 어떤 나라도 우리 고향 아니네
복된 이 땅 우리는 무엇보다 소중히 하네
시처럼 예쁜 나라여
우리 결코 쉬지 않으리, 서쪽으로부터
무례한 압제자들 우리를 압박할 때에
우리 자랑스럽게 먼치킨랜드 편에 서리라
우리의 보물 상자, 우리의 소박한 둥지
우리 어머니 나라, 다른 어떤 나라도
고향 아니네

브르르는 앞쪽을 흘긋 살폈다. 심지어 템퍼 베일리까지도 노래하고 있었다. 입 다물고 있는 것은 십중팔구 선동으로 간주될 것이었다. 노래에 뒤따른 환호성은 멀고 먼 칸지즈까지도 들릴 만했다. 좋지 않아. 사자는 생각했다. 아까 그 침팬지들이 밀 맥주를 큰 잔으로 날라다가 장내 분위기를 한층 더 고조시키는 것을 보았을지라도 그는 놀라지 않았을 것이다.

페그 여사는 눈가를 훔쳤다.

"그리고 그리하여, 오즈의 심장부로부터, 우리 먼치킨랜드 자유령의 수도로부터, 배심원들께 마지막으로 한 번 더 내 확실히 이 말씀을 드리는 바입니다. 앞선 오즈 체류시에 자기가 어렸고 순진했노라는 도로시 게일의 증언을 법정에서 인정할 만한 것으로 여겨서는 안 됩니다. 피고가 말한 바로 그 어린 연령이 그 당시 벌어졌던 사건들에 관한 피고의 증언을 신뢰하지 못할 것으로 만들기 때문입니다. 그럼에도 불구하고, 이 나라에서는 누구든지 자신이 저지른 범죄에 대한 죗값을 치러야만 합니다. 그리고 엘파바 트롭을 살해한 범죄에 관하여 아무도 도로시에게 제대로 옹호해 주지 못합니다. 그 연장선상에서 피고인의 목적에 일관성이 있었다는 추론이 나옵니다. 우리 지도자들을 외과수술 같은 정밀성으로 암살할 수 있었던 능력, 그리고 도보 여행에 나선 어수룩하니 사랑스러운 아가씨인 양 가장할 수 있는 능력을 가져, 길에서 마주치게 된 저 멍청이들의 눈에는 전적으로 그럴싸했던 것입니다.”

“이의를 제기해요.” 꼬마 다피가 소리 높였다. 대장 나리는 아랫입술을 꾹 눌러 다문 채 곁눈으로 아내를 흘긋 보았는데, 미심쩍은 듯했지만 찬성하는 빛이었다. 아주 성깔 있는 꼬마 먼치킨랜드인 마누라다. “내가 나이 젊고 수선화 옷으로 분장을 했을지는 몰라도 난 멍청이가 아니었어요.”

“당신은 변론인이 아니오. 이의를 제기할 권리가 없소.” 닙 공이 말했다.

“그것이야말로 우리가 먼치킨랜드에서 지켜 보존하고자 하는 권리라고 생각하는데요.” 꼬마 다피가 말했다. 브르르는 막상 꼬마 다피의 배짱이 그다지 놀랍지도 않았다. 뻔히 아는 사실로 꼬마 다피는 옛 동료 의사 수녀가 내리는 지시 아래 마찰을 빚으면서 10년 남짓 되는 세월을 보냈던 몸이다. 숫기 없는 사람은 아니고 말고, 우리 꼬마 다피가.

"베일리 변호사." 닙 공이 불렀다. "뭔가 추가할 사항이 있소?"

부엉이는 자기 족속 전통의 차림새를 하고 법정에 왔다. 그러니까, 벌거벗었다. 이건 위험한 수를 두었는걸. 브르는 그렇게 생각했다. 하지만 누가 알랴? 그 점으로 인해 템퍼 베일리는 먼치킨랜드인 검사와는 매우 달라 보였다. 여검사는 자기 자리로 돌아가 걸상에 걸터앉아서 감상에 젖어 또 억지 힘으로 코를 풀고 있는 중이었다. 템퍼 베일리는 배심원석과 도로시 사이 중간쯤 위치에 마련된 횃대로 날아가 앉았다. 도로시는 자세를 곧추세워서 등을 꼬챙이처럼 똑바로 하고 두 눈은 너무나도 크게 뜨고 앉아 있었다.

"저는 어딘가로부터 온 제 의뢰인 도로시 게일 양이 모살 및 암살 혐의에 대하여 무죄임에 틀림없다고 극력 주장하는 바입니다." 템퍼 베일리가 말했다. "한 가지 근거로, 도로시의 도착이 네사로즈 트롭의 죽음과 우연히 일치한 것은 사실입니다만 네사로즈가 위를 올려다보지 않았음을 증명할 방법은 하나도 없습니다. 하늘을 올려다보고 작은 집 한 채가 마구 흔들리며 구름 사이로 튀어나오는 광경에 그만 겁에 질려 심장마비가 왔고, 도로시의 집이 착륙하기 직전에 단상에 죽어 쓰러졌을지도 모르는 일입니다. 저는 예정에 없던 휴정 기간 덕택에 센터먼치로 날아가서 검시관의 기록을 찾아보았습니다. 네사로즈는 결론적으로 확실히 죽었다고 결정이 났으나 사인은 언급되지 않았습니다."

"글쎄올시다, 과연 검시관들이 이 세상에 존재하는 모든 가능한 사망 원인을 분간할 수 있게끔 훈련을 받았는지 나는 의심스럽구려." 닙 공이 말했다. "시인, 부동산의 하락? 제발 좀. 이의는 기각하겠소."

"그럼에도 여전히, 우리는 우리가 찾아낸 그대로 사실들을 법률에 비추어 취급해야만 합니다." 템퍼 베일리가 말했다. "어쨌든, 만약 우리가 도로시 게일이 자기 스스로 한 행동에 관하여 증언을 함에 있어 미덥지 못한 증인이라는 페그 검사님의 결론을 받아들인다면 당연한 귀결로 사악한 서쪽 마녀 엘파바가 실제로 죽었다는 데 대한 도로시의 목격담 증언도 배제해야 할 것입니다."

"얼토당토않아요. 오즈에 있는 모두가 엘파바가 이 마녀의 손에 죽은 줄을 알고 있습니다." 페그 여사가 말했다.

"저기 죄송한데요, 전 마녀가 아니에요." 도로시는 말하고, 턱 밑에서 보닛 끈을 묶는 시늉을 해 보였다. "제가 벌써 한참 동안 그 얘기를 하고 또 했잖아요. 그런데 여러분은 도대체 '귀담아듣기 모자'를 쓸 줄 모르시네요."

"저는 배심원단에 피고인에 대하여 제기된 기소 혐의 두 가지를 모두 죄목에서 삭제해야 한다고 제안 드리는 바입니다."

"기다려요. 검시관을 이리로 불러다가 본 대로 증언하게 할 수 있소." 닙 공이 말했다.

"검시관은 죽었습니다, 재판장님. 그러니 우리 손에 남은 것은 검시관의 기록이 다입니다. 이제 피고가 저질렀다고 기소를 당한 범죄를 정말 저질렀다는 결정적인 증거가 없다는 말로써 발언을 마쳐도 되겠습니까? 비록 우리가 서쪽으로 접한 에메랄드 시의 야만인들과 힘겨운 싸움을 하고 있는 중이기는 할지라도, 이곳 충심 있는 먼치킨랜드 땅에 살아가는 우리는 상기해야만 합니다. 우리가 수호하는 것은 우리의 경작지가 안겨 주는 황금빛 보물과 우리 고유의 관습, 그뿐만은 아니라는 것을 말입니다. 우리는 우리의 명예 또한 수호하고 있는 것입니다. 그리고 우리는 그릇된 일을 저지른 증거가 없는 누군가에게 유죄 판결을 내리지는 않을 것입니다."

"허 참, 별의별 이야기를 다 듣겠네요." 페그 여사가 말끝을 채었다. "보아하니 이젠 노래 끝 반복구 삼아서 시간 흐름이 맞지 않고 서로 어긋나는 것을 볼 때 피고는 18년 전에 이곳에 찾아왔던 진짜 도로시 게일이 아니라 대역이라고 주장할 모양입니다그려?"

"어, 전 전데요. 진짜로요." 도로시가 정직하게 굴었다.

"너에게 발언권을 준 바 없다." 닙 공이 말했다.

"어머나, 그렇지만요, 뭘 좀 아는 재판장님, 제가 말 좀 해도 되겠죠? 네?"

브르르의 눈에는 닙이 안 된다고 말하려는 것이 뚜렷이 보였는데, 군중은 도로시가 하는 이야기를 들어 보고 싶어 했다. 군중은 웅성거리면서 허락하도록 채근하는 분위기를 조성했다.

판사는 공적 책무와 개인적인 호기심 사이에 끼어 어느 한쪽을 택하지 못하는 것 같았다. 만약 그랬다면, 호기심이 이겼다. 판사는 손을 저어 앞으로 도로시에게 나서라고 했다.

도로시는 처음으로 자리에서 일어섰다. 먼치킨랜드인을 굽어보는 키로 우뚝 섰다. 높은 걸상에 앉은 닙 공조차 그녀보다 밑이었다.

"제가 오즈에 처음 왔을 때, 그게 몇 년 전이라고 우리가 헤아리든 간에, 제 나이는 겨우 열 살이었어요. 먼치킨랜드에서는 열 살 먹은 아이가 살인죄로 기소될 수 있는지 그건 미처 몰랐지만, 그래도 전 공평함을 믿어요. 여러분도 그러실 거라고 생각해요. 회오리바람이 우리 집을 주추에서 떼어 공중에 띄웠을 때에, 그리고 빙빙 돌면서 하늘로 날려갈 때에 저는 개 등에 붙은 벼룩이나 마찬가지로 아무 힘이 없었어요. 전 먼치킨랜드에 대해서나 오즈에 대해서 아무것도 몰랐어요. 그러니 내가 어떻게 사악한 마녀를 죽였다는 살인죄로 기소될 수 있는지 모르겠어요. 글린다 부인이 저기를 보라고 시체를 딱 가리키기 전에는 전 마녀가 있는지조차 모르고 있었단 말이에요."

이건 아무래도 도로시가 다리를 잘못 놓는 것 같다고 브르르는 생각했다. 글린다 부인은 오즈 충성령이나 먼치킨랜드 양측에서 공히 '달갑지 않은 인물'이 된 모양이니까 말이다. 이래 가지고는 안 된다.

"전 감옥에서 신문을 받아 보았어요. 참, 감옥은 아주 편안한 감옥이었다고 덧붙여 말씀을 드릴게요. 이 재판을 계속해서 자꾸만 '도로시 심판'이라고 부르는 걸 봤는데 말이죠. 존경할 만한 이곳 주민 여러분을 십분 존중하는 마음을 품고서, 오늘 난 그 말을 이렇게 해석하고 싶어요. '도로시가 그 문제에 대해 내리는 심판'으로 말이죠. 그래서 우리 친애하는 명예로우신 배심원단 여러분이 평결을 내시고 판사님이 판결하시기에 앞서서 제가 제 판결을 내놓으려고 해요."

"전적으로 궤도에서 벗어나는 일이야." 닙은 자루 안에 잡아 놓았던 고양이를 괜히 풀어 주었구나 후회했지만 군중은 도로시가 다음에 무슨 말을 할 것인가 신경을 집중하여 듣고 있었다.

"처음에 오즈에 왔을 때 전 여행 같은 거 가 본 적도 없는 시골 여자애였고, 제 눈엔 모든 것이 마법처럼 보였지요. 익숙해지는 데 좀 힘이 들더라고요. 마녀들이 있고, 마법사들이 있고, 말하는 동물들이 있고요. 걸어다니는 허수아비랑 양철을 두드려 만든 남자는 관두고라도 말이에요. 그러고 보니까 캔자스는 아주 재미없어 보였어요. 몇 달 후에, 무척이나 많은 문제들을 초래한 마법 구두 덕택으로 고향에 돌아오고 보니 모든 게 비교가 되어서 시시하게만 보이더군요. 난 어쩌면 모든 게 다 내가 어떻게 해선지 지어내고 만들어 낸 걸지도 모른다고 생각했어요. 그랬는데 말이죠, 헨리 아저씨와 엠 아주머니가 저에게 완전히 새로 지은 집을 보여 주는 거예요. 바깥에 있는 변소 대신에 진짜 실내 욕실이 있는 집이에요. 보험금으로 산 거죠. 그건 제가 만들어 낸 게 아니잖아요? 배수 시설 하나만큼은 확실히 설득력이 있지 뭐예요. 그래서 전 제 오즈 여행이 진짜였던 거라고 결론 내렸어요. 설사 캔자스에 있는 사람들이 아무도 안 믿는다고 해도 말이에요." 도로시는 그들을 바라보았다. "그래요. 아무도 먼치킨랜드를 믿지 않았답니다. 사람들은 내가 공상에 푹 빠졌거나, 아니면 혹시 머리가 살짝 돈 것인지도 모른다고 생각했어요. 하지만 난 계속 여러분을 믿기를 그만두지 않았어요. 나는 노란 벽돌길과 에메랄드 시를 믿기를 그만두지 않았다고요. 그리고 그 겁나는 늙다리 사기꾼 오즈의 마법사도요."

도로시는 잠시 말을 끊었다. 페그 여사만큼 능란하지는 못하군. 브르는 그렇게 생각했다. 하지만 도로시는 도로시 나름의 힘을 지니고 있었다.

"이제 여기 제가 서 있네요. 내가 잊지 않기로 맹세했던 바로 그 사람들 앞에요. 제가 저지르려고 의도한 바 없는 살인 사건들을 저질렀다고 고발당하게 되었지만 말이에요. 앞서 우리가 토론했던 대

111

로, 전 이제 전보다 나이를 먹었어요. 그리고 열 살이었던 내 이후로 조금 더 다녀 본 곳들이 있어요. 헨리 아저씨가 우리나라에 있는 거대한 산맥을 기차로 쫙 가로질러서 바닷가 만에 있는 도시로 데리고 가 주셨어요. 샌프란시스코라고요. 그리고 내가 지금까지 본 것들, 기분 나쁘시라고 하는 얘기는 아니지만요, 웅장하기로나 순수하기로나 웅대한 스칼프스와 맞설 만한 로키 산맥이며, 네브래스카의 광대하고 비옥한 평야며, 만 저 너머로 펼쳐진 대양이며…… 그런 모든 것들에도 불구하고 먼치킨랜드와 오즈에 관한 나의 기억을 지워 버릴 만한 것은 보지 못했어요. 아직까지는요. 그런 건 절대 없어요. 여러분에 대한 나의 판결은 여러분이 친절한 사람들, 공정한 사람들이라는 것이에요. 그리고 여러분이 옳은 일을 할 거라는 것이고요. 여러분은 내가 고향으로 다 안고 갈 수 없을 만큼 많은 성실과 정의의 추억들을 만들어 주겠지요. 내가 어떻게든 귀환 길을 알아낼 방도를 강구하기는 한다면 말예요."

도로시는 닙 공에게, 그리고 또 페그 여사에게 절을 했다. 그러고 나서 세 번째로 절을 했는데, 배심원단에게 한 것이 아니라 닐하우스에 만장한 군중을 향해서 했다. 짝짝 하는 작은 박수가 일어났다가, 빠르게 억제되었다.

"으으음, 계집애가 꽤 하는데." 대장 나리가 웅얼거렸다. "이거 오지게 먹혀들겠어."

"가서 평결을 도출하도록 배심원단의 퇴장을 허락하는 바이오." 닙 공이 말했지만, 그때 페그 여사가 일어섰다.

"추궁해 볼 마음이 있던 문제 하나가 지금 막 기억났는데요. 질문 하나 해도 되겠습니까?" 닙이 고개를 끄덕였다. "도로시 양이 산프란칫스코에 대해서 아는 것이 아무것도 없는 우리들에게 그곳이 어떤 곳인지 형언해 줄 수 있을지 궁금하군요. 아니면 그걸 무어라 부르든 간에, 한두 번 말 속에 언급한 바다에 대해서도 말해 주겠어요? 그 바다란 무슨 바다인가요?"

"어머나, 그거요. 그 바다는 태평양이라고 불려요. 하늘만큼 넓고요 하늘만큼 길게 쫙 펼쳐져 있답니다."

"시적 자유는 법정에서는 승인되지 않아요." 페그 여사가 말했다. "아무것도 하늘만큼 넓을 수는 없지요. 하늘은 우리 양편으로 쭉 이어져 있지요. 그렇지요? 하나 풍경을 바라볼 때는 오직 한 방향으로 바라볼 수밖에 없어요."

"그 말씀이 맞아요, 어떻게 보면요. 그렇지만요, 이 바다는 너무 너무 넓어서 다른 쪽 끝이 안 보이거든요. 멀고 먼 아시아까지 펼쳐져 있대요. 그래서 배로 건너려면 아주아주 많은 날을 가야만 해요. 일단 범선이나 증기선을 타고 태평양에 나가면 육지가 안 보이게 되어요. 캘리포니아도 뭐도 다 말이에요. 그러니까 주위에는 온통 물밖에 없게 되는 거죠. 그럼 하늘처럼 넓은 거예요, 딱 똑같잖아요. 왜냐하면, 들은 얘기지만, 물이 발밑에 펼쳐져 있고 하늘은 머리 위에 덮여 있는데, 정확히 똑같은 비율로 아래위에 있으니까……."

"그거면 됐어요." 페그 여사가 말했다.

먼치킨랜드인들은 점심을 싸 왔던 봉지에 대고 토하고들 있었다.

"피고는 현실과는 도무지 닮은 바가 없는 신비의 바다를 묘사했지요. 피고가 범죄적으로 정신이상임을 알겠어요."

"여사님이 한 번도 대양을 본 적이 없다고 해서 대양이 존재하지 않는 건 아니에요." 도로시가 말했다. "마찬가지로, 내가 고향에 돌아가며요. 만약에 고향에 돌아간다면요, 우리 가족 누구도 먼치킨랜드에 와 본 적이 없다는 이유로 여러분의 존재가 싹 지워지진 않는 거고요."

페그 여사가 얼른 마무리했다.

"들을 만큼 들었습니다, 닙 재판장님. 이제 배심원단을 퇴장하게 하셔도 될 것 같네요."

"마음속 태양이 존재하느냐 존재하지 않느냐는 이 사건에 아무런 관련이 없습니다!" 템퍼 베일리가 부엉거렸다.

"도대체 최종 발언이 있기는 한가?" 법봉을 집어 들면서 닙이 말했다. 닙은 브르르를 가리켰고, 그는 움찔 움츠러들었다. 하지만 꼬마 다피는 일어서서 탁자 앞으로 다가갔다.

"내 증언을 들어 주셔서 감사하다는 말씀을 드리고 싶어요, 판사님. 도로시의 도착을 목격했던 유일한 먼치킨랜드인으로서 공판에 기꺼이 참석시켜 주신 데 대하여 감사한 마음이랍니다. 의견 붙임치나 협상을 달콤한 것으로 결말짓는 것은 센터먼치의 관습이지요. 명예를 아는 사람들은 서로 의견 차이가 있다는 데 동의할 수 있고, 그럼에도 예의를 지킬 수 있다는 점을 보여 주기 위해서예요. 그래서 내가 여러분을 위하여 작은 선물을 구워 왔어요."

아무도 꼬마 다피에게 딴죽을 걸 수 없었다. 브라이트 레틴스 출신인 먼치킨랜드인들 중 누구도 센터먼치의 관습은 몰랐다. 꼬마 다피는 팔에 꼈던 바구니에서 격자무늬 천으로 싼 것을 끄집어내어 천을 끌렀다.

"부디, 네사로즈 트롭을 기억하고 있는 먼치킨랜드인들의 이름으로, 드리는 내 마음과 같은 마음으로 여기 이 머핀을 받아 주세요."

님은 조그마한 페이스트리 한 개를 엄지와 검지로 집어 들었다. 페그 여사도 똑같이 했다. 횃대에 앉는 데 갈고리발톱을 사용하고 있는 템퍼 베일리는 권하는 머핀을 사양했다.

"피고인에게 가까이 가도 될까요?" 꼬마 다피가 말했다. "풍습이지요. 우리가 손님을 환영할 때엔 특별히 짜릿한 맛으로 해요." 하고 그녀는 대담하게 읊조렸다. "아니면 이 구절이 센터먼치에서만 쓰는 말인가요?"

"꼭 그래야겠으면." 님 공이 말했다.

꼬마 다피는 바구니를 기울이고 덮었던 보를 걷어서 도로시가 안을 들여다볼 수 있게 했다.

"두 개 집어요. 조그마하니까. 그리고 아가씨는 커다란 아가씨지." 꼬마 다피가 말했고, 도로시는 그 말대로 했다. 그런 뒤에 님은 배심원들에게 줄을 지어 법정 밖 비밀실로 나갈 것을 지시했다.

"여러분이 평결을 제출하러 법정에 나올 생각이 들면, 난 멀리 있지 않을 것이오. 내가 느끼기에 평결을 내는 데 시간이 오래 걸리지는 않을 것 같군. 한 시간 안에 공판을 재개할 것이며, 결정에 이르렀는지를 내 알려 주도록 하겠소."

9

그들은 걸어 나와서 이야기를 할 수 있을 만큼 군중으로부터 충분히 거리를 벌렸다.

"이 재판은 정의의 뒤죽박죽 도매판이야." 대장 나리가 말했다. "내가 정의를 뭐 그리 신경 쓴다는 것은 아니고. 이렇게든 저렇게든 간에. 하지만 그렇다 해도 그렇지. 변호를 해 주겠다고 나서긴 했네만, 브르르, 자넨 별달리 뭐 한 것도 없구먼. 고 계집애는 도마 위의 어육이야. 우리 꼬마 욕심꾸러기 매꾸러기 게일 양은 말이야. 굽히고 썰려서 큰 접시에 쫙 깔려 상에 오르게 생겼어."

"나도 그렇게 생각해요." 꼬마 다피가 말했다. "바로 그래서 상황이 고약하게 돌아갈 경우 우리가 그 아가씨를 탈출시킬 채비를 해야겠다 생각하는 거죠."

"상황이 이 이상 더 고약해질 수나 있을까 싶은데요." 사자가 말했다. 군중이 도로시를 억지로 끌어다가 교수대에 올리는 거야 식은 죽 먹기겠지만, 아무런들 브르르의 굵은 목을 올가미에 집어넣지

116

는 못할 것이다. 브르르한테는 뭔가 다른 방법을 생각해 내겠지. 머릿속은 하얗게 비어 버렸고, 브르르는 목소리가 떨려 나올까 봐 겁이 나서 한동안 무슨 말을 할 수 없었다. "뭔가 생각하는 것 있으세요?"

"발가락에 힘이나 꽉 주고 있어요. 말 그대로 말이에요."

휴정한 지 불과 15분도 지나지 않아서 종이 울리기 시작했고, 군중은 도로 닐하우스로 들어가 자리 잡으려고 우우 몰려갔다. 하지만 장내로 통하는 문은 닫힌 채였다. 군중이 웅성대었고, 브르르는 뭔가 다르다는 전율을 맛보았다. 새로운 일이 일어나면 분위기에 그 나름의 진동이 있다니, 우스운 일이다. 무슨 일인가가 일어났다. 무슨 일인가 지금 막 일어나고 있었다. 마침내 문이 열렸을 때 보인 광경에 브르르가 그렇게 놀랄 일은 없었다. 공식적인 등장을 한 사람이 닙이 아니라 다름 아닌 라 몸베이 본인이라고 해도 말이다.

군중은 와와 환호성을 터뜨렸다. 처음에는 시끄럽게 끓어오르다가 여총독의 태도에 숙연해졌다. 키 크고 인상이 강한 여자. 이 빛 속에서 보자 몸베이의 머리는 더 한층 은빛 도는 금발이고, 더 한층 나이가 들어 보였다. 도비우스가 그린 칸라키 초상화와 닮지 않은 것도 아니야. 브르르는 그렇게 생각했다. 런시블 산의 협곡에 깃들었다는 신화적인 혼령들, 칸라키. 브르르는 라 몸베이가 칠한 입술을 열어 선창을 하여 다시금 모두가 먼치킨랜드 찬가를 부르게 만들지 않을까 반쯤은 예상하는 마음이었다.

대장 나리도 같은 생각을 떠올리고 있었던 게 분명했다. 그는 낮은 소리로 몇 구절인가 가사를 불러 대기 시작했다.

"먼치킨랜드, 이 땅은 어쩌다 들르게 된 건방진 방문객을 경찰봉으로 후려갈기네……."

"쉬잇." 그의 아내가 말했다.

"다정한 애국자들이여." 라 몸베이가 군중을 칭한 말이었다. "닙 공이 곧 이어서 절차대로 공판을 재개할 것입니다. 그러기에 앞서 나는 여러분께 긴급한 문제를 알려 드리고자 양해를 구합니다. 슬프지만 우리의 조사관들이 불쾌한 진전을 알게 되었음을 여러분께 말씀 드리는 것이 나의 의무입니다. 먼치킨랜드에 대한 새로운 적대 행위가 곧 가해질 것이라는 말이 콜웬 그라운즈의 위원회에 전달되었습니다. 스칼프스 쪽에서 오는 것은 아닙니다. 거기에는 우리의 고귀한 글리쿤 친구들이 다른 누구도 그렇게 못할 만큼 확실하게 산길을 점거하고 있지요. 레스트워터로부터 오는 것도 아닙니다. 최소한 우리가 주워 모을 수 있었던 정보에 의하면. 아니지요, 에메랄드 시는 새로운 대부대를 출동시켜 길리킨의 마들렌 산맥을 가로질러서 먼치킨랜드의 웬드 팰로스로 쳐들어올 것이라고 합니다. 웬드 팰로스는 행군을 반겨 맞아들이지는 않는 관목 투성이 땅입니다. 하지만 그곳을 건너지르기로 작심한 군대의 발길을 늦출 만한 것은 없는 지형이지요. 솔직히 말하여, 우리 측 정탐꾼들은 에메랄드 시의 의중이 교착 상태에 있었던 이 몇 년 끝에 이르러 상황을 바짝 다잡아 판돈을 올리려는 것이라고 합니다. 적은 제2전선으로 우리를 압박하여 콜웬 그라운즈와 브라이트 레틴스의 정부에 완전 항복을 하도록 하려는 것입니다."

라 몸베이는 지팡이를 쳐들었는데, 거기에 풀 같은 하얀 빛이 맥동하며 타올랐다. 브르르는 그녀가 일종의 여마법사인 것을 잊고 있었다. 그는 눈앞에 눈부시게 반짝거리는 불꽃 말고는 무슨 마법 주문이 발휘되었다는 증거를 전혀 감지할 수 없었지만, 군중은 우와 하고 탄성을 내질렀고, 다시금 박수갈채를 보내기 시작했다.

"우리는 이 일이 일어나게 놔두지 않을 겁니다." 몸베이가 한층 매섭게 말했다. "우리 고국을 방어하기 위하여, 오늘 나는 본디 우리 국경 바깥 출신인 모든 동물들에 대한 징병을 선언합니다. 여기서 태어났어도 부모나 조부모가 동물 규제법이 발효되었던 시기에 걸쳐 오즈 충성령에서 이주해 온 동물들도 포함됩니다. 시대가 여러분에게 힘들었던 시절 우리는 당신들과 당신들 가족에게 구조를 제공했습니다. 우리는 우리에게 힘든 시절이 왔을 때 여러분이 우리와 함께 적에 맞서고 우리를 지켜 줄 것임을 압니다. 그러하기에, 나는 어제부로 브라이트 레틴스의 교량과 출입구를 봉쇄했습니다. 여러분 동물들이 의무를 저버리고 뺑소니치고 싶은 유혹으로부터 지켜 드리고자 주문을 걸었지요. 탈영병을 저지하는 번갯불의 사슬이 쳐 있다고 할까요. 말하자면 소소한 혐오 요법이라 부를 수 있을 것입니다. 이 재판의 종결에 뒤이어 닐하우스는 먼치킨랜드 동물군 모집 등재소가 될 것입니다. 우리 중에 있는 어미 동물과 그 어린 것들은 지금 즉시 구금되어 있다가 그들의 남편들과 아버지들과 짝들이 와서 몸으로 대신하면 풀려나도록 하는 것이 좋겠지요. 적격인 수컷 동물들 중에서 오늘 다른 일이 있어 이 자리에 오지 않은 이들이 무척 많은 듯하니까요. 용감하게 복무할 그들을 위해, 다 함께 외칩시다. 만세!"

"만세!" 동물들을 제외한 모두가 소리쳤다.

브르르는 말했다.

"매번 영 틀려먹은 장소에, 있어서는 안 될 때를 골라 있게 되는 경향성을 부르는 말이 뭐죠?"

"숙명의 장난." 대장 나리가 충분히 쾌활하게 말했다.

"그 비스킷 한 개 줘요, 마누라. 전쟁열이 밀어닥쳐 올 때면 꼭 속이 헛헛하다니까."

대장 나리는 바구니에 손을 집어넣어 단 과자 두 개와 종이 한 장을 낚아 올렸다. "도로시, 이쪽 두 개를 집어요." 그가 종이를 읽었다. "어이쿠, 나머지 것들에는 독을 넣었다는 말은 하지 마요. 갑자기 배가 안 고파졌어." 대장 나리는 머핀들을 도로 집어넣었다.

"아니, 이 실없는 양반이 무슨 말 같지 않은 소리를."

꼬마 다피는 그렇게 말했지만, 라 몸베이가 휙 사라져 가고 홀로 통하는 양쪽 문이 열리는 바람에 그 이상 뭐라고 설명은 못 했다.

군중이 넓은 장내에 전에 없이 조용히 다시 모여 있는 가운데 닙공이 나타났고, 이어서 법정 변론인들이 나왔다. 부엉이는 겁에 질린 모습이었다. 놀랄 일도 아니다. 평결이 어떻게 나든지 간에 템퍼 베일리는 결국 웬드 팰로스를 사수하기 위한 동물 부대에 배속되고 말 테니까. 나도 마찬가지지. 조심하지 않으면 그 꼴 날 거야. 브르르는 생각했다.

뚜껑 문이 열리고 도로시가 기어 올라오기 시작했다. 하지만 끝내는 도로시도 상황 파악이 된 듯싶었다. 도로시는 사다리를 오르다 말고 장내에 몸의 반만 들여놓은 채 휘청거렸다. 아마 창밖으로 법정 뒤편에 세워져 있는 교수형용 발판을 본 모양이었다. 침팬지들이 서둘러 앞으로 나와 양쪽에서 각각 장갑 낀 손을 도로시의 겨드랑이에 넣어 몸을 들어 올리다시피 끌어내었다.

"아, 어떡해." 도로시가 말했다. "한 달에 한 번 오는 그때는 정말 아니었으면 좋겠네."

"저 애는 일이 순조롭게 잘되는 법이 없구먼." 대장 나리가 말했다.

"이제 심판이 내릴 차례요."

닙 공이 말했고, 배심원단이 법정 안으로 들어왔다. 배심원 대표가 가늘게 끈처럼 꼰 종이 한 장을 판사에게 주었다. 그에 이어 브르르가 추측하기에 먼치킨랜드 법률학의 옛 체제로부터 유래한 듯한 약간의 상징적인 과정이 있었다. 닙 공은 그 종이를 속이 비고 경첩이 붙어 있는 나무 공의 반쪽에 넣더니 쩔꺼덕 닫아서 완전한 하나의 구로 만들었다. 도로시 심판은 나무 공 안에 갇혔다. 이어서 닙 공은 판사석 탁자 밑에서 금속 봉으로 둥글게 만들어진 철장 하나를 꺼내 놓았다. 꼭 새장 같은데 한가운데의 축을 중심으로 회전하는 장이었다. 경첩 달린 문을 통하여 닙 공은 나무 공을 그 속으로 쏙 집어넣고 문고리를 걸어 잠근 뒤 장을 회전시켰다.

"아, 그러지 마세요. 어지러워요." 도로시가 말했다. "정말 진짜 말씀인데 저 안 그래도 머리가 어지러워 죽겠거든요."

"말해 뭐 하겠어." 대장 나리가 소곤거렸다.

"엘리베이터에 타고 떨어지던 생각이 나요. 캄캄한 어둠 속에서, 빙글빙글 돌고 옆으로 흔들리면서 떨어져 내렸죠."

도로시는 자기 자신을 진정시키려는 것처럼 양손을 앞으로 뻗어 내었다. 장내의 군중은 낮은 음으로 웅얼거리기 시작했다. 웅웅대는 그 소리가 건물 전체를 점하고 건물 밖까지 흘러 넘쳤다. 공은 둥근 장의 창살에 부딪혀 떨그렁거리며 어둡게 웅웅 우는 음조에 반하는 불규칙한 당김음을 만들어 냈다.

"저 몸이 별로 안 좋은 것 같아요. 하지만 뭐 그렇게 하는 게 오즈의 관습인 거겠죠."

빙빙 회전하던 철장이 느려지더니 멈추었다. 닙 공이 문을 열고 나무 공을 꺼냈다.

"정의에 봉사하는 결론이기를."

닙 공은 그렇게 말하고는 공을 두 쪽으로 도로 분리하여 평결을 꺼냈다. 이 형식적인 과정에 요행은 전혀 개입한 바 없다고 브르르는 생각했다. 아마도 지금보다 옛날 어느 시절에는 공이 한 개가 아니라서 저희들끼리 철장 안에 춤추며 서로 부딪쳤을 것이다. 하지만 시간이 이르건 늦건 대안들을 제거해 나가 결국에는 단 한 개만이 남았다.

어쩌면 그것이 요점일지도.

"배심원단의 의견은⋯⋯." 접힌 종이에서 눈길을 들면서 닙 공이 말했다. "나의 견해와 일치하오. 내가 평결을 수정할 필요가 없군. 브라이트 레틴스의 법정은 무도한 범죄자 도로시 게일이 모든 혐의에 대하여 유죄임을 선고하고 이 법정의 재판장은 그에 동의하오. 먼치킨랜드의 명예를 수호하기 위하여 그녀는 사형에 처해져야 하오."

도로시는 까무러쳤고, 그러다 하마터면 열려 있는 뚜껑문 속으로 빠질 뻔했다. 다른 누가 미처 움직이기도 전에 꼬마 다피가 발딱 일어나 도로시 옆으로 가 붙었다.

"난 약제사예요. 그리고 에메랄드 시 불치병 환자 단기 보호소의 수간호사 보조였어요. 시절이 이리 되기 전에 말이에요." 꼬마 다피는 그렇게 덧붙였다.

꼬마 다피는 도로시의 맥을 짚어 보더니 이마에 손을 얹었다.

"살인자가 사형에 처해지기 전에 심장마비로 죽는다면 우리 운

이 그런 것 아니겠어요? 아깐 네사로즈가 그랬던 거 아니냐고 그러
더니만, 아이러니도 이런 아이러니가 없네." 도우려고 후다닥 앞으
로 몰려나온 침팬지들에게 꼬마 다피는 호통쳤다. "비켜요, 원숭이
총각들. 이 아가씨가 사형을 당할 만큼 목숨 부지를 하려면 숨통이
트여야 해요."

"앞을 터요, 비우고 물러나시오." 닙이 소리쳤다. 템퍼 베일리는
열린 창으로 날아 나감으로써 그 말에 따랐다.

꼬마 다피는 브르르에게 가까이 오라고 손짓을 했다.

"이러다 죽겠어요. 빨리, 빨리요. 대장 나리, 닙 공, 페그 여사! 정
의의 이름으로! 숨 쉬게 길을 터요! 내 약제사 행낭을 교수대 형틀
아래 내 동료들 있는 데다 놔뒀어요. 도로시를 사자 등에 실어야 해
요. 사자라면 한달음에 거기로 데려다 놓을 수 있으니까요." 판사와
법정 변론인들이 도와서 감각을 잃고 늘어진 피고인을 브르르의 등
에다 올려 태웠다.

꼬마 다피는 남편의 엉덩이를 찰싹 때렸다.

"타요, 당신도." 그래서 대장 나리는 기어 올라와 도로시의 등 위
에 딱 올라탔다. 도로시 몸 양 옆으로 안짱다리를 내어서 도로시를
제자리에 꽉 죄었다. "아가씨가 미끄러져 떨어지면 안 되니까요."
꼬마 다피가 말했다. "자, 손들 놓으세요. 재판장님, 누구를 시켜서
정신 나는 냄새 약을 발판 쪽으로 보내 주세요. 더할 수 없이 긴급
한 상황이니까요. 조심 못하고 잘못했다간 이 아가씨는 우리 손아귀
에서 스르르 빠져 달아날 거예요." 그러고 나서, 브르르에게 "자, 가
요." 하고 말하고, 손가락으로 가리켰다.

마침내 브르르는 꼬마 다피의 작전을 알아차렸다. 창을 뚫고 나

가기에 너무 늙은 몸은 아니기를 그는 바랐다. 그리고 실제로 뚫다가 허리를 퍽 심하게 긁혔다. 브르르는 포효라기보다는 아파서 꺽꺽대는 것에 가까운 소리를 내뱉었다. 브르르와 꼬마 다피, 대장 나리, 그리고 의식을 잃은 포로가 맹렬히 한복판으로 돌진해 나오자 통로의 먼치킨들은 혼비백산하여 뿔뿔이 흩어졌다. 쿵쾅대는 심장으로, 브르르는 먼치킨들을 볼링 핀처럼 밀어제치며 교수형 틀 옆을 지나쳤다. 교수대에 드리워진 밧줄 고리는 브르르가 달려 지나가는 서슬에 흔들렸다. 브르르는 군중을 빙 둘러 질주했다. 동물들이 징병당하기 전에 자리를 뜨지 못하게 막고자 라 몸베이가 먼치킨 강을 가로지른 다리에다 그 어떤 충격 주문을 걸어 두었든 간에 브르르는 뚫고 나갈 작정이었다. 주문이 아픈 게 기왕에 긁힌 옆구리가 아픈 것의 반만큼이라도 될 수 있을까? 설령 번갯불의 연쇄가 브르르를 세상에서 뿌리 뽑아 버릴 수 있다 한들 어떠랴? 소총 부대의 발포 앞에 사형 집행을 당해도 결과는 매한가지다.

단숨에 파란 번갯불의 고리를 뚫고 지나는 느낌은 마치 온 몸을 한 치 한 치 불붙은 막대기로 들쑤시는 것 같았다. 번갯불에 수염이 그을리고 갈고리발톱이 부스러졌다. 그리고 며느리발톱은 떨어져 나가서 다시 나지 않았다. 지글지글 지져진 덕분에 갈기에 곱슬 기가 확 더해져서 탱글탱글 부풀어 올랐다. 브르르는 번갯불에 고문당하면서도 그걸 느꼈다. 일이 초 후면 브르르는 한층 예쁜 시체가 될 것이다.

꼬마 다피와 대장 나리는 마법으로 이루어진 장벽에 부딪혀 동요하는 빛이 없었다. 그 둘은 인간 안장을 타고 앉아서 인간 고정 집게 노릇을 하고 있었다. 안장은 번갯불에 지짐을 당해도 깨어나 움직일 줄을 몰랐다. 시 경계를 넘어 칠팔 킬로미터를 와서, 먼치킨 강의 서쪽 강안에서 사자는 줄지어 난 쿽스나무 아래 멈추어 섰다. 도로시는 그의 등으로부터 묵직한 쿵 소리와 함께 굴러 떨어졌다.

"죽은 건가?" 대장 나리가 물었다.

"아니에요." 꼬마 다피가 말했다. "하지만 내가 구운 양귀비 가루 빵 반죽 효과가 고작 몇 시간 만에 풀릴 거라고는 생각 안 해요."

✝✝✝

도로시가 제정신을 찾았을 때쯤에는 일행이 브라이트 레틴스에서 북쪽으로 20킬로미터나 떨어져 있었다. 한쪽으로는 마을의 불빛이 있고 다른 쪽에는 행복한 정착지가 있는 듯했지만 도로시 게일 구출 부대는 상추밭 곁의 수레 안에 쭈그리고 앉았다. 일행은 페이스트리 남은 것과 상당량의 상추를 먹고, 어떤 농부가 삼베 자루 같은 것 아래에다 잘못 숨겨 놓은 병의 싸구려 포도주를 마셨다.

"그 새 머리 모양 꼴불견이구먼." 대장 나리가 브르르를 보고 말했다. "이제껏 본 중 다시 없이 얄밉게 멋을 부린 모습이야. 어이, 그 마법을 뚫고 나올 때 기분이 어떻던가? 자네 아주 전문가처럼 해치우더구먼."

"간질간질하더군요." 브르르가 말했다. "소금물에 담그고 시뻘겋게 달군 쇠스랑으로 푹 찌르는 것 같은 간지러움이었어요."

브르르는 난쟁이에게서 칭찬을 들을 줄은 지금까지 생각해 본 일도 없었다. 그 찬사는 그의 털가죽 밑으로 가실 줄 모르고 계속 쑤셔 오는 통증에 거의 값할 만큼 뿌듯했다. 꼭 누구한테 가죽이 벗겨지다가 간신히 살아 나온 것처럼 아팠다. 기다리시면 박제해 드립니다.

도로시가 몸을 움찔대기 시작했다. 처음으로 지각 있는 말을 한 것은 이러했다.

"이제 우리끼리니까 물어볼게, 리르는 어디 있어?"

"아내와 아이를 데리고 어디 사람 없는 황무지에 들어가 숨어 있지." 브르르가 말했다.

"내가 아직도 환각에 빠져 있는가 봐. 아내라고?"

"리르는 너보다 나이가 더 들었어. 그걸 기억해야지."

"나도 나이 들었어. 지금은." 도로시가 어지러운 듯이 말했다. 하지만 도로시의 말소리에는 대초원 억양이 살짝 끼어 들어갔고 허리에는 힘이 들어가 빳빳이 펴졌다.

"왜 나를 구출했어?" 도로시 나름의 지각 있는 상태까지 회복이 되고 나서 그녀가 물었다.

"난 누굴 못살게 구는 놈들을 좋아하지 않기 때문이지." 브르르가 답했다. "그리고 그자들은 발톱 끝까지 진짜 깡패들이었어. 템퍼 베일리만 빼고 전원이."

"나는 아가씨가 유죄라고 생각하지 않았기 때문에 그렇게 했어요." 꼬마 다피가 말했다. "나는 그때 센터먼치 그 자리에 있었죠. 거짓말이 아니라. 그리고 그때 내가 지금 아가씨 나이만 했거든. 난 아가씨가 도착했던 걸 기억해요. 모두들 네사로즈를 싫어했어요. 그건 해방이었지. 아가씨는 국가적인 영웅이었어요. 이제 와서 아가씨에게 악당 딱지를 붙이는 건 정치적인 임시방편이에요. 노골적인 기회주의지. 아가씨는 오직 총독이 또 다른 전선이 열릴 참이라는 것을 발표하기 직전에 애국적 열정을 고취하기 위해 끌려나온 거예요. 그 얘긴 상황이 먼치킨랜드에 좋게 흘러가지 않고 있다 이거죠, 필경. 정말이지, 그 작자들 우리를 바보 멍청이로 아나?"

"명백히 답은 그렇다이지요." 사자가 말했다. "그리고 아시잖아요, 물론 그자들의 작전은 훌륭하게 먹혀들 겁니다. 사형을 피하여 도로시가 탈출한 걸 전쟁열에 유리하게 써먹을 방법을 어떻게든 찾아낼 테죠."

"나로 말할 것 같으면." 하고 대장 나리가 말했다. "내가 왜 도와주었느냐고? 글쎄, 실제 실행을 하기 전에는 우리가 무슨 작전을 진행 중인지 난 거의 까맣게 몰랐어. 하지만 한층 깊이 파고들어가, 내가 애당초 왜 브라이트 레틴스에 왔느냐? 그 이유는 아가씨가 오즈로 돌아오게 된 게 어쩌면 타임 드래곤의 시계가 붕괴된 것 때문이 아닐까 생각했기 때문이지."

일행 모두가 대장 나리의 사고가, 말하자면 '붕괴'된 게 아닐까 싶어 그를 보았다.

"당신들 둘 다 기억하고 있겠지." 대장 나리는 브르와 자기 아내를 보고 말했다. "레인이 그런 말을 했지. 레인은 리르의 딸인데." 도로시에게 그렇게 설명을 덧붙였다. "'시계'가 마지막에 우리에게 보여 준 광경들에 지진이 있었단 말이야. 그것이 가스틸의 소매 근처 비탈에서 굴러 떨어진 후에 말이지. 내가 말할 수 있는 범위 안에서지만, 그 일은 스칼프스에서 난 지진과 거의 때를 맞추어 일어났어. 어쩌면 '시계'에 잠재된 마법이 도로시를 도로 데려다 놓은 것일 거야, 물론 도로시 의향은 무시한 채."

"당신 지금 '시계' 말고 다른 뭔가에 마음 붙인 모습을 보여 주는

127

거예요? 결국은 누망이 났나요?" 꼬마 다피가 말했다.

난쟁이는 투덜거렸다.

"최소한 편이라도 들어줘야지. 자기가 오겠다고 표를 산 게 아닌걸."

"그리고 전 돌아가는 차표도 안 갖고 있죠." 도로시가 덧붙였다. "그 페이스트리 이제 더는 안 남아 있죠? 뒷맛이 짜릿하긴 한데, 그래도 어머나, 참 맛이 좋았어요."

1

레인은 날짜를 세거나 하루의 시간을 헤아리지 않았다.

자기가 모은 물건들의 수를 세지 않았다. 솔방울의 수도, 회색 돌맹이 수도. 길이가 사람 손톱만 한 것에서 접은 우산만 한 것까지 있는 갖가지 깃털들. 그 색깔은 흰색에서 석탄 색까지 그 사이 온갖 색깔을 망라했다. 동물 뼈들. 사슴뿔 여러 개, 박쥐 날개 한 장, 누군가가 피리를 만들려고 구멍을 뚫다가 내버린 대퇴골 한 대. 그 뼈는 한쪽 끝이 이상하게 세모꼴로 되어 있어서 아무도 원래 어떤 생물의 뼈였는지 분별할 수가 없었다.

레인은 온갖 종류의 구름을 모았지만 그 종류들을 세지 않았다. 날씨가 각각인 줄은 알고 있었지만 날씨별로 줄을 세워 계산하지는 않았다. 한 무리의 작은 호수 조가비들을 모았다. 마치 자신의 소중한 큰 조개껍데기의 아기들처럼, 아니면 그것의 장난감들처럼. 양철 컵에 넣어 둔 화살촉들이야말로 레인이 제일 좋아하는 것이었다. 그것들의 무게와 모양새, 끝이 간 자국과 이끼 얼룩으로 화살촉 하나 하나를 레인은 알아보았다. 다만 자기가 몇 개를 가지고 있는지는 몰랐다.

　레인은 가족의 문제를 그렇게 가까이서 바짝 들여다보지 않았다. 사건들, 배경들, 동기와 귀결, 오점으로 얼룩진 일대기라는 모습으로 나타난 자기기만들. 레인이 그들을 지각하는 한도 내에서의 이야기지만 사람들은, 레인의 피붙이들 말인데, 무거운 짐을 지고 끊임없이 걸어가는 그런 분위기를 띤 것 같았다. 하지만 레인은 귀담아 듣는 척하는 기술을 익혔다. 그렇게 하면 모두들 누그러지는 것 같았고, 그리고 또 누가 알겠는가? 어쩌면 거기서 뭔가를 배웠을지도. 레인은 배운 것을 세지 않았다. 배운 것이 있었을지라도 말이다.

　　　　　　　　　✦✦✦

　2년이 지나는 사이에 일가족은 그들끼리 가까스로 자그마한 집을 지었다. 처음에 착수를 시작하기란 무척 힘이 들었다. 언덕배기를 파고 움막을 이어붙이는 정도밖에는 되지 않았다. 오두막이라기보다는 동굴에 가까운 집이었다. 첫해 겨울을 넘기고 나서 노르가 육로로 가장 가까운 마을에 가서(걸어서 두 주쯤 걸리는 곳이었다.) 대가리가 네모진 못 한 주머니를 가지고 네서하우로 돌아왔다. 못은 유용했지만, 집 짓는 일이 리르의 장기는 아니다 보니 스카크를 잡으러 서쪽으로 가던 사냥꾼 3인조가 도움을 주었을 때 모두가 고마워했다. 사냥꾼들은 말들에게 물을 먹이느라 파이브 레이크스 근처에 발을 멈추었다. 그리고 열흘 후 길을 떠났을 때에는 리르가 1년에 걸쳐 수레로 집 지을 자리에 실어 날라 다져 둔 돌 기초 위에 탄

탄한 시골집의 뼈대가 섰다. 집을 마저 짓는 일은 오직 리르에게 달려 있었다. 리르는 딱 때를 맞추어 지붕을 올렸다. 두 번째 맞는 겨울에는 축사를 마련하느라 집을 두 배로 늘려 지어야 했지만 말이다. (캔들이 재주를 피워 염소 한 마리와 야생 닭 몇 마리를 친구로 만들어 놓았기 때문이다.) 리르와 노르는 겨우내 마루를 깔고 벽판을 대는 일을 했다. 그동안 캔들은 숲 속을 헤매며 먹을 수 있는 뿌리와 나무 껍질을 찾고 호수 지대 농장을 시작할 씨깍지를 찾았다.

"농장을 일구려면 뭐가 있어야 하지요?" 한번은 리르가 아내에게 물었다. 오래된 농담이다.

"일가족이죠." 캔들이 대답했다. 그렇게 우습지는 않지만, 정말이었다.

모두가 일을 했다. 남편과 아내와 누나와, (아이의 주의를 끌 수 있는 한은) 딸까지도 일했다. 서쪽으로 머리 위에 우뚝 솟아 있는 그레이트 켈스의 뱃머리 아래이다 보니 겨울이 그들이 예상했던 것보다는 따스했다. 물론 눈은 내렸다. 하지만 거센 눈보라는 동쪽으로 더 멀리 갈 때까지는 최악의 위력을 발휘하지 않고 간직한 채 스르르 머리 위로 넘어 지나가는 듯했다. 아니면 혹시 집터 자체에 마법이 내려 있었는지도 모른다. 오래전에 혼자 가던 길에 리르는 자기가 '파이브 레이크스'라고 이름 붙인 외진 지대를 발견했다. 리르는 바로 이곳에서 어떤 환상을 보았다. 지금 그가 가족의 보금자리를 지어 놓은 이 야트막한 둔덕 위에서 말이다. 리르는 어느 겨울 밤 레인이 잠자리에 든 후 캔들과 노르에게 그 이야기를 해 주었다.

겨울 내내 그들이 한 일이 그것이었다. 저마다의 살아온 길을 돌아보는 것. 자기들 인생을 이야기하는 것. 할 수 있는 한 솔직하게.

레인은 불이 타닥거리며 타는 소리를 듣듯이 이 이야기들을 들었다. 듣기 좋은 소리다. 하지만 그것들을 한데 엮을 길은 없다.

"확실히 기억하기는 힘이 들어." 듬성듬성 영 어울리지 않게 난 수염을 통하여 레인의 아버지가 말했다. "어쩌면 좀 더 말이 되게 하려고 부분부분 내가 메꾸어 넣었을 거야. 하지만 내가 기억하는 건…… 내가 기억한다고 생각하고 있는 건 이거야. 후회에 가슴 저미는 심정으로 땅바닥에 누워 있던 그때에 나는 나 자신으로부터 떨어져 나와서 내 뒤척이는 몸 위에 두둥실 뜬 것만 같았어. 밑에 있는 나 자신을 볼 수가 있었지. 반쯤은 깬 채로 전전반측하는 걸 말이야. 그러다 언덕 비탈에 뭐가 움직이는 게 느껴지더군. 이 집에서 멀지 않은 곳이야, 꼭 짚어서 어디인지는 모르겠지만. 난 꼿꼿이 솟아오른 가을의 묘목들 사이에 어떤 늙은 남자가 유령처럼 모습이 생겨나는 것을 보았지. 어딘가로부터 비틀거리면서 나타난 거야, 안개 속의 사람 모습이 가까이 올수록 선명해지는 것 같았지. 아니면 수란을 만들 때 투명했던 달걀이 굳어지는 것 같다고나 할까? 노인은 정신이 산란한 것 같았어. 몹시 늙은 사람들처럼 제정신을 놓은 그런 건 아니고 그냥 자기가 어디 있는지 확실히 모르는 것 같더라고. 노인은 관심 있게 물을 들여다보다가 이어서 땅을 죽 둘러보았어. 그런데 마법적인 방법으로 어딘지 모를 곳으로부터 불쑥 생겨났으면서 나를 보지는 못하더군. 아예 전혀 못 보는 거야. 그 모습이 점점 뚜렷이 차오르는 사이에 나는 노인이 팔에 커다란 책을 끼고 있는 것을 보게 되었어. 어쩌면 그게 『그리머리』였을지도 모르지. 그렇지만 오즈에 커다란 책은 그것 말고도 더 있을 테니까 뭐. 노인은 고개를 끄덕이더군. 마치 자기가 파도에 휩쓸려 상륙한 이 땅이 괜찮구나 하는 것처럼 말이야. 그러고는 북쪽으로 방향을 돌렸어."

"난 항상 당신이 과거를 보는 힘이 있다고 믿었어요." 캔들이 말했다. "내 생각에 노인이 당신을 못 본 건 당신이 아직 그 자리에 없어서일 거예요. 당신이 본 건 무척이나 더 이전에 일어났던 일인 거죠."

노르가 불평의 소리를 내었다.

"난 우리 어머니와 엘파바 아줌마가 『그리머리』의 유래에 대해 이야기하던 게 기억 나. 우리 어머니 얘기는, 어느 날 어떤 노인이 키아모코의 성문을 찾아왔다고 했어. 엘파바 아줌마가 찾아오기보다 훨씬 더 전이고 아마 내가 태어나기보다도 전의 일일 거야. 노인은 끼니를 얻어먹고는 말하기를, 그 책이 가지고 다니기에 무척이나 무겁다면서 우리 어머니 사리마가 허락한다면 놔두고 갔으면 한다고 했어. 때가 되면 다시 찾아가겠다고. 어머니는 그 책을 어디 다락방에다 넣어 두셨지. 여러 해 뒤에 마녀 아줌마가 거기서 책을 찾아낸 거고."

리르가 답했다.

"내가 과거에 있었던 어떤 일을 목격하는 기이한 상황은 한두 번밖에 없었어. 그러길 다행이지. 난 아쉽지 않아."

"오래 살기만 하면 결국에는 늘 과거를 바라보고 살게 될걸. 과거밖에는 볼 수 있는 게 없을 테니까." 리르의 이복누이는 그렇게 말했다.

"난 현재를 볼 수 있는걸요." 캔들이 말했다. 어쩌면 캔들의 기술은 여자의 직감에 관계된 것일지 모른다. 한층 더 예리한 종류의 직감일지도. 오늘 밤 캔들이 알아챈 건 소박했다. "지금 누구네 집 딸이 자는 척만 하고 안 자고 있는 게 잘 보이네요. 우리가 하는 이야기를 한마디도 놓치지 않고 듣고 있는 게."

2년가량 시간이 흐르는 동안, 캔들은 어머니 노릇 하는 법을 배워 익힌 터였다. 앞뒤 가릴 줄 모르고 저만 아는 정말 유별난 아이를 기르는 어머니다. 하지만 그렇지 않은 아이가 어디 있을까?

레인은 딱히 듣고 있었던 것은 아니었다. 다만 귓전을 간지럽히고 지나가는 소리들에 귀를 열어 두고 있었느냐 하면, 그건 그랬다. 들통이 나자 레인은 낮 동안에는 한 단 높은 부모의 침대 밑으로 밀어 집어넣어 두는 바퀴 달린 간이침상에 일어나 앉았다. "오늘 밤에는 잠이 안 와요."

"마법 이야기를 너무 많이 했네." 노르가 말했다.

"엘파바의 빗자루를 타고 하늘을 난 이야기 해 주세요." 레인이 말했다. 레인은 어른들이 이야기를 해 달라는 말을 들으면 좋아한다는 사실을 알아차린 터였다.

"흥, 마법이야. 독이 든 희망을 꾸러미로 안겨 주는 거지." 노르가 말했다.

캔들이 레인을 달랬다.

"마법 이야기는 이제 그만. 넌 잠을 자야 해, 레인. 내일 또 야생 양 한 마리를 더 우리에 몰아넣을 참이란다. 뒷다리를 옭아매고 꼬리를 자를 건데, 네가 제일가는 양치기 개 노릇을 해 줘야지? 자, 어서. 자리에 누우렴."

하지만 레인은 어른들이 양보할 때까지 칭얼칭얼 졸랐다. 그 다음 이야기는 노르가 했다.

"내가 너만 한 나이였단다, 레인. 키아모코에 살고 있었지. 여기에서 북쪽 방향에 있는 성이야. 엘파바는 이미 와서 우리와 함께 살고 있었어. 너희 아버지도 같이 데리고 말이다. 나보다 어렸지."

"난 지금도 누나보다 어려." 리르가 말했다.

"난 엘파바가 키아모코에 오면서 그 빗자루를 가지고 왔을 게 분명하다고 생각해. 하지만 빗자루에 깃든 힘을 알고 있었는지는 잘 모르겠어. 손님들이 떠나고 나서 청소를 하면서 난 그 빗자루를 헛간으로 내다놓았지. 그런데 그것이 잡은 손 안에서 꿈틀 하는 걸 느꼈어. 살아서 맥동하며 꿈틀거린 거야. 줄뱀을 덥석 잡을 때 뱀이 꿈틀 하는 것처럼. 그렇다고 빗자루가 구불텅거린 건 아니고. 설명하기가 어렵네. 난 그 빗자루를 막대 말 타듯이 타 보자 싶었어. 그런데 내가 다리를 빗자루에 딱 걸쳤더니 빗자루가 공중으로 솟아오르는 거야."

레인의 눈동자는 차분하고 무덤덤했지만 얼굴이 환하게 달아오른 터였다.

"위험했던 걸 근사하게 치장하지 마." 리르가 말했다. "나도 나대로 그걸 타 본 적이 있단다, 레인. 그런데 그게 축제에서 깽깽대는 음악 소리가 곁들여진 조각 목마를 타는 거하고는 전혀 딴판이야. 빗자루를 타고 날다가 하늘을 나는 드래곤들에게 공격당해서 거의 목숨을 잃을 뻔했지."

하지만 그렇게 공격을 당해 캔들의 간호를 받게 되었고, 그로 인해 레인이 이 세상에 태어나 그들의 인생에 합류했던 것이다. 그래서 리르는 더 이상 거기에 불만이 없었다.

"날고 싶어요." 레인이 말했다. "날았으면 좋겠어요. 날면서 보고 싶어요."

"허락 받지 않고 저 빗자루에 손을 댔다가는 아빠가 그럴 수 있을 줄은 꿈에도 몰랐다고 할 정도로 호되게 때려 줄 거야." 리르가 말했다.

"그리고 엄마한테도 맞을 줄 알아." 캔들이 말했다. 마음이 너무도 여려서 간수해 둔 종자를 형편없이 털어 먹는 들쥐들에게 덫도 놓지 못하는 캔들이었다.

모두가 머리 위를 올려다보았다. 안 볼 수가 없었다. 대들보 위 지붕 밑 세모꼴 공간을 리르는 세 폭의 판자를 대고 못을 쳐서 천장을 만들어 막아 버렸다. 거기에 빗자루를 넣고 막은 것이다. 그게 거기 있다는 것을 모른다면 절대 눈치 채지 못할 것이다. 『그리머리』에 대해서라면, 리르는 빵 굽는 아궁이에 잇닿아 쌓은 굴뚝 옆 자연석 밑에다가 그 책을 넣으려고 계획했던 것인데, 갑자기 이곳을 탈출해야 하는 상황이 올 때 그렇게 남겨 두었다가 누가 찾아내게 될까 봐 그 작전은 집어치웠다. 그리하여 『그리머리』는 리르의 옛날 군대 행낭에 싸서 접시를 두는 찬장 맨 위에 두었다. 금방 가야 할 때에도 바로 가져갈 수 있다. 하지만 거기에 손을 대는 일은 누구에게나 엄금이었다.

2

그래서 당연히 레인은 『그리머리』를 만져 보고 싶었다. 레인은 몇 번이나 걸상을 끌어다 놓고 올라서서 올이 굵은 짙은 푸른색 삼베 주머니에 손을 얹어 보았다. 하지만 레인이 그만둔 것은 부모가 벌을 줄 것을 걱정해서가 아니었다. 리르와 캔들이 주의를 주는 것 따위는 대수롭지 않았다. 문제는 호수 위의 드래곤들에게 닥쳤던 불행에 대한 기억이었다. 물 위에 겨울을 불러 내리기. 게다가 그건 딱 한 페이지의 내용에 지나지 않았다. 단 한 페이지가 작용함으로써 어떠한 기여가 가능했던 것인가? 어떠한 기여가, 그리고 어떠한 악이?

레인은 선에 기여하거나 악에 저항하는 것이 두렵지 않았다. 다만 어느 게 어느 것인지 구분 못할지 모른다는 점이 두려울 뿐이었다.

그런데도 그 책은 어찌나 레인을 불러 대는지! 만약 캔들이 때때로 현재를 알아맞힐 수 있다면, 그리고 리르가 한두 번 과거를 알아맞힐 수 있었다면, 자기는 『그리머리』가 굶주려 있다는 사실을 틀림없이 알 수 있을 것 같다고 레인은 생각했다. 읽히고 싶어 안달이 났다. 그 책은 쩍 벌려져서 전할 말을 전하고픈 욕망에 실제로 생생히 들끓고 있었다. 불쏘시개를 더 넣어 주기를 바라는 풀무의 욕망이다.

어른들은 레인을 오두막에 혼자 남겨 두는 일이 거의 없었다. 그 어른들이란. 그이들이 레인의 한동아리 사람들인가? 레인은 그 생각을 받아들이기가 영 힘이 들었다. 아무튼 좋다, 이번에 함께하게 된 사람들이다. 레인이 수집한 사람들 목록에 더 많은 사람들이 보태진 것이다. 레인은 끝없이 이어지는 일련의 임시 조치와 임시 조치들에 차례차례 자리를 옮기고 있는 것만 같았다. 사자를 잊지는 않았다. 난쟁이랑 약초 전문가인 먼치킨랜드인 아주머니랑. 또 머시와 퍼글스와 구름처럼 흐리고 따뜻한, 이름이 붙어 있지 않은 다른 사람들의 존재도 잊지 않았다. 목베거홀에서 레인과 더불어 층계 밑 방에서 살았고, 레인이 어디 긁히거나 앓기라도 하면 돌봐 주었던 사람들이다.

옛날 그 시절에 레인은 땅다람쥐처럼 뛰어다녔다. 글린다 부인의 공식적인 일에 침범할 것 같은 경우가 아니면 아무도 레인을 눈여겨보지 않았다. 그런 경우에는 레인의 귀를 잡아 못 가게 하거나 끓여 만든 사탕을 주어서 그쪽으로 정신이 팔리게 만들곤 했다. 여기 네서하우에서, 두 개의 외딴 산지 호수 사이에 성글게 숲을 이룬 도도록한 언덕 집에서 레인은 늘 누군가의 치밀하게 지켜보는 시선 아래 놓여 있었다. 혹시 어른들 셋이서 어디를 가야 할 일이 생기면 오지안드라 레인은 타박타박 따라가든지 아니면 이스키나리의 보살핌을 받으며 남아 있든지 했다.

"널 사랑하는 건, 자기 자식이니까 그러는 거야." 한 번은 이스키나리가 레인에게 쏘아붙였다. "그거야 어쩔 수가 없지. 하지만 내가 보기에 넌 약불에 은근히 끓어오르는 문젯거리야. 내가 눈여겨보고 있단 말이거든."

"난 너한테 아무 짓도 안 했어." 손바닥에 감추었던 돌멩이를 떨어뜨리면서 레인이 말했다.

상당히 우호적인 양들이 집 근처를 배회하고 다니며 땅에 난 풀을 짧게 잘라 먹었다. 1년에 한 번 세 어른들은 애를 써서 그 양들중 몇 마리의 털을 깎을 수가 있었다. 양털 손질은 어떻게 하면 되나? 살다 보니 지나가는 여행자들이 더러 가공법을 가르쳐 주기도 했지만, 일단 그 당시에는 그만 해도 일가족이 춥지는 않았다. 누구도 먼저 나서서 고기를 먹자고 들지는 않았으나, 혹시 어린 양이 목이 부러진 채 발견되어 살아도 잘 자라지 못할 것 같으면 그들은 자비로운 마음으로 그놈을 도살했고, 캔들은 이 신인지 저 신인지 모를 신에게 그놈의 영혼을 두고, 그리고 그놈의 살코기를 두고 감사기도를 올렸다. 리르와 노르는 기도에 동참하지 않았다. 그리고 이스키나리는 남의 살이 식탁에 오르는 날에는 식사 자리에 앉기를 거부했다.

"언제가 되든 간에 내가 목이 부러지는 날에는, 당신들 바로 난제에 부닥치게 될 거야." 이스키나리가 하는 말이었다.

"그렇게 어려운 선택은 아닌데? 뱃속에 채워 구울 소를 밤으로 만드느냐 빵으로 만드느냐 아니야?" 레인이 말했다.

"넌 너희 할머니가 저명한 동물 보호 운동가였는데 원, 부끄러운 줄 알아야지."

호수에는 물고기가 득시글거렸다. 그래서 그들은 생선을 먹었다. 테이가 잡아다 주는 것이었다. 혹시 세상에 말하는 물고기라는 것이 있는가 여부를 놓고 때때로 토론이 있었다. 지각이 없는 것으로 여겨지는 생물들에게 자기 뜻이 있는 사촌들이 있지는 않을까? 고기를 싫어하는 만큼이나 생선은 좋아하는 이스키나리는 고개를 물 속에 박고 물고기들에게 말을 걸어 보기로 동의했다. 하지만 물고기들이 공기로 숨을 쉬는 생물들과 같은 언어로 말을 하리라 상정할 이유가 없었다. 아무래도 동등한 존재로서 이성적인 대화를 개시할 수 없었던 이상, 거위는 번번이 포기하고는 간식을 날름 집어삼켰다.

글자와 말들에 대해 여전히 매혹되어 있는 레인은 진작 오즈의 언어들을 샅샅이 훑어 뒤지기 시작했다. 레인은 언어들을 수집했다. 아무튼 그런 언어들이 있다는 개념은 수집을 했다. 일단 레인이 태어나서 죽 써 온 주된 언어가 있는 것 같았다. 달리 붙어 있는 이름이 없고 보니 그 언어는 오즈어라고 불렸다. 어린아이가 숨을 쉬듯이 힘들이지 않고 말할 수 있는 것이기는 해도 하나의 언어다. 또 그것 말고 다른 언어들도 있었다. 물론 쿼아티가 있다. 레인이 쿼이어에서 습득한 말이다. 캔들은 쿼아티를 술술 잘했고, 리르는 띄엄띄엄이나마 할 줄 알았다. 그리고 이스키나리가 구사할 줄 아는 것 같은 여러 가지 새 지저귐들이 있었다. 레인은 날아다니는 것들 사이에 두루 통하는 언어가 있는 건지 아니면 특정 종은 종대로 제각각인지, 그러니까 거위 말이 오리나 제비 말하고 다른지 여부는 알 수가 없었다. 하지만 이스키나리에게 묻기에는 자존심이 상했다.

노르는 아르지키 사람들에게는 자기들만의 언어가 있다고 말해 주었다. 오즈 말과 문법을 공유하고 있기는 하지만 말이다. 스크로 족과 우구베지 족, 유나마타 족은 다른 언어 체계를 가졌다. 글리쿠스의 트롤들은 그 소리가 꼭 재채기하는 것처럼 들리는 오즈 어의 한 방언을 썼다. 그리고 탐사의 발길이 닿지 않은 오즈의 먼 서쪽에 그 어떤 부족이 있어 더욱더 아리송한 언어를 구사할는지 누가 알까? 레인의 고모는 옛날에 빈쿠스의 메마른 남서부 지역 크본 알타 근처에 고립된 부족인 드래프 족이 살고 있다는 이야기를 들어 본 일이 있었다.

"드래프 족? 반은 드래프고, 반은 사람이에요?" 레인은 궁금했다.

하지만 노르는 자기가 아는 한 성공적인 종간 교배의 자손은 생겨난 적이 없었노라고 말해 주었다. 그리고 드래프 족이라는 말은 아마도 그저 그 사람들이 강마르고 여위어서 그렇게 부르는 것일 거라고, 먼치킨랜드 사람들이 다부지고 땅딸하듯이 그런 것이리라고 말해 주었다.

그랬어도 레인은 노르와 브르르에 대하여 궁금해하기 시작했다. 사람 여자와 사자. 만약에 둘이 다시 만나서 살게 된다면, 아이들이 태어나려나? 『그리머리』가 그걸 가능하게 해 줄 수 있을까? 레인에게 어쩌면 어느 부분은 인간 소녀고 어느 부분은 새끼 숫사자인 사촌동생이 생길지도 모른다. 그게 어떻게 해서 그렇게 될지 뚜렷이 알 수는 없어도, 그런 일이 일어날 수 있었으면 하는 바람을 레인은 가졌다. 사자인 부분이 어쩌다가 승하는 날에 이스키나리를 먹어치워 버릴지도 모르지. 그러면 재미있을 거야.

"네가 무슨 생각 하는지 난 다 알아." 거위가 말했다.

"모르면서."

이스키나리는 긴 목을 쭉 뽑아서 구슬 같은 한쪽 눈을 레인에게 고정시켰다. 레인은 뒤로 움츠리지 않으려고 애를 썼다.

"흐음, 네 말이 맞아." 이스키나리가 인정했다. "하지만 좋은 생각이 아닌 건 내가 알지."

"나한테는 좋은 생각이야." 레인이 대꾸했다.

그러다가, 네서하우에서 살면서 세 번째로 맞이한 여름이 끝나갈 무렵에 덫사냥을 하는 사람 하나가 지나가게 되었다. 외톨이로 살아가는 스크로 족 남자인데 말해 주지 않은 모종의 이유가 있어 예전에 자기 부족에서 추방된 몸이었다. 아마 반사회적이라서 쫓겨났을지도. 레인은 그 사람을 수집했다. 레인에게는 첫 번째 스크로 족이었다. 그의 이름은 아그로야였다. 아그로야는 며칠을 머물면서 어른들을 도와 캔들이 가꾸어 보려고 공을 들이고 있는 한 줄의 산비 고랑을 마련할 축벽을 쌓아 주었다. 그러다 중간중간 쉴 참에는 네서하우 저 바깥세상의 소식을 전했다.

3

레인은 날수를 세지 않는 것과 마찬가지로 햇수도 헤아리지 않았
다. 아그로야가 지금은 오즈 충성령과 먼치킨랜드 사이에 전쟁이 벌
어진 지 4년째라고 말했을 때 레인은 그걸 어떻게 이해해야 할지 알
수가 없었다. 아그로야는 먼치킨랜드에 있는 동물들이 징병될 것과
제2전선, 즉 마들렌 산맥의 전투가 어떻게 되어 가고 있는지 그 전
황을 전해 주었다. (양쪽 군대 모두에게 좋은 상황이 못 되었다. 밀물 썰
물처럼 전선이 이쪽으로 갔다 저쪽으로 갔다 하는 동안 양측 모두에 극심
한 인명 피해가 났다.) 노르는 이 소식에 흠칫하여 혹시 남편이 먼치
킨랜드 군에 강제 징집된 것은 아닐까 궁금했다.

"브르가? 흥. 그이는 의무 복무 따위는 슬그머니 피해 빠져나
왔을 거야." 리르가 위로랍시고 한 말이었다. "사람들이 괜히 '겁쟁
이 사자'라고 부르는 게 아니라고."

노르는 이 일 이후 한동안 리르와는 말도 섞지 않았다. 리르는
후회에 젖어 생각했다. 어쩌면 이복누이가 자신을 완전히 용서하지

는 않았던 것일지 모른다고. 자신과 자신의 어머니를. 누르 부모의 인생에 난입하여 모든 것을 영영 돌이킬 수 없이 흐트러뜨린 데 대하여.

"전쟁이 어찌 되어 가는지 어떻게 그렇게 많이 아세요?" 캔들이 아그로야에게 물었다. "이 인적 없는 벌판 한가운데서. 여기가 전선과는 이렇게나 먼데요."

머뭇머뭇 말을 끊어 가며 아그로야가 대답했다.

"먹을 것을 대접받고 다른 건 사례할 게 없어서요. 난 새 소식을 머릿속에 담아 가지고 다닙니다. 소식을 밀거래하는 장사치지요. 꽤 쓸 만한 화폐랍니다."

"그럼 좀 더 얘기해 보세요. 글린다 부인 소식은 어떻습니까?" 리르가 물었다.

하지만 아그로야는 글린다 부인 말은 들어 본 적도 없었다. 그렇다고 하니 그가 얘기해 준 다른 것들에 대해서도 조금 의심이 들었다.

"내가 도시에는 안 가요." 아그로야가 인정했다. "스크로 족의 부족 생활이란 초원에서 사는 삶이지요. 이동하고, 노숙하고, 이동하고, 늘 그래요. 가축 떼를 따라다니죠."

"아직 쉠 오토코스가 스크로 족의 족장인가요?"

아그로야가 침을 뱉었지만, 어쨌든 그렇다고는 했다. 필경 오토코스가 아그로야를 추방한 장본인이었겠구나 하고 리르는 짐작했다. 그러고 나서 리르는 그 질문을 한 것을 후회하게 되었다. 왜냐하면 아그로야가 그를 향해 돌아앉으며 실눈을 떴기 때문이다.

"그러니까 댁이 리르시구먼? 우리 여왕님이 마지막 가시는 길을 도와주었던 그?"

146

리르는 몸을 꼬챙이처럼 똑바로 세웠다. 자기 정체를 인정하고 싶지 않았다. 리르가 머뭇거리며 사이가 뜨자 캔들이 끼어들어 다른 말을 했지만, 아그로야는 두 사람의 침묵을 꿰뚫어보았다.

"나는 그때에 망신을 당하여 천막 안에 사슬에 묶여 있었지만, 두 분이 무슨 일을 했는지 이야기로 들었지."

"나는 들은 일이 없네요." 노르가 끼어들었다. "나한테는 새로운 이야기예요. 얘기해 줘 보세요."

"나스토야 공주께서는 삶과 죽음 사이에 걸려서 꼼짝도 못하고 계셨지요. 그분의 변장이 그분을 꽉 구속하고 있어서 그랬는데, 당신들 둘이서 힘을 합쳐서 그 변장을 벗겨 주었지요." 아그로야는 캔들을 가리켰다. "당신은 뭔가 줄을 맨 악기를 어찌나 잘 연주했던지 죽어 있는 유물들도 노래하게 했지요. 그리고 당신." 하면서 그는 이제 리르를 가리켰다. "당신은 기억의 마법을 부렸지. 당신들이 우리의 나스토야께서 인간의 변장을 벗어 버리고 코끼리로 돌아가실 수 있게 도와주었어요. 이건 우리 족속 가운데서는 전설이에요."

"정말 희한한 일이네요." 노르가 객에게 말했다. 언제나 점잔 빼며 미심쩍어하는 노르다. "조그마하게 그림을 그려서 지나가는 여행자들에게 팔아도 되겠어요."

"그리고 나스토야 공주께서 돌아가시기 전에 당신에게 남기신 말이 있었죠." 아그로야가 캔들에게 말했다.

"어라, 그랬어요?" 리르가 아내에게 물었다. 리르는 마지막 순간까지 곁에 없었던 것이다. "당신, 그런 말은 한 적이 없었잖아."

"그분은 정신을 차리셨더랬죠. 돌아가실 분들이 때때로 그렇듯이."

방문객이 캔들의 기억을 일깨워 주었다.

"당신에게 당신 아이에 관해 말씀을 하셨어요."

"난 임신 중이었잖아요. 임신 막바지여서요." 캔들은 사과하듯이 말했다.

시덥지 않은 구실을 들어 레인을 심부름 시키며 따라가서 봐 달라고 이스키나리를 붙여 보낸 다음에, 리르는 다시 그 화제로 돌아왔다.

"나스토야가 무슨 말을 했지요?"

아그로야는 깐 호두 살을 한 움큼 덥석 집었다.

"당신의 아이가 띠고 올 약속과 고난이 보인다고 말씀하셨어요."

"아, 그거요. 아이 치고 약속과 고난을 가득 품고 있지 않은 아이가 어디 있겠어요?"

"우리 공주께서는 우리들 스크로 족이 당신의 아이를 주목하고 만약 도움이 필요한 경우에는 도와주라고 말씀하셨소. 나스토야 공주께서는 우리에게 이 일로 맹세를 시키셨지요."

"정말 자애로우세요. 그러고 나서 그분이 돌아가셨지요." 캔들이 말했다.

"나는 이제 완연한 우리 부족의 어엿한 한 형제는 못 되지만 말이오." 아그로야가 말을 이었다. "그래도 내 조상들과 나의 이전 여왕님을 기리는 뜻에서 당신들 따님에게 우리가 주겠노라 약속한 도움이 필요한지 어떤지 물어보지 않을 수 없군요."

"어머나, 당장은 괜찮아요. 고맙습니다." 캔들이 말했다. "기억해 주시다니 정말 친절하세요."

깍듯이 예의를 차리는 캔들의 말투에 리르는 정신이 들었다. 캔들은 경계하고 있는 것이다. 캔들도 위험성을 목도한 것이었다.

"길 가는 데 가져가실 케이크 좀 챙겨 드리지요." 리르가 말했다.

그들은 아그로야에게 나눠줄 수 있는 한도까지 흠뻑 먹을 것을 떠안겼다. 노르가 아그로야를 북쪽 호수 저편까지 바래다주기로 했다. 노르와 아그로야가 떠나자마자 리르는 이스키나리에게 당장 레인을 데리고 저 민치 남쪽 호수로 나가 있어 달라고 부탁했다. 표면 상으로는 부엉이가 뱉어 놓은 털과 뼈 덩어리를 찾아 레인의 수집 품에 보태자는 구실을 달아, 남쪽으로 500미터에 조금 모자라는 호수로 나가게 했다. 그러고 나서 리르는 캔들에게 아주 작정하고 화를 냈다. 리르는 나스토야 공주의 유언을 이전에 단 한 번도 꺼내 놓지 않은 데 대하여 격분했다. 캔들은 리르가 유별히 예민하게 군다고 콧방귀를 뀌었다.

"그 말씀에 그래 무슨 뜻이 있기는 해요? 죽어 가는 연로한 마나님이 임신 중인 젊은 여자한테 할 법한 얘기 외에 아무것도 아니잖아요."

"레인이 초래할 고난이라고, 나스토야가 한 그 말 때문에 당신이 애플 프레스 농장에서 살짝 빠져나갈 때에 레인을 놔두고 간 거였소?"

이 말에 캔들은 하얗게 질렸다. 쿼들링이다 보니 그 모습은 열병이 난 것 같았다. 캔들은 한동안 무슨 말을 하지 못했다. 다시 말이 나오게 되었을 때, 캔들은 생경한 어조로 말을 했다. 한결 냉랭하게, 불쾌하게 말했다.

"레인 문제가 아니군요. 핵심은 그게 아니에요. 그렇지 않아요? 당신은 심지어 나스토야가 무슨 말을 했건 하지 않았건 그것 때문에 화난 것도 아니에요. 내가 먼저 그 얘기를 했고 안 했고도 문제가 아니고요. 그렇지요. 그렇잖아요. 당신은 내가 트리즘에 대해서 여태까지 아무 말 않고 있었던 것 때문에 아직도 화를 내고 있는 거예요."

"한참 빗나갔어요." 리르가 쏘아붙였다. 하지만 빌어먹을, 캔들 말이 맞았다. 그러고 보면 캔들은 여전히 현재를 볼 수 있는 것이다. 캔들의 재능은 두 사람이 나이 들면서 잠자게 된 것만 같았는데.

옳다, 캔들이 나스토야가 임종 시에 한 말을 한 번도 얘기해 주지 않았던 것 때문에 리르는 기분이 상했다. 하지만 리르가 옛 친구였던 트리즘에 관하여 아직까지도 상처를 붙안고 있다는 건 캔들이 정확히 짚은 것이었다. 또 한 가지 레인 앞에서는 결코 입에 올리지 않는 사연이다.

아, 트리즘.

그 이름을 부르자 한순간에 리르의 마음속에 다시금 그 일이 일어났다. 지금 막 과거를 보는 것 같다. 이번에는 리르 자신의 과거다. 트리즘은 두려웠던 그해 그 시기에 애플 프레스 농장에 왔더랬다. 리르가 자리를 뜬 사이에. 나스토야가 과수원에서 죽음을 맞이하려 애를 쓰고 있었던 그때, 캔들이 생명을 탄생시킬 준비를 갖추어 가던 그때에. 무슨 일이 일어났던 것인지 리르는 지금까지 결코 정확히 알아낼 수 없었다. 한때는 동료였던 에메랄드 시 병사들에게 쫓기면서, 아름다운 트리즘은 리르가 자신에게 품고 있는 애정을 알려 주어 캔들을 농락했든지, 아니면 그와 똑같은 가능성으로써 리르가 없는 사이에 캔들에게 혹했든지 했다.

어쩌면 두 사람이 리르에 대하여 공통되게 갖고 있는 정열이, 리르의 안전을 걱정하는 두 사람의 한결같은 마음이 캔들과 트리즘을 한데 묶었는지도 모른다. 그런 일이 일어난 게 그게 처음은 아니었을 것이다. 하지만 캔들은 그에 관하여 절대 이야기를 하지 않았고, 트리즘은 리르의 인생으로부터 사라졌다.

리르가 돌아왔을 때, 병고로 괴로워하던 나스토야 공주가 와 있었고 스크로 족 대표단이 애플 프레스 농장에 자리를 잡고 있었으며 트리즘은 가 버린 후였다. 리르와 캔들이 나스토야를 도와서 인간으로 가장했던 허울을 벗어 떨치고 코끼리로서 죽게끔 해 준 뒤 리르는 '쿰브리시아의 길'이라고 알려져 있는 고원 길로 돌아가는 나스토야의 시신을 따라갔더랬다. 불과 며칠이 지난 후 돌아왔는데, 리르가 다다랐을 때 캔들은 도망쳐 버린 후였다. 갓 태어난, 태어난 지 하루나 될까 말까 한 아기가 옷가지에 싸여서 리르가 찾을 수 있게끔 숨겨져 있었다.

당연히 캔들은 리르가 오고 있는 줄을 알았다. 캔들은 그런 걸 아는 재주가 있었다. 캔들은 염소 한 마리를 남겨 두어서 리르가 아이에게 먹일 젖을 조달하게 했다. 지금까지 리르는 캔들이 아이를 버려두고 간 게 트리즘이 리르의 은신처를 찾아내려는 암살자들을 뒤에 달고 왔을지 모른다는 두려움에서였을 것이라고만 짐작해 왔다. 하지만 이제 리르는 캔들이 갓난아이였던 레인을 남겨두고 떠났던 것이 나스토야가 그들의 딸이 약속과 고난을 끌고 올 것이라는 예언을 했기 때문이 아닌가 의구심이 들었다. 그들의 딸에 대해 캔들이 품는 근심은 언제나 리르의 근심과 달랐다. 다정하기는 똑같다지만, 캔들 쪽이 한층 냉담하고 사무적인 태도였다.

리르는 그 다음으로 무슨 일이 일어났는지 알고 있었다. 캔들은 그러다가 다시 수도원으로 돌아왔다. 그곳으로 트리즘이 구타를 당했다는 소문이 전해졌다…… 아니, 구타라기보다 고문을 당했다고 하는 편이 더욱 추악하고도 솔직한 표현이리라. 짐작컨대 트리즘은 리르의 행방을 토설하지 못했을 터였다. 왜냐하면 몰랐으니까. 그리고 트리즘, 에메랄드 시 조병창에서 첫손 꼽히는 드래곤 최면술사인 트리즘이 그때 과연 살아남기는 했는지 그 여부는…… 판단할 길이 없었다.

확실히 살아남은 것은, 아마도 그것이 트리즘이 세상에 남긴 전부일는지 모르는데, 리르가 간직한 트리즘의 느낌이었다. 때때로 솟아오르곤 하는 그의 갖가지 인상들은 리르가 초대한 바 없으며 그래서 자주 울컥 화를 돋우는 것들이다. 그 모랫빛 머리카락에서 풍기던 모래 냄새로부터 두 사람이 관능적인 몸싸움을 하던 때에 느껴지던 그의 단단한 근육까지…… 반갑지 않은 그리움이다. 트리즘은 리르의 가슴속에, 옷장에 걸려 있는 한 벌로 갖추어진 옷처럼 살아 있었다. 비어 있으면서도 동시에 생생한 모습으로 말이다. 본의 아니게 트리즘의 반짝이는 미점들이 떠오를 때면 때때로 잠재울 수 없는 그리움의 물결이 치밀어 올랐다. 오늘날까지 리르는 그러한 그리움을 고독하게 참아 왔다. 사랑하는 캔들이 화로 건너편에 앉아 있을 때조차도 말이다.

캔들 또한 트리즘의 꿈을 꾸는지 모른다. 두려움으로, 또는 욕망으로써. 리르는 알지 못했다. 캔들과 그 이야기를 해본 적이 한 번도 없었다. 리르가 아기를 팔에 안고서 다시 캔들과 만나 합치게 되었을 때에 캔들은 트리즘 이야기는 하지 않으려 했다. 리르가 친구에 대해 가진 좋은 인상을 지켜 주려 함이었을까? 트리즘과의 연애를 캔들 혼자 마음속에 간직하고자 함이었을까? 얼마든지 그 문제를 빙빙 맴돌 수야 있겠지만, 트리즘이 다시 나타나서 빈칸을 메꿔 주기 전에는 리르가 알 도리가 없었다.

캔들은 말을 하지 않았다.

그리고 리르와 캔들에게는 흔들리고 옮아가는 애정의 위기를 다루기보다 더한층 시급히 대처해야 할 사안이 있었다. 그들에게는 유리병만큼이나 쨍한 초록색으로 태어난 딸이 있었다.

영락없이 초록이다. 다른 예쁜 점은 볼 것도 없다. 어머니 쪽으로 따져 보면 그 아이는 순종 하층민이다. 리르를 만나기 전에 캔들은 한 명의 떠돌이 쿼들링이었다. 자기 일족이 다 그렇듯 쉽게 무시당하고 짓밟힐 수 있는 존재였다. 그녀에게 싫증이 난 삼촌이 수도원에 갖다 버린 아이였다.

리르 쪽으로 보자면 레인은 존귀하다고는 못할지라도 최소한 악명을 떨친 한 가문의 혈통을 이었다. 레인의 윗대에는 트롭 가문의 수장이자 먼치킨랜드가 분리 독립하기 전 실질적인 치리자로 군림했던 사람도 있다. 레인의 할머니는 분열을 일으킨 사악한 서쪽 마녀, 바로 그 사람이다. 그 혈통에 그 어떤 가능성이, 또는 한계가 전승되어 있을는지 누가 알까?

리르는 혈통을 내세워 캔들 앞에서 잘난 척 으스댈 까닭이 전혀 없었다. 캔들이든 다른 누구 앞에서든 간에. 리르는 자기에게 뽐낼 만한 구석 따위는 없음을 잘 알고 있었다. 리르는 엘파바의 관심 밖에서 자라났다. 관심 밖이라고 할까, 어쩌면 대부분의 시간 동안 애정도 받지 못하고 컸다. 불우한 어린 시절을 보냈습니다, 각하! 체리스톤 휘하의 군대를 등지고 도망쳐 탈영병이 된 것은 리르의 형편을 조금도 낫게 만들어 주지 못했다. 엎진 데 덮친 격으로 인생 행로를 잘못 들었다. 리르는 트리즘을 도와서 서쪽 지역 부족들 가운데 불안을 조성하는 데 사용되고 있던 에메랄드 시의 비룡들의 축사를 파괴하였다. 그래, 어디 총계를 내 보게, 자네. 레인이 태어날 무렵에 리르는, 그를 잡으면 『그리머리』를 찾을 수 있을지도 모른다는 이유로 과녁이 되어 쫓기고 있던 뭐 하나 잘되는 일이 없는 떠돌이 건달 녀석에 지나지 않았다.

이러한 상황에서 그 유명하고 위험한 마법책보다 더한층 숨기기 어렵게끔 파릇파릇한 녹색으로 찬란하게 반짝이는 아이를 선물 받다니…… 배꼽이 빠질 노릇 아닌가, 리르의 인생이란. 불쌍히 여겨 주세요.

스크로 족과 함께 이런저런 환난을 넘기고 리르가 캔들을 다시 만난 때쯤에 아기는 이제 안고 다니기에는 힘이 들 만큼 자랐다. 오로지 레인을 보호하겠다는 마음에서 리르는 아이의 얼굴에 두건을 씌우고 지나가는 사람들에게는 아이가 빛에 민감해서 탈이 난다고 말했다. 아이에게 어떤 영향이 있었을까? 그 기나긴 몇 달 동안 푹 뒤집어쓴 삼베 보자기를 통하여 인간의 음성은 들었으나 얼굴은, 근심에 찬 바보 같은 아비의 얼굴 말고는 거의 보지 못했고 보면.

레인에게 대체 무슨 짓을 했던가? 아이의 목숨을 살리겠답시고?

수도원에서 캔들을 다시 만난 후에, 두 사람은 레인이 질식해 죽지 않게 기를 방도를 찾으려고 방방곡곡을 헤매고 다녔다. 말 그대로도 그렇고, 상징적인 의미로도 그렇고. 아무런 계획도 없었다. 그저 계속 이동할 따름이었다.

어느 날, 어느 이름 없는 촌락에서 그들은 해 질 녘까지 들일을 해 주고 빵과 우유와 포도주를 받기로 하여 잠시 발을 멈추었다. 손가락감자를 심어 놓은 변변찮은 밭뙈기 끝까지 와서 캔들은 등허리에 손을 짚고서 몸을 폈다. 그러고는 돌아봤다가 악 소리를 질렀다. 호미질을 해 온 밭고랑 끄트머리에 놓아 둔 감자 광주리에서 아기가 일어나 앉아 있었다. 아기가 저 스스로 팔을 버둥거려 삼베 보자기를 끌어내렸든지, 아니면 광주리 가에 온 여우가 이로 물어 보자기를 벗겼든지 했을 것이다.

"진정해요." 리르가 캔들에게 말했다. "진정해요. 여우들은 그렇게 흉포하지 않아요."

"확실히 그렇지." 하고 여우가 말했다. 여우는 초록색 어린애를 뚫어지게 보고 있었다. "사냥개들과 짐승 같은 인간들이 재미 삼아 하는 여우 사냥이 여우의 타고난 온화한 감각에 미치는 영향을 계산에 넣지 않고 있으시군."

"빛 좀 가려 줘요. 아이 눈에 해로워요." 리르가 말해 보았다.

"해롭기는 어둠이 훨씬 더 해로울걸." 여우는 아예 자리를 잡고 앉아서 어린애를 지그시 들여다보았고, 아이는 눈도 깜박이지 않고 마주 바라보았다.

리르와 캔들은 서로 손을 꼭 붙든 채 주춤주춤 가까이 왔다.

"나는 서쪽의 그 성미가 불같은 초록이는 만나 본 적이 없어요. 그 빗자루 타고 다니던 사람 말이오. 하지만 그 여자 얘기는 익히 들었지. 그래서 말인데, 그 여자가 꼭 이랬을 것 같군요."

"저도 그랬을 것 같아요." 캔들이 말했다. 정말이기는 했다. "저도 그분을 만나 본 적이 없답니다."

"댁의 새끼가 앞으로 직접 헤쳐 나갈 일이 많겠소." 여우가 말했다. "그러니 두 분은 노심초사 걱정 좀 되시겠는걸."

"아, 그럼요. 좀 되는 정도가 아닙니다." 리르가 말했다.

여우는 웃었다.

"이 애 맘에 드는구먼. 나를 무서워하지 않아."

"애가 우리 둘 말고는 별로 본 것이 없어서요." 캔들이 말했다.

"그런데 난 내가 타고나길 멋지게 타고나서 그런 줄 알았구먼. 내가 꽤나 잘생겼다고 하는 이들도 있거든. 하지만 내 사교 생활은 제쳐 놓고 이야기하지요. 이 애한테 살짝 보호색을 덮어 씌워 주면 덕 좀 볼 것 같은데. 그런 생각은 해보셨소들?"

리르는 그 생각을 한 적이 있었다. 하지만 스크로 족의 쉠 오토코스는 그 일을 해내지 못했더랬다.

"무슨 말인지 알지요? 녹조류 속에 묻혀 있는 청개구리요, 줄무늬가 진 돌멩이 위에 앉아 있는 줄무늬 다람쥐란 얘기요. 그렇지만 청개구리를 눈 덮인 초원 한가운데다 던져 놔 봐요. 그러면 머지않아 청개구리는 씨가 마를걸. 댁들은 이 아이에게도 그런 보호막을 씌워 주고 싶을 것 같은데."

"그런 마음이 없다면 생각머리가 있기는 한 사람이겠습니까?" 리르가 대답했다.

여우는 한참 동안 말이 없이 앉아 있었다. 그의 눈과 아이의 눈은 (아이는 이제 아장아장 걸어 다닐 만큼 컸다. 리르와 캔들이 걸어 다니게 놔두었다면 말이지만.) 말끄러미 마주보고 있었다. 마침내 여우가 말했다.

"내가 한마디 귀띔해 줄 수 있을 것 같구려."

"뭔가 생각하시는 바가 있나요?" 캔들이 물었다.

"이 애가 최고로 엄중히 보호를 해 줘야 할 아이라는 점에서는 댁들 생각이 옳소만, 댁들은 겁에 질린 나머지 애를 죽이기 일보직전이에요. 매일매일 조금씩 말이오. 자, 그러니 내가 마침 마법에 재주가 있는 한 큰뱀을 아는데 그이가 어떤 불쌍한 백변증 고슴도치에게 놀라운 마법을 써 준 것을 내가 봤지, 고슴도치가 아주 간절히 매달렸거든……."

리르와 캔들은 여우가 계속해서 레인을 보고 있는 사이에 몇 걸음 물러나서 그 제안을 검토해 보았다. 큰뱀을 끌어들인다는 데에는 더럭 겁이 났다. 게다가 변장을 시킨다는 생각 자체가 만약 부작용이 일어난다면 위험할 수도 있다. 나스토야 공주가 변장을 벗어 버리지 못해 고생하던 광경을 보지 않았던가? 하지만 아이가 질식해 갈 듯한 인생을 살고 있지 않나. 반박할 수 없는 사실이었다. 그리고 아무튼, 캔들과 리르는 힘을 합쳐서 나스토야에게서 인간 변장을 벗겨 줄 수 있었다. 때가 맞았기에 말이지만. 리르는 어머니의 마법 재능은 전혀 물려받지 못했지만, 때때로 깊숙한 기억을 수용할 수 있는 힘은 분명 가지고 있었다. 그리고 캔들은 음악을 연주함으로써 일종의, 무엇을 '아는' 마법을 시전할 수 있었다. 그 힘을 리르에게도 나스토야에게도 발휘해 준 바 있었다. 그러니 두 사람을 놓고 보면 캔들과 리르는 적시에 이르러 자기네 딸이 본모습을 드러내도록 도와줄 수단을 갖고 있었다. 그렇지 않은가? 그 문제에 관하여 둘이 가진 권위는 작지 않다. 아이의 부모인 것이다.

그래서 둘은 여우에게 큰뱀을 섭외해 달라고 했고, 큰뱀은 대번에 찾아왔다.

큰뱀이 찾아왔을 때 둘은 자기들이 내린 결정을 후회하는 마음이

들었다. 왜냐하면 큰뱀의 모습이 너무 무시무시해 보였기 때문이다. 하지만 큰뱀이 먼저 콕 짚어 말했듯이, 기름기가 자르르 흐르는 에메랄드빛 큰뱀이 인간의 눈에 무시무시해 보이지 않을 도리가 있겠는가? 레인의 초록빛 피부를 가려 위장하는 일에 대하여 논쟁이 있었다.

"몇몇 실험실들에서 연구자들이 이런 걸 '보호색화'라고 불렀던 것 같아요." 음절 하나하나에 방종하게까지 들리는 강세를 두어 가면서 큰뱀은 말했다. "댁들이 이걸 하려고 생각한 건 현명한 일이에요. 그렇지만 따님에게는 위장을 해 주는 것 이상의 도움이 필요해요. 꿈틀꿈틀 배로 기어 다니는 애벌레도 저 스스로 모습을 나비로 변할 수 있죠. 하지만 독 있는 거미의 거미줄에 꽉꽉 묶인 채로 변태가 일어난다면 그게 무슨 소용이 있겠어요."

"그야 옳은 말씀이고 다 그렇습니다만, 저희가 부탁드리는 건 마법 주문 한 가지입니다. 그걸 걸어 주실 수 있으시다면요. 딸을 어떻게 안전하게 길러 낼지는 우리가 방도를 찾을 겁니다."

"내 충고를 듣지 않겠다고 하는 댁들이 옳을지도 모르겠군요. 나는 때때로 둥지 안의 알들을 먹어 버리곤 하는 그런 아비니까. 나는 위장 문제에 국한해서만 관여를 하고 따님을 망치는 일은 댁들이 알아서 할 일이겠지요."

그들은 한동안 시간을 들여서 레인이 가장 안전하게 자랄 수 있는 장소가 어디일는지 의논했다. 캔들은 비록 어떤 사람들에 비하면 희다고는 해도 쿼들링답게 살빛이 불그레했다. 에메랄드 시에서 쿼들링은 잘해야 2등 시민이었다. 쿼들링이 구태여 거기 가서 눌러 살려 한다면 말이지만. 윙키는 어느 부족 출신이건 간에 야만인 취급을 받았다. 그리고 리르는, 아버지는 빈쿠스 사람이고 어머니는 초록색 피부를 가지고 있었음에도 불구하고 엘파바의 먼치킨랜드 혈통을 배반하고 쉽게 주근깨가 생기고 볕에 타기도 잘 타는 분홍빛 도는 흰 피부를 가졌다. 그러니 길리킨인과 먼치킨랜드인이 오즈의 다른 민족이나 종족보다 월등히 인구가 많다는 사실이 명백하고 보면 레인을 위한 선택은 분명했다. 만약 레인이 창백한 피부를 가질 수 있다면, 눈에 띄지 않게 숨을 수 있는 지역 범위가 한층 넓어질 것이다.

여우는 정수리를 내리누르는 뙤약볕 아래 리르와 캔들과 한자리에 앉았다. 얼마큼 떨어진 곳은 열기와 날벌레 무리로 일렁일렁 흔들려 보였다. 여우는 큰뱀이 선량한 인물임을 장담하며 그들을 다독였다. 조금 떨어진 곳, 감이 흐드러지게 열린 감나무 아래에서 큰뱀은 서리서리 레인을 휘감았다. 때로 큰뱀은 몸을 곧추세우며 쉬익쉬익 소리를 냈다. 때로는 땅바닥에 뒹굴듯이 레인의 몸을 이리 감고 저리 감으며 넘나들었다. 쉬익쉬익 소리는 계속 내면서.

일을 마치고 보니 큰뱀도 마찬가지로 허물을 벗은 후였다. 이제 몸 색이 죽처럼 걸쭉한 문구용 풀색으로 허여멀겋게 되었다. 햇빛에 나올 일이 없는 벌레 같았다.

"동정심이라고 생각하세요." 놀라서 입을 뻐끔거리는 그들을 보고 큰뱀이 말했다. "카타르시스라고 생각하든가. 우리 중 하나가 변하게 되면, 우리 모두가 변하는 거랍니다."

그렇게 해서 레인은 변신했다. 보기 싫고 평범한 허연색으로 안전하게 탈색된 아이. 포대기에 싸여, 무슨 일이 벌어졌는지 알지도 못한 채 큰뱀이 몸을 미끄러뜨리느라 뭉개진 풀과 으스러진 농익은 갇의 곤죽 가운데 편안하게 잠이 들어 있었다.

여우도 큰뱀도 사례를 받으려 하지 않았다. 또한 이름도 대려 하지 않았다.

"저 애의 앞날이 당신들 마음에 들지 않으면, 우리를 찾아내 탓하고 싶을 테죠." 여우가 말했다. "이 일엔 아무런 보장이 없으니 요금도 없는 거예요. 우리가 도움을 준 건 당신들에게 도움이 필요했기 때문이지요. 거래는 그걸로 끝났소."

"나는 스스로 도로 몸을 쭈그려 다시 초록색이 될 거예요." 큰뱀이 말했다. "하지만 내가 착각한 게 아니라면 댁네 따님은 어느 정도 시간이 지나 때가 되면 제 스스로 자신을 찾을 겁니다. 그렇지만 내가 나비 얘기 한 것 기억하세요. 그리고 어떻게 해야 댁들의 올챙이를 제일 잘 보호해 줄 수 있을지 생각해 보세요. 저 애는 아직 속은 초록색이에요. 그리고 저 애가 그 마녀와 피가 이어져 있다면 그들이 저 애를 찾을 테지요. 미리부터 따돌림 받을 운명이 짐 지워져 있는데 원기왕성하게 잘 클 아이는 없어요. 난 때때로 이 생각을 하며 위안을 찾지요. 아직 태어나지 않은 내 자식 새끼들을 잡아먹을 때에요."

"그 애들을 직접 구해 줄 수도 있으시면서." 조금 사이가 뜬 후에 캔들이 말했다. "자녀들의 몸 색을 바꾸어 주지 그러세요?"

"내 말을 참 잘 알아들으셨구먼." 큰뱀이 말했다. "뱀 새끼는 말이오, 제아무리 럴라인마스 선물 포장지 같은 예쁘장한 겉껍질을 둘러쓰고 있어도 다른 것 아닌 뱀으로밖에 보이지 않는 법이에요."

여우와 큰뱀은 그 말을 남기고 떠나갔다. 사흘 후에, 사리에 닿는 이유도 없이, 술 취하여 질서가 문란해진 먼치킨랜드 군사 부대가 길에서 일가족을 멈춰 세웠다. 심문을 받고 나서 풀려났지만, 리르와 캔들은 더럭 겁을 집어먹었고 큰뱀의 말이 정말 옳았다고 느끼게 되었다. 그들 모두 여전히 목표물 신세였다. 아무리 변장을 한다고 해도 말이다. 리르가 오즈의 황제에게 반기를 들고 하늘을 날았던 건 그렇게까지 오래전이 아니니 역적 딱지가 붙어 있고도 남는다. 리르가 그렇게 쉽사리 먼치킨랜드에 들어올 수 있었다면, 황제의 밀정들도 그럴 것이다. 그래서 아기의 안전을 위해서, 왜냐하면 목베거홀이 그리 멀지 않았기에, 둘은 리르가 글린다 부인에게 접근하여 엘파바의 손녀를 키워 달라고 부탁해야겠다고 결정했다. 그런 날이 올지는 모르겠지만 아이가 세상에 나와도 안전한 그날이 올 때까지.

이 모든 일들이 과거에 있었다. 들추어 말한 적이 없는 가족사이다. 딸을 떠나보낸 채, 가스틸의 소매 위쪽 언덕의 버려진 회당에 숨어 살았던 기나긴 세월. 혹시라도 황제가 그 빌어먹을 『그리머리』를 몰수해 들이는 데 성공해서 일가가 지하로 숨어들어야 할 이유가 일부 덜어지지는 않을까 바라면서, 레인이 행복하게, 티 없이 자라나기를 바라면서. 레인 없이 살아가는 법을 배우고…… 두 사람을 위로하는 건 오직 레인은 안전할 것이라는 생각뿐이었다.

그런데 그러다가, '겁쟁이 사자'와 난쟁이와 난쟁이의 먼치킨랜드인 애인 일행에 묻어서 레인이 뜻하지 않게 당도하고, 리르와 캔들은 딸을 반기며 동시에 딸 걱정을 더한층 구체적으로 해야만 하는 진 빠지는 과업을 떠맡게 되었다. (걱정이 구체적이 되었을지언정, 매일매일 걱정해야 하는 것은 새로 지워진 부담이 못 되었다. 전에도 날이면 날마다 걱정하고 있었으니 말이다.) 그리고 12년 전 딸아이가 태어났을 때에는 무시할 수 있었던 속상한 부분이 바야흐로 현재의 일로 다시 고개를 드는 듯했다. 어쩌면 이번에는 그때보다 더 상처가 되었다.

"태어날 아이가 띠고 올 약속과 고난"이라고, 나스토야는 캔들에게 말했던 것이다. 그런데 캔들은 그 얘기를 리르에게 전혀 하지 않았다. 그에 대하여, 트리즘에 대하여도…… 캔들 자신에 대하여, 저 깊은 속을 들여다보면. 리르는 뱃속 깊숙이 차가운 불이 지지는 느낌이었다.

네서하우에서, 지금, 식탁 앞에 서서, 도무지 앉을 수가 없어서 서 있으면서. 분노로 벌벌 떨리는 손발을 억제하려고 캔들을 외면하고 다른 데를 보면서.

세월이 지남에 따라, 그리하여 풍성했던 미래의 전망이 사그라짐에 따라, 옛 실수의 치명적인 지점과 옛 선택으로 인한 대가들이 자꾸만 새롭게 눈금 매겨져 온다. 원망하는 마음, 그르쳐진 데서 비롯된 분개에 대한 관심은 매분 매초 잔혹하게도 착착 쌓여 간다. 아무리 그냥 덮어 두려 할지라도 말이다.

✢✢✢

연통이 막혀 시커먼 연기가 차는 것처럼, 집안에 온통 먹구름이 끼었다.

리르와 캔들은 도무지 진정으로 화해를 하지 못했다. 부부 사이에 싸움이 절정으로 치닫지 못하고, 그래서 그럭저럭 협상을 거치지 않은 무승부로 낙착되지도 못하는 경우가 있다. "은근슬쩍 휴전"했다든가 "증거가 없으니까 더 이상 따지지 못하는 어정쩡한 상태" 같은 말은 그런 경우에 부합하지 않는다. 리르와 캔들은 계속해서 해야 할 일을 하고, 서로 말을 한 것이든 안 한 것이든 자신들의 약속을 지켜 나갔다. 둘 사이에 아예 서로 대하는 방식으로 굳어 버리려는 공식화된 침묵을 레인이 눈치 채거나 할 것 같지는 않았다.

✣✣✣

집안 분위기가 바뀐 데 대하여 의논하는 역할은 평소 둘이 협력할 일이 없는 노르와 이스키나리에게 떨어졌다. 둘은 말로 하지 않는 가슴속 불만들을 공유하지 못하고 있었지만 그래도 뭔가 수를 써야만 했다.

결국은 거위가 묘안을 내었다. 그리고 노르가 그걸 제안했다. 깔고 잘 이불을 싸들고 여름이 다 가기 전에 가장 가까운 그레이트 켈스로 조금 올라가서 야생 루비 토마토를 가능한 한 많이 따 오자는 이야기였다. 토마토를 말리면 1년쯤 가니까, 겨울에 차가운 음식을 먹을 때에 여름의 향미를 더하여 줄 수 있다.

일가족은 길을 나섰다. 그러나 성공적인 나들이가 못 되었다. 아직 정말 이른 가을에 불과한데도 너무나 춥고 바람이 거세었다. 일가족이 토마토 군생지에 가 보니 산에 사는 그 어떤 욕심꾸러기들이 이미 싹 쓸어 쑥대밭을 만든 뒤였다. 그들은 뻐근한 다리로, 지쳐서, 아무 소득 없이, 전보다 더 침묵에 잠겨서 집으로 돌아왔다. 이스키나리와 노르는 뒤에서 걸어오며 서로 쳐다보고 어깨를 으쓱 했다. 뭐, 노력은 해봤어.

레인은 물론 아무것도 눈치 채지 못한 듯이 그냥 그대로 여상했다. 가면서 도토리와 개암 열매를 수집하는 중이었다. 레인이 앞장

163

서 깨금발로 뛰어갈 때 주머니에서는 열매들이 자그락자그락 소리를 냈다.

일가족은 다섯 호수 근처의 네서하우로, 그들이 이름 붙이기를 '망보는 집'이라고 한 그 집으로 돌아왔다. 그렇게 부르는 이유는 앞문으로 내다보면 가장 가까운 북쪽 호수가 보이고 그 반대편 문으로는 남쪽 호수를 언뜻 스쳐 볼 수 있기 때문이었다. 그들은 집을 비우고 나갔던 사이에 자기들의 보금자리가 엉망진창으로 집뒤짐을 당한 것을 발견했다. 일가족은 아그로야가 범인이라고 생각했다. 아마 노르가 아그로야에게 작별을 고한 후에 길을 빙 돌아서 다시 이리로 왔을 것이다. 호수 위쪽의 언덕 어디에 어정거리며 아침밥을 짓는 연기가 나지 않는 날을 기다려 입주인들이 자리를 비운 걸 알았을 것이다. 꼬마 다피와 대장 나리가 주고 간 주석 숟가락 네 개가 없어졌다. 그리고 밀가루 한 자루와 소금 부대도 없었다. 리르의 제일 좋은 가죽 벗기는 칼에다, 하나뿐인 면도칼도 사라졌다.

빗자루는 여전히 천장에 봉해져 있었다. 짐작이긴 하지만, 판자를 뜯었다가 다시 붙여 놓은 흔적은 전혀 안 보였으니까. 캔들의 도밍곤은 벽에 걸린 채였다. 『그리머리』는 넣어 두었던 주머니에서 반쯤 삐져나온 채 탁자 위에 무척 잘 보이게 떡 하니 놓여 있었다. 도둑에게 그리 탐나는 물건은 아니었던 게 분명했다.

그렇기는 하지만, 『그리머리』를 식별했든 식별하지 못했든 간에 누군가가 그 책이 거기에 있는 것을 알게 되었다. 누구에게 그 책에 대해 말을 함으로써 그 사람이 알아챌 수 있게 되었다. 누군가가 레인이 거기 있음을 알게 되었다. 그들이 도둑맞은 것은 숟가락 몇 개와 면도칼, 밀가루, 소금이 다가 아니었다.

4

푸르른 하늘이 더할 나위 없이 밝은 그런 날에 미미한 조짐이 따라붙는 것은 왜일까? 어쩌면 그것은 모든 것이 결국에는 썩고, 녹슬고, 삭아서, 먼지가 된다는 무상함에 대한 평범한 지식에서일 따름인지도. 그런 것이다. 아니면 혹시 그것은 아름다움 그 자체가 모종의 메스껍게 달콤한 종말론의 악취를 동반하지 않고서는 이승 사람의 눈에 아예 보이지 않는 것이기 때문일는지도.

누군가 낯선 사람이 『그리머리』를 찾아낸 이후로, 날이 가면 갈수록 마음속 불안은 커져만 갔다. 그 책을 본 사람이 누구든, 그 책이 무엇인지 알았지만 겁이 나서 가지고 가지 못한 것일지도 모른다. 아니면 뭔가 그 책으로부터 불가사의한 점을 목격하고 도망쳤던 것인지도. 만약 도둑이 아그로야였다면…… 그렇지 않은가, 자기가 말한 대로, 그 사람은 소식을 물어 나르는 게 업이다. 말은 이미 샜다고 봐야 한다. 아니면 곧 샐 것이다. 곧도 아주 곧.

이스키나리는 자청해서 정찰을 하겠다고 일을 떠맡았다. 이스키나리가 리르에게 충신한 것은 충신한 것이고, 자기 모가지를 보전하는 문제에 대해서도 마찬가지로 건전한 존중심을 가지고 있었다. 다른 대안이 전혀 없는 처지가 아니라면 접시 위의 거위 가슴살 요리가 되어 일생을 마치고 싶지는 않았다.

화창하기 이를 데 없는 어느 날 오후 한중간에 이스키나리가 불쑥 날아 돌아왔다. 레인은 북쪽 호수 근처 한 뙈기 풀밭에서 박주가리 씨깍지를 모으고 있었다. 여자들은 양털을 실로 잣는 중이었다. 리르는 남쪽 입구에서 이스키나리가 목청을 가다듬는 소리를 듣고 밖의 환한 빛 속으로, 물씬 풍기는 송진 냄새 속으로 나와 보았다. 우수수 떨어진 갈색 솔잎 위로 햇빛이 비껴 쏟아져 내렸다.

거위의 표정을 보고서 리르가 말했다.

"어디 보자. 전쟁터에서 한 발을 잃은 벌레를 봤군. 그래서 세상의 종말이 왔다고 생각한 거지?"

"내가 안 할 수 없는 말을 할 텐데 들어나 보고 나서 놀리든가 해."

숨을 고르려고 애쓰며 이스키나리가 되쏘았다.

"좋아, 그럼 말하지. 첫 번째 호수 남쪽으로 한 16킬로미터쯤 되는 곳에서 내가 일단의 트롤들과 마주쳤거든. 글리쿤들 말이야. 그런데 그 작자들이 일가붙이인 나무 요정들하고 공조하고 있는 것 같더라, 이 말이야."

리르는 한쪽 눈썹을 올렸다.

"알아. 말 같지 않은 소리지. 글리쿤들도 그렇고 요정들도 그렇고 자기네들끼리 말고는 사교 생활을 좋아하는 족속들이 아니니까. 글리쿤들은 말하는 동물들이라면 하나같이 수상하게 여겨서 나하고 이야기하려고 들지 않았지. 그렇지만 요정들은 맹하게 재잘재잘 잘 떠들잖아. 자기네들이 뭘 하는 중인지 얘기해 주더군."

"강간과 약탈을 하러 이리로 오는 중이었겠지, 아마?"

"아니야. 그리고 물론 내가 여기 살림집이 있다는 이야기를 흘리지도 않았어. 다만 내가 들은 바로 트롤들 중 몇몇이 라 몸베이와 먼치킨랜드와 맺은 동맹에 대하여 점차 불만스럽게 여기고 있다고 해. 그 트롤들은 자기네 통치자인 사칼리 오아피시가 너무 성급했던 것 같다고 생각하기 시작했고, 먼치킨랜드에서 자기네들이 에메랄드 시의 화수분 노릇을 한다고 불평이더니 이젠 글리쿠스가 먼치킨랜드의 화수분이 되는 거 아니냐고 그러는 거야. 먹음직하게 무르익어서 수탈해 가기 좋고 높은 세금을 매기기 좋게 생겨 먹은 거 아니냐 등등. 게다가 물론 스칼프스에는 에메랄드가 있잖아. 까마득한 옛날부터 트롤들이 관리해 온 그 광산이 먼치킨랜드가 병력을 유지하는 비용에 아주 톡톡히 보탬이 될 테지. 그래서 이 트롤들은 그런 거 다 싫다고 뛰쳐나온 거야. 빈쿠스에서 뭔가 다른 광물 채굴의 가능성이 있을까 하여 조사하러 나온 참이래."

"그이들이 여기서 찾을 게 뭐가 있을지 모르겠네." 리르가 말했다. "하지만 그러고 보면, 나한테는 돌이란 그냥 돌 같이만 보이니까. 어쩌면 우리가 지금까지 금덩어리가 널린 벌판에서 감자를 캐고 있었던 건지 몰라. 그래도 난 전혀 눈치 못 챘을걸."

"말을 못 알아듣는구먼. 트롤들하고 요정들이 함께라니까? 들려?"

"그래그래, 있을 성싶지 않은 연합이지. 난 요정은 딱 한 명 만나 봤을 뿐이야. 이름이 지비디라고, 괴상망측한 위인이었지. 그 일행

중에 지비디가 있지는 않았겠지?"

"신분증 보자는 말은 안 했어. 이야기 좀 들어 보라니까? 요정들이 제2전선 이야기를 했어. 마들렌 산맥에 제2전선이 펼쳐지는 바람에 자기네 원래 서식지가 침범을 받았다고. 먼치킨랜드의 동물 부대가 특히 막심한 피해를 입었나 봐. 그래서 몇몇 요정들은 이 근처에 정착하면 안전하지 않을까 하여 서쪽으로 터를 보러 나온 거야. 글리쿤들과 길동무가 되어 함께 다니는 것은 전투 시에 트롤은 언제고 믿음직하니까야."

"글리쿤들한테는 무슨 이득이 있지?"

"그냥 먹을 것 때문이지 그 외엔 없는 것 같아. 글리쿤들은 족속이 소 치기잖아. 에메랄드 광산에 내려가 있을 때가 아니면 하는 일이란 게 소 돌보는 일이지. 그들은 치즈랑 우유 더께랑 요구르트 말고는 도무지 음식을 만들 줄을 몰라. 숲 속에서 먹을 것을 찾는다는 것은 그이들 역량 밖이야. 그런데 그건 나무 요정들이 제일 잘하는 일이란 말이야. 게다가 요정들은 하나같이 요리하기를 무척 좋아하니까. 이건 만인의 상식인 줄 알았는데."

"난 정식 학교 교육을 하나도 못 받아서." 리르가 말했다. "한데 요정들이 타고난 미식가든 아니든, 그게 네가 숨이 차서 허겁지겁 주워섬길 만큼 대단한 일은 아니지 않아? 물 좀 마실래?"

"내가 막 떠나려는데 트롤 한 명이 어떤 요정을 상대로 하는 말이 들리더라고. 트롤은 몇 년 전에 사라진 특정한 마법책을 찾아내는 데 현상금이 두둑하게 걸려 있다고 했어. 책은 사라졌다고는 하지만 손을 타지 않은 채 오즈의 외진 곳 어딘가에 고이 숨겨져 있을 게 거의 틀림없다는 것이야. 마법책이 있으면 식사 메뉴가 좀 더 다

양해지지 않겠느냐고 그러는 거야. 그저 농담으로 한 말일 거라고 생각해. 그렇지만 떠돌이 요정들과 글리쿤 불평분자들 같은 변두리 인생들까지 『그리머리』같은 책을 알 만큼 알게 되어 찾으려 드는 판이라면 우리가 근자에 그 스크로 족 건달 놈 아그로야에게 베풀어 준 친절은 실수였지 싶어."

리르는 이스키나리가 곁귀로 듣고 온 글리쿤들과 나무 요정들 사이에 오간 이야기들을 싸잡아 폄하하고픈 마음이었다. 그렇기는 해도 리르 역시 이 이겨지지 않는 전쟁에 드는 비용으로 인한 공적 자금 적자 현상은 오직 『그리머리』를 찾으려는 열의에 불을 붙일 따름이라는 데에는 동의할 수밖에 없었다. 양쪽 진영 모두가 똑같이 열을 올리고 있다. 그 책은 비견할 바 없는 마법 주문의 공급처로서 어느 쪽의 손에 닿게 되든 상관없이 결정적인 이점을 부여해 줄 수 있었다.

"우리가 진을 싸 가지고 유랑 악단이나 뭐 그런 것이 되어야 한다고 생각하는 건 아니었으면 좋겠는데." 리르가 말했다. "나는 요새 와서 네서하우가 그래도 비교적 마음에 기쁨을 주는 장소라고 생각하게 됐거든."

"얘기를 안 듣는군. 듣고 있는 거야? 너의 적들이 마침내 덧셈을 했단 말이야. 나무 요정들과 글리쿤들은 그 책이 레인 또래의, 초록색 피부를 가진 여자아이와 함께 발견될 것이라는 사실을 알아. 십여 년 전 '새들의 회의' 때 본 것으로부터 그 위력을 기억하고들 있다고. 그때 너와 내가 둘 다 거기에서 하늘을 날면서 에메랄드 시 상공에서 "엘파바가 살아 있다!"라고 외쳤잖아. 다만 이제는 그 구호를 정치극으로 해석하지를 않아. 그게 예언이었다고 생각하고 있어. 정말 그렇게 생각하는지 어떤지 몰라도 하여튼 말은 그래. 아마 너의 살가운 친구 트리즘이 황제의 병사들에게 붙들렸을 때, 그자들이 트리즘을 두들겨 패서 초록색 피부의 딸아이 이야기를 들어냈나 봐."

"트리즘은 레인이 태어났을 때 여기 있지도 않았는데……." 하고 리르는 말을 시작했지만 도중에 멈추었다. 캔들은 트리즘이 언제 애플 프레스 농장에 있었고 언제 없었는지 말한 적이 없었다. 어쩌면 트리즘은 리르가 딸을 팔에 안기보다도 앞서서 조그만 초록색 갓난아이 레인을 보았는지도 모른다.

"어떻게 아느냐는 중요한 게 아니야." 이스키나리가 말했다. "무슨 예지 능력으로 안 것이었을 수도 있고, 어디 개똥지빠귀가 자기가 사면을 받는 대가로 꼰지른 것일 수도 있지. 문제가 되는 건 그자들이 이걸 다 꿰어 맞추었다는 거야. 자네의 집 안에 열두 살 먹은 여자아이와 『그리머리』 두 가지가 결합되면, 미안하지만 그 결과는 위험천만한 것으로 낙착된다고."

"내가 그 책을 읽을 수 있었더라면 책을 안 보이게 만드는 주문을 찾을 수도 있었을 텐데. 하지만 나는 그걸 못 읽어."

"레인에게 시켜 봤나?"

"어떻게 시켜, 못 시키지."

"애를 신뢰하지 못하는구먼. 훌륭한 아버지야."

"그 책이 아이에게 어떤 해를 입힐지 알 수 없잖아. 그런 위험은 내가 당연히 무릅쓸 수 없지."

"흠 그래, 그럼 우리가 어쨌으면 좋겠나?"

이번이 처음이 아니게도, 리르는 자기가 과연 이스키나리의 충실함에 값할 만한 무슨 일을 했던가가 궁금했다. 이스키나리는 아무 때든 마음대로 훨훨 날아갈 수 있었다. 그렇지만 그는 가족도, 한동아리도 없이 이 한세월을 충복처럼 리르의 발뒤꿈치를 따라다니며 살았다.

"우리 누나와 내 아내가 일어날 때까지 기다리자. 일어나면 이 얘기를 의논해 보지."

"그이들은 내 의견은 묻지 않을걸." 거위가 말했다. "그래도 난 의견을 말할 거야. 새들은 한 둥지에 한 철을 넘겨서 또 보금자리를 마련하기를 꺼리지. 아마 이제 때가 됐다고······."

레인이 바삐 집을 돌아 나왔고, 테이도 평소처럼 발치에 졸졸 따르고 있었다. 그래서 이스키나리는 하던 말을 멈추었다.

"쏙독새처럼 허겁지겁 난리가 났구나." 거위가 말했다.

"나무 요정들 몇 명이 남쪽 호수 물가에서 멱을 감고 있어요. 목베거홀에 살던 때 보고 나무 요정은 처음 봐요. 그리고 그때도 딱 한 번밖에 못 봤고, 먼발치에서 봤거든요. 이 나무 요정들은 무슨 노래를 부르고 있는데요, 물 건너 들려오는 목소리가 주름종이 음악 같아요. 안 들리세요?"

거위와 사나이는 시선을 교환했다. 또 한 번 엄격하게 굴어야 할 필요성이 대두된 시점이다. 요지부동으로 딱 잘라 말해야 한다. 리르는 최대한 온화하게 타일렀다. "그쪽으로는 가지 않는 게 좋겠다, 애야."

"아, 그냥 가서 보기만······."

"안 된다고 하시잖아." 거위가 호통을 치고, 레인의 다리께로 달려들었다. 그러니까 이게 바로 이스키나리가 눌러앉아 있는 이유일

지도 몰라. 리르는 그렇게 생각했다. 이스키나리는 내가 제대로 못
하는 엄격한 가르침을 기꺼이 베풀어 주고 싶어 하니까 말이지.

5

계절이 여름이라 불을 피울 필요는 없었다. 요정들이 근방에 있는 동안 일가족은 레인을 집안에만 있게 하고 조용히 쉬게 했다.

"네 수집품들을 분류하렴." 리르가 말했다. "돌맹이들을 자루째 가져갈 수는 없어. 도토리를 한 컵이나 갖고 갈 수도 없고. 네가 모은 것 중에서 종류별로 제일 마음에 드는 것을 가져가고 나머지는 놔두고 가도록 해라. 나중에 다시 와서 찾아가도록 하자꾸나. 울음 소리 내지 마. 주의를 끌지 않으려고 애를 쓰고 있잖느냐. 가만히, 조용히 있어. 매의 눈에 띄어 버린 작은 생쥐처럼 가만히."

가족들이 아는 한 나무 요정들과 이탈자 트롤들은 네서하우에 살림집이 있다는 것을 깜깜히 모르는 것 같았다. 하지만 하루 종일 토론을 하고 이틀에 걸쳐 채비를 차린 끝에, 일가족은 그들의 촌 오두막 보금자리를 떠날 준비가 되었다.

무거운 가슴에, 무거운 발걸음. 하지만 짐은 무척 가벼웠다. 별로 가져가는 것이 없었기 때문이다. 빗자루는 지붕 속에 잘 숨겨져 있으리라고 생각해도 되겠지만, 책을 놔두고 갈 수는 없었다. 어쩌면 가다가 대장 나리를 만나서 『그리머리』를 도로 가져가게끔 어떻게든 설득할 수 있을는지 모른다. 탐욕과 읽고픈 마음으로 가득 찬 그 모든 마법서의 독자들로부터 책을 지킨다는 것은 그만큼 수고가 드는 것이었다.

그들은 도보로 길을 나섰다. 작별 인사를 나누어야 할 때가 오기까지 우선은 빈쿠스 강을, 그 다음에는 길리킨 강을 돌아갔다. 빈쿠스 강을 건너는 일은 난제였는데 나중에는 뱃사공을 만나서 잘 풀렸다. 사공은 자기의 조그만 배를 다루어 그레이트 켈스의 산비탈을 마구 굴러 내려온 급류를 헤쳐 나가는 데 대하여 삯을 호되게 불렀지만, 그래도 안전하게 강을 건네 주었다. 반대쪽 강변에 이르러 일가족은 빈쿠스 강과 그보다 잔잔히 흐르는 길리킨 강 사이의 초승달 모양 땅이 이제는 경작되고 있음을 목도했다. 리르의 짐작으로 오즈 충성령은 아마 밀, 옥수수, 보리의 국내 필요량을 잘 조달해 보려고 노력하고 있는 모양이었다. 그러나 불평을 쏟아 놓는 및 닝의 노동자들이 어쩌면 성공할지도 모르겠다 했던 리르의 생각을 깨부수어 제정신이 들게 해 주었다. 네서하우에서 머리 위 높이 불어 가던 폭풍우가 여기에 와서 착륙하였고, 눈은 일찍부터 오기 시작해 깊이 쌓인 그대로였다.

평탄하지 않은 강의 들판 위로 일종의 갈림길 같은 곳에서, 여섯인가 여덟 방향으로부터 방사상 길이 뻗친 데에 수레들이 굴러와 이리로 저리로 지나가는 가운데 일가족은 서로 작별을 했다. 씩씩하게, 간단명료하게 말하고 헤어졌다. 어느 모로 보자면 그들은 모두 레인이 선도하는 대로 따르고 있었고, 레인의 무덤덤한 태도가 어

른들을 침착하게 하고 우는 얼굴과 추적추적한 이별의 말들을 꺼내
놓지 않게끔 도와주었다.

"너는 오즈의 아이란다." 리르가 딸에게 말했다. "네 어머니는 쿼
들링 사람이지. 네 할머니는 먼치킨랜드인이셨어. 그리고 할아버지
는 빈쿠스 출신이셨고. 너는 오즈 어디에든 갈 수 있어. 어디든 네
고향 네 집이 될 수 있고."

리르는 키아모코를 향해 북쪽으로 방향을 돌렸다. 『그리머리』를
팔 아래 낀 채였다. 이스키나리는 중요한 인물이랍시고 저 스스로
우쭐해하는 시민의 공복 같은 태도로 리르 옆에 붙어 거드름을 피
웠다. 캔들은 그들의 전략에 억장이 무너지지만, 그러나 이해심 있
게 몇 걸음 앞쪽에서 걸어갔다. 캔들이 들먹이는 어깨를 가누려고
애쓰는 것을 리르는 볼 수 있었다. 리르는 생각했다. 어디든지 집으
로 삼을 수 있는 사람은 사실 아무 데도 집이 없는 거야.

6

그렇게 해서 며칠이 지난 후 바람이 몹시 불고 간간이 비가 쏟아
지던 이른 가을의 어느 날 오후에, 짐 꾸러미 때문에 비틀거리는 고
모 노르를 옆에 대동하고 발뒤꿈치에는 테이를 따라 붙인 채 레인
은 길리킨 나라의 도시 시즈로 입성했다.

7

"어째서 따님이 세인트프로즈 학교에 다니면 우수하게 잘할 거라고 생각하시는지요?"

노르 티겔라르는 왕년에 반란 선동자들과 부역자들과 전쟁 모리배들을 맞상대해 보았다. 유괴되고 감옥에 갇히고 자해를 했던 일들도 다 겪어 냈다. 돈을 위해서가 아니라 저항 운동에 유용하게 쓰일지도 모르는 군사 정보를 얻기 위해 자기 자신의 성을 팔아도 보았다. 그러는 가운데 오만 가지 인간 군상을 어지간히 다 거쳐 온 노르였다. 그럼에도 노르는 이 학교 교장선생과 그 여동생 같은 사람은 평생 만나 본 적이 없는 것 같은 기분이었다. 둘 다 노르 앞쪽으로 두 손을 똑같이 겹친 자세로 앉아 있는데, 무릎에 손을 얹은 것이 아니라 여섯 치쯤 띄워 들고 있다. 마치 무심히 있었다가는 자기도 모르게 자기들 응접실 안에서 둘이 쌍으로 자기학대를 시작할까봐 걱정스러운 듯한 태도였다.

"전 널리 여행을 해본 여자가 못 되어요, 클랍 교장선생님."

"부디, 갓프리라고 불러 주세요." 오빠 쪽이 말했다. 그러면서 웃음 빛이 스치는데 어찌나 미미한지 어쩌면 미소가 아니라 치통이 온 표정이었을지도 몰랐다. 그러고 나서 바로 안색을 바꾼 얼굴은 박람회에 출품해 상을 탈 멀끔한 호리병박과 가장 닮았다. 빳빳하고 고불고불한 머리카락은 뒷부분이 상자처럼 딱 잘려 있었다.

"갓프리."

마음에 안 드는 것을 드러내지 않으려고 애쓰며 노르가 따라했다. 학교에 보내기로 한 작전이 실수가 아니기를 바라는 마음이었다.

"우리 집안은 산지에 터 잡고 있는데 우리 딸을 보낼 만한 학교를 찾으려고 들어온 거랍니다. 애 아버지는 지진 때 죽었지요. 아시겠어요, 그러고 보니 딸을 어떻게 가르쳐야 할지 도무지 막막해서 말이에요. 살기는 저 멀리에 살고 있어요. 그레이트 켈스에요. 그렇지만 세인트프로즈 학교가 가장 높이 추천 받는 학교인 줄은 안답니다."

"네, 그야 물론이지요. 한데 영애께서 유독 우리의 학문적 교육 과정 아래에서 우수한 성적을 거둘 것이라고 생각하신 이유는 무엇인가요?"

무슨 말이 듣고 싶은 거야?

"우리 애가 공부할 바탕이 최고로 잘되어 있지는 못하다는 건 인정해요." 노르는 숄 가장자리를 만지작거렸다. "서쪽 고원의 유력한 가문들에서는 여자애들에게 학교 교육을 시키는 것을 필수라고 생각하지 않아요. 심지어 소용없다고 여기기도 하죠. 하지만 나는요. 그러니까, 가엾은 우리 남편과 나, 우리 부부는 우리 딸에게 최고를 갖추어 주고 싶었어요."

여동생인 아이어니시 클랍 양이 말아 쥐고 있던 양손에서 한 손을 폈다.

"세인트프로즈는 진정 최고의 반열에 손꼽히는 기숙학교예요. 하지만 기후가 이처럼 험한 시절에 학습에 임할 준비가 미비한 학생을 이끌어 줄 재원이 아무래도 없지 않을까 싶네요."

아, 고작 그거였어?

"아마 우리가 레이너리 양에 대해 가지고 있는 바람을 잘못 말씀드린 모양이네요. 좀 더 세심하게 설명을 드렸어야 했는데. 작고한 남편과 나는 우리 딸에게 '돈으로 살 수 있는 한도껏' 최고의 교육을 받게 해 주려고 해요."

아이어니시 양은 손톱이 분홍색인, 무척이나 분홍색인 손바닥을 파고들도록 손을 꼬오옥 쥐었다. 그러고는 눈을 가늘게 뜨지도, 숨이 가빠지지도 않은 채 이렇게 말했다.

"게다가 비용이 얼마나 치솟았는지요. 전쟁 중이라 식료품은 또 얼마나 구하기 힘든지 모른답니다."

"이 자리에서 첫 1년 동안의 학비에 대하여 타결을 보고 갈 수 있게 청구를 해 주실 수 있겠지요?" 노르가 말했다.

"물론이지요, 코 부인." 갓프리 클랍이 말했다. "그건 제 여동생 관할입니다. 하지만 기초 교육이 되어 있지 않은 아동일 경우 우리 학교에서 제공하는 학습 과정을 이수하는 데 책임 있는 학습 과정을 거쳐 진학한 다른 아이들에 비하여 더 오랜 시간이 걸릴 거예요. 몇 년 학비를 부담할 생각을 하셔야 합니다."

"따님에게 학습 능력이 과연 있을는지 저희가 면밀하게 검토할 것입니다. 잠재된 능력이 있다면 말씀입니다만." 아이어니시 양이

179

말했다.

"아, 저 아이는 충분히 잠재력이 있어요. 두고 보세요." 노르가 말했다. "고집이 세지도 않고, 못되게 구는 아이도 아니에요."

"그런 점을 잘 보여 주었다고는 말씀드릴 수가 없네요."

"세인트프로즈의 학생이 되려면 뚜렷이 부각되는, 흠, 천부적인 면이 있어야 하지요."

세 사람은 다 함께 고개를 돌려 교장실과 대기실을 나누는 폭이 좁고 높은 창을 통해 내다보았다. 오래된 녹색 창유리가 끼워진 참나무 창문 설주는 오랜 세월로 수직으로 결이 일어나 더께가 졌다. 그 너머로, 레인은 웅크린 자세로 의자에 올라앉아 입에 손가락을 물고 있었다. 부인용 모자 가게에서 노르가 구입한 리본은 사냥개들한테 쫓길 대로 쫓긴 끝의 여우처럼 기진맥진 축 처진 모습이었다.

"두 분의 훌륭한 학교 운영으로써 저 애에게 활기를 불어넣어 주실 줄로 믿고 부탁드려요." 노르가 말했다.

"하지만 어떻게 해서 세인트프로즈를 선택하게 되셨는지요?" 교장선생이 물었다. 찬사를 받겠다고 새침하게 뽐을 내는 거다.

노르는 이런 심문에 철저하게 대비해 두었다. 얼마든지 준비가 되어 있었다.

"몇 군데를 고려해 보았어요. 티크너 서커스에 있는 '여학생의 집'도 괜찮아 보이더군요. 하지만 그쪽은 젠체하는 분위기가 강해서요. 퍼사힐스 가문 출신들이 대부분이고, 다소 폐쇄적인 면이 있더군요. 복스터블 학원에서는 심한 학질이 돌아서 검역 문제로 면담 자체를 못하게 생겼고요. 에메랄드 시에 소재한 마담 티스테인의 여성신학교가 크게 각광을 받고 있는 줄은 알았어요. 하지만 아이를 거기 맡기자니 안전이 염려되어서 말이죠."

"안전이?"

아이어니시 양은 마치 그 말이 외국어 단어이고 이전에는 접해 본 적도 없었다는 듯이 말을 했다.

"그러니까, 최전선에 무척이나 더 가까우니 말이에요."

"그렇게 더 가까울 것도 없지요. 드래곤들이 하늘을 나는데요."

"그냥 가까운 게 있고 더 가까운 게 있잖아요." 노르가 해명했다. "오즈의 대도시 두 군데 중에서 한곳을 공격할 기회가 주어진다면, 먼치킨랜드인들은 지체 없이 에메랄드 시 쪽에다 맹공격을 퍼부을 거예요. 난 그런 위험을 무릅쓸 수 없어요. 부모가 돼서 그럴 수 있다면 놀라운 일이죠."

"글쎄요, 입지로 이기는 건 싫군요."

아이어니시 양은, 이제 노르가 깨달았듯이, 그 어떤 말을 듣더라도 거기에서 불쾌한 면을 잡아내는 바로 그 기술의 소유자였다.

이제 반격에 들어갈 때였다.

"내가 세인트프로즈를 선택한 것은 전도유망한 어린 남녀 학생들을 길러내는 전문성과 오랜 전통을 높이 샀기 때문이에요. 여러분이 경쟁 학교들에 맞서서 세인트프로즈의 그러한 기록을 지킬 수 있으리라 생각했기에 이리로 왔죠. 만약 지금 이 면담이 괜한 헛수고라면, 나야 다른 곳을 알아봐도……."

"아, 경쟁 같은 건 없어요. 진지하게 경쟁이 될 일이 아닙니다." 갓프리 교장선생이 말했다. "우리는 시즈의 대단한 대학교들과 소리치면 들릴 거리 안에 있는 셈이니까요. 이렇게 말씀드린다고 해서 우리 학생들이 품격에 맞지 않게 언성을 높이거나 한다는 말씀은 아닙니다. 부인은 분명히 세인트프로즈의 역사를 알고 게시리라 믿습니다. 상인방에 새겨진 장식 조각을 보아 익히 짐작하시겠지만, 우리 학교는 사서 오즈마 재위 3년에 문을 열었습니다. 저 조각들은 아르카비우스 학파의 것으로 여겨지고 있습니다만, 교장이 직접 조각한 것임을 어느 정도 증명하는 문서가 있지요."

노르는 그런 조각이 있는 줄 몰랐는데, 이제 와 뒤를 돌아보지는 않았다.

"학교 건물이 아름답네요. 주변 환경도 대단히 멋져요."

창립자관이 마주하고 있는 좁다랗고 볕 들 줄 모르는 거리를 가리켜 한 말이었다.

"마그누스 세인트 프로즈는 젊은 통합교 신학자로서 그의 작품이 스리 퀸스 칼리지에서 열린 저 유명한 '동물들의 영혼을 위한 토의'를 이끌어냈지요. 주교로서는 이례적으로 가재가 융성했던 프로즈는 자택을 교육의 대의를 위해 쓰도록 남겼습니다. 이곳이 한때는 주교관이었답니다. 그렇게 통합교를 공부하는 어린 학생들에게 양식을 공급하는 장이 되도록 학교를 기부한 것입니다. 세월이 더한층 세속적이 될수록 우리는 분별을 찾을 수 있는 만큼까지 기도와 복종의 관습을 최대한 보존하려고 있는 힘을 다하여 애써 왔습니다."

"비록 저희가 지키려고 있는 힘을 다하는 길은 제게는 때때로 정신 나간 것만 같은 종파 없는 중도이지만 말이에요." 아이어니시 양이 한마디 했다. 지금까지 보건대 그녀가 자기 오라버니와 의견 일치가 되지 않는 매우 드문 경우인 듯했다.

"신앙적 경건과 포퓰리즘 사이에 완벽한 균형을 이루기란 분명 대단히 어려운 일이겠지요. 하지만 그만큼 이 학교에서 잘해 나가고 계시리라고 믿어요."

노르는 레인이 뭔가를 해서 부적격 판정을 받기 전에 면접을 해 넘기려고 안달이었다.

"부인은 어디에서 교육받으셨나요, 코 부인?" 갓프리 교장이 물었다.

"들어 보신 적이 없을 거예요. 그레이트 켈스에 있는, 아주 작은 그 동네 교구 학교였어요."

"아, 신이 버린 땅이죠." 아이어니시 양이 말했다.

"신이 버린 건 아니에요, 그냥 신이 깜박 잊어버린 거지." 노르가 짐짓 밝은 체 재담을 했다. "하지만 입학에 관해 얘기를 마무리 짓기 전에, 올해 학생 전체의 수는 얼마나 되고 구성은 어떤지 문의 드려도 될까요?"

"학교를 시작할 때는 남학교였답니다, 당연히요." 교장이 말했다. "여자아이들에게 입학을 허가한 건 '거의 사랑받지 못한 오즈마' 때였지요."

아이어니시 양은 살짝 쥔 주먹을 자기 가슴에 얹었다.

"서로서로 거리를 두어 완전히 따로 격리해 왔어요, 물론. 여학생들은 기숙사에 살고, 남학생들은 마구간 위층으로 별관이 있어서 거기 묵게 하면서요."

"그러나 작금의 유감스러운 시절을 맞이하여 남학생들은 모두 소집되어서 군대 훈련을 받게 되었습니다. 그래서 도시 외곽지에 학생들을 수용할 숙소를 수배해야 했어요. 소년병 주둔소인 거죠. 총기 사용법과 칼 쓰는 법, 그리고 군악대에서 쓰이는 악기의 사용법을 집중 교육하는 겁니다."

"남학생들은 훈련 과정이 무척이나 바쁘기 때문에 이곳 시내에 머무는 여학생들은 이제 더 이상 주둔소의 남학생들과 한데 어울릴 수가 없어요. 사교적인 교류조차 일절 없습니다. 거기를 세인트프로 즈 군무 센터라고 부르고 있지요. 그게 영구적인 시설이 될지, 전쟁 이 끝난 뒤에 우리가 계약을 할지 어떨지 여부는 모르겠지만 말입 니다."

"왜 이런 말씀을 드리는가 하면 어머님들이 염려하시는 줄 잘 알 기 때문입니다. 이런 말씀을 드리면 많이들 마음을 놓으시더군요. 교내에 수용 중인 남학생이 하나도 없어서 우리 세인트프로즈 여학 생들을 집적일 일이 아예 없으니까 말씀입니다." 오빠 쪽이 말했다.

"부인이 지나친 염려를 하신다는 것은 아니고요." 여동생 쪽은 노르를 보고 그렇게 말했다.

그들은 또다시 둘이 같이 레인을 돌아보았다. 레인은 의자에서 미끄러져 내려 예술적이라기에는 다소 정열이 부족한 괴상한 자세 를 보여 주고 있었다.

"같은 또래 여학생들도 있겠지요?" 노르가 물었다.

"올해 여학생 수는 약 마흔 명입니다. 레이너리 양보다 약간 어린 학생부터 몇 년 위인 학생까지 있어요. 다섯에서 여덟 명쯤은 오는 봄에 학업을 마치고 시즈 대학교에 진학할 겁니다. 운이 따라서 입 학 인원에 한자리를 차지할 수 있다면 말입니다. 오(O) 학년 공부를 썩 잘 이수한 학생이 여덟 명쯤 되고요. 다만 두드러지는 차이는 즈 (Z) 학년에서 생겨나지요."

마흔 명의 여자애들이라. 레인이 대충 나이 대가 비슷한 마흔 명 여자애들 사이에 묻힐 수 있다면 충분히 안전하다 할 수 있으리라.

"만약 문제가 있을 시에 부인께 연락은 어떻게 드리면 되겠습니까?"

여동생이 바야흐로 학비 청구를 하려는 참에 갓프리 교장이 물었다.

"시내에 와 있을 때에는 자그마하게 가구가 갖춰진 방을 얻어서 머물 거예요." 노르가 말했다. "방을 잡으면 주소를 알려 드리도록 하지요. 하지만 와 있을 수 없을 때가 많을 테니까, 혹시 긴급한 상황이 온다면 두 분이 레이너리에게 친자식처럼 해 주시리라고 신뢰할 수밖에 없겠어요."

"그 점이라면 믿으셔도 됩니다." 갓프리 교장선생이 말했다.

"그 점을 믿으실 수 있고 그 이상도 믿으셔야죠." 아이어니시 양은 그렇게 말하면서 서류에 잉크 얼룩을 만들어 놓고 나서 노르에게 건네주기 전에 굳이 점잔을 빼며 그것을 접었다. 노르가 받아서 펴 볼 수 있도록 말이다. 럴라이나여 맙소사. 노르의 이전 고용주인 그 음탕한 늙다리 오거가 죽으면서 쓱싹 해 가기 좋도록 금화와 메타나이트 주화가 들어 있는 작은 돈주머니를 남겨 준 게 얼마나 다행인가.

자기가 얼마를 가지고 있는지 클랍 남매가 볼 수 없게끔 돈주머니는 탁자 밑에 내려 든 채로, 노르는 주화 여섯 개를 꺼내어 탁자 위에 나란히 놓아 반짝거리게 만들었다.

"식료품세를 잊었네요." 아이어니시 양이 태연히 말했고, 일곱 번째 주화가 나와서 줄 끝에 보태졌다.

"레이너리 양은 이제 세인트프로즈의 학생입니다." 갓프리 교장선생이 말하면서, 자리에서 일어서서 한손을 노르에게 내밀었다.

"따님이 지금까지도 이미 먼 길을 왔습니다만, 앞으로도 갈 길이 멀어요."

"레이너리 양이 있을 방을 마련해 주고 검사를 해보도록 하겠어요." 아이어니시 양이 말했다.

노르의 표정을 보고 그녀는 말했다.

"그러니까 아이가 뭘 알고 있는지 검사한다는 말씀이에요. 그렇게 해서 어느 반에 넣을지 결정하게요."

"어디에 넣기가 까다로운 아이죠." 노르가 혼자 중얼거렸다. 그들은 모두 한 번 더 레인을 돌아보았다. 레인은 그들이 일어서는 것을 눈치 채지 못하고 있었다. 테이를 무릎 위에 올려 앉히고 무언가 속삭이고 있는 듯했다.

"어머나, 맙소사. 물론 애완동물은 안 돼요." 아이어니시 양이 말했다.

눈길은 계속 레인에게 두고서, 노르는 여덟 개째의 주화를 탁자 위에 딱 소리 나게 올려놓았다. 얼마 짜리를 올려놓았는지 몰라도, 노르는 그대로 돈주머니를 도로 소매 속에 집어넣고 다른 말 없이 그 방을 나섰다. 노르는 말을 하기에 앞서 자기가 나오고 문이 확실히 닫혀서 클럽 일가 두 사람이 안쪽에 밀봉된 것을 확인했다.

"여기에서 행복하게 지낼 수도 있고 그렇지 않을 수도 있을 거다." 하고 노르는 말했다. "우리 중 누구도 행복이 어느 곳에서, 어느 시간에 문득 찾아올지 알지 못한단다. 그렇지만 고모는 네가 안전히 있을 것이라고 생각해. 우리는 켈스 산맥에 있는 키아모코로 향할 작정이란다. 그렇게 멀리까지 가면 좀 더 사적인 삶을 살 수 있을지 어떨지."

"여기에 얼마나 오래 있어야 해요." 선언문 형태를 띤 한마디였다.

노르는 거짓말을 하고 싶지 않았다. 레인이 무척이나 자주 사람 손길이 닿는 것을 거부하곤 했으므로 노르는 테이의 머리 위에 손을 얹었다. 뺏뻣한 털이 난 머리 가죽은 따듯하고 종이처럼 얄팍한 느낌이었다.

"누가 널 찾으러 올 거야."

거리 끄트머리에 와서 노르는 창립자관을 돌아보았다. 그 건물은 장식 없이 평범하게 생긴, 좌우 대칭의 석회암 육면체였다. 폭이 좁은, 물기 어린 창들이 깊숙이 들이박힌 듯이 나 있었다. 마치 아홉 개의 얼음으로 된 묘비가 건물 앞면에 잠겨들어 있는 것 같았다. 돌출된 현관 차양을 떠받치고 있는 기둥머리나 문설주에 곡선 조각 장식 한 줄 들어가 있지 않았다.

레인이 새 친구들을 만날 때 좀 더 예뻐 보이라고 노르가 사 준 리본은 이제 선물 같지 않고 한 대 먹인 것 같았다. 레인이 하고 있는 하트 모양의 로켓 목걸이, 목에 걸어 원피스 속에 숨긴, 양딸기보다 더 빨갛게 칠을 한 로켓이 사슬에 달려 있는 그것은 바보처럼 감상적인 기분이 나서 보석상에게 터무니없는 값을 주고 산 것이다. 여자아이라면 이런 것을 좋아하지 않을까 하고 노르가 부질없이 공상한 물건이었다. 노르 자신은 좋아하지도 않았을 것을. 그리고 레인은 가타부타 말도 없이 그냥 받았다. 노르는 언젠가 그것이 아이에게 특별한 의미를 가지는 날이 있기를 바랐다. 언젠가, 레인이 하트가 무엇인지 아마도 배우게 될 그날에 말이다.

그래도 이 애는 이미 고립된 삶을 살고 있으니까 또래 아이들 사이에 들어가 힘들어할 일은 없을 것 같긴 해. 아, 레인아. 나는 스스

로. 나 자신을 꿰매 봉해서 애석해 눈물 흘릴 어린아이들을 결코 갖

지 못하게 했던 것인데, 그랬는데도 어느새 네가 내 인생에 한들한

들 걸어 들어왔구나.

"우리 처음부터 못마땅하게 시작하지는 말도록 해요." 아이어니시 양이 말했다.

"그렇지만 불빛이 하나도 없어요." 레인이 말했다. 아니야, 레이너리지. 레인은 기억해 두려고 했다.

"방에 와 있는 건 주로 밤 동안일 거예요. 밤에는 어느 방이건 깜깜해요."

"달이 있으면 안 깜깜한데요."

"싱숭생숭 달 구경이나 할 만큼 기운이 남아돌지는 않을 거예요. 아래층에 남는 침대가 없어서 참 안타깝네. 하지만 학생의 어머님이 입학 신청 마감일에는 아무런 관심을 기울이지 않으셔서 그래요. 학생을 받아 재울 곳이 있는 것 자체가 행운인 줄 알아요. 우리 쪽에서 보면 선의에서 좋은 일을 하는 거예요."

"빛이 하나도 없어요. 창문도 없고요."

아이어니시 양은 듣고 있는 것 같지 않았다.

"학생은 우리가 입학시킨 어떤 학생보다도 더 따라오기 위해 채워 넣어야 할 게 많아요. 내 말 새겨들어요, 왕년에 진짜 덜떨어진 아이들도 더러 가르쳐 본 몸이니까."

레인은 두 팔을 뻗어 보았다. 양쪽으로 기울어진 서까래가 만져졌다. 이건 방이 아니야. 천막 모양으로 생긴 관이지. 게다가 나무 곰팡이 냄새가 나는걸. 레인은 거무죽죽한 얼룩을 볼 수 있었다. 분명 천장에서 비가 새어든 자국이다.

"지내다 보면 삐죽삐죽 튀어나온 못을 조심해야지 하는 마음이 들게 될 거예요." 아이어니시 양이 말했다. "너무 빨리 일어나 앉다가는 머리 가죽에 밭고랑이 생길 테니까. 아침식사는 5시예요. 종이 울릴 텐데, 한 번 울립니다. 만약에 종소리를 못 들으면 아침은 거르는 거예요. 두 번 이상 못 듣고 넘어가진 않을걸요. 그건 선생님이 장담하죠."

레인은 작은 짐 가방을 내려놓았다. 그 안에 들어 있는 돌멩이를, 뼈를, 조개껍데기를, 깃털을 마음속에 생각했다.

"저쪽에 걸고리가 있으니 옷을 걸어도 좋아요. 척 보니 옷이라고 별로 가져오지도 않았구먼. 그건 격에 맞는 겸손함이에요. 박수를 드리죠. 학생과 나는 아주 원만하게 잘 지낼 수 있을 것 같군요, 레이너리 양."

"이제 전 뭘 해야 하나요?"

"오늘 저녁 방에 적응하도록 해요."

"뭔가 먹을 것은 주세요?"

"학생의 식사는 내일 아침식사부터예요. 그렇지만 내가 몹쓸 괴물은 아니니까, 애한테 쟁반을 들려서 올려 보내 주겠어요. 학생의 짐승한테 먹일 물을 포함해서요. 그런데 그게 대체 뭐지요?"

"벼수달이에요. 이름은 테이라고 해요."

"그놈은 여기서 행복하게 잘 지내지는 못할 거예요."

레인은 제일 먼저 마음속에 떠오른 말로 곧바로 대꾸해 버리지 않을 만큼은 생각이 깊었다. 누군들 그게 되겠어요?

자, 레인은 이렇게 벌써 배우고 있었다.

"등불은 어디 있어요?"

"등을 켤 만한 재원이 없어요."

"등불도 없이 어떻게 공부를 해서 따라잡아요?"

"좋아요. 장부를 마련해서 학생이 요구하는 것들을 다 적어 놔야만 하겠네요. 학생의 어머님이 학부모 방문일에 오시면 변제하실 수 있게."

"그건 뭐예요? 그리고 책도 한 권 주세요. 책이 있으시면요."

"학부모 방문일은 럴라인마스 다음 달에 있어요. 앞으로 한 11, 12주 더 있어야 해요. 글은 얼마나 잘 읽나요?"

"몰라요."

"학생이 내가 올려 보내 줄 것을 보고 그로부터 마음에 은총과 감사를 일깨울 수 있다면 난 놀랄 거예요."

저도 놀랄 거예요. 레인이 속으로 생각했다. 하지만 뭐라도 읽을 것이 있는 편이 아무것도 없는 것보다는 낫다. 아이어니시 양은 레인을 놔두고 먼지투성이 나무 층계를 내려갔다. 한 층을 내려간 것이 아니라 여러 층을 내려갔다. 왜냐하면 다른 여학생들이 잠을 자는 공동 기숙사 방들과 레인이 있는 꼭대기 방 사이에 낡은 가구 집기를 가득 처박아 놓은 다락방 층이 아래위를 갈라놓고 있었기 때문이다. 아이어니시 양은 내려가면서 퍽 명랑한 투로 무엇인가 단조의 노래를 나지막이 불렀다. 레인은 원피스를 벗고, 속치마를 벗고, 옆으로 끈을 꿰어 조이게 생긴 새로 산 희끄무레한 색깔의 가죽 구두를 벗었다. 지붕을 이은 기와가 갈라진 틈서리로 빛이 조금은 새어 들어왔다. 그렇다면 한겨울 외풍과 눈발도 새어 들어올 것이라고 레인은 좋지 못한 예상을 했다.

다시 발소리가 들려오기에 레인은 문간으로 가서 올라온 여자아이를 맞이했다. 등불과 접시를 올린 쟁반을 받쳐 들고 계단 맨 꼭대기까지 힘들게 발을 디뎌 올라온 것은 이 사이에 빈 데가 많고 주근깨가 자글자글한, 잡초 같은 곱슬곱슬한 회갈색 머리카락을 짧게 친 우습게 생긴 아이였다.

"자, 여기 있어요, 레이너리 양." 그 아이가 말했다. "여기 꼭대기층 스위트룸에서 이만하면 받을 거 다 받고 지내시는 거죠."

"많은 것도 아니잖아. 그게 저녁밥이니?"

"저도 만나서 반갑네요." 그 아이가 뽀로통하게 말했다.

레인은 이 상황을 검토해 본 후, 다시 시도했다.

"내 이름은 레이너리야."

"알아요, 레이너리 양. 제 이름은 스칼리랍니다. 저기 거시기는 비스킷이고요, 보시면 냅킨 밑에 치즈도 몇 쪼가리 숨어 있어요. 요리사님이 안 볼 때 생강스콘도 두 개 쑤셔 넣어 가지고 왔지요."

레인은 쟁반을 받아 들었다. 치즈를 좋아하는 테이가 냉큼 치즈를 낚아채 갔다.

"어유, 아가씨 전용 쥐를 다 데리고 오셨네." 스칼리가 말했다. "그거 참 쓸모 있겠네요. 여기 다락방에서."

"저기." 레인은 어떻게든, 태연하게 대하려고 애쓰면서 말을 붙였다. "저기, 스콘 하나 먹을래?"

"지가 먹을 것은 저녁식사 끝나고 뒷정리 할 때 벌써 챙겨 먹었어요."

"너랑 나랑 수업 때 같이 공부를 하게 되니?"

"레이너리 양, 지는 학생이 아니라요. 지는 부엌 심부름 하는 하녀구먼요."

목베거홀의 어렴풋한 기억.

"나도 옛날에는 심부름 하는 아이였어."

"허이고, 설마요! 정말이에요?"

하지만 레인은 과거 이야기는 절대 하지 말라고 당부를 받고 온 몸이었다. 벌써 규칙을 어기고 있었다. 레인은 실수를 바로잡으려고 했다.

"아니, 난 그냥 하녀 노릇이 어떨까 궁금했을 뿐이야."

"엄청 재미있을 것 같지요? 그런데 아니에요. 이제 지는 내려가 봐야 되구먼요. 상을 차려야 해서요. 오늘 저녁 메뉴는 구운 사냥감 새고기 가슴살이랍니다." 스칼리는 앞치마 주머니에 두 손을 찔렀다. "아가씨, 여기 헝겊 쪼가리 몇 개 가지고 왔으니까 저쪽에 틈새진 데다 막아요. 굴뚝 가까이에 있는 저 틈새가 제일 고약하지요. 막으면 좀 나을 거예요."

"그런 줄 어떻게 알아?"

"여기가 보통 때는 제 방이었거든요."

"그런데 왜 날 이 방에 넣었을까?"

"특별한 사람 같은 기분을 느끼지 말라고요."

"무슨 말인지 모르겠네."

"학교는 2주 전에 시작했어요. 아가씨는 늦었거든요. 갓프리 클럽 교장선생님과 아이어니시 클럽 선생님, 그리고 다른 선생님들이 합의하신 바는 세인트프로즈의 학생들은 오직 세인트프로즈 학교 학생이라는 것에 대해서만 특별한 자부심을 가져야 한다는 거랍니다. 집이 잘사는 학생들은 사치스러운 외투를 압수해 보관하고요, 용돈도 압수당해요. 똑똑한 학생들은 머리가 어지러워질 만큼 다른 언어들을 잔뜩 배워야 하고요."

"가난한 아이들은 어떻게 해?"

"가난한 학생들은 입학을 아예 하기 힘들어요. 그리고 아가씨, 아가씨가 부자인지 똑똑한지 그건 잘 모르겠지만 확실한 것 하나는 지각을 했다는 거예요. 그러니까 내 방에 살게 된 거죠. 아가씨가 얼마나 소박한지를 선생님들이 앞으로 좀 더 잘 아시게 되면 아마 방을 바꾸게 되겠지요."

"어, 난 내가 아주 소박한 것 같은데."

"암요, 그래야지요." 스칼리가 깔깔 웃었다. "아 참, 하마터면 책 드리는 걸 잊어먹을 뻔했네요."

스칼리는 앞치마 가슴판 밑에 품고 온 책을 끄집어내더니 책등에 은박으로 찍혀 있는 단어들을 인상을 쓰고 노려보았다.

"무슨 책이야? 뭐라고 쓰여 있니?"

"레이너리 양, 이미 말씀드렸잖아요. 전 이 학교 학생이 아니라고요. 글은 읽을 줄 몰라요. 그렇지만 참 꼬불꼬불한 글자들이네요. 멋있지 않아요?"

레인은 책을 받아 들었다. 화려한 장식 서체로 되어 있는 머리글자 탓에 제목을 좀처럼 읽어 낼 수 없었다.

"내가 보기에 제목이 '읽으면 죽는다.'인 것 같은데." 레인이 말했다.

"아가씨 정말 끝내 주네요! 재미있는 아가씨가 와서 좋아요."

스칼리는 레인이 농담을 했다고 생각한 게 분명했다. 이것 참! 처음으로 한 농담인데, 레인 자신은 그게 농담인지 감도 오지 않았다.

하녀 아이가 꼭대기 층에서 반쯤 층계를 내려갔을 때에 레인은 서둘러 문가로 갔다.

"그런데 말이야, 스칼리 양. 그러면 넌 오늘 밤 어디서 자니?"

"그냥 스칼리예요. 양 같은 거 안 붙여요. 전 대충 길 건너 남학생 기숙사에 가서 잘 거예요." 스칼리의 대답이었다. "남학생들이 없어서 텅텅 비었지만 뭔가가 들려 있다고, 여학생들이 모두들 그래요."

"뭐가 들려 있다는 거야?"

"여학생들이 거기 있었으면 하고 바라는 그 남학생들 귀신이겠죠!"

스칼리는 두 층을 내려가면서 혼자 깔깔거렸다. 저 애는 분명 조금 둔한 것 같아. 레인은 그렇게 생각했다.

알고 보니 책 제목은 "읽으며 주님께"였다. 작은 활자가 빽빽하게 박혀 있는 기도문 모음집이었다. 레인은 아직 그 책에 감명을 받을 만큼 글을 술술 읽지는 못했다. 애는 써 보았다. 결국에는 글자들을 물끄러미 들여다보며 이 책이 무엇인가 좀 더 느낌이 있는 것을 말해 준다면 어떨까 상상하다가 테이와 한 베개를 베고 잠이 들었다. 테이의 따스한 체취가 고약한 곰팡내를 가리는 데 도움이 되었다.

레인은 아침 식사 종소리를 깜박 못 듣고 놓쳤다. 그날 아침만 그런 것이 아니라 그로부터 여드레 동안이나 더 그랬다.

9

학교에 지도 교사는 여섯 명이 있었다. 클랍 교장선생이 모두를 감독했다. 교장선생은 자기 마음 내키는 대로 아무 때나 복도의 쇠 종을 쳤는데, 그러면 선생님들은 그때에야 강의하던 주제를 그치고 다음 수업으로 넘어갈 수 있었다. 아마도 교장선생은 자기 연구실에서 발작적인 잠에 빠져들어 몇 시간을 내처 자기도 하는 것 같았다. 왜냐하면 어떤 날에는 내내 한 가지를…… 수직선(數直線)이나, 역대 오즈마의 계보나, 기초 신학이나, 받아쓰기와 단어 발음을 붙들고 오전을 통으로 보낸 뒤에야 마침내 종이 울렸기 때문이다.

레인은(레이너리 양이야, 레이너리 양. 레이너리 양이라고!) 척 봐도 자기보다 세 살쯤은 어리지만 자기보다 여섯 살 몫만큼 더 똑똑한 여자아이들과 한 반이 되었다. 어리다 보니 신이 나서 조잘조잘 레인을 트집 잡았다.

"마담 셴셴, 레이너리 양은 호제법도 할 줄 모른대요."

"마담 셴셴, 레이너리 양 계산이 끝나지 않아서 제가 계산한 답하고 맞춰 볼 수가 없어요.”

“마담 센센, 저 어저께 철자법 시간에 레이너리 양하고 짝이었거
든요. 오늘은 좀 아는 게 있는 친구하고 짝 지으면 안 돼요?”

마담 센센은 손쓸 수 없는 소화기 질병의 증상을 감추려고 플록
스꽃 에센스를 흥건할 만큼 뿌리고 있는 황소 같은 여자였다. 그녀
는 어느 지점까지는 레인을 못 참아 하며 박하게 굴었다. 하지만 레
인의 겸손성을 증진시키기 위하여 마담 센센이 아무리 짐짓 엄하게
대하려고 애써 봐도 레인이 보여 준 빠른 진보에 대해서는 감탄을
숨길 수 없었다.

“학생은 바람 부는 대로, 기회 닿는 대로 아무렇게나 되라고 내
버려 놔뒀던 아이가 분명한데, 그런 것치고는 세인트프로즈가 제공
하는 기회에 부합하는 인재임을 스스로 증명하고 있네요, 레이너리
양. 아주 좋아요.” 한 번은 마담 센센이 두 손바닥을 대장장이처럼
땅땅 마주치면서 그렇게 선언했다. “이 단어, ‘훈계’의 철자를 틀리
게 쓴 것만 빼고 말이에요. 자, 오늘 밤에 그 단어를 정확한 맞춤법
으로 종이에 300번 써 두었다가 나에게 가져와요. 알았지요?”

레인은 아직 그렇게 많은 수는 셀 줄을 몰랐다. 하지만 스칼리 양
이 수에 밝아서 문제를 해결해 주었다. 뭐, 해결해 주려고 하기는 했
다. 레인은 다음 날 500번의 ‘훈계’를 들고 수업에 나왔다가 잘난 척
한다고 벌을 받았다.

여학생들은 아침식사와 점심식사 시간에는 시끄럽게 떠들다가
클럽 교장선생이나 아이어니시 선생이 큰 소리로 『신성황제 명상
록』을 낭독하는 저녁식사 때는 조용히 앉아 있었다. 『신성황제 명상
록』은 상앗빛 염소가죽으로 제본한 얄팍한 책인데, 그 계절 서점가

에 돌풍을 일으키고 있었다. 레인이 이 사실을 알고 있었던 것은 일주일에 한 번 학생들이 다 함께 나가는 산책 덕분이었다. 수어사이드 운하를 따라 걷거나, 또는 죽은 비둘기들을 밟지 않게 주의하며 피닉스 공원 안을 거닐려면 필연적으로 일행은 책을 파는 손수레나 서점 앞을 지나게 마련이었고 『신성황제 명상록』은 어디를 가든 무더기로 쌓여 있었다.

인기몰이를 하고 있는 것이다. 아니, 책 더미가 좀처럼 줄어드는 것 같지 않았던 걸로 보아 인기는 없었는지도 모른다.

레인은 언제쯤 자기 마음속에서 다른 학생들이 한 명 한 명 따로따로 분류될는지, 그런 날이 있기는 할는지 궁금했다. 돌멩이나 솔방울과 달리 여자아이들은 레인이 수집할 수 있게 그대로 가만히 있는 법이 없었다. 아마도 레인이 스칼리를 제일 먼저 만났기 때문이겠지만 레인은 그 하녀 아이가 무리 중에서 제일 흥미롭다고 생각했다. 레인은 대화를 시작하는 데 별로 습관이 들어 있지 않았고, 스칼리는 말을 시키지 않을 때는 입을 꾹 닫고 있도록 훈련이 되어 있는 터였다. 그러니 우정의 측면에서 보면 잘돼 나갈 수가 없을 것 같은 국면이었다. 하지만 스칼리는 사도황제가 그 자신의 신성성에 대하여 열다섯 쪽에 걸쳐 장황하게 늘어놓은 것보다 한결 많은 이야기를, 레인을 향해 흘긋 던지는 새침한 표정으로 전달할 수가 있었던 것이다.

글 읽기는 술술 진도가 나갔다. 한편으로 생각하면 레인은 이따금씩 결국 그 기술을 완전히 습득해 버린 것이 유감스러웠다. 전에는 책들이 더 많은 것을 전해 줄 것이라고 상상했던 것이다. 아이어니시 선생이 전실의 잠겨 있는 책장으로부터 공급해 주는 책들은 흡사 끊임없이 똑똑 떨어지는 물방울처럼 사람을 괴롭히는 것이었다. 비록 대단히 경건한 괴롭힘이기는 했지만 말이다.

한편 달리 생각해 보자면 레인은 시즈가, 가스틸의 소매 위쪽 아가씨물고기의 회당이나 네서하우의 시골집에서는 볼 수 없었던 방식으로 글자들로 가득 차 있다는 것을 알게 되었다. 일주일 중에서 레인이 가장 덜 끔찍하게 여기는 시간은 티크너 서커스를 출발하여 섭정 행진로를 따라가는 산책 동안이었다. 제비를 뽑아서 걸린 학생이 벌레 씹은 표정을 하고 와서 새로 온 아이와 한데 붙어 있어 줄 때가 제일 괜찮았다. 짧고 조신한 문학 산책이었다. 이런저런 선언문들이 도처에 나붙어 있었다. 어떤 것은 한 뼘이나 되게 커다란 글자로 쓰여 있다.

곱게 입은 중고 의복. 플렉소디의 유명한 화음 카페. 시즈 경찰서. 짐꾼 대기소 노크하세요.

그리고 포석 깔린 바닥 위에 세움 간판들이 있다! "맥주 한 잔마다 최신 전쟁 소식을"이라고 '수탉과 호박' 주점 문 가까이에 광고가 되어 있었다. "특별 할인 시간에 정신이 아찔하게 마셔 보세요." 이 문구는 '복숭아와 콩팥' 주점 밖에 있는 것이었다. 그리고 레인이 제일 좋아하는 간판으로, 단이 고르지 못한 층계를 몇 단인가 내려가야 있는 가게에 달린 것, 거의 지하에 가까운, 철도 광장에서 조금 떨어져 올망졸망 헛간 같은 집들이 있는 곳에 게시된 그것은 '스커비 바스타드의 유실 손상품 상점'이었다. 레인은 그 상호를 읽는 것이 정말 좋았다. 레인은 세인트프로즈 학교를 그만두고 스커비 바스타드 밑에서 학교를 다니며 개인 지도를 받으면 좋겠다고 생각했다.

럴라인마스 때쯤 되자 레인은 네 권째 초급 독본을 읽기까지 진도가 나갔다. 꼬마 핸디 맨디 이야기였다. 핸디 맨디는 좀 맹하고 도 벽이 있는 어린이였다. 뭐든지 손을 대지 않고는 배기지를 못하는 아이다. 기막히게 사사건건 말썽을 빚는 듯했다. 레인은 과거에 이 런저런 것들을 잘 훔치곤 했다. 레인이 핸디 맨디처럼 둔하고 미련 했던가? 꼬마 소녀들은 너무 웃어 눈물이 글썽해질 지경이었다. 레 인이 말했다.

"마담 셴셴, 전 이제 핸디 맨디는 끝낸 것 같아요."

"학생한테는 너무 과한가?" 셴셴 선생이 물었다. "놀랍지도 않아 요. 장학사님들이 왔다 가시고 나면 학생이 윗반으로 올라갈 준비가 되어 있다고 나는 생각해요. 축하해요. 보고 싶을 거예요. 핸디 맨디 에 대해서나 선생님에 대해서 문득 되돌아보고 싶은 기분이 솟구친 다면, 선생님 어디에 있는지 알고 있죠?"

장학사회 사람들이 럴라인마스 저녁식사에 오기로 되어 있어서, 음식의 질이 눈에 띄게 좋아질 것이라는 기대가 있었다.

"학교에 있는 딕시하우스 식기 중에 최고로 좋은 게 나올 거예 요. 그러니 접시 한 장이라도 깨뜨렸다가는 내가 여러분 목을 분질 러 놓겠어요." 아이어니시 양이 공지했다. "대표 장학사님께서 착석 하실 때까지 각자 의자 뒤에 서 있는 거예요. 그리고 대표님이 하시 는 일거수일투족을 그대로 따라 하세요. 대표 장학사님이 국물 맛을 보려고 숟가락을 드시거든, 여러분도 똑같이 해요. 대표 장학사님이 만찬용 롤빵을 입에 맞지 않아 하시면, 여러분도 그렇게 해요. 대표 장학사님이 구운 고기를 반쯤 남기신다든가 콩을 더 달라고 청하신 다면, 여러분도 똑같이 하는 겁니다. 대표 장학사님이 숟가락 끝으 로 커스터드를 긁적여 이름을 쓰시거들랑, 그것도 똑같이 하도록 해요. 질문 있나요? 레이너리 양, 듣고 있어요?"

"네, 아이어니시 선생님."

"대표 장학사님이 냅킨을 무릎에 두시면 어떻게 하죠, 레이너리 양?"

"똑같이 합니다."

"대표 장학사님이 옷깃에다 냅킨을 꽂으시면?"

"저도 똑같이 해요."

"아주 좋아요. 기스틀리 양, 알아들었어요? 마우나 양, 이길비 양, 본 슈름 양?"

"알았습니다, 아이어니시 선생님."

레인은 이전에는 럴라인마스를 축하했던 기억이 없었다. 어쩌면 옛날 목베거홀에서 그런 적이 있었던가? 레인은 오즈를 터 잡은 요정 여신 럴라인이 일으켰다는 그 어떤 기적을 기념하여 어떤 날에 축제를 벌인다는 생각을 이해할 수 없었다. 이제는 모두들 '이름 없는 신' 또는 '이없신'이라고 부르는 이름 모를 신의 섭리를 높이 기리고 있으면서 말이다. 행복하게도 럴라인마스에 여학생들은 아침식사인 질척한 오트밀 죽에 단풍 당밀을 끼얹어 받았다. 그만 하면 '이없신'에 대한 기도와 '이없신'의 신성한 현신인 오즈의 황제 셸에게 바치는 새로운 헌신의 송가를 부르는 데 몇 시간이나 더 매달려야 하는 지루함을 거의 상쇄해 줄 만했다.

레인은 황제보다 단풍 당밀이 더욱더 신성하다고 생각했지만, 그런 심정을 입 밖에 내지는 않을 것을 이미 배웠다.

저녁식사 시간이 되자 촛불들이 나오고 프티푸르(차나 커피에 곁들이는 한입에 들어갈 크기의 과자)만 한 조그마한 사각형 종들이 나왔다. 대표 장학사는 등이 굽은 온화한 노인인데, 멋을 낸답시고 격자무늬 조끼를 입고 코안경을 썼는데 피부가 갈라져서 자작나무 껍질처럼 안으로 말리고 있었다. 그는 원고를 읽으면서 비스듬이 기운 서체로 적혀 있는 의식 지시문 부분까지도 전부 소리 내어 읽어 버렸다.

"우리의 거룩하게 축복받은 조국을 위한 그분의 자비로 인하여, 사도황제 전하께서는 높임 받으시라. 종을 세 번 울리시오. 이름 없는 신의 타락한 시민들에게 보이는 그분의 순수함으로써, 사도황제 전하께서는 높임 받으시라. 종을 두 번 울리고 하늘에 절하시오."

대표 장학사는 어떻게 하면 하늘에 절을 할 수 있는지 방법을 찾지 못했다. 그래서 눈길은 종이 위에 둔 채로 그냥 천장을 향해 두 손가락을 흔들었다.

레인은 스칼리와 다른 하녀 동료들이 하녀 모자와 깨끗한 앞치마로 단장하고 집회실 뒤에 서 있는 것을 볼 수 있었다. 스칼리가 장학사를 흉내 내어 우스꽝스럽게 두 손을 휘젓는 모습을 보고 레인은 저도 모르게 작은 소리를 냈다. 아이어니시 양이 실내 건너편에서 레인을 흘긋 보고 눈살을 찌푸렸다. 아, 젠장. 레인은 생각했다. 럴라인마스의 기적이네. 아무래도 내가 방금 소리 내어 웃었던가 봐.

레인은 하마터면 또 그럴 뻔했다. 바로 그 시점에, 그 생각을 하니까. 그리고 '아 젠장' 하고 생각을 한 것을 보면 레인의 내면에 아직도 대장 나리의 기억이 조금은 남아 있는 것이었다. 상황에 비추어 볼 때 그 생각은 썩 근사한 생각이었다.

저녁식사 음식은 레인이 이제껏 보아서 기억하는 음식 중 최고였다. 맑은 국물이 담긴 우묵한 그릇이 쇠 고리로 받쳐져서 각각의 접시로부터 한 12센티미터 뒤쪽에 떠 있었다. 구운 고깃점들은 겉에 바작바작 쪼개지는 소리가 나도록 바싹 지진 고기 기름이 한 겹 씌워져 있었다. 절인 사탕무와 오로리 뿌리에는 타모나 마리네이드를 한 덩어리 위에 올렸다. 갖가지 맛 좋은 냄새가 부드러우면서도 강렬했다.

대표 장학사는 한쪽에 앉은 갓프리 클랍 교장선생과 다른 쪽에 앉은 아이어니시 클랍 양과 함께 나누는 대화에 푹 빠져 있었다. 그는 클랍 남매가 이렇게 재미있는 사람들인 줄 이제 알았다는 듯이 번번이 숟가락을 움직이다 공중에서 멈추고, 그들이 무슨 말을 할 때마다 깜짝 놀라며 입을 딱 다물어 버리는 것이었다. 그 숟가락이 공중에 떠돌 때에 쉰 개가 넘는 숟가락들도 그러했다. 레인이 눈을 왼쪽으로 굴리고 오른쪽으로 굴려 봐도 맑은 갈색 국물에 참방 들어가는 숟가락을 단 하나도 볼 수 없었다. 결국은 클랍 남매가 줄줄이 늘어놓아 장학사를 괴롭히고 있던 기나긴 이야기를 마무리 지었다. 대표 장학사는 클랍 남매가 또 이야기를 펼치기 전에 짐짓 유쾌한 듯이 우렁차게 웃고는 자기 음식에 주의를 기울였다. 장학사는 물결무늬 나이프를 사용해서 구운 고깃점에서 풍미 가득한 기름 부분을 발라냈고, 그런 뒤에는 나이프를 내려놓고 여러 개의 포크 중에서 작은 것을 집어 들었다. 동그랗게 도르르 말린, 반투명에 가까운 기름 조각을 보면서 장학사는 잔인한 미소를 지었고, 그것을 곁들이 접시로 치워 버렸다.

학생들, 선생들, 그리고 나머지 장학사들 몇 명도 똑같이 했다. 한숨 소리는 나지 않았다. 징징거리는 소리도 없었다. 고통스러운 심정을 드러내 보이는 작은 실마리 하나 보이지 않았다. 아이어니시 선생은 그들이 보여 주는 예의범절에 대한 자부심으로 가득 차 뻥 터질 것 같았다. 물론 내밀하게 그런 것이다.

대표 장학사가 먹지는 않으면서 포크 날을 완두콩에 춤추게 하고, 정확하게 딱 한 술만 떠먹으려고 오로리 뿌리를 분주하게 전부 뭉개고, 만찬용 빵을 접시 위에 자잘한 조각으로 쪼개고 쪼개다가 너저분하게 된 음식 위에 냅킨을 덮어 버렸을 때에 여학생들은 모두 다 장학사가 하는 대로 따라 했다. 나이가 어린 여자아이들은 조용히 울음을 터뜨렸다. 하지만 어린 학생들은 정찬 식탁 반대쪽 끄트머리 근처에 앉아 있었고, 대표 장학사는 분명 시력이 그리 날카롭지 못했다.

"푸딩도 나옵니다, 당연하지만요." 아이어니시 선생이 말했다.

"우선은, 세인트프로즈 최상의 구성원들을 한번 둘러봅시다." 대표 장학사는 힘들여 발을 딛고 몸을 일으켰다. 두 주먹으로 식탁보를 꾹 짚어서 자세를 지탱했다.

레인은 일어서서 식탁 위에 두 주먹을 짚었다. 대담하게 굴자고 그런 것은 아니었다. 그리고 그 동작을 한 게 자기 혼자뿐이라는 사실을 미처 알지도 못했다. 하필 앞쪽에 가까운 식탁의 모퉁이 자리에 앉아 있었던지라 거기에서 보면 실내의 대부분을 등지고 서게 되기 때문이었다.

"허, 이런. 자원하는 학생이 있구면." 장학사가 말했다. 레인은 눈에 보였던 것이다. "어디 질문 한번 해볼까? 요정 여왕 럴라인과 럴라인의 충실한 동반자 프리넬라가 오늘 밤 학생에게 마법의 바구니를 가져다준다면 학생은 거기서 뭐가 나오면 좋겠나?"

길기도 길었다. 하지만 레인은 기억하는 게 빠른 사람이었다.

"제가 질문 한번 해볼까요, 장학사님? 요정 여왕 럴라인과 럴라인의 충실한 동반자 프리넬라가 오늘 밤 장학사님께 바구니를……마법의 바구니를 가져다준다면 장학사님은 거기서 뭐가 나오면 좋으시겠어요?"

아이어니시 양의 눈이 휘둥그레져 불을 뿜고, 클랍 교장 선생의 입은 떡 벌어졌다.

그러나 대표 장학사는 껄껄 웃기만 했다.

"그거 공평하구먼, 깜찍한 숙녀님일세. 나는 우리의 아름다운 나라에 돌연히 평화가 내렸으면 하네." 그만하면 상냥한 눈빛을 레인에게 던지면서, 장학사는 기다렸다. "학생이 뭔가 더 할 말 없나?"

"장학사님이 뭔가 더 하실 말씀 없으세요?" 레인이 물었다.

"이건 불퉁스럽게 굴자는 거요, 아니면 저 학생이 특별 재능이 있어서 들어온 학습 장애요?"

장학사는 일부러 목소리를 높여서 클랍 교장선생에게 물어보았고, 모두가 교장선생이 대답한 말을 들었다.

"그냥 머리가 모자란 애입니다, 죄송합니다."

"어처구니없군." 장학사가 말했다. "이리 오너라. 말해 보겠니, 너 이름이 뭐냐?"

"장학사님 이름이 뭔가요?" 레인이 물었다.

"나는 매닝 각하야. 이제 네 이름을 말하렴."

마침내 질문이 아닌 지시가 나왔다. 하지만 레인은 자기가 특별히 남의 주의를 끌어서는 안 된다는 점을 상기하고 어쩔 줄을 몰라 더듬거렸다.

"전 올해 새로 입학한 학생이에요, 매닝 각하. 그래서 아직 예절을 몰라요." 레인은 얼버무려 보았다.

"그 점은 벌써 확인이 됐다." 대표 장학사가 대꾸하고, 교장 선생에게 물었다. "저 애는 대체 이름이 뭐요? 참 나."

"말씀드리기 황송합니다, 장학사님. 레이너리 코 양이라고 합니다." 교장선생이 말했다.

"레이너리 코 양! 학생은 항상 그렇게 거만하게 구는가? 아니면 여흥거리라도 만들어 보자고 그러나?"

이쯤 되자 레인도 실수한 줄을 깨달아, 이 질문을 도로 장학사에게 되돌려 주지는 않았다.

"럴라인마스에 제 바구니에는요…… 제가 요정 여왕 럴라인한테서 바구니를 받는다면요, 전 다른 여학생들과 함께 방을 써도 된다는 허락을 얻고 싶습니다, 매닝 각하."

"그게 무슨 소리지?" 매닝 각하는 고함을 쳤다.

대표 장학사가 이 상황을 여흥으로 생각하여 재미있어 하는 건지 아니면 성이 난 건지는 확실치 않았다. 하긴 그러고 보면 이게 진주 과일로 빚은 셰리주가 초래한 결과인지도 몰랐다. 만찬을 드는 대신에 계속해서 술만 마시고 있었으니까. 여학생들 앞에는 셰리주가 나오지 않았기 때문에 그건 학생들이 따라할 수 없었던 부분이기도 했다. 키가 큰 물 잔에 물만 차려져 있었는데, 저녁 식사 자리가 파하기 전에 화장실에 가야 하는 일이 생기지 않게 물은 가끔씩만 홀짝홀짝 마시고들 있었다.

"도대체 지금은 어디서 잠을 자고 있는데 그러지? 지붕 위에서 자나?"

"지붕 바로 아래서 잡니다, 장학사님."

"이해가 안 되는군요. 이이어니시 선생! 이 애가 왜 이러는지 설명 좀 해보시오!"

대표 장학사는 교장선생도, 교장선생의 여동생도 쳐다보지 않았다. 레인을 뚫어지게 노려보느라고 그는 손을 짚고 자기 접시 위로 윗몸을 쭉 내밀었다. 온 세상이 자기를 보지 못하게 눈에 안 띄는 모습으로 있기만을 바랐던 불쌍한 계집아이를 그렇게 빤히 응시하면서…… 대표 장학사의 넓은 격자무늬 타이가 목깃에서 스르르 흘러내려서, 그 끄트머리가 식탁을 장식한 양초의 불꽃을 스쳤다. 1초 만에 장학사의 조끼가 활활 불 붙었다.

"어이쿠! 이런 맙소사!" 장학사는 소리를 지르곤 물 잔을 들어 자기 몸에 좍좍 물을 끼얹었다.

제일 먼저 레인이, 그리고 이어서 서른아홉 명의 다른 여학생들이 각자 자기 물 잔을 들어 자기 몸에 물을 부었다. 개중에 나이가 많이 어린 아이들 둘은 서로에게 물을 끼얹었지만 걸리지 않고 넘어갔다.

아이어니시 선생은 의자에 앉은 자세 그대로 기절해 나가떨어졌다. 그래서 아이어니시 선생의 오빠는 자기 물 잔을 들어서 여동생의 얼굴에다 물을 뿌릴 수밖에 달리 어찌 해볼 방법이 없었다.

✢✢✢

그날 밤이 레인이 창설자 기념관에 있는 여학생 기숙사 위 지붕 밑 다락방에 거처한 마지막 밤이었다. 아이어니시 선생이 회복되고 장학사들이, 클랍 교장선생 남매 쪽으로는 쓰디쓴 울화를 감추고 매닝 각하 쪽에서는 빨리 떠나고 싶은 조급함을 감추는 유쾌한 분위기 속에 떠나간 후에, 레인은 짐을 챙기라는 지시를 받았다.

"널 거리로 내쫓아 버리지는 않아." 아이어니시 선생이 말했다. "하지만 추후에 조치가 있을 때까지 학교 뜰 건너편의 남학생 기숙사에서 지내도록. 스칼리가 데려다 줄 거다."

이것이, 몇 달 뒤 처음으로 유령이 등장할 문제의 귀신 들린 기숙사로 레인이 쫓겨나게 된 전말이었다.

10

레인은 새로운 환경이 마음에 쏙 들었다. 우선 첫째로, 비록 이번에도 맨 꼭대기 층이기는 했지만 이제는 방에 창문이 하나 생겼다. 회칠을 한 천장은 높고, 삐죽삐죽 튀어나온 못 같은 것도 없다. 다른 여자애들과 함께 평범한 일상 속을 헤엄치는 여자애가 되고 싶다는 희망과 열망을 마음속에 품은 동안에는 우울함에 마음을 내줄 여지가 거의 없었다. 적어도 레인 자신이 아는 한에서는 말이다. 그리하여 레인은 그토록 외톨이로 지내면서도 외롭지 않았다.

게다가, 스칼리가 이제 전에 쓰던 그 방을 다시 쓰게 되어서 본관으로 숙소를 옮겼는데 그럼에도 역설적으로 레인은 스칼리를 더 자주 보게 되었다. 스칼리는 학교의 학생 누구보다도 한결 자유롭게 별관 이곳저곳을 돌아다닐 수가 있었다. 쟁반이나 양동이나 등잔을 들고 있기만 하다면 스칼리는 누구에게 제지당하는 일 없이 레인의 지붕 밑 방으로 통하는 층계를 얼마든지 오르내렸다. 도움이 되게도, 현재 사용되지 않고 있는 남학생 기숙사 건물은 아래층에 창고

와 마구간을 두고 있었으며 네 명의 하녀들은 온종일 바쁘게 그곳을 오락가락했다. 밤이 되어 마지막 허드렛일을 다 마치고 나면 스칼리는 세탁실에 가져다둘 깨끗한 침대보의 수를 세거나 아침에 올 우유배달부며 달걀 장수에게 주문 쪽지를 남겨 두러 가는 양 어슬렁어슬렁 안뜰을 가로질러 올 수 있었다. 스칼리는 층수로 두 층을 올라가는 가파르게 굽은 층계의 아래쪽 층계참에 서서 부르곤 했다. 부엉이처럼, 부엉이처럼 이렇게 울었다. "부엉부엉."

레인의 방은 처마 밑으로 무척 깊숙이 들어간 방이라 스칼리의 신호를 늘 알아듣지는 못했다. 하지만 테이는 거의 들었다. 테이는 소리를 듣고 레인이 양말을 주워 신고 너덜너덜 허름한 실내용 뜨개옷을 입고서 꼼지락꼼지락 스칼리를 맞이하러 나갈 때까지 닫힌 문가에서 쿵쿵 냄새를 맡고 발톱으로 긁어대게 마련이었다.

"다른 학생들이 못되게 굴진 않아요?" 처음 레인의 방에 찾아왔을 때 스칼리가 물었다.

"별로 안 그래. 처음에는 속상해서 뿔들이 났지. 아이어니시 선생님이 크로베리 트라이플을 마구간 뒤 말구유에 내버리셨거든. 그렇지만 그 뒤에 어쨌든 럴라인마스 바구니는 배달이 됐으니까. 다들 맛난 것이랑 선물이랑 받아서 기분들이 좋아졌어."

레인은 선물 바구니 같은 것 받지 못했다. 그렇지만 애초에 기대도 하지 않았고, 또 레인의 생각에 스칼리도 마찬가지로 그런 호사는 박탈당한 처지일 것 같았다.

"여기서 유령 본 적 있니?" 화제를 바꾸려고 레인이 물었다.

"유령 같은 건 없어요."

"밤에 뭐랄까 좀 으스스한 소리가 나던데."

211

"지붕 받침 속으로 비둘기들이 있어서 그래요. 밤새도록 저 거시기 박쥐들이 전망대에 들락날락하니까 비둘기들이 잠을 못 자잖아요."

"이제 시작할까?"

"좋아요, 아가씨."

레인은 스칼리에게 글 읽는 법을 가르쳐 주기로 한 터였다. 둘은 등불 빛 아래 거의 한 시간 동안 공부를 했다. 스칼리는 한 교실에서 석판과 분필 한 토막을 슬쩍 해 왔고, 레인이 먼저 글자를 그려 놓으면 하녀가 그 밑에다가 그대로 따라 썼다.

"그 L자 아래 획은 좀 더 내 그어. 잘못하면 I자인 줄 알겠다."

스칼리는 입가에 혀끝을 빼문 채 애를 써서 배웠다. 레인의 방에 올 때에 이미 지친 채로 오기 때문에 공부를 오랫동안 계속하지는 못했다. 그래도 하루걸러, 이틀 걸러 하루씩은 스칼리가 꼭 다시 레인의 방을 찾았다. 레인의 방 난로에 땔 여분의 석탄 같은 건 전혀 없었기 때문에 레인과 스칼리는 마치 대가리가 둘 달린 거대한 괄태충처럼 한 장의 이불 아래 함께 옹송그렸다. 테이는 등불 빛을 쪼이고 있기를 좋아했고, 석판을 긁는 분필 소리에 꼭 고양이처럼 눈을 깜박거리곤 했다.

✛✛✛

어느 날 저녁에 스칼리가 하품을 하면서 이렇게 말했다.

"이놈의 못돼먹은 모음 공부는 힘이 없어 더 못 하겠어요. 우리 그냥 여기 포근하게 잘 싸매고 잠깐 앉아 있죠. 추위를 뚫고 제 방까지 뛰어갈 각오 좀 하게요."

이제 계절은 한겨울이었고, 별관과 '창립자관' 사이의 학교 뜰에는 눈이 엉치께까지 찰 만큼이나 쌓여 있었다.

"아가씨 집 얘기나 좀 해 주세요."

레인은 자기가 누구를 좋아하면 이만큼까지 좋아할 수 있으리라 생각한 그 한도까지 스칼리를 좋아했지만 고모와 어머니 아버지가 단단히 타일렀던 말을 준수할 마음이 아직 있었다. 일없이 이런저런 이야기를 나눠서는 안 된다. 누군가가 그로 인해 위험에 빠질지도 모르니까. 레인은 자기가 이야기를 제대로 꾸며댈 성싶지 않았고 또 거짓말을 하는 게 싫기도 했다.

"난 그런 거 다 잊어버리는 데 아주 재주가 좋아." 레인이 말했다. 사실 그건 정말이었다. "그러지 말고 너희 집 얘기를 해 주렴. 넌 양친 부모님이 다 계시니?"

"그럼요, 있지요. 부부가 쌍으로 애당초 이름도 붙어 있지 않은 조그만 촌 동네에 살고 있답니다. 브록스홀에서 도보로 반시간 거리예요. 기차역 있잖아요."

"어떻게 해서 이렇게 멀리 떨어진 여기까지 오게 되었어?"

"부모님은 먹여 살릴 입이 아홉이나 더 있었거든요, 그랬지 뭐겠어라. 그래서 내 입이 다른 형제 누구 입에 비해 덜 중요했던지 부모님이 날 도시로 보내 일을 시키자고 맘먹었답니다."

"형제자매가 아홉이라고?" 레인은 눈앞에 유성우가 보일 지경이었다.

"아뇨, 형제자매는 여섯이지라. 거기에 할매가 있어요. 늙어서 맹한 우리 마녀 할망구가요. 그리고 염소랑 젖 나는 암소가 있어요. 닭

들은 수에 들어가지 않아요. 저그들끼리 땅벌레니 뭐니 그런 거 주워 먹고 크니까요."

레인은 다음의 질문을 어떻게 꾸며야 할지 잘 몰랐다.

"식구들이 많이 그립니?"

"1년에 한 번씩 만나는걸요. 그렇잖아요?"

스칼리는 입을 한일자로 앙다물고 더할 나위 없이 분명하다는 듯 고개를 주억거렸다.

"그만하면 층계 아래 우리 동료 허드렛일꾼들에 비해 한결 나은 거구먼요. 거의들 저만 못해요. 요리사님보다도 나은 거죠. 요리사님은 아들 셋이 군대에 가 있어서 매양 저녁 정찬이 차려질 때쯤 되면 아들들이 전부 죽지나 않나 생각하고 있걸랑요."

"네 형제자매들 말이야, 너보다 위야, 아래야?"

"아, 언니 오빠 남동생 여동생 다 있어요. 아가씨는 어떤데요?"

"나한텐 테이가 있어." 레인이 말했다.

"학부모 방문일에 누가 아가씨를 보러 오긴 오나요?"

레인은 우리 고모가 올 거라고 말을 하려다가 참았다.

"모르겠어. 지금까지는 무슨……." 그 단어가 뭐더라? "전갈이 없었거든."

"아가씨네 어무이도 분명히 오실 거예요. 어무이들은 다들 오시걸랑요. 여학생들은 다들 그렇게 알고 있고요."

"여학생들은 다들 따듯한 기숙사에서 밤잠을 자고 있기도 하지."

"이만하면 따듯한 거예요."

둘은 아무것도 아닌 것을 가지고 키득거렸다. 테이는 더욱 단단히 똬리를 틀어서, 초록빛이 도는 수달이 몸을 웅크린 것이라기보다는 오히려 모피를 똘똘 뭉쳐 놓은 것같이 되었다. 테이는 파이브 레이크스에 있을 때 겨울을 영 좋아하지 않았는데 시즈에서는 더한층 싫은 모양이었다. 갑자기 테이가 끝이 둥근 두 귀를 쫑긋 곤두세웠다. 대가리를 쳐드는 동작이 어찌나 빠른지 레인과 스칼리의 눈에는 흐릿한 잔영조차 안 보였다.

"무슨 소리를 듣는 거야." 레인이 소곤거렸다.

"무슨……?"

"유령!"

둘은 눈동자 주위로 흰자위가 아래위 양옆에 다 나오게끔 휘둥그렇게 눈을 뜨고 입은 딱 벌려 겁에 질린 표정을 하여 알아서 서로서로 더 겁을 주려고 했다. 그러다가 그 재미가 그만 싹 가시고, 스칼리가 말했다.

"지는 가야겠네요. 혼자서 유령이랑 같이 있어도 괜찮으시겠어요?"

"테이가 있으니까."

"귀신 잡는 수달 테이로구먼요." 스칼리는 자리에서 일어나더니 충동적으로 두 팔을 벌려 레인을 등뒤에서 끌어안았다. "정말이지라, 레이너리 양? 무사히 잘 있을 거지라?"

"무슨 소리니, 스칼리. 넌 유령을 믿지 않잖아. 그렇지 않아?"

하녀는 유령이 있다는 생각은 절대 안 한다고 호언장담을 했지만 별관을 떠나는 데 두 배나 시간이 걸렸다. 레인은 도로 담요를 덮어 쓰고 웅크렸다. 스칼리가 남기고 간 온기가 얼마간 남아 있어서 레인이 잠들 수 있게 해 주었다. 유령 꿈은 꾸지 않았다. 하지만 성에 낀 달빛 속에 한 번 잠이 깨었을 때에 레인은 언뜻 테이가 여전히 등을 꼿꼿이 세우고 일어나 앉은 자세로 바늘 끝처럼 날카롭게 신경을 곤두세우고 있는 것을 보았다.

아마 생쥐 일가가 새로 이사 들어온 거겠지. 레인은 그렇게 생각했다.

11

결국에는 학부모 방문일이 왔다. 레인에게는 찾아온 사람이 아무도 없었기 때문에 레인은 차를 따르고 레몬을 짜는 아이어니시 선생을 보조했다.

"학생은 아주 착한 아이예요, 레이너리 양." 바쁜 일이 잠깐 뜸한 사이에 아이어니시 선생은 그렇게 말했다. "마담 셴셴이 학생을 퍽 칭찬하더군요. 그리고 마담 초틀부시는 천천히 마음이 풀려 가는 모양이고요."

"마담 초틀부시는 훌륭한 강사님이세요."

"학생이 부적절한 감정적 애착을 갖는 건 정말 아니기를 바라요." 아이어니시 선생은 모든 상황에서 임박한 파멸적 운명을 보아 내곤 했다. "어떠한 한 개인에게 주의를 집중하는 것은 옳지 못해요, 레이너리 양. 학교라는 환경 안에서 때때로 이렇게 소소하게 다정한 감정이 생겨날 순 있어요. 그렇지만 이런 감정들은 돋는 족족 싹부터 따 버려야 하는 거예요. 자기 감독이라는 전정가위를 써서

217

잘라 버리세요. 우리 각자의 마음속에 상상의 전정가위를 갖추어 놓으라고 내가 설교했던 그 얘기 기억하고 있겠지요?"

레인은 별로 귀담아 듣고 있지 않았다.

"선생님은 방문일에 가족 중에 누구 찾아오실 분이 계신가요?"

"부적절한 질문이에요, 레이너리 양! 내 오라버니인 갓프리 클랍 교장선생님이면 가족 노릇은 충분하고도 남아요."

아이어니시 선생은 천 번이나 바로잡은 소맷부리의 레이스를 또 매만져 바로잡았다.

"내 생각 같아서는 정신만 산란하게 만드는 방문일 같은 건 없애 버리고 싶어요. 하지만 그랬다가는 코앞에서 혁명이 일어날 테니 안 되겠지요. 물론, 학생이 학생의 어머님으로부터 아무런 소식을 듣지 못한 건 유감으로 생각해요. 설마 어머님이 무슨 변을 당하신 건 아닐 거라 믿어요."

레인은 살짝 고개 절을 했다. 뭐라고 말하면 좋을지 잘 모르겠다 싶을 때에 예의 차리는 행동을 하면 침묵이 은근슬쩍 무마되어 넘어간다는 점을 발견한 터였다. 하지만 오늘은 아이어니시 선생이 이렇게 말했다. "학생은 걸핏하면 그러는군요, 레이너리 양. 이 상황에서 절을 하는 건 방 치우는 몸종 아이나 할 행동이에요. 자신을 헐값에 팔지 마세요. 아무리 학생의 어머님께서 굳이 편지를 쓰거나 찾아오거나 하지도 못하실 만큼 무심하시다 해도, 학생이 이 학교 고용 일꾼은 아니잖아요. 학생은 하인 하녀들보다는 한층 신분이 있는 사람이에요. 태도야 황소처럼 무뚝뚝하니 어설프지만, 좋은 혈통은 드러나게 되어 있어요. 그리고 마담 초틀부시와 마담 셴셴의 의견이 옳다면, 학생이 언젠가는 학업에 있어 견실한 성취를 이룰 날도 있을 거예요. 그러니 굽실거리지 말도록 해요."

"네, 아이어니시 선생님." 레인은 대여섯 번이나 연달아 꾸벅꾸벅 절을 하고 싶은 충동을 억눌렀다.

만찬 때에 레인은 모프 양과 이길비 양 가까이에 앉았다. 모프 양의 아버지는 기름을 발라 가느다랗게 다듬은 턱수염을 기른 외다리 남자고, 이길비 양의 부모는 회색으로 희끗희끗한 머리카락에 너무나도 새같이 생겨서 그들의 딸은 알에서 깨어났음에 틀림없다는 생각이 들 지경이었다. 재잘재잘 시덥잖은 이야기를 하는 여학생들은 그들대로 놔두고, 어른들 사이의 화제는 전쟁이었다.

"양털 깎듯 세금으로 홀딱 벗겨 가는 거지요. 국물 한 방울 안 남기고 싹 말린다, 이 말입니다." 모프 양의 아버지가 주장했다.

"우린 오즈 전체를 지켜 싸우고 있어요. 그런데 신도 없는 빈쿠스의 부족들은 인력이든 전략적 사고든 뭐 하나 기여한 것이 있습니까? 그냥 궁금해서 여쭤 보는 겁니다." 이길비 양의 아버지가 응답했다.

"유나마타 족한테 전략적 사고를 기대하시는 건 아니시겠죠. 그놈들은 한 수 앞을 내다볼 줄 몰라요. 자기네 집에다 돌 벽을 쌓아 두를 생각조차도 못 하는데요!"

껄껄껄 터져 나온 웃음은 금세 꺼졌다. 모프 씨가 말했다.

"그런데 우리가 그 작자들도 지켜 주고 있다 이겁니다. 스크로 족도 지켜 주고요. 그리고 그레이트 켈스의 그 아르지키 부족들도. 그 자들은 윙키들 중에서 그래도 사리분별이 있다는 축들이죠."

"아, 그렇지요." 이길비 양의 무척이나 늙은 어머니가 맞장구치며 딸의 머리를 토닥이는데, 흡사 딸이 오븐에 넣어 뜨뜻하게 데운 빵

덩어리라도 되는 것처럼 했다. "한때는 내가 서부 외곽 지대에 나가 봤답니다. 아시겠죠. 아르지키 왕족들을 만나 봤더랬죠."

"여보 애 엄마, 당신 나에게 그 이야기는 한 적이 없었잖소." 마찬가지로 하얗게 늙은 남편이 칭얼거렸다.

"무슨 소리예요, 했어요."

"허, 그것 참 무지무지 흥미진진한 이야기이십니다그려." 모프 씨가 말했다. "그래서 부인께서는 그때의 감상을 글로 남겨 두셨던가요? 아니면 부인네들 사교회에 일화를 하나둘씩 풀어 놓기라도 하셨습니까?"

"암요, 했죠. 내가 산속 높은 곳에 우뚝 선 한 성채에 관해 이야기했던 일은 썩 뚜렷하게 기억하고 있어요. 바로 그 마녀가 최후로 거꾸러진 장소이지요. 기억나시죠?"

레인은 한 음절이라도 놓치지 않으려고 무척 조용히 음식을 씹기 시작했다.

"그 성에 살았던 아르지키 족 일가붙이들은 오래전에 마법사 수하의 병력에 의해 학살당했다더라고요. 내가 알기로는 그래요. 그래서 그 성에는…… 키라미 뭣이던가 하는 이름이었는데, 키라미 코였던가? 거기엔 날개 달린 원숭이들이 득실거리며 차에다 제대로 된 크림을 처넣으려고 안간힘을 쓰고 있었죠. 아무래도 원숭이들은 천성이 난장판인가 봐요. 그 헐어빠진 성을 여기저기 구경했더랬죠. 그게 말이죠, 원래 물대기 목적의 급수 시설로 지어진 거래요."

"레이너리 양의 성이 코예요." 이길비 양이 말했다. "고기국물 소스 이쪽으로 주실래요?"

"그건 몰랐구먼." 이길비 양의 아버지가 이길비 양의 어머니에게 말했다. "급수 시설이었다니. 전혀 몰랐어."

"알았으면서 그러지 좀 마요, 이 얼빠진 영감아. 당신은 내가 사람들 앞에서 이야기를 할 때마다 매번 맨 앞줄에 앉아 있었잖아요."

"난 눈 뜨고 선잠을 자고 있었지. 급수 시설이라니 웬 급수 시설? 그런 산꼭대기에. 수차라도 돌릴 만한 강줄기에다가 지어 올린 건물이었던가?"

"아니, 전혀 그런 게 아니에요. 당신 기억 안 나세요? 전에 환하게 밝은 일루미나툼들이 있지 않았어요! 기억 못할 리가 없을 텐데 그러시네. 내가 직접 그렸잖아요. 플러트니 앤드 블러드에서 나온 양피지에다가요."

"실내조명이 어둑어둑해지면 나도 영 깜박깜박해."

"일종의 호수랄까, 무척 규모가 큰 저수지가 그 산 아래 땅 밑 깊숙이에 깔려 있는 모양이라고 그러더라고요. 그리고 키라미 코 성은 원래 엄청나게 큰 자분수(퍼 올릴 필요 없이 수압에 의해 저절로 솟아나는 상수도원) 장치를 수용하는 건물로 계획된 거였대요. 무슨 스크루 같은 것이 밑으로 그 물에 잠기게 돼 있어서 물을 길어 올리는 거라고요. 스크루로 그게 되나 봐요."

"그거야말로 이때까지 들어 본 중에서 제일로 얼토당토않은 이야기네요." 모프 씨가 사근사근 반박했다. "높은 고도로부터 폭포수로 흘러 떨어지는 빈쿠스 강이 켈스 산맥이 내놓는 물이란 물은 다 끌어들여 흐르는데요. 그리고 빈쿠스 강물은 마지막 한 방울까지 레스트워터로 흘러들지요. 레스트워터 호수가 저기 떡 하니 놓여 있는데 더 많은 물을 얻겠다고 땅을 판다는 얘긴 말이죠…… 그 계획을 시작한 게 마법사였는지 그 어느 오즈마였는지, 설마 그렇게 백치 같을 수가 있었을라고요.”

“글쎄요, 제 기억에 의존하지는 마세요.” 이길비 양의 어머니가 말했다. “그렇지만 그건 결국 마법사의 계획은 아니지 않았나 싶네요. 아마 아르지키 부족들이 그런 걸 다 생각해 내서 에메랄드 시에 의존하지 않고 자급자족하려고 그랬던 거겠죠. 저 생기다 만 반편이 먼치킨랜드인들과 똑같이요.”

“그쪽 끝에 고기국물 소스 남아 있는 거 없어요?” 이길비 양이 물었다.

“난 지금껏 그 사악한 서쪽 마녀가 어쩌다가 한 양동이 물을 맞고 죽었다는 건지 이해가 가지 않아요. 전설에는 그렇다는데.” 모프 씨가 말했다.

“아, 제가 그 답을 냈어요.” 이길비 양의 어머니가 말했다. “저의 결론은 그 양동이에 찰랑찰랑하도록 몇 십 리터의 켈스워터 호수 물이 채워져 있었음에 틀림없다는 것이죠. 켈스워터 물은 생명이 살지 못하는 아주 무시무시한 유독성의 액체예요. 모두들 그렇게 말해요.”

“그렇지만 마녀가 뭐 하러 켈스워터 물을 양동이에 담아 두었다지요?” 모프 씨가 물었다.

“여보, 당신 계란빵에 고기 국물 소스를 조금이라도 더 자셨다가는 옷의 바늘땀이 터지겠어요. 점잖으신 아버님, 마녀가 켈스워터 물 한 동이를 챙겨 두었던 건 분명 공격해 오는 자에게 퍼부을 방어책 삼아서였던 게 분명하잖아요. 하지만 그 도로미오가 도리어 그걸 써서 마녀를 공격했지요.”

“도로시죠.” 이길비 양이 확언했다.

"도로시가 돌아왔고, 먼치킨랜드에서 재판에 회부되었다는 얘기 들으셨어요? 사형 선고를 받았다더군요." 모프 씨가 말했다.

"먼치킨랜드인들은 정말 잔인하기 짝이 없는 인종이에요." 이길비 양의 어머니가 흡족하게 말했다. "그 작자들은 지금처럼 우리가 흠씬 두들겨 줘도 싸요."

"아무래도 우리가 대대적으로 광고하는 것처럼 흠씬 두들겨 주고 있지는 못한 것 같은데." 모프 씨는 음성을 낮추었다. "플럼바고 양, 할아버지한테서 무슨 소식 들었어요? 그 유명하신 체리스톤 장군이 아가씨 할아버님이시지?"

레인은 자기도 모르게 그쪽을 쳐다봤다. 안 그럴 수가 없었다. 플럼바고 양이 체리스톤 장군의 손녀였어? 어떻게? 그 얼마나 꽃 줄로 둘둘 둘러 감은 것 같은 인생이람. 하지만 바로 그때 클럽 교장 선생이 만찬에 자리한 이들에게 연설을 하려고 자리에서 일어났고 이길비 양의 아버지는 계란빵과 고기국물 소스가 상에서 치워지기도 전에 이미 잠들어 있었다.

레인은 그 사람들이 이야기하던 게 바로 키아모코 얘기고 자기 친할머니 엘파바 트롭 이야기인 줄 잘 알고 있었다. 그러니 아찔아찔 현기증이 났다. 뻔히 보이는 곳에 숨는다는 것이란. 클럽 교장선생이 연설을 마치자마자 레인은 핑계를 대고 자리를 피했다. 핑계를 대는지 마는지 누구 하나 신경 쓰지도 않았지만…… 레인은 자기 방으로 가려고 마당을 가로질렀다. 마구간은 방문객의 말들로 가득 찼고 마구간 밖 뒷골목에서 말구종들, 마차부들이 불을 피워 놓고 담배를 빨면서 곱은 손을 녹이려고 양손을 불기운에 비벼 대고 있었다. 레인은 북적북적한 소리가 마음에 들었다. 말들이 풍기는 냄새가 좋았다. 게다가 말 몸뚱이에서 띠어오르는 훈기가 바로 위 별관을 데워서 레인의 방까지 미칠 터였다.

레인은 옷을 갈아입고 테이를 안고 침대에 누웠지만, 오늘 밤에는 쉽게 잠이 오지 않을 줄은 알고 있었다. 머릿속에 떠오르는 장면들 때문이 아니었다. 무슨 도로시가 죽임을 당하고, 할머니가 살해되고, 레인이 본 적도 없는 웬 성채가 있는데 그 지하실이 수직의 갱처럼 되어 있어서 거대한 스크루가 밑으로, 밑으로, 밑으로 지구의 중심까지 파고 들어가는 그런 장면들…… 그러다 문득 레인은 무슨 인기척을 들었다. 누가 레인의 옷장을 헤치고 나오려는 것 같았다. 유령이 내는 소리 같지는 않았다. 그래서 레인은 일어나서 그게 뭔지 보려고 했다.

12

한밤중의 푸르고 어릿어릿한 컴컴함 속에 상대방이 여자아이인
지 남자아이인지는 분간할 수 없었다. 하지만 테이가 보통 남자아
이들이 가까이에 있으면 전전긍긍 사납게 굴곤 한다는 것을 레인은
알고 있었다. 그런데 지금은 그저 차분히 또릿또릿 살피고만 있을
뿐 적대적인 눈치는 보이지 않았다.

"본 슈름 양?" 레인은 대충 짐작으로 키가 큰 여자애들 중 하나
의 이름을 불러 보았다. "너희 부모님도 학부모 방문일에 못 오시게
되었니?"

하지만 그것은 본 슈름 양이 아니었다.

"너 때문에 놀라서 숨넘어가겠다. 거기서 나와."

남자아이 하나가 나왔다. 레인보다 키가 서너 치 더 큰데, 머리
카락이 사방으로 삐죽삐죽 뻗쳐 있으니까 그걸 가지런히 잘 빗으
면 좀 더 비슷한 키가 될 것 같았다. 소년의 얼굴은 경계심에 차 있
고 긴박한 표정으로, 영리해 보이기도 했다. 이 빛에서는 도무지 보

이는 것이 확실치 않았다. 그리고 또 레인은 사람을 볼 때 자기 마음에 드는 어림짐작을 믿지 않았다. 아직까지는 말이다. 사실을 말하자면 나중이 되더라도 그런 것을 믿게 되는지 무척 의심스러웠다. 어쩌면 지금 시작하면 딱 좋을지 모르겠다. 이 애가 때릴까?

하지만 테이를 보라지. 흥미를 가지고 호기심을 보이고 있을 뿐 공격하려고 뒷발로 서지는 않는걸. 아주 잘 맞는 측정기렸다.

"그 안에서 뭘 하고 있었니?"

남자아이는 기억이 닿는 한도만큼이나 오래전부터 레인이 늘 가지고 다닌 커다랗고 반들반들 윤이 나는 조개껍데기를 앞으로 내밀었다.

"이게 뭐야?"

"내 거야." 레인은 조개껍데기를 채뜨렸다. 남자아이의 두 손이 살짝 떨고 있었다. "내 물건을 훔치려고 왔니?"

"아니야. 물론 아니지. 넌 가진 게 별로 없던걸."

"남들이 그렇다고 하더라. 너 나를 해칠 거니?"

"내가 왜 그런 짓을 해?"

"내 선반장 안에 숨었다가 막 뛰쳐나오려고 하고 있었잖아."

"네가 올라오는 소리를 듣고 서둘러서 들어갔던 거야. 네가 잠이 들 때까지 기다리고 있었어. 잠이 들면 살짝 빠져나갈 생각으로. 기겁하게 만들고 싶지 않아서."

"그렇지만 애당초 여기서 뭘 하고 있었던 건데?"

"뭔가 먹을 게 있나 찾아다녔지." 레인이 어깨를 으쓱 했다.

"여기는 먹을 거 아무것도 없어. 보면 빤하잖니. 네가 책을 좋아한다면 또 몰라도."

레인은 좀 더 자세히 살펴보았다.

"너 배고프니? 배고파 죽을 지경이구나? 혈색이 팔팔해 보이진 않네."

"그야 배 터지게 먹어서 쩔쩔매고 있진 않아. 그건 사실이야. 뱃속이 무너지는 동굴처럼 우르릉거리는 참이지."

레인은 입술을 깨물며 이러면 아무래도 이 애 이마를 짚어 봐야 하는 게 아닐까 생각했지만, 남의 몸에 손을 댈 만큼 마음이 쓰이지는 않았다.

"너 병났니?"

"이것 봐, 난 그냥 갈 거거든. 여기 불쑥 쳐들어와 놀라게 한 건 미안해. 난 누가 이 건물에 살고 있는 줄을 까맣게 몰라서 그랬어."

레인은 최선을 다하여 이야기 앞뒤를 꿰어 맞춰 보았다.

"그렇지만 누구한테 들킬까 봐 숨어 있었던 거잖아."

"자, 조개껍데기는 선반에 깊숙이 밀어 넣어 두자. 안전하게." 소년이 손을 내밀면서 말했다. 레인은 조개껍데기를 도로 넘겨 주지 않았다.

"어머나, 배려도 깊어라. 넌 누구 남의 방 안에 무단 침입해서 그냥…… 그냥 뜨개질이나 하고 그러니? 아니면 누구네 집에 슬쩍 숨어 들어가서는 징두리 벽판이나 말끔하게 닦아 놓는 거야? 말도 안 되는 소리를 하는구나."

"넌 참 보통이 아니게 차분하다. 그러니까 좋긴 좋네. 만약에 네가 비명을 질렀더라면 내가 정말 무지무지 곤란한 상황에 처했을 텐데 말이야. 이제 난 갈게. 네가 이 얘기를 안 하고 입 딱 다물어 주면 내 신변이 조금 더 안전할 거야."

테이가 꿈지럭꿈지럭 앞으로 나아가 흠뻑 젖은 소년의 장화를 쿵쿵거렸다. 장화는 신발코와 뒤꿈치가 벌름 벌어져 있고, 이제 레인의 생각이 미쳐서 말이지만, 무지무지 냄새가 고약했다. 테이는 그러다가 소년의 발목을 몸으로 감듯이 잠시 이리저리 비비적거린 후에 레인을 올려다보았다. 레인은 도무지 자기가 할 법하지도 않은 짓을 했다. 손을 뻗어서 손바닥으로 소년의 이마를 짚은 것이다.

"열 있어?"

레인은 그 답이 무엇일지 생각해 보았다. 하지만 지금까지 살면서 아무 소리 않고 가만히 있는 법은 잘 배웠을지라도 거짓말 하는 법은 변변히 배운 바가 없었다.

"모르겠어. 내가 남의 이마를 짚어 본 적이 한 번도 없어서."

"자기가 자기 이마를 짚어 보는 건 소용없어. 그래봐야 자기가 아픈 건 알 수가 없거든."

"정말 그래?" 레인은 한번 해보았다. 이마를 짚어서 느껴지는 건 그냥 나구나 하는 것뿐이었다. 하지만 레인 자신은 그럼 도대체 어떤 느낌인 걸까? 전에는 그런 의문을 떠올린 적이 없었다.

"너는 네가 어떤 느낌인지 알고 있니?" 소년에게 물어보았다.

"하, 그러니까 지금 그게 문제냐." 소년은 맥이 풀리는지 손으로 무릎을 짚었다.

"뭐 대단히 궁금해서 물어본 건 아니고." 레인은 꼬리를 달았다. 그런데 보니까 소년은 스칼리와 둘이서 때때로 덮어쓰고 옹송그리는 이부자락 위에 엎어져 까무룩 정신을 잃은 참이었다.

레인은 어찌해야 할지 몰랐고, 그래서 아무것도 하지 않았다. 레인은 9시 종이 울린 후에는 방에서 나가서는 안 되는 걸로 되어 있었다. 아침 종이 울릴 때까지는 안 된다. 화장실에 가는 것 말고는 말이다. 그리고 화장실에는 도움 될 만한 게 아무것도 없었다.

레인은 마구간에 손님들이 타고 온 말이 가득했던 게 기억났다. 테이에게 여기 가만히 있으라고 이른 뒤에 레인은 서둘러서 길이가 허리까지밖에 오지 않는 모직 외투를 주워 입고 층계로 2층을 한달음에 내려갔다. 말들은 히히힝 울고 콧김을 불었고 레인이 다가오는 소리에 뚜걱거리며 설쳤다. 레인은 말들이 내는 소리와 따스한 온기가 기뻤다. 어중이떠중이 마차부들이 아직도 서성거리며 지나간 신문 종이에 만 싸구려 담배를 피우고, 클랍 교장선생이 누이동생의 눈을 피해 살짝 내다준 맥주를 잔에 잔에 소중히 감싸 쥐고 홀짝이고 있었다. 맥주 덕분으로 분위기가 좋았다. 레인이 마구간 출입문 바로 안쪽 그늘진 곳에 걸쳐 있는 안장주머니 몇 개를 잽싸게 뒤져보는 사이에도 마부들은 줄곧 잡담을 주고받고 있었다.

"내가 모시고 온 마님 말이야, 참 정말 어처구니없는 여편네라니까. 플레이드 에이커스에서 시즈까지 길을 가는데 돈은 한 푼의 4분의 1밖에 안 주고 말이야. 그러더니 저기 페니킨랜드까지 나가야 있는 비싼 비단집에 들러서 새 드레스를 사느라고 학교 저녁 식사에 늦지 뭐겠냐고."

작은 치즈 덩이의 반의 반쪽. 없는 것보다는 낫겠지.

"우리 마님이야말로 그쪽 여편네 엉덩이에 순무를 처박아서 진흙탕에 내굴려 버릴 여자지. 어찌나 사람이 천박한지 내가 화장실에 들어가서 문 닫고 용변을 볼 주제도 못 된다는 거야. 그래서 아무 동네 한복판에나 어쩌다 마지막으로 하나 남은 럴라인 제단이 있을라 치면 거기 마차를 세우게 하고 나보고 그 제단 뒤에다 싸라지 뭔

229

기! 그러면 자기가 화장실 요금 낼 필요도 없고 또 동시에 이교 박멸에도 한몫 거드는 일이라면서 말이야."

어이쿠, 꽤 큼지막한 빵 덩어리가 있네. 엄청 딱딱한데. 그렇지만 촛불에 쬐면……

"우리 장관 나리 그 양반은 그리 나쁘진 않아. 나쁘진 않은데 속으로는 왕당파거든. 시키는 대로 정말 매일 밤 황제를 위해서 기도한다니까. 무슨 기도인가 하면 황제가 잠을 자다가 평화롭게 세상을 떠나게 해 달라는 기도야. 그리고 그 어떤 기적이 일어나서 오즈마혈통을 도로 왕좌에 돌려놓아 주십사 기도하지. 그 양반은 오즈마치세에 태어났거든. 그래서 오즈마가 다스리는 세상에서 죽고 싶다는 거야. 자기 말이 그래. 내가 그 양반한테 딱 대고 이렇게 말하지. 영감님은 호수 고래한테 몸으로 치여서 돌아가실 겁니다요. 마님이지금처럼 계속 체중이 불기만 하시면 말씀입니다요, 하고."

"그런 소릴 하긴 어떻게 하나, 이 허풍선이 친구야."

"내 마음속으로 한단 말이야, 기도하듯이."

바깥에 웃음소리가 왁자했다. 마지막 안장주머니에서 소득이 있었다. 다진 고기를 넣은 파이다. 냄새를 맡아 보건대 이만하면 신선하고, 당근 두 개와 사과 한 알도 같이 있었다. 아마 말에게 주려고 넣어 둔 거겠지. 거기에 뭔가 액체가 들어 있는 작은 사기병도 나왔다. 레인은 핸디 맨디 뺨치는 솜씨로 그것들을 모조리 슬쩍 하고 또암말 한 필이 덮고 있던 제법 탄탄하게 잘 짠 분홍색 담요 한 장도훔쳐 가지고는 서둘러 층계 위로 향했다. 아무도 레인의 기척을 듣지 못했다. 마부들 중 한 사람이 말하고 있었다.

"바움 씨가 제조한 발굽 치료 물약 좀 나눠줘 보게. 우리 예쁜장

한 얼룩이가 무지하게 쓰라려하거든. 암퇘지 궁둥이를 사포로 밀어 놓은 것보다 더해."

침입자는 도무지 깨어나지 않았다. 레인이 부드럽게 어깨를 흔들든 거칠게 흔들든 마찬가지였다. 레인이 근사하게 한탕 털어 왔는데, 맛도 못 보게 생겼다. 아침이 되면 먹을 것은 한층 더 맛이 갈 텐데. 젠장. 그렇지만 레인은 분홍색 말 담요를 소년의 몸에, 이미 덮고 있는 이불 위에 한 겹 더 덮어 주었다. 그리고 자기는 온기를 보존하기 위해 할 수 있는 한껏 겹겹이 옷을 껴입었다. 아이어니시 선생 덕분에 레인은 전보다 옷이 많아졌다. 뻣뻣한 모직 긴 양말과 산책용 케이프가 고마웠다.

시간이 자정쯤 되어서, 마차꾼들 사이에 티격태격 소란이 벌어졌다. 아마 누군가가 자기 술병이 없어진 걸 발견한 모양이었다. 레인은 신경 쓰지 않았다. 테이를 무릎에 앉히고 앉아서(테이 또한 몸을 따뜻이 하는 데 보탬이 되었다.) 깜박 졸았는지 졸지 않았는지 몰라도, 어느 정도 시간이 지나자 아무튼 아침이 왔다.

아침에 보니 소년은 멍 때문에 한층 더 몰골이 엉망이었다. 하지만 어쩌면 그건 오즈의 여러 종족들 중 또 어느 종족의 피부색일지도 모른다. 레인이 이전에 수집한 적이 없는 종족으로 말이다.

소년이 일어나 앉더니 말했다.

"내가 뱃속을 채웠더라면 화장실에 가야 했을 텐데 말이야."

그래서 레인이 대꾸했다.

"어, 여기 이것 좀 집어넣어. 그러면 조만간 소식이 오겠지."

레인은 소년에게 당근을 하나 주었고 소년은 말보다도 더 빨리 으적으적 먹어치웠다. 그런 다음에 소년은 술병에 든 액체를 한 모

231

금 마셔서 입가심을 했는데, 그 맛에 진저리를 쳤다. 그러고 나서는 도로 그것을 길게 꿀꺽꿀꺽 들이마셔서 결국 안색이 벌겋게 달아오르더니 도로 정신을 잃고 말았다.

아침 식사를 알리는 종소리. 레인이 나타나지 않으면 누가 보러 올지 모른다. 전에도 그런 적이 있었다. 시간이 없었으므로 레인은 구겨진 옷을 펴거나 갈아입을 생각도 하지 않았다. 스칼리의 석판을 집어서 거기에 "가지 마."라고 긁적이고, 소년이 깨어나면 눈에 딱 보이도록 의자 다리에 기대 세워 놓았다.

"얘 내보내면 안 돼, 테이." 레인은 수달에게 일러두었다. 어차피 테이는 클랍 남매가 데리고 다니지 못하게 한 탓에 보통 온종일 방에서 지내는 터였다.

✛✛✛

아침 식사 후에.

"그 복장 뭐죠, 레이너리 양?" 마담 초틀부시가 말했다.

"별관에 또 새로 새는 곳이 생겨서요." 레인이 말했다. "제가 자유 시간에 다른 옷들을 빨아야 할 것 같습니다."

나중에 마담 초틀부시가 말했다.

"도무지 수업에 제대로 집중하고 있는 것 같지가 않군요, 레이너리 양. 학생의 어머님이 학부모 방문일에 참석하지 못하셔서 심란한가요?"

레인은 입을 벌렸다. 그러고 나서 생각을 했다. 아무것도 잘못된 게 없는 척을 해서 별말 없이 선생님한테 거짓말을 하는 거네. 더구나 옷에 대해서는 거짓말을 한다는 생각조차 하지 않고 거짓말을 했잖아. 그러니까 신중한 고려 끝에 거짓말을 한들 무슨 차이가 있겠어?

차이가 있는 건지 없는 건지 레인은 몰랐다. 하지만 질문에 답은 해야만 했다. 그래서 선생님을 향해 "네." 하고 대답했다.

그 대답을 하면서 레인은 자기가 우연히 참말을 하고 있다는 사실을 깨달았다. 그 사이에 어쩐지 사람을 조금이나마 그리워하는 법을 체득했다. 레인은 노르 고모를 그렇게 깊이 알지는 못했다. 하지만 자기 자신에게 많은 말로 그 이야기를 할 것도 없이, 실은 가짜 어머니가 느닷없이 찾아와서 깜짝 놀라게 해 주기를 마음속에 바랐던 것이다.

뭐, 괜찮아. 레인은 생각했다. 난 내 방에 남자애가 있는걸. 다른 여자애들은 아무도 그건 못 가졌잖아.

"이쪽으로 와요. 한번 꼭 안아줘야겠네요." 꼭 껴안아 주기를 꽤나 좋아하는 마담 초틀부시는 그렇게 말했다.

"제 치맛자락은 벌써 심하게 구깃구깃한 것 같은데요." 레인이 말했다. 하지만 선생님은 물러설 줄 몰랐고, 그래서 레인이 굴복하고 말았다. 그런 다음 자기 책상에 가 앉아서 레인은 의심을 떨쳐 버리려고, 그리고 항복하지 않으려고 한층 더 열심히 산수를 했다.

옷이 엉망이 된 사연을 미리 깔아 두었기 때문에 레인은 점심때 지하《경기실》에서 건강에 유익한 체조를 하는 귀찮은 일을 면제받았다. (산책을 나서기에는 날씨가 너무 추웠다.) 레인은 학교 마당에 새로 쌓인 눈에 길을 뚫으며 별관으로 들어섰다. 끝까지 남아 있던 마차들도 아침식사가 지난 후에는 다 떠났다. 건물은 조용했다. 사실

지나치게 조용했다.

레인은 서둘러 층계를 올랐다. 한 번에 두 단씩 뛰어 올라가느라 치맛단을 밟아서 단이 쫙 터지는데도 안 그럴 수가 없었다.

테이는 평상시 모습 그대로 그나마의 온기라도 받으려고 창가 책상에 올라앉아 있었다. 말 담요는 착착 개서 레인의 침대 위에 올려놓았다. 처음에 레인은 소년이 가 버린 줄 알았다. 그랬다가 그 아이가 통로에 있던 사다리를 찾아내어 레인이 옷을 보관하는 다락으로 받쳐 놓은 것을 깨달았다. 옷이라고 해봐야 이제는 정말로 형편없이 되어 남들 앞에 입고 나갈 수 없는 꼬락서니가 되었지만. 소년은 다락의 천장에서, 그쪽 구석이 몹시 캄캄했기 때문에 레인은 이때까지 있는 줄도 몰랐던 뚜껑 문을 발견해 놓았다. 그래서 그 문을 한 자쯤 들어 올려 열어 둔 채 사다리 위에 올라서 있었다. 지상의 것 같지 않은 빛이 흘러드는 가운데 소년이 있었다. 레인이 있어 본 방 중에서도 이런 빛이 비쳐 들어오는 광경은 본 일도 없었다. 소년의 모습은 마법 같았다. 헝클어진 칙칙한 갈색 곱슬머리에 빛이 비쳐서 희게 보이고 거의 투명해 보이기까지 했다. 두 팔은 알맞게 살이 붙었고 단단해 보였다.

레인은 그 아이가 학교 마당을 내려다보고 있었던 게 아니고 다른 쪽을 보고 있었음을 확신할 수 있었다. 레인이 오는 것은 못 본 것이다. 레인은 그 아이를 갑자기 놀라게 해서 떨어지게 만들고 싶지는 않았다. 살며시 다가가서 자기가 여기 있다는 것을 알리려고 한 손을 소년의 종아리에 얹었다. 소년은 깜짝 놀라는 바람에 레인을 차서 이를 부러뜨릴 뻔했다. 그럴 줄 예상했어야 했는데. 누가 몸을 건드리는 것을 좋아하지 않는 오즈 시민 동지다.

"너 땜에 놀라서 간 떨어질 뻔했다." 소년이 말했다.

"위로 좀 비켜 봐, 나도 올라가게." 레인이 대꾸했다.

소년이 꿈지럭거리며 한쪽으로 조금 움직이자 꼭 레인이 발을 딛고 같은 높이로 올라갈 수 있을 만큼의 공간이 생겼다.

레인은 시즈 시를 하수구 도랑 높이에서밖에 본 적이 없었다. 별관 방의 창문은 담쟁이덩굴로 덮인 벽이 둘러쳐 있어 사방이 막힌 학교 마당을 향해 나 있었기 때문이다. 이렇게 높은 곳에서 바라보자니 한겨울 대낮의 차갑고 환한 빛 속에 지붕들은 어디가 어딘지 눈이 어릿어릿할 지경이었다. 박공지붕이며 둥근 지붕들이 펼쳐져 있다. 저게 세인트플로릭스지, 맞지? 그리고 올록볼록 총안이 있는 성벽에다 시계탑들에다…… 돌로 지은 첨탑들도. 또 대학에는 대학대로 학자의 탑실이 뾰족뾰족 솟아 있고.

"저쪽에 끝이 삐죽한 창문이 나 있는 시커먼 것 있잖아, 저게 '스리 퀸스 도서관'이야." 소년이 말했다. "그리고 도랑 밑으로 높다랗게 솟은, 금빛 장식쇠를 올린 저 건물 보여? 저게 크레이지홀의 양로원일 거야, 아마도."

"색색의 장난감을 늘어놓은 들판 같네."

계집애 티를 내며 밭은 숨으로 말하지 않을 수가 없었다. 하지만, 젠장, 정말로 아름다웠다.

"풍향계들도 있지. 여기서 가까운 건 잘 보면 보일 거야. 난 저쪽에 늑대인간이 보이네. 저거 보여?"

"작은 뾰족지붕 끄트머리에 있는 것 말이야?"

"아니, 그건 여왕개미 모양이고. 까닭이 있어서 저렇게 만들지. 그 옆으로 왼쪽에, 기와로 무늬를 넣은 이중 경사 지붕 위에 있는 것 말이야."

"모양은 늑대인간이라기보다 돼지인간 같은걸."

소년은 그 말을 듣고 깔깔 웃었다. 그 바람에 레인은 둘이 지나
치게 바싹 붙어 서 있다는 것을 느꼈다. 하지만 이 높이에서 시즈
를 살펴보고 싶다면 다른 수가 없었다. 뚜껑 문의 폭이 딱 그만큼이
었다. 둘의 어깨는 닿아 있었고, 그것만이 따뜻했다. 바람은 매섭게
찼다.

"봐, 거위다." 그가 말했다.

"이스키나리." 레인은 자기도 모르게 불쑥 말해 버렸다.

"무슨 말이야?"

"쿼들링 말로 거위를 그렇게 불러." 자, 또 거짓말이다. 레인은 거
짓말에 능숙해져 가고 있었다.

가까운 탑 어디에서 종이 울려 정시 30분을 알렸다.

"난 복장 정돈하는 시늉이라도 해 놔야지 안 그랬다간 완전히 들
통 날 거야."

레인은 시즈의 하늘 높은 곳의 세상을 떠나기 싫었다. 첨탑과 경
사진 지붕과 촘촘히 세워진 도시의 건축물들로 이루어진 협곡의 세
상. 하지만 이만큼이나 심각하게 규칙 위반을 한 상태에서 발각된다
면 세인트프로즈 학교를 쫓겨날 각오도 해야 할 것이다.

소년은 레인을 먼저 내려가게 하고 뒤따라 내려오며 뚜껑 문을
원래대로 해 놓고 있었다. 레인의 방은 갑자기 퀴퀴하니 좁고 답답
하게 느껴졌다. 방문객을 즐겁게 해 줄 만한 장소가 못 된다. 둘이
어깨를 맞대고 난 뒤인 지금 레인은 소년이 지나치게 가까운 것 같
았다.

"내 외출복들 좀 내려 줄래? 그중에 한 벌은 주름을 펴야지 오후 수업 때 그나마 남들 앞에 나갈 만한 모습이 될 거야."

소년이 건네준 것은 너무나도 보기 흉한 원피스였다. 삶아 으깬 완두콩 색깔에, 장식이라고는 널찍한 리본이 딱 한 개 왼쪽 넓적다리 부분에 꿰매져 있는 것뿐이었다.

레인은 전에는 한 번도 옷이니, 옷에 달린 장식이니 하는 것을 생각해 본 적이 없었다. 그런 생각을 하게 되리라는 생각도 해본 적이 없기는 마찬가지였다. 레인은 한꺼번에 여러 가지 생각에 사로잡히고 마는 주문에 걸려 있었고, 그 느낌은 버거웠다.

"좀 괜찮은 옷은 없니?" 레인이 톡 쏘았다. 마치 자신이 대로변 점포에 들어온 퍼사힐스의 귀족 아씨고 상대방은 점원이기라도 한 것처럼 말이다.

"난 옷은 아무래도 상관없어서." 소년이 말했다. 왠지 안심이 되는 말이었다. "이 녹색 옷은 어때?"

"턱받이 앞판에 잔주름이 들어간 거? 그거? 그거면 되겠다. 이쪽으로 줘."

레인은 갈아입을 옷을 그러쥐었다. 시간이 없어서 치맛자락을 손으로 두드려 펴고 타이를 비틀어서 반듯하게 만드는 정도밖에 할 수 없었다. 레인은 소년이 남아 있게 하기 위하여 무슨 말을 하면 좋을지 생각해 내려고 애쓰고 있었다. 그러면서 입고 자는 바람에 구깃구깃 구겨진 옷을 머리 위로 휙 잡아당겨 벗었다. 헉 하고 놀라는 소리를 들었을 때 레인은 이미 옷을 마룻바닥에 팽개친 참이었다. 레인은 소년을 돌아보고 왜 그러느냐는 눈빛을 보냈는데, 그때에 몸에 걸친 것이라고는 팬티 한 장과 빨간색 하트 로켓이 다였다.

그가 말했다.

"제발 좀. 네가 좋다면 나 복도에 나가서 기다릴게."

"왜?"

소년은 뭐라고 할 말을 찾지 못하다가 마침내 이렇게 툭 내뱉었다.

"글쎄, 예의범절이랄까." 그때쯤에는 레인이 이미 갈아입을 옷을 머리로 뒤집어쓰고 꿈지럭거리며 두 팔을 따끔거리는 소매 속에다 끼워 넣고 있었다.

"아냐, 신경 꺼." 레인이 고개를 빼고 도무지 영문을 모르겠다는 눈으로 쳐다보자 소년이 그렇게 말했다.

"네가 누군지 말은 해 줄 거니? 왜 여기 와 있는 건지하고?"

"부르는 건 팁이라고 해. 그거면 되겠지. 네가 이 시설의 감독관님들한테 내 얘길 고해바치지는 않은 것 같은데?"

"학교 애들한테나 선생님들한테나 아무한테도 아무 얘기 안 했어. 네가 말하는 게 그거라면 말이지만. 그런데 왜 말을 하면 안 되는 건데?"

"나는 될수록 남의 눈에 띄지 않으려고 하고 있어."

"그러면 지금 당장 세인트프로즈 학교 지붕에 바보처럼 쑥 내민 네 머리를 아무도 못 보기를 바라야겠구나."

"잿빛 비둘기들 말고는 아무도 안 봐, 자신 있어."

"이것 봐. 난 이제 시간이 얼마 없거든. 조금 있으면 난 다시 나가서 저녁 먹을 때까지 못 올 거야. 할 수 있는 한 힘을 써서 제대로 된 음식을 갖다 주도록 해볼게. 그렇지만 네가 나한테 말을 해 줘야……."

"사실은 내가 너한테 말을 해 줘야 할 건 없지. 그리고 네가 먹을

것 안 갖다 줘도 돼. 네가 착해서 나를 밀고하지 않은 건 다행이지
만 말이야. 네가 돌아올 때쯤에 나는 가고 없을 거야. 네 물건은 아
무것도 안 훔쳐. 약속할게. 아무리 네가 갖고 있는 저 반짝이는 조개
껍데기라도 훔치지 않을 거야. 크, 하지만 정말 저건 굉장한 물건이
긴 해."

"가지 마. 몸도 안 좋잖아."

"뭐야 너, 소아과 의사라도 돼?"

"약제사 친척이 있어서 몇 가지 주위들은 게 있어. 이 날씨에 넌
십중팔구 동상에 걸릴 거야. 아니면 심하게 충혈되는 증상이 올 수
도 있어."

"그거 참 심각하게 들리는데." 그는 레인을 놀리고 있었다.

"가지 마." 레인은 말했다. "정말이야. 아직은 안 돼. 혹시 내일이
라면 몰라. 그렇지만 오늘은 가지 마. 그 정도는 내 말을 들어 줘야
지. 난 어젯밤 너한테 먹을 것과 마실 것을 가져다주려고 들킬 것도
무릅쓰고 도둑질을 했잖니."

"그래서 네가 갖다 준 레몬 보리차, 그거 한번 세더라. 좋아, 알았
어. 네가 돌아올 때까지 있을게. 그렇지만 그 다음은 별로 장담 못
해."

그 아이는 스칼리가 힘겹게 읽어 나가던 책을 집어 들었다.

"더스턴 스트로의 돼지인간." 제목을 읽었다. "아, 돼지인간 얘기
가 어디서 나왔나 했더니 여기였구나."

"물론이지. 책에서는 온갖 것이 다 나오는걸."

13

그 애 이름은 팁이었다. 레인이 아는 건 그 정도였는데, 이름을
아는 것 하나만으로 레인은 끝이 없어 보이는 그날 하루를 견딜 수
가 있었다. 레인은 식료품 저장실에서 스칼리와 슬쩍 스쳐 지나가
면서 몰래 방으로 가져가게 여분의 빵을 몇 개 더 챙겨 달라고 귀띔
하는 데 성공했다. 물론 절대 금지고, 걸리면 쫓겨날 짓이었다. 하녀
아이는 수를 써서 차 마실 때 쓰는 수건에 빵과, 한 술 더 떠서 사탕
무와 햄을 넣은 작은 파이 한 개까지 감싸서 레인의 무릎에 올려 주
었다. 살짝 치올라간 스칼리의 한쪽 눈썹을 보자 레인은 왠지 한심
해진 기분이었다. 그렇기는 하지만 팁의 존재를 하녀 아이에게 누
설하는 위험은 무릅쓸 수 없었다. 스칼리는 자기 위치를 공고히 하
기 위하여 일러바칠 수도 있다. 레인이 선생들에게 의탁하고 있는
것보다 스칼리가 자기 고용주들에게 한층 더 목을 매고 있을지도
모른다.
　저녁식사와 기도를 마친 후에 방으로 돌아갔더니 팁은 오후 내내

아래층 어디 남자아이들이 있던 기숙사 방에서 찾아낸 작은 무쇠 난로를 떼어다가 조각조각 위층으로 날라 와서 재조립하며 시간을 보낸 참이었다.

"계단이 엄청 많아서 몸이 후끈하더라." 팁이 말했다. "그리고 딱 알맞게 마구간 문 뒤쪽으로 조금이지만 석탄도 쌓여 있던걸. 그러니까 한동안은 불을 지필 수 있을 거야."

연기를 내보내기 위하여 팁은 양철 연통을 뱀처럼 구불구불하게 얼렁뚱땅 맞추어서 뚜껑 문으로 내보냈다. 그러느라고 뚜껑 문은 이제 한 뼘쯤 열려 있었다. 찬 공기가 마구 밀려 들어와 따스한 불기운을 모조리 물리쳐 버렸다. 하지만 아무튼 분위기가 한결 나아지기는 했다. 팁은 자기가 이루어 놓은 것을 자랑스러워했다.

팁은 어디 출신인지, 왜 숨어 있었는지에 대해서는 별로 말을 하려 들지 않았다. 얘기해 준 건 여름 동안 시즈 외곽 시골 지역을 떠돌아다니던 중 세인트프로즈 학교 남학생들의 군부대 야영지를 만났다는 것 정도였다. 오후 한나절 만에 팁은 야영 훈련 중이던 학생들 몇 명과 친해져서, 그들이 텅 비어 버린 시내 기숙사 이야기를 팁에게 해 주었다. 기숙사를 찾기란 어려울 것이 없었다. 스칼리나 레인이 오고 가는 인기척은 전혀 듣지 못했다. 마구간 벽에는 말에게 씌워 주는 숄이 두껍게 걸려 있었고 사방에 쌓여 있는 건초도 아마 방음에 한몫한 것 같았다.

"하지만 낮 동안에는 뭘 하고 지냈니?" 레인이 물었다.

장이 서는 날이면 가판대 상인들에게서 먹을 것을 얻어내는 데 그리 어려움이 없었다고 팁은 말했다. 하지만 날씨가 너무 추워져서 노점이 서지 않게 되자 지내기가 힘들어졌다. 두어 주 데큰스 대학에서 부엌 심부름꾼으로 일하기도 했는데, 식품실에서 양지머리 고기를 소매에 숨겨 나오려다 들켜서 해고당했다. 추위가 심해져 갈수록 물건 슬쩍 하는 것도 점점 어려워졌다. 팁은 마차 끄는 말들에게 먹이는 여물 주머니에서 귀리를 훔쳤다. 하지만 그것으로 만들어 낸 곤죽은 소화를 시킬 수가 없었다. 아래층에 자리 잡았던 팁은 손님들이, 알고 보니 학부모 방문일이라 그런 것이었는데, 도착하는 바람에 할 수 없이 층계를 한 단 올라 층계참이 꺾어지는 곳까지 피신했다. 그랬다가 레인이 학교 마당 쪽에서 들어와 계단을 밟고 올라오기 시작하는 소리를 들었다. 팁은 놀라서 정신없이 레인 앞에서 후딱 층계를 올라갔다. 그래서 먼저 꼭대기 층에 닿았다. 레인은 자기도 모르는 사이에 팁을 막다른 곳으로 몰아넣은 것이었다. 팁이 발견한 층계 꼭대기 방으로 곧장 향해 왔으니 말이다.

"하지만 넌 어디서 온 거야? 집이 없어? 가족은? 왜 숨어 있었어?"

"너는 그럼 어디서 왔니?" 레인의 표정만 봐도 자기와 마찬가지로 속내를 숨기고 있는 줄 뻔히 안다는 듯이 팁이 받아쳤다.

그러자 레인은 비록 어떤 일들에 대해서 별로 중요하지 않은 사람들에게는 거짓말을 할 수 있어도 팁에게는 왠지 거짓말을 할 수가 없었다. 그렇다고 가족들에게 한 굳은 약속을 어기고 무엇이든 가족에 대한 이야기를 함으로써 그들을 파멸로 몰아갈 수도 없었다. 그래서 레인은 아무 말 하지 않았다.

아무튼 자기를 레인이라고 불러도 된다는 말은 했다.

팁은 그날 밤 레인의 침대 바로 옆 마룻바닥에서 잤다. 말 담요를 덮고 잤다.

팁은 정말 곯아떨어지듯 잠을 잤다. 레인이 일어나서 석탄을 뒤적거려 다시 불이 붙여 줄 만한 불씨가 하나도 남지 않은 것을 보고는 좀 따뜻하게 해보려고 연통을 뽑고 뚜껑 문을 도로 닫는 소리도 전혀 못 들었다. 레인이 다시 침대로 왔더니 테이가 침대에서 내려가 팁의 팔꿈치 사이로 파고 들어가 있었다. 짧은 한순간 레인은 자기가 테이였으면 했다. 하지만 그 생각은 그야말로 어처구니없는 것 같았고, 그래서 레인은 도로 침대에 벌렁 누웠는데 너무 세게 눕는 바람에 벽에 머리를 찧고 코가 얼얼해졌다. 팁도 테이도 레인에게 괜찮으냐고 물어보러 몸 한 번 꿈지럭하지 않았다.

＋＋＋

아침식사 종이 울리기 전에, 스칼리가 뜨끈뜨끈한 스콘 네 개를 차 수건으로 덮어 들고 나타났다. 그럼으로써 짧았던 둘만의, 팁과 레인만의(하긴 테이도 있기는 했지만) 시간은 지나 버렸다. 레인은 입이 딱 벌어져서 우두커니 서 있는 스칼리를 밉살스러워하지 않으려고 애썼다. 팁이 일어나 앉으며 담요로 몸을 가리려고 했지만, 옷을 벗고 있는 것도 아니었기 때문에 그건 별 의미 없는 동작이었다.

"레이너리 양. 감쪽같이 장난처럼 사람을 속였군요. 세상에 어쩜 그래요?"

레인은 스콘을 낚아채어 팁에게 주었다.

"자, 이제 너도 망했어. 침입자에게 음식을 주었으니까. 우리를 고해바쳤다가는 내가 그렇게 말할 거야, 스칼리. 그러니까 우리가 앞으로 어떻게 하면 좋을지 결정할 때까지 입 딱 다물고 있는 편이 좋아."

"우리요?" 스칼리가 말했다. "우리라니 누구하고 누구 말이에요, 도대체?"

레인은 딱히 누구와 누구를 묶어 말한 게 아니었다. 그냥 그렇게 말하면 좋을 것 같아서 그랬다. 스칼리는 아주 쉽게 넘어와 공모자가 되어서 메뉴 증대라는 특별 임무를 부여받았다. 팁은 바보가 아니었다. 잘 요리된, 조촐하다고는 하지만 양이 넉넉한, 거의 조리를 하자마자의 상태로 따끈하게 배달되는 음식은 시궁쥐들이 한 발 앞서 차지해 버릴 차디찬 찌꺼기를 뒤지기보다 한결 마음이 끌리는 것이었다. 눈 쌓인 골목길과 대학의 주방 뜨락에 호시탐탐 기웃거리던 부랑아 한 명이 자취를 감추었다.

팁은 레인의 방에 둥지를 틀었고, 때로 날씨가 고약한 날이면 내내 방에 죽치고 앉아 책을 읽었다. 날이 그나마 맑으면 소식도 들을 겸 운동도 할 겸 도시의 길거리를 걸어 다녔다. 가끔 한 번씩 늦게 돌아오는 때도 있었다. 팁은 일꾼들 다니는 길 쪽으로 해서 마구간을 통해 살짝 숨어 들어왔다. 거기는 경첩이 하도 오래되어 하나가 부러져 나갔기 때문에 문이 좀 비뚜름히 기울어져 있었다. 굶주려 여윈 소년이라면 얼마든지 비집고 들어올 만했다.

✢✢✢

"나가서 뭘 찾아다니니?" 레인이 슬쩍 물어봤다.

"소식을 듣는 거지, 그게 다야."

"너희 가족 소식이야? 그런 거야?"

하지만 팁은 자기 가족 이야기는 하고 싶어 하지 않았다. 레인도 그렇기는 마찬가지였으니. 그러기로 의논한 적은 없지만 무언의 타협이 있었고, 레인도 보통 때에는 그 주제를 꺼내지 않을 것을 염두에 두었다.

이번에 팁은 어느 한도까지이지만 조금 경계를 늦추었다.

"전쟁에 대한 소식을 듣고 싶어서 그래."

레인은 전쟁에는 아무런 관심이 없었다. 레스트워터 호수 물에 떠 있던 드래곤들을 본 기억도 이제 가물가물했다. 가끔은 자기가 상상해 낸 것인가 보다 싶기만 한 흥분된 감정만 생각났다. 전쟁은 레인의 기억 맨 처음부터 지금까지 그저 계속되고 있었다. 전쟁이라고 해서 실제로 뭐가 달라질 것도 없다. 전쟁은 그저 존재의 조건일 따름이었다. 미래로 흘러가는 시간처럼, 또 오즈 전역을 빙 둘러 에워싸고 있는 죽음의 사막처럼, 그리고 고양이가 생쥐를 잡아먹는다는 사실처럼 말이다.

"전쟁 소식들은 전부 지어낸 것 같기만 해." 레인이 불평했다. "어디 시골길로 대포를 끌고 가는 광경을 난 본 적도 없어. 교실 창밖에서 들려오는 총소리를 들은 적도 없고. 나는 평화와 전쟁이 서로 반대되는 것이라는 생각이 좀처럼 들지 않아. 대부분의 사람들에게 그 둘이 같은 것이리라고 생각해."

"너 아주 거창한 문제를 건드린 거야, 방금." 팁이 말했다. "그렇지만 네가 웬드 하딩스를 도보로 건너가고 있다면 말이야…… 그쪽은 걸어서 갈 수밖에 없는 곳인데, 거기를 가면서 몸 크기도 각각이고 할 줄 아는 것도 성질도 각양각색인 동물들이 원래는 서로에게 적대적이거나 기가 죽을 텐데, 그런 것도 아랑곳없이 대표단을 구성하여 전문적인 병사들에게 맞서 전선을 사수하고자 함께 훈련에 임하는 광경을 보게 된다면…… 뭐, 그러면."

팁은 결론 지어 말할 마음이 나지 않는 듯 한숨을 지었다.

"보고 싶은 것 이상으로 보게 될 거야. 전투에 준비가 되어 있다는 것은 말이야, 하나의 더욱 커다란 의견 불일치에 대항하는 공통의 방향을 도모하는 작은 의견 불일치들 무더기 같거든."

레인은 마담 초틀부시 밑에서 얼마간 지리학을 배운 바가 있었다.

"그 얘긴 네가 먼치킨랜드에서 왔다는 얘기니?"

"그런 얘기 아니야. 아무 얘기도 아니야. 지금 하는 얘기는 전쟁 얘기잖아. 사람들이 시즈에서 전쟁 얘기를 뭐라고들 하는가 하는 얘기고."

레인은 캐묻지 않으려고 애썼다. 지나치게는 하지 말아야지.

"시즈에서 사람들이 전쟁 이야기를 뭐라고들 하는데?"

"너도 나 못지않게 잘 알고 있잖아. 여기 살면서 그래. 나보다 네가 더 오래 살지 않았어?"

"그래, 그렇지만." 그것이 본의였든 아니든 간에 팁이 조금이나마 자기 이야기를 한 이상 레인도 아주 작은 끄트러기 하나쯤은 말해 주기로 했다. "나도 여기 출신은 아니야. 그래서 내가 무슨 얘기를 듣고 있는지 잘 몰라. 아무튼 학교 여자애들은 전쟁 이야기는 하지 않거든. 선생님들 얘기나 남자애들 얘기를 하지."

레인은 애정이 아니라 평가의 눈으로 팁을 훑어보았다.

"애들이 널 보면 통째로 홀딱 집어삼키려 들 거야."

이 대사를 듣고 팁은 얼굴이 빨개진 것이 아니라 하얗게 질렸다.

레인은 서둘러 말을 이었다.

"전쟁은 결정적인 한 수가 나올 때까지 자꾸만 고조되고 고조되어 가는 것 같아. 그러다 그렇게 영영 계속 가는 거지. 가면 갈수록 시들해지고 밋밋해지고. 아무도 승리하지 못하는 채로."

"이쪽 편이나 저쪽 편이 상황을 타개할 혁신적인 전략을 들고 나올 때까지는 그렇겠지."

"혁신적인 무슨 전략?"

"흠. 상대방을 우격다짐으로 파산으로 몰고 간다든가. 아니면 어디 쓸 만한 제삼자와 상호 협약을 교섭한다든가 말이야. 예를 들어, 오즈 충성령에서 트롤들을 설득해서 동맹을 바꾸게 할 수 있다면 에메랄드 시 구세군이 스칼프스를 통하여 먼치킨랜드로 침략해 들어갈 수 있지. 그 트롤들 전투에서는 아주 용맹하거든."

"그럼 왜 그렇게 안 해? 아주 기초적인 이야기 같은데."

"왜냐하면 사칼리 오아피시 휘하의 트롤들이 오즈 충성령에 대하여 깊이 뿌리박힌 원한을 품고 있거든. 과거 트라움 학살이라고 불리는 글리쿤들의 패배로부터 말이야. 여기서 북쪽으로 올라간 곳에서 일어난 사건이지. 단 한 명의 트롤이라도 살아남아 있는 한 결코 에메랄드 시와는 연합하지 않을 거야. 그들은 그렇게 자긍심이 강해."

"그러면 그 전략이 듣지 않는다 치면, 다른 전략은 뭐가 있을까?"

"어쩌면 황제가 죽을 수도 있지. 그러면 이 끝없는 전쟁을 계속해야 한다는 압박이 사라지겠지."

"황제는 신 아니야? 황제가 죽을 수는 없어."

"그건 시간이 지나면 알게 될 거야. 아니면 한쪽 편에서 적들이

가진 것보다 강력한 새 무기를 발견할 수도 있겠지."

"그러니까 어떤 무기?" 할 수 있는 한 순진한 척 레인이 물었다.

"거야 모르지. 화살 천 대를 한꺼번에 쏘아낼 수 있는 엄청나게 커다란 대포라든가? 누군가 몰래 숨어 들어가서 군부대 조리사가 가진 배급 식량에다 탈 수 있는 독약이라든가? 아직까지 아무도 해독해 내지 못한 비밀이 담긴 마법 주문들을 실어 놓은 중요한 책이라든가?"

"하나같이 별로 있을 성싶지는 않구나." 레인이 말했다.

"누가 알겠어. 네가 물어봤으니 말이지만, 다 시즈에 도는 소문에 나오는 얘기들이야."

"그럼 먼치킨랜드의 소문에서는?"

"어떤 건 먼치킨랜드에서도 같은 소문이 있어. 아무튼 그러기를 바라는 거지, 사람들이."

레인은 뭔가 낌새를 챘다.

"하지만 먼치킨랜드에서만 도는 다른 소문들은 어떤 게 있니? 시즈에서는 듣지 못한 것으로 말이야."

팁은 가족에 대한 질문에 대답을 피했기 때문인지, 지금 레인이 물어보는 것들에는 대답을 해 줘야 할 것 같은 기분이 들었다.

"하늘을 나는 용들이 있다면 그것도 썩 괜찮겠지. 에메랄드 시에서 전에 한 번 쓴 적이 있었지만, 에메랄드 시에서는 무정부주의자들의 공격으로 드래곤 축사와 전문 사육사들을 잃고 말았어."

"먼치킨랜드에 용들이라니, 상상이 가니?"

"좀처럼 들을 수도 없는 이야기지. 내가 정말 있다고 말하는 게 아니야. 어쩌면 있을 수도 있다는 그 사실에 많은 것이 달려 있다는 것뿐이라고. 언젠가는 말이야."

"너 첩자니? 첩자 노릇 하기에는 나이가 어리지 않니?"

"어릴 적에는 누구나 첩자 노릇을 하잖아. 안 그래?"

팁이 얼버무리느라고 그러는 것 같지는 않았다. 레인은 무슨 말인지 알 것 같았다. 레인도 그렇게 생각했다.

"네가 알아낸 거 나한테도 얘기해 줘. 뭔가 관심 가는 이야기를 듣게 된다면 말이야." 레인이 말했다. "나한테 약속해, 팁."

"첩자는 약속 같은 거 안 해." 팁이 말했지만, 이번에는 놀리느라고 하는 소리였다.

14

팁이 영영 그곳에 머물러 있지는 않을 것이다. 그 사실은 분명했다. 레인이 알 수 없는 것은 어떠한 조건이 갖추어져야 팁이 떠나갈 것인가 하는 점이었다.

레인은 때로 팁이 잠든 밤에 뜬눈으로 누워 있곤 했다. 팁은 눈에 안 보이는 곳에서, 레인의 머리가 놓인 곳에서 한 자 아래 마룻바닥에 머리를 고이고 자고 있었다. 팁이 숨 쉬는 소리가 들렸다. 말을 할 때는 들리지 않는 콧구멍의 희미한 색색 소리가 났다. 짧지만 결정적인 이 거리가 떨어져 있어도 그의 숨결로부터 아련하게 시큼한 라즈베리 향이 풍긴다. 레인은 인간이란 서로서로 공감으로 얽힐 수 있는 존재임을 차츰 깨우쳐 가면서, 동시에 인간 존재들 사이에 벌어진 간격도 역시 깨닫게 되었다. 레인은 생각했다. 어쩌면, 어쩌면 원래 이러는 것인지도 몰라. 하지만 레인은 지금껏 이렇게 되씹고 곱씹어 생각하는 아이가 아니었기에 이제 레인에게는 마치 모든 것이 갑자기 새롭게 모습을 바꾼 것 같기만 했다.

시사 문제에 대한 팁의 관심으로 인해 레인은 선생님들이 하는 이야기를 좀 더 귀 기울여 듣게 되었다. 학생들이 철자법에 대한 설명문을 암기하고 있거나, 아니면 머릿속으로 디너파티에서 하면 좋을 근사한 말마디를 미리 생각하느라 바쁜 줄 알고 이야기하는 것들이었다.

"급여를 또 줄인다네요, 갓프리 교장 선생님 말씀이요." 어느 날 자습 시간에 마담 센센이 마담 진스포일에게 수군거린 말이었다.

"가여운 군대 병사들처럼 빵과 물만 먹으면서 살라는 말인가 봐요." 마담 진스포일이 맞장구치며 구슬 백에 몰래 넣어 온 분홍색 돼지 모양의 설탕과자를 입에 쏙 넣었다.

레인은 생각했다. 군대의 병사들, 가엾다. 빵과 물만. 팁에게 말해 줄 작정이었다.

"그래도 봄에는 상황이 좀 나아지겠죠. 이제 봄이 멀지도 않아요." 마담 센센이 말했다. "새롭게 공세를 펼쳐서 진주리아 장군을 거꾸러뜨릴 거라고 다들 그러니까요."

"그 여자 참 영악하고 대단하죠. 우리 군대를 이토록 오래 궁지에 몰아넣고 있으니. 진주리아가 붙잡힌다면, 이리로 끌어다가 멍청한 계집애들 선생을 시키면 좋겠어요." 마담 진스포일이 울화를 끓였다. "딱 적당한 처벌이에요. 오즈 충성령의 안락한 생활에 지장을 끼친 죄로 빵과 물만 먹으면서 살라고 해요."

"전쟁으로 인한 피해는 사람 목숨이 희생된다는 거지요. 선생님도 설마 그런 말씀이실 테죠."

"아, 무슨 그런, 그야 당연하죠. 말할 나위도 없죠. 하지만 전 동상이 생겼다고요. 우리 구역 석탄 할당량이 줄어서요. 동상이라니까요, 정말로. 올해에는 우리 군대 병사들을 위해서 방한모 뜨는 거 안할 거예요. 이렇게 오랜 세월을 그놈의 거지 같은 전쟁 하나 못 이기는 병사들이면, 내가 위무해 줄 것도 없어요. 레이너리 양, 지금 어른들, 윗사람들이 하시는 말씀을 엿듣고 있나요?"

레인은 팁에게 해 줄 얘기를 듣게 되어 기뻤다. 팁은 마치 군사 전략가라도 된 듯이 그 이야기들을 되씹으며 이리저리 궁리하기를 즐겼지만, 레인에게는 대체로 지루할 따름이었다. 전쟁 진행 상황에 대해 거의 모든 사람이 레인보다 한층 관심이 있고 흥미가 있는 것 같았다.

"할아버지가 너한테 편지 쓰시니?" 한 번은 레인이 플럼바고 양에게 물었다.

"체리스톤 할아버지 말이야? 아니." 플럼바고 양이 딱 잘라 대답했다. "쓰실지도 모른다고 생각했구나. 하여튼 할아버지가 글 읽기를 가르쳐 주시긴 했지. 그렇지만 지금은 아주 바쁘신 게 분명해. 편지를 쓴다거나 은행 수표 얼마를 써 주시지도 못할 만큼."

체리스톤은 하우가드 요새에 갇혀 있는 거야. 레인은 그렇게 생각했고, 팁에게 자기가 생각한 바를 말해 줘 보았다. 팁은 일껏 추리해 준 건 고맙지만 이미 아는 이야기라고 대답했다.

아니다, 이렇게 영영 계속될 수는 없었다. 마담 스트리들리에가 말하기를 레인의 학급이 '버터와 알' 수업에 들어갈 때가 되었으니 다음 주나 다음다음 주에 시작하게 될 것이라고 했다. 대부분의 학생들이 키득거리고 웃으며 얼굴을 붉혔다. 레인은 스칼리가 가르쳐 줄 때까지 전혀 감을 잡지 못했다. 버터와 알이란, 인간의 성관계 기술을 그럴싸하게 지칭하는 퍼사힐스 식 용어였다. 실질적인 설명이다. 레인은 그 수업을 듣고 나면 자기 스스로 더 이상 남자애와 한 방을 쓰지는 못하게 될 거라는 생각이 들었다. 스칼리가 보여 준 갖가지 표정들을 제대로 읽었다고 한다면, 아마도 레인의 마음에 그러고 싶은 생각조차 들지 않게 될 듯했다. 주로 무섭게 인상 쓴 표정과 역겨워하는 표정이었으니까. 그러면 그때에 팁은 어떻게 할까?

그 문제는 저절로, 안타까울 정도로 단숨에 해결되어 버렸다. 방금 들은 최신의 뜬소문으로 시즈에서 남자들이 군에 징병돼 갈 거라는 이야기를 팁에게 가서 해 준 바로 그날에, 갓프리 교장선생이 전장으로 불려 나가게 되었다.

일은 이렇게 벌어졌다. 대표 장학사 매닝 각하가 학교에 잠시 예상에 없던 방문을 했다. 그것은 그의 재량이고 권한이었다. 자칫 만사 큰일 날 수도 있었다. 아이어니시 선생이 매닝 각하의 마차부에게 뭔가 지시를 하려고 느닷없이 홱 들어왔을 그때에 마침 팁이 마구간 안을 지나가고 있었던 것이다. 팁은 학교 마당 쪽으로 덧 지은 별채 문을 들어서던 아이어니시 선생과 일꾼들 드나드는 문으로 들어오는 마차부 사이에 딱 끼었다. 운 좋게도 아이어니시 선생은 팁을 마차부의 심부름꾼 아이로 알았다. 학교의 회계 서류인지 학생 기록부인지 뭔지, 가죽 서류철 안에 접어 넣은 서류들을 건네주면서 아이어니시 선생이 말했다.

"이것 가져가다가 매닝 각하의 가방 안에 넣어 둬라." 팁은 그것을 마차부에게 갖다 주었고, 마차부는 요리사에게 가서 사과 몇 알 더 달란다고 전하라며 팁을 다시 보냈다. 무척 시급한 일이라 말을 재우쳐서 달려왔으니까 말이다.

이 아슬아슬한 아침나절에 팁은 난데없이 뒷문으로 심부름 다니는 고정 심부름꾼이 되어 버렸다. 아무도 팁이 어디 특정한 소속이 없다는 사실을 깨닫지 못했다.

"너희 마차부님에게 여기 빨간 크림 크럼블 좀 갖다 드리렴." 요리사는 남자들을 무척이나 좋아하는 사람이었다. 남편이 몇이나 되는 것을 보면 충분히 알 만하다.

"너희 요리사님께 이거야말로 시즈에서 제일가는 크림 크럼블일 거라고 말씀드려라." 마차부는 또 그렇게 말했다.

"너희 마차부님한테 그거야 당연한 거 아니냐고 그래라."

매닝 각하는 히스테리는 견딜 만큼 견뎠다. 갓프리 클랍에게 애석한 소식을 일단 잘 전했으니까, 괜히 미적거리며 차가운 학교 오찬이나 들고 싶은 마음은 없었다. 교장선생은 자기 서재에 대리석처럼 멍하니 굳어 앉아 있었다. 하지만 아이어니시 양은 매닝 각하를 뒤따라 세정실까지 들어갔다가 또 따라 나오면서 난리 난리를 쳤다. (교사들은 극적인 장면을 놓치지 않으려고 문들을 빠끔히 열어 두고들 있었다.)

"내가 오즈의 황제는 아니에요, 아이어니시 선생." 매닝 각하가 쏘아붙였다. "천 명의 사나이들에게 전장으로 진군 명령을 내리는 사람은 내가 아니라오. 내 옷깃에 풀을 먹이라는 명령도 내릴까 말까 하는 사람이 나요. 난 그저 에메랄드 시에서 직통으로 내려온 강제 명령을 시행할 따름이에요. 그러니 들볶는 건 이제 그만 좀 해 주시겠소?"

"시설에 남자 하나 없이 우리만 달랑 남겨 놓으려고 그러세요? 매닝 각하! 우리 학생들의 부모님들을 상대로 내가 머리를 들 수가 없어요! 여자애들을 보호하지 못하고 그냥 내버려 둔 걸 알면 어떡해요!"

"난 선생의 직업적인 기술에 대하여 확고한 믿음을 두고 있어요, 아이어니시 선생. 선생이면 그 어떤 침입이나 겁탈의 시도도 너끈히 막아낼 수 있소."

"학교를 닫아야겠네요."

"선생에게 학교를 닫을 권한은 없소. 안 그래도 골치 아픈 이 마당에 두통을 겹으로 안겨 주진 마요, 아이어니시 선생."

"시설에 상주하는 남자가 없이는 어떠한 결과가 초래될지 난 책임 못 져요."

이때쯤에는 매닝 각하가 주방에 이르렀고, 여기가 제 집인 양 마당을 함부로 가로질러 썩썩 마구간 쪽으로 향했다. 그러다 매닝 각하는 언뜻 요리사에게 얻은 베이컨 끼운 빵을 우물거리고 있는 팁을 보았다.

"이 소년, 이 애 정도 나이면 웬만큼 도움이 될 거요. 내 보장하지요."

"세인트프로즈의 17대 교장을 데려다가 전쟁터에 내보내고, 덩치 좋은 마구간 머슴아이는 남겨서 여학생들을 보호하는 책임을 맡기겠다는 말씀이세요? 매닝 각하, 이게 제정신으로 할 일인가요?"

한순간 매닝 각하는 다시 생각해 보는 눈치였다. 하지만 그러다가는 장화 뒤축을 축 삼아 홱 몸을 돌리면서 손가락으로 삿대질을 했는데, 하마터면 아이어니시 양의 씨근거리는 콧구멍을 찌를 뻔했다.

"우리의 책임은 아이들을 보호하는 것이에요, 아이어니시 선생. 그걸 잊어서는 안 되지요. 이 소년은 병사가 되기에는 나이가 부족하지만 곳방에서 트렁크를 들어 내리는 일이나 주방 뜨락에 얼씬거리는 거지들을 쫓아내는 일쯤은 충분히 할 수 있을 만한 나이고, 힘도 있소. 이 녀석을 잡역부로 쓰시오. 얘기는 이걸로 끝이오. 이봐, 너 이름이 뭐냐?"

팁은, 나중에 레인에게 이 모든 이야기를 해 준 스칼리의 말에 따르면, 어찌나 놀랐던지 벌떡 튀어 일어나서 지체 없이 이렇게 말했다고 했다.

"핏이요!"

"너희 부모님이 자식한테 성도 붙여 주지 못할 만큼 가난하셨느냐?" 매닝 각하가 비꼬았다.

"어, 네, 그렇습니다, 나리님." 팁이 대답했다. "그러니까요, 말하자면 그렇단 말씀입니다. 전 고아랍니다. 부모님이 남겨 주신 건 이름뿐이죠."

매닝 각하는 다문 이 사이로 숨을 불어 내고는 오버코트 단추를 채웠다.

"아이어니시 선생이 너를 필요로 할 적에 오른팔이 되어 드리는 거다, 핏. 자세한 급료 수당 문제는 나중에 정하도록 하지. 하나 보통들 그러듯이 재워 주고 밥을 주고, 뭐 그런 거면 되겠지. 알아들었느냐?"

대표 장학사는 대답을 들으려고 기다리지 않았다. 그는 아이어니시 선생이 그칠 줄 모르고 쏟아내는 항변을 무시했다. 장학사의 마차는 대놓고 그대로 떠나가 버렸다. 실내는 차츰 조용해졌다. 아이어니시 선생은 차 수건으로 눈물을 걷고는 요리사에게 말했다.

"갓프리 교장선생님께 레몬차 한 잔 만들어 주겠나, 요리사? 힘을 북돋아 드리게 말일세." 그리고 팁에게는 이렇게 덧붙였다. "너의 고용주께서 널 젊은 아가씨들이 다니는 학교에 남겨 두고 가셨구나. 아주 정신이 나가신 게 틀림없어. 내가 말을 할 때는 어깨를 쭉 펴고 나를 보도록 해라. 오늘 오후에 네게 맡길 일들을 의논해 보마, 일단은……." 하지만 자신에게 닥친 새로운 상황을 차마 받아들일 염량이 아직 되지 못했기에, 아이어니시 양은 달아나듯 주방을 나갔다.

‡‡‡

　스칼리가 그날 밤 레인의 방에 와서 시시콜콜 자세한 이야기를 한껏 해 주었다. 하지만 레인은 이미 오고가는 입소문으로 들을 만큼 들은 뒤였다. 갓프리 교장선생은 자리보전하고 드러누웠다. 스칼리는 그날의 대부분을 뜨거운 물수건과 거품 나는 약을 가지고 교장선생 병구완을 하며 보냈다. 팁은 요리용 벽난로 뒤편으로 우묵하게 들어간 부엌방을 쓰게 되었다. 버터 만드는 절구 항아리와 질 떨어지는 사기그릇을 보관하던 구석자리다. 누워 잘 침상도 있다. 방에 창문은 없지만 따뜻하기는 정말 따뜻하다고, 스칼리는 시새우기보다 자랑스러워하며 전해 주었다.
　저녁이 왔지만, 팁은 스칼리처럼 몰래 빠져나와 레인의 방을 찾아올 수는 없었다. 떠나보낸 아들들이 그리운 요리사가 모성 본능을 충족시키고자 자기 주장을 하여 팁과 함께했던 것이다. 게다가 요리사는 학생들의 행실을 감시하는 지킴이라서 주방의 간이침대에서 잠을 잤다. 요리사는 팁이 쓰게 된 골방 문 앞에 간이침대를 가로 놓앉으므로 팁이 밤중에 나가려면 요리사 몸을 타넘고 나가야 했다. 급히 화장실에 가야 할 때를 대비하여 요리사는 밤중에 쓰라고 요강을 주고 파리가 앉지 못하게 덮을 접시도 주었다. 그러니까 팁은 레인을 만나러 갈 길이 완전히 막혀, 그야말로 옴짝달싹 못하게 발이 묶인 셈이었다. 하지만 스칼리를 만날 길은 그렇게 막혀 있지 않았다. 스칼리는 낮 동안 주방에 드나들 구실은 얼마든지 있는 것이다. 밤이면 스칼리는 별관의 레인에게 핏에 관한 소식을 전해 주었다.

"핏?" 레인이 못 믿겠다는 듯이 반문했다.

"제일 먼저 생각난 게 그거였대요. 팁은 진짜 이름을 대기 싫었던 거예요, 자기대로 이유가 있겠죠. 가장 쉬운 길은 이름을 앞뒤 거꾸로 뒤집는 거였다고, 팁이 그랬어요. 팁(Tip)을 뒤집어서 핏(Pit). 아시겠어요?"

스칼리는 자기는 알 것 같아서 무척이나 자랑스러운 듯했다. 이제 낯선 외부인 소년은 안전하게 학교 체제에 한자리를 차지하고 박혀 들어왔다. 이는 스칼리가 이해할 수 있는 범주의 일이다. 하녀 아이는 다시 레인이 해 주기로 했던 비밀 수업을 재개하고 싶어 열성이었다.

✢✢✢

레인은 레인대로 학술적인 고난에 맞닥뜨려 이를 극복해야 할 처지였다. 세인트프로즈 학교에 일어난 대격변에도 불구하고 '버터와 알'이라 불리는 그 수업은 예정대로 진행되었다. 아이어니시 선생은 원래대로라면 여성으로서 갖추어야 할 미덕에 관하여 무척이나 장황하게 연설을 하는 것이 관습이었지만, 올해는 교실 문간으로 척척 걸어와 구태여 안에 발을 들일 것도 없이 짧게 말했다.

"학생들, 여성의 미덕에 관하여 여러분이 알아야 할 가장 중요한 요점은 여러분에게 그것이 엄청나게 많이 필요해질 것이라는 점이에요. 수업하세요, 마담 스트리트플라이에."

레인은 성관계의 작동 원리가 그렇게까지 매력 있지는 않다고 생각했다. 예컨대 새가 둥지에서 날기를 배우는 방식이라든가 뱀이 몸을 꼬면서 허물을 벗는 방식이 한결 혹할 만하다. 레인은 자기 자신이 마담 스트리트플라이에가 '행복한 조우'라고 일컫는 것을 할 정도로, 또는 때때로 그에 뒤따르는 '특별한 재채기'를 곁들인 전율에 이를 정도로 저속해지고 싶은 마음이 들거나 할지 도저히 상상이 가지 않았다. 그 모든 노골적인 정보를 얻었음에도 레인은 실제로 성경험이라는 것이 어떻게 진행될는지 머릿속에 그려 볼 수가 없었다. 하지만 레인이 모르는 것은 무척이나 많다. 그리고 때가 되면 배우게 될 것이다. 사람들은 변한다. 때로는 기대했던 것보다 더 많이 변한다고, 레인은 혼자 말했다.

예를 들어 레인은 자기가 같은 또래 아이들 한 무리와 어울려 지내게 될 줄은 결코 상상해 본 적이 없었던 것이다. 이리저리 떠돌아다녔던 어린 시절을 통틀어 레인에게 결코 없었던 경험이 있다면, 레인이 이제 깨달았듯이, 그것은 다른 아이들과 어울려 보는 경험이었다. 어른들이란 참으로 아리송한 존재들이라 레인은 그들에게 전혀 마음을 두지 않았던 것이지만, 아이들은 어쩌면 아이들끼리 서로 떠받쳐 주는 한동아리를 이룰 수도 있었을 것이다. 아이들은 일부러 수집할 필요가 없다. 아이들은 그냥 저희들끼리 알아서 무리를 짓는

다. 벼수달들이나 유령 같은 거미들처럼 말이다.

이제 레인에게는 팁이 있었다. 가장 친한 친구다. 그리고 스칼리
도 있다. 두 번째로 밀려나서 다소 토라졌지만. 게다가 심지어 이길
비 양마저도 다른 사람들만큼 김빠지게 굴지는 않는다. 그렇지만 플
럼바고 양은 깡패지.

하지만 그래도 레인은 팁과 한 방을 썼던 몇 주 간이 그리웠다.
'행복한 조우' 얘기를 듣기 전의 그 낙원 같던 나날들. 뚜껑문 사다
리를 올라 어깨를 스쳤던 딱 한 번의 접촉 이후로 두 사람은 손끝
하나 건드려 본 일이 없었다. 그러나 접촉 없이도, 말을 하지 않아
도, 둘은 가까웠다. 서로 껴안고 깩 소리를 지르고 귀엣말을 소곤거
리고 상대방의 허리에 팔을 두른 채 행진하듯 나다니는 학교의 여
자애들보다도 한층 더 가까웠다. 최소한 레인은 자기와 팁이 그렇게
가까웠다고 생각하고 있었다. 정말 어땠는지야 알 방법이 없었다.

15

어느 날 오후, 갓프리 교장선생이 한동안 자리를 비우고 제반 사항이 새롭게 조치되어 자리를 잡았을 무렵에, 하늘이 갑자기 훤해졌다. 옆으로 비껴드는 빛이 베르못 같았다. 공기는 양철 느낌이 났다. 두르르 말린 구름장들이 길이로 평행하게 골 진 것이 마치 실을 자으려고 틀어 놓은 양털 줄기들 같았다. 찬비가 주룩주룩 내리던 날들이 거의 두 주나 이어졌으므로, 누구나 산책이 나가고 싶어 안달이었다.

예전에는 교사들이면 어린 숙녀들을 보호 감독하여 데리고 다니기에 충분한 것으로 간주되었던 것이지만 갓프리 교장선생이 군인이 되어 떠나 버린 지금(군대가 정말 안됐다.) 아이어니시 선생은 한층 더 신경이 예민해졌다. 아니면 혹시 시즈가 올해에는 작년보다 아주 조금 덜 안전하게 여겨진 것인지도 모른다. 누가 알랴? 그래서 학교의 만능 일꾼 팀이 마담 초틀부시와 레인의 반 열한 명의 여학생들을 동반하여 시즈의 거리로 용감한 산책을 나가게 되었다.

261

마담 초틀부시는 아이어니시 양의 예방책이 탐탁지 않았지만 상급자의 말대로 따르려고는 했다.

"네가 앞장서서 걸어라, 핏. 앞에 가면서 뭐라도 우리에게 위험이 될지 모르는 것이 있나 점검을 해. 도로 포석에 갈라진 틈이 있는지, 가로등 기둥 뒤에 숨어 기다리는 야수들이 있는지, 대낮에 우리들을 납치하여 인질로 삼으려고 작심한 미치광이 먼치킨랜드인 패거리들이 있는지. 우리는 뒤에서 따라갈 거야. 둘씩 짝을 지어 행진하면서 사람 살리라고 비명을 지르는 거지."

열 명의 소녀들이 무척이나 빠르게 짝꿍을 골랐기 때문에 레인은 마담 초틀부시와 짝을 지어야만 했다. 아직도 동급생들과 별달리 할 말이 없었던 이상 레인은 그렇다고 해도 상관없었다. 그리고 마담 초틀부시는 레인과 함께 걸어가는 것이 정말 몹시 즐거운 듯했다.

핏, 핏이지. 레인은 팁의 새 이름을 외우려고 노력했다. 자기 이름을 레이너리라고 부르는 데에 성공적으로 적응했던 것처럼 말이다. 팁이 남학생들의 옷 다림질기에서 찾아낸, 어쩐지 몸에 맞지 않는 학교 제복을 빼입고 있는 모습은 보기에 우스웠다. 무릎 아래까지 오는 홀치기 반바지에 두꺼운 타이즈를 신고, 바보같이 명랑한 스카프를 목에 둘러매고 척척 나아간다. 핏이야. 핏.

"오라버니가 군대에 가 있는 동안 아이어니시 양의 부관 노릇이지요."

거리에서, 여학생들이 발을 멈추고 유명한 세인트플로릭스의 주름무늬 진 대리석 돔을 바라보라는 말을 듣고 있는 사이에 마담 초틀부시는 몇몇 친구들에게 우물우물 그렇게 말했다.

"내 취향은 아니에요, 우리 핏. 하지만 남자애 치고는 다리가 예쁘죠."

일행은 레일웨이 스퀘어에 있는 한 카페에서 레몬 보리차를 마셨
다. 그런 다음 육교에 올라가 발아래서 밝고 맑은 날에 석탄 연기와
증기를 자욱하게 퍼뜨리며 우르릉우르릉 전진해 나가는 퍼사힐스
행 정오발 열차 구경에 오골오골 모였다. 연기가 가시고 소녀들이
옷과 머리카락에 앉은 검댕을 쓸어내고 있을 때에, 레인은 막 광장
에 들어서는 스칼리를 보았다. 스칼리는 기찻길 건너편으로 철로 된
계단을 내려가는 참의 학교 일행을 발견할 때까지 정신없이 사방을
둘러보았다.

"마담 초틀부시!" 스칼리는 소리쳐 부르며 손을 흔들었다.

교사는 여학생들을 블랙홀스 앞 보도에 멈춰 세웠다. 그곳은 대
학생들이 다 쓴 교과서를 팔고 사는 장소였다. 스칼리가 일행을 따
라잡아 그리로 왔다.

"중대한 소식이에요. 아이어니시 양께서 저에게 당장 가서 선생
님을 찾으라고 시키셨어요." 스칼리는 숨을 몰아쉬어 가며 그렇게
말했다.

정말로 무시무시한 소식일 게 틀림없었다. 왜냐하면 한 시간 전
까지만 해도 햇빛 비치는 환한 날이었던 것이 일행이 육교를 건넌
그 사이에 찌푸리기 시작했던 것이다. 그리고 두 주 동안이나 이 지
역을 괴롭혔던 구름장이 귀환 약속이라도 잡아 놓은 듯이 다시금
마구 몰려들었다.

스칼리는 세인트프로즈의 문장이 돋을새김으로 찍혀 있는 봉투
를 건넸다.

"기다리지도 못할 만큼 중대한 일이 도대체 뭘지 상상이 안 가네

263

요." 마담 초틀부시가 레인에게 말했다.

그러는 사이에 다른 여학생들은 바쁜 걸음으로 블랙홀스에 드나
드는 '스리 퀸스나 오즈마타워의 젊은 남성들의 시선 앞에서 뽐내
며 예쁜 척을 하고 있었다. 마담 초틀부시는 매가 족제비의 창자를
뽑을 때 못지않은 솜씨로 봉투를 쫙 찢어 열었다.

그러는가 싶었는데 그 육중한 두 발목, 무쇠 양말 같은 부츠에 감
싸인 그 발목들이 비틀리며 휘청 꺾였다. 마담 초틀부시의 체중 중
에서 상당량이 레인 위에 실려서 레인은 엎어져 짜부라지지 않기가
고작이었다. 팁이 도와주려고 달려왔다. 그리고 팁과 스칼리와 레인
이 함께 교사를 포장도로에 내려 앉혔다. 블랙홀스 점포 밖에서 책
수레의 책들 위에 비막이 포장을 씌우던 점원 한 명도 서둘러 다가
왔다.

"지금 뭔가 소식을 들으셨어요." 스칼리가 설명했다.

점원은 세인트프로즈 학교의 시시콜콜한 예의범절을 지킬 필요
가 없었다. 접혀 있는 종이를 흘긋 들여다보고는 말했다.

"정말이지 확실히 끔찍한 소식이로군. 산지의 전선에서 이분의
오빠 되시는 분이 총탄을 맞았대."

"맞아서 어떻게 됐대요?" 스칼리가 얼른 물었다. 레인은 짐작이
갔지만…… 그리고 얼굴에 나타난 표정을 볼 때 팁도 짐작이 간 듯
했다.

"맞아서 저세상에 간 모양인데, 아무래도. 이봐, 점포 앞에 까무
라친 여자 분을 놔둘 수는 없거든. 안 그래도 장사가 형편없단 말이
야. 내가 휘파람을 불어 레일웨이 스퀘어에 삯마차를 잡아 올 테니
세인트프로즈로 태우고 가도록 해. 그쪽으로 가실 거라면 말이지."

264

누군가가 냄새 맡는 각성제 염류를 가지고 나왔다. 마법을 공부한다는 지나가던 학생 하나가 명랑하게 기운을 북돋아 주는 주문을 걸어 보려고 했는데, 그 결과 모두들 잠시 콧물이 자꾸 나왔을 뿐 이렇다 할 다른 효과는 나지 않았다. 가게 점원이 삯마차를 끌고 왔다. 몸이 떨리고 아무 말도 못하는 채로 마담 초틀부시가 도움을 받아 마차에 오르고, 뒤이어 스칼리가 선생이 잘 탔는지 챙기러 올라탔다.

"학생들 안전하게 잘 봐 다오, 알았지, 핏. 착한 아이지." 접히는 포장을 친 사륜마차가 힘차게 출발할 때 마담 초틀부시는 눈물 젖은 음성으로 중얼거렸다.

팁이 소녀들을 이끌고 돌아가는 일이야 쉽사리 단숨에 해치울 수 있는 일이었다. 몇 달 동안이나 어정대며 슬그머니 도둑질을 했으니 시즈의 거리는 얼마든지 잘 알았다. 한데 하늘이, 바로 그때를 택하여 쪼개지기로 마음먹은 듯 햇살 내리쬐던 오전 동안의 휴지기를 넘기고 새롭게 기세를 돋우어 비를 퍼부어 댔다.

"나 뭘 어쩌면 좋지?"

가난뱅이 노인네들을 당연히 그들이 맞아야 할 쏟아지는 빗줄기 속으로 밀어내면서 열두 명 무리가 돌출한 차양 아래 옹기종기 한데 뭉쳐들 때에 팁이 레인에게 물었다.

"레일웨이 스퀘어에 유람마차 같은 게 세워져 있는 걸 봤어. 그게 아직 손님을 태우지 않은 채라면, 꽉꽉 채우고 들어가면 분명 우리가 다 탈 수 있을 거야."

팁은 마차를 잡아 오려고 달려갔다. 여학생들은 계속해서 꺅꺅 새된 소리를 지르거나 현기증을 내거나 정말 어쩌면 좋을지 속만

탄다고 털어놓거나 하고 있었나. 다인승 유람마차는 눈대중으로 보았던 것에 비해 공간이 넉넉지 못했다. 게다가 원래는 말 네 필을 매도록 되어 있는 마차인데 그 끌채와 장구를 채우고 있는 것은 세상살이가 그만 지긋지긋한 당나귀 두 마리에 지나지 않았다.

"열 명 태울 수 있어, 더는 안 돼." 마차부가 말했다. 여위고 성미 고약한 남자로, 칫솔 같은 코밑수염과 심한 결막염으로 벌게진 눈의 소유자였다.

"열한 명까지는 태울 수 있으시잖아요?" 팁이 말했다. "아가씨들이 열한 명 있어요. 그리고 이 비는 폭우 정도가 아니라 숫제 들이붓는 물바다라고요."

"열 명이라면 태워 주지. 아니면 아예 안 태워. 원래는 여섯 명이라야 하는데, 여기 있는 나어린 아가씨들이 하나같이 아스파라거스 대처럼 가늘가늘하니 예외로 해 주려는 거야. 무려 네 명이나 예외로 해 주려는 거라고. 그렇지만 학생들 일행 때문에 내 짐승들을 죽일 생각은 없어. 항상 맨 마지막 어린 아가씨가 사업을 망쳐 놓는 법이거든. 미신이라고 해도 좋아. 그게 내 조건이야."

팁은 어찌할 바를 모르는 얼굴이었다.

"괜찮아." 레인이 말했다. "난 걸어갈게."

그래서 마차부는 떠나갔다. 30분이 채 못 되어 세인트프로즈 학교 정문까지 학자들을 데려다 주겠노라고 약속하고 출발했다.

레인과 팁은 서로 한두 자 거리를 두고 서서, 비에 푹 젖었지만 한기는 거의 느끼지 못하며 눈만 뎅그러니 뜨고 있을 뿐 어쩌면 좋을지 붕 뜬 느낌이었다. 레인이 말했다.

"보아하니 금방 걷힐 비가 아니야. 어차피 말썽에 휘말리게 된 판이면, 저 모퉁이를 돌아 가게에 한 번 들어가 보자. 스커비바스타즈 상점 말이야."

가 보니 가게는 폐점했고 가게 전면에 임차인 구함 표지가 붙어 있었다. 하지만 신문 판매 가판대를 지나서 있는, "아무짝에도 쓸모 없는 망가진 물건, 당신에게만 요긴한 물건 있어요."라는 간판을 단 가게 하나는 열려 있는 것 같았다.

"내가 해고당한들 어차피 별일 아니지. 처음부터 취직을 하자고 한 것도 아니었으니까." 결국 팁도 동의했다. 그래서 둘은 퍼붓는 빗속에서 물을 튀기며 첨벙첨벙 물 고인 곳을 질러가 지하층 가게로 내려가는 미끄러운 돌층계를 허겁지겁 내려갔다.

가게 안에는 손님이 아무도 없이 텅 비어 있었지만, 문에 달린 종이 소리를 내자 휘장처럼 주렁주렁 매달린 쇠고리, 나사받이, 너트, 주름진 시계태엽들 사이를 헤치고 가게 주인이 모습을 나타냈다. 가게 주인은 수컷 곰이었다. 곰이라면 응당 그래야 할 것보다 체격이 여위었다. 굶주림에 쇠하고 등이 굽어 버린 곰이다. 아무래도 관절염도 있는 것 같다. 나이 탓인지. 곰은 부들부들한 목욕 가운을 걸치고 목도리를 둘둘 감고 있었다.

"허, 이건 또 근사하게 흠뻑 젖은 물쥐 한 쌍이로구먼. 빗물 도랑에서 우리 집 층계로 쏟아져 내려왔나." 불퉁스럽게 한 말은 아니었다. "그래, 내가 뭘 도와드릴까?"

"사실은, 비를 피하려고 들어왔어요." 팁이 말했다.

"비가 어디 피한다고 피해지나. 하지만 무슨 얘긴지는 알아듣겠네. 괜찮으니 들어와 있게. 뭔가 흥미가 가는 게 보이거들랑 주저 없이 물어보도록. 그렇다고 나 때문에 신경 쓰진 말라고. 난 이 자리에 딱 붙어 앉아서 경마 잡지나 읽을 거니끼."

어느 정도 시간이 지나자 레인과 팁은 어둠침침한 빛에 눈이 익숙해졌다.

"물론 오즈 충성령에서 오늘날 말하는 동물들을 경주시킬 생각은 언감생심 하지를 않지." 곰이 말했다. "이 경마 잡지들은 오래된 골동품이야. 난 혹시라도 우리 친척 중 누가 실려 있을까 한 번 보고 싶어서 그런다네. 인쇄물에 친척들 이름이 나 있는 걸 보면 기분이 좋아져서. 우리 연세 지긋하신 그로일린 아주머니 이름이 실린 걸 한 번 찾았는데, 난 아주머니가 마요네즈 사건에 뒤이은 소란 통에 돌아가신 줄로만 알았더랬지. 그야 물론 지금은 돌아가신 후일 테지. 그렇지만 경마 잡지에서는 아주머니에 대해 7 대 1로 승산을 점쳤단 말이거든. 그 연세 치고 제법 아닌가. 그때 당시에도 연세가 상당히 드셨을 텐데 말이야. 나는 신경 쓰지 말게. 그냥 중얼거리는 거니까."

둘은 이리저리 돌아다녀 보았다. 천장은 낮고 물건 중에는 높고 큰 것이 많았다. 그래서 높다란 책장이니 낡은 약장, 우편함이며 폐기된 도서관용 카드 수납함 따위를 등과 등을 맞대게 모아 세워 놓자 그것이 벽이 되어 조롱조롱 방들과 비밀 금고실들이 만들어져 있었다. 레인은 그 광경에 뭔가가 생각 날 것 같았지만 그게 뭔지는 떠오르지 않았다.

"저것 봐, 마법사가 쓰는 수정구슬이 세트로 있네." 팁이 말했다. "수정구슬에 깃들어 있던 에테르는 깨끗이 사라진 뒤겠지. 에테르가 남아 있었으면 값진 물건들이었을걸. 값지고 또 위험천만한 물건들이었겠지."

268

레인은 속으로 생각했지만 묻지는 않았다. 저것들이 뭔지 넌 어떻게 알아?

"여기는 일루미나툼이 한 벌 있어." 레인이 말했다. 겉에 쓰여 있는 것을 보고 읽은 것이었다. "우가부 야만 지대의 풍경. 선교사의 내밀한 첨언 포함."

레인은 글 읽기를 얼마나 잘하는지 뽐내고 싶은 마음을 접을 만큼까지 나이가 든 것은 아니었다.

"온 사방 상품들을 다 갖다 놓으셨네요." 팁이 곰에게 말했다.

"우리 손님들도 온 사방에서 온다네." 곰이 받았다.

"자, 여기 이건 가위새 박제지. 이 새가 이제는 멸종되었을 거야."

"어, 하여튼 거기 그 새는 끝장이 난 게 맞네요."

곰은 힘겨운 듯 발을 딛고 일어나서 자기가 마실 차를 따랐다.

"지금 올라서 있는 그 양탄자는 하늘을 나는(fly) 양탄자라네."

"어, 정말이에요?" 팁과 레인이 동시에 말했다.

"절대 틀림이 없어. 파리(fly)들이 수도 없이 알을 까 놓았거든."

어이쿠. 하긴 장소가 곰팡내 나게 낡아빠진 곳이기는 했다. 우묵한 공간 한곳에는 낡은 시계태엽 작동 장치들 여러 대가 다른 데 쓰려고 부품들을 빼 간 탓에 내장 적출의 여러 단계들을 보여 주며 늘어서 있었다.

"양철 나무꾼이 한 말이야 아무러했든, 실질적으로 시계태엽 혁명이란 일어나지 않은 게지." 곰이 부연했다. "정직한 노동자들이 일자리를 찾아 나서고 있는 판국에 누가 노동의 반란 따위 필요로 하겠나? 내 말은 인간들 이야기일세. 물론 동물의 노동력은 마법사의 치세 동안 대부분 먼치킨랜드로 이주해 갔지. 신청 서류를 진행

시키는 데 드는 혹독한 요금을 낼 돈만 있었으면 말이야."

레인은 이 곰은 그 이민자들 중 하나가 못 되었던 것이구나 짐작했다.

"아저씨도 잘살고 계신데요." 레인은 토를 달 여지가 없이 딱 잘라서 말했다.

"운 좋은 축에 들지." 곰이 응답했다. "난 기억상실증 같은 게 되어서 애먹고 있거든. 알겠는가? 그래서 유서 깊은 물건들, 골동품들 속에 있을 때에 제일 마음이 좋다네. 지나가 버린 시간이 한결 편해서 말이야. 요새 일들은 내가 도무지 모르겠어."

"아는 사람 별로 없죠." 팁이 중얼거렸다.

둘은 스카크 뼈와 갈고리로 만들어진 무슨 형상 앞을 지나쳤다. 그 형상은 일부가 떨어져나가 없어진 게 틀림없었다. 왜냐하면 지금 같아서는 어떻게 똑바로 서 있었을지 상상이 가지 않았기 때문이다. 다른 쪽 구석에 있는 것은 그나마 다소 형태가 온전한 나무 조각상이었다. 상당히 키가 큰 남자인데 앙상한 어깨 위에 엄청나게 커다란 도기 호박이 아슬아슬 올라앉아 있었다.

"그건 들어올 때는 원래 진짜 호박 대가리를 달고 왔더랬지." 안경알 너머로 둘을 지켜보고 있던 곰이 말했다. "그런데 그 녀석 골속에 보금자리를 만들고 들어앉은 생쥐들이 어지간히 많았어야지. 게다가 호박덩어리는 썩어 문드러졌고. 내 머릿속이나 매한가지로 썩어 버려서 말일세. 그래서 거기 그 도기로 된 엄청난 물건을 딱 보니까 나무 사람 목 위에다 올려놓고 싶은 마음을 이길 수가 없더라고. 그 시계태엽 기계장치가 한때 그 어떤 별난 녀석이었을는지, 그놈을 기리는 생각에서 말이야. 호박대가리 잭, 분명히 시골뜨기 호박대가리지."

"기어며 체인이며 톱니바퀴가 없는데 시계태엽 장치가 될 순 없 잖아요. 그게 되나요?" 예전에 타임 드래곤의 시계에서 본 것들을 떠올리며 레인이 물었다.

"무엇이 그동안 지내 온 사연에 생기를 불어넣는 방법은 한 가지 뿐이 아니지." 곰이 천명했다.

호박대가리 옆에는 바퀴가 달린, 땅딸막하니 작은 구리 짐승이 서 있었다. 완전한 구형의 구리 두부가 둥그런 몸뚱이 위에 오도카 니 올라앉은 모습이었다. 레인과 팁은 녹색으로 동록이 난 명패를 손톱으로 긁어내고 나서야 거기에 쓰여 있는 '스미스 앤드 텅커 기 계인간'이라는 글을 알아볼 수 있었다. 그 밑으로 또 하나 추가로 붙은 명패가 있는데 음각의 표준 문안으로 '크레이지홀 M. 모리블 의 기구'라고 쓰여 있었다.

그 녀석은 몰골이 퍽이나 엉망진창이었다. 자르개인지 뭔지를 써 서 윗가슴을 뜯어 열어 놓았는데 그 안에는 코일이며 쥐똥에 범벅 이 된 전지들뿐 아니라 산산조각 나 먼지가 앉은 점쟁이의 유리병 파편들도 들어 있었다. 레인은 전체 모습을 보려고 뒤로 물러나 보 았다. 크기가 작달막하여 다른 것들이 드리운 그림자에 묻혀 있었기 때문인데, 전신이 눈에 들어오자 얼굴이 다 화끈해지려 했다. 복부 를 덮은 판이 일부 떨어져 나가고 너트 두 개가 붙은 길이 다섯 치 짜리 나사가 두 다리에 해당하는 것 사이에 보기에도 민망한 모습 으로 축 늘어져 있었다.

"저것 좀 봐. 여기서 버터와 알 수업을 해도 되겠다." 레인이 말 했다. 그 수업 시간에 팁은 같이 있지 않았다는 사실을 미처 떠올리지 못하고, 레인은 꼴꼴이 녹이 슨 금속 부품을 한 손으로 감싸 쥐고 앞으로 비스듬히 당겼다.

"너 참 똑똑도 하다." 레인이 당기는 바람에 약해져 있던 겉껍질이 닳아 떨어져서 쥐었던 나사가 떨어져 나오게 되자 팁이 말했다.

"파는 물건 부수지 말게나." 곰이 온화한 소리로 말했다. 하지만 그건 낡은 금속 부품이 끽끽거리는 소리만 듣고 한 말이었다. 고물이 산더미처럼 쌓여 있는 책상 너머 자기 자리에 앉아서, 곰은 이제 해묵은 신문을 뒤적이며 오래전에 지나 버려 아무짝에도 못 쓸 일기예보를 큰소리로 읽고 있었다.

레인이 손을 대는 바람에 그 시계태엽 장치 피조물의 들고 나는 수납 장치로서 그때까지 꽉 껴 있던 좁다란 칸막이 같은 것이 풀렸다. 가느다란 검은색 금속으로 가장자리가 둘린 녹슨 서랍이 앞으로 툭 튀어나와 바닥에 떨어졌다.

"내가 집을 무너뜨리기 전에 가야겠다." 레인이 말했다. "내가 바로 위험인걸."

팁은 무릎을 꿇고 컴컴한 구석을 손가락으로 더듬었다.

"여기 뭔가 끼워져 있는데." 팁이 검은 천으로 싼 폭이 좁은 뭔가를 끄집어냈다.

"보물이다." 레인은 그렇게 말하면서도 자기에게는 명명백백 보물인 것이지만 자기 말고 다른 사람의 생각에도 그것이 보물로 보일 수 있을지 실은 알지 못하고 있다는 사실을 알았다. 레인은 구부러진 외다리로 서 있는 그 작디작은 한 치짜리 말을 생각했다. 아가씨물고기의 회당 안 돌에 새겨져 있는 완벽한 소형 조각.

물음표를 닮은 말 조각. 그때는 왜 그것을 수집할 만한 것으로 담아 두지 않았던가?

"자, 이게 뭔지 보자." 팁이 웅얼거리며 천을 풀었다.

별것 아니었다. 레인이 보기에는 전혀 보물이 아닌 것들이었다. 칼날에 거뭇거뭇 얼룩이 져 있는, 녹이 슨 작은 단검. 해골 열쇠들이 한 벌. 한때는 장미 꽃잎이었을지도 모르는 분홍색 끄나풀 약간. 그리고 양피지 한 조각이 있었다. 한 변이 대략 다섯 치쯤 되는 정사각형으로 착착 접어 놓았는데 여덟 겹이나 열두 겹쯤 되는 것 같았다.

그걸 그 자리에서 살펴보기에는 빛이 너무 어두웠다. 게다가 둘 다 책임을 져야 할 것 같은 기분이었다. 팁과 레인은 그 양피지를 계산대로 가지고 가서 곰에게 어떻게 된 것인지 이야기를 했다.

"그래, 그래서 뭐가 나왔는지 한 번 보세나." 곰은 자질구레한 잡동사니들을 옆으로 밀어 놓으면서 그렇게 말하고, 떨리는 두 앞발로 조심스럽게 접혀 있던 것을 펼쳤다.

"내가 보기엔 오래된 지도 같구먼." 그가 말했다. "슬프게도, 보물지도는 아닐세. 어린 친구들은 그러기를 바랄 테지만. 어디 한 번 들여다볼까." 곰이 안경을 고쳐 썼다.

"흐으으음. 어디 정부 조례 부처에서 내놓은 평범한 지도 같은데. 아마도 오즈마 글래머랜다 시대쯤일까? 서체로 판단하기에는 그런 것 같네. 그렇지만 내 돋보기안경을 좀 찾아봐야겠어."

한동안 찾은 끝에 곰은 전질로 대략 마흔 권쯤 되는 아동소설 책더미 꼭대기에 놓여 있던 안경을 찾아냈다. 책들이 쌓여 있는 높이가 천장 들보 높이의 절반까지 올라갔다.

"자, 이제 볼 것을 보게 됐군."

"불빛을 좀 더 가까이 가지고 오면 어떻겠어요?" 팁이 물었다.

"이런 사근사근한 진구를 봤나. 바로 자네야말로 우리에게 비추는 지성의 불빛이로구먼. 등불을 가지고 오게. 이렇게 날씨까지 음침한 날이니 찾을 수 있는 빛은 죄다 요긴하지."

재차 살펴보자 그 지도는 먼치킨랜드 분리 독립 이전의 오즈를 그린 것임이 분명히 드러났다. 심지어 에메랄드 시는 아직 에메랄드 시라고 불리고 있지도 않았다. 기연가미연가 할 정도로 작은 촌락에 너블리 메도스라는 이름이 붙어 있었다. 그렇기는 해도 오즈의 여러 나라들의 일반적인 윤곽은 그럭저럭 정확한 것 같았다. 길리킨과 먼치킨랜드는 지도상 기입돼 있는 도시와 마을의 수가 가장 많은 것을 뽐내고 있고 쿼들링 나라는 딱 한 줄 뭉갠 듯한 선으로 늪지대랍시고 거칠게 그린 그림으로 표시되어 있었다. 빈쿠스는 '윙키 나라'라고 되어 있고 누군가가 그 밑에다 잉크로 휘갈겨 써 놓기를 "완전 야생지. 신경 쓸 것도 없음."이라고 해 놓았다. 같은 손이 지도의 왼쪽 가장자리, 기계적으로 잔뜩 찍어 놓은 넘치는 섬늘로 나타낸 사막의 고리 너머 여백에다가 이렇게 썼다. "물?" 그리고 인쇄소에서 찍은 소용돌이형 조개껍데기 모양 도장이 흡사 지저분한 엄지손가락 자국처럼 얼룩져 있었다.

"저거 멋있다." 팁이 그 그림을 가리키며 말했다.

"넌 내 조개껍데기를 어지간히도 좋아하더라." 레인이, 옷장 안에 숨은 팁을 발견했던 그날 밤에 팁이 조개껍데기를 아기 안듯이 고이 안고 있었던 일을 떠올리며 그렇게 말했다.

먼치킨랜드의 센터먼치 근처에서 레인은 얼핏 또 한 개의 조개껍데기 모양을 엿보았나 싶었다. 이번 것은 뾰족한 끄트머리를 밑으로 하여 곤두선 모양이다. 아니, 조개껍데기가 아닌가? 아무튼 뭔지 몰라도 누군가가 손수 갈색 도는 잉크를 써서 휙휙 빠른 획을 그어 그려 놓은 꼬불꼬불한 깔대기 모양이 옆에는 느낌표 하나를 거느리고 그 자리에 있었다. 그 느낌표에는 밑줄이 세 겹이나 붙어 있었다.

"이것 참 멋지고 근사한 소지도로군." 곰이 결론지었다. 그러고는 앞발로 길리킨 대삼림을 어루만졌다. "내가 이 윗동네 출신이지. 오래전 일이네만. 보라고. 거기 조그만 글자로 한 줄 '곰들의 땅'이라고 쓰여 있지 않나? 나의 개인적인 과거사가 긍정적으로 추인받는 느낌이구먼. 부호로 형상화된 나무들로 이루어진 거기 그 수풀 속 어딘가에서 북방 곰들의 여왕인 우르살리스가 옛날 내가 젊었던 시절에 그랬던 것처럼 그녀의 궁정을 열어 놓고 있을 것만 같아. 안 되겠네." 곰이 말했다. "안됐지만 이 물건은 못 팔겠어. 이걸 보니 내 지난날이 떠오르는데, 그런 일은 정말 좀처럼 없는 일이거든. 자네들이 내일 다시 찾아온다면 나는 오늘 자네들이 여기 왔던 것을 기억 못 할 거야. 그리고 이 지도가 어디 농이나 서랍장 위에 놓여 있는 걸 자네들이 찾아오면 내가 이걸 팔 걸세. 기분 좋게 팔 거야. 그렇지만 오늘 밤에 나는 이 지도를 보고 내 고향의 꿈을 꿀 참이네. 가 버린 지 오래인 좋았던 시절을 꿈꿀 걸세."

비는 여전히 억수로 쏟아지고 있었지만 빗발이 아까보다는 덜 거세고 파도처럼 몰아치던 것도 한결 덜했다.

"우리 가야 해." 레인이 말했다. 둘은 곰에게 작별을 고했다. 곰은 벌써 조금은 잊어버린 것 같은 얼굴이었다. 층계를 올라갈 때 팁이 잠시 레인의 손을 잡았다.

"넌 왜 조개껍데기가 좋으니?" 레인이 물었다. 고의로 손이 닿아 온 데 대하여 무척 당황한 중에 제일 먼저 생각난 것이 그거였다.

275

"난 비밀스러운 삶의 보금자리 같은 것은 다 좋아해." 팁이 말했다. "나는 항상 새둥지, 알, 뱀이 벗어 버린 허물, 그리고 조개껍데기, 또 번데기가 좋았어."

"아까 그 하늘을 나는 양탄자를 샀어야 했네. 하늘을 나는 파리가 가득했을걸." 레인이 말했다.

두 번째 농담이 처음 했을 때보다 조금이라도 더 우스울 것은 없었다. 그리고 팁은 잡았던 손을 놓다. 둘은 말없이 세인트프로즈까지 걸어 돌아왔고 여학생들이 납치되어 가서 몸값 요구를 받지는 않았음을 알았다. 팁이 금고형을 선고받거나 일자리에서 쫓겨날 일도 없었다. 마담 초틀부시는 이미 슬퍼하는 부모님을 위로하고자 자기 본가로 떠난 후였다.

혹시 아이어니시 양이 레인이 남자아이와 단둘이 밖에 나돌아 다니고 있었다는 점에 생각이 미쳤다고 하면, 아이어니시 양은 못마땅함을 억누르기로 마음먹은 모양이었다. 그보다 오히려 아이어니시 양은 부모가 학부모 방문일에 군이 찾아오지도 않은 아이에게 무슨일이 생기든 그리 신경 쓰지 않는 것이리라고 레인은 생각했다.

하지만 그러고 보니, 따져 보면 팁이 바로 학부모 방문일에 레인에게 찾아왔던 것이다. 상황을 볼 때 그만하면 퍽이나 기꺼운 대체물이었다.

16

레인은 생각했다. 아무래도 팁하고 내가 너무 가까워진 모양이야. 비바람이 치던 그날에. 생각 없이 멍한 그 곰의 가게에서. 하지만 팁이 내 손을 잡았지, 내가 잡은 거 아니거든. 이제 팁은…… 냉담해. 뚱해져 있어. 레스트워터 호수에 때때로 둥둥 떠다니던 뜬 섬처럼 말이야. 기슭에서는 보이지 않는 소용돌이에 걸려 한자리에서 몇 달이고 부드럽게 맴을 돌지. 손 안 닿는 곳에서. 팁을 바라보면 완벽해. 팁의 모든 게 다, 그저…… 그저 멋있어.

한순간 고약한 생각이 들기도 했다. 이제 팁은 주방에서 스칼리와 한데 어울리는 게 아닐까. 더 가까이 있는, 그리고 아마도 다가가기 더 쉬운 친구니까. 하지만 그런 생각은 그야말로 세인트프로즈 여학생 같은 생각이었다. 팁이 스칼리를 좋아한다면 스칼리와 친해져서 안 될 게 뭔가? 게다가 스칼리는 아이어니시 선생과 요리사 사이에 심부름을 하느라 바로 그곳에 왔다 갔다 할 텐데. 왜 레인이 그걸 가지고 심란해야 하나?

레인은 최선을 다하여 수업에 출석했다. 수업 시간에 공부는 갈수록 점점 더 잘했다. 일기가 밝아져 왔다. 레인은 학교에 온 첫 한 해를 마치면서 우등상을 받아도 될 만한 성적을 거두었다. 초등교육이 부족했던 점을 생각하면 아연 놀랄 만한 일이었다. 아이어니시 선생은 말했다.

"학생은 기록적인 시간 안에 전언어기 상태에서 능숙기 상태로 접어들었네요." 비록 이 말이 전적으로 칭찬 같지는 않았지만 말이다.

학교는 곧 매년 벌어지는 '추문 축제' 계획으로 시끌시끌 들떴다. 도시 전역이 떠들썩해지는 추문 축제는 마법사 시대 이전부터 있었지만 지나치게 흥청거린 나머지 좀 문란하다고 하여 마법사 치세 동안에는 금지당했다. 쉬는 시간이면 나이가 위인 소녀들이 새로 온 아이들에게 그에 관해 이런저런 이야기를 속살거렸다. 시즈의 대학생 가운데 가장 화끈한 남녀 학생을 추문의 왕과 여왕으로 선출한다. 지역 행정관들이며 대학 행정 담당자들을 조롱하는 우스갯짓은 반드시 나온다. 그와 함께 아무나 지나가는 사람 중에 잘생기고 매력 있는 사람을 붙잡아 솜을 댄 곤장으로 치거나 물을 뿌리는 식으로 공개 처벌을 희화화하기도 할 것이다. 사방에 음식 파는 가판대가 선다. 해가 지고 나면 색색의 등 속에 촛불이 켜져서 레일웨이 스퀘어와 티크너 서커스의 나뭇잎을 훑어낸 나뭇가지를 마법같이 아름답게 한다. 음악소리가 흘러넘친다. 그에 맞추어 춤을 추거나, 가슴 설레거나, 무시하거나 하게끔. 그리고 소녀들은 한동안 축제를 관람해도 된다는 허락을 받게 될 것이다. 심지어 축제 속을 돌아다녀도 괜찮다. 물론 언제나 선생님들의 매와 같은 감시 아래서지만 말이다.

그날이 가까워 올수록 레인은 과연 축제를 구경하고 싶은 건지 잘 모르겠다는 기분이었다. 레인은 웃고 떠드는 것을 거의 이해할 수 없었다. 전에 새 한 마리가 마담 차드의 챙모자에 똥을 쌌을 때 모두들 까르르 웃음보를 터뜨렸지만…… 그러고 보면 마담 차드까지도 웃었던 것인데. 레인은 그때 그게 우습지도 않고 우습지 않지도 않은 것이라고 생각했다. 어른 여자들은 챙모자를 쓴다. 새들은 변을 본다. 거기에 우스운 점이란 무척 찾아보기 힘든 것 같았다. 그렇기에, 대량 생산된 떠들썩함이라는 생각, 계획적으로 또는 의도를 가지고 즐거운 시간을 보낸다는 생각은 기괴했다. 불가능하다든가 직관에 반하는 것 같다.

그렇기는 하지만 레인은 비록 자기가 그 개념을 제대로 파악할 수 없다지만 그게 축제 참관을 하겠다고 동의할 만한 이유로는 충분하겠다 싶었다. 무엇인가 새롭게 배워 볼 만한 것이다. 레인은 늘 수업을 조퇴하고 살짝 빠져나올 수가 있었다. 비바람이 몰아쳤던 그 날 이후로 레인은 꼭 혼자 돌아다녀도 된다는 특별 허가를 받은 것 같았다. 마치 세인트프로즈의 여학생들 가운데 레인 혼자만이 거리를 다닐 때 가까이 감독을 하지 않아도 될 만큼 못생겼다는 것처럼 말이다. 레인은 거울에 비친 자기 모습을 살펴보았다. 아무래도 그냥 존재할 뿐이다. 우산꽂이나 화분에 심은 야자수보다 더 예쁠 것도 없고, 예쁘지 못할 것도 없다.

팁은 수업과 수업 사이 시간에 복도에서 레인과 마주쳤다. 아이어니시 선생의 집무실로 여행 가방을 나르는 중이었다.

"너 내일 그 바보 같은 축제에 놀러 나가니?" 레인이 물었다.

"그날 뭐 하라고 지시가 있을 때까지 기다려야 해." 팁이 말했다.

"아이어니시 선생은 아마 오빠를 보러 갈 거야. 훈련을 하다가 며칠 휴가를 얻어 있거든. 다소간의 휴식과 회복을 위해 에메랄드 시로 가도 좋다는 허가가 떨어지기를 바라지. 난 아마 선생의 보호자로 같이 가야 될 거야."

레인은 미처 표정 관리를 하기도 전에 유감스러운 심정이 얼굴에 비쳤다. 팁이 말했다.

"일을 놔두고 너하고 같이 도시 중심부로 빠져나가서 사람들이 뭘 하고 있나 구경하면 좋을 텐데."

"만약 우리 친구 북방 곰을 만나면 네가 안부 전하더라고 할게." 레인이 대수로울 것 없다는 듯이 말했다.

"핏." 마담 차드가 자기 방 문간에서 팁을 불렀다. "복도에서 어슬렁거리며 뭘 하고 있지? 레이너리 양, 학생은 들어와서 책을 봐야지. 17과 근처를 할 차례란다. '최소한의 것만 보여 주기.'

꘴꘴꘴

다음 날 레인의 두려움은 영락없이 들어맞았다. 아이어니시 양이 정말로 단기 여행길에 팁을 동반하기로 지시했던 것이다. 철도로 여행할 터였다. 최근에 완공된, 시즈와 에메랄드 시를 잇는 노선이다. 덕택에 길을 가는 데 드는 시간이 반으로 줄어서 일주일이 되기 전에 돌아올 예정이었다. 마담 스킹클이 임시 교장 노릇을 하게 되었다.

"여러분이 나에게 할 것처럼 마담 스킹클께 존경을 보내세요."

레일웨이 스퀘어로 실어다 줄 마차에 오르기 전에 아이어니시 선생은 그렇게 말했다. 여학생들 중 누구도 특별히 아이어니시 선생을 존경하고 있지 않았으므로, 그 지시는 따르기 어려울 것이 없었다.

레인은 스칼리도 아이어니시 선생을 수행하여 같이 가게 된 것을 알았다.

"모두 아주 즐거운 시간 되시기를 바라요." 마차가 떠나갈 때에 레인이 입속말로 중얼거렸다.

"그게 무슨 말이야, 레이너리 양?" 이길비 양이 물었다.

"아무것도 아니야. 넌 시내에서 하는 바보 같은 행사에 갈 거니?"

"가지." 이길비 양이 말했다. "아무튼 우리는 친구 아니니? 난 그 끝단에 레이스 장식이 달린 물방울무늬 《모펠린》을 입을 거야. 넌 뭘 입을 거니?"

"옷을 입지 싶은데."

이길비 양이 떨어져 나가게 하려는 의도로 한 말이었지만 먹히지 않았다. 레인은 오후의 절반과 저녁 시간에 이르도록 이길비 양에게 붙들려 다녔다. 하지만 그 애도 그렇게 나쁘지는 않았다.

시금털털했던 기분을 다소 벗어 버리고, 레인은 심지어 이길비 양을 가게로 데려가기까지 했다.

북방 곰은 레인을 알아보지 못했고, 레인은 터질 듯이 책이 꽉 차 기우뚱해 있는 책장 맨 위 한편에 접힌 채로 제쳐 놓은 지도를 발견하자 그걸 계산대로 가지고 갔다.

"이거 저한테 파시겠어요?" 레인이 물었다.

곰은 지도를 보더니 저렴한 가격을 불렀다. 레인은 머뭇거렸다. 하지만 곰은 지도를 아쉬워하지 않을 것이다. 또 한 번의 도둑질. 레인은 죄책감에 물든 동전푼을 건네주었다.

"저런 싸구려 지하 가게는 아이어니시 선생님이 못 들어가게 했을 거야." 가게를 나와서 이길비 양이 말했다. "레이너리 양, 우린 주된 볼거리를 둘러가고 있어. 이제 날이 어두워져 가잖아. 나무에 불들을 켤 거야. 음악소리가 들리네. 골동품 태엽장치며 낡은 지도 같은 건 이만하면 됐어. 우리는 지금을 사는걸, 바로 여기에서."

축제는 레인에게 과도하게 시끄럽고 열에 들떠 보였다. 뭔가 막 다른 느낌이었다. 바이올린 켜는 악사 한 명과 시골 춤꾼 세 명이 광장에서 야단법석 판을 벌였고, 인근 시설의 술집 여종업원들이 누비고 다니며 커다란 잔에 맥주며 보리차를 날랐다. 이길비 양과 레인은 가을에 대학으로 진학 예정인 여학생들 두어 명을 따라잡았다.

"올해는 정말 차이가 나네." 레인이 이름을 들어 기억한 일이 없는 웃기는 상급생 아가씨가 투덜거렸다. "뭐라고 꼭 집어 말은 못하겠지만 말이야."

"남자들이 없어서 그렇잖아, 바보야." 같이 있던 친구가 말했다. "주위를 봐. 심지어 대학 다니는 애들까지 수효가 딸리잖니. 의무 입대로 군에 끌려가 버렸으니까. 혹시 화끈한 키스라도 기대하고 파티에 온 거라면 완전 실망하게 될걸."

도시 전체가 결국 세인트프로즈 학교 생활의 연장인 것으로 드러나는 듯했다. 그러니까, 중간중간 수업이 정신을 흐트러뜨리지 않는 학교 생활 말이다. 레인은 그런 것이 영 무작스럽고 진 빠지는 일이라고 생각했다.

"나 그냥 돌아갈까 봐." 레인이 이길비 양에게 말했다. "너 졸업반 선배들하고 안전하게 잘 다닐 수 있지?"

"쉿, 시장님께서 연설을 하려고 해."

시즈의 시장 나리께서는 세인트프로즈의 장학사와 외모가 퍽 닮았다. 하지만 저 엄청난 배 둘레라니!

"매일매일 우리에게 주어진 날들을 기뻐해야 할 이유가 있습니다."

군중의 소란이 잦아들자 시장이 말했다.

"전쟁의 고난이 우리 머리 위를 무겁게 내리누른다 해서 우리가 가슴을 치고 슬퍼하고 있어서는 안 됩니다. 하지만 그러한 동시에, 우리가 춤을 추고 노래하고 향연과 희롱을 즐길지라도 우리는 의무의 부름을 받아 전장에 나간 우리 병사들을 언제나 마음에 두고 있어야만 할 것입니다. 그리고 우리는 반드시 기억해야만 합니다. 살아 있고 지각이 있는 존재들이라면 누구나 그러할 것처럼, 오늘 우리가 살고 있는 이 생활이 내일이면 완전히 달라질 수도 있음을 기억해야 합니다. 변화란 계절처럼 필연적으로 다가오는 것입니다. 나는 여러분께 이번 주에 시즈를 위협하는 뜬소문들에 굴복하지 말고 이름 없는 신께서 여러분에게 내려 주신 한순간 한순간을 진정 만끽하도록 권하는 바입니다. 다음 주에 무슨 일이 일어날지, 다가오는 계절에, 내년에 무슨 일이 일어날지 하는 것은 그때가 되어 봐야 알지요. 일단 지금은, 이 해묵은 대학교의 신성한 건물들이 드리운 그늘 아래 진정 우리가 살아 있음을 느끼도록 합시다. 이 안식처에서 평화롭게 학문에 정진할 다음 세대가 있든지, 아니면 우리가 마지막 세대가 되든지 간에, 우리 할 수 있는 만큼 공부합시다. 배울 수 있는 만큼 배웁시다. 다음에 올 이가 누구든 우리가 가진 것을 그들에게 전합시다. 그들이 잿더미 폐허에 앉아 있을지, 아니면 추문 축제 기간 동안 잘 차려입고 뽐을 내며 거리를 걸을지 몰라도 말입니다."

시장은 코를 풀어야만 했다. 그의 부인이 손을 이끌어 단상에서 내려갔다. 시장이 도대체 무슨 얘기를 하고 있는 것인지 아무도 전혀 감을 잡지 못했다.

✛✛✛

다음 날에 마담 차드가 약간 생각을 밝혀 주었다.

"내가 선술집에 갔더니 말이죠…… 화장실에 가려고 간 것뿐이에요, 알아 둬요. 그런데 거기에서 들은 이야기가 크게 참고가 되는 얘기였어요. 전시에는 온갖 말도 안 되는 허튼소리가 횡행하지요. 그리고 우리가 역사를 통해 알다시피 적들이 뜬소문을 이용하여 후방의 용감한 애국자들에게 겁을 주기 마련이에요. 하지만, 여러분 어린 숙녀들은 이제 충분히 무슨 소문이 떠도는지 들어 둘 만한 나이가 됐어요. 여러분이 더 어린 학생들에게 이 소식을 전해서 애들을 겁주지 않기로 약속한다면 말이에요. 시즈가 먼치킨랜드인들의 새로운 공격 목표가 되었다는 이야기가 귀엣말로 퍼지고 있어요. 공격이 어떤 식으로 닥쳐올지는 아무도 몰라요. 물론 우리의 용맹한 군대가 먼치킨랜드 군을 마들렌 산맥에 붙들어 물리쳐 놓고 있는 판국이니까."

"붙들어 물리쳐요?" 이길비 양이 물었다. "전 우리가 그쪽으로 침공해 가고 있다고 생각했어요."

이길비 양이 겉으로 보이는 것처럼 멍청하진 않구나 하고 레인은 생각했다.

"전술이고 전략이지요. 군대의 의중에 우리가 꼬치꼬치 단서를 달아 쓰겠어요." 마담 차드가 대답했다. "하지만 우리 가운데 들어와 있는 첩자들이 시즈를 특별한 공격의 목표로 삼아 노리고 있는지도 모르죠. 아마 주민들을 놀래키고 겁주기 위해 지역에 폭발을 일으키겠지요. 우리는 굳건히 버티고 서야 해요. 움직여서는 안 돼요."

✛✛✛

며칠이 지나 아이어니시 선생이 돌아왔을 때에는 학생들 중 여럿이 이미 움직였다. 학부형들이 어디서부터인가 우르르 몰려와서 자기네 소중한 딸들을 데리고 갔다. 졸업식은 만찬실에서 치러졌다. 강당은 너무 넓어서 사람이 빈 게 두드러지게 눈에 띌 것이기 때문이다.

레인은 스칼리와 팁을 피했다. 너무 대놓고 그런 티를 내지는 않으려고 애쓰면서 둘을 다 피했다. 하지만 그들이 돌아오고 나서 사흘째 저녁에 스칼리가 레인의 방에 나타나 팁하고 이야기를 하라고 재우쳤다.

"난 걔한테 특별히 할 얘기 없어." 레인이 말했다.

"걘 꼭 얘기를 해야겠대요. 나한테 왜냐고 묻진 마세요." 스칼리가 대답했다.

흠, 그거 별일이네. 레인은 생각했다. 그래서 다음 날에 할 수 있는 한 아무렇지 않은 듯 태연한 태도로 오찬 후에 정리정돈을 돕는 것을 구실 삼아 유제품 보관실에 있던 팁에게 쭈뼛쭈뼛 접근할 길을 찾아냈다.

"얘, 나 좀 봐." 자기 귀에도 어색하기 이를 데 없는 소리로 레인이 불렀다. "너한테 줄 선물이 있어." 지도를 보자 팁은 눈썹을 치올렸다.

"곰한테서 이걸 낚아채 온 거야? 어떻게 그럴 수가 있어?"

"내가 뭘 낚았다고 그래. 곰이 우리한테 나중에 와서 사면 된다고 그랬잖아. 왜 이렇게 난린데?"

"됐어. 난 그냥…… 놀랐어."

레인은 기분이 끔찍했지만 왜 그런지는 알 수 없었다.

"흠, 네가 날 보고 싶어 했다며." 레인이 말을 이었다. 아이어니시 선생처럼 쌀쌀하게 말했다.

팁은 시즈에 공격이 가해 올 것으로 의심된다는 소식을 전해 주었다. 에메랄드 시에서는 온통 그 이야기라고 팁은 말했다.

"그래, 나도 봐서 알아." 레인이 대꾸했다. "학교에 인원이 반으로 줄어 버린 걸 모를 정도로 장님은 아니거든. 그렇지만 그거하고 나하고 무슨 상관인데?"

"글쎄, 공격이 들어올 때 네가 그 자리에 없었으면 하는 거야 당연하잖아." 팁은 레인이 굳이 그렇게 물어본다는 게 어이없는 것 같았다.

"내 걱정은 마. 네 일이나 생각하렴."

"너희 어머니께 연락할 방법이 없을까? 어머님이 너를 여기 위험 속에 내버려 두지는 않으시겠지, 응?"

"난 그거 다 허풍이라고 생각해. 마담 스트리트플라이에는 안절부절못하더라. '도박수예요! 우리, 우리를…… 겁먹게 만들려는 작전이에요!' 팁, 나한테는 예전이나 지금이나 사는 게 마찬가지야. 더 지루해졌으면 지루해졌지."

"모르겠네. 에메랄드 시에서는 사람들이 수군거리기를 적군이 뭔가 무지무지하게 위험하고 강력한 마법의 책을 손에 넣었다고들 하더라고. 만약 라 몸베이가, 그 사람은 여마법사로 특출한 힘이 있으니까, 정말 그 책을 갖게 되었고 해독할 수 있게 되었다면 우리 머리 위에 그 어떤 엄청난 파괴가 떨어질지 아무도 장담 못 해."

"마법의 책이라고?" 레인은 머리가 핑 도는 느낌이었다. "그걸 어디서 찾았대? 그 책이 뭐라는 책이야? 그쪽 손에 들어간 지 얼마나 됐고?"

"그런 문제들은 내가 대답 못 하겠는데. 내가 아는 것이라고는 이게 네 말마따나 항간에 나도는 뜬소문 중 하나일 뿐이란 거야. 정신적으로 먼치킨랜드인들이 우세를 점하게끔 계획된 뜬소문이라며. 하지만 에메랄드 시의 길모퉁이마다 파다한 얘기이긴 해. 클랍 교장 선생님 앞으로의 전망에 낙담해 혼이 나갔나 봐. 오빠가 겪은 일 때문에 마음이 산산조각 나서 다시는 전같이 되지 못할지도 모르겠다고 아이어니시 선생이 그러더라고."

"그 얘긴 헛소문이 아니야." 레인이 말했다.

"난 떠나야겠어…… 오늘 밤에 바로 떠나야겠어. 나가게 도와줄 수 있겠니?"

"무슨 소리를 하는 거야?"

"생각이 바뀌었어. 위협은 허풍이고 뜬소문이라고 했던 거 말이야. 만약에 누가 『그리머리』를 손에 넣은 것이라면…… 양측 적대 세력 어느 쪽의 손엔가 들어가 있다면……."

"그래, 책 제목이 그랬어, 『그리머리』. 어떻게 네가 알아?"

"신경 쓰지 마. 위험은 진짜야. 그러니 난 떠나야만 해. 왜 가는 지, 어디로 가는지는 말할 수 없어. 나는 가야만 해. 그리고 너도 떠나야 해, 팁. 시즈를 나가."

"나한테 그렇게 신경 써 줘?" 반은 놀리는 듯, 반은 못 믿겠다는 듯한 어조였다.

"만약 『그리머리』를 손에 넣었다면 망설이지 않고 그 책을 사용할 거야. 모두들 그렇게 말해. 전쟁 때문에 양쪽 나라 모두 출혈이 심해 기진맥진했어. 그러니 어느 쪽이든 더 강력한 무기를 갖게 된다면 그걸로 적을 때리겠지. 먼치킨랜드인들이 진짜 그 책을 찾아냈다면 너 여기 있으면 위험해. 넌 떠나야만 해."

"마담 차드는 어떡하고? 아이어니시 선생은? 아니면 이길비 양은? 스칼리는? 또 다른 사람들은?" 팁이 물었다.

"그 사람들도 모두 위험한 상황이지. 하지만 일주일씩 그이들을 설득하고 있을 수는 없어. 내가 지금 바로 가서 아이어니시 선생님한테 이야기할 거야. 그러면 교장으로서 권한이 있으니 그분이 그 정보를 어떻게 할 것인지 결정해야지. 하지만 뭐가 어떻게 되었든, 나는 오늘 밤에 떠날 거야. 너도 떠나야 해."

"난 갈 곳이 없는데." 팁이 말했다.

"내가 준 지도 보고 한 군데 찾아." 레인은 그렇게 쏘아붙이지 않을 수가 없었다.

아이어니시 양은 서재에서 레인을 만나 주었다. 그녀는 레인이 학교에 온 후 1년 만에 폭삭 삭았다. 눈은 거무죽죽한 눈구멍 속으로 움푹 들어갔고 살갗은 쪼글쪼글해졌다.

"레이너리 양, 학생한테 할애할 시간이 잠시밖에 없어요. 난 내가 부르지 않은 이상 우리 학생들과 사적인 면담을 하는 습관은 없으니까요."

"만나 주셔서 감사합니다, 아이어니시 선생님."

레인은 자기 생각에 시즈에 위협이 가해 온다는 소문이 시민들을 겁주기 위하여 계획된 전쟁 선전이 아니라 실제일 것으로 염려된다고 설명했다.

"우리의 적이 만약 전쟁의 물결을 자기들 쪽에 유리하게 바꾸어 놓을 수 있는 무기를 장비했다면 그걸 굳이 우리들의 아름다운 도시에다 사용하지는 않을 거라 생각해요, 난. 우리 시즈가 성취의 표상이기는 할지라도, 여긴 그저 주도(州都)일 뿐이잖아요. 오즈의 황제는 에메랄드 시에서 통치하고 있고, 그럴 리는 없지만 우리가 전쟁에 진다고 한다면 바로 거기서 지게 되겠죠. 그리고 우리는 절대 지지 않아요. 오즈는 동쪽의 작은 사람들의 손에 다스려지기에는 너무나도 광대하지요."

"전 어느 도시가 더 공격 받아 마땅한지는 몰라요." 레인이 말했다. "어쩌면 시즈가 오즈의 대학촌이니까, 먼치킨랜드인들이 느끼기에는 시즈를 뭉개 버린다면 더한층 끔찍한 일격이 되겠다 싶을지도 모르죠. 아니면 그쪽 의도가, 말하자면 새로운 공격 기술을 여기에다 시험해 보겠다는 것일지도요? 그래서 에메랄드 시에 항복하라고 위협을 가하는 거죠. 오즈 충성령이 평화협정을 내놓게끔 말이에요? 왕궁과 정부 건물들이 파괴되지 않게 보존하려고요?"

"태도를 바로하세요. 무작정 겁내는 건 어리석은 일이에요, 레이너리 양. 그렇기는 해도 그 화려한 언변에는 감탄했네요."

"그런 건 상관없어요. 전 그저 선생님께서 위협이 실제라는 걸 아섰으면 해요. 그래서 선생님 자신과 데리고 계신 다른 선생님들, 요리사, 하녀들, 학생 아이들을 보호하기 위하여 하실 수 있는 한 모든 조치를 취하셔야 해요. 그게 선생님의 의무예요."

"난 학생한테서 내 의무가 이거다 저거다 가르침 받을 사람이 아니에요." 아이어니시 양은 눈에 심지가 돋아서 벌떡 일어섰다. "무슨 근거로 그러한 결론에 도달했는지 굳이 물어봐 줄 정도로 학생을 존중해 주지는 않겠어요. 정말 주제 넘는 언동이네요. 학생에게 무슨 벌을 줄지 생각해 보겠어요. 레이너리 양, 이만 가 봐요."

레인은 그 자리에 선 채 양손을 쥐어 비틀었다.

"내 서재에서 나가요. 내 말 안 들려요?"

✢✢✢

그날 밤 아이어니시 선생은 마구간의 기우뚱한 문짝에 빗장이 단단히 질러지는지 확인했다. 팁이 바보같이 자기가 할 잡일이랍시고 고쳐 놓은 문이었다. 확인이 되자 아이어니시 선생은 별관 문을 잠가서 레인을 안에 가두어 버렸다.

"학생의 아침식사를 줄 때가 되면 문을 열어 주든가 할 거예요. 요즘에는 변변한 것이 못 되지만." 아이어니시 양이 문을 통해 치를 떨었다. "아니야, 안 열어 줄 수도 있어요. 본인의 창피한 짓 잘 생각해 보도록 해요, 레이너리 양."

학교 전체의 불이 다 꺼지고 나서 층계에서 발소리가 들려왔지만, 레인으로서는 화들짝 놀랄 것도 없었다. 팁이 등에 작은 천 배낭을 걸메고 찾아왔다.

"선생이 미친 여자처럼 난리 치고 다니는 걸 봤어. 네 이름을 입에 담아 가면서. 그리고 네가 여길 떠날 거라고 말했으니, 난 선생이 너를 안에 가둬 버리기 전에 층계 밑에 숨었지. 자물쇠 따위로 널 붙잡아 놓을 수 없다는 건 알고 있거든."

"난 어떻게 나가야 할지 도무지 모르겠는걸." 레인은 그렇게 말했지만, 그래도 미리 옷가지를 꾸리고 저녁식사 때 몰래 빼 온 빵 몇 개도 싸 놓은 터였다. 자갈돌 한 개와 깃털 한 개, 도토리, 화살촉은 놔두고 갈 참이었다. 그래도 커다란 분홍색 조개껍데기는 챙겼다.

"어떻게 여길 뜰지는 빤한 거 아냐?"

빤하지 않았다. 팁이 손가락을 위로 세워 가리킬 때까지는 말이다.

팁이 먼저 사다리를 올라갔다. 둘이 어깨를 꼭 맞대었던 그때 일을 떠올리면서, 레인은 팁이 뚜껑 문으로 빠져나갈 때까지 기다렸다. 그리고 테이를 들어 올려 보낸 후에 그 뒤를 따랐다. 밤에 시즈의 지붕들을 위에서 굽어본 일은 한 번도 없었다. 아름다운 광경이었지만, 아마도 레인이 상상했을 것보다는 잘 분간되지 않는 편이었다. 아무래도 사람들이 창을 어둡게 하거나 기름을 아끼려고 그러는 것 같았다. 생필품 가격들이 매달 계속해서 오르고 있었으니까. 가장 쉽게 알아볼 수 있었던 것은 세인트플로릭스의 유명한 둥근 지붕이었다. 드문드문 얼어붙은 별들의 핀으로 고정시킨 우단처럼 보드라운 하늘을 배경으로 컴컴하게 완벽히 둥그스름한 언덕이 보였다.

"올라가는 건 쉬워. 내려가는 게 어렵지." 팁이 속삭였다.

하지만 둘은 그만하면 빠르게 지붕을 건너질러서 빗물받이 홈통을 타고, 또 마구간 뒤쪽으로 죽었지만 뜯어내지 않고 방치되어 있던 해묵은 담쟁이덩굴의 굵은 가지들을 타고 원숭이처럼 아래로 내려왔다. 땅바닥까지 다 내려와서 레인이 말했다.

"넌 어느 길로 가?"

팁은 레인과 눈을 마주치지 않고 대답했다.

"넌 어디로 가는데?"

레인은 머뭇거리다, 서쪽을 가리켰다.

"그럼 나도 그쪽으로 갈 거야."

17

레인은 밤이 절반이나 지나도록 팁과 맹렬히도 옥신각신 다투었
다. 레인에게는 아가씨에게 따라붙어 감시하는 보호자 따위 필요 없
었다. 레인은 이제 자기 혼자가 되는 것이 두렵지 않았다. 사실, 지
금까지 한 번도 혼자가 되는 것이 두려웠던 적이 없었다. 레인은 그
렇게 말했다.

팁은 자기가 세인트프로즈에서 일하겠다고 자청한 적이 없는 이
상 떠나겠다고 양해를 구할 필요도 없는 거라고 받아쳤다. 자기는
어쩌다 레인이 가는 것과 같은 때 같은 방향으로 시즈를 뒤로한 길
을 걷고 있을 따름이다. 그게 뭐 잘못됐느냐?

때때로 레인은 시커먼 침묵 속에 잠겨 들었다. 레인은 말다툼을
하는 데 익숙하지 않았다. 레인은 그렇게 주로 자기만의 세계에서
살아왔고, 이제껏 그에 대하여 사과할 필요도, 아예 설명할 필요도
없었다. 그러니 같은 나이 또래의 길동무란, 아무리 옥신각신하고
있지 않을 때에는 마음에 좋아하는 상대라고 해도, 일종의 부담이

되려고 했다.

"너 알지, 우리가 만난 후로 내가 좀 더 나이를 먹었으니까 너도 마찬가지야. 그리고 네가 이번에는 나이가 너무 어려 군대에 끌려가지 않을는지 몰라도 시즈 같은 공공장소에 가만히 버티고 있다가는 다음번엔 분명히 지적을 당할 만큼 나이가 들어 버릴걸."

"넌 참 네가 아무것도 모르는 것에 대해서 딱 부러지게 말하는구나."

"설명해 봐. 내 말이 틀렸으면 증명을 해봐."

하지만 팁은 화제를 바꾸었다.

"어디로 가는 거야? 너희 어머니를 찾아서 떠나는 거야?"

"뭐 말하자면 그렇지."

레인은 그렇게 말했다. 아무리 세인트프로즈를 겪었다고 해도 말이 없던 습관을 완전히 잃은 것은 아니었으니까. 그리고 실제로 시즈의 벽돌 벽들은 둘의 등 뒤에서 이제 몇 시간 거리 밖으로 멀어졌다.

달은 이미 떠올랐다. 오늘 밤에는 달이 독특해 보이지 않았다. 그냥 종이로 동그랗게 오려 끈끈한 끈으로 하늘에 달아매 놓은 것 같기만 했다. 높은 길 옆으로 몇 척이나 밑에 있는 작은 오두막 농가들로부터 아르굴라와 바질 냄새가 풍겨 왔다. 바람은 요란히 불고 있었지만 따뜻했다. 덤불 밑을 뒤지고 있는 이름 모를 동물들 말고는 아무도 없었다. 한 번은 어느 미덥지 못한 농장 일꾼이 젖 짜기를 잊고 넘어간 암소 한 마리가 아파서 울어 대는 소리도 났다. 팁은 그 암소 때문에 마음이 편치 않아서 얼른 가서 도와주고 싶어 했는데, 레인은 이렇게 말했다.

"가려면 가. 착한 일을 해. 그렇지만 난 다리가 움직이는 한 계속 길을 가야만 하겠어."

그래서 팁은 암소가 괴로워하게 내버려 두고 레인과 보조를 맞추었다.

"어디로 가는 거니?" 팁이 물었다.

레인은 대답하지 않았다. 하지만 한 갈림길에 이르니 거기 있는 돌이 몇 가지 선택지를 던져 주었는데(달 밝은 밤인 게 천만다행이었다!) 그 다섯 번째 길은 그냥 단순히 '서쪽'이라고만 되어 있었다. 그 길은 제일 막막해 보이는 길이었고, 레인은 우직하게도 그 길을 따라갔다. 비록 걸음이 조금 느려지기는 했지만…… 그리고 마침내 둘은 발걸음을 멈추고 잠깐 잠을 잤다. 둘은 덤불 아래로 파고 들어갔다. 그러느라 몇몇 새들과 일가가 한자리에 모이던 중인지 득시글거리던 생쥐들을 크게 들쑤셔 놓았다. 그게 그냥 꿈이었는지 아니면 그들이 레인에게 말을 하고 있었던 건지?

"퀠스를 향해 가고 있다면 선택을 잘한 거지. 하지만 일단 길리킨 강에 닿거든 왼쪽 방향으로 강을 따라가. 산맥이 시야에 들어올 때까지. 그때쯤 되면 빈쿠스 땅으로 들어가 있을 것이고, 키아모코가 어느 쪽인지 물어볼 만큼 가까이 갔을 거야."

레인은 팁이 일어나기 전에 깼다. 팁의 손이 가슴에 와 얹혀 있고, 팁은 입을 벌리고 자는 중이었다. 테이는 두 사람 사이에서 두 사람 모두에게 바싹 밀착한 채 녹색으로 선잠이 들어 있었다. 둘은 서로 차마 그러지 못했지만 말이다. 레인은 무척이나 오래 느껴지는 시간 동안 팁이 잠결에 내는 숨소리를 듣지 못하고 지내 왔다. 딱히 뭐라 말할 수는 없는 이유로 울음이 났다. 테이가 꿈질거리고는 레인 얼굴의 눈물을 사포처럼 까끌까끌한 혀로 핥아내 주었다.

한때 들쥔에 생쥐 가죽이 있었다. 손가락에 그걸 끼어 보았던 것이다. 레인은 생쥐가 되고 싶었다. 자기가 자기인 것 말고 무언가 다른 것이 되어 보고 싶었다. 그때 그토록 기회가 많았는데, 그런데 레인은 그토록 무수히 많은 기회를 그냥 지나쳐 왔던 것이다.

내가 마담 초틀부시가 '십 대 괴물딱지'라고 부르던 그게 되어 가고 있나 봐. 아무것도 아닌 일에 울고, 인생이 끝장난 것 같은 기분이 들고. 초틀부시 선생님이 우리한테 이러는 걸 조심하라고 일렀던 건데. 레인은 그렇게 생각했다.

"일어나, 아침은 아니지만 길을 갈 만큼은 날이 훤해." 레인이 팁에게 말했다. 하지만 움직이지는 않았다. 팁의 손이 꼭 그래야 할 때보다 한순간이라도 먼저 스르르 떨어져 가는 것을 원치 않았기 때문이다.

팁은 깨어서 부르르 진저리를 쳤는데, 자기가 레인의 몸에 손을 대고 있었던 건 깨닫지 못한 듯했다. 팁은 발을 끌며 덤불 반대편으로 돌아가서 선 채로 길고 세찬 소변을 보았다. 레인은 고개를 돌려 외면하고는 혼자 살짝 웃었는데, 왜 웃음이 나는지 자기도 몰랐다.

⁜⁜⁜

길은 더 험해지고 인적이 드물어졌다. 그리고 농부들이 수레며 짐승들을 몰고 곁을 지나갈 때에라도 그들은 걸어가는 어린 여행자들에게 큰 신경을 쓰지 않았다. 뭐, 레인은 도무지 세인트프로즈의 여학생 같은 모습이 아니었다. 제일 좋은 옷을 그대로 입고서 잠을 잤으니까. 애당초 그리 좋은 옷도 아니었고 말이다. 그리고 팁은 아이어니시 선생이 굳이 입으라고 시켰던 참회복 같은 학교 제복은 놔두고 왔다. 둘은 겉보기에 오누이가 함께 터벅터벅 걸어가고 있는 것 같았다. 그 이외에 다른 무엇이 되기에는 나이들이 워낙 어렸다.

레인은 사람들이 말하는 사소한 잡담이라는 것을 해보려고 했다. 하지만 그런 얘기들은 팁하고 하기에는 지나치게 사소했고, 그래서 레인은 곧 관둬 버렸다. 테이는 꼭 개가 그럴 것처럼 두 사람 뒤를 졸랑졸랑 따라왔다. 그리고 때로는 둘 중 누가 자신을 안아서 어깨에 걸치고 가도록 가만히 있기도 했다. 둘은 갈림길에 세워진 농작물 파는 가판대를 지나치게 될 때마다 가장 싼 음식물을 샀고, 언제나 '서쪽'을 가리키는 표지를 유의하여 따라갔다. '서쪽' 표지는 그날 저녁 무렵부터는 '길리킨 강'으로 표시되기 시작했다. 기운을 북돋기 위해 팁은 한두 번 지도를 참고해 보았지만 거기에 그려져 있는 기호들은 옛날 것이라 알 수가 없었다. 팁이 지도를 치워 버리자 레인은 차라리 그 편이 기분이 나았다.

"넌 왜 너희 집 쪽으로 가지 않는 거야?" 한 번은 레인이 이렇게 물었다.

"넌 왜 네 일이나 신경 쓰지 않고 그래?" 팁이 대꾸했다.

그래서 둘은 걸었고, 먹었고, 노래도 조금 불렀다. 그렇게 또다시 잠을 잘 만큼 기분이 누그러졌다. 이번에는 좀 더 오래 잤다. 하루 종일 두 다리에 의지하여 터벅터벅 길을 걸어왔기 때문이다. 다음 날에 레인은 발에 물집이 잡혔다. 길동무들은 속도를 늦추어야만 했다. 그 다음 날에는 팁이 물집이 잡혔고 레인보다 더 심했다. 그래서 둘은 가다가 보이는 강가 둑에 발길을 멈추었다. 둘은 그 강이 벌써 길리킨 강인 건지 아니면 한 지류인지 알 수 없었다. 하지만 물가에서 왼쪽으로 방향을 돌려 계속해서 서쪽으로 걸어간다면 주만간 지평선에 웅장한 산맥이 솟아오르는 것이 보이든가, 아니면 그들이 따라가는 이 강줄기가 더 큰 강에 합치든가 하게 될 터였다. 그러니까 그 말인즉, 덤불 속 쥐들이 옳았다고 친다면 말이다. 하지만 생쥐들이 레인이 어디로 가고 싶어 하는지 어떻게 알았을까?

강가는 줄줄이 벼랑으로 이어지더니, 이윽고 물가에 갈 수 있게 완만해졌다. 물에는 고기들이 정신없을 만큼 득실득실했고 또 새들에게도 일종의 낙원 같았다. 테이는 물에 첨벙 뛰어들어 버렸다. 그래서 레인은 한순간 벗수달을 영영 잃어버린 줄 알았다. 하지만 30분쯤 장난을 치다가 테이는 다시 돌아왔다. 털은 미끈하게 뒤로 쓸린 채 입에는 무슨 잡초를 물고 굉장히 기분 좋은 얼굴이었다.

레인과 팁은 동굴 비슷한 것을 찾아냈다. 그 앞쪽으로 바위 바닥이 조금 튀어나와 있어서 꼭 강이 바라다보이는 베란다 같았다. 방 하나짜리로, 그렇게 깊지 않고, 속에 무서운 것이 잠들어 있지도 않았다. 천장에 붙어 있는 박쥐 몇 마리뿐이다. 이 이상 더 좋을 수가 있을까? 테이가 물고기 몇 마리를 물어다 주었고, 부싯돌을 챙겨 왔던 팁이 작은 불을 피웠다. 그게 뭐라는 물고기인지 몰라도 팁은 그걸 하여튼 뭔지 모를 초록 잎에 싸서 구웠다. 레인이 지금껏 먹어 본 밥 중 최고의 한 끼였다.

레인은 잠이 든 것을 기억 못했다. 하지만 느닷없이 벌떡 일어나 앉았다. 박쥐들이 귀에 들리지 않을 정도로 높은 음색으로 소리 지르고 있었다. 그들은 뭔가 "아이고!" "안 돼!" "불어!" 같은 말을 하고 있는 것이었다. 팁이 없었다. 그리고 테이는 뭔가 무척이나 부러워할 만한 꿈을 꾸는 중이었다. 레인은 당장 뛰어 일어섰다. 감각이 동물의 감각처럼 깨어나서 큰소리로 외치고 있었다. 무슨 말로 외치는 것도 아니었다. 모닥불은 사그라들어 있었는데 레인은 서두르다 못해 남은 불씨를 밟고 말았다. 왜냐하면 팁의 신음소리일 듯싶은 것이 들렸기 때문이다. 레인은 손과 무릎을 땅에 짚고 엎드려서 돌턱 끄트머리를 넘겨다보았다. 2미터에서 2.5미터쯤 되는 아래에 팁이 엎어져 있었다.

레인은 문득 이름이 재커스라고 하던 누군가가 생각났지만 그 사람이 어디서 뭘 했던 것인지는 기억나지 않았다.

"팁?" 레인이 불렀다.

이때쯤에는 달이 져 가고 있었으나 아직 레인의 눈에 무슨 짐승인가가, 아마도 지나치게 큰 그라이트인가 싶은 것이 그르렁거리며 덤벼들려고 몸을 긴장시키는 광경이 보일 만큼은 빛이 남아 있었다.

레인은 제일 먼저 손닿는 데 있는 것을 잡았다. 조개껍데기다. 그리고 자칫하면 그걸 집어던질 참이었지만, 무언가가 그녀를 멈추게 했다.

"불어!" 박쥐들이 말했다.

레인은 조개껍데기가 나팔이라도 되는 것처럼 그 깨진 꼭지 부분을 입술에 대고 볼을 부풀려 구멍으로 숨을 세차게 불어 넣었다.

마치 오거의 손톱으로 오거의 석판을 긁는 듯 째지는 소리가 터져 나왔고, 동굴 안에 남아 있던 박쥐들은 모조리 영영 그곳을 떠나 날아가 버렸다. 하지만 그라이트들도 마찬가지였다. 레인은 이어서 밑으로 미끄러져 내려가 몸을 구부리고 팁이 얼마나 심하게 다쳤나 살펴보았다.

알고 보니 크게 다친 것은 아니었다. 다음 날 아침까지 팁은 자기가 한밤중에 깨어서 둘이 자던 동굴 앞 돌 턱 베란다 끝에서 소변을 보려다가 거리를 잘못 재었던 사실을 인정하려 들지 않았다. 그러니까, 남자애가 된다는 것이 그렇게 멋질 것도 없나 보네. 레인은 생각했다. 하지만 그렇게 말은 하지 않았다.

레인은 '시계'가 비탈 아래로 굴러 떨어졌던 일을 기억했다. 지금은 잊힌 동반자들이 양귀비 들판에서 상아호랑이와 마주쳤을 때다. 그 지진. 그리고 또 다른 때에 '시계'가 경사를 미끄러져 내려가서 켈스워터로 빠져 들어가 치명적인 물 속에 완전히 잠겨 버렸던 것. 지금은 다른 사람 아닌 팁이 떨어져서 다쳤다. 높은 곳을 겨냥한다는 것, 감히 기대를 한다는 것…… 글쎄, 거기에는 안전 보장 따위는 없다. 절대 없다. 돌아가는 세상은 계속해서 새로운 배신을 내놓으며 알아서 비탈로 굴러 내려갈 뿐이다. 산다는 것 자체가 한 걸음 한 걸음 고꾸라질 위험을 무릅쓰는 것이다.

팁은 지금 바로 걸어갈 수는 없었다. 발목인지 정강이인지에 타박상이 생겼다. 팁은 아픈 곳이 어디라고 도무지 꼭 집어 말할 수가 없었고, 그래서 레인은 알 도리가 없었다. 레인은 꼬마 다피가 여기 있었더라면 싶었다.

"하루쯤 쉬어도 해로울 거 없지." 레인이 말했다.

"넌 엄청 급하게 가는 중이잖아. 발을 멈추고 못 짠 젖이 불어 있는 암소를 편하게 해 주지도 못할 만큼. 그러니 날 놔두고 가서야겠지." 팁이 빈정거렸다.

레인은 대답하지 않았고, 다만 아침거리를 긁어모으러 나섰다.

나중이 되어서 팁이 말했다.

"넌 내 목숨을 구했어. 그거 아니? 그때 그 지나치게 커다란 짐승들은 그라이트 종류 중에서도 고약한 놈들이야. 놈들은 막 뛰어들어 날 덮치려던 참이었어. 내가 그놈들을 오랫동안 막지는 못했을 거야. 도망도 못 갔을 거고. 살다 살다 이런 일까지 당하다니, 야생에서 짐승들한테 잡아먹힐 뻔했어! 분명히 신화적인 정의이긴 하겠지. 그렇지만 나한테는 장난이 아니거든."

"살다 살다?" 레인이 물었다.

그리고 이제는, 레인이 목숨을 구해 주었으므로 팁은 레인에게 어느 정도는 중요한 이야기를 해 주어야 했다. 그러지 않았으면 팁은 죽었을 것이고 레인은 팁에 대해 뭐 하나라도 알지 못하는 채로 끝났을 것이다, 정말이지.

"난 네가 아이어니시 선생님한테 집사 노릇으로는 거의 쓸모가 없었다는 거 알아." 레인이 선언했다.

"계획적으로 허술하게 군 거야." 팁이 항변했다. "끝도 없이 지루한 잔심부름으로 날 더 괴롭힐 걸 방지하려고 그런 거라고."

팁이 레인에게 해 준 이야기는 이러했다. 팁은 세인트프로즈에서 레인을 만나기 대략 1년 전쯤에 먼치킨랜드에서 시즈로 왔다. 그는 고아였다. 하지만 어떤 사람의 집에서 도망쳐 나온 것이었는데, 그 사람은 팁을 키워 주기도 했고 또 구속해 두기도 했던 사람이다.

"홀몸인 여자 분이지." 팁이 말했다. "권력 있고 지위 있는 여성이야. 맘대로 부리는 부하들이 열두 명이나 있지. 그분이 왜 나한테 관심을 가졌는지는 도무지 모르겠지만, 그 여자 분은 누구보다도 나

를 가까이했어. 늘 나를 주시허고 자기 방에 있게 했지. 난 견딜 수
가 없었어. 하루 종일 전쟁 각료들이 오고가는데, 그분의 의전용 의
자 뒤에 놓인 걸상에 쭈그리고 앉아 있어야 했단 말이야."

"이야기를 들으니 정말 중요한 인물 같구나." 레인이 예의 바르
게 말했다. "어디 고급 호텔의 청소부라도 되시니?"

"그렇게 비웃지 마."

"사람 바보 취급 하지 마. 난 방금 네 목숨을 구했어. 기억해?"

그래서 팁은 말을 해 주었다.

"난 이름만으로도 으스스한 그 몸베이의 집안에 있었어. 먼치킨
랜드의 수장으로 있는 분 말이야. 지금 잡종 오즈인들에 맞서 방어
전을 지휘하는 인물이기도 하지."

"잡종 오즈인들이라고?" 레인은 웃고 말았다. 레인 자신도 잡종
이라면 상당히 잡종이다. 일부는 쿼들링, 일부는 아르지키, 일부는
먼치킨랜드인이니까.

"그자들이 먼치킨랜드를 침략했단 말이야." 팁이 그 점을 상기시
켰다. 하지만 그러다 고개를 젓고 말했다. "아, 하지만 그건 내가 떠
나온 이유 중 일부에 불과해. 나는 끝없는 가식을 참을 수가 없었어.
오즈의 황제가 세상을 창조한 형성자일지도 모르지, 아니면 뭘 자칭
하든 정말 그거일지도. 그렇지만 라 몸베이도 시시껄적한 여마법사
는 아니거든."

"몸베이가 『그리머리』를 찾아냈다고 생각하니?" 레인이 물었다.

"내가 아는 건 그분이 부하들을 풀어서 그걸 찾고 있었다는 것뿐
이야." 팁이 서글프게 말했다. "책을 찾고, 사악한 서쪽 마녀의 자손
들을 찾고. 왜냐하면 그 책은 그 사람들의 손에서 가장 빨리 비밀을

노출해 보일 테니까. 그리고 몸베이는 오즈인들을 쳐서 물러나게 할 모종의 급물살이 긴급하게 요구되는 상황에 있었어. 몸베이가 그 책을 먼저 손에 넣었는지 아니면 황제의 부하들이 손에 넣었는지 나는 모르겠어. 하지만 만약에 그 책이 서로 적대하는 그 둘 중 어느 한쪽의 손에 들어와 있는 것이라면, 오래지 않아 상황이 달라지게 될 거야."

"응, 달라지겠지." 레인이 말했다. 레인은 팁에게 자기가 누구인지 말하고, 지금 키아모코로 가는 거라고 했다. 자기 부모님이 아직 살아 있는지 알아보러 간다. 왜냐하면 『그리머리』를 마지막까지 갖고 있었던 게 그들이니까. 그런 다음에, 팁도 자기 못지않게 과거의 비밀을 내놓고 말하기가 싫은 게 분명했기 때문에 레인은 그의 입에 입을 맞추고 잠시 동안 더는 무슨 말이 나오지 않게 하였다.

레인은 입맞춤들을 하나씩 하나씩 하나씩 수집했으나 수를 헤아리지는 않았다.

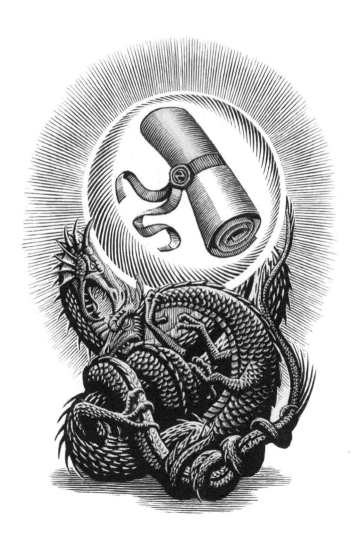

1

걷기에 좋은 계절이었다. 나중에 가면(그게 그렇게 많이 나중도 아니었다.) 레인은 키아모코를 향해 길을 찾아 걸었던 6주간이 젊디젊은 그녀의 일생 중 가장 행복했던 기간이라고 되짚어 보게 될 터였다.

둘은 길리킨 강을 그만 하면 쉽게 건넜다. 그래야만 할 곳에서는 헤엄을 치고, 그 나머지 구간은 물을 헤치며 걸어서 건넜다. 빈쿠스 강에 다다랐을 때는 완강한 누른색 벼랑 사이로 좁다랗게 흐르는 한층 더 무시무시한 급류에 그만 발길이 가로막힌 것인가 싶었다. 처음에는 북쪽으로, 그러다가 남쪽으로 강둑을 따라 걸어가 보느라 며칠을 보내며 점점 이도저도 못할 처지에 초조해져 갔다. 테이는 어찌할 바를 모르는 둘의 심정에 반응하여 낑낑 보채는 소리를 냈지만, 그들이 먼저 선뜻 뛰어들 태세가 아닌 한 물로 뛰어들려고 하지 않았다.

결국에는 강폭이 넓어지고 유속이 느려진 한 지류에 이르러 비버가 쌓은 댐에 마주쳤다. 비버의 무리가 어떻게 그처럼 거세게 흐르는 물에 지지 않고 댐을 쌓았는가 하는 것이 그야말로 기적이라고 팁은 생각했다. 그에 비해 무엇이든 기적적이라고 생각하는 법이 잘 없는 레인은 말하는 비버와 얘기를 나눠 볼 수 있다면 배울 것이 굉장히 많을 것이라고 말했다.

둘이 비버 댐을 거의 다 건너갔을 때에 그러한 순간이 저절로 다가왔다. 건너편 기슭 가까이 나뭇가지로 얽어 지은 튼튼한 방벽에 뭔가 허섭스레기 북데기가 걸려 있는가 싶었던 것이 알고 보니 집이었다. 그리고 비버의 말소리가 날아왔다.

"여봐요 거기, 발을 너무 세게 딛지 마요. 까딱하다간 우리 시어머니 방 천장을 뚫고 빠지겠어요."말을 한 비버가 두 앞발로 붙들었던 물고기를 돌려 잡으면서, 눈으로는 걱정과 예의를 반반씩 담아 둘을 주시하고 있었다.

비버는 자기 이름이 럴라이바라고 했다. 오두막집은 이 시간에는 텅 비어 있지만, 예외로 연세 지긋한 럴라이바의 시어머니만은 집에 있었다. 시어머니는 바구니배에 태워 바다에 띄워 주어 임종을 향한 항해에 나서게 해 주면 좋겠다고 바라고 있지만 부족이 무척이나 아끼는 분이라서 아무쪼록 소중히 지켜 드리고자 방에 가둬 놓았다.

"바다에 띄워요?"그 말은 아무래도 과장이 심한 것 같다고 생각한 레인이 말했다.

"우리가 쓰는 말이라오, 비버들한테 전해지는 이야기에."럴라이바가 살갑게 말해 주었다. "우리 종족이 이승에 살면서 평생 달성하고 싶어 하는 목표는 홍수가 나 오즈 전역을 뒤덮게 할 만큼 큰 댐을 세우는 거지. 전설에 전에 한 번 그런 일이 있었다고 하는 것처럼 말이에요. 그러면 모든 강들이 한꺼번에 범람해서, 이야기와 노래 속에 나오는 신비의 바나틀 이둘 섯이고 서기 물안개 무시개 너머로 먼저 간 비버들이 모두 다 생선튀김을 먹으며 우리를 기다릴 거예요. 있죠, 어머님은 그리로 가고 싶어 안달이세요. 자기 어무이 아부지가 돌아간 뒤에 새로 유행한 튀김소스 요리법을 그 사이에 달달 꿰게 되셨거든요. 그래서 거기 가시기 전에 정신이 오락가락해 져서 그걸 까먹을까 봐 걱정이 되시는 거죠. 귀여운 노인네가."

"그런 생각들을 하고 있다면, 벌써 정신이 오락가락하시는 거네요." 레인이 말했다. 레인에게는 재잘재잘 말 잘하는 동물보다는 말이 없는 동물의 신비로움이 더 설득력을 발휘했다.

"온통 물뿐인 세계라는 거 말인데요, 그 생각만 하면 나는 속이 메스꺼워져요." 팁이 말했다. "그렇지만 여러분이 어떻게 이 굉장한 둑을 쌓을 수 있었는지 저희한테 말씀 좀 해 주세요."

"내가 이곳 공사장의 현장 주임이에요." 럴라이바는 그렇게 말했다. "그리고 내 떳떳이 말을 하겠는데 우연이란 게 가져다준 달콤한 돌발 상황이야말로 건설의 토대로 삼기에 최적이지요. 가지가 무성한 참나무 고목 두 그루가 지난달 상류에서 뿌리가 뽑혀 나와, 글쎄 어느 날 아침 우리 눈앞으로 둥둥 떠내려왔지 뭐겠소? 그 나무들이 눈에는 안 보이는 어디 바위에 한동안 걸려 있게 됐어요. 한 3분의 1쯤 비스듬히 삐져나온 채로. 그 두 그루 고목이 걸렸던 데서 풀려나 떠내려가기 전에, 우리가 물 밑에 기반을 세웠지요. 미리 껍질을 벗겨 마련해 두었던 삼목 통나무를 써서 말이지. 다른 나무들은 물 속에 들어가면 더러 썩지만 삼나무는 그렇지가 않거든. 공사 첫날 해 질 녘쯤 되어서는 우리가 세운 댐의 토대가 잔가지 투성이 하늘을 압박해 가는 물의 힘을 늦출 만해졌지요. 그날부터 이삼 일 만에 우리는 초빈 직업 일정을 이미 완료했어요. 알죠, 얼기설기 기초를 엮는 거예요. 그로부터 지금까지 오랜 기간 장인급 건축 기술자들이 손을 대어 더 튼튼하게 더 좋게 해 온 것도 있지요, 물론. 그렇지만 우리가 이걸 세울 수 있었던 비결은 모두 첫날에 달려 있었던 거예요."

"날 내보내 줘!" 밑에서 럴라이바의 시어머니가 고함쳤다.

"우리가 어머님께 뭔가를 가져다 드려 볼까요? 선물이라도? 이 댐으로 강을 건너가게 해 주시는 대가로요?" 팁이 물었다.

"대포를 가져와!" 시어머니가 외쳤다. "빵 쏴서 나갈 구멍을 뚫게. 혹시 그게 안 된다면 내 대가리를 빵 쏴 버리기라도 하게!"

"맛 좋은 수달 옆구리살 한 덩어리 같으면 무척이나 환영이지요." 럴라이바가 테이를 곁눈질했다.

"우린 이제 갈 거예요." 레인이 말했다.

"나도 데려가!" 오두막집 안에서 올라온 소리였다. "말 잘 들을게! 할 수 없이 그러는 거 이상으로 보금자리를 더럽히지는 않을 거야!"

"우리가 이 길로 돌아오게 되면 작은 바구니배를 갖다 드리도록 해볼게요." 팁이 외쳤고, 레인과 눈을 마주치고 어깨를 으쓱 했다.

"너무 작은 건 안 돼! 내, 청춘 시절에는 패션의 귀감이요 몸매의 본보기였지만 지금은 그렇지가 못하거든!"

두 길동무는 강 언덕으로 올랐다. 팁은 테이를 죽 안전하게 안아 들고 왔다.

"말 많은 비버 할망구한테 무지하게 친절하더라? 정말 배를 갖다 줄 생각이니?" 레인이 말했다.

"글쎄, 기회가 닿으면."

"어째서 그렇게 싹싹하니?"

"네가 있으니까 싹싹해지잖아. 난 이 모든 일들이 일어나서 기뻐. 하고많은 곳 중에 하필 네 방 옷장에서 불쑥 튀어나오게 되었던 게 참 다행이야. 아이어니시 선생 방으로 튀어나오는 대신에. 아니면 이길비 양의 방으로 나올 수도 있었지."

"아니면 스칼리 방으로 나올 수도 있었지?"

레인은 이제는 감히 농담 비슷하지만 농담이 아닌 그 말을 던져 볼 수가 있었다. 세인트프로즈 학교에서 이렇게나 멀리 떠나와 있으니까 말이다.

"스칼리 방으로 나올 수도 있었지." 팁은 진지하고 확고하게 말하고 있었다. 레인의 말을 받아서 농담을 하는 것이 아니었다.

"럴라이바가 한 말 그대로야. 우연이 가져다 준 달콤한 돌발 상황이야말로 무엇을 지어 올리는 토대로 삼기에 최적이지. 콜웬그라운즈를 빠져나온 후에 난 아무 쪽으로나 다 갈 수 있었어. 어쩌면 내가 에메랄드 시로 가서 황제의 자비에 몸을 맡겼을 수도 있지."

"그걸 안 한 건 처신을 똑똑하게 잘한 거지. 신 치고는, 그 사람은 자비심으로 유명한 사람은 아니니까."

"결국 시즈로 왔다고 해도 대학들 중 어디에서 일자리를 구했을지도 모르지. 아니면 잠을 재워 주는 대가로 그 곰한테 고용되어 그 이 가게에서 일을 도왔을지도. 심지어는 내가 세인트프로즈에 가긴 갔는데 네가 별관으로 옮기기 전에 갔을 수도 있지. 정말이지! 우연이란 게 이성을 맥 못 추게 하지 않니? 그럴 가망이 얼마나 될까? 내가 먼저 『그리머리』에 대한 이야기를 귓전으로 듣고 난 후 라 몸베이의 궁정에서 도망쳐 나왔는데 그 책과 가장 인연이 깊은 사람 중 하나인 너와 우연히 딱 마주치게 되다니?"

"세인트프로즈 학교에서 3년차가 되지 않으면 아직 확률론은 안 배워. 그렇지만 대충 오즈만 분의 1일 것 같다."

레인은 빈쿠스 강 서안으로 비탈져 오른 고지를 질러가는 가장 좋은 길을 고르려고 풀이 높이 자란 땅을 눈으로 더듬었다. 초원에는 레인의 눈이 미치는 한계까지 온통 색종이 조각 같은 나비들이 하느작하느작 날갯짓을 하고 있었다.

"그럴 가능성은 너무나도 낮아. 정말이지." 생각이 정리되면서 레인은 잠깐 입을 다물었다. "가능성이 너무 낮아서 라 몸베이가 너에게 주문을 걸어 나를 찾아내게 하지 않았나 하는 생각이 들어."

"어." 그 말을 듣자 팁은 움찔 물러났다. 쉽게 받아칠 수 있는 이야기가 아니었다. 결국에 팁은 어깨를 으쓱 하고 말했다. "만약에 그랬다면, 우리 둘이 그 사람에게 고맙게 여길 일이 생긴 거지 뭐. 그렇지만 그 사람은 또 너를 납치해서 자기한테 데리고 오라는 주문도 걸었을 거야. 『그리머리』를 손에 넣지 못했더라도 너의 신병은 확보하게끔 말이야. 그러면 혹시 황제의 부하들이 먼저 그 책을 찾더라도 최소한 너까지 같이 손에 넣지는 못하겠지."

"어쩌면 몸베이가 너에게 진짜로 그러라고 주문을 걸었는지도 모르지." 레인은 실제로 그렇다고 믿지는 않으면서도 그렇게 말해 보았다. "아직 네가 그 일에 착수하지 않았을 따름이고."

"만약에 몸베이가 그랬으면, 그럼 네가 나에게 더 강한 주문을 건 거야." 팁이 말했다.

"그만둬. 너 말하는 게 꼭 2층의 실없는 여학생 애들 같다."

둘은 햇살을 받으며 걸었고, 웅달진 곳을 걸었다. 이야기를 하며 걷고 말없이 걸었다. 시간은 길고 길어 발이 부르트고 뱃속에서 나는 꼬르륵 소리는 천둥 같았다. 키아모코에서 무엇을 발견하게 될 것인가에 대한 걱정은 뒤로 미루었다. 아직 이만큼 거리가 있는데 무엇을 어쩔 수도 없다. 아직이다. 감시자 같은 산들의 모습이 차차로 아지랑이로부터 불거져 나오며 둘이 나아가는 길을 감독하였다. 처음에는 지평선에 나지막이 드리워 있는 먹구름으로 오인하기 쉬운 아련한 산언덕들이다가, 이윽고 얼음처럼 비치는 모습으로 돋아오르고, 그런 다음, 아주 곧, 정말 너무나도 빠르게, 오즈 천연의 방벽이 그 윤곽을 드러낸다. 그레이트 켈스 산맥이다.

한 발 또 한 발, 타박타박. 둘은 앞날의 징조를 살필 필요를 거의 느끼지 않았다. 그들은 우연의 마법을 믿거니 하고 있었다. 왜 그러지 않겠는가? 우연은 이때까지 그들에게 아무런 해도 끼치지 않았는데.

2

동쪽으로부터 켈스 산맥은 솟아올랐다. 골골이 주름 진 우람한 산줄기는 그 높이의 3분의 2 지점까지 수없이 많은 향기로운 침엽수들로 뒤덮여 있었다. 푹 팬 골짜기는 거의 없다시피 했다. 하지만 레인과 팁은 산을 타고 오르면서 지대가 높은 초지에 비하여 옴폭 옴폭 들어간 곳들을 찾아낼 수가 있었다. 산 속 호수들도 있었다. 아르지키 부족 사람들이 아득한 옛날부터 터 잡고 살아온 고지의 초원들이 느닷없이 나타났다.

가스틸의 소매 위편에 있던 그 회당과 마찬가지로 이러한 마을들은 산을 오르는 이가 마지막 몇 발을 떼어 놓을 때까지는 눈에 띄지 않다가 마치 바람이 그곳에 뿌려 놓은 양 문득 눈앞에 나타나는 것이었다. 산골 오두막들은 돌로 지었고 지붕에는 뗏장과 풀 이엉을 얹었다. 풀 이엉은 뻣뻣하게 다발을 지어 이은 다음에 날려가지 않도록 돌로 누르고 잡아매 두었다. 노블헤드 파이크의 첫 마을은 파나라라고 한다고, 마을 사람이 손으로 가리키면서 이름을 불러서 알려 주었다. 팁과 레인은 산간 지역 사람들이 몸짓으로 자기들을 대접해 주는, 이리 와요, 음식 들어요. 여기예요, 여기서 자요. 담요 여기요, 하는 얘기 외에는 거의 말을 못 알아들었다. 마을 사람들은 팁과 레인을 부부로 대우하여 자리를 가까이 붙여 깔아 주었다. 레인은 그래도 상관없었고 팁도, 레인이 가늠해 볼 수 있는 한은, 개의치 않는 듯했다. 마을을 떠날 때에 둘은 자기들보다 별로 나이가 더 들지도 않은 부부들이 있는 것을 알아차렸다. 갓난아이 하나가 아기 띠에 매달린 채 십 대 어머니가 때릴 때마다 자지러지게 울어 댔다.

"저건 옳지 않아." 그 옆을 지나가면서 팁이 중얼거렸다.

"작은 바구니배에 애를 담아서 끝없이 펼쳐진 바다로 흘려보내렴. 잘살 거야." 레인이 말했다. 팁은 그로부터 한동안 레인과 말을 하지 않았다.

‡‡‡

파나라를 나서서 또 하루 가파른 산길을 올라갔더니 '어퍼파나라' 마을이 나왔고, 거기에서도 손님맞이는 똑같이 따스했다. 어느 집에선가 어린 염소를 잡아서 밤에 염소구이를 하였고 온 마을이 기쁘게 즐겼다. 팁은 먼치킨랜드 속요를 하나 불렀는데 원래 웃으라고 부르는 노래이지만, 마을 사람들은 두 눈을 지그시 감고 마치 그것이 이승 저 너머로부터 들려오는 음성인 양 괴로울 정도로 골똘히 귀 기울였다.

부드럽게 희롱해 줘요, 달콤하게 해 줘요

악보대 밑으로 날 긴지럼 태워 줘요
자비롭게 다루어 줘요, 깔끔하게 대해 줘요
그럼 내가 허리띠 밑을 간지럽혀 줄게요.

"너 팁이라는 이름 말이야, 그거 아무래도 술에 취해 살짝 정신이
오락가락한다는 뜻 아니니?" 그날 밤 레인이 그렇게 말했고, 그래서
팁은 레인을 간지럼 태웠다.

어퍼파나라 주민들은 키아모코를 언급하자 대번에 열성적인 반
응을 보이며 바퀴를 굴리는 동작을 하여 앞으로 겨우 하루나 이틀
만 더 가면 될 거리라고, 최대한 사흘이라고 말해 주었다. 이제 여름
도 이울어 가는가 봐. 레인은 생각했다. 아마 높은 산 위에서는 가을
이 일찍 오는 것이겠지. 레인과 팁은 길을 나서기 전에 아침밥을 마
련하느라 피운 화톳불 옆에서 한동안 몸을 덥혀야만 했다.

"그 조그맣던 아기가 지금도 계속 생각나." 팁이 고백했다. "우리
가 데리고 왔더라면 좋았을걸."

"우리 몸도 잘 건사를 못해 쩔쩔매고 있잖니, 안 그래? 아기를 어
떻게 안고 가려고?"

"우리 좋자고 데려왔으면 하는 게 아니잖아. 난 그냥, 그 기진맥
진 지친 딱한 애 엄마한테서 애를 구해 왔더라면 하는 거야."

"우리는 아이를 기를 만큼 어른이 아닌걸. 우리는 아직 애야."

"너 몇 살인데?" 팁이 레인에게 물었다.

"아이들 다니는 학교에서 대학교 사이 어디쯤의 나이야."

"아니, 그러지 말고 정말로."

"잘 몰라. 난 그 질문을 받으면 못 들은 척하기에 이골이 났어. 세

인트프로즈 학교 학생들을 기준 삼는다면, 나는 어떤 면에서는 열세 살 같고, 다른 면에서는 열다섯 살 같고 그래. 그렇지만 어쩌면 열한 살인데 나이에 비해 숙성한 건지도 모르지. 너는 몇 살이야?"

팁은 고개를 저었다.

"이것도 또 너랑 나랑 천생연분이구나. 난 확실하게 말할 수 없기가 너보다도 더해. 그냥 계속계속 이리저리 헤매고 다녔고 그러면서 별로 달라진 것이 없는 기분이야. 난 태어났을 때부터 이만 한 남자애였나 봐."

이 이야기를 꺼낸 것은 팁이었지만 이제는 후회가 되는 모양이었다. 얼굴에 경색된 빛이 보이고, 한동안 앞에 서서 걸어갔다. 레인은 그러라고 내버려 두었다. 성큼성큼 걷는 팁의 걸음을 바라보면서, 배낭 끈에 찰랑찰랑 가볍게 부딪히는 팁의 길어 가는 머리카락을 바라보면서 갔다. 파탄 난 어린 시절을 보낸다는 것이 어떤 것인지 레인은 잘 알았다. 이제 레인이 깨달은 것은, 팁을 이해하기가 세인트프로즈 학교 여학생들의 꿍꿍이를 알기보다 더 쉽다는 점이었다. 그게 그 애들 잘못은 아니다, 물론. 아마도 레인이 그 애들 앞에서 오만하게 굴었던 것이리라. 이젠 너무 늦었다.

레인은 팁에게 따라붙었다.

"그럼 라 몸베이 얘기 좀 해봐."

그 말이 팁의 어깨를 내리누르던 보이지 않는 심로의 무게를 덜어 주었다.

"라 몸베이는 그 밑에 붙어살려면 진짜 무지무지하게 위험한 사람이야." 처음에는 이 말이 다였다. 하지만 곧 얘기가 풀려 나왔다. "그 사람은 몸 속에 피가 아니라 향유가 흐르는 것 같아. 입은 옷 속에서 뱀처럼 스르륵 미끄러져 다녀."

"그게 정말로 그렇다는 거야, 아니면 말을 하자니 그렇다는 거
야?"

팁이 웃었다.

"나도 잘 모르겠어. 어떤 때는 말을 하자니까 그렇게 말했던 건데
알고 보니 진짜로 그런 일도 있잖아. 그러니까, 라 몸베이는 나한테
도 알쏭달쏭 알 수 없는 사람이라는 그런 얘기야. 난 평생을 그 사
람하고 살았는데도 말이야."

"흐음. 그럼 넌 그 사람 아들인 거니?"

"아니야." 딱 잘라서 아니라고 했다.

"네가 너희 부모님이 누군지 모르고 있다면, 어떻게 아니라고 확
신하니?"

"왜냐하면 몇 년인지 모를 아주 오랜 기간 몸베이는 엄청나게 늙
어 꼬부라진 마귀할멈이었거든. 오페라 극장 바깥 길거리에서 잔돈
푼을 찾아 헤매는 그런 할머니들 봤지? 턱에는 뻣뻣한 털이 숭숭 나
있었고, 허리는 굽다 못해 반으로 접힐 지경이었어. 지팡이를 짚고
내 어깨를 붙들지 않고는 걷지도 못했다니까. 난 몸베이의 비상용
지팡이 노릇이었어. 나 없이는 움직이지를 못하니까, 난 어디든지
그 사람하고 같이 가서 뭐든지 다 보았지."

"그럼 라 몸베이가 너희 엄마가 되기에는 너무 늙었다는 거구나,
네 얘기는."

"응. 그 사람이 나의 증증증조할머니쯤 될 수는 있을 거야. 그렇
지만 그런들 그게 무슨 상관이겠어?"

"이제 네가 도망쳐 버렸으니 그 사람은 어쩌니?"

"아, 내가 말한 건 오래전 이야기야. 라 몸베이가 먼치킨랜드의 수장 직위를 따내기 전 이야기지. 지금 내가 한 얘기 가지고는 직접 봐도 알아보지도 못할걸. 나도 그때가 거의 기억나지 않을 지경이니까."

"무슨 일인데? 그 사람이 어디 샘을 찾아서 물을 마시기라도 했니?"

"아니. 그런 게 아니라 나를 끌고 사막을 건너서 기나긴 여행을 했지. 어딘가의 공작령으로 갔는데, 아마 에브였던 것 같아."

레인은 걷던 길을 멈추었다.

"아무도 죽음의 사막을 건너갈 순 없어."

"그 얘길 믿니?"

"다들 믿잖아? 그게 정말이 아니니?"

"아, 아무렴. 다들 믿는다면 정말이겠지." 팁은 놀리고 있는 것이었다. "그래서 오즈의 어느 곳에 가면 나무에 도시락통이 열리기도 한다지, 알지? 그리고 또 꼬마 토끼들은 저희들끼리 사는 토끼 마을이 있고 말이야."

"그렇게 놀리지 마. 난 학교 수업을 받은 게 딱 1년뿐이고 그동안 집중해서 배운 건 꼬마 도둑 핸디 맨디의 인생 역정이었다고."

"그런가? 난 학교 교육은 전혀 못 받았지만 몸베이의 엉치께에 붙어 다니면서 뭐든지 엿보고 얻어들었지. 그래서 말인데 소위 그 죽음의 사막이라는 게 절대 못 건너는 그런 건 아니거든. 죽음의 사막이 치명적인 건 바보라서 짐을 제대로 안 꾸리고 나섰을 때뿐이지. 하긴, 공평히 말하자면, 몸베이가 뭔가 마법을 쓰고 주문을 걸어서 가는 길을 쉽게 했을 수도 있지만 말이야. 모래 위를 가는 썰매기 있이서 그걸 타고 한 일주일을 세속해서 몰아치는 바람을 뚫고 전진했어. 그렇게 해서 도착해 봤더니 몸베이가 만난 상대방은 무슨 2급 여공작쯤 되는 사람이었지. 우릴 대접한다고 설화석고 접시에다가 고약한 샌드위치를 담아 주더라. 여공작은 자기 머리와 몸의 형태를 바꾸는 비법을 알고 있었고, 오후의 심심파적 삼아 우리에게 그 재주를 보여 주었지. 몸짓 보고 알아맞히기 놀이를 하는 것 같았어. 아니면 활인화(살아 있는 사람이 분장하고 자세를 취하여 명화나 역사적 장면을 재현해 보이는 것)랄까. 방에는 끝 쪽에 딱 한 장 막이 쳐 있을 뿐이었고, 여공작이 우리에게 밑으로 드나드는 뚜껑 문이나 숨겨진 방 따위는 없다는 걸 확인시켜 주었지. 한 무리의 아리따운 여인들이 자기 차례를 기다리고 있다가 나와서 자기가 여공작인 척하는 게 아니라고 말이야. 여공작의 마법은 파티의 여흥거리인 그 재주 하나에 한정되어 있었지만, 아주 우쭐해서 그걸 우리에게 선보이더라고. 여공작의 아름다움은 몸베이를 더한층 흉측해 보이게 만들었어, 대조가 되어서."

"그래서?"

"그래서 그곳을 떠나서는, 돌아오는 길에 꽤 오랜 기간 다른 곳들을 여기저기 거쳐서 왔지. 몸베이는 이런저런 호족 권력자들하고 단둘이 면담을 하고, 나는 썰매를 지켰어. 그러다가 마침내는 길리킨 북부로 다시 들어오게 되었고 런시블 산 근처 어디쯤에 착륙을 했지. 몸베이가 탈것을 몰다가 도랑에 처박는 바람에 우리는 남쪽으로 향하는 퍼사힐스발 기차를 잡아타지 않을 수 없었어. 그리고 그 기차에서 몸베이는 화장실을 쓰러 잠깐 자리를 비웠단 말이야. 그런데 그 화장실에서 화장을 어찌나 끝내주게 잘했는지 몰라, 다시 돌아왔을 때 난 몸베이를 알아보지도 못했으니까.”

“몸베이가 그 주문을 샀던 것일까? 그렇게 생각하니?”

“물어보진 않았어. 나중에 난 우리가 작별을 고한 다음 날 에브의 여공작이 기절해 드러누웠던 긴 의자에서 정신이 들어서 봤더니 실은 기절한 게 아니라 이미 죽은 후였더라는 식이 아니었을까 속으로 의심했지. 그렇지만 라 몸베이는 뒤를 돌아보는 일이 없었고 효과적으로 전면에 등장을 했어. 그 일이 있고 나서 얼마 되지 않아서 너끈히 먼치킨랜드의 수장 자리까지 올라갔지. 옛날의 파스토리우스 영감과 뭔가 이상하게 먼 친척이 된다고 해서 말이야.”

레인은 오래전 오즈 역사에 대해서는 아는 바가 없었고 아무렇든 별로 관심도 없었다. 하지만 팁은 이전에 자기 과거에 관하여 이렇게 많은 것을 이야기한 적이 없었다. 팁의 이야기를 자르고 싶지 않았다. 레인은 팁이 계속해서 파스토리우스 이야기와 파스토리우스가 마지막으로 통치했던 오즈마, ‘역겨운 오즈마’라 불리는 그녀와 결혼했는데 그녀가 고체형 쥐약과 관련한 우연한 음독 사고로 사망한 이야기를 하도록 두었다. 파스토리우스는 딸이 성장할 때까지 오즈마 섭정으로서 정무를 볼 참이었으나, 그때에 오즈의 마법사가 그 유명한 풍선을 타고 찾아오게 되었고, 그래서 이러고저러고 하여, 파스토리우스는 그만 최후를 맞았다.

“그럼 아기는?” 고치처럼 포대기에 싸여 있던 그 아르지키 아기를 생각하면서 레인이 물었다. “넌 정말 멀고 먼 외국 땅을 헤매고 다녔구나. 안 그래? 늙디늙은 호호할멈들은 아기가 어딘가 땅 밑의 요람에 고이 뉘여 오즈의 가장 암울한 시절에 다시 모습을 드러내려고 대기하고 있다는 전설을 무척이나 애틋하게 품고 있잖아. 오즈마의 재림이라고, 그이들은 그렇게 부르지. 첫 번째 상님은 아무래도 어정쩡 실수가 되어 버렸으니까 말이야."

"글쎄, 그거야 늙은이들이라 그렇지. 누구라도 딴 사람들은 어때?" 팁이 물었다. "오즈의 마법사가 마음이 여리여리하기로 이름난 사람은 아니었잖아. 도로시와 그 일당들을 보내어 너희 할머니가 세상에서 물러나 계신 성에 가서 무참히 죽여 버리라고 시킬 만한 사람이라면, 아기 먹일 분유에다 그 쥐약을 요만큼 갈아 넣어서 아기의 입에 목숨을 앗아갈 젖꼭지를 물려 주는 것쯤 아무것도 아니었을걸. 가엾은 어린것이."

"이거 봐, 말 조심해. 네가 말하는 그 '일당들' 중 하나가 브르르라고. 내 편에 서서 날 지켜 주었지."

"지금은 내가 네 편에서 너를 지키는 역할이야." 팁이 말했다.

"그리고 나는 너를 지켜 주지." 레인도 팁에게 새롱거렸다. "그래서 지금 충고를 해 주는 거야, 너의 조언자로서 말이야. 내가 한 대 치기 전에 말 조심을 하라고."

둘은 서로 농을 하고 있을 따름이었지만 테이는 둘이 말하는 어조 때문에 화가 나서 꾸짖듯이 끅끅 깩깩 까치 소리를 내었다. 그래서 둘은 어조를 부드럽게 했고, 손을 잡아 바위투성이 길을 올라가면서 서로를 끌어당겨 주었다.

3

레인과 팁은 해가 막 저문 때에 '빨간 풍차' 마을에 들어섰다. 산들은 머리 위에 시커먼 윤곽으로 걸려 있는데 서쪽 하늘은 여전히 창백한 빛을 띠었다. 어쩌면 너무나 고도가 높아서 공기가 희박해 그러는 것 같았다. 마을에 있던 양치기 중 한 사람이 오즈 말을 좀 할 줄 알아서 키아모코의 성채가 이제 아주 조금만 더 가면 나온다고 말해 주었다. 하지만 거기까지의 오르막길이 어느 때에 가든 험난하고 어두울 때는 아예 갈 수도 없다고 했다. 그렇다고 해도 레인과 팁은 아침 커피 마실 때쯤이면 거기 다다를 수 있을 터였다. 해뜰 때에 출발한다면 말이다.

결국에는, 왜냐하면 이제는 더 이상 머리에 떠오르는 대로 온갖 주제에 대하여 팁에게 넌 어떠냐고 물어보면서 딴 정신을 팔지 못하게 되어, 레인은 거기 가면 어떤 상황에 마주치게 될 것인지 생각하지 않을 수 없었다. 마을의 통역사는 레인의 질문을 못 알아듣는 듯했다. 아무래도 일부러 그러는 것 같았다. 그는 레인이 가서 직접 보아도 안전할 것이리고 말했다. 그럼 이제 안녕히들 주무시고, 박하차 드신 잔은 문 밖의 작은 깔개 위에 내놓으세요.

팁은 다정하여 밤이 다 가도록 레인을 안아 주었다. 레인의 마음에 미칠 듯한 공포가 점차 커졌다가 누그러들 때까지 내내. 물론이다, 캔들과 리르는 거기에 있을 것이다. 무사하게 있을 것이다. 어쩌면 『그리머리』가 도난당했다는 이야기는 군사적 적국 안에 공포와 혼란을 안기려고 조작된 헛소문에 불과했을 것이다. 아니면 레인의 부모가 도망쳤을 수도 있다. 도망치면서 레인 보라고 쪽지를 남겨 두었을 것이다. 아니면 도망쳤는데 쪽지는 전혀 남겨 두지 않았을 수도 있다. 그래서 그곳에는 바닥에 떨어져 있는 도끼 한 자루와 군데군데 검게 말라붙은 핏자국들뿐 아무것도 없을지도 모른다.

또는 어쩌면 캔들과 리르가…… 나의 부모가, 부모야 부모, 연습해야지! 기다리고 있을는지 모른다. 세인트프로즈 학교의 학부모 방문일에 그랬던 것처럼 돼지고기로 푸짐히 차린 점심식사가 척 하니 차려져 대령할지 모른다. 아무튼 간에, 캔들은 어떻게든 현재를 볼 수 있었으니까 말이지. 아마도 캔들은 딸이 오늘 밤 키아모코의 성벽 저 아래 마을에서 잠 못 이루고 있는 줄을 알 것이다.

아마도 레인의 어머니는 레인이 팁에게 두 팔을 둘러 끌어안고 잠을 자고 있는 줄 알 것이다. '버터와 알' 수업에 누락되어 있던 마지막 세부 사항을, 옷을 더 많이 벗으면 벗을수록 더한층 만족스러워진다는 기초적인 효과를 레인이 마침내 깨우치게 된 줄을 그녀는 아마 알 것이다.

레인은 자기가 잠이 든 것인지 미처 몰랐다. 분명히 잠이 든 것이다. 자신과 팁이 편안히 누운 창고 방의 한구석 기장을 담은 자루로부터 작은 흰색 시궁쥐 한 마리가 빼꼼히 고개를 내미는 것은 잠들어서 꿈으로 꾼 게 틀림없다. 그 쥐가 말하기를 "모든 것이 너를 바꾸고, 네가 모든 것을 바꿔."라고 했는데, 그렇지만 레인은 이제 잠에서 깬 게 분명했다. 왜냐하면 팁이 말을 하고 있었기 때문이다. "그래서 넌 다른 날도 아닌 딱 오늘에 꾸물꾸물 늑장을 부릴 참이야?"

볶은 밀짚과 풍뎅이 겉껍질을 우린 뜨거운 차 같은 것을 한 모금 꿀꺽 목에 넘기자, 레인은 더 이상 기다릴 수가 없었다. 레인은 스칼리가 하던 대로 한 발을 뒤로 빼면서 무릎을 구부리는 절을 했다. 이제는 사라진 과거의 삶에서, 스칼리가 유일한 친구였던 시절에 그랬던 대로다. 그리고 나서 레인과 팁은 서둘러 '빨간 풍차' 마을을 나섰다. 그 길에 지나쳐 간 풍차는 몹시 낡았고 햇볕에 바래어 빨간색도, 다른 어떤 색도 아니게 된 채 이제는 풍차의 날개도 없어져 몰아치는 바람 속에서 아무 구실도 못 하고 서 있었다. 여행자들은 마지막 오르막길을 기어오르기 시작했다. 길은 수레 한 대가 다니기에 넉넉할 만큼 넓었다. 다만 이런 급경사에 수레를 끌려면 스카크 두 마리는 붙여야 할 테지만 말이다.

내다 버린 허섭스레기 더미의 잡초들에 이슬이 맺히고, 햇살을 받은 돌덩이들은 젖어서 반짝인다. 잔돌은 설탕을 녹여 씌운 것 같다. 레인과 팁은 서로 이야기를 나눌 수가 없었다. 설사 그러고 싶은 마음이 들었더라도 그 힘든 오르막길을 기어오르면서 이야기를 하기란 무리였다. 산모롱이에 담장 위 장식 돌처럼 쪼르륵 늘어선 무지막지한 입석들을 가까스로 헤치고 돌아 오르자, 마침내 키아모코 성이 머리 위에 어렴풋한 모습으로 떠올랐다. 키아모코가 노블헤드 파이크 징싱에 자리 잡고 있시는 않았다. 전혀 아니다. 하지만 성은 제 나름 두두룩한 산언덕 꼭대기를 장식하고 서 있었다. 여기에서도 그 냄새를 맡을 수 있는 곰팡이와 부패의 분위기가 감돌았다.

일종의 해자가 파여 있는데 지금은 물이 말랐고, 내렸다 올렸다 하는 해자 다리는 영구적으로 내려진 채다. 방어 태세는 별로로군. 만약 누가 여기까지 그예 쫓아온다면 말이지만. 레인은 그렇게 생각했다. 통나무가 두 개 빼고 전부 썩어서 해자 구덩이 속으로 무너져 내린 후라 팁과 레인은 손을 잡고 서로 균형을 잡아 주며 길거리 공연을 하는 사람들처럼 잰걸음을 쳐 깊은 구덩이 위를 건너갔고, 판자가 휘어 영영 닫을 수 없게 된 쇠참나무와 벽옥의 성문을 통하여 발끝걸음으로 성의 안뜰로 들어섰다.

날개 달린 원숭이 네 마리가 무언가 의식이 있는 것인지 양쪽에 두 마리씩 정렬하고 서 있었다. 큰 창을 서로 엇갈려서 그 밑으로 삼각형의 통로를 만들었다.

"신화에나 나오는 건 줄 알았어." 팁이 속삭였다.

잔돌이 깔린 경사진 마당을 따라 다른 날개 달린 원숭이들은 덜 우아한 모습으로 여기저기 까불며 놀고들 있었다. 헛간들과 마구간, 냉장 보관실, 무너져 버린 온실, 장식이 아로새겨진 석조 정자 등을 지나니 그 뒤로 중심이 되는 성채와 거기에 몇 갈래로 붙여 지은 건물들 및 부속 건물들의 모습이 떠올랐다.

넓찍한 바깥 층계를 올라가니 빛과 공기가 들어가도록 활짝 열린 문에 이르고, 더 깊은 건물 안쪽의 어느 방으로부터 섬뜩한 노랫소리가 어렴풋이 걸러져 울려 나왔다.

"서둘러야 할걸, 벌써 시작했으니까." 원숭이들 중 한 마리가 끝이 삐죽삐죽한 지팡이를 써서 엉덩이를 긁으면서 그렇게 말했다.

레인과 팁은 층계를 올라 정문으로 갔다. 서두르지도 꾸물거리지도 않았다. 마치 누군가 자신들이 올 줄 알고 기다렸던 것처럼, 이제부터 무엇에 맞닥뜨리게 될지 그들 자신 이미 알고 있었던 것처럼. 문으로 들어서자 그곳은 넓디넓고 텅 비어 있었다. 거의 제2의 안마당 같았다. 위에는 교차 궁륭의 둥근 천장을 이고 있는 안마당이다. 불규칙한 형태의 공간에 몇 방향의 벽으로 손잡이 난간 같은 것은 둘려 있지 않은 가파른 층계가 나 있었다. 레인과 팁은 음악에 이끌려 그대로 1층으로 더 깊이 들어가 보았다. 연이어 붙어 있는 방들을 세 개인가 네 개 지나갔다. 방들은 매번 앞의 방보다 몇 계단 올라가게 되어 있었다. 마치 성 자체가 그만 됐다고 쉬기 전까지는 꾸준히 산을 기어오르고 있었던 것만 같았다.

방에 가구 집기는 거의 찾아보기 힘들었다. 아예 없는 방도 있었다. 여기에는 금방이라도 폭삭 망가질 것 같은 물레가 있고, 때때로 고장 난 시계가 놓여 있는 탁자가 있기도 했다. 하지만 방마다 벽을 두른 굽도리 널을 따라 무엇을 담을 수 있는 용기란 용기는 죄다 동원하여 들꽃을 꽂아 늘어놓았다. 우유 주전자와 버터 절구, 양동이와 요강, 양철 도시락통과 고무장화까지.

둘은 마지막 문에 다다라 멈추어 섰다. 그리고 마침내 안으로, 좁고 높은 창들마다 납 테에 색유리로 채워져 있어서 영락없이 예배실 같아 보이는 그 방 안으로 들어갔다. 스물네댓 명쯤 모여 있던 이들이 들어오는 기척에 돌아보았다. 캔들도 리르도 그중에 없었다. 제일 먼저 말을 한 건 사자였다. 아니, 말을 한 게 아니다. 그는 말이 아니라 울부짖는 소리를, 레인이 전에 한 번도 들어 본 적 없으며 앞으로도 들을 일이 없기를 소원할 그런 울부짖음을 내놓았다.

그리고 레인 쪽으로 걸어와서 이마에서 발까지 뜯어보는 품이, 마치 자기가 무슨 술수를 부려 레인을 그곳에 나타나게 한 것이나 아닌지 두려운 모양이었다. 그의 갈기는 되는 대로 헝클어져 있고, 안경은 눈물로 흐려졌다. 심로로 인해 변모한 것이다. 레인은 그 모습에 살짝 기가 질렸다.

레인이 부드럽게 말을 꺼냈다.

"내가 그렇게까지 많이 크진 않았잖아요. 안 그래요? 나 레인이에요, 브르르."

그러고 나서 레인은 두 손을 브르르의 갈기에 푹 집어넣어 쓰다듬었고, 브르르는 레인의 엉치께를 콧등으로 밀며 얼굴을 비벼서 옷에다 젖은 얼룩을 만들었다. 브르르는 흐느껴 울 따름이었고, 레인은 말을 했다.

"나 레인이에요. 레이이라고요." 그리고는 부들부들 떨고 있는 브르르의 거대한 머리 너머로 팁을 건너다보고 어깨를 으쓱 해 보였다. 왜? 뭘 기대했는데? 팡파르라도 울릴 줄 알았니? 그러다가 레인은 톱질모탕으로 대신한 관대 위에 그림자 드리워진 관이 놓여 있는 것을 알아차렸다.

레인과 팁이 도착하는 바람에 빚어진 소동이 일단 잦아들고 나자, 거위는 장례 의식을 계속해 나가야만 했다. 레인은 물러나서 참석하지 않았다. 새로운 비통함의 감정을 공부하기에 도저히 힘이 자라지 않아서였다. 이 문제에 있어서는 강렬한 감정으로부터 자유로울 팁이 레인을 대신하여 의식에 참석하여 지켜보았고 레인이 울울음을 대신 울었다. 누군지 나이가 찬 아가씨 하나가 전혀 뜻이 닿지 않는 노래를 부르고 있었다.

노르가 죽었다. 노르 고모가. 노르는 죽어서 스타스냅 소나무로 짠 관 안에 고이 뉘어 있었다. 노르는 죽었고 다시는 걸을 일이 없다. 다시는 일어나 앉을 일도, 그 무감동한 태도로 처참한 배신의 세상을 둘러보고 그곳에 사는 혼란스럽게 어리석은 시민들을 바라볼 일도 없다. 노르는 죽었고 더운 김을 뿜기를 그쳤으며 벌써부터 악취를 풍기기 시작했다. 관을 장식한 꽃들은 할 수 있는 대로 최대한 냄새를 가시게 하기 위함이었다. 노르는 슬픔으로 죽었다. 아니면 괴로워서 죽었다. 또는 우연이라는 달콤하지 못한 사고 탓에 죽게 되었다. 노르는 꼭 팁이 그랬던 것처럼 벼랑 끄트머리에서 발을 헛디뎌 떨어져 죽었다. 다만 노르는 2미터 높이에서 떨어진 것이 아니라 20미터를 떨어졌지만 말이다. 치명적인 추락. 레인은 생각했다. 그것은 언제나 누군가에게 막 일어나려 하는 일이다. 일리아노라 티겔라르는 이제 죽었고 내일도 죽어 있을 것이고 하나하나 이름 불러 열거하기에는 너무도 많은 그 다음 날과 그 다음 날들 내내 죽어 있을 것이다. 노르에게서 최상의 것들은 모두 다 럴라인의 황금마차에 실려 멀리 날라져 갔고 뒤에 남겨진 찌꺼기는 조문객들이 고약한 냄새에 굴하여 결국 구역질을 하기 전에 서둘러 어딘가로 치워 버려야만 했다.

점심때쯤 해서는 화장의 불길이 관을 먹어 들어가기 시작했고, 저녁때가 되자 관은 타서 재로 화했다. 아무도 무엇이 남았는지 뒤져 보지 않았다. 날개 달린 원숭이들이 밤새도록 지켜 앉아 망을 볼 것이었다. 얼음 그리폰들이 와서 새까맣게 그을린 뼈를 낚아채어 놈들의 강력한 부리로 우직 부숴 버리지 않게끔 말이다. 원숭이들은 이 일에 익숙했다. 자기들 중 누구에게 마지막 비행의 날이 오면 같은 의식을 거행하곤 했으니까. 원숭이들은 불침번을 서는 것을 영광으로 여겼다. 팁이 그들에게 레모네이드를 날라다 주었지만 성벽 너머 과수원에 소리를 내며 활활 타는 불 쪽으로는 시종 눈길을 보내지 않았다.

†††

레인에게, 고모를 죽음으로 몰고 간 상황의 개략을 이야기로 듣기란 어려울 것이 없었다. 하지만 그 상황을 이해한다는 것은 무척 힘이 들었다. 이스키나리가 자기가 아는 대로 레인에게 알려 주었다.

습격은 한 8주인가 10주쯤 전 새벽녘에 닥쳐왔다. 사자와 그 동료들은 미처 키아모코에 도착하지 않은 때였다. 그들은 그때부터 아직 두 주쯤 더 있어야 도달할 터였다. 그들이 있었더라면 상황이 달랐을지도 모른다. 아무리 겁쟁이 사자라고 해도 때로는 온몸을 던져 행동에 나설 수 있다. 당시의 상황으로는, 겁에 질린 원숭이들이 화닥닥 공중으로 날아올라 찢어지는 비명을 질러 대었고 괴한들이 리르를 누워 자던 자리에서 거칠게 끌어내었으며 옆에 있던 『그리머리』를 낚아채어 둘러메었다. 리르는 한때 바로 이곳에 은둔해 살았던 사악한 서쪽 마녀 엘파바 트롭의 외아들 리르 코로 신분이 확인되었다. 그는 손발을 결박당하고 산스카크의 등 위에 밧줄로 매였고, 검은 두건을 쓰고 검은 장갑을 낀 남자들 다섯 명이 그대로 그를 잡아갔다. 그자들은 아르지키 족이 아니었다. 만약 괴한들이 먼치킨랜드인들이었다고 한다면, 개중에 키가 커서 신장을 가지고는 길리킨인과 구분할 수 없을 만한 사람들이었을 것이다. 어쩌면 그들은 라 몸베이가 고용한 납치꾼들이었을 수도 있다. 누구도 이렇다고 꼭 짚어 추측을 할 수 없었다.

캔들이 나도 같이 잡아가라고 찢어져라 소리를 질러 댔지만 새벽의 침입자들은 캔들은 한켠으로 제쳐 두었다. 그자들은 캔들에게는 아무 관심이 없었다. 캔들을 정신박약으로 알았던 것이다. 아마도 퀴들링 여자는 아무런 흥미를 불러일으키지 못했던 모양이다. 캔들은 염소가죽 장화를 꿰어 신고 도보로 괴한들 뒤를 쫓아 달렸다. 그리고 그 추적이 얼토당토않은 헛수고라 해도 며칠 동안이나 뒤쫓기를 그치지 않았다. 다시 돌아오자, 캔들은 노르에게 맹세를 깨라고 졸라 대었다. 그것은 바로 리르와 캔들, 자신들 두 사람에게 한 맹세였다. 노르가 레인을 어디에 숨겼는지 알리지 않기로 한 맹세 말이다. 원래 리르와 캔들은 알고 싶어 하지 않았다. 왜냐하면 이번 같은 기습이 마침내 닥쳐오지 않을까, 그래서 리르와 캔들이 죽도록 맞은 끝에 결국에는 딸의 행방을 누설하는 일이 생기지 않을까 두려웠기 때문이다. 리르는 노르에게 절대로 자기 부부에게 말하지 말 것을 맹세시켰다. 절대로.

레인은 애걸복걸하는 캔들에게 가르쳐 주지 않고 버틴 노르의 심정을 알 것 같았다. 과거 레인이 네서하우에서 세인트프로즈 학교로 가게 된 그 시점에, 노르 고모는 자기에게 짐 지워진 과업을 굳이 부탁을 받아 설복당하고 할 것도 없이 선선히 떠맡았다. 고모는 이해를 하고 있었다. 세인트프로즈 학교에 입학할 당시의 레인과 대충 비슷한 나이에 잡혀갔던 노르다. 자기 어머니, 자기 이모들, 자기 친오빠가 당시에는 대장이었던 체리스톤 대장의 손에 모조리 살육 당했음을 알고 있으면서도 살려고 애썼던 노르다. 에메랄드 시의 지하 깊숙한 곳 남쪽계단 감옥에 감금되었던 노르다. 노르는 살다 죽을 목숨을 타고난 자들이 이런저런 명목 아래 저지를 수 있는 죄악을 너무나도 잘 알고 있었다. 노르는 레인이 충분히 나이를 먹어 성인이 될 때까지는 레인의 행방을 누설하지 않겠다고 약속했던 것이다.

캔들이 아무리 울고불고 다그쳐도, 노르는 일단 약속한 것을 도로 물릴 수가 없었다고 이스키나리는 말했다. 노르는 만약 리르를 납치해 간 자들이 리르로 하여금 그 치명적인 책을 자신들에게 해독해 내게 하려다가 그를 죽이고 말았다면, 그자들로서는 더한층 절박하게 레인이 필요하게 되지 않겠느냐는 점을 캔들에게 상기시켰다. 그자들은 더한층 발이 닳도록 애써 레인을 추적할 것이다. 무슨일이 있든 절대 멈추지 않을 것이다. 노르는 그런 남자들을 잘 알고 있었다. 노르는 일찍이 조야한 바늘에 식초에 석신 거친 실을 꿰어서 스스로 자기 자신을 꿰매어 봉했다. 노르는 세상이 학대하고 불구로 만들어 버릴 어린아이를 자기 가랑이에서 공급해 주지 않았고, 또한 레인이 자신의 자궁을 벗어나게 하지도 않을 작정이었다.

사자가 이야기를 넘겨받았다.

아내와 헤어져 오랜 시간이 지난 끝에, 브르르는 먼치킨랜드로부터 키아모코를 찾아왔다. 하나 그때는 재결합이 이미 부질없이 되었다. 끈질기게 조르고 들볶아 댄 캔들의 성화에 노르는 그만 미쳐 버렸다고, 브르르는 두 앞발을 갈기에 묻고 들먹이는 등이 뻐근하도록 흐느껴 울어 가면서 말했다. 희망이라 할 수도 있을 그 무엇인가를 붙들었던 연약한 손을 아내는 놓치고 말았다. 노르는 분노해 울

어 대는 캔들을 피하여 성 밖을 헤매었다. 다름 아닌 브르르의 접근
과 애도를 피해서 나갔다. 노르가 발이 미끄러진 것인지, 도무지 읽
을 수 없는 앞날을 참지 못하여 스스로 몸을 던진 것인지에 대해서
는 아무도 감히 이렇다 할 의견을 낼 수 없었다.

어쩌면 그냥 산이 부르르 떨렸던 것인지도 모른다. 이제 산이 그
렇게 진동하기 시작한 지도 한참 되었으니 말이다. 야생의 세계만이
지니고 있는 그런 자비심을 발휘하여, 산비탈이 덜컥 움직였을지도
모른다. 더 이상은 그처럼 모질게 고통 받는 영혼을 계속 살라고 모
른 체할 수 없어서. 땅의 떨림은 대지진 때부터, 한때 사리마가 거처
했던 동쪽 건물을 무너뜨린 그 지진 말인데, 그때부터 여진으로 흔
들렸다 말았다 하며 지금까지 이어지고 있었다. 키아모코에 들어와
사는 이들은 진동이 거의 익숙한 것이 되었다.

"도로시를 구출하자고 그녀를 떠나는 게 아니었어." 레인이 귀에
신경을 집중해서야 간신히 들을 수 있었던 소리로 브르르가 웅얼거
렸다. "혹시 누가 쫓아오고 있을까 봐 갈지자로 가느라고 좋은 계절
을 다 보냈지. 우리는 먼저 아가씨물고기의 회당으로 갔어, 너희 일
가가 그쪽으로 돌아와 있나 보러. 아니면 물음표 모양 말 조각이 새
겨진 돌 아래에 전갈을 남겼을지도 몰라서. 그런데 아무것도 없기
에, 이리로 오기로 했지. 캔들과 리르를 찾았으면 하는 생각에 말이
다. 아무튼 이곳은 리르의 소년 시절 보금자리였거든. 뭐가 어떻게
되든 이 성이 도로시를 은신시킬 만한 안전한 장소는 되어 주리라
고 생각했지. 하지만 일리아노라도 이쪽으로 돌아와 있을 줄은 짐작
도 못 했어. 어린 시절 그 사람이 깊은 상처를 겪었던 바로 그 장소
인데. 유괴와 살인…… 그런데 이제 그 모든 일들이 다시 벌어진 거

아. 그 사람이 견뎌내지 못한 것도 이상할 게 없어."

며칠 전 노르의 죽음을 당하여 캔들은 자기 스스로 참을 수 없게 되어 버렸다고, 브르는 이야기를 이었다. 캔들은 얼마큼의 건과와 샌드위치를 보에 싸 들고 리르가 납치되어 간 직후 도착하여 성에 있던 일행들에게 작별을 고했다. 즉 브르와 꼬마 다피와 대장나리, 그리고 그들 뒤를 쫄레쫄레 따라온 저기 저 덩치 크고 말 같은 촌아가씨 일행 말이다. 캔들은 걸어서 떠났다. 네서하우로 가서 천장 반자를 뜯을 셈이었다. 안 되면 손톱으로라도 뜯을 것이다. 마녀의 빗자루를 끌어내릴 것이다. 남편을 앗아간 그 괴한들의 무리가 이미 찾아내어 훔쳐가지 않았다면 말이다. 그리고 지붕 꼭대기로 올라가 뛰어내릴 것이다. 캔들은 그 빗자루를 타고 나는 법을 스스로 깨치든지 아니면 죽든지 할 심산이었다. 빗자루가 자신을 저버릴 테면 저버리라고 대담한 마음을 먹었다.

이미 어디까지 흘러갔을지 모를 리르가 더욱더 멀어져 가기 전에 캔들은 그를 찾아낼 터였다.

이스키나리가 은연중에 풍긴 것처럼 레인과 팁이 어쩌면 캔들과 길에서 엇갈려 지났을 수도 있었겠지만, 쿼들링 여인은 밤을 타서 길을 갔다.

그럴 수는 없어. 레인의 얼굴 표정은 그렇게 말하고 있었다. 이제는 이곳 지형의 살풍경함을 알고 있기 때문이다.

아니야, 정말 그렇다니까. 거위가 다짐했다. 캔들에게는 음악을 연주해서 같이 가자고 홀려 놓은 등불종달새 한 마리가 있어서 그 덕을 보았다.

"등불종달새는 짝을 불러 우짖으면 작은 횃불처럼 빛을 발하거든. 우리의 캔들이 도밍곤을 연주해서 등불종달새가 좋아할 만한 소리를 낼 수 있으리라는 건 말하나 마나지."

캔들은 또한 산염소답지 않게 유순히 길들어 안장을 얹으라고 등을 내주는 산염소 한 마리도 데리고 갔다.

노르의 죽음에 대한 아르지키 족의 애도 기간은 캔들이 탄 산염소가 시야에서 사라지는 사이에 시작되었다. 그 기간은 이제 끝이 났다. 브르르와 꼬마 다피와 대장 나리가 레인과 팁에게 그간의 소식들을 들려주는 일을 마치는 것과 때를 같이하여 끝났다.

일행이 도로시라고 부르는 소녀는 조금 떨어진 곳 소젖 짜는 걸상 위에 걸터앉아서 뭉클뭉클 치오르는 기류에 스며 있는, 죽은 이를 거스르는 고약한 냄새에, 콧등에 주름을 잡으면서 무척 진지하게 귀 기울이고 있었다. 아직 아무도 레인에게 소개해 주지 않은 늙은 여인이 그 옆에 앉아 있었다.

4

그러니까 아버지는 가 버렸다. 어디로 갔는지 누가 알랴. 어머니
도 마찬가지로 사라져 버렸다. 노르 고모는 더더욱 멀리 떠나갔다.
레인이 어린 시절의 막바지에 물려받았던 조그마한 가족은 이제 산
산이 흩어지고 말았다. 사회 단위로시 가족이란 시간적으로 한정된
기간 동안만 존속한다. 비록 이러한 사실을 아직 아이일 때에 감 잡
게 되는 이는 무척 드물지만 말이다. 레인이 바로 그러한 경우였다.

레인에게 남은 것은 사자뿐이었다. 꼬마 다피와 대장 나리가 그
랬던 것보다 한층 더 사자는 레인 편에 서 주었다. 레인을 위해 주
고 함께 있어 주었다. 그의 주름 진 커다란 얼굴이 마침내 레인을
향하여, 마치 슬픔을 떨쳐내고 레인이 정말로 누구인지를 인식하는
데 힘이 든다는 듯이 그녀를 바라보았다. 게다가 이 얼마나 날카로
울 만큼 올곧은 눈빛인가. 사랑을 보여 주는, 움츠러들지 않는, 불과
몇 년 전 레인이 보여 주었던 것과는 정반대인 모습이다. 부모와 함
께 산 것, 그 다음에는 기숙학교에 가 있었던 것이 레인을 바로잡아

놓았음을 브르르는 이제 깨달았다. 삶이 레인에게 언어를 부여했다. 브르르는 감명 받았고 또 약간 기가 질렸다. 하지만 새로운 슬픔이 그를 뜨악하게 만들어 놓았기에 거기에는 거리가 떴다.

그러는 동안 레인이 눈앞에 볼 수 있었던 것, 애정을 담아 또한 진찰을 하듯 사자를 돌아볼 때에 보인 것은 오로지 슬픔에 절어 엉망으로 무너진 한 존재, 그뿐이었다. 충격을 받고, 이제 노령에 가깝다고 해도 될 만큼 풍상을 겪어 삭았다. 그의 수염부터가 경련으로 가만히 못 있고 부들부들 떨렸다.

팁은 레인이 지금 처한 상황과 할 수 있는 방도를 가늠해 보도록 도와주려 했다. 이 키아모코 성이란 우스울 만큼 간단히 점령될 곳이었다. 레인이 무사하고 싶다면 머물 곳이 못 되었다. 캔들과 리르는 대체 어떻게 여기에서 스스로 몸을 지킬 수 있다고 생각했단 말인가? '낙담' 평야에서 서로 헤어져 도로시를 구출하러 먼치킨랜드로 길을 꺾은 이래 지금까지 리르를 다시 보지 못한 브르르는 대답을 할 도리가 없었다.

"말했잖느냐. 여기는 리르의 보금자리였어, 예전에 한때는 말이다." 사자가 우겼다. "리르는 여기에서 자랐지. 내가 리르를 처음 본게 바로 여기 이 성의 안뜰에서였지. 마녀의 부하인 날개 달린 원숭이들이 도로시와 나를 산 위로 들어다가 자갈 깔린 마당에 내팽개쳐 놓았을 때 말이다. 그거 아니? 그때 이후로 내 왼쪽 뒷다리 관절이 영 전 같질 않아. 늘 살펴 주고 조심조심 건사해야 하지."

아내와 사별한 이 와중에도 겁쟁이 사자가 자기 기운을 북돋워 주려고, 기분을 밝게 해 주려고 애쓰고 있는 줄 레인은 짐작하고도 남음이 있었다. 그래 봐야 소용은 없었다. 어쩌면 어느 날엔가 레인

337

이 오늘을 회상하면 그때에는 위안이 될 수도 있으리라.

레인은 정말 성장해 가고 있었다. '어느 날엔가'라든가 '회상한다면' 같은 개념을 생각할 수 있다는 점에서 말이다.

"그냥 옛날에 살았던 집, 그뿐이에요? 그래서 뭐가 어떻다는 거예요?" 레인은 장소에 대해 연연하지 않았다. "지진이 일어나는 시기 동안 집이 낭떠러지 끄트머리에 세워져 있는데, 거기가 안전한 느낌이라서 거기 가 있는단 말이에요? 거기가, 거기가 집이라서요?"

"그만 한 곳도 없지." 브르르가 말했다. "성마르게 굴지 마라, 어울리지 않아."

레인은 이해하지 못했다. 레인은 대장 나리 부부에게 무슨 생각이 드는지 물어보았지만, 그 한 쌍은 이 비극을 전적으로 이해하는 것 같지 않았다. 그들은 잠을 많이 잤다. 어쩌면 이렇게나 가파른 산을 기어오르는 일이 브르르나 도로시의 다리보다 그늘의 짧은 다리에 더더욱 고되었는지도 모른다.

도로시에 대해서, 레인은 미심쩍게 생각했다. 이방인은 마녀의 성에 와 있게 되어 겁을 먹은 듯한 모습이었다. 혼자 남아 있고 싶어 하지 않았다. 처음에 레인은 도로시가 팁에게 추파를 던지려 할까 봐 염려스러웠다. 그러면 스칼리 때문에 마음 졸였던 게 전부 그대로 되풀이되는 꼴이다. 하지만 도로시는 팁의 상냥함이 전혀 눈에 들어오지도 않는 모양이었다.

"계속 토토 생각이 나요." 도로시가 말했다. "어쩌면 어딘가에서 아직도 나를 찾아 헤매고 있지 않을까 싶어요. 천치 같은 여러분이 발붙이고 사는, 눈보라 몰아치는 이 무시무시한 세상 한데서 떠돌면서요."

"아주 잘나지셨어. 정말이지." 대장 나리가 말했다.

"사람을 둘이나 살해했다고 기소당하고 사형선고를 받은 게 내 천성적인 중서부 사람다운 무덤덤함을 다소 깎아냈네요."

"아가씨의 작은 개가 아마 어디서 이따만 하게 큰 개를 만난 게 지. 아가씨하고 어울리기보다 그놈하고 어울리는 게 훨씬 더 재미난 거야."

"내가 이렇게 마음이 괴로운데 어쩜 그걸 가지고 사람을 놀려요? 그 이따만 하게 크다는 개들 한 떼를 만나서 영감님 궁둥이를 소개 시켜 주기나 했음 좋겠네."

"저이들이 지금 네 기분을 풀어 주려고 저러는 거야, 알지?" 브르르가 말했다.

하지만 레인은 그 말이 그대로 믿기지는 않았다.

레인은 팁과 함께 다시금 성 밖으로 걸어 나왔다. 둘이 성을 향해 왔던 그쪽 방향으로 나왔다. 꺼져 가는 깜부기불에서 떨어져 왔다. 레인은 소리 내어 울었다. 하지만 팁의 어깨에 얼굴을 파묻지는 않았다. 그 정도로까지 창피하게 굴고 싶지는 않았던 것이다. 팁은 레인에게 왜 우느냐고 물어보지 않을 만큼의 지각이 있었다. 그 울음은 꼭 고모가 돌아가셨기 때문에, 또는 지켜 달라고 부탁한 적도 없는 자신을 지키기 위해 산산이 조각 난 삶을 산 부모님 때문에 터져 나온 것이 아니다. 모든 게 통째로 함정처럼 발밑에서 푹 꺼져 버린 지금이, 조금치의 자비도 없이 짓눌러 오는 이 상황이 울음을 터뜨리게 만들었다. 레인은 자기가 시계태엽 기계 장치에 조종되는 무대 위에서 살아왔다는, 타임 드래곤이 꿈꾸는 자신의 삶이 자꾸만 악몽으로 치닫는다는 느낌이었다.

팁은 한마디 말도 필요 없이 이 모든 것들을 아는 듯싶었다. 그는 레인과 벼랑 끝 사이에 서 있는 단 하나의 믿을 것이었다. 낭떠러지는 레인이 실낱만 한 기회라도 줄라치면 대번에 뒤흔들릴 태세다.

레인은 날개 달린 원숭이들 중 연장자가 데려다 준 작은 방에 들었지만 그리 오래 잠들어 있지는 못했다. 테이가 덜덜 떨며 레인의 베개로 파고들었다. 벼수달에게는 산 공기가 잘 맞지 않는 것이 분명했다. 팁은 가까이에서, 하지만 저만치 거리를 두고 레인의 방문 밖에 깐 요 위에서 잠을 잤다. 팁이 마침내 곯아떨어지자 레인은 새근대는 숨소리를 들을 수 있었다. 그것은 둘이 이곳에 도착한 이래 처음으로 레인의 마음에 위안을 주는 소리였다.

✜ ✜ ✜

아침이 되자, 레인은 할일을 하기에 바빴다.

"창가에 있는 저 할머니는 누구야?" 레인이 이스키나리에게 물었다.

"이름은 캐터리 스펀지라고 하는데, 부르기는 유모라고 부르더구면." 거위가 대답했다. "저 할멈은 제2의 유년기를 이미 다 지나보내고 제2의 청소년기에 접어들었어. 그래서 한 세대를 침대에 누워 지내고 난 후 다시 정정해지기로 마음먹은 거야."

"여기서 뭘 하는 거지?"

"저 할멈이 네 조모 엘파바를 키웠어. 그리고 리르가 한 열네 살쯤 먹을 때까지 여기에서 리르와 함께 살았지. 저이는 이제 대략 45년째 은퇴 생활을 해 왔는데, 새롭게 가정교사 자리를 얻어 볼까 생각하고 있더군. 곡물 창고나 뭐 그런 것의 관리인이 될 수도 있겠지."

"안녕하세요, 유모?" 가까이 가면서 레인이 불렀다.

여인은 돌아보고 우유를 넣고 쑨 밀죽 그릇을 내려놓았다. 레인은 지금껏 그토록 나이 든 사람은 한 번도 본 일이 없었다. 유모의 양볼과 목은 마구 구겨 문댄 후에 도로 잘 펴지 않고 반만 편 양피지 조각인 양 자글자글 주름이 가 있었다.

"엘피?" 유모가 불렀다.

"아닌데요. 제 이름은 레인이에요."

늙은 여인이 말했다.

"내 눈에 백내장이 푸딩처럼 걸쭉해서. 설탕 집게로 좀 집어냈으면 좋겠구먼. 허이구, 하지만 넌 정말 엘파바를 빼박았구나. 정말 엘피가 아니냐?"

"전 이제 막 여기 왔어요."

"그래, 난 네가 올 줄 알고 오랫동안 기다렸단다."

레인은 자기가 누구인지를 유모에게 제대로 이해시켜 드린 건지 확신이 서지 않았지만, 아무런들 상관은 없다는 쪽으로 마음을 먹었다.

"노르 고모가 어린애였을 적을 아는 사람은 할머니 혼자뿐이세요."

"그렇지, 내가 알지."

"노르는 어땠어요?"

"빗자루를 탄 건 그 애가 첫 번째였어. 알겠니? 엘파바가 나한테 이야기해 주었지. 쾌활하고 원기 왕성한, 힘이 넘치는 아이였단다."

"그렇지만 어떻게 노르가 그 빗자루를 탔대요? 노르 고모한테는 마법의 능력이라고는 눈곱만큼도 없었는데요."

"나도 그렇게 말을 했더랬지. 하지만 마법이 우리가 기대한 대로 흘러간다고 누가 말할 수 있겠니? 애야, 손을 이리 다오."

"손금을 읽으시게요?"

"내 이 눈으로? 손금은 고사하고 네 손가락도 안 보이는 판인데. 아니야, 그냥 내 손을 좀 따숩게 하고 싶어서 그런다. 어리고 젊은 사람들은 속에 활활 타는 불이 들어 있단다."

"우리 아버지가 어디 가 있을지 혹시 짚이는 데가 있으세요?"

"아이고 맙소사. 프렉스는 고상한 이교도들에게 신앙을 전파하고 자 쿼들링 땅으로 떠나지 않았니? 너도 알면서."

"우리 아버지요. 리르 말이에요. 리르 코."

"리르 트롭 말이겠지. 엘파바의 아들. 병사들이 몰려와 가족을 붙잡아 갔을 때 노르도 그때 잡혀갔는데, 엘파바는 어디 다른 데로 니가 있었어. 물건 사러 갔던가 소동을 일으키러 갔던가 했겠지. 아니면 폭동 교사를 강의하러 갔던가. 그 부분에 대해서는 내 이야기를 하고 싶지가 않아. 리르는 병사들을 뒤쫓아 갔다가 자기도 붙들렸어. 하지만 놈들이 리르가 누군지를 몰랐기 때문에 잡았다가 도로 놔주었지. 그자들은 리르가 부엌 심부름 하는 꼬마라고 생각했던 거야. 그게 말이다, 말이야 바른 말이지 리르는 애가 항상 꾀죄죄했거든. 그자들이 리르를 손에 넣었을 때 그대로 잡아 두었더라면 성가시게 난리 칠 것도 없었을 것을."

"그건 그때 일이고요." 레인이 말했다. "이번에는 어떨까요? 그자들이 쳐들어 왔을 때 소리를 들으셨어요? 아버지를 어디로 데려갈지에 대해 단서가 될 만한 무슨 말이라도 혹시 하지 않았나요?"

"나는 예나 지금이나 잠은 늘 아주 잘 자. 그게 내 최고의 재능이지." 유모는 이를 몇 개 빼내어 엄지손가락으로 문질러 닦더니 도로 끼워 넣었다. "강냉이 낱알이 나오는구나, 알겠니? 잇몸이 늙어서 버티지를 못해."

"어떻게 생각하시느냐고요?"

"내 생각이야 뭐." 유모가 말을 이었다. "네가 알고 싶어 하는 것을 말해 주는 거야말로 지금 이 순간에 내가 무엇보다 더 간절히 바라는 일이라는 것이야. 하지만 그럴 수가 없구나. 그러니 그 다음으로 좋은 것은 이 햇살 속에서 낮잠을 자는 것이지. 겨울의 한기가 때로는 몸을 에는 것 같아, 알겠니? 자고 일어나서 혹시 뭐라도 더 기억나는 것이 있으면 너를 부르마. 네 이름이 뭐라고 그랬지?"

"레인요."(지금 비가 온다는 뜻으로 이해될 수 있다.)

"비가 올 것 같지는 않은데." 유모는 실눈을 뜨고 화창한 여름날의 태양을 살폈다. "눈이면 모를까. 아니면 우박이든가. 연중 이 계절에 비가 오진 않지, 너무 춥잖니."

유모는 어깨걸이를 끌어당겨 어깨를 감싸더니 거의 즉각적으로 코를 골기 시작했다.

+++

레인은 순회 면담을 계속하여, 이스키나리와 마주치자 그를 붙들고 억지로 의견을 말해 보라고 압박했다.

"왜 아버지랑 같이 가지 않았어? 넌 아버지한테 마녀의 동물 친

343

구 깊은 거였잖아, 안 그래?"

"마녀의 동물 친구는 마녀나 갖는 거지. 리르는 마녀가 아니야."

"그건 대답이 못 돼. 너도 알잖아."

이스키나리는 그 문제에 관하여 전혀 여지를 주지 않으려 했다. 하지만 레인이 계속 추근거렸다.

"사리에 닿지 않아. 넌 항상 아버지 곁에 붙어 있었어. 공중을 날아서 아버지를 따라갈 수 있었잖아. 그래서 아버지가 어디로 잡혀가는지 보기라도 하게. 그렇게 오랫동안 친구로 지내 놓고 딱 이때에 와서 아버지에게 등을 돌리다니 믿을 수가 없어. 그래도 친구라고, 우정이라고 할 수 있어?"

레인은 그를 다그치고 다그쳐서, 마침내 이스키나리가 쉭 소리를 내질렀다.

"꼭 알아야겠다면, 난 리르를 따라가고 싶었어. 그렇지만 리르가 고함을 쳤다고. 남아서 캔들을 돌봐 주라고 말이야. 그래서 내 가슴이 찢어지지만 리르의 말에 따랐던 거야."

"정말 뻔뻔스러운 거짓말쟁이구나. 아버지 말에 순순히 따른 적도 없었잖아. 그 말대로 했으려면 어머니하고 함께 네서하우로 내려갔어야지. 빗자루를 가지러. 넌 아버지하고 한 약속을 어겼어. 넌 사자만큼이나 겁쟁이야."

"그 소릴 들으니 유감이구나." 사자가 큰소리로 말했다. 그가 이야기를 듣고 있지는 않았지만 어떤 말은 귀에 쏙쏙 들어가는 법이다.

"판결은 치안판사한테나 맡겨 둬." 이스키나리는 몸을 쭉 펴서 최대한도로 키를 키웠다. 그의 뺨은 모두가 이전에는 본 일이 없이 움푹 내려앉아 있었다. 하지만 눈에는 여전히 강철 같은 못된 눈빛이 살아 있었다. "캔들이 나에게 여기 남아 있으라고 했어. 네가 나타날 것이라고 해서. 캔들에게는 그 재능이 있지. 네가 가까이 오고 있다는 것을 느낀 거야."

"그런데 그렇게 떠났단 말이지?" 레인이 말했다. 매정한 어조였다. 어머니가 자신에게 언제 인정 있게 해 주었던가? "내가 나타날 때쯤 해서 뺑소니를 치는 재능이네. 내가 그걸 눈치 못 챘을 거라고 생각하지 마."

"캔들은 너를 보호하길 원한 거야. 캔들이 말하기를 자기보다 네가 더 중요하댔어."

"너도 믿는 것 같지 않은걸." 레인이 말했다.

"내가 믿는다고는 안 했다."

‡‡‡

레인이 알게 된 바 날개 달린 원숭이들 중 나이 많은 그이는 이름을 치스터리라고 불렀다. 치스터리는 등이 어찌나 심하게 굽었는지 턱이 무릎에 닿으려고 했다. 치스터리는 유모에게 지극정성이었고 레인이 엘파바를 닮은 구석이 있다는 유모의 말에 동의했다.

"솔직히 말해서, 처음 널 봤을 때 엘파바가 돌아온 줄 알았지."

"제가 알기로는 엘파바 할머니는 초록색이었잖아요?"

"나도 그렇다고 들었단다. 하지만 날개 달린 원숭이들은 색맹이거든. 그러니 네 얼굴이 허옇다고 해서 아니거니 생각하진 않았어. 확실히 너에게는 엘파바가 지녔던 뭔가가 있어. 그게 무엇인지 딱히 이름 붙여 말할 수는 없지만."

"거의 늘 계속해서 잘못된 장소에 나타나는 재주 말씀이세요?"

"어쩌면, 레인, 마법의 느낌일지도 모르겠는걸. 마법을 부려 본 적 있니?"

"말도 안 되는 이야기 하지 마세요."

"아니면 혹시 그 경멸하는 듯한 분위기가 닮은 건지도 모르겠군. 엘파바는 그 분야에 일가견이 있었거든."

어쩌면 침울하게 가라앉은 이 한 무리에게 기분 전환을 시켜 주기 위해서였는지, 도로시는 레인과 팁을 상대로 자기가 법정에 섰던 날 이야기를 해 주었다. 그 재판의 주제, 기소의 내용이 도로시의 마음을 무겁게 짓눌렀다. 어느 날 점심식사 시간에 도로시는 유모를 돌아보고 이렇게 말했다.

"그때 계셨지요, 유모? 엘파바가 사라졌을 때 이곳에 계셨어요. 엘파바의 치맛자락에 불이 붙어 불길이 솟아오르고, 내가 양동이 물을 그이에게 퍼부은 그날에 말이에요. 나는 그 사람이 없어진 것을 보고 울면서 도망쳐 나왔어요. 하지만 유모는 내가 층계를 내려올 때 달려 올라가셨더랬죠."

"암 그랬지, 예전에는 무릎이 아주 튼튼했으니까. 난 매력적인 가정부였어. 익명의 누군가가 나를 두고 내린 평가에 따르자면 말이야."

"거기 가셨을 때 뭘 보셨나요? 한 번도 말씀하신 적 없으시죠. 유모는 그때 성탑의 층계를 내려와서 문을 잠갔지요. 그러고는 엘파바가 죽었다고 말씀하셨어요. 그렇지만 대체 무슨 일이 일어났던 건가요? 난 우리가 노르에게 치러 준 것 같은 장례식을 치렀던 기억은 나지 않아요."

"시대가 달랐지. 기준이 달랐고. 게다가 달랑 나 혼자였단 말이거든. 이렇게 오랜 세월이 지난 후에 내가 격식을 미처 다 갖추지 못했다고 나를 나무랄 수는 없는 게야. 그러고 보니 댁은 뉘기에? 세금 징수원인가? 꼬치꼬치 이런 질문들을 다 퍼붓게? 나는 알천에 십일조를 떼어 놓았어. 그리고 아무튼 땡전 한 닢 번 일이 없어. 그 금빛 가터는 절대 내가 훔친 게 아니야. 멜레나가 나에게 준 거라니까. 내가 한 일 전부가, 멜레나 트롭에 대한 애정에서 한 일이지. 분결 같은 피부에 라벤더 꽃다발을 지닌 우리 사랑스러운 멜레나 아씨. 날 고소할 테면 해."

"나는 도로시예요." 도로시의 목소리는 파르르 날이 서 짜증스러운 기색이 묻어났다.

"캔자스에서 온 도로시 게일요."

"오오오, 이 색시 영리하네그려." 유모가 식사 자리에 둘러앉은 나머지 사람들을 향해 말했다. "우리보고 자기 이름을 알아서 그대로 불러 달라고 그러는데 그래서 신문 기사에서 그 이름을 보면 우리가 신이 나 춤이라도 추겠구먼? 하나도 재미 없어. 주전자 이리 주게." 꼬마 다피가 우물물을 길어 담은 물주전자를 집어 들어 유모에게 따라 주었다. 유모는 크게 한 모금 꿀꺽 마시고는 말했다.

"어이구 맛 좋다, 독주로구나." 그러더니 의자에 앉은 채 까무룩 잠들었다. 치스터리가 식탁을 빙 돌아 와서 유모의 입가를 훔쳐 주고 바퀴 의자를 밀어 데리고 갔다. 그 일은 쉽지 않았다. 치스터리의 턱이 유모가 앉은 의자 엉덩이받이까지도 채 오지 않을 지경이었으니까. 하지만 치스터리는 팔이 길어서 비록 뼈혹으로 울룩불룩 굽기는 했지만 아직 의자 손잡이까지 손이 닿았고, 그래서 유모와 함께 자리를 떴다.

"그렇지만 엘파바 할머니는 어떻게 된 건가요?" 레인이 물었다. "아마도 잔인하게." 레인은 덧붙였다. "보세요, 노르 고모에게 무슨 일이 일어났는지는 우리가 알아요. 봤으니까요. 그래 마녀한테는 무슨 일이 일어났던가요?"

사자가 실례한다는 말도 없이 식사 자리를 떠났다. 그에게서는 좀처럼 볼 수 없는 무례한 태도였다. 하지만 아무도 그를 탓하지 않았다.

"그게 중대한 의문이지. 그렇잖아요?" 도로시가 말했다. "진정 마녀에게는 무슨 일이 일어났던가?"

‡‡‡

둘이 재회한 첫날의 만남 이후로 브르르가 혼자 돌고 있다는 것을 레인은 알아차렸다.

치스터리가 귀띔해 주기로, 브르르는 줄곧 늙은 유모가 리르와 그를 집어넣어 가두어 두었던 바로 그 식료품실에서 잠을 자고 있다고 했다.

"이름에 어울리게 살았더라면 좋았을걸."

한 번은 사자가 우물우물 지껄이는 소리가 레인에게 들렸다. 혼잣말인지, 아니면 밀가루 통들 아래 굽도리 널을 따라 무엇인가를 사냥하고 있던 테이에게 한 말인지 몰랐다.

"그게 무슨 뜻이에요?" 레인은 묻지 않을 수가 없었다.

"트라움 학살극 이래로 사람들이 나를 겁쟁이 사자라고 불렀는데 내가 정말 그렇게 겁쟁이로 살았더라면, 이런 식으로 저 외국에서 온 여선동가 도로시하고 동행하는 일은 결코 없었을 거다. 첫 번째로 왔을 적 얘기야. 길고 고단한 인생길을 나는 두말할 것도 없는 홀아비로 살아왔을 것인데. 내 팔자엔 그게 걸맞은 일이었는데."

그러니까 그게 무슨 소리야? 레인은 속으로 생각했다.

마녀의 죽음으로 해서 빚어진 그 후의 귀결이 유감스럽다는 이야기가? 인간 여자 노르와 사랑에 빠진 것을 후회한다는 뜻인가? 브르르가 정말로 노르를 아예 만나지 않았더라면 좋았겠다고 생각할 수도 있을까? 지금의 이 고통을 면하자고? 레인은 자기가 어린 줄은 알고 있었다. 정말 고통이라 할 만한 것은 전혀 겪어 보지 못한 숫보기다. (아무튼 레인은 아직 목숨이 붙어 있었다. 그리고 비록 부모가 떠나가서 위험에 처해 있을지라도 레인이 앞발에 얼굴을 묻고 돌바닥에 엎어져 발버둥치지는 않았다.) 그러나 설령 팁에게 무슨 일이 일어난다고 해도, 자기가 팁을 만나지 않았기를 바라리라고는 상상할 수도 없다고, 레인은 그렇게 생각했다.

어쩌면 레인이 아직까지 팁을 충분히 잘 알지는 못하는 것인지도 모른다. 어쩌면 사자가 보여 주는 그런 종류의 애통한 슬픔은 배워서 얻어 내야 하는 것인지도 모른다. 비록 혼자 속으로는, 그리고 아마도 이것은 레인이 냉담한 것일 테지만, 레인은 또 동시에 브르르가 그러한 슬픔을 너무 심하게 티내고 있는 건 아닌가 하는 생각도 했다.

그렇다 해도 브르르는 아무튼 내연의 처가 옆방에 있을 때의 키아모코가 어땠는지를 아는 복은 누려 보았다. 처참하게 끝난 그들의 재결합으로써, 적어도 며칠간은 말이다. 그러면 지금은? 노르는 어

디에 있는가? 정말 노르 고모는 어디에 있는 것일까? 죽은 이들은
어디로 가는가?

엘파바는 어디로 사라졌던가?

5

치스터리를 비롯한 날개 달린 원숭이들이 자신에게 공경하는 태도를 보인다는 점을 레인이 깨닫기까지는 이틀인가 사흘이 더 걸렸다. 마치 이제는 레인이 성채의 주인이라도 된 것처럼 대했다.

"난 엘파바가 아니에요." 남몰래 이부자리를 새것으로 바꾸어 깔아 놓고 유모의 방에서 내려온 치스터리에게 레인은 그 점을 상기시켜 주었다.

"내가 그걸 모를까." 치스터리가 말했지만 공손한 어조였다.

"그리고 난 우리 아버지도 아니고요."

"넌 너희 아버지를 꽤나 많이 닮았어. 아니?"

"몰라요. 난 아버지에 대해 하나도 모르겠어요."

"봐라. 그게 너희 아버지가 자기 어머니에 대해 늘상 하던 이야기란다. 가족끼리 닮은 점을 부인하는 것, 그게 너희 집안 특징이지."

"치스터리, 우리 이제 어떻게 할까요?" 레인이 물었다.

"레인, 모르겠니? 그건 너에게 달렸어." 치스터리가 대답했다.

"오즈마 맙소사, 넌 이런애예요!"

"그리고 나는 날개 달린 원숭이지. 나는 태어나기는 하늘을 날거나 말을 하거나 할 게 아닌 몸으로 태어났지만 너희 할머니 엘파바가 그 두 가지 능력을 다 나에게서 이끌어 냈지. 나는 너희 일가의 간섭이 없었더라면 존재하지 않을 피조물들 혈통의 남자 조상이야. 이제 나는 여기에서 목욕통 있는 데까지도 날아갈 수 없는 형편이 되었지만 너에게 내 생각을 전할 만큼 말은 계속 할 수 있지. 네 재능을 어떻게 사용할 것인지 너 혼자 스스로 궁리해서 결론을 찾아야 해."

레인은 치스터리를 향해 입을 비쭉 내밀었다.

"그 얘긴 세인트프로즈 학교의 선생님 아무나가 여학생들에게 잘되랍시고 하는 설교 말씀같이 들리네요. 거기 가서 강의를 해도 되겠어요."

"놀리지 마라. 내가 어떻게 네가 다음에 무엇을 해야 할지를 결정해 주겠니? 나는 이 영지에서 50년을 살았고 상황을 분석하는 데는 훈련이 되어 있질 않아." 치스터리는 레인에게 홑이불 여러 장을 건네주며 턱짓으로 어디다 갖다 놓으라는 건지 알려 주었다. "근심의 아이야. 깨닫지 못하겠니? 이제는 네가 책임지고 주도하게 된 거다. 노르는 죽었고 사자는 얼이 나갔지. 리르는 없어졌고 캔들도 사라지고 우리 소중한 늙은 유모는 한결 말짱하긴 하시다만 기병 돌격을 선도할 정도까진 아직 못 되지. 팁이야 그만 하면 지각이 있어 뵌다만 그 애는 가족이 아니지. 그리고 그 작은이들 한 쌍은 지금 자기네들이 휴양지에 놀러 온 줄 아는 모양이고." 치스터리는 콧방귀를 뀌었다. "자기들이 자고 난 침대쯤은 직접 정리해도 될 텐데,

거 참."

"미안해요. 나도 피곤해요." 레인이 말했다.

"물론 피곤할 테지. 극복하려무나. 해야 할 일이 있으니까 말이야."

"마녀 할머니가 쓰던 방에 올라가 봐도 돼요?"

"내가 말했지. 이 성은 이제 네 성이야. 네가 가고 싶은 데는 아무데나 갈 수 있어."

‡‡‡

그래서 점심식사를 마친 후에 팁과 레인은 발뒤꿈치에 쫄레쫄레 따라오는 테이를 거느리고 치스터리의 안내를 받아 마녀의 방이었던 곳으로 올라가는 계단참에 발을 디뎠다. 남동쪽 성탑 속 굽은 층계를 올라가서 꼭대기에 있는 방이었다.

외관상, 주로 바깥채에 기거하지만 기본적인 살림을 돌보아 온 날개 달린 원숭이들이 여기는 1년에 한두 번 먼지를 터는 것 말고는 거의 손대지 않은 모양이었다. 그 방은 이를테면 마녀의 집무실로서 집기가 갖추어진 채 보존돼 온 것처럼 보였다. 또는 과감히 이곳까지 찾아올 이가 있다면 그러한 순례자들의 눈에 약간의 눈물이 고이게 할 애도의 기념실일지도 모른다. 지금까지는 누구 하나 나타난 사람이 없었지만 말이다.

방은 넓고 둥글었다. 가구를 치워 공간을 비운다면 원주를 따라 춤 대회라도 열 수 있을 만큼 널찍했다. 방의 한가운데는 바닥이 제 높이로 편편했지만 이쪽 벽과 저쪽 벽 몇 방향으로는 몇 단인가 단이 돋위진 데도 있었다. 일종의 중간층이랄까, 관람석같이 방에 하나 있는 동쪽을 향한 커다란 창 아래가 가장 낮고 다른 쪽으로 가면서 더 높아지고 있었다. 아마도 원래는 여기가 무기고였고, 이쪽의 편편한 돌들은 말 위에서 쓰는 큰 창을 놓으라고 마련된 것 같았다. 척 보아도 엘파바가 이 방을 박물학 연구에 사용한 것이 분명했다. 쌍벽을 이루는 두 관심사인 자연사와 신비함에 관한 열정이 박물학으로 이어졌다.

무척 커다란 벌집의 탑이 저 스스로 폭삭 무너져 있었다. 벌이 5000마리는 살고 있었을 것이다. (그놈들이 얼마나 요란하게 잉잉 노래를 불렀을까? 벌들이 마녀를 미치게 만들었을 게 틀림없다고 레인은 생각했다.) 소금물에 절여진 숨 거둔 악어가 아직까지도 들보에 사슬로 매달려 있었다. 어떤 장난꾼이, 아마도 원숭이가 그런 것 같은데, 악어의 눈구멍에 주사위를 박아 놓아서 악어는 1의 눈 두 개로 레인과 팁을 훔쳐보고 있었다. 납작한 케이스에 육칠십 마리의 박쥐 뼈가 담겨 있는데 모두 종류가 달랐다. 뻣뻣한 판자에 늑대의 이가 한 벌 고스란히 박혀 있는 것이 보였다. 윗니와 아랫니 전부를 철사로 얽어 고정했고 앞니에서부터 어금니까지 이제는 흐려져 읽을 수 없게 된 이름 딱지가 붙어 있었다. 말리려고 펼쳐 둔 우산이 몇 개 있었다. 이제는 그야말로 잘 마른 나머지 천이 미어지고 앙상한 살과 그에 걸린 누더기만 남아 있었다. 우산 하나에는 거미들이 지지대가 되어 주는 것들 사이사이마다 죄다 거미줄을 쳐 놓았다. 그 모습은 소름 끼치면서도 동시에 무척 멋졌고, 레인에게 오래전 거미의 세계를 목마르게 동경했던 그때를 생각나게 했다.

커다란 창은 그곳을 통하여 오즈를 훔쳐볼 수 있는 거미줄 같았다.

수집품들이네. 레인은 그렇게 생각했다. 내 조개껍데기가 여기 오면 되겠다.

어쩌면 치스터리 말이 옳았는가 봐. 어쩌면 내가 정말 할머니하고 통하는 게 있는가 봐. 내가 기억할 수 있는 한의 옛날부터 나는 사람에게 관심을 기울이기보다 동물들에게 더더욱 골몰했으니까. 비록 내게 마법의 능력은 없지만, 그래서 동물들이 무슨 이야기를 하고 있는지는 도저히 모르겠지만 말이야.

"여기 유리 공이 있네. 어쩐지 거울처럼 비치는 것 같아." 팁이 넝마 조각으로 먼지를 훔쳐 내면서 말했다. 유리 공은 방 한가운데 탁자 위에 받쳐져 있었다. "들여다보는 유리 공이 장식품으로 있는 것 같지는 않아. 너희 할머니가 그런 종류의 실내 장식에 혹하시진 않았을 테니."

"난 아무래도 들여다볼 마음이 안 생겨." 레인이 말했다. "지금까지 내 모습을 보는 게 좋았던 적이 없거든."

"그거 나하고 같네. 하지만 우린 여기 뭐가 있나 보자고 온 거잖아. 한번 들여다봐야 할 것 같지 않아?"

레인은 방을 이리저리 누비고 다녔다. 눈으로 보는 것 못지않게 손가락으로 만지고 코로 냄새 맡아 사물들을 탐색했다. 팁은 기다렸다. 입식 탁자에 기대어 몸을 축 빼고 팔짱을 끼었다.

레인은 상을 찡그렸다. 팁을 보고 그런 것이 아니라 발을 옮겨 놓는 것과 함께 생각이 떠올라서 그런 것이다.

"내 부모님은 두 분 다 각각 별난 데가 있었어. 어쩌면 그래서 서로 이끌렸는지도 모르지. 어머니는 현재를 볼 수 있어. 자기가 그렇게 말했지. 나는 어머니가 하는 얘기가, 네서하우에 살 때 내가 먹을 것을 넣어 두는 찬장에서 스콘 한 개를 살짝 훔쳐 먹으려고 하는 걸 딱 알아채는 그런 거라고 생각했어. 하지만 그거야 어떤 어머니가 모르겠어? 이제는 어머니가 얘기한 게 그게 아니라 뭔가 다른 거였다는 생각이 들어. 어머니는 뭐랄까, 현재를 이해하는 어떤 능력을 가지고 있었어······ 지금도 갖고 있지. 그건 아마 어머니가 사랑하는, 신경 쓰는 이들에게만 적용되는 것일 거야. 어머니는 알아차릴 수가 있었어. 만약에 아버지가 일주일 동안이나 사냥을 나가 있었거나 할 때에 아버지가 거의 집에 다 오면 그걸 맞혔지. 그게 그냥 직감인 걸까, 아니면 특별한 종류의 예지 능력일까?"

팁은 기다렸다. 레인이 하는 이야기가 거의 혼잣말에 가깝다는 것을 그는 알고 있었다.

"그리고 우리 아버지는 어떤지 알아? 리르는 그 이야기를 별로 입에 담지 않았지만, 어머니가 나한테 얘기해 주었지. 한 번인가 두 번 리르는 과거를 볼 수 있었다고 해. 자기 부모님인 엘파바와 피예로를 보았대. 둘이 함께 있는 모습을. 한 번만 본 게 아니야. 환상을 보듯이 봤던 거야. 리르는 그게 그냥 자기가 상상한 것일 따름이라고 생각했어. 부모님 두 분 사이에 사귐이 있었다고 생각하고 싶어서, 윗대가 어떤 사람들이었는지 스스로 생각해 낸 대로 믿고 싶어서 그런 거라고. 그렇지만 아버지는 그보다는 조금 더 보이는 게 있었지. 어머니가 그랬어. 내가 태어나기 직전에 있었던 일을 얘기해 줬는데, 리르가 말린 사람 얼굴들을 가지고 와서······."

"하지 마." 팁이 몸을 움츠렸다.

"그 생각을 하는 게 말린 악어를 생각하기보다 더 힘이 드니?"

"사실은, 그래."

356

"리르는 내가 막 태어나려고 하고 있던 그곳 농장으로 얼굴 가죽들을 가지고 왔어. 그것들을 나무에 주르륵 걸어 놓았고, 어머니가 도밍곤을 탔지. 아버지는 그 얼굴들의 과거사들을 보았어. 마법을 걸어 말문을 틔어 주면 얼굴들이 이야기를 할 수 있다는 걸 깨달았지. 그리고 어머니가 얼굴들에 주문을 걸어서 현재로 나아오도록 했고, 자기들 생애의 그…… 아름다움을 읊어 내게 만들었어. 어머니 말이 그랬던 것 같아. 그리고 그런 건실함의 증언, 그들 자신 됨의 증언이 스크로 족의 연로한 나스토야 공주로부터 인간의 가장을 벗겨내는 데 일조했어. 그래서 나스토야 공주는 바랐던 대로 죽을 수가 있었어, 거짓 허울을 벗어던지고 코끼리로서 죽었지."

"어쩌면 너희 어머니의 노래가, 너희 아버지가 과거를 보는 힘이 사라져 버린 엘파바를 네 속에 불러냈을지도 몰라. 네가 아직 뱃속에 있을 때 말이야."

"어쩌면 너는 치아 요정을 믿는가 봐? 아니면 타임 드래곤이나?"

"그럼 넌 구슬을 들여다보고 싶지 않단 말이야? 너희 부모님한테 있었던 것처럼 너도 한 끄트러기나마 재능이 있다면 어쩔래? 너희 할머니한테 있었던 것 같은 재능이 있으면?"

"나는 차마 현재를 보지 못하겠어. 만약에 우리 아버지가 고문 받고 있는 그런 거라면 말이야. 난 못 해. 과거를 보는 것도 차마 못 해. 혹시라도 아버지가 살해당한 것에 관련된 거라면. 어머니가 이 재앙의 집을 뒤로하고 도망쳐 가는 것을 나는 차마 못 보겠어. 눈멀어 안 보이는 척 가장하고 있는 거면 난 아직 조금 더 이러고 있을래."

"너 자신이 허울을 벗은 모습은 볼 엄두가 나니? 아니면 내가 벗은 모습은?" 팁이 목소리를 낮추어 물었다.

레인은 혹시 팁이 성적인 이야기를 하는 건가 싶어 덜컥 그를 쳐다보았다. 하지만 팁은 그보다 한층 진실한, 심오한 의미로서 말한 것이었다.

"모르겠어." 결국에는 레인이 대답했다. "만약에 내가 진짜로 타고난 능력이 있다면, 그리고 그 능력이 리르의 능력도 캔들의 능력도 아닌 나 자신의 것이라면 어떻게 할까? 만약에 내가 미래를 볼 수 있다면? 나는 아무래도 알고 싶지 않아."

"알지 못하는 채로 살아갈 수 있겠니?"

레인은 웃음을 터뜨릴 뻔했다.

"지금까지 살아오는 동안 거의 모른 채 살았는걸. 그게 우리가 정말 잘하는 일 아니니? 그 부분이야 쉽지."

그래서 둘은 유리구슬을 들여다보지 않았다. 둘 다 안 보았다. 레인은 안 보겠다는 생각이 확고했고 팁은 레인을 존중하는 마음에서 보지 않았다. 그 대신에 팁은 넓은 창문 한쪽의 덮개 창을 열었다. 노블헤드 파이크로부터 불어 내려오는 바람을 피하여 동쪽으로 난 창은 레인과 팁이 걸어 올라온 골짜기 풍경을 보여 주고 있었다. 둘은 폐허가 된 빨간 풍차의 주추를 볼 수 있었고, 어퍼파나라 마을이 숨겨져 있을 골짜기도 보였다. 산들로 이어진 지평선에 옴폭 패인 곳에 지나지 않지만, 그들이 찾아온 경로를 품어 감춘 그곳에 빈쿠스 강이 흐르는 평원이 저기서 시작하는구나 싶은 지점도 눈으로 짚어 볼 수 있었다. 그리고 저기 아래 어딘가에는 비버 댐이 있겠고, 럴라이바의 시어머니가 자기 미래를 찾아 타고 나아갈 바구니 배를 가지고 돌아오기를 바라며 레인과 팁을 기다리고 있을 터였다.

방을 떠나기 전에 둘은 뭔가 마법 물건이 있는지 대충 여기저기를 뒤져 보았다. 하지만 그려 볼 수 있었던 것은 다정한 럴라인과 그 마녀 보조자 프리넬라에 대한 무언극에서 모습을 따 온 장식 소품뿐이었다. 뭘 찾아내리라고 기대했던가? 마술 지팡이라도 찾을까? 둘은 거슬거슬한 고양이 꼬리를 한 다발이나 찾아냈다. 마법의 힘인지 아직까지 털가죽이 붙어 있는 꼬리들이었는데, 거기 깃든 마법이라고는 그게 다였다. 그것 말고 무엇을 기대해 볼 수 있나? 끝없이 샐러드만 먹는 대신에 터치나 가뭇의 근사한 옆구리살 한 덩어리를 소환해 내게 해 줄 빛바랜 실용 마법 소책자? 겁쟁이 사자를 기운 나게 하여 불만 많은, 하지만 진득하니 차분한 평소의 모습으로 돌려놓을, 코르크 마개를 한 정신 차리는 냄새 약? 그런 것은 하나도 못 찾았다. 그들이 이건 마법의 물건이라고 확신한 건 딱 하나, 방 한가운데에 용 모양으로 새겨 만든 받침대 위에 놓인 수정구슬뿐이었고, 그 정도의 마법이라도 너무 과했다. 둘은 그 물건 없이 해 나가야 할 것이다.

그렇게나 많은 양의 동물 연구물들이 널려 있다 보니 둘은 자칫 테이의 존재를 잊을 뻔했다. 처음에는 수달이 어디로 간 건지 도무지 눈에 띄지 않았다. 하지만 그러다 팁이 깔깔 웃으며 손가락으로 가리켰다. 테이는 어떻게 거길 뛰어올랐는지 공중에 떠 있는 악어의 등 위에 올라앉아 있었다. 녹색을 띤 벼수달은 시계추처럼 앞뒤로 흔들리며, 중력에 도전하여, 혼자서 소소히 소박한 놀이기구를 타고 있었다.

"이리 와, 괴짜 녀석아." 레인이 말했고 테이는 오라는 대로 왔다.

"그 녀석 빗자루를 타고 나는 게 어떤 기분일지 시험해 보고 싶

있던 거야." 딥이 말했다. "너도 언젠가는 헤뫼야 해. 너희 어머니가 빗자루를 가지고 돌아오신다면 말이야."

✛✛✛

만약 치스터리 말이 옳다면, 책임을 지는 역할이 나에게 달려 있다면, 그러면 무엇을 할지 내가 결정해야 하겠지. 레인은 그렇게 생각했다.

레인은 그날 저녁 유모가 잠자리에 든 후에 회의를 열자고 주장했다. 날개 달린 원숭이들 중에서는 치스터리 혼자만 참석했다. 식료품실에 틀어박혀 있는 브르르는 어르고 달래고, 나중에는 윽박질러서 데리고 나와야 했고, 먼치킨랜드 여자와 난쟁이는 아주 적극성을 보여 시야를 확보하려고 준비 탁자 위로 기어 올라갔다. 레인이 둥근 탁자 한쪽에 자리 잡았다. 딥은 레인의 맞은편으로 갔다. 도로시와 이스키나리는 걸상에 오도카니 걸터앉아 둥근 원을 채웠다. 모두 여덟 명이 그린 원이었다.

테이는 커다란 탁자 밑에서 먼지 생쥐와 놀았다. 빗자루가 거기까지밖에 닿지 않은 것이다.

바라보니 작고 무기력한 한 무리였다. 무슨 대단한 작전을 개시하기에는 지칠 대로 지쳐 힘이 다 빠진 이들이다. 그런들 무슨 상관이랴. 달리 누가 있지도 않다. 할 일이라고는 생각하는 것뿐일지라도 말이다.

"우리 이렇게 여기 눌러앉아 있을 수는 없어요." 레인이 말했다. "우리가 위험한 상황이라고 그러는 게 아니에요. 이제 사방 어디나

다 위협 받고 있어요. 왜 가만히 있을 수 없는가 하면 가만히 있는
건 더 나쁜 일들이 생기도록 놔두는 거라서 그래요. 가만히 있는 건
포기하는 거예요."

"포기한 거 맞잖아." 대장 나리가 꼬마 다피와 서로 손을 꼭 잡으
면서 말했다.

"포기하지 않았어요. 우리가 포기했어요?" 대장 나리의 아내가
물었다. "글쎄, 우리가 '시계'는 포기했지요. 그래요, 그건 그랬죠.
그렇지만 우리가 서로서로 상대방을 포기하진 않았잖아요."

"바로 그거예요." 레인이 말했다. "우리가 내 아버지를 포기하진
않은 거죠, 맞죠? 또 이쪽이든 저쪽이든 지금까지 본 일이 없을 정
도의 가일층 혹독한 공격을 당하게 될 어느 쪽인가의 편에 서 지켜
주기를 포기한 것도 아니고요?"

"잠깐만 있어 봐. 어느 편을 지켜 주겠다는 얘기야?" 꼬마 다피가
주목을 끌려고 보닛을 휘두르며 물었다.

"어느 쪽이든지요."

"그건 정신 나간 소리야. 너 미쳤구나." 대장 나리가 말했다. "쟤
가 정신이 나갔어." 하고 그는 아내에게 말했다.

"잠깐 좀 들어 봐요." 브르르가 힘없이 축 처져 있는 채로 그렇게
말했다.

레인은 최대한 천천히 말을 했다. 떠오르는 생각의 골짜기를 건
너가는 줄타기 곡예사처럼 한 발 한 발 주의를 기울여 내딛으면서,
말의 한 걸음을 내딛기 직전에야 그 말을 실감해 가며 말했다.

"대장 아저씨. 아저씨는 오즈 충성령 편도 먼치킨랜드 편도 든 적
이 없으시죠. 우리가 어느 쪽을 지키건 무슨 차이가 있으세요?"

"내가 지금껏 이느 쪽 편도 들지 않았다면 어느 쪽이든 지킬 게 뭐냐?" 대장 나리가 대뜸 반박했다. "헛수고야. 나는 '시계'에 충성을 다했다. 왜냐하면 나의 일이 『그리머리』를 간직하여 안전히 품을 시계태엽 장치 기계를 지키는 일이었기 때문이지."

"그런데 '시계'는 물에 가라앉아 버렸지요. 그러니 대장 아저씨는 그 부담은 벗은 거예요. 지금은 책이 도둑맞은 상태고 그 책으로 인해 피해가 초래될 판국이에요. 아주 심각한 피해가요. 어느 쪽 패거리가 가져갔든지 간에요. 그것도 아저씨 일 중 일부가 아닌가요?"

"난 일 때려치웠다. 내가 책에 신경 쓰는 건 누가 안전하게 지켜 달라고 내 손에 그걸 건네줬을 때야. 하지만 고용주가 뺑소니를 쳤지. 내 손에 화물을 맡겨 놓고 말이야. 아무튼, 나는 책을 리르에게 주었어. 리르가 해결할 문제야, 이젠."

"그렇지만 바로 그 말씀을 드리는 거예요. 책이 지금 안전하지 못해요. 『그리머리』는 통제를 벗어났어요. 그걸 가져서는 안 될 사람들 손에 들어갔죠. 누구 손에 들어갔든 잘못 간 거예요. 그 책이 누구에게 해를 끼치지 않게 우리가 막아야지, 그러지 않고 핑계를 댈 순 없잖아요. 어느 쪽이 당하든 막아야 해요. 피해가 무시무시하게 클 수도 있어요."

"넌 세인트프로즈 학교를 마치면 법학교에 가려무나." 치스터리가 말했다.

"몸베이가 책을 차지하고 내용을 해독하라고 우리 아버지를 고문할 수 있다면 세인트프로즈 학교는 세상에 없는 거예요. 만약에 아버지가 할 수 있다면 말이죠. 아니면 몸베이는 그렇게 막강하니 어느 정도는 자기가 직접 해독해 낼 수도 있을지 몰라요."

"넌 그 책을 읽을 수 있었잖아. 나한테 그렇게 말했지." 팁이 레인에게 말했다.

"응. 그게, 그때는 읽기를 갓 배우던 때였어. 머릿속을 복잡하게 만들 다른 글은 아예 본 적이 없었으니까 읽을 수가 있었던 거야. 요행이었지."

"저 애 핏속에 흐르는 거지." 치스터리가 레인을 꼭 짚어 가리키며 그렇게 말했다. "엘파바는 대번에 그 책을 읽을 수 있었다고 들었어요. 내가 말을 할 수 있도록 하는 데에 그 책을 이용했던 거요."

"네 말이 한 가지는 옳다." 난쟁이가 레인에게 말했다. "정치적인 것이든 종교적인 것이든 나는 어느 부족에 가담한 일이 없었어. 전혀 신경도 안 썼지. 그렇지만 우리 마누라가 먼치킨랜드인인 만큼 우리 자식들은 반 먼치킨이 되겠다 싶은 생각이 드는데?"

"당신을 깜짝 놀라게 해 줄 일은 없어요, 여보. 그렇지만 당신보다 내가 더 난쟁이다우니만큼 지금까지는 변한 것이 없네요." 꼬마 다피가 말했다.

"우리 둘의 상징적인 자식들 말이오. 당신의 고향 마을 센터먼치의 아이들. 당신은 이력이 고약해진 고향 땅이라도 사랑한다고 그랬지. 당신이 날 설복시켰으니 당신이 어느 편에 있든 나도 함께하겠소. 만약 당신이 그쪽 편에 선다면, 나도 그쪽 편이야."

"나도 사랑해요, 귀여운 양반. 먼치킨랜드가 무슨 꼴이 되었는지 생각하면 수치스럽지만 말이에요. 진짜 창피해 죽겠어요."

사자는 이쪽저쪽으로 머리를 돌리는 품이 이야기가 별로 곧이들리지는 않는 모양이었다. 난쟁이와 꼬마 다피는 손을 맞잡고 있었다. 팁이 말을 이었다.

"음, 내가 오즈 충성령과 이탈자 먼치킨랜드 땅을 사방으로 다녀 보았는데요. 보기에 자기들이 발붙이고 사는 땅을 소유한 사람들은 아무도 없지 싶었어요. 땅이 사람들을 소유하는 거죠. 땅은 땅이 내 는 밀 같은 것을 자라게 하여 사람들을 먹여요. 먼치킨랜드의 콘배 스킷에서는요. 아니면 목초지에 가축들이 뜯어먹을 풀을 내거나요. 길리킨의 농업 지대에서들 그러지요. 아니면 글리쿠스의 광산 속에 에메랄드를 키워 내기도 해요. 여기서 서쪽으로 가면 펼쳐져 있는 넓디넓은 초원에, 거기는 내가 한 번도 본 적이 없지만, 센바람 몰아 치는 팜파스인지 스텝인지를 마련해 주어 스크로 족을 비롯한 여러 기마민족 문화를 뒷받침하기도 하지요."

"헛소리. 자연 지리는 붙어살기 좋을 수도 있지. 아닐 수도 있겠 지만. 하지만 인간의 역사는 지리가 제 것이라 주장한다니까." 사자 가 딴지를 걸었다.

"자연에 대한 사랑은 정신적인 부적응자의 취미야. 역사는 지리 를 날조해. 그러다 보면 먼치킨랜드인들이 자기 방어를 하는 것을 탓할 수가 없게 되는 거야, 자기 방어를 한답시고 아무리 잔인해지 더라도 말이야."

도로시는 지금까지 발언하지 않고 있었다. 이제 한 손을 탁자 위 에 탕 치더니 다른 손은 허리에 턱 짚었다. 이 자리의 누구도 물론 엠 아주머니가 불만을 토로할 때의 모습을 본 일이 없었지만 레인 은 도로시가 지금 하고 있는 모습이 아무래도 연로한 엠 아주머니 를 퍽 닮았을 것이라고 생각했다.

"나는 오즈를 퍽 많이 둘러보았어요. 아시다시피요. 그래서 내가 말할 수 있는 대로 말하겠는데 어느 한 부분을 사랑한다면서 그 전

체를 사랑하지 않는다는 건 진짜 완전 얼토당토않은 거짓부렁이에
요. 내가 이번 오즈 행에서 오즈의 뭐에 대해서든 특히 마음이 혹하
더라는 이야기는 아니에요. 착각하진 마세요. 그렇지만 내 마음속에
보물 같은 노래 한 곡이 있어서 내가 조금만 집중한다면 무엇에 대
해서든 애정을 불러일으킬 수 있지요. 노래 불러 볼까요?"

"하지 마요." 일행 모두가 말했다.

"미안하네요." 도로시가 말하고 일어나 섰다. 도로시는 대략 네
구절쯤 노래를 불렀다.

오 드넓은 하늘이 있어 아름다워라
호박 빛 알곡의 물결 아름다워라
자줏빛 산악의 장엄함이여
열매 영근 평원 저 위로……

꼬마 다피는 눈물이 글썽할 지경이었다. 대장 나리는 눈을 데굴
데굴 굴려 하늘을 올려다보면서 두 귀를 틀어막았다. 이스키나리가
레인에게 중얼거렸다.

"저 처자는 도대체 어디 있는 무지개에서 내려오셨나?"

"계속 부르게 좀 해 줘요." 팁이 말했다.

이 자리에서 아무런 권위를 갖지 못한 팁이었지만 일동은 예의를
차리는 차원에서 그의 말에 따라 주었다. 아무튼 팁은 손님이니까.

아메리카! 아메리카!
신이 그대에게 은총을 부어 주시고

그 훌륭함에 형제애로 관 씌워 주시도다
바다로부터 빛나는 바다에 이르기까지!

"또 저놈의 바다 이야기일세. 바다 소리만 들으면 난 뱃속이 뒤틀려."브르르가 말했다.
"아무튼 훌륭하고 착한 것이 칭찬받아 왕관을 쓰네, 안 그래요? 왕족들이 내세울 주장이로구먼."꼬마 다피가 말했다.
"아메리카라는 게 뭐야? 전에 우리 미동들이 하던 놀이의 일종인가, 샤메리카라고 있었는데?"대장 나리가 물었다.
"캔자스의 다른 이름이에요."도로시가 말했다.
"아가씨는 캔자스를 무척 싫어하는 줄 알았는데."거위가 말했다.
"나 할 말 좀 할게요. 들어 줄 준비들 되셨으면요. 아니면 다음 절을 노래 부를 거예요."
"준비 됐어요, 준비 됐어."
"누구든지 자기들이 살아가는 데 필요한 것들을 베풀어 주는 땅을 사랑할 권리가 있는 거예요."도로시가 말했다. "땅이 그들에게 바라볼 만한 아름다운 것을 선사하고, 먹을 음식을 주죠. 그리고 티격태격 말다툼을 하다가 나중에는 결국 결혼하게 될 이웃도 줘요. 하지만 내가 생각하기에, 이제는 내가 아메리카를 조금 더 보았고 오즈를 훨씬 많이 둘러본 이상 여러분이 가지는 친근한 고국 땅에 대한 오롯한 마음이 다른 이들도 자기들 고국을 아름답게 여겨 마음에 품는 것을 허용하게끔 힌트를 줄 만도 하다 싶어요. 그게 내가 부른 노래의 뜻이에요. 내가 그 노래를 부른 이유고요. 여러분은 자줏빛 산악으로부터 빛나는 바다를 보실 수가 없지만……"

"볼 일이 없기를 바랄 뿐이야." 사자가 말했다.

"조심하면 되죠." 레인이 말했다. "난 산악이니 바다니 하는 건 모르겠어요. 그렇지만 우리가 같은 이야기를 하고 있는 것 같아요. 일이 어떻게 흘러가든, 바야흐로 벌어지려고 하는 일을 멈추려고 시도라도 해보는 것이 더 중요하죠. 왜냐하면 이 모든 것이 누군가에게는 소중한 것이니까요. 비버 댐은 비버들에게 귀중한 것이에요. 그…… 조개껍데기는 그걸 지어 낸 호수 생물에게 소중하고요. 둥지는 암탉에게, 늪지대는 늪 황새에게 소중하지요. 네서하우는 우리 아버지에게 소중한 곳이고요."

"그리고 나에게는 이곳이 소중하지." 치스터리가 말했다. "키아모코에 중앙난방만 되면 한결 더 좋을 것 같다고 생각하긴 하지만."

"우리 어떻게 할 건지 결정을 할까요, 그래도?" 레인이 물었다.

"그러자고 잠깐이나마 여기 와서 앉아 있는 거 아니겠냐." 이스키나리가 말했다. "하긴, 치스터리는 너무 늙어서 아무 데로든 날아갈 수가 없지만 말이야."

"자기 얘기나 하시지." 날개 달린 원숭이가 대꾸했다. 하지만 자기는 유모를 돌봐야 해서 이 고원의 보금자리를 떠날 수 없을 거라는 점은 인정했다.

"무리를 나누려고? 한쪽 일행은 에메랄드 시로 가고, 다른 쪽은 콜웬 그라운즈로 가서, 어떻게든 수를 내어『그리머리』를 가로채 보는 건가?" 이스키나리가 물었다. "미안하다, 레인. 그렇지만 네가 무슨 생각을 하는 건지 잘 못 알아듣겠다."

"아직 계획을 세운 건 아니에요. 같이 궁리를 해봐요."

"난 먼치킨랜드로는 돌아가지 않을 거야. 감사." 도로시가 말했디. "거기서는 내 목을 매달라는 사형 집행령이 내려져 있다는 거 잊지 마."

"우리 고향 사람들이 아가씨한테 진짜 심했지." 꼬마 다피도 동감이었다. "그렇지만 그이들을 너무 나쁘게 생각진 마요. 그이들은 오즈 충성령으로부터 침략을 받아서 무척이나 마음에 부담이 크거든. 말을 하자면 말이야. 개인적으로 나는 에메랄드 시에 다시 발을 디디는 데 대해 진짜진짜 마음이 안 내켜요. 에메랄드 시와 길리킨의 아들들이 전선에서 우리 고향 사람들과 싸우느라 죽어 가고 있는데 내가 거기 가서 하룬들 무사할까?"

"동물들과 싸운다고 하셔야죠." 사자가 말을 바로잡았다. "하지만 무슨 말씀인지는 압니다. 감상은 원탁에 둘러앉아 이러쿵저러쿵 하기에는 좋지요. 하지만 이 높은 산꼭대기에서 내려가기로 결정을 한다면, 그때는 이쪽이든 저쪽이든 선택을 해야만 해요. 그게 인간의 존재 조건이니까." 그래 놓고 브르르는 덧붙였다. "알아요, 난 사자지요. 뭐 이러나저러나 매한가지입니다만."

"하룻밤 자면서 생각해 보죠." 레인이 말했다.

✢✢✢

레인은 또다시 잠을 자면서 무슨 목소리를 들었다. 하지만 무슨 말을 하고 있는 것인지 거의 분간이 가지 않았다. 레인은 반쯤 잠을 깬 채로 달빛 속으로 몸을 굴려 일어나서 거기에 두더지가 있는가, 아니면 지하실 물고기 우물에서 올라온 금붕어가 있는 건가 보려고 했다. 레인에게 보인 것은 무지갯빛이 아른거리는 조개껍데기뿐이었다. 늦여름 산지의 어스름 빛 속에 늘 있던 조개껍데기의 광채가 더더욱 환하게 반짝이고 있었다.

레인은 팁이 깨지 않게 조심해서 그의 몸을 타고 넘어 혼자 나섰다. 지금 무엇을 하려고 그러는지 자기도 잘 모르는 채로, 레인은 꼭 두새벽에 엘파바의 방으로 통하는 층계를 다시금 걸어 올라갔다.

뻐드렁니를 드러낸 가을이 쳐들어오고 있었다. 자칼의 달이 하늘에 두두룩이 그 모습을 비치었다. 레인은 그 별자리가 한 세대에 한두 번밖에 하늘에 나타나지 않는다고 들은 바가 있었다. 오래도록 그렇게 걸려 있지는 않는다. 하지만 그 별자리가 나타나 있는 동안에는 농노들과 공장 노동자들 할 것 없이 그때를 위기와 기회의 시기로 여겼다.

팁이 바라보고 있지 않으니까 레인은 다른 종류의 용기가 났다. 레인은 마녀의 방 큰 창문의 삐걱거리는 덮개 문을 열었다. 양쪽 모두 열어 젖혔다. 그러자 달이 거미줄의 뇌문 장식을 통하여 방 안으로 성큼 들어섰다.

뒤에 뭐가 터덕터덕 소리가 나서 레인은 홱 돌아보았다. 어디서 온 건지 테이가 나타났다. 레인이 밤중에 움직이는 기척을 느낀 게 틀림없었다. 레인은 테이를 보고 빙그레 웃었다. 그랬더니 테이가, 마주 웃었다고 레인은 맹세할 수도 있을 것만 같았다. 야생동물들은 우리가 알아볼 수 있는 미소를 띠는 법이 없는데도 말이다.

"유리 속을 들여다보렴." 테이가 말했다.

"넌 말 못 하잖아." 레인이 말했다. 깜짝 놀라지는 않았다. 자기가 지금 잠결에 걷고 있다고 생각했기 때문이다.

"알아." 테이가 말했다. "말해서 미안. 유리 속을 들여다봐."

이것이 악몽은 아니었기 때문에, 그리고 차분한 고요 안에 거하고 있었기 때문에 레인은 들여다보는 것이 두렵지 않았다. 레인은 구체의 표면을 문지르면서 입김을 불어 반짝반짝하게 만들었다. 달빛이 있어서 좋았다. 하나의 둥근 구체가 또 하나에 도움을 준다. 테이는 탁자 위로 펄쩍 뛰어올라 몸을 틀었다. 거의 뱀처럼 유리공 받침대의 조각이 들어간 다리 주위를 몸으로 빙 둘러 감고 도사렸다.

제일 먼저 온 감각은 편편하다는 느낌이었다. 불룩한 어항을 들여다본다기보다 배 같은 데 있는 둥근 창을 통하여 엿보는 그런 느낌이 들었다. 레인은 언젠가 『그리머리』의 책장 한 쪽을 물끄러미 들여다보던 때 일이 생각났다. 유리질의 원판에 정체 모를 형체가 이쪽을 향하여 뭔가 몸짓을 보이는 광경이 비쳤더랬지. 무슨 말을 하려는 건지 뭔가 전하려고 애쓰는 모습으로 말이야. 그때의 기억은 기억대로 제쳐 두고, 레인은 앞으로 바싹 몸을 기울였다.

처음에는 아무것도 보이지 않았다. 이리저리 움직이며 형태가 바뀌는 얼룩뿐이었다. 호수 수면 아래에서 올려다보는 구름이 저러하리라. 만약 당신이 물고기라면 말이다. 아니면 얼룩은 어쩌면 상공에서 본 구름일지도 모른다고 레인은 생각했다. 만약 당신이 어떠한 시공간 속에 태어나 중력에 매이지 않은 그러한 종류의 생명체라면, 그래서 어디든지 다가갈 수 있고 무엇이든 볼 수 있다면 그렇게 보일지도.

벌레 먹은 이불솜이 갈라지며 주욱 늘어졌다. 추문 축제날에 팔던 늘인 엿 같았다. 레인의 시야에 초점이 맞아 갔다.

도로시가 이러니저러니 지껄여 대던 그 무엇인가를 지금 찬찬히 살펴보고 있다는 사실을 깨닫기까지 조금 시간이 걸렸다. 오즈의 산들이 우선 거기에 솟아났다. 지도에 나와 있는 산처럼 평면에 그려져 있는 것이 아니라 축소 모형처럼, 빵 반죽으로 빚은 것처럼 올록볼록했다. 엄청나게 먼 거리에서 제일 먼저 보이는 것은 산들이었다. 그것들이 세상의 첫인상이다. 레인은 오즈를 단박에 도로시가 노래에서 말한 그런 식으로 바라볼 수가 있었다. 북쪽으로 런시블 산이 있다. 산들의 왕인 양 우뚝하게 불거져 올라, 혼자 젠체하며 서 있었다. 그리고 그레이트 켈스 산맥이 언월도 같은 곡선을 그리며 왼쪽으로 휘었다가 차차 오른쪽으로 굽으며 남쪽을 향해 점점 완만해져 간다. 레인은 쿼들링 켈스와 웬드 하딩스가 그레이트 켈스의 사촌동생인 양 규모만 조금 작은 모습으로 이어지고, 마들렌 산맥과 클로스힐스가 작은 방을 얻으려고 도시로 이사 나간 육촌동생들처럼 자리 잡은 광경을 볼 수 있었다. 그리고 스칼프스 산맥, 저 위 글리쿠스에 있는 스칼프스 산맥의 산들이 이 모든 인간사를 굽어보는 대주교들처럼 에메랄드 왕관을 쓰고 늘어서 있다. 물론 에메랄드는 눈에 보이지 않았지만 말이다.

그림이 변하였다. 달빛의 각도가 물에 비쳐 반짝이는 은광을 잡아내었고, 곧 레인은 여덟에서 열 개쯤 되는 여왕 같은 오즈의 호수들이 마담 초틀부시가 지도에 그려 넣었던 것처럼 깔끔하게 그려넣어져 있는 것을 볼 수 있었다. 오즈 전역에 생명을 낳는 호수 레스트워터가 길고 은빛 나는 잎사귀처럼 한가운데에 있다. 그리고 구두약처럼 시커먼 치명적인 호수 켈스워터가 거기서 멀지 않다. 여기저기에 점점이, 산에서 흘러내리는 물에 의존하여 풍부한 수량을 자랑하고 있는 터키석 색깔의 호수들이 흩어져 있었다. 길리킨의 초지 호수, 먼치킨랜드의 모스미어와 일스워터 호수, 그리고 켈스의 서쪽 끝 천년 대초원에 형태가 변하는 호수가 있다. 레인이 들은 적이 있는 움직이는 호수는 제멋대로 생겨났다 없어졌다 하는데 쇠에 붙었다 떨어졌다 하는 자석들이 그러할 것처럼 수천 가지 초원 짐승들의 형상을 그려내고 있었다.

자칼의 달이 또다시 그 주둥이를 슬쩍 움직여 가며 오즈의 숲을 콕 짚어 드러내었다. 오즈 땅 상당 부분이 숲이었다. 북녘 야생지의 우거진 숲 길리킨 대삼림을 비롯하여 산이 많은 지역이거나 완만한 지역이거나 사실상 모든 비탈과 모든 골짜기가 숲이다. 그리고 보라, 동녘 땅 콘배스킷에 출렁이는 부요의 물결을. 깔끔하게 가꾸어진 밭과 목초지들은 서녘의 야생지 초원과 사촌간이다. 쿼들링 나라의 습지가 어떻게 하여 북쪽으로 240킬로미터나 떨어져 있는 길리킨 대삼림의 키 큰 소나무들에게 축축이 젖은 토대가 되어 주고 있는지 보라.

레인은 키아모코 아래로 펼쳐진 비탈들을 굽어보았다. 혹시 네시 하우를 둘러싼 파이브레이크스가 보일까 하여 찾아보았다. 마지못한 듯, 수줍은 물고기처럼, 호수들이 깜박 눈짓을 보냈다. 하지만 이것은 꿈이었다. 그러니 모든 꿈이 그러하듯이 몇 가지 조건이 있었다. 조건 중 하나는 꿈이 보여 주는 것 이상으로 레인이 밀어붙일 수 없다는 것이었다. 레인은 초점을 더 밀어붙여 또렷하게 맞추어 볼 수가 없고, 욕망의 힘으로써 세상을 끌어당겨 더욱 세세한 곳까지 환히 드러나게 만들 수도 없었다. 레인은 네서하우의 그 포근한 작은 언덕까지도 발견한 것 같았지만 그곳을 좀 더 뚜렷이 떠오르게는 할 수가 없었다. 레인은 집을 볼 수 없었다. 어머니를 볼 수 없었다. 정말 어머니는 볼 수가 없었다.

그뿐 아니라 다른 누구도 보이지 않았다. 레인은 그 점에 생각이 미쳤다. 인간이든 동물이든 동물이든 아무도 안 보인다. 천사가 내려다볼 법한 높은 곳에서 보자니 이 넓디넓고 촘촘히 정교하게 짜인 세상에는 그 누가 깃들어 사는 기색이 전혀 없어 보였다. 심지어 도시에도, 심지어 에메랄드 시에조차 없다. 거기라면 레인이 살아서 피가 도는 살갗을 콱 쏘아 버리려고, 또는 꽃송이에서 달콤한 것을 쪽 빨아먹으려고 움찔움찔 하는 커다란 벌처럼 오즈 중심부를 엿볼 것을 기대해 볼 만한 곳인데.

그러자, 꿈꾸는 듯한 상태에 있었으면서도, 레인은 머릿속에 그 비 오던 오후 시즈의 가게에서 팁과 함께 발견했던 지도가 기억났다. 팁이 해 준 이야기가, 에브로 갔던 여행 이야기가 생각났다. 오즈를 벗어나서 죽음의 사막을 건너갔다고 했다. 그와 함께 지도의 왼쪽 가장자리에, 빈쿠스 외곽지 저 너머에 찍혀 있던 조개껍데기 도장이 떠올랐다. 레인은 까치발을 하고 몸을 곧추세워서 런시블 산의 북쪽으로 사막 저 너머를 보려고 했다. 그리고 쿼들링 나라의 남쪽으로도. 그리고 기웃기웃 얼굴을 돌려 천년 대초원의 서쪽에 펼쳐진 사막 너머를 엿보려고 했다. 하지만 자칼의 달이 그처럼 심히 기운 각도로는 유리를 통과하여 빛을 빌려 주려 하지 않았다. 레인은 그것이 보여 주는 것만을 볼 따름이었다.

마치 레인이 호기심을 가짐으로써 세상에 못할 짓을 하기라도 한 듯이, 오즈를 그린 그림은 쭈그러들며 더더욱 깊숙이 가라앉기 시작했다. 하지만 그러다 레인은 알아차렸다. 잠깐 엿보인 이 입체적인 경치가 조금이라도 덜 자세하지 않다는 것, 다만 작을 뿐, 크기만 다를 뿐이라는 것을. 그 경치는 공 모양 유리에서 얼마 되지 않는 부분을 차지했다. 그것은 마치 색을 넣은 사과껍질에, 럴라인마스 장식물 겉에 바르는 칠에 지나지 않는다는 양, 그 나머지는 알지 못하는 곳, 발견되지 않은 곳으로 그저 남아 있었다. 정말이지 까맣게 모른다.

구름이 밀려들기 시작했다. 레인은 꿈이 이제 끝나 가나 보다 생각했고 혹시 다시 아래층으로 걸어 내려가야 하는지, 아니면 구름이 흐르듯 자기도 그냥 스르르 흘러갈 수 있는 건지, 그래서 꿈이 깰 때 침대에서 일어나게 되는지가 궁금했다. 하지만 구름장은 잠시 휘감아 돌더니 걷혀 나갔고, 레인은 다시 딱 볼 수가 있었다.

보인 것은 오직 레인 자신의 얼굴뿐이었다. 저 얼굴은 지금껏 찬찬히 뜯어볼 엄두가 나지 않았던 것이다. 레인은 캔들에게 물려받은 쿼들링의 광대뼈를 알아보았고, 리르에게서 온 뻣뻣하고 두껍고 찰랑찰랑한 검은 머리를 보았다. 아, 대체 이 무슨 꿈이람! 왜냐하면 레인이 보는 레인 자신이 초록색, 그야말로 초록색이었기 때문이다. 믿을 수 있을까?

레인은 보는 재주를 비웃고는 눈멀어 보지 못하는 다행에 안도하며 자리를 뜨려고 등을 돌렸다.

"봤느냐?" 악어가, 눈을 굴려 여섯 점이 나오게 하며 물었다.

"아, 봤어."

"무엇을 보았지?" 벌들의 유령들이 벌집으로부터 기어 나오면서 물었다. 그들은 레인이 키아모코의 새로운 시장 각하라도 되는 것처럼 의례 대형으로 도열해 섰다.

"오즈의 산들과 호수들을 보았어. 자라나고, 젖어 있고, 메말라 있는 오즈를."

"그 외에 또 무엇을 보았지?" 빙그레 웃고 있는 늑대의 이 한 벌이 물었다.

"지쳐 버린 어머니에게 너무 자주 매를 맞는 울부짖는 어린애가 전혀 보이지 않는 걸 보았어. 또 며느리에게서 벗어나고 싶어 하는 비버 노부인도 없었어. 납치당한 아버지는 안 보였어. 뺑소니 쳐 버린 어머니도 안 보였어."

"네가 보지 못했다고 해서 그들이 거기에 없는 것은 아니야." 이름을 킬리조이라고 하는 개의 허깨비가 말했다. 그놈은 발로 할퀴어서는 도무지 열 수가 없는 맨 아래 서랍에서 무엇인가 구리고 흥미로운 것 냄새를 맡느라 헉헉거리고 있었다.

"그 외에 또 무엇을 보지 못했지?" 파르르 새된 목소리를 하나로 하여 거미들이 일제히 물었다.

"오즈 저 너머에 땅 끝을 보지 못했어."

"네가 보지 못했다고 해서 그게 거기 없다는 건 아니야." 킬리조이가 또 말했다.

"알아." 레인이 대답했다. "그거 하나는 확실히 알지."

"그 외에 또 무엇을 보지 못했지?" 서랍 하나 가득 든 박쥐 골격들이 물었다. 소리가 서로 조화되지 않아서 레인은 잠시 후에야 무슨 말인지 해득을 했다.

"너희들 모두를 이리 가져다 놓은 그 여자를 보지 못했어." 레인이 말했다.

"네가 그 사람을 못 본다고 해서 그 사람이 거기에 없는 것은 아니야." 킬리조이가, 유령 꼬리를 들고 유령 혀를 길게 빼문 채 헐떡이면서 말했다.

"그 외에 또 무엇을 보시 못했시?" 몇 마리인지 모를 까마귀들이 물었다. 레인은 그것들이 까마귀 유령인지 아니면 혹시 진짜 살아 있는 까마귀인지 분간이 가지 않았다. 이 빛에서는 무리다. 까마귀들은 옷장 위에 주르륵 올라앉아 있는데 자리가 좁아 서로 부대꼈고 그러느라 때때로 한 마리가 푸드덕 가장자리에서 떨어졌다가 도로 펄럭 날아올라가 밀쳐 대어서 누구 다른 놈이 가장자리에서 밀려 떨어지게 만들었다.

"내가 먼저 여기 왔을 때에는 너희들을 보지 못했는데." 레인이 말했다. "봤으면 기겁해서 도망쳤을 거야, 아마."

"아, 우리는 싹싹한 편인걸." 까마귀들이 말했다. 하지만 그러고는 한꺼번에 모두 다 날아가 버렸다.

"그 외에 뭐라도 본 것이 있니? 아니면 보지 못한 것이냐?" 테이가 물었다. 이제는 테이가 이 꿈 속의 의식을 주도하는 우두머리 같았다.

"없어. 이렇다 하고 이름 붙일 만한 게 오늘 밤엔 더 없어."

"그래, 그러면, 이제 끝이 난 것 같구나."

"아, 한 가지 있어." 방이 정돈되어 갈 때에 레인이 테이에게 말했다. 늑대 이 한 벌은 달그락거리기를 그치고, 악어는 흔들리기를 그치고, 유령 개와 유령 벌들은 스르르 사라져 버리고 거미들은 다리를 말아 붙여 조그맣고 동그랗게 되어 있었다. 흡사 생쥐 숙녀가 생쥐들의 오페라에 갈 때 들고 갈 핸드백 같았다. "난 네가 수컷인지 암컷인지 못 보았어. 지금까지도 전혀 감을 못 잡았는데."

"그게 상관있나?" 테이가 물었다.

레인은 대답하지 못했다. 그들은 방을 나서서 층계를 걸어 내려갔다. 이것도 아직 꿈이었다. 난쟁이는 주방 탁자에서 자고 있었다. 치스터리가 아침식사에 쓰려고 간수해 둔 둥그런 연성 치즈 덩어리에 턱수염 끝을 처박은 채였다. 그리고 사자는 자면서 뜨개질을 하는지 앞발을 움찔움찔 앞뒤로 젓고 있었다. 꼬마 다피는 아무데도 보이지 않았다. 공기에서 빵과자 굽는 냄새가 풍기기는 했지만 말이다. 팁도 보이지 않았다. 하지만 레인은 아침에 일어나면 팁이 있을 자리를 피해 발을 넘겨 디뎠고, 팁에게 등을 대고 자리 잡고 누워 조개껍데기를 바라보았다. 테이는 곧바로 잠에 빠졌다.

레인은 꿈이 다 끝났다고 생각했고, 어쩌면 정말 그랬는지도 모른다. 어쩌면 레인은 이제 깨어 있는 것이리라. 레인은 조개껍데기를 집어 들었고 누군가 자신에게 말했던 것을 떠올렸다. 그게 누구였던가는 기억나지 않았다. 나무에 올라앉아 있던 그 정신 나간 새 여인이었던가? 그 사람이 말한 건가? 아닌가? 상관없다.

조개껍데기가 무슨 말을 하는지 잘 들어 보렴.

레인은 전에도 천 번이나 해본 대로 조개껍데기를 귀에 대고 쉬이이 하는 소리 너머로 들릴락 말락 하는 뭔가를 잡아내려고 애썼다. 언제나와 마찬가지로 성과는 없었다. 알쏭달쏭한 꿈의 메시지들이 쏟아지는, 그렇게 시끌벅적한 밤을 보낸 이후이니. 레인은 그렇게 잠이 들었다. 그리고 한 시간 후 뺨에 바싹 대었던 조개껍데기가 굴러 떨어지고 그 끄트머리가 조금 깨져 나간 곳이 다시 쪽이 나갔을 때에도 레인은 그 소리를 듣지도 못했다.

아침이 되자 팁이 써 놓은 쪽지가 탁자 위에 있었다. 조개껍데기를 문진 삼아 쪽지에 눌러 놓았다.

라 몸베이가 『그리머리』를 가져가고 너희 아버지를 잡아간 장본인은 아닐 거야. 그렇지만 다시 생각해 보면, 어쩌면 라 몸베이일 수도 있지. 내가 알아내겠어. 우리가 도로시를 다시 먼치킨랜드로 데리고 갈 수는 없다는 건 나도 알아. 무사히 잠입할 수 있는 건 나 혼자뿐이야. 몸베이가 나에게 벌을 내리겠지만 고문은 하지 않을 거야. 내가 그 사람 아들은 아니지만, 하나뿐인 가족이니까. 그 사람은 나를 용서해 줄 거야. 그러면 뭐가 어떻게 된 건지 알아볼 수 있는 대로 알아내 볼게.

밤중에 떠났다고 걱정하지 마. 자칼의 달이 하늘에 떠 있어서 횃불처럼 갈 길을 밝혀 주니까. 난 무사할 거야.

그리고 너에게 돌아오겠어.

사랑해, 팁이.

6

그자들은 우선 그를 두들겨 패고, 발가벗은 몸에 사슬을 채우고, 멍청이 소나무 가지 사이로 비쳐 드는 뜨거운 햇살 아래 채찍질을 가했다. 종아리에 줄줄 흘러내린 피가 발을 온통 물들여 선홍색 양말을 만들어 놓았다. 솔가지에서 뚝뚝 떨어지는 송진이 상처에 묻어 쓰라렸다. 그자들이 더 무자비할 수도 있었겠지만 그렇게까지는 되지 않았다. 리르가 자기 다리에다 뱃속의 것들을 주르륵 싸 버리자, 그자들은 너무 심하게 했다는 것을 깨달았고, 곧 누군가가 신통치 않은 솜씨로 그를 씻겼다. 리르가 등뼈를 꼼짝도 할 수 없었기 때문에 잘 씻길 수가 없었다. 그 후로는 취급이 좀 부드러워졌다. 리르가 도중에 죽어 버리는 것은 원치 않는 게 분명했다.

그자들은 조심성 있게 자기들이 가려는 곳을 숨겼다.

다섯 놈이 있었다. 별로 말이 없고, 동작이 재빠르고, 한 명 한 명 모두가 탄탄한 몸이 팽팽하고 미끈하게 긴장되어 있고 잘 훈련된 자들이었다. 사람 납치하는 전문가들이다. 켈스 산맥 기슭으로 다 내려가자 그자들은 스카크를 도살해 버렸다. 이유를 짐작하자면 타격 연습이든지, 아니면 리르 보라고 경고성으로 죽인 것이든지일 것이다. 행로는 말을 타고 이어졌다. 리르는 말을 타는 데 별로 능하지 못했다. 등 뒤로 두 손이 꽁꽁 묶인 채이다 보니, 리르는 언제라도 말 등에서 떨어져 질질 끌려가다 죽을지 모른다는 위험이 있었다. 영리하게도 납치범들 중 한 명이 리르의 두 어깨에 장구를 걸어 말 굴레에 느슨하게 줄로 채워 놓는다는 방도를 생각해 냈다. 그러면 출혈이 심해서 까무러치더라도 앞으로 고꾸라질 테니까 말이다.

"출혈을 하기만을 기다리고 있지, 안 그래?" 하는 것이 처음에 리르가 들은 말의 전부였다. "우리가 쥐어짜 내 줄 때까지 아껴 두고 있어. 어떤 놈들은 그런 것을 좋아하니까." 하지만 그자는 그 말을 숨죽여서 하는 것이었다. 아마 원래 억양을 드러내지 않으려고 그러는 것 같았다.

농가들이 있었지만 피해서 갔다. 혹시 부득이하여 마을에 들어갈라 치면 해 질 녘을 기다렸고, 컴컴해지면 리르의 입에 넝마를 틀어박고 머리에 두건을 씌워 자기들이 어디로 가는지 볼 수 없게 만들었다. 하지만 탁 트인 들판에서는 밤에나 낮에나 리르의 머리에 굳이 무엇을 씌우지 않고 놔두었고, 그래서 리르는 그자들이 계속 동쪽으로 가고 있다는 것을 알게 되었다. 길리킨으로 들어가고 있다. 하지만 얼마나 멀리까지 가려나? 만약 에메랄드 시로 가는 것이라면 이제 곧 남쪽으로 방향을 틀어야 할 것이다. 만약 이대로 먼 길을 가 먼치킨랜드까지 가려 한다면 조만간에 오즈 충성령 병사들이 배치되어 있는 전선에 맞닥뜨릴 터였다. 이자들은 어떻게든 전선을 돌파할 방법을 찾아내야만 할 것이다. 혹시 탈출의 기회가 온다면 공포와 혼란으로 정신이 없을 때가 그때이리라.

하지만 납치범들은 노련한 병사들이었다.

연배는 리르보다 위일 것이 없지만, 산전수전 다 겪어 다른 방식으로 단련된 자들이다. 어떻게 내가 다른 종족에 속한다는 느낌을 받을 수가 있지? 리르는 희한하게 여겼다. 이런 생각이 든 게 처음은 아니었다.

리르는 자신을 억류한 이자들에게서 어떠한 인정의 실금도 잡아낼 수 없으며 혹시라도 얼렁뚱땅 속일 수 있으리라는 기대 역시 꿈에도 할 수가 없었다. 이자들은 그런 일이 없도록 단단히 기강이 잡힌 자들이었다. 술도 마시지 않았다. 심지어 서로 농담조차 한마디 하지 않았다. 그들은 매일매일 하루 중 대부분의 시간을 침묵 속에 보냈다.

비록 리르가 훌쩍훌쩍 우는 것은 약점을 드러내는 것이라고 생각하는 그런 사람은 아니었지만, 리르는 울지 않았다. 두 팔이 결박되어 있어 혼자서 어찌하지 못할, 미끄러져 큰 돌에 가 부딪혔을 때 생긴 눈썹의 타박상에도 리르는 굴하지 않았다. 그것은 명예의 훈장이었다. 말 위에 실려 오느라 쑤시는 허벅지, 쇠 장갑 낀 손이 얼굴을 후려치는 바람에 터진 입술 역시…… 리르는 하루에 두세 번씩 피 맛을 느꼈다. 안장에 실려 흔들리다 보니 상처가 자꾸만 다시 터지기 때문이었다. 리르는 이 상처들을 한편으로는 애틋하게 소중히 여겼다. 그것들은 징표고 훈장이다. 딸에 대한 사랑으로 받게 된 것이다. 자기가 병사들의 손아귀에 떨어졌다면, 레인을 찾아내려는 수색 행각은 아마도 다소 느슨해질 것이다. 레인이 태어났던 그날로부터 리르의 행동지침은 자기가 할 수 있는 대로 힘을 다하여 레인을 안전히게 지켜 주는 일이있다.

그렇기는 하지만 몇 가지 면에서 리르는 몸이 온전치 못했다. 입술 때문에 음식을 많이 먹을 수가 없었다. 어금니가 뽑혀 나간 건 고사하고 말이다. (그자들이 재미 삼아 두어 대를 뽑았다. 리르가 『그리 머리』를 자기들에게 해독해 줄 생각이 있는지 보려고 그랬다. 그 상처에 고름이 차고 통증이 심한 나머지 리르는 이틀간 말을 할 수 없었다. 최소한 희생된 치아는 안쪽에 난 어금니들이었다. 그러니 만약 리르가 누구의 손을 깨물어야 한다면 깨물려고 해보기는 할 수 있을 것이다. 그리고 또한 리르가 지닌 그 아름다운 미소도 아직은 무사했다, 하하하.)

지금과 그때를 확실히 분간하는 힘이 약해지기 시작했다. 열기 때문에 조금씩 초점이 흐려지곤 했다. 때로 리르는 자기가 지금 체리스톤의 부하들에게 잡혀 있다고 생각했다. 쿼들링 나라에, 쿼이어에 주둔했던 그때에 이어서 말이다. 리르가 앤손비와 버니와 다른 동료들과 함께 벵다의 다리를 불사르는 것을 도운 뒤이다. 쿼들링 부모들을 본 후이다. 부모의 등 뒤에는 불길의 날개가 생겨났고, 딸. 아이를 물에다 내던지던 모습. 딸이 강물 위에서 불타는 기름을 혹시라도 피할 수 있지 않을까 하는 마음에, 어떻게든 살아남기만을 바라며 아이를 던졌다. 리르는 지금 그 작은 여자아이 때문에 울었다. 그 아이가 살았는지, 아니면 자신이 그 아이와 아이의 부모를 살해하는 군사 임무를 완수하였는지, 리르는 결코 알 수 없을 것이다. 마침내 붙들려 싸다. 비록 체리스톤은 등을 툭툭 두들겨 주며 작전을 성공적으로 수행했다고 자네 아주 장하네, 하며 칭찬해 주겠지만 말이다. 은근슬쩍 꽁무니를 뺐던 점을 용서받는다면 리르는 상등 메나시에가 될 것이다.

딸들. 여자아이는 불길이 활활 오르는 물 위로 날아갈 수 있었던 게 틀림없다. 하지만 누가 딸들에게 나는 법을 가르치나? 부모들은 부모라는 것 자체로 땅에 매여 있다. 부모이기 때문에 그들은 발을 관 짝에 담그고 있고, 땅벌레를 뒤져 먹는다.

리르는 한 번 문득 자기가 말 등에 실려 '낙담' 평야를 가로지르는 중이구나 하는 생각이 들었다. 바로 뒤에 오는 말에 트리즘이 타고 있다. 때는 새벽이었고, 땅에는 서릿발이 서 있었다. 하지만 리르가 아무리 몸을 뒤틀어 보아도 그리운 그 사람의 모습은 시야에 들어오지 않았다.

다른 때에 리르는 자기가 네서하우의 피난처에 다다랐다고도 생각했다. 주위에 둘러선 말 등에 오른 사내들은 아른아른 눈앞에서 사라져 가는 것 같았다. 그리고 말들도 사라졌다. 그리하여 리르, 오즈의 골칫거리인 리르는 홀로 계속 가던 길을 갔다. 걸어갔다. 그는 언덕에 몸을 기대고 잠들고자 했다. 떨어지는 잎들 속으로 고꾸라지고자 했다. 눈 언덕을 녹여 없앨 수 있듯이 흙 땅을 녹여 없애고자 했다. 자기 몸으로 판 무덤 구덩이 속으로 잠겨 들고 싶었다. 하지만 얼룩얼룩한 풀 속에서 양이 싼 똥 사이에 누워 있는 동안, 리르는 자기 몸에서 스르르 빠져나와 떠오르기 시작했다. 아마도 죽고 있는 모양이었다. 그러면서 리르는 늙수그레한 영감 하나가 나무들 사이에 실체가 되어 나타나는 것을 보았다. 호기심 어린, 또는 어쩌면 죄책감이 드는 듯한 얼굴 표정이었다. 노인은 『그리머리』를 들고 있다. 한동안 책 내용을 참고하더니, 결심을 굳힌 듯 책을 덮었고, 북쪽으로 발걸음을 돌렸다. 이번에 리르는 큰 소리로 외쳤다.

"당신에게 그 위험한 것을 이곳에 심어 놓을 권리는 없어요! 도로 가져가요! 우린 그길 원지 않아요!"

하지만 말 탄 자들이 다시 떠올라 왔고 조용히 하도록 리르를 쳤다. 리르는 말 위에 있었다. 제대로 수인사한 적 없는 사내들의 손에 붙들려 어딘가로 잡혀가는 중이었다.

얼마쯤 지났을까, 리르는 자칼의 달이 뜬 것을 알아차렸고 마지막으로 저 달을 보았던 때를 기억했다. 그것은 캔들을 만나 사랑에 빠지기 바로 전의 일이었다. 트리즘을 만나 사랑에 빠지기 바로 전이다. 자칼의 달은 사랑에 우호적이지 않다. 저것의 주문에 빠지면 어떤 일이 벌어지는지 보라. 너의 아내는 목숨을 부지하려면 숨기고 감춰야만 하는 아이를 준 너를 결코 용서 못 할 것이다. 너의 그리운 친구는 결코 돌아오지 않으리라. 너는 사는 대로 살 것이다. 네 인생은 힘이 닿는 대로 오래오래 뒤에 질질 끌고 가는 지리멸렬한 허섭스레기다. 마찬가지로 끌고 가는 무게 없는 그림자보다 눈에는 잘 안 보이지만, 아, 그러나 이게 훨씬 더 무겁다. 딸에 대하여 희망을 품는다. 너에게 그것 말고는 달리 별것이 없다.

빌어먹을 책 말고는 없다.

리르는 고개를 틀어 자칼의 달을 외면했다. 그놈과 눈을 마주치고 싶지 않았다. 그만둬, 보지 마. 넌 나하고는 이미 거래를 했잖아. 난 푸들 강아지처럼 쫄레쫄레 너를 따라 눈보라 속으로 들어가진 않을 거야. 어디 딴 데를 보라고, 자칼. 누구 다른 얼간이를 낚아채. 나는 내가 이미 쏟아 넣은 것 이상으로 더 이상 사랑도 후회도 원치 않아.

이날은 좀 나았다. 어쩌면 음식물에 단백질이 좀 더 들어 있었든지, 아니면 리르의 혈액이 서서히 보충되었던 것인지도 모른다. 리르는 정신이 좀 더 또렷했다. 그래서 이제는 일당이 에메랄드 시로 방향을 틀 지점들은 다 지나왔으리라는 점에 생각이 미쳤다. 몇 주째 길을 가고 있지 않은가, 안 그런가? 그들은 앙상하게 불에 탄 소나무 관목들이 삐죽삐죽 가시 돋친 낮은 언덕 지대로 다가가고 있었다. 마들렌 산맥일 거다, 십중팔구. 그래서 리르는 계산을 해보았다. 그들은 길리킨과 먼치킨랜드 사이의 경계선에 근접해 가고 있었다. 에메랄드 시의 제2의 부대가 먼치킨랜드인들에게 밧줄로 묶여 끌려온 동물 부대와 격전을 펼치고 있다는 곳이다. 다만 지금 이때에는 리르에게 아무런 군사 활동의 기색이 보이지 않았다. 이제 황무지의 경계를 돌파하여 필사적인 탈출을 하려는 참인가?

아니면 혹시 무력 충돌이 어떻게 기적적으로 종료된 것일지도 모른다. 그런 일도 있는 법이다. 전쟁이란 언젠가는 그치게 마련이니까. 그렇지 않은가? 혹시 우리 살아생전에 끝나지 않는다손 치더라도, 우리 자식들 세대에는 설마 평화가 급히 시야에 들어오지 않겠는가?

가을의 첫 가랑잎들을 휩쓸어 말발굽 주위에 흩날린 메마르고 성급한 바람 속에 달리던 어느 날 오후 한중간쯤 되어서 납치범들은 발길을 멈추었다. 길 가던 사람이 표지로 삼을 만큼 커다란, 운모가 들어 있이 빈짝빈짝 빛니는 장석 덩어리가 우뚝 서 있는 곳이었다.

"여기에 수레가 있어야 하는데." 납치범들 대장이 말했다.

"없네요."

"어디 가서 한 대 구해 와야겠다."

동료들은 욕설을 씹어뱉었으나, 두 명이 떠나가서 다음 날 아침에 수레 한 대와 수상쩍은 당나귀 몇 마리를 끌고 돌아왔다.

"저놈들 말하는 동물들은 아닐 테지, 응?" 납치범 우두머리가 물었다. "전쟁을 피해 국경 너머로 도망쳐서 멍청한 짐승인 척 꾸미고 사는 놈들 아니지?"

"자기들은 아니라고 하던데요." 하고 동료 놈이 대답했다. 그로 인해 당나귀들은 말채찍으로 매를 맞았다. 혹시 오즈 말로 비명을 지르나 보려고 그런 것인데, 당나귀들은 경중경중 뛰면서 울음소리만 길게 뽑았다.

"됐어." 우두머리는 리르를 향했다. "이제 한 가지 선택을 해라."

"두 가지 중에서 선택하면 더 좋겠는데요, 기왕에 하는 것." 리르가 말했다.

"네가 마법 주문 책을 펼쳐서 우리가 국경을 지나갈 때까지 우리 모습을 보이지 않게 만들어도 좋다."

"저 책을 나한테 읽히려는 생각은 하지 마시죠." 리르가 말했다. "내가 저걸 조금이라도 읽을 수 있다면, 당신들을 모조리 신발이나 배나 편지 봉하는 밀랍으로 둔갑시켜 버릴 겁니다."

"우리가 앞으로 며칠의 기한 안에 도착하지 않으면 네 처를 잡아들이라는 명령이 나갈 거다." 대장이 말했다. "네가 협조할 마음이 나도록 여자는 거기에 두고 왔다만, 만약에 네가 탈출하려 한다면 보복은 신속하게 가해질 것이다."

"그렇군요. 그게 한 가지 선택지군요."

"다른 선택지는 우리가 미리 마련해 온 물약을 조금 마시는 것이
다. 그걸 마시면 모습이 변장되어 우리가 너를 국경 너머로 몰래 데
려가기 좋아질 거다."

"변장이라." 리르가 말했다.

"골치 아픈 점은, 그 변장이 얼마나 지속될지 아무런 보장이 없다
는 것이지. 아무래도 불과 며칠 안에 가장이 저절로 벗겨져 나갈 거
야."

"무슨 변장인지 내가 알 수 있을까요?"

"넌 동물이 될 것이다. 죽은 것처럼 보일 거고. 우리는 먼치킨랜
드를 위해 싸운 너를 그 땅에 매장해 줄 수 있도록 자비를 베풀어
국경을 건너게 해 달라고 청할 것이다. 에메랄드 시 멍청이 놈들이
잔인하다 해도 비인간적이지는 않아. 양측 군대가 며칠에 한 번씩
사망자들을 교환하지."

"내가 죽은 동물 노릇을 제대로 할 수 있을는지 잘 모르겠네요.
난 대학에서 훈련받은 바가 없어서요."

"하면서 배우면 돼. 어떻게 할 테냐?"

"내가 아주 오랫동안 죽은 동물로 남아 있다면 라 몸베이에게
별 소득이 되지 못하겠지요. 그러니까 변장의 위험을 감수하도록 하
지요. 그렇게 해서 국경을 건너가 보죠. 만약 경비대가 당신들 말을
믿지 않아서 나를 죽인다면, 그래도 뭐, 나는 이미 죽어 있을 거니까
요. 그렇지 않습니까? 그러니까 그 위에 무척 더 아플 것도 없을 테
죠, 아마."

"내가 너라면 책을 읽도록 해볼 텐데." 내장이 말했다.

"여기까지 오는 동안 내내 충고를 해 주시니 정말 친절하기도 하시죠. 하지만 난 그 책을 못 읽습니다. 아무래도 당신들이 이렇게 애를 써도 결국은 아무 보람이 없을 것 같군요."

"우리는 우리가 할 일이 있었던 것이고 이제는 그 일도 거의 다 되었다. 책을 책싸개 속에 넣어. 그리고 수레 위에 책을 밑에 깔고 누워라. 옷은 벗어야 할 것 같군. 변신하느라 통옷과 바지가 쫙쫙 찢어지면 보기에 이상할 거야."

"아, 빵 보관 상자보다 더 큰 동물로 변하게 되나요?"

"서둘러."

리르는 하라는 대로 했다. 맨 살갗에 닿는 공기 느낌이 좋았다. 납치범들은 리르가 인간으로서 소변을 보도록 허용해 주었다. 그런 뒤에 수레 안으로 기어 올라가게 거들었다. 타인들 사이에서 벌거벗는 일이 여러 가지 이유에서 리르의 마음을 불편하게 했지만, 이제는 더 이상 신경 쓰이지도 않았다. 그는 폐위된 왕처럼 겸허히 사형수를 형장으로 실어 가는 수레 위에서 죽음을 맞이할 참이었다.

납치범들의 대장이 장갑 낀 손으로 리르의 머리를 받치고 입술 사이로 물약병 아구를 틀어박았다. 리르는 약을 받아먹는 어린애 같았다. 그렇지만 엘파바는 그에게 약을 먹인 적이 한 번도 없었다. 약은 사리마가 먹였다. 아니면 노르나. 아니면 유모가 먹였다. 엘파바는 리르가 아픈지, 죽었는지 아예 요만큼도 눈치 채지 못했더랬다. 정수리를 꽉 붙든 납치범 대장의 억센 손과, 아직도 부르튼 입술 사이로 파고든 작은 은빛 물약 병 주둥이가 차라리 상냥하게 느껴졌다. 리르의 시야에는 오로지 가을의 파란 하늘을 배경으로 황금빛 나뭇잎들만이 쫙 펼쳐져 있었다. 세상이 어서어서 잘 가라고 손짓하고 있었다. 퍽이나 명랑하게. 리르는 자신에게 다가오는 최후의 평안을 그르치지 않으려고 두 눈을 감았다.

"우리 모두를 위하여, 안전하게 국경을 건너갈 수 있기를." 대장이 말했다. 리르가 들은 마지막 말이었다. 감은 눈꺼풀 저편에서 태양은 조각조각 나뉘며 시커멓게 꺼져 갔고 소리는 껍데기처럼 벗겨져 나가며 그 안에 든 침묵을 노출시켰다.

수레의 상공에서, 독수리 한 마리가 지그시 지켜보고 있었다. 독수리는 몽둥이로 매를 맞는 당나귀들을 보았다. 지나치게 자라 버린 배아처럼 몸을 움츠리고 눕는 벌거벗은 남자를 보았다. 독약이 투여되는 광경을 보았다. 독수리는 그것이 일시적인 죽음이자 무대 위의 트릭인 줄은 알지 못했다. 귀가 그렇게 잘 들리지 않은 지도 한참이었다. 듣는 것은 친구인 매의 몫이었는데, 매는 가까이에 없었다.

수레가 움직이자 독수리는 한동안 기다렸다가 이윽고 잠깐 선회 비행을 하였다. 고도는 그대로 유지했다. 자기가 마지막으로 경의를 표하는 광경이 눈에 띄는 것은 원하지 않았다. 리르도 이 마지막 분노의 시위 행위가 남모르게 행해지길 원했을 것이다. 독수리는 알고 있었다. 리르는 그런 녀석이었다.

키노트는 옛 친구가, 빗자루 소년이, 죽으면서 몸을 부르르 떨기 시작한 것과 뻣뻣이 굳어 가는 것을 지켜보았다. 생명을 잃은 리르의 몸뚱이는 사라지는 것이 아니라 꼭 곰팡이처럼 보이는 무엇인가로 얼룩이 지며 사지가 길어지고 등뼈가, 궁둥이가 우르르 자라 나왔다. 부풀어 오르는 살덩이는 처음에 허여멀겠다. 밤새 쏟아진 거센 비 끝에 돋아나는 버섯처럼 말이다. 그러나 점점 더 커져 가며 색이 검어졌다. 리르의 등판에 니 있던 상처 자국들은 사라졌다. 설사 갖가지 감정들이 다 질색인 독수리에게조차 보기에 다행스러웠다.

키노트는 리르가 죽어서 어떤 형상을 취하는지를 볼 때까지만 기다리고 있었다. 혹시라도 그 정보가 자신에게 유용할지도 모르기 때문이다. 그럴지 어떨지 어떻게 알랴. 시원치 않은 날개로 날아서 그곳을 떠날 때쯤 해서(요즘 들어서는 날아가려면 힘들여 짧은 거리를 날고 난 뒤에는 오랫동안 쉬는 시간을 가져야만 했다.) 키노트는 리르가 작은 검은 코끼리의 시신이 되어 있는 것을 알아보았다. 병사들은 그 물약이 어떤 효과를 낼지 알고 있었던 것이 분명했다. 자기들 짐 속에서 완전히 박살난, 얼뜨게 생긴 띠 안장이며 장식 덮개를 끄집어내어 리르의 등에 갖다 붙여서 전쟁에서 망가진 코끼리 안장처럼 만들어 놓았기 때문이다. 그리고 나서 놈들은 애도하는 척 꾸미고 빈카 깃발을 올렸다. 안전한 통과를 요청하는 신호였다.

평화로이 가게나. 아니면 평화와 비슷한 것이라도 찾게나. 키노트는 속으로 생각하고 멀리 날아갔다.

7

"팁이 먼치킨랜드에 『그리머리』가 있는지 가서 볼 만큼 용감하다면 나는 에메랄드 시에 가서 위대하고 막강한 오즈의 황제 앞에 신분을 드러내겠어요. 혹시 황제가 『그리머리』를 가지고 있다면 그대로 가지고 있으라지요. 하지만 우리 아버지를 잡아 두고 있다면, 아버지는 돌려줘야 해요."

치스터리는 레인과 안면을 튼 지 겨우 일주일이었지만, 그 말을 의심하지 않을 만큼 레인을 잘 알고 있었다. 그가 말했다.

"자살 행위야. 그렇지만 짐은 내가 꾸려 주지."

"잠깐만 있어 봐." 이스키나리가 말했다. "너희 부모는 모두 평생을 네가 환난을 겪지 않게 지켜 주려고 전전긍긍했어. 그것을 위하여 살았고, 누가 알겠어, 그것을 위해 죽기라도 할 거야. 그런데 너는 고 납작한 가슴속에 솟구치는 충동으로 젖비린내 나는 순교자가 되겠노라 선언하는 거냐? 그따위 생각은 밟아 버려라, 귀염둥이야. 아니면 내가 너 대신 한 방에 밟아 치워 줄 테니."

391

"난 갈 거예요." 레인이 말했다. "도망자기 되기로 한 게, 그레 그간 누구에게라도 크게 득이 됐나요? 아무도 셸에게 대항하지 않았어요. 적어도 새들의 회의 이후로는 말이에요. 그때의 정치적 제스처는 그저 시작일 따름이었어야 했어요. 뒤에 논의가 따라야지요. 그리고 필요한 경우에는 내가 셸과 흥정을 할 거예요."

"어이쿠, 신나는군. 다른 것도 아니고 이번의 이 모험에 우리가 가서 쓸모 있을 것 같은 생각은 난 안 드네." 대장 나리가 말했다.

"우리도 가요." 하고 꼬마 다피가 말했다. "최소한 에메랄드 시의 성문 앞까지라도, 하여튼 가도록 해요."

"결혼이란 참 즐겁기 짝이 없구먼?" 대장 나리는 그렇게 대꾸하고 자기 행낭을 꾸리러 갔다.

"글쎄, 바보나 할 헛짓거리인데, 그러고 보면 나도 그 짓에 나설 만한 바보이긴 해. 그럼 나도 같이 가겠어." 거위가 말했다.

하지만 레인이 말렸다.

"다시 생각해 보시지. 우리 아버지가 납치되어 갈 때도 쫓아가지 않았으면서! 지금도 얼마든지 여기 남아 있을 수 있잖아? 어머니가 빗자루를 가지고 돌아오면, 우리가 어디 있는지 네가 말해 줘야지."

"그건 치스터리라도 할 수 있어." 거위가 말했다.

"치스터리는 그 늙은 날개로 더 이상 날 수가 없어. 만약에 어머니가 빗자루를 가져서 그걸로 나는 방법을 터득한다면 금세 우리를 따라잡을 거야. 너도 어머니와 함께 움직이면 돼. 누구와 함께하고픈 마음이 있다면 말이지만. 그리고 만약에 어머니가 돌아오지 않더라도, 뭔가 다른 일이라도 생기면……." 레인의 속생각은 '만약 팁이 돌아와서 나를 찾으면'이라는 것이었고 그렇게 말로 하지 않았어도 모두들 그런 줄 알아들었다. "그러면 네가 와서 나에게 알려줄 수도 있지."

레인의 말에 일리가 있었다. 하지만 이스키나리는 학교 다닐 나이의 계집애가 자기를 쥐고 휘두르는 게 못마땅했다. 그는 쉿쉿 소리를 지르며 레인의 다리로 달려들었다. 레인은 무심히 이스키나리를 두들겨 떨쳐 냈다. 기겁한 이스키나리가 아파하든 말든 신경 쓰는 것조차 성가셨다.

✢✢✢

레인은 팁에게 무지무지하게 화가 나 있었고, 분노는 썩 쓸 만한 에너지원이었다. 이전에는 정말 몰랐던 일이다. 거의 재미있을 지경이었지만 어느 시점에 이르자 분노가 부분적으로는 날것 그대로의 공포심을 위장하기 위한 것임을 깨닫게 되었다. 팁이 도대체 어떻게 안전할 수 있을까? 몇 가지 측면에서 팁은 레인보다 한결 순진했다. 지금까지 레인의 유년기가 아무리 절뚝거렸다 한들, 레인은 팁보다는 주의하고 경계하는 법을 더 잘 배웠다.

레인은 마지막으로 한 번 더 마녀의 방으로 가는 층계를 올랐다. 무슨 종잇조각이나 뭐라도 마법이 담긴, 기념으로 가져갈 만한 것이 있을까 하고 방 안을 둘러보았다. 다시는 돌아오지 못할지도 모르니까. 크게 잡아 말하자면 레인에게는 이곳이 조상 때부터 거해 온 고향인 셈이었다. 전에는 한 번도 구경한 일이 없다고 해도 말이다. 그리고 이모저모를 살펴보건대 다음번에 지진이 나면 성채가 무사하지 못할 것 같았다. 레인이 이곳을 다시 볼 일은 아마도 없을 것이다.

챙겨 둘 만한 것은 하나도 찾을 수 없었다. 죽어 버린 짐승들의 찌꺼기들은 이제 지루했다. 레인은 살아 있는 이들 가운데서 앞으로도 한동안은 더 살 생각이었고, 아직은 뼈다귀니 부스러기 따위에 혹해 부산 떨기 싫었다.

"나한테는 네가 있으면 돼, 테이." 버수달을 향하여 레인이 말했다.

명목을 붙일 수 없는 몇몇 이유로 인해 레인은 들여다보는 유리구슬 쪽으로 다가갔다. 유리공은 밑의 받침대에서 간단히 들려 나왔다. 레인은 두 손에 세계를 붙들었다. 마치 그것이 여전히 세상인 것처럼 들고 있었다.

"난 됐어." 유리공에게 말했다. "이제 언뜻 비치는 한 장면이라도 더는 보여 주지 마. 너무 과하니까."

하지만 레인은 다시금 보고야 말았다. 마침내 레인은 차갑고 매정한 자신의 모습을 눈으로 더듬고 있는 것인가? 유리공의 표면은 녹색으로 어른어른하여, 눈을 흘기며 비웃고 있었다. 마치 이 난장판을 할 수 있으면 수습해 보라고 도전하는 듯했다. 레인은 그놈의 유리 거품을 창밖으로 세차게 던져 버렸다. 몹시도 멀리 내던져서 박살나는 소리 하나 들리지 않았다.

긴 의자 밑에서 레인은 바구니 몇 개를 끄집어냈다. 그중 하나에서는 제법 많은 양의 사슴뿔 수집품들이 나왔다. 레인은 그것들은 그냥 그대로 두었다. 다른 바구니에서는 물기가 완전히 빠진 이끼 조각이 나왔다. 그게 뭐든 간에 어쨌든 이제는 이끼처럼 보였다. 세 번째 바구니에는 여벌의 단추들이 들어 있었다. 마녀가 손수 자기 옷에 단추를 다는 광경을 상상해 보라! 레인은 단추들을 바닥에 온통 흩어지게 와르륵 쏟아 버리고 바구니를 들고 방을 나왔다. 그 바구니가 딱 알맞은 크기였다.

레인은 악어가 주사위를 굴려 자기를 쳐다보는지 보려고 뒤돌아보지 않았다. 아무래도 상관없었다.

✛✛✛

아래층으로 내려오는 길에 레인은 아이들이 자는 방을 지나치게 되었고, 안으로 들어가 보았다. 침대들 중 하나 밑에 회색 쥐 봉제인형이 있었다. 레인은 쥐 인형을 잠시 손가락에 올려놓았다가, 주머니에 집어넣었다.

한 층을 더 내려와서, 레인은 잠깐 발을 멈추고 유모를 들여다보았다. 유모는 이제 응접실들 옆 서재에서 잠을 잤다. 유모는 잠에서 깨어 있었다. 그만하면 충분히 생시로 돌아온 모습으로 레인이 다가가자 베개들 사이에 기분 좋게 일어나 앉았다.

"우리 엘피. 유모한테 뽀뽀 한 번 해 주렴." 유모가 말했다.

"난 엘파바가 아니에요, 유모. 전에도 아니었고요."

"고 녀석 귀염둥이로구나. 그래, 아닌 것 같다. 아니면 오늘은 아닌 모양이네. 엘파바는 언제 돌아온다지? 쏘다니며 말썽 피우고 있는가 보지?"

"아마 그런가 봐요." 하지만 레인은 거짓말에 도통하지 못했고, 남겨두고 떠나는 마당에 유모에게 거짓말을 하고 싶지 않았다. "엘파바는 돌아오지 않아요, 유모. 엘파바는 가 버렸어요."

"아, 그 애는 까다로운 아이거든, 정말로 그렇지. 너무 안달 말아라."

"나도 이제 떠나요." 레인이 말했다.

"만약에 그 애를 보거들랑, 좀 서둘러서 오라고 전해 주렴. 나는 이제 화덕으로 뭘 못 하고 있거든, 잘못하면 내 몸에 화르륵 불이나 붙이고 말 테니까. 그 애가 그랬던 것처럼 말이다."

"유모." 레인은 마지막으로 한 번 더 시도했다. "성탑 위에 올라가셨을 때 보신 게 뭐였어요? 도로시가 엘파바에게 양동이 물을 퍼부은 그날에요? 유모가 제일 먼저 층계로 올라간 분이셨죠, 그리고 다른 누가 올라가서 보지 못하게 하셨고요."

"그랬지, 못 보게 했어. 암 그랬고말고." 유모가 말했다. "내가 수완이 좋았거든. 암 그랬지."

"그렇지만…… 그렇지만 뭐였나요? 거기에 뭐가 있었지요? 엘파바의 시체를 어떻게 하신 거예요?"

"꼬마 계집애야." 유모가 말했다. "그 일 가지고 머리 썩일 필요 없단다. 이 유모가 올바른 조치, 적절한 조치를 취했단 말이다. 리르에게 더 이상의 슬픔을 안겨 주지 않게끔 했지. 어른들은 무엇을 해야 할지 무슨 말을 해야 할지 알고 있단다. 그리고 내가 그간 인생을 살면서 늘 최고로 정직한 여자는 아니었다만, 내 이제 너에게 해 주는 이 말은 참 진실이란다."

레인은 앞으로 몸을 기울이며 유모의 두 손을 부여잡았다.

"그래서 그 진실은 이거지. 내가 한 조치는 네가 알 바 아니라는 것이야."

레인은 유모를 한 대 칠 뻔했다.

"그게 네가 엘피의 유리공을 창밖으로 내던졌다는 거냐, 아니면 그 공기방울 굴린다가 개인용 피닉스에 타고 또다시 둥둥 떠돌아다니는 얘기냐? 여기는 참 한순간도 평안할 날이 없구나. 애야, 내가 너에게 중요한 고백을 하마."

"하세요, 유모." 이게 그 얘기일까?

"내가 소싯적에는 손버릇이 아주 안 좋았지. 가터에, 구슬에, 현금도 꽤나 많이 슬쩍했어. 한번은 예쁘장한 녹색 유리병을 훔쳤지. 그게 나한테 썩 효과가 좋았어. 필요한 건 갖는 법을 배워야 한다는 얘기다. 그렇지만 누구에게 내가 그러더라고 말은 하지 말아라."

핸디 맨디 원작이 여기 있었네. 레인은 그렇게 생각했다.

"저도 벌써 슬쩍한 게 꽤 돼요. 안녕히 계세요, 유모."

"잘 가거라, 귀염둥이야." 유모가 말했다. "잘 가렴, 레인. 그래, 이제 알겠다. 너는 엘파바가 아니로구나. 그렇지? 하지만 너라도 될 거다."

✢✢✢

그들은 저녁을 먹기 전에 떠났다. 최소한 '빨간 풍차'까지, 어쩌면 걸음에 박차를 가하여 어퍼파나라까지 가 보자고 출발한 것이다. 하늘에 구름 한 점 없이 맑아서 자칼의 달은 썩 쓸모 있는 빛을 환히 비추었다. 도로시와 '겁쟁이 사자', 난쟁이와 먼치킨랜드인, 레인과 테이. 다시금 돌투성이 길에 나서다.

이스키나리와 치스터리는 한 성탑의 측면에 금방이라도 떨어져 나올 것 같이 위태위태하게 돌출한 나무 발코니에 나와 손을 흔들었다. 날개 달린 원숭이들 한 무리가 경례 삼아 끄트머리가 깔죽깔

죽한 창을 공중으로 딘저 올렸다. 창들은 네마른 해자에 떨어져 끝
이 무뎌졌다. 그로써 긴 겨울 동안에 할 일이 잔뜩 생긴 셈이다. 그
많은 창들의 촉을 도로 뾰족하게 세우는 일.

✢✢✢

어퍼파나라에서 일행은 레인이 직조 수집품을 빡빡 닦아 광내고
지난번 지나갈 때 계속 아이를 때리고 있던 그 지친 10대 어머니를
찾아낼 만큼의 시간 동안 발길을 멈추었다. 레인은 그 아기에게 키
아모코의 텅 빈 아이들 침실에서 찾아낸 조그만 생쥐 봉제인형을
내밀었다. 아기는 벙싯 웃더니 단박에 잇몸으로 인형을 앙 물었다.
　"아이 어머니한테 말하세요." 레인이 통역을 할 줄 아는 부족의
만능 일꾼에게 말했다. "생쥐는 팁이 주는 거예요. 내가 주는 건 이
거예요. 만약에 계속 저 애를 때리면 내가 돌아와서 저 엄마를 후려
쳐 혼을 내 주겠다는 약속이죠. 난 팁처럼 사람 좋지 않아요."

✢✢✢

내려가는 것이 올라가기보다 쉽기는 했다. 종아리는 당겼지만 말
이다. 빈쿠스 강을 건너갈 수 있는 댐에 이르기까지 고작 닷새밖에
안 걸렸다. 이번에도 역시 비버들은 먹을 것을 구하러 나가고 없었
지만 럴라이바는 여전히 가까운 곳에 남아 있으면서 시어머니를 돌
보고 있었다.
　"보내 드리세요." 레인이 말했다.

"아가씨가 관여할 일이 아니에요." 릴라이바가 말했다.

"꼬마 아가씨가 놔주라고 그러잖소." 대장 나리가 말하면서 이를 드러내 보였다.

"댁하고 물고 뜯기 싸움을 하자면 얼마든지 하겠네요, 재수 없는 훈수쟁이 양반." 비버가 대꾸하며 자기도 이를 드러내었다.

"놔 드리세요." 꼬마 다피가 말했다.

"내가 우리 어머님을 가둬 둔 건 어머님의 안녕을 위해서예요. 어머님은 당신 자신께 위협이 돼요."

모두들 브르르를 보았다. 하지만 브르르는 말이 없었다. 노르의 죽음 이후로 브르르는 자기가 나설 자리를 한층 조심성 있게 선택하게 되었다.

"내보내 드려요, 아님 내가 노래를 부를 거예요." 도로시가 말했다.

"불러 젖혀!" 시어머니가 갇혀 있는 감옥 속에서 외쳤다. "저년은 그걸 싫어해. 내 저년이 듣고 괴로우라고 온종일 불러 대지."

도로시는 열매 맺힌 평원과 장엄한 자줏빛에 대한 그때 그 노래를 부르기 시작했다. 다른 이들은 힘닿는 대로 합세했다. 일행은 그 노래를 두 번 부르고, 세 번 부르고, 네 번을 불러 급기야 릴라이바가 말할 때까지 불러 댔다.

"그만해요! 항복할게요. 당신들이 이겼어요. 그따위 허튼소리는 도저히 못 참아 주겠네요. 도대체 무슨 놈의 애국적 노래가 비버들의 댐 얘기는 한마디도 안 나오나요? 댐이야말로 우리의 국가를 위대하게 만드는 것이라고요. 자, 나와요, 이 못돼먹은 할망구야. 끈질기게도 까다롭게 구시더니 결국에는 해방되셨네요. 어머님 아들이 집에 돌아와서 무슨 소릴 할는지 난 생각하고 싶지도 않네요."

"그놈은 고맙게 여길 거다." 비버 노파가 고개를 내밀고 희게 바랜 코를 쭝긋거리면서 말했다. "그놈도 나를 좋아하지 않았거든. 그래서, 방금 송가를 이끈 꼬마 아가씨는 누구지?"

일행 모두가 도로시를 가리켰다. 비버 시어머니가 말했다.

"내 평생 들어 본 중 제일 역겨운 노래였지만, 먹히긴 먹혔네. 아가씨는 참하기도 하지."

"여기 바구니배가 있어요." 레인이 말하고 단추를 담았던 바구니를 건네주었다.

"물에 떴으면 좋겠구먼. 그렇지만 내가 가는 곳에서는 그게 진짜로 문제가 되진 않지." 노파는 그렇게 대꾸하고 안으로 기어 들어가 슬쩍 흔들어 보았다. "으흐음. 바닥은 탄탄하고, 이 정도면 만족스럽구먼. 나를 밀어내 주게, 귀염둥이 양반들. 내가 가서 우리 다정하신 럴라인을 만나 거룩한 발뒤꿈치를 사랑스럽게 살짝 깨물어 드려야겠어."

험한 물에 흔들리며 비버 시어머니가 멀어져 가는데, 일행의 귀에는 다시금 부르기 시작한 노랫소리가 들렸다.

오 아름다워라, 탈출을 하여
이 세계를 뒤로하고 떠난다는 것
내가 하루라도 더 여기에 머물렀다면
난 빌어먹을 정신이 회까닥 돌아버린 거지⋯⋯

우르릉우르릉 굉음을 울리는 물 때문에 그 뒤로 이어지는 노랫가락은 더 이상 들을 수 없었고, 안 들리는 것이 그야말로 감사했다.

8

검은 코끼리의 시체는 콜웬 그라운즈의 마차용 출입구를 통과해 운구되어 뒤로 돌아갔다. 여기에서 땅은 내리막 경사로 펼쳐지는데, 병원 기준으로 보아도 깨끗할 만큼 새하얗게 탈색된 마구간 몇 채로 접근하게 되어 있었다. 지금까지는 모든 것이 계획대로 되었다. 가지각색의 먼치킨랜드 사람들이 수레 끄는 것을 도와 벽돌로 둥근 천장을 지어 올린 수레간으로 들였다. 이것 역시 흰색이었다. 그들은 이 장소를 늘 깨끗하게 유지했다. 하지만 그거야 먼치킨랜드인들이 원체 그러했다.

그곳의 공식적인 명칭은 '의회당'이었다. 하긴 의회 같은 것은 열린 적도 없고 모두가 여전히 그 집을 콜웬 그라운즈라 부르기는 하지만 말이다. 트롭 일가의 유서 깊은 본집이자, 늙은 유모가 캐터리스펀지라는 이름으로 하녀 일을 처음 시작했던 장소다. 옛날 아직 젊은 유모였을 시절에, 아주 젊지는 않다 해도 그만 하면 젊었던 그 시절에 말이다. 유모가 엘파바와 네사로즈와 지금은 오즈의 황제가

401

된 셀의 분방하고 무책임한 어머니인 멜레나 트롭의 양육 보조자로
고용되었을 그때.

트롭 혈통의 사람들 누구도 여기에 리르가 자기 상속권지에 다시
돌아온 모습을 목도하지는 못했다. 그리고 그래서 무엇보다 다행일
는지 모른다. 포로의 몸이 된 치욕을 맛보고 있으니. 리르의 선조인
총독 피어리스 트롭은 이 상황에 어떻게 대처했을까?

리르를 진짜 시체로 알고 궁전 식솔들은 화장 준비를 시작했다.
하지만 라 몸베이가 몸소 지하실까지 내려왔다. 일꾼들은 마님이 이
렇게 하는 것을 전에는 한 번도 겪은 일이 없었다. 몸베이는 내려와
서 시체를 굴려 뒤집으라고 시켰다. 주머니에 든 책은 납작해 질 정
도로 심하게 눌리지는 않았고, 몸베이는 양손으로 책을 그러쥐었다.

"시체 태울 준비를 계속할깝쇼?" 구내 관리인이 여쭈었다.

"자네는 시체 썩는 냄새가 나나?" 몸베이가 말했다.

"검은 코끼리 시체 썩는 냄새가 어떤지야 제가 모르죠."

"내 말 믿게. 냄새를 맡아 보면 대번에 알 테니. 횃불을 들어. 이
놈이 괜찮아질 거야."

"그거 제가 들어 드릴까요, 총독 마님?" 몸베이의 시녀가 여쭈었다.

"젤리아 잼, 내 책은 내가 들고 학교에 갈 수 있단다. 고맙지만 사
양하겠어. 이 책에 손끝 하나라도 댈 생각은 말려무나." 몸베이는
책을 두 팔에 꼭 끌어안고 걸어 나갔다.

시녀는 어깨를 추썩이고는 농장 관리인을 향해 어이없다는 표정
을 지어 보였다. 몸베이 마님은 무슨 말을 하고 어떤 행동을 할지
도무지 알 도리가 없다니까. 마님은 하루하루 시시각각 사람이 달라
지니 말이야.

그렇다지만 여성 일족의 다른 일원들과 그렇게 다르지도 않잖아.

농장 관리인은 그렇게 생각했다.

9

이른 가을의 이 시점에 길리킨 강물은 물이 말랐다. 무척이나 폭이 넓은 얕은 여울을 건너는 것은 마치 소풍과도 같았다. 일행이 길을 나선 것이 철따라 퍼부을 비보다 이삼 주쯤 앞선 모양이었다.

다시 어딘가로 간다는 것이 기분 좋았다. 어쩌면 나는 그냥 천성이 방랑꾼인가 봐. 레인은 생각했다. 내가 세상에서 가장 아끼는 이들은 모두 다 떠나 버렸고 문제에 봉착했는데, 나는 마치 이게 내 할 일인 양 길에서 노닥거리고 있네.

테이가 꼭 레인의 마음을 읽을 수 있는 것처럼 따지듯이 흘겨보았다. 가장 아끼는 이들 모두 다라고? 어이, 이봐?

으음, 전부는 아니로구나. 레인은 생각했다. 이리 와, 너. 그렇게 테이를 데리고 산책을 했다.

레인은 갈림길을 표시해 주었던 표석을 기억하고 있었지만, 길리킨 강을 건넌 게 몇 주 전 팁과 함께 건넜던 그 지점이 맞는지는 확신할 수 없었다. 그래도, 일행이 두어 군데 퍽이나 흥성한 마을 중심부들과 그보다 한층 먼지를 탄 사촌 격 마을들을 지나친 후에, 화살표로 방향들이 그려져 있는 이정표에 다다르게 되었다. 그 돌 꼭대기에 올라앉아 있는 것은 한 마리 부엉이였다.

"이제 어느 길로 가죠?" 도로시가 부엉이에게 물었다.

"그거야, 아가씨가 어디로 가고 싶으냐에 달린 것 같군요."

"오즈를 벗어나려고 해요, 이르면 이를수록 좋죠." 도로시는 말을 해 놓고 나서 방금 들은 목소리가 귀에 익은 줄 알아차렸다. "아니, 템퍼 베일리군요. 여기서 뭘 하는 거예요?"

"직업적인 망신을 당한 후에 이사했지요."

꼬마 다피가 위로하려고 말했다.

"아, 그건 조작된 사건이었어요. 내 평생 조작된 사건을 본 적이 있다면 바로 그 사건이 그랬지. 댁은 그 사건을 맡지 말았어야 했어요."

"맡으라고 요구받았고, 안 맡으면 새장에 들어가 고생해야 했는데요."

"그래서 이제는 오즈 충성령 쪽 주민이 되었나요? 먼치킨랜드를 향한 애국심은 없는 거예요?" 도로시가 물었다.

"전혀 없소."

그건 그럴 것 같았다.

"어, 우린 지금 에메랄드 시로 향하고 있어요." 레인이 말했다.

"댁들이 이 길로 계속 간다면 지나치게 북쪽으로 가는 거예요. 결국에는 시즈로 가게 될 거예요."

"아, 그건 사양이에요. 플럼바고 선생님을 납치해서 우리 아버지를 돌려줄 때까지 인질로 데리고 있고 싶은 유혹을 받을 것 같아서요. 난 그자들이 하는 시으로 하고 싶지는 않아요."

"그러면 되돌아가서 방금 지나온 마을 안에 갈림길을 찾아요. 왼쪽 길로 해서 마을을 나가면 그 길이 노란 벽돌길로 이어질 거예요."

"전에도 절 도와주시더니 이번에도 덕을 보여 주시네요. 우리랑 같이 에메랄드 시로 갈래요?" 도로시가 말했다.

부엉이는 갈고리발톱을 절그럭거렸다.

"거길 다시 간다고? 아가씬 총체적으로 현실을 부정하는 거요? 이 무리와 함께하고 있는 건 지지자들을 잘못 고른 거예요. 아니면 뭐요, 마법사에게 마음속 간절한 바람을 이루어 달라고 요청할 셈인가?"

도로시는 기분 상해하지도 않았다.

"글쎄요, 지금 생각하니 하시는 말씀이 일리 있다 싶네요. 자기 자신의 마음속 간절한 바람을 달성하는 데에 초점을 맞춘다는 건 잘해야 생각이 부족한 거예요. 아님, 그냥 그대로 이기적인 것이거나. 하지만 이제는 마법사가 없잖아요? 마법사는 고향으로 돌아가지 않았나요?"

"물론 없지. 난 단지 아가씨가 조금이라도 더 바른 정신이 들었나 어떤가 시험해 본 거예요. 그건 그렇고 내가 보기에 아가씨는 아가씨가 의도하는 바를 성취하는 데 조금이라도 보탬은 못 될 것 같소, 그렇게 나사가 빠져 있으니."

"설마 우리 토토를 보지는 못하셨겠죠? 제 작은 개 말인데요?"

"그놈은 만난 적이 없소. 만나고 싶지도 않고."

도로시가 팔짱을 끼었다.

"템퍼 베일리, 내 사건을 맡은 게 유감스러운가요?"

"그 사건을 묻고 극복하는 일을 시작한 줄 알았는데 그게 아니라서 유감스럽소. 나는 고향을 잃었고 가족을 잃었고, 직업적인 명성도 잃고 말았어요. 그간 먹는 것도 잘 먹지 못했고 뱉어내는 먹이찌끼 뭉치는 형편없다오. 댁들이 이 길로 올 줄 미리 알고 있었더라면 어디 구이 팬에라도 숨었을 거요. 입에는 구스베리 열매를 물고 궁둥이에는 로즈마리 한 줄기를 올리고서 말이지."

"그럼 흥겨운 우리 일행에 함께하진 않겠네요?" 레인이 물었다.

"댁들 거지 떨거지들과 함께해?" 부엉이가 부엉부엉 울었다. "도로시가 또 새로 따라붙은, 에메랄드 시의 성문으로 우르르 쳐들어갈 순례자들 패거리에 끼라고? 마법사의 훌륭한 전통을 이어받아 황제가 댁들 모두에게 마음속 소원을 들어주라고? 꿈 깨시오. 그건 그렇고, 사자는 이미 용감하다고 무용 훈장을 받은 줄 알았소만."

"비켜요, 우리 길이나 막지 말고." 꼬마 다피가 말했다.

"꽉꽉 막혔구먼. 댁들한테 길은 무슨 길." 템퍼 베일리가 말했다.

대장 나리가 몸을 굽혀 돌멩이를 집어 들었다.

"그만둬요." 사자가 말했다. 가래가 끓어 목소리가 걸걸했다. 며칠이나 말 한마디 않고 있었기 때문이다. "이미 벌어진 일을 저이가 어쩔 수 없잖아요. 부엉이도 도로시나 마찬가지로 무자비하게 작전에 희생된 거예요."

"만약에 이스키나리라는 거위를 마주치시거든……." 레인이 말을 꺼내려는데 템퍼 베일리가 날아올랐다.

"저자가 저렇게 뒤틀렸는데 가르쳐 준 방향을 믿어도 될까요?" 꼬마 다피가 의문을 제기했다. "어쩌면 우리가 간다고 관에 발고하러 날아가는지도 모르잖아요."

"조 얄밉게 난 척하는 부엉부엉이, 조것을 한 방 갈겼어야 했는데." 난쟁이가 투덜거렸다.

"아무데로 가든지 힘든 상황으로 걸어 들어가기는 매한가지예요." 레인이 말했다. "지금 멈출 수는 없어요. 계속 가도록 해요. 노란 벽돌길로 통하는 지름길은 또 나올 거예요. 만약에 우리가 잘못해서 시즈로 빙 둘러 가게 된다면, 글쎄요, 아마 그럼으로써 뭔가 좋은 점이 또 있겠죠. 어쩌면 그자들이 아버지를 에메랄드 시로 잡아간 게 아니라 거기로 데려갔을지도 모르죠, 뭔가 이유가 있어서요. 여차하면 기차를 타면 돼요. 아니면 시즈 대로를 따라 에메랄드 시로 걸어가든가요. 꼭 그래야 하면 그러면 되죠."

"넌 아직도 한참 어리구나." 난쟁이가 말했다. "세상은 무척 크지. 그런데 넌 언제나 걸어서 직통으로 세상 한가운데로 들어가려고 생각한단 말이야."

10

제일 먼저 돌아온 감각은 후각이었다.

아아, 냄새가 풍성했다. 전에는 결코 가져 본 적이 없는 것 같은 그런 감각이다. 혼돈지경으로, 복잡하게 뒤얽혀 있는, 순간순간 바뀌는 구분된 냄새들을 느낀다. 진한 냄새를 향한 교향악적인 접근. 향취는 아무튼 전혀 서로서로 분리되어 있지 않았고 안정되어 있지도 않았다. 한 가지 냄새가 다른 냄새와 연관되면서 변해 갔다. 여름날 거센 바람을 맞고 있는 어린 나무 그늘만큼이나 빠르게 확확 바뀌었다.

냄새로써 서로 다른 각각의 가구와 문틀에 쓰인 나무가 얼마나 오래된 것인지 알아맞힐 수 있었다. 심지어 아직 눈을 뜨지 않고도 그것이 가구 냄새고 문틀 냄새라는 것도 맞힐 수가 있었다. 그는 아래로 세 번째 서랍 속에 들어 있는 좀약과(코로 냄새를 맡아서 수도 셀 수 있었다.) 그에 관련되어 대대로 죽음을 맞은 나방들에 대하여, 머리 위 기름 램프의 둥근 유리 바람막이 주위로 불꽃에 뛰어들어 죽어 간 나빙들에 대하여 훤히 알았다. 새깔도 맞힌 수가 있었다.

눈을 뜰 때였다.

그는 옆으로 누워 있었다. 어떻게 해서 여기에 와 있는지, 자기가 내내 코끼리의 몸이었는지 여부는 기억해 낼 수 없었다. 자기가 남성이라는 것은 기억이 났다. 그러나 이름이 생각나기까지는 잠시 시간이 걸렸다. 머리를 들어 올릴 수가 없었는데, 그렇다고 해서 불편하거나 더럭 겁이 나거나 한 것은 아니었다. 그는 메마른 살가죽 한 켠을 긁으려고 코를 뻗었고, 자기 코가 능수능란하게 잘 움직이는 게 놀랍고도 기뻤다. 하지만 그게 왜 놀라운지 의문을 가져 보기 전에 다시금 잠 속으로 곯아떨어졌다.

하긴, 잠에서 깨어 다시 생시를 산다는 것은 언제나 퍽 놀라워도 할 만한 일이다.

†††

무슨 의사인지 하여튼 의사 같은 자가 양쪽 눈에 빛을 비추었다.

"이제 금방 깨어날 겁니다." 의사가 말했다. "물 좀 마셔 볼까, 꼬마 친구?"

의사는 우물물이 담겨 있는 양동이를 손수레로 실어 왔다. 물은 위험한 녹조류가 너무 진하게 끼어 있었으나 이 시간에는 신선했고, 리르는 감지덕지 물을 마셨다. 코로 빨아들여서 입에다 뿜어내는 방식으로 마셨다. 입 안이 뼈다귀처럼 바싹 메말라 있어 진저스카치라도 한 입 가득 부어 넣어 헹궈 줘야 할 것 같은 기분이었다.

"말을 할 수 있겠나?" 의사가 물었다. 의사는 키 작은 남자로, 걸상을 놓고 올라서서 묻고 있었다. 먼치킨랜드인 외과의사다.

리르는 하면 할 수도 있겠다고 생각했지만 대답은 하지 않았다. 말을 하기에 앞서 좀 더 기억을 되찾아야만 했다.

✛✛✛

다음번에 문이 열렸을 때에는 그 문으로 여자가 들어왔다. 여자는 먼젓번 외과의사에 비해 갑절이나 키가 컸고, 분홍빛이 어린 금발머리에 냉정하고도 사랑스러운 얼굴을 가졌다.

"차도가 있다더군, 리르 트롭." 여자가 그를 향해 말했다. "나는 먼치킨랜드의 수장인 라 몸베이 임페카타다. 이제는 일어나 앉아 몸을 추슬렀으면 좋겠는데."

리르는 그 요구를 생각해 보고 나서 늙은 개처럼 몸을 앞뒤로 흔들어 굴려서 자세를 일으켰다. 리르의 몸이 놓여 있던 낮은 탁자 아래에 새로 갖다 받친 통나무 지지대가 삐걱거렸고 탁자 밑으로 석판을 깐 바닥에 톱밥이 내려앉았다.

"이제는 가사 상태에서 벗어나야 마땅하지. 내가 유사 사망 상태가 지속되는 기간을 이쯤까지만으로 맞추어 두었거든. 내 말이 들리나?"

리르는 왜 여기에 머뭇거려야 할 이유가 개입되는지 기억해 낼 수 없었다. 하지만 조심하여 만전을 기하기로 했다. 라 몸베이의 페로몬 속에서 고도로 집중된 어떤 의도를, 음모를, 조작을 냄새 맡을 수 있었다. 겉으로는 파출리 향유 냄새가 덮었고 속으로는 마늘과 골파 냄새가 은은히 비쳐 나는 그 중간 어디쯤에서 말이다.

"나는 너의 노움이 필요해. 그것노 빨리 필요하지. 나는 너의 아내와 딸에 대하여 생살여탈권을 가지고 있어."

리르는 능히 거짓말의 냄새를 맡아 내었지만, 그 말은 진실이 될 수도 있는 것이며 충분히 고려해 봐야 할 중요성을 띠었다.

"네가 네 명 이상으로 길이 잘살지 못하게 할 짓은 아무것도 하지 않았어. 그리고 만약 협조한다면 그야말로 잘 풀려 나갈 거다. 우리는 이 유감스러운 전쟁의 결말에 몹시도 가까이 와 있지. 네가 돕겠다는 결정을 빨리 내릴수록 전쟁터에서 쓰러지는 사람들이 더 적어질 거야. 동물들의 죽음도 적어질 거다. 내가 너를 검은 코끼리로 만들어 놓은 이상 그 모습 그대로 놓아 둘 수도 있고 내 부하들이 죽여 버린 스카크처럼 쏴 죽일 수도 있어. 네가 선택할 일이지. 네가 완전히 정신을 차리지 않고 마땅한 주의를 기울이지 않으며 미적대는 한순간 한순간마다 전선에서는 병사들이 너를 기다리며 목숨을 버리고 있지. 그리고 한순간 한순간마다 너의 딸을 강제 징집하게 될 날이 가까워 오는 거야. 아무튼 그 애도 부모 대인지 삼 대 전인지를 거슬러 올라가 보면 먼치킨랜드에서 갈라져 나간 핏줄이니까. 너 자신도 그러하듯이 말이야. 질문 있나?"

리르는 몇 가지 물어볼 것이 있었지만 그 질문들을 몸베이에게 던지지는 않았다.

몸베이는 떠나려고 몸을 돌렸다. 리르는 몸베이의 드레스가 석판에 스치며 밀짚의 말을 속삭이는 것을 냄새로 알았다. 얼마 전의 세탁 때에 제대로 헹궈져 나가지 않은 비눗기. 리르는 몸베이의 분노와 영악함을 냄새 맡을 수 있었다. 그가 냄새 맡을 수 없었던 것은, 그것은 만약 그가 정말 인간 남자였던 적이 있었다고 한다면 그때에도 역시 냄새 맡을 수 있었다는 기억이 도무지 나지 않는데, 바로 권력욕, 권력의 매혹이었다. 그는 아무래도 힘과 지배력에 대한 특정한 갈망이 결여된 것 같았다. 리르는 그러한 결여로 인해 마음이 괴롭다는 생각은 그다지 하지 않았다.

다만 그게 없는 탓에 그의 가족이 너무도 자주 위험에 처한다는 것만 빼면 말이다. 그게 문제는 문제였다.

문간에 이르러 몸베이가 말했다.

"나는 너에 대해서 알고 있어. 내가 앞으로 알게 될 만큼, 내가 알고 싶은 만큼 많이 아는 것은 아니지만 그래도 충분히 알지. 난 네가 내키지 않아 머뭇거리는 것도 알고 그러는 동시에 능력을 지니고 있는 줄도 알아. 네가 코끼리라는 생물을 대단하게 생각하고 그 속에 숨는 것도 좋지 않을까 생각하고 있는 줄 알고 있어. 나는 나스토야 공주 일을 알고, 걸려 있던 주문으로부터 나스토야를 풀어 주기 위하여 여러 해 전에 네가 나섰던 것도 안다. 몇 십 년이나 전 애초에 나스토야가 인간으로 가장하는 주문을 얻으려고, 그래 누구를 찾았을 것 같나? 몸베이 임페카타, 이 몸이 애 좀 썼지. 나는 형태와 모습에 관해 오즈 전체를 통틀어 비할 데 없는 최고의 달인이야. 어디 나에게 맞서 반항해 보든가, 리르. 그러면 내가 너에게 보복으로써 어떠한 형태와 모습을 가하는지 알게 될 테니."

리르는 두 눈을 감았다. 그는 이미 인간으로서 죽은 뒤였다. 그리고 사실 그 죽음은 그리 티가 날 만큼 힘들고 괴롭지 않았더랬다. 만약 코끼리로서 죽어야 할 때가 온다면, 어쩌면 리르는 내세에서 나스토야 공주와 마주치게 될 것이다. 어쩌면 이 오랜 세월이 흐른 뒤에 그가 소위 그의 어머니라는 그 여자 엘파바 트롭을 따라잡아

새회할 수도 있다. 그녀에게 한 소식 진심을 전달할 수 있으리라. 코끼리 코로 보기 좋게 한 대 후려칠 수도 있으리라. 어쩌면 그렇게 못 돼 처먹었느냐고.

✛✛✛

리르는 잠을 자면서 시간이 흘러가는 것을 냄새 맡았고, 따스함과 캄캄함을 냄새 맡는 것뿐 아니라 분과 시도 냄새 맡아 자면서 알았다.

✛✛✛

그러고 나자 그는 좀 더 힘이 났고 좀 더 리르가 되었다. 코끼리 거죽 속에 든 과거의 리르를 좀 더 자각하게 되었다. 비록 그것이 아직 그가 냄새 맡을 수 없는 여러 방면으로 달라진 리르이기는 했지만 말이다. 우리가 시간 속에 살아가는 데에는 이유가 있다. 우리는 너무나 작은 플라스크이다. 설사 코끼리가 되어 있어도 그렇다. 그래서 너무 많은 것을 아는 건 견디지 못한다. 그러니까 진실이 우리 안에 들어와 담기려면 피펫으로 한 방울씩 똑똑 떨어뜨리듯이, 순간순간의 지각만을 허용하면서 가야 하는 것이다. 자잘하게 분산되어 있어 남아날 수 있는 그런 순간들이라야 한다.

문이 다시 열렸다. 이번에 리르는 소리가 좀 더 귀에 잘 들어왔고, 머리를 돌리기에 앞서 들리는 기척으로 그게 누구일지 맞혀 보려고 했다. 키 작은 외과의사인가? 하녀 젤리아 잼인가? 아니면 라 몸베이가 몸소 나타났는가? 만약 라 몸베이라면 리르가 그녀의 냄새를 금발로 맡아 알게 될까, 아니면 캔들과 같은 검은 생머리를 지닌 쿼들링 사람으로 냄새 맡게 될까? 아니면 라일락과 터키석이 들어간 머리장식을 단, 밤색 수녀 두건을 쓴 여신 모양 기둥 냄새가 나려나?

브르르는 자기가 냄새 맡은 것을 믿을 수가 없었기에, 뒹굴뒹굴 몸을 굴려 고개를 돌렸다. 지금까지는 여러 감각 중에 시각이 제일 신통치 못했다. 하지만 리르는 할 수 있는 한 최대로 초점을 맞추어 보려고 안간힘을 썼다.

남자가 문간에 서 있었다. 그의 몸 주위로 환한 빛이 어른어른했다. 코끼리는 한순간 눈이 부셨고, 그래서 눈물이 솟아났다. 하지만 그 눈물은 눈이 아파서 난 눈물, 빛에 적응하느라 난 눈물이지 마음에서 우러나온 것이 아니었다. 리르 쪽에서는 안 그렇다. 비록 트리즘 쪽은 그러할지 모르지만 말이다.

"너 맞아? 아니면 그 여자가 또 무슨 농간을 부리는 거야?" 코끼리의 옛 친구가 물었다.

리르도 똑같은 질문을 던졌을는지 모른다. 만약 몸베이가 트리즘을 쏙 뺀 가짜를 내세워 리르를 속여 믿게 하려고 했다면 말이다. 그러나 리르의 코는 이것이 가장이 아니며 진짜 트리즘이라는 것을 알려 줄 만큼 위력이 있었다. 리르는 그의 체모 털뿌리 하나하나, 숨 한 올 한 올, 접히는 곳과 갈라진 곳 모두, 분비되거나 아직 주춤하는 모든 것들의 냄새를 다 기억하고 있었다. 보이는 것과 알고 있는 것 앞에 리르는 숨조차 쉴 수 없었다. 하지만 호흡이 돌아오자 그와 함께 목소리도 돌아왔다.

"나 맞아." 리르가 말했다. "그럭저럭 나일 거야. 말하자면 더 풍신한 나라고 해야겠지, 아마도. 무슨 얘기냐면, 내가 널 마지막으로 보았던 때 이후로 사실 몸이 깡말랐었거든. 최근에 와서 체중이 얼마쯤 더 붙었지만 말이야."

트리즘이 문을 닫았다. 그는 방을 가로질러 다가왔으나 리르가 흔들어대는 코가 닿을 수 있는 범위 바깥에 멈추어 섰다. 리르의 코는 10년 분은 되는 냄새의 역사를 게걸스럽게 긁어모으며 리르 자신은 느낄 자격이 없다고 부인해 왔던 갈구를 만족시키고 있었다.

"왜 네가 여기에 있지?" 코끼리가 물었다.

트리즘이 자세를 쫙 폈다. 그간 몸이 불었다. 가슴통이 버터 절구 같던 것이 두두룩한 술통 같아졌다. 그래도 여전히 군대에서 다듬어진 몸매는 유지하고 있었다. 탄탄한 배와 팽팽한 허리, 또한 자세와 태도 역시 에메랄드 시 국토방위군이 여러 해 전에 가르친 바 그대로였다.

하지만 트리즘은 적국을 위하여 일하고 있었다.

그야 누가 적이냐에 달렸겠지만.

트리즘은 별로 지체하지 않고 대답했다.

"이쪽으로 넘어왔지. 너도 알다시피 그런 일이 있고 난 후 오즈 충성령에서 도망쳐서."

"난 뭐가 어떻게 된 건지 제대로는 몰라."

"우리가 에메랄드 시의 드래곤 축사를 태워 버리고 밤을 타서 도망친 후 말이야." 트리즘이 말했다. "우리가 잠시 친밀한 사이가 된 그 후에. 내가 너를 뒤따라 그 농장으로 가서, 그 후에……."

"애플 프레스 농장."

"그 이름 기억해. 너는 거기에 없었지. 그 모든 일이 지나고 나서."

캔들과 함께 저지른, 아니면 캔들에게 몹쓸 짓을 한 그 모든 일이 지나고 나서 말이지. 캔들이 리르에게 입도 벙긋 한 적이 없는, 결코 말한 일이 없는 그 모든 일들이.

그렇기는 해도 이 모든 세월이 흐르고 난 뒤 지금 여기 트리즘이 서 있었다. 캔들이 트리즘에 대한 감정을 혼자만의 비밀로 간직했다면, 리르는 이제 자기에게 새로이 넉넉한 양의 인내심이 있어 그러한 감정들을 캐 밝히지 않고 그냥 둘 수 있다는 사실을 발견했다. 아마도 그것은 소위 인간이라는 우리도 배운다면 한층 현명해질, 코끼리가 가진 또 한 가지 재주일 것이다.

"네가 떠났잖아. 떠났을 때 상황이야 어땠든 간에." 리르가 말했다. 리르는 한 번 탁자 위에 올려진 채 지금까지 그대로 있는 중이었고, 그러다 보니 자기 배설물 속에 뒹굴고 있었다. 일 봐주는 사람들 팔이 닿지 않아서 긁어내지 못한 변이 덕지덕지였다. 대변 냄새 속에는 재미있는 냄새가 무척이나 많이 들어 있었다. 하지만 그거야 어쨌든 트리즘이 불쾌해하는 것 같지는 않았다.

리르는 파이 접시처럼 커다랗고 넙데데한 앞발을 움직여 트리즘이 여전히 유지하고 있는 둘 사이의 거리를 좁히려고 했다.

"넌 떠났어. 떠나서 국경을 넘어 가 버렸지." 리르가 말했다.

"놈들이 계속해서 너를 찾고 있었어. 네가 누구인지를 밝혀내고 나서부터 줄곧. 새들의 비행 사건 배후에 네가 있었지. 황제는 쉽사리 그 사실을 캐냈어. 그리고 물론 황제가 아는 거면 체리스톤도 알았지. 그들이 우리를 금세 연관시켰어, 너와 나를 말이야. 그래서 나

417

를 뒤쫓았어. 내가 놈들을 너에게 대려다 주기를 바라서. 놈들은 내가 너에게 마음을 빼앗긴 나머지 네 신변을 지켜 주지도 못할 정도라고 생각했나 봐."

"내가 그렇게 행동이 유연하지는 못하다지만, 그래도 햇수로 꽤 여러 해 동안을 그자들을 피해 지내 온 것 같은데."

"그래, 그리고 나를 피해 지냈고."

"난 네가 어디로 갔는지 몰랐어, 트리즘."

"그리고 너에게는 아내가 있었지. 너 그때 나에게 캔들 이야기를 했지만 아내라고는 말하지 않았잖아. 넌 아내가 있었고 곧 태어날 아이가 있었어."

리르는 당시 트리즘의 생각에도 일리가 있었겠다 생각했다.

"이렇게 말해서 무슨 차이가 있을는지 모르겠지만, 난 애당초 캔들이 내 아내인 줄 알지도 못했어. 얘기를 하자면 설명해야 할 게 좀 되지만 말이야."

"기억하고 있어. 캔들이 한 번 이야기해 주었어. 너에 대한 것 한 끄트러기라도 내가 잊었을 거라 생각해? 단 한마디 말이라도 내가 잊었을까 봐?"

아니. 리르는 그렇게 생각하지 않았다. 이제는 그런 생각을 하지 않았다. 트리즘의 말이 진실임을 냄새 맡을 수 있었다.

"하지만 왜 이리로 온 거지? 내가 오즈에서 10년, 15년을 지하로 숨어 지낼 수 있었다면 너는 왜 그렇게 하지 않았어?"

"놈들이 너를 찾으려고 나에게 무슨 짓을 했을지 짐작할 수 있겠어?"

트리즘은 코끼리가 된 리르의 두 눈 중 어느 쪽 눈을 들여다보아야 할지 알 수 없었다. 양쪽을 한꺼번에 응시할 수는 없다. 문득 트리즘이 돌아서서 통옷을 걷어 올리고 안에 입은 바지를 무릎까지 끌어내린 후 약품과 거친 솔 등속이 놓여 있던 보조 탁자 위에 몸을 굽혔다. 트리즘의 엉덩이는 여전히 볼록하고 아름다웠다. 옆쪽으로는 미끈하고 위로만 도도록이 불거져 있다. 리르는 코를 내밀어 그 엉덩이를 쓰다듬으며 갈라진 곳을 더듬어 갔다. 하지만 그때, 트리즘이 몸을 굴려 조금 오른쪽으로 돌아눕자 리르는 짝꿍이 남의 눈에 띌 것, 보여서 창피할 것을 드러내고 있지 않다는 사실을 알았다. 앞쪽의 살갗이, 두 번째 갈비뼈로부터 왼쪽 정강이까지가 전부 반질반질한 분홍색으로, 삶아 만든 햄처럼 털 한 오라기 없었다.

"체리스톤이 이래 놓았지." 트리즘이 말하고 조심스럽게 기웃거리는 리르의 코를 밀어낸 후 옷을 입었다. "오즈의 황제인 너의 삼촌 셸 트롭 아래에서, 체리스톤이 나에게 이 짓을 했어. 체리스톤이. 넌 내가 오즈에 머물 수 있었을 것 같아? 다시 붙잡힐 수도 있을 텐데? 잡혀서 뜨겁게 달군 칼로 천천히 가죽이 벗겨지라고? 결국에는 내가 너를 찾아내기로, 놈들을 너에게로 끌고 가기로, 나 자신을 지키고자 너를 배신하기로 결정할 때까지 놈들이 당근처럼 내 껍질을 벗겨 대도록? 놈들이 벗긴 게 이만해서 그나마 나한테는 다행인 거지."

"나 때문에 그랬구나." 리르가 말했다.

"만족을 찾지 마. 우리 중 누구도 우리가 왜 그랬는지, 예전 그때에 왜 그랬던 건지 아는 사람은 없어. 난 지금 내가 왜 이러는지, 지금 내가 뭘 하고 있는 건지는 알아. 그리고 내가 여기 온 건 너에게 몸베이의 요구를 귀담아들으라고 얘기하러 온 거야. 그래서 우리를 돕도록 하라고."

리르는 귀 기울여 들었다. 리르의 두 귀는 무엇이든 다 들어 낼 수 있을 만큼 커다랬다.

"너희 삼촌은 이전에 재위했던 선배 통치자들 중 한 명으로부터, 바로 오즈의 마법사로부터 케케묵은 재주를 하나 배웠어. 그 수법으로 동물 부대에 공격을 감행하여, 동물 부대를 마들렌 산맥을 완전히 벗어나 웬드 팰로스까지 밀어내었지. 먼치킨랜드에 또 하나의 교두보가 마련된 거야. 봐. 셸은 가벼운 기체를 넣은 작은 규모의 기체들을 만들라고 지시했어. 기구들을 산 위로 띄워 올려 그것들이 하강하면서 대대적으로 폭발하도록 만들었지. 효과는 대단해서 겁이 나서들 난리였고 동물들 부대는 거의 와해되려고 했어. 아니면 그보다도 더 심해서 그대로 항복해 넘어갈 지경이었지. 우리가 웬드 팰로스를 잃게 된다면 에메랄드 시 구세군이 콜웬 그라운즈에 입성하는 건 불과 며칠 안일 거야. 그리고 그러면 모든 게 끝이지."

"솔직히 말해 나는 동물 부대가 기회가 오기가 무섭게 뿔뿔이 와해되지 않은 게 놀라워."

"한 세대 전에 오즈 충성령으로부터 탈출을 해야만 했던 부모들 일을 많이 기억하고들 있으니까. 마법사가 공표한 동물 우대법 아래에서 말이야. 그들은 가슴속에 묵은 원한을 품고 있지. 그래서 막상 전투 시에는 동물들이 인간들보다 한층 무섭게 싸워. 그렇지만 이미 죽어 떠나간 세대의 명예를 지키기 위하여 죽을 때까지 싸운다? 인간이든 동물이든 그럴 이는 거의 없지. 그래서 몸베이가 거느린 인간 지휘관들 중 가장 엄격한 자가 동물들을 맡고 있고 징병된 동물 병사가 탈영병이 될 경우 내가 받았던 것보다도 더 무자비한 벌을 받아."

"동물 부대란 알고 보면 죄수 부대로군."

"시한부 계약에 묶인 용병인 거지. 하지만 급료는 못 받고. 네가 말한 대로야. 그러니 그 죄수들이 마침내 겁에 질려 길길이 뛰며 대오를 무너뜨리게 되면, 그 대혼란은 이루 말로 할 수 없을 테지. 우리는 이 전쟁의 막바지 며칠에 와 있는 거야. 이제 이쪽으로든 저쪽으로든 결판이 나."

"그래서 나를 왜 이리로 데려온 거지?"

"내가 이러려고 한 게 아니야. 몸베이가 너를 데려온 거지. 우리에게 책을 읽어 주도록."

"그래도 난 이해가 안 돼. 그러면 어떻게 네가 얽혀든 건가?"

"넌 내가 원래 에메랄드 시에서 무슨 훈련을 받았는지 기억해? 너희 어머니가 오래전에 오즈의 마법사에게 『그리머리』에서 나온 책장 한 장을 준 적이 있었잖아. '드래곤을 조련하고 다루는 올바른 방법에 관하여'라는 거. 난 수석 드래곤 조련사였어. 내가 그 옛날 너를 공격했던 드래곤들을 훈련했지. 그 후 우리가 도망치기 전에 죽여 버린 그 드래곤들을 말이야."

"기억하고 있어. 귀여운 드래곤 최면술사 트리즘."

"내가 오즈 충성령을 떠나올 때 그 직업의 비법을 머릿속에 담아 가지고 왔지. 드래곤의 알을 확보하여 부화시키고 키워 낸다는 건 꽤 어려운 일이야. 드래곤들은 오즈를 좋아하지 않아서 살려 기르기가 힘들지. 오즈는 드래곤들이 살기에는 너무 습하고 생명체가 많아. 드래곤들은 사막의 생물들이거든. 하지만 몇 년 전에 체리스톤이 한 알자리의 알 여러 개를 손에 넣었고 이럭저럭 성체가 될 때까지 드래곤늘을 키워 냈어. 그것들이 하우가드의 요새를 공격하는 데에 쓰였지."

"그 이야기 들었어." 리르가 말했다. 다만 리르는 딸아이가 공격의 예봉을 늦추는 데 부분적으로 기여했다는 점은 잘 모르고 있었다. "브르르를 기억해? 소위 '겁쟁이 사자'라고들 부르는데? 그이가 나에게 자기가 아는 대로 그 이야기를 해 주었어. 그 작전이 개시될 때에 근처에 있었다면서."

"그 사자는 만난 일이 없군."

"내가 알기로 그 드래곤들은 패해 죽었다지."

"전부 죽은 것은 아니야. 그중 한 마리가 빠져나갔지. 그래서 그놈이 먼치킨랜드 남부 일스워터의 언덕 지대에서 상처를 돌보고 있는 게 발견되었어. 몸베이의 부하들 손에 생포되어서 북쪽으로 운반되었고 여기에서 그리 멀지 않은 축사에 있어. 그로부터 얼마 지나지 않아서 그놈이 한 무더기 알을 낳았지. 알들은 때가 되어 깨어났고."

"알을 수정시킬 수컷도 없이? 드래곤이 용하네."

"드래곤들에 대해서 우리가 모르고 있는 사실이야 산더미지."

트리즘에게는 아직도 '내가 너보다 형이야.' 하는 태도가 있구나. 리르는 그 점을 눈치 챘다.

"그래서 네가 새끼 드래곤들을 길러냈군. 배신한 드래곤 조련사가."

"아닌 게 아니라 그랬지." 트리즘이 말했다. "아슬아슬하게 타이밍이 맞았지. 그놈들이 출동할 준비는 되어 있어. 하지만 몸베이는 자기에게 이게 최후의 기회라는 걸 알아. 그놈들이 실패하면 감당할 수 없어. 드래곤들은 제대로 할일을 해 줘야만 해."

"몸베이가 절대 호락호락한 인물이 아니지. 내 운수가 더럽군."

"몸베이는 똑똑해서 지금까지 죽 먼치킨랜드인들이 주의를 집중하도록, 분기하도록 만들어 왔지. 도로시에 대한 전시성 재판은 그 야말로 시의적절했지. 끝 모를 교착 상태에 빠져 대중의 관심이 약해지고 징병도 쉬고 있던 때에 맞추어서 일어났으니. 도로시가 도착하고 재판에 회부되어 관심몰이를 해 준 덕택에 몸베이가 단 한 주만에 최초의 동물 대대를 구성하여 몰아갈 수 있었어."

"동물 부대의 징집은 국토 방어라고 선전되었지만 실은 몸베이가 새롭게 제2전선을 열어야만 했던 거군. 알겠어."

"그렇지. 진주리아 장군은 체리스톤을 하우가드의 요새로 유인해 집어넣기는 했는데, 그곳에 그자를 가두어 포위하고 있음으로써 치러야 할 비용을 계산하는 건 깜박했지. 하우가드의 요새에 들어가 있는 체리스톤을 끌어내어 쳐부술 수가 없단 말이야. 그곳이 너무나 훌륭하게 요새화되어 있어서 체리스톤은 수송선 하나 가득 무희들을 실어 오느니, 노름을 밤이 새도록 하느니 하는 이야기가 있어. 그곳 레스트워터 가에다 아예 빌어먹을 휴양 시설을 운영하고 있는 거지. 체리스톤은 진주리아를 의혹 속에 붙들어 두고 있어. 그래서 진주리아 장군이 남은 병력을 몰고 팰로스로 진격해 나갈 수가 없어. 뭔가 수를 써야만 하지. 그것도 속히."

"그럼 네가 드래곤들을 부려서 하우가드의 요새를 공격하겠구나."

"만약 네가 도움이 된다면, 우리는 드래곤들을 에메랄드 시를 공격하는 데에 쓰겠지." 요점이 나왔다. 리르는 고개를 돌려 다른 쪽

눈으로 트리즘을 응시했다. 혹시 뭐라도 먼저 보던 쪽 눈으로 못 보고 놓친 것이 있는가 해서였다.

"에메랄드 시에는 민간인들이 있어."

"양측 군대에도 민간인들이 있어. 최소한 전쟁에 끌려 나오기 전까지는 민간인들이었지. 들어 봐, 우리가 에메랄드 시를 충분히 강력하게 타격한다면 체리스톤이 이끌고 유람 온 선단을 하우가드의 요새로부터 철수시킬 수도 있을 거야. 황제를 지키기 위하여 후퇴하게 될 테니까. 먼치킨랜드가 레스트워터를 수복하고 강화를 제의할 수도 있어. 그러면 얼마나 많은 민간인들의 목숨이 구원받겠어?"

"만약이 굉장히 많은 것 같은데."

"너의 그 대단한 코로, 이 계획의 실현 가능성을 냄새 맡을 수 있을까?"

그럴 수 있다고 말하자니 그건 부끄러웠다. 그래서 리르는 그 말을 하지 않았다. 그냥 트리즘을 바라보았다. 리르와 트리즘 두 사람 다 나이가 들어 이제는 국가들의 존립에 이득이 된다고 내세우는 명분으로써 일개 개인들의 절실한 생의 필요를 무시해 버리는 법을 배웠다.

트리즘은 여전히 리르를 잘 알았다. 그는 리르가 무슨 생각을 하는지 훤히 알 수 있었다. 그는 리르에게 두 팔이 있었더라면 그 팔이 붙어 있을 곳으로 몸을 던졌다. 리르는 산산조각 난 이방인을 코로 감쌌다. 그렇게 자기가 아끼는 이를 꼭 끌어안았다.

11

아마도 템퍼 베일리의 충고를 들었어야 했던 모양이다. 왜냐하면 일행이 일단 계속 가서 헤매 보자고 결정한 길은 작지만 혼란스러운 숲 속으로 묻히며 사라져 버렸기 때문이다. 나뭇잎들이 물들기 시작했다. 진주과일의 연보랏빛과 붉은 단풍의 빨간색, 그리고 황금빛 단풍의 황금빛까지. 내려와 여기에 일행과 함께하고 싶어 하는 자칼의 달의 질투심 강한 코끝 아래 바랜 듯이 톡 쏘는 여우 냄새가 풍겨 왔다. 이토록 영광스러운 모험 길이다. 하지만 일행은 길을 잃은 채 누구에게도 별 도움을 주고 있지 못했다.

"내일이면 길을 찾게 될 거예요." 도로시가 말했다. "아마 그런 내용의 노래가 있을 것 같네요. 분명히 있을 거예요."

‡‡‡

다음 날 아침에 일행이 깨어났을 때에는 전날보다도 더 오리무중이있다. 뜨뜻한 땅에서 차가운 공기 속으로 피어오른 안개의 눅이 연중 이 시기에 으레 그러리라 예상되는 것보다 한결 짙게 깔려 있었다. 포기해야 하는 것은 시야만이 아니었다. 귀에 들리는 소리도 없다시피 했다. 정적감. 공기가 엉겨 굳어지기라도 한 듯이 낮은 나뭇가지 사이로 끈끈하고 뻑뻑한 무엇이 걸려져 내리는 느낌이었다. 머리에서 한참 더 높은 곳에 있는 나뭇잎들은 전부 희미하게 불그레한 광채로 녹아들었다.

"내 옆에 가까이 붙어 가, 테이." 레인이 말했다.

"기운이 나게 우리 노래라도 부를까요?" 도로시가 물었다. 아무도 구태여 대답을 하지 않았다.

그러다가 브르르가 발걸음을 멈추고 말했다.

"난 이게 뭔지 알아. 알 것 같아."

브르르가 말을 하는 일이 최근에는 너무도 드물었기 때문에 일행 모두가 놀랐다. 그들은 브르르가 계속 이어 말하기를 기다렸다.

"전에 이걸 한 번 본 일이 있지요. 이런 분위기로 말아 들이는 것을. 내가 새끼 사자를 막 벗어날락 말락 하던 시절의 일이에요. 지금 이게 그때 그 '오즈미스트'라고 생각해요. 하지만 오즈미스트들이 이 멀고 먼 남쪽에서 뭘 하고 있는 건지? 우리가 아무리 길을 잃고 궤도에서 벗어났다고 해도 시즈를 감쪽같이 그냥 지나쳐 킬리킨 대삼림으로 들어갈 수는 없는 일이지요? 내가 알고 있기로는 오즈미스트들이 서식하는 곳은 바로 거기인데요."

"그럴 리는 없지." 대장 나리가 말했다. 대장 나리야말로 오즈를 가장 널리 다녀 보았으며 동시에 가장 오랜 기간 돌아다녀 본 사람이었다. "그러려면 퍼사힐스로 달리는 기찻길을 건너왔어야지. 그런데 그런 적은 없잖아. 그러니까 우리는 아직 숲의 서쪽에 있는 것이고 시즈에서도 서쪽인 거야. 다만 우리가 아직도 남으로 향하고 있는지 아니면 어디 다른 방향으로 키를 돌렸는지야 이 젖은 휴지 모양으로 축축한 안개 속에서 내가 말할 도리가 없지만 말이지. 아무튼 간에, 나는 오즈미스트들이라는 건 들어 본 일도 없구먼. 그들이 뭔가? 흙으로 돌아간 왕당파들의 정수인가, 언필칭 그 말 그대로? 그래서 왕관에 대한 그들의 욕구가 스며 올라온 건가?"

브르르는 몇 주 만에 처음으로 다급하게 말했다. 이 새로운 위험에 맞닥뜨리자 새롭게 주체할 능력이 생겨났다.

"잘 들어요. 뭔가가 엄습해 오면요…… 다들 귀 기울여 들으라고요. 그들에게 대가로 말해 줄 것이 없는 이상 절대 질문을 하면 안 돼요."

"하지만 오즈미스트라니, 우린 그게 뭔지도 모르잖아요." 레인이 따졌다.

"유령들이 자잘한 부스러기가 된 거야. 난 그렇게 생각해." 사자가 허겁지겁 말했다. "한때는 각각의 개인이었지만 이제는 그렇게 덩어리로 뭉쳐질 수가 없는 유령들이지. 물웅덩이 속에서 썩어 조각조각 해어진 나뭇잎 부스러기가 도로 합쳐 생생한 나뭇잎이 되지는 못해. 잘 들어요. 난 옛날에 한 친구가 그들에게 새 소식을 전해 주는 것을 깜박했기에 봉변을 당하는 걸 직접 봤어요. 알겠지요, 오즈미스트들은 실재해요. 살아 있지는 않지만, 진짜로 존재해요. 존재하는 것 같아요…… 자기들의 미래를 바라보고 존재하는 거예요. 그들의 미래란 우리의 현재죠. 그들은 살아서 알지 못했던 것이 알고 싶어 굶주렸어요. 그래서 우리가 굳이 질문을 한다면, 우리 질문에 답을 해 줄 겁니다. 하지만 우리의 질문은 지금 현재에 관한 것이어서는 안 돼요. 왜냐하면 그들은 죽었고 지금을 모르니까요. 지금은 그들이 굶주려 있어 탐을 내는 것이죠. 우리의 질문은 과거에 일어난 어떤 일에 관한 것이라야 해요. 그들이 알고 있을 법한 것이요. 중요한 이야기예요, 정신 차려 잘 들어요! 안 그랬다가는 혹독한 대가를 치르게 될 거예요."

일행은 브르르의 음성에서 떨림을 감지했다. 이이가 바로 그들의 늙은 사자였다. 그들을 위해 걱정하고 단호하게 주장하는 이, 목동처럼 그들을 한데로 모으는 이. 일행은 둥글게 모여들었다. 그리고 브르르가 아직 이야기를 하는 중에 벌써 반짝이는 구름이 고주파로 쩡쩡 울며 빛을 내기 시작했다. 그것은 대략 마구간만 한 크기로 뭉쳐 날고 있는 번갯불 갑충 무리 같았다.

"가만히." 브르르가 말했다. 바로 눈앞에 그대로 있는데도 목소리가 멀리서 들려오는 듯했다. 일행 모두 그 자리에 그대로 있었다.

모두들 마치 이 세상 같지 않은 허공에 서 있는 것만 같았다. 한동안 그들은 자기 발을, 손을, 앞발을 볼 수 없었다. 서로의 옆얼굴만 보였다. 마치 우중충한 날씨 속에 흐려져 밋밋하니 주저앉은 것처럼 보이는 고인돌들 같았다.

그에 이어 오즈미스트들이 손님맞이를 했다. 사자가 기억하고 있는 것과 똑같이 한 음성으로 말했다. 또렷하지는 않았지만. 옆에 천 개나 되는 촛불들이 켜 있다면 하나의 머리에 천 개나 되는 그늘진 옆모습이 겹쳐 보일 수 있다. 꼭 그런 식이었다. 흥정이다, 오즈미스트들이 읊조렸다.

일행은 브르르가 대표로 대답하도록 기다렸다. 브르르에게 그럴 용기가 있으려나? 잠시 시간이 걸렸다. 잠시가 아니라 한 일주일쯤 걸린 것도 같았다.

"나는 흥정이 뭔지 알아요." 브르르가 대답했다. "당신들은 무엇을 알고 싶지요?"

오즈마가 오즈의 왕좌로 돌아왔는가?

"돌아오지 않았소." 사자가 말했다.

"우리가 아는 한은요." 꼬마 다피가 말했다. "그러니까, 우리는 에메랄드 시에 무슨 일이 있는지 소식을 듣지 못했잖아요." 꼬마 다피는 사자가 거짓으로 기침 소리를 내는 것을 듣고 때맞추어 이야기를 고쳤다. "물론 에메랄드 시 소식은 모르지만, 먼치킨랜드가 독립국가로 남아 있고자 굳세게 싸우고 있다는 사실은 우리가 잘 알지요. 하우가드 요새에서 전선을 지키고, 마들렌 산맥의 전선을 유지하면서요. 북으로 글리쿤들에게 신의를 지키고, 요새에 들어온 독모래를 뒷문 밖 사막으로 쓸어내면서 분투하고 있어요."

오즈미스트들은 이 상당한 위력이 있는 새 소식을 흡수하느라 잠시 시간을 들이는 듯했다. 오즈마는 어디에 있는가? 이 질문이 그들의 응답이었다.

"이번에는 우리가 질문을 할 차례요." 브르르가 말했다. 레인이 갈기를 잡아당기며 조용히 하라고 눈치를 주었지만 브르르는 입을 다물지 않았다. "노르는 어디에 있소?"

"안 돼, 브르르. 그러지 말게." 대장 나리가 소곤거렸다. 하지만 질문은 이미 던져졌다.

사자는 빛들이 빙빙 도는 동안을 기다렸다. 때때로 눈알 표면에 어른어른 보이곤 하는 혈구의 춤과 닮지 않은 것도 아니었다.

"노르는 어디 있소?" 브르브가 다시 물었다. 먼젓번보다도 더한 층 확고한 질문이었다. "흥정이 어떻게 돌아가는 건지 알고 있어요. 전에도 이런 상황에 처해 보았소. 우리는 당신네들 질문에 답을 했소. 이제 당신들이 우리 질문에 답하는 거지. 절대 답을 안 하고 지나갈 순 없어요."

여기에는 노르가 전혀 없다. 대답이 돌아왔다.

"노르가 죽지 않았다고? 하지만 노르는 확실히 죽었잖아요." 꼬마 다피가 중얼거렸다.

우리는 죽지 않으려는 욕망으로만 구성되어 있다. 오즈미스트들이 잉잉거렸다. 그 여자에게서는 더 이상을 알고자 하는 부분이 조금도 남아 있지 않다. 어떤 이들은 죽을 때에 그렇기도 하다. 우리는 살아 있는 이들의 삶에 대해 전혀 모르고, 그녀의 영혼이 어디에 있는지에 대해서도 그보다 더 아는 바가 없다. 우리는 대답을 듣고 싶은 우리의 욕망 속에 붙들려 있다. 우리는 현재에 대한 희망을 포기할 수 없던 오즈의 과거의 일부분이다. 그게 전부다.

"오즈마에 대해 물어본 걸 보면 오즈마가 당신들과 함께 그쪽에 있지는 않다는 얘기가 되네요." 레인이 말했다. "하지만 어쩌면 오즈마도 죽어서 무로 돌아갔을지 모르죠. 노르 고모처럼요. 죽임 당했을 때에 오즈마는 갓난아기에 지나지 않았잖아요. 현재가 알고 싶어 안달할 그런 마음은 없었을 테죠. 오즈마는 과거와 현재와 앞으로 닥칠 시간을 구분하기에는 너무 어렸어요."

오즈마는 우리를 거쳐 가지 않았다. 오즈미스트들이 말했다. 여기에서는 오즈마가 죽지 않았다고 믿고 있다.

"살았으면 천 살하고도 여든 살은 더 되었을 텐데." 꼬마 다피가 희한한 일도 다 보겠다는 듯이 말했다.

"그렇게까지 늙은 사람은 아무도 없어요. 유모를 빼면." 레인이 말했다.

"아기 오즈마가 어쩌면 저승행 합승마차를 탔을지도 모르죠. 당신들 오즈미스트가 저쪽 세상으로 가는 유일한 거름망은 아니에요." 도로시가 당당하게 말했다. 그녀가 때때로 써먹곤 하는, 공공연히 올러대는 투의 목소리였다.

유령의 조각들이 웟웟거리는 소리를 내다가도 멈칫 말이 끊겼다고 표현할 수 있다고 하면 지금이 바로 그랬다. 오즈미스트들은 잠시 말이 없었다.

"그럼 우리 부모님은 어떻게 되셨나요?" 도로시가 물었다. "당신들이 그렇게 잘 알고 용하다면 말이죠? 우리 부모님은 바다에서 돌아가셨어요. 구세계로 가던 배에서 돌아가셨죠. 배가 가라앉았거든요. 그렇게 된 거죠. 그분들은 어디 계시지요? 우리 부모님이 나에 대해서 뭘 알고 싶어 하셨나요? 당신네들이 그에 대해서 뭐라도 얘기해 줄 게 있을 거라고는 난 생각하지 않네요."

오즈미스트들이 그에 대해서는 해 줄 말이 없었다. 마찬가지로, 브르르가 알아차린 것처럼, 그들이 도로시에게 새 소식을 내놓으라고 지분거리지도 않았다. 어쩌면 그들은 도로시가 폭풍처럼 날아온 저쪽 세상에 대해서는 알고 싶지 않은가 보았다. 심지어 유령들에게도 인내의 한계가 있었다.

"엘파바에 대해서 말해 봐요." 레인이 말했다.

흥정이다, 오즈미스트들이 말했다. 그 목소리에 일종의 안도감이 깃들여 있었다.

"세인트프로스 학교의 대표자인 갓프리 교장선생님이 병사로 뽑혀 갔어요."

그 이야기는 우리에게 아무런 의미가 없다.

"교장선생님한테는 중차대한 의미가 있는 일이에요. 그리고 교장선생님의 역사고요." 레인이 말했다. "교장선생님이 벌써 죽어서 지금 당신들과 함께 있지 않은 이상, 그 일은 그 외의 다른 일들이나 마찬가지로 의미가 있어요. 이 전쟁의 역사는 살아 있는 사람 한 명한 명이 하기로 하거나 하지 않기로 한 일들에 물려 돌아가는 거예요. 그러니까 이제 나에게 엘파바에 대해서 말해 봐요."

그래도 오즈미스트들은 뻗대었다. 깡깡거리는 진동으로, 소리 아닌 소리를 시끄럽게 울리며, 어두운 빛을 뿜어 대었다. 레인이 다시 말했다.

"알았어요. 나의 진외숙 할아버지인 셸은 오즈의 왕권 대행 총리예요. 엘파바 할머니의 남동생이죠. 그건 현재 상황이에요. 아주 최신 상황이지요. 하지만 우리는 나의 친할머니 엘파바 트롭에게 무슨 일이 벌어졌는지 도저히 알 수가 없어요. 도로시가 구정물 한 양동이를 쫙 끼얹은 다음에 어떻게 된 건지. 내가 듣기로 할머니는 거의 20년이나 전에 돌아가셨다고 했어요. 왜 돌아가셨다는 증거가 없는 거죠?"

이윽고 말을 하게 되자 오즈미스트들은 신중하다 못해 심지어 좀 사과하는 듯한 어조였다.

역사를 통틀어서, 거의 대부분의 인생사에, 지나간 증거는 남지 않는다. 오즈미스트들이 말했다. 온 곳도 간 곳도 흔적이 없지. 사랑하는 이가 아무런 자취를 남겨 놓지 않았다고 억울해하지 마라. 그

이들이 자기네가 누리고 살아갈 시간 속 그 자리를 비우려고 비우는 게 아니니까.

"그럼 그 얘기도 살살 꼬리나 빼고 못 해주겠다 그거예요?" 레인이 말했다. "알아내요. 쓸모없는 유령들 같으니."

엘파바 트롭같이 능력이 출중한 이가 우리가 이러쿵저러쿵 뒷말을 하도록 그냥 내버려 둘 것 같으냐, 설사 그이가 여기 우리들 가운데에 있다손 치더라도? 살아생전에 그이는 게임의 규칙 따위에는 전혀 신경 쓰지 않았다. 죽어선들 갑자기 협조해 줄 리가 없지.

"그래서 엘파바가 죽지 않은 거예요? 아니면 죽은 거예요?" 레인이 물었다. 하지만 오즈미스트들은 여기에 대답하려 들지 않았다.

너희들은 네 그루 너도밤나무가 서 있던 곳에서 길을 잘못 들었다. 오즈미스트들이 태도를 부드럽게 하여 말했다.

"너도밤나무 네 그루는 기억이 안 나는데." 사자가 말했다.

우리는 한데 뭉쳐 있으면서 이동을 해 왔다. 유령들은 한자리에 가만히 있지 못한다. 다시 너도밤나무를 찾아갈 건 없다. 그냥 물줄기를 왼쪽으로 두고 죽 가거라. 그러면 머지않아 바른 길에 접어들 거다.

"바른 길이라니, 그래 그게 무슨 길이죠?" 도로시가 물었다.

미래로 통하는 길이지. 잔뜩 욕심 어린 어조였다. 그리고 너 말인데, 조개껍데기는 가지고 있나?

"있어요." 레인이 말했다.

한 번 불어라. 오즈미스트들이 말했다.

레인이 불었다. 사방이 희끄무레하게 장막을 둘러친 지금 거의 아무 소리도 나지 않았다. 하지만 오즈미스트들은 물에 비친 빛 같은 광채를 띠어, 한층 촉촉한 모습이 되었다. 마치 무성 전광처럼 뭔가 푸르스름한 빛이었다.

우리가 필요하거든 고둥을 불어 우릴 불러라. 그들이 말했다. 갈 수 있으면 가겠다.

"어째서 그렇게 하려는 거지요? 나는 당신들에게 아무것도 주지 않았는데. 뭐든지 흥정하고 거래하는 거 아니었나요?"

너는 입으로 말을 하지 않고도 새 소식을 전해 준다. 네가 우리에게 준 소식은 바로 우리가 알아야 할 것이었다. 그것으로 충분하다. 지금까지 어느 쪽에도 남은 빚이 없다.

"이봐요, 토토는 어떻게 되었지요?" 도로시가 갑자기 생각난 걸 큰소리로 물었다. "이제 토토는 유령 개가 됐나요? 당신들과 함께 깡충깡충 뛰어다니나요?"

하지만 오즈미스트들은 걷혀 가고 있었고 대답은 하지 않았다.

그들이 남기고 떠난 세상, 지금 현재의 평범한 세상은 조금 더 꽉 짜인 느낌이 들었다. 마치 극장 상연물에서 막간의 암전 동안 무대 담당자가 재빨리 나와 베개를 두드려 부풀게 해 놓은 것처럼 말이다. 아직 매달려 파들파들 떨리는 스러지는 잎사귀들 하나하나가 빛을 발하며 뚜렷하게 두드러져 보였다.

레인은 바라보고, 눈여겨봐 주었다. 그것들의 수는 세지 않았다.

"정말이지, 소름은 쫙 끼쳤는데 알게 된 건 진짜 눈곱만큼도 없네." 꼬마 다피가 팔뚝을 문지르면서 그렇게 말했다. "몸 속에 액즙이 제대로 돌게, 페이스트리라도 하나 드실 분 있어요?"

12

검은 코끼리는 코끼리의 근육과 골격이 허락하는 한도까지 원래의 체력을 회복했다. 그는 햇살 내리쬐이는 옥외에 네 발로 서 있었다. 여러 양동이의 물로 몸이 씻겨지며, 자루가 긴 비로 황홀경에 이르도록 솔질을 받았다. 태양에서는 우주 전체 만물의 냄새가 났다. 그의 두 눈은 감겼고 물은 낙원이었다. 허파에 들어찬 공기보다, 뱃속에 든 벌레보다 한결 나았다. 하지만 그의 귀는 한 소년이 뜰로 이끌려 들어오는 소란한 소리를 들을 수 있었다. 새로 온 그 소년은 결박된 채로, 멍에를 쓰고 나란히 달리는 두 마리 늑대들의 등에 실린 채 묶여 있었다.

리르는 이 범법자가 도착한 것을 자기에게 보여 주려는 의도가 있었을 것이라고는 생각하지 않았다. 하지만 늑대들은 힘들게 달린 뒤라 목이 말랐고, 그래서 코끼리를 돌보는 사람들이 철벅거리고 있던 물 양동이 쪽으로 곧장 달려왔다. 게다가 늑대들은 위계 서열을 별로 개의치 않는다. 설사 그것이 라 몸베이의 위계질서일지라도 마

435

잔가지다. 그들은 리르의 널따란 궁둥이를 씻기려고 떠다 놓은 물을 게걸스럽게 마셨고, 보병들과 심부름하는 총각 아이들과 젤리아 잼이 소년을 그들의 등에서 풀어 내렸다. 코끼리가 면전에 뿌우우 코나팔을 불었지만 그들은 전혀 신경 쓰지 않았다. 그러기가 이들이 처음은 아니다.

라 몸베이가 저 위쪽 발코니에 나왔다. 리르는 그녀의 얼굴이 초콜릿 상점 계산대 위에 보이는 여점원의 싱싱한 얼굴처럼 한결 포동포동 앳되다는 것을 냄새로 맡아 알 수 있었다. 더 젊고, 더 풍만하다. 그는 몸베이 뺨의 분홍빛 홍조를 냄새 맡을 수 있었다. 햇볕에 말려서 빻은 적포도 분말을 섞은 설탕 가루로 한층 발그레하게 색조를 올렸는데, 그 포도는 지금으로부터 4주 반 전에 철분을 풍부히 함유한 대수층에서 물을 공급받는 양지바른 어느 비탈진 땅에 바야흐로 제철을 맞았던 것이다. 아, 냄새를 맡을 수 있다는 것이란.

"네가 감히 돌아올 생각을 했어?" 몸베이가 호통을 쳤다. "아니면 멍청하다 못해 함정에 빠진 게냐? 대답을 해라. 나를 여기 기다리게 세워 놓지 말고."

소년은, 반은 어린 소년이고 반은 성장한 사나이였는데('저 애뿐아니라 우리 모두가 다 그렇지.' 하고 리르는 생각했다. 한순간 자신이 코끼리임을 잊었던 것이다.) 샘이 날 만큼 유연한 동작으로 뒹굴 굴러서 두 무릎을 땅에 짚고 일어나 앉았다. 아, 젊다는 것이란. 그것도 참 좋지. 하긴 어쩌면 그 아이가 리르에 비하여 상대적으로 좋은 대우를 받았던 것인지도 모르지만 말이다.

소년은 자기 몸의 먼지를 털더니 늑대들에게 말했다.

"당신들은 할일을 하면서 용케 나를 먹어치우지도 않았네요. 홀

룽해요."

"대답을 하라니까!" 몸베이가 버럭 고함을 질렀다.

"난 살짝 소풍을 나갔던 거예요." 발라맞추기 잘하는 그 녀석이 주장했다. "얘기 안 하고 나가서 죄송해요. 그리고 내가 나가서 무슨 문제는 없었기를 바라요. 마님의 늑대들이 나를 알아보고 집으로 인도해 오겠다고 고집했을 때에 전 이미 제게 내려질 판결을 받아들이고자 돌아오고 있던 중이었어요. 저한테 걸맞을 만큼 깊은 감옥에 넣어 주세요. 해도 해도 다 못하고 죽을 만큼 힘든 잡일을 시켜 주세요. 제가 할 수 있는 한도껏 버텨 볼게요. 저 바깥세상에서 마님 없이는 발붙일 곳이 없다는 것을 배웠어요. 그러니 제가 배운 것의 대가 삼아 마땅한 벌을 받겠어요."

냄새 고약한 거짓말의 꽃다발이로군. 리르는 그렇게 생각했고 하마터면 그들을 향하여 큰소리로 웃음을 터뜨리듯 코나팔을 불 뻔했다. 하지만 리르는 몸베이가 숨을 죽인 것을 알아차렸고, 속으로 생각했다. 몸베이는 저 아이를 너무나도 사랑하기에 자기에게 거짓말을 하고 있는 것이라고 믿고 싶지 않은 거야. 그렇게 똑똑한 여자이건만, 이 꼬마 녀석이 하는 거짓말은 간파 못 하다니.

"너 때문에 난 완전히 제정신이 아니었다. 난 네가 유괴를 당해서 누군가가 너를 풀어 주는 대가로 나에게 무엇을 요구하지나 않을까 생각했단다."

"마님의 못된 꼬마놈을 누가 유괴하겠어요?" 소년의 목소리는 순진했지만 멸시 조였다. "마님은 그저 유리한 입장에 서겠다고 누군가를 납치하고 그러실 건가요?"

"넌 잘못을 했으니 대가를 치러야 해." 몸베이가 말했다. 그러나

기쁨에 넘치는 목소리었다. 아무리 말을 다르게 고쳐 한들 그것을 숨길 방법은 없다. "페드릭 경, 실리락 경, 경들은 임무를 잘 수행했소. 경들과 경들의 친족들은 1년간 전쟁의 노역을 면하게 해 주겠소."

"우리는 둘 다 난잡한 축이라서요." 페드릭이 말했고, 실리락이 고개를 끄덕였다. "총독님의 군대에 속해 있는 모든 늑대들과 다 친척이 된답니다."

"그러면 1년간의 노역 면제는 경들과 경들의 아내들, 자식들에게 베풀어 주는 것으로 하지. 그러면 충분하겠지?"

"고맙습니다, 총독 각하."

페드릭이 말했다. 그러자 실라락이 덧붙였다.

"저희가 일부일처 취향이 아니라 말씀입니다. 그렇고 보니 저희들 사이에서는 알고 있는 모든 암컷들과 혼인을 했고 저희보다 나이가 적은 모든 새끼들은 다 저희 씨랍니다."

"속에 늑대가 들어 있어서 그렇습니다." 페드릭 경이 겸손하게, 부끄러운 빛 없이 그렇게 말했다.

"그러면 1년간의 노역 면제는 경들 둘에게만 해당되는 것이오. 그리고 만약 경들이 또 뭐라고 토를 단다면 이 대화를 질질 끈 죄로 1년간 투옥하도록 하겠소."

늑대들은 꾸지람을 들은 개들처럼 고개를 떨어뜨리고 슬금슬금 물러갔다.

"팁, 이쪽으로 오너라." 몸베이가 불렀다. "집 안으로 들어가자. 네가 괜찮은지 좀 살펴보자꾸나."

"반가워, 팁." 젤리아 잼이 한 손을 흔들고 다른 손의 손톱을 물어뜯으면서 속삭였다.

리르의 코는 돌층계를 한 단 한 단 올라가는 소년을 뒤따랐다. 그 위에는 하인들이 기름 먹인 베를 펼쳐 스피틀그릭과 라벤더를 널어 말리고 있었다. 리르는 팁이 입술에 가볍게 스쳐 간 레인의 향기를 띠고 있음을 냄새 맡았다. 소년의 안전을 생각하고(리르는 소년에게서 전혀 정직함의 냄새를 맡아낼 수 없었으나 또한 악의의 냄새도 나지 않았다.) 자기 딸의 안전을 위하여 리르는 입을 다물었다. 하지만 리르의 코는 한층 더 뚜렷한 정보를 얻어 내고자 후각을 곤두세웠다. 전에 이 녀석과 마주친 적이 있었던가? 리르의 코는 그의 뇌보다 한결 기억력이 좋았다.

팁이 몸베이의 품 안에 속수무책으로 얼싸안겨 있을 때에, 트리즘이 온실을 돌아 모습을 드러내었다. 트리즘은 엄벙덤벙한 위인이 아니었기에, 코끼리가 된 리르가 완전히 넋을 빼고 이 재회의 광경에 주목하고 있다는 것을 알아차렸다. 그렇지만 트리즘이 무슨 말을 하기 전에, 다들 뜰을 비우고 나가기 전에 부엉이 한 마리가 건물 한 귀퉁이에서 날아 내려와 말라 가는 라벤더 위에 서투르게 착지하였다. 그 바람에 할머니들의 화장실에서 나는 냄새가 공기를 자욱이 물들였다.

"딱할 만큼 때를 못 가리는군. 하필 이때야." 몸베이가 부엉이에게 말했다. "이 바깥에서 공공연히 보고를 받지는 않겠다."

"좋으실 대로 하시지요, 우리 군주 마나님." 부엉이가 말했다.

리르가 인간으로나 코끼리로나 전에 한 번도 만나 본 일이 없는 한층 아부성 짙은 놈이었다. 하지만 리르는 마지막 덮개 문이 끌어 내려져 닫히기 전에 부엉이가 한 말을 들었다. 코의 기능이 더한층 대난할시는 몰라도, 리르의 귀 역시 야자나무 잎만큼이나 커다랬다.

"시즈 서쪽 노상에서 그 계집애를 발견했습니다. 하지만 갑자기 이상한 안개가 덮여서 종적을 잃어버렸지요. 안개가 걷히고 나서 제가 그들에게 가라고 일러 준 길을 샅샅이 살폈습니다. 그 길에 총독마님의 거미 부하들이 그들을 덮치려고 기다리고 있었고요. 그런데 어떻게 된 일인지 철에 맞지 않은 날씨를 틈타 그이들이 슬그머니 빠져나갔고, 저는 그만 방향을 잃어서……."

"아닌 게 아니라 잃은 것이 맞군." 몸베이가 말했고, 이어서 정확히 회초리 소리 같지도 않고 정확히 쥐덫 닫히는 소리 같지도 않은 무엇인가 금속성의 치명적인 소리가 났다. 그 뒤로 리르는 부엉이가 내는 소리는 전혀 들을 수 없었다.

뜰이 비고 하녀들이 솔을 두고 나가자 리르는 오늘은 다시 아무도 더는 자기 엉덩이를 기분 좋게 긁어 주지 않으리라는 현실을 받아들여야만 했다. 리르는 뒤에 남아 있던 트리즘 쪽을 돌아보았다.

"팁이라고?" 리르가 물었다.

"몸베이가 데리고 있는 온갖 잡일 하는 녀석이야." 트리즘이 말했다.

"아들이겠지. 아들일 게 틀림없어."

"아무도 몰라. 저 녀석이 없어졌다가 다시 돌아왔단 말이지. 이건 몸베이가 즉각적으로 행동에 나설 것이라는 뜻이야. 드래곤들은 준비가 되어 있어. 더 일찍 공격을 개시하지 못하고 기다렸던 건 오로지 몸베이가 저 녀석의 소재를 몰라서 자칫 녀석을 위험에 처하게 할지도 모른다는 이유에서였어. 아이가 돌아와서 슬하에 단단히 챙겨 두었다면, 공격을 하지 못할 장애물이 하나도 없게 된 거지. 넌 오늘 밤에 제안을 받게 될 거야. 내 말 명심해."

"제안을 받는다, 흐음."

"『그리머리』에서 나온 그 단 한 장에 실려 있는, 비밀스러운 언어로 된 주문을 내가 발동시키려고 하는데 그게 정확한지 너에게 확인해 달라고 하겠지. 너에게 그 책을 샅샅이 뒤져 주문들을 새롭게 살려 내라고 요구할 거야. 네가 찾을 수 있는 다른 주문은 무엇이든지 다 동원하여 더 정확하게, 더 확실하게 만들라고 말이야. 그게 널 이리로 데려온 이유니까. 그 책을 가지고 진짜 기술을 보여 준 건 오직 너희 어머니 한 사람뿐이었어. 그 나머지 다른 이들은 서투르게 더듬기나 하다가 실패해 버렸지. 심지어 몸베이마저도 그 책을 읽을 수 있을지 영 미심쩍어. 몸베이는 너에게 진짜 알맹이가 있는 약속을 해 줄 거고, 자기가 한 약속을 지킬 거야. 네가 그녀를 도와 너희 삼촌을 권좌에서 끌어내린다면 말이야."

"그 녀석이 내 딸과 알던 사이야." 리르가 말했다.

"그런 생각일랑 옆으로 제쳐 둬. 잘하면 네가 딸에게 다시 도움이 될 날까지 목숨 부지를 할 수 있겠지."

"난 그 애한테 아무런 도움도 되지 못했어. 평생."

"그들이 물어볼 것에 대비하도록 해. 단 한 번만 물을 거야."

"내가 뭐라고 말하든 나를 사랑해 줄래?"

"아니. 그 약속은 하지 않겠어. 나는 내 나름의 이유에 따라 늘 스스로 선택을 해 왔지. 하지만 네가 너 나름의 이유에 따라 너 스스로 선택하지 않는 한은 너를 사랑하지 않을 거야. 그것이 사랑의 거래지."

인간 남자와 코끼리가 사랑을 이야기한다. 그리고 둘 중 누구도

441

부끄럽게 생각되지 않는다. 지금까지 내가 살아온 세상도 참으로 기이하구나. 리르는 속으로 생각했다. 아아, 얼마나 희한한 세상인가. 이 웬 세상인가.

✛✛✛

트리즘은 충분히 잘 알고 말을 한 것이었다. 자칼의 달이 내리비추는 빛 속에, 몸베이가 콜웬 그라운즈 뒤편 뜰로 나왔다. 리르가 풀을 뜯게끔 거기에 갖다 두었다. 몸베이는 나이 지긋한 여인의 모습으로 출현하였다. 눈썹에는 골이 지고 머리카락은 은빛으로 세어 가고 있는 채 지팡이를 짚고 걸었다. 하지만 목에 쫙쫙 주름이 갈 만큼 심하게 변모하지는 않았다. 트리즘은 몸베이 뒤로 서너 걸음 떨어져서 따라왔다. 머리는 푹 숙였고 눈빛은 알아볼 수 없이 가려 있고 두 손은 단단히 움켜쥐고서, 여기 아직도 자신을 사랑하는 한 마리 코끼리의 존재로부터 할 수 있는 한 멀찌감치 마음을 떨어뜨려 두고자 애쓰고 있었다.

"새벽에 공격을 개시할 것이다."라 몸베이가 말했다. "우리를 돕겠느냐?"

"보이는 것이나, 냄새 맡을 수 있는 것, 그리고 들리는 것으로써 내 가족이 여기 있지 않다는 걸 확실히 압니다. 거기에 한 술 더 떠 그들이 어디에 있는지를 모르고 있고요."리르가 말했다. "당연한 일이지만 어디가 되었든 내 가족이 가 있을지도 모르는 장소를 겨냥하여 공격하는 걸 도울 수는 없어요."

"내가 네 가족들이 어디에 있는지 우리가 안다고 말을 하면 어떻겠나? 네 처와 딸 두 사람 다? 그리고 네 처자는 무사히 살아남을 거라고 장담한다면? 너에게 증거를 주면 어떻게 할 건가? 그러면 우리를 도울 텐가?"

"당신이 내놓는 증거가 거짓일지도 모른다는 건 문제가 아닙니다." 리르는 커다란 코끼리 발로 굳건히 일어섰다. "당신은 지금까지 내 아이가 아닌 그 어떤 아이가 보금자리 삼아 깃들어 있는 장소들을 목표로 삼아 공격을 가해 왔지요. 나는 그 아이들과 내 아이가 무슨 차이가 있는지 모르겠습니다."

"그 좋은 코를 가지고, 네 혈육과 어디 다른 낯선 어린애의 차이를 냄새로 구분 못 한다는 말이야?" 몸베이가 깔깔 웃었다.

"내 이 코를 가지고 나는 거기에 아무런 차이가 없다는 것을 냄새 맡아 압니다. 당신을 돕지 않겠습니다."

리르는 자기 생각에는 『그리머리』를 읽는 기술이 초록빛 피부로 태어나는 것과 마찬가지로 한 대를 건너뛰어 유전되는 것 같다는 이야기 따위는 굳이 할 필요를 느끼지도 못했다. 북부 쿼들링 사람들 사이에 나타나는 더러운 엄지가락이나 특정한 초파리 종의 비만과도 같이 격세유전이지만, 아무래도 상관없었다. 리르는 손을 쥐어비틀고 있던 트리즘을 외면하고 돌아섰다. 자기 위세에 취하여 기세등등한 몸베이를 등지고 돌아섰다.

"출동 준비를 해라." 몸베이는 자기 부하인 드래곤 조련사에게 말했다. 그리고 리르를 향해서는 이렇게 말했다. "넌 이 작전에 협조를 거부함으로써 너 자신의 운명을 결정지은 것이다. 네게 남은 마지막 순간들을 헤아려라."

"트리즘, 안 돼." 리르가 말했다.

"네 영혼에 자비가 내리길." 트리즘이 리르에게 말했다.

"네 영혼에도 자비가 있기를." 코끼리가 응답했다. 악의는 전혀 보이지 않았다. 오직 가슴이 에일 뿐이었다.

13

오즈미스트들의 조언으로, 레인과 일행은 시즈를 완전히 피할 수가 있었다. 그러는 가운데 자기들도 미처 모른 채 몸베이가 그들을 처리하라고 국경 너머 투입한 그림자 같은 거대 거미들의 군대도 따돌리게 되었다. 일행은 수도에 접근해 갔다. 전시의 불안과 공포 속에서 어쩔 줄 모르고 이리저리 방황하는 또 한 무리의 일반 시민 소집단으로밖에 안 보였다. 레인은 에메랄드 시에서 무엇에 맞닥뜨리게 될지 전혀 몰랐다. 먼 거리에서 바라보자니 에메랄드 시는 시즈의 대학 도시에 비하여 한 일곱 배, 아홉 배, 열아홉 배쯤 더 거대해 보였다.

도로시는 웨스트게이트라 불리는 크고 네모난 성문을 통하여 시에 들어가도록 하자고 했다. 그래서 일행은 상황을 살펴보고자 도시의 성벽 밖 자갈이 깔린 경사지에 발을 멈추었다. 거기서는 서쪽 지역으로부터 온 여행자들이 그들의 빈쿠스 양탄자를 펼쳐 짐 가방을 풀어 놓아 검사를 받고, 만약 심각한 정부 일로 온 것이라면 소개장을 내놓으라는 요구를 받았다. 레인은 기가 질렸다. 친구들도 마찬가지였다.

"이 탑들의 골짜기에서 납치당한 남자 한 명을 찾아낸다는 것은 불가능하겠어." 대장 나리가 말했다. "이런 말 하기 참 뭣하지만 높다란 건물들은 말이야, 나를 난쟁이로 만든다니까."

대장 나리는 영 미심쩍다는 안색이었다. 그는 이곳 수도의 성문들 중 어디로든 감히 타임 드래곤의 시계를 끌고 들어가려 해본 일이 없었다. 그래서 에메랄드 시야말로 오즈를 통틀어 대장 나리가 전혀 사정을 모르는 단 한 곳이었다.

"내가 여기까지는 왔지만, 먼치킨랜드인이고 보면 더 가도 괜찮을지 잘 모르겠어." 꼬마 다피가 말했다. "딱하게도 나는 오즈의 황제에게 팔아먹을 국가의 기밀 따위는 갖고 있지 않으니까. 나한테 있는 건 진귀한 컵케이크나 뭐 그런 것들뿐이지."

레인은 브르르를 돌아보았다.

"흠, 난 너랑 행동을 같이할 거다. 후다닥 달아나진 않아."

"그렇지만 이 도시에서는 아직 수배 중 아니에요?" 레인이 그에게 물었다.

"그렇지. 감옥행 판결을 받은 걸 민간인 요원이 되어 『그리머리』의 소재를 찾아 보고하기로 하고 면했으니까. 그랬던 걸 5년인가 6년 전에 저버리고 달아났지. 그러니까 맞아, 어디의 치안판사나 그런 사람들이 기억하고 있을 수도 있어. 하지만 요새 같아서는 누구든지 그런 것 말고 다른 생각에 더 바쁠 거라는 데다 운을 걸어 보련다."

"미쳤나 봐요." 레인이 말했다. "옛날 그때에 아저씨도 『그리머

446

리』를 찾으려는 그자들의 작전에 한 명의 중심인물이었잖아요. 그런데 정보를 물어다 주는 데 실패했죠. 아저씨가 이곳에 얼굴을 비치는 건 너무 위험해요, 말도 안 돼요. 절대 살아서 빠져나오지 못할 거예요."

"누군들 살아서 빠져나올까." 난쟁이가 말했다. "너도 이제쯤은 감이 잡힐 텐데, 예쁜이."

"나 혼자 갈래요." 레인이 말했다.

"혼자서는 못 가." 브르르가 말했다. "혼자는 못 보내."

"내가 같이 갈게요." 도로시가 말했다. "가기엔 내가 제일 안전해요. 아무튼, 난 여기를 기억하고 있거든요. 에메랄드 시쯤 내가 잘 알아서 해요. 이제는 나이도 먹었고 말이죠. 캔자스 시에도 가 봤고 샌프란시스코에도 가 봤으니까. 레인이랑 나랑 둘이 같이 길을 찾아 나갈 수 있어요."

레인이 도로시를 돌아보았다.

"절대로 안 돼요. 난 조심해서 행동해야 된다고요. 언니는 모슬린 붕대로 입을 둘러 묶어 놔도 조심성 있게 굴지 못하잖아요."

"있잖아, 말이지, 난 전에는 지금보다 너희들 오즈 사람들을 더 좋아했었어. 내가 그냥 입을 열어 딱 말을 하면 조용히 귀 기울여 들어 주었던 시절에 말이야. 이제는 그저 이러쿵저러쿵 재잘재잘, 입 닥치고 앉아 있으라고만 하지. 흥, 안됐다, 레인. 나는 너랑 같이 갈 거란다."

"하지만 언니는 도로시잖아요. 무엇을 볼 때 뚫어지게 들여다보는 그 모습을 보이는 것만으로도 구경거리가 될 사람이라고요."

"그건 난시라서 그래. 안경을 끼면 괜찮은데 글리쿠스 산사태 때

447

으스러져 깨졌지. 글쎄, 내가 지금까지 둘이 아는 비로는 여기는 자유 국가야, 레인. 그러니까 난 함께 타박타박 걸어갈 거야. 노래는 안 하겠다고 약속할게. 그리고 저쪽에 있는 행상인들 중 누구한테서 숄을 사면 되지, 뭐. 우리 둘이 문제없이 통과할 거야. 내가 네 언니 노릇을 해도 좋아. 날 도티 언니라고 부르렴."

난쟁이와 먼치킨랜드 여자는 서로 얼굴을 마주보았다.

"도티라. 확실히 그건 좀 그럴싸한데." 대장 나리가 말했다.

레인이 손을 들었다. 도로시는 적당한 덤불을 찾아서 그 뒤에 숨어 꿈지럭꿈지럭 치마를 벗었다. 그리고 치마를 뒤집었다. 몇 종류나 되는 천을 조각으로 깁거나 안을 대었는데, 서로 어울리지 않는 데다 낡아빠졌다. 딱 알맞게 추레했다.

"캔자스에서는 근근이 살거든요." 도로시가 말했다.

옷을 뒤집어 걸치자 여행자가 풍길 수 있는 지저분한 광채를 가리는 데 도움이 되었다. 거친 잿빛 모직 숄을 뒤집어쓰자, 도로시는 '낙담' 평원에서 온 젖 짜는 농군 아낙네로 통할 만도 했다. 내면의 강인함으로 억세게 버텨서 용케도 구루병과 영양실조를 면한 그런 여인 말이다. 한편 레인은 일평생 쫓기면서 살아왔음에도 언제나 남의 눈을 끄는 일 없이 설렁설렁 어울려 드는 재주가 있었다. 레인은 도로시에게 이렇게 말했다.

"언니가 조개껍데기를 들고 가는 게 좋겠어요. 테이가 군중 속에 묻혀 없어지는 건 싫으니까." 레인은 테이를 안아 들었다.

"세상에, 그럼 안 되지." 도로시가 동의했다.

"만약에 테이가 토토하고 닮은 구석이 조금이라도 있다면, 너도 테이를 쫓아다니느라고 살이 다 빠질 거야. 난 원래 늘 프렌치푸들이 더 좋았어. 토토의 면전에 대고 그렇게 말을 한 적은 절대 없지만 말이야. 그런 소릴 했다간 토토가 말이 아니게 됐겠지."

레인은 사자에게, 난쟁이에게, 그리고 먼치킨랜드인에게도 작별을 고했다.

"가는 대로 가 보면서 계획을 세우도록 할게요. 어쩌면 도로시 언니가 아무튼 큰 도움이 돼 줄지도 모르죠." 레인이 말했다.

"어쩌면 이번에는 그럴지도 몰라요." 도로시가 노래 불렀다. 하지만 그러고 나서 악극조는 관두고 다시 한 번 똑같은 말을 했다.

"레인, 너 정말 이렇게 할 셈이냐?" 사자가 물었다. 그는 노르의 죽음 이후로 빠져 있던 넋 나간 상태를 얼마쯤 떨쳐 버린 듯했다. 아마도 오즈미스트들과 가진 회합이 마음을 좀 가라앉혀 준 모양이었다. 다른 건 뭐라고 하든 간에, 노르는 이제 더 이상 괴로움을 당하고 있지 않았다. 아무데서도. 이제, 브르르는 잔뜩 관심을 담아 눈을 데룩데룩 뜨고 자기 앞에 선 소녀들을 걱정하고 있었다.

레인은 어깨를 으쓱 했다.

"잘하면 도로시가 황제를 알현할 수 있을지도 몰라요. 전에 오즈의 마법사를 만나 본 적도 있잖아요, 그 사람은 은둔자였는데도요. 그래 봤다고 말할 수 있는 사람은 거의 없죠."

"정말 그렇지." 사자가 말했다.

"도로시가 그들이 우리 아버지를 잡아 두고 있는지 여부를 알아낼 수도 있을지 몰라요. 아버지의 석방을 두고 협상을 할 수 있을지도 모르고요. 난 고개를 내밀지 않고 숨어 다닐게요. 약속해요. 우린 그냥 상황을 살펴보기만 할 거예요. 어떻게 된 일인지 알아볼 수 있는 대로 알아보고, 그러고 나서 돌아올게요. 여기 계실 거예요?"

사자가 말했디.

"레인아, 천둥번개 비바람이 막 몰아치려고 할 때에 누가 어느 쪽으로 달아날지를 말하기란 힘이 든단다. 생각해 보렴. 애플 프레스 농장에 네 부모를 잡으러 들이닥친 무지막지한 놈들은 한둘이 아니었지. 한편으로는 너 또한 목베거홀에서 다른 곳으로 피신해야 했어. 그 뒤에는 누군가가 네서하우를 찾아냈고. 이제 너희 아버지가 키아모코에서 붙잡혀 갔지. 네가 한동안 머물러 있으면서 화를 당하지 않았던 장소는 오직 가스틸의 소매를 올라간 곳 아가씨 물고기의 회당뿐이야. 우리가 어쩔 수 없이 서로 떨어진다면, 거기에 소식을 전해 두자던 그때 계획을 떠올리렴. 물음표 모양 말이 새겨진 그 돌로 눌러 놓자고 했지. 좋지? 그렇게 하는 거다? 하지만 내 너에게 이건 약속하마. 정말 달리 어쩔 수 없는 상황이 아니라면 우린 이곳을 떠나지 않을 거야."

"오즈에 안전한 곳이란 없죠, 그렇죠." 레인이 말했다.

"세상 어디를 간들 안전한 곳이란 없지." 겁쟁이 사자가 말했다.

뒤에 남을 이들은 태도에 격식을 갖추어서 작별 인사를 했다. 흡사 세인트프로즈 학교의 응접실에서 자기들의 학자 따님과 작별하는 부모들처럼 말이다. 폭풍 구름이 모여들 때에…… 말 그대로 폭풍 구름이었다. 비를 머금은 무거운 먹구름이, 이 철이면 몰아치는 폭풍우가 마침내 바싹 닥쳐온 그때에 레인과 도로시와 테이는 발걸음을 돌려서 장날에 구경을 나선 큰 규모의 외국인들 무리에 슬그머니 섞여 들어갔다. 평원의 아르지키 족 사람들도 있고 유나마타의 개구리 족속들도 있었다. 도로시와 레인은 둘이 함께 웨스트게이트의 웅장한 조각 상인방 아래를 통과했다. 원래 그 문으로 그토록 오래전에(하지만 그래 그게 몇 년 전이람?) 도로시와 사자와 양철 나무꾼과 허수아비가 나왔던 것이다. 오즈의 마법사와 그 유명한 면담을 마친 후에, 키아모코의 성으로 진군해 가서 사악한 서쪽 마녀를 죽이라는 지시를 굳게 받잡고 나왔더랬다.

‡‡‡

도로시는 크나큰 도시를 촘촘히 누비는 도로들의 이름은 기억하고 있지 못했으나 일단 공공 공원의 나지막한 언덕에 이르자 먼발치로 보이는 궁전의 탑들을 가려냈다.

"저것만큼은 변한 게 없네." 도로시가 확언했다. "저건 마법사 궁전이라 불리던 곳이야. 내가 몇 번인가 마법사를 알현했던 그때에. 그리고 내가 지난번에 오즈를 막 떠나려 할 때쯤에 저기를 '민중궁전'으로 개칭하자는 이야기가 있었지. 하지만 보기에는 조금도 변한 것 같지 않은걸. 궁전은 궁전이지."

레인은 도로시의 실없는 소리들이 거의 귀에 들어오지 않았다. 레인은 에메랄드 시의 낯선 기괴함 앞에 위축되지 않으려고 애를 쓰는 중이었다. 건물들이 문제가 아니다. 정말이지 건물 따위 레인에게 뭐란 말인가? 그 건물들의 기둥뿌리가 조각상으로 되어 있는 것들, 고급 건축물들이 늘어선 무척 긴 초승달 모양의 거리, 철책과 유모차, 예술과 상업의 기념비적인 돌무덤들. 레인은 오히려 사람들 쪽이 더 신경 쓰였다. 너무나 많다. 그 누가 이토록 많은 사람들을 수집할 수 있을까?

장이 서는 광장들 중 한곳을 지나쳐 갈 때에 그곳의 풍경은 레인도 익히 아는 그대로였다. 사람들이 식료품을 놓고 옥신각신하고, 가격 흥정들을 하고 있었다. 하지만 나무 그늘 아래 서 있는 가판대들에는 선택의 여지가 거의 없었고, 그리고 더 중요한 점은, 도로시도 이 사실을 눈치 챘는데, 파는 사람이나 사는 사람이나 거개가 여자라는 것이었다. 가끔씩은 녹색 안경을 쓴, 수염이 난 나이 지긋한 남자가 있는데 경찰이자 행정부이자 군부 같아 보이는 게, 지역적인 가부장제를 통째로 한 번에 보여 주는 모습이었다. 학교 다닐 나이의 남자아이들은 물론 있었다. 그리고 여자아이들과 거의 분간이 가지 않는 아장아장 걷는 나이의 아이들과 성별 따위 없다시피 한 아기들도 있다. 하지만 레인의 아버지 나이 대의 남자들은? 전혀 없었다.

"너희 아버지를 찾는다고 해도 남쪽계단부터 가지는 않을 거지? 그렇지?" 도로시가 속삭였다.

"감옥부터? 거긴 아니었으면 좋겠네." 레인이 대답했다 "바로 황제한테 가 보자. 만약에 이렇게 저렇게 수를 써 봐도 도저히 황제를 만날 기회를 얻을 수 없을 시에는 언니가 스스로 도로시라고 밝히면 돼."

"그래 봐야 그 사람이 알아주지 않으면 어떻게 하지?"

"언니라면 수다를 떨어서 말을 듣게 만들 수 있어. 아니면 내가 나서서 황제와 혈연인 점을 들고 나갈 거야. 이제 와서 잃을 게 뭐 있겠어?"

도로시는 아랫입술을 깨물었다.

"내가 듣자 하니 너는 평생토록 그 사람을 피해 도피 생활을 했다지 않았어? 그 사람 앞에 떡 하니 나가서 캔자스 식으로 어이 안

녕하셨수 하고 큰소리 쳐 인사하는 건 위태위태한 작전 같아."

"어, 그래도, 이곳저곳으로 도망다녔다고 썩 멀리 피하지도 못했
잖아. 평생을 숨고 피하는 데 난 진력이 났어. 이제 올 것이 왔고 당
할 일을 당할 참이지."

"넌 너희 아버지가 황제로 하여금『그리머리』를 써서 먼치킨랜드
인들을 공격하도록 도울 것 같니?"

"나한테 그런 질문은 하지 마. 우리 아버지가 어떤 사람인지 난
어느 모로 보나 도통 모르겠으니까." 레인다운 대답이었다.

도로시는 한동안 말이 없었다. 그들은 역사 속 누대의 오즈마들
을 기념하는 기념비들이 줄줄이 늘어서 있는 운하를 따라 나아갔다.
죽은 소 한 마리가 둥둥 떠 왔고, 그 냄새에 테이마저도 코를 찡그
렸다.

"이 도시에 좋았던 시절도 있었는데." 도로시가 말했다. "그렇기
는 하지만 덧붙여 말해야겠네. 나도 우리 아버지가 어떤 사람이었는
지 몰라. 정말이야. 바다에서 실종되고, 상황이 다 그랬으니까. 그러
고 보면 우리가 누구인지에 대해서도 아는 게 뭐 있나 싶지."

레인은 지금껏 도로시에게 별달리 마음을 준 적이 없었고, 지금
에 와서 새삼스럽게 도로시를 좋아하게 될 것 같지도 않았다. 그렇
지만 손을 내밀어 도로시의 손을 꾹 쥐었다. 레인은 사람들과 신체
접촉을 하는 법을 배웠다. 조금이지만, 팁과 몸이 닿으면서 배우게
되었다. 그리고 이제 여기 있는 도로시는 이방인이다. 누구보다도
더 낯선 이방인이다.

비가 뿌리기 시작했다. 너무나도 오랫동안 손을 보지 않은 하수
구로부터 냄새가 울컥울컥 올라왔다. 필경 지역 행정부의 일꾼들이

모조리 동쪽 전선으로 소집돼 나갔기 때문이리라. 에메랄드 시에서 길을 찾아가기란 퍽 힘이 들었다. 그들이 결국 다다른 곳은 번트포크 지구라는 곳이었고 거기에서 롤빵 몇 개를 먹으려고 샀지만 빵이 너무 딱딱해서 테이에게 줄 수밖에 없었다.

"난 참 이렇게 멀리 떠나와서도 길을 잃고 있네." 도로시가 말했다. "운하에 놓여 있는 저 경사진 다리로 가 보자. 꼭 케이블카가 다닐 것같이 생겼네. 아니면 수로를 터 주는 거든가. 전체적으로 위쪽으로 향하게 경사가 져 있으니까, 도시에서도 지대가 높은 곳으로 통할 수밖에 없겠지. 한 번만 더 발을 잘못 놓았다가는 뚝 떨어져 남쪽계단의 하수 구멍에 처박혀 남은 여생 감옥에 갇혀 지내게 될 거야."

오후 한중간쯤 되어서, 지친 채로, 그들은 궁전의 앞뜰을 찾았다. 궁전 앞뜰이 그것 하나뿐인지 어떤지는 몰라도 말이다.

"자. 그럼, 가는 거야?" 도로시가 물었다.

"응. 준비 된 것 같은데."

캔자스 소녀가 오즈 소녀를 돌아보았다.

"너 알지, 만약에 우리 이 한 수가 빗나갔다면, 만약에 황제가 너희 아버지를 납치해 간 배후 장본인이 아니었다면 우린 진짜 큰일나는 거야. 알고 있겠지?"

"그 가능성은 감수할 거야. 언니는 어때?"

"먼치킨랜드인들은 나를 살인죄로 재판에 걸어서 유죄 판결을 내렸잖아. 그러니까 내가 국경 저쪽에서 악당이면, 여기에서는 영웅으로 환영 받아야 마땅하지. 나 어때 보이니?"

"황제의 누나 둘을 다 언니가 죽였다는 거 잊지 마."

"그러네, 그건 그렇다. 어쩌면 치마를 도로 뒤집어써야 할까 봐."

하지만 그러기엔 너무 늦었다. 앞뜰의 군 사무처 문이 열렸다. 다리가 하나뿐인, 자세가 구부정하고 게슴츠레한 사내가 비춤비춤 밖으로 나와서 클립보드를 들여다보았다. 그러다가 자기 앞에 서 있는 두 명의 젊은 여자들을 보게 되었다.

"레이너리 양?" 의심쩍은 음성으로 그가 불렀다.

"갓프리 교장선생님?" 레인이 그를 알아보았다.

"다들 그랬듯이 학생도 시즈에서 도망친 줄 알았는데. 여기서 내가 학생을 구해 줄 방법은 아예 없어요. 대학 입학 허가증이라도 떼러 온 건가? 가 봐요. 세인트프로즈 학교 행정은 전쟁이 끝날 때까지 시한부 정지 상태니까. 아니면 폭군 같은 내 누이동생이 학생을 이리 보내서 나를 못살게 굴라고 시켰나? 우리가 애써 일궈 놓은 것을 그 애가 어떻게 엉망진창으로 해 놓았는지 보러 갈 여력 따위는 없어요."

"갓프리 교장선생님. 선생님은 싸움터로 나가셨잖아요." 레인이 말했다.

"그래서 더 이상 싸우지 못하게 될 때까지 싸웠지." 갓프리 교장선생은 한 손목을 홱 틀어 없어져 버린 무릎이 원래 있던 자리를 가리켰다. "여기에서 한직을 얻어 있게 돼서 운이 좋았지요. 전쟁 상황에 결론이 날 때까지는 말이에요. 이쪽으로든 저쪽으로든. 하지만 늪지대의 하층민 마녀들이 떼를 지어 2000년이나 옛날에 일어났던 무슨 일인가를 가지고 공식적으로 항의하겠답시고 이제 찾아올 참이지. 학생도 그이들과 같이 온 건가요?"

"전 누구를 데리고 온 참이에요." 레인이 말했다. "황제를 만나

보려고요."

"허허. 그냥 가요."

"손님은 이름을 도로시 게일이라고 해요. 제 친구랍니다."

도로시는 다소 어정쩡하게 인사를 하다가 들었던 조개껍데기를 놓칠 뻔했다. 하지만 그런 다음에는 레인 쪽을 돌아보고 미소를 보였는데, 인정 있으면서도 매서운 표정이었다. '친구'라는 단어를 썼기 때문이다. 레인은 눈길을 내리깔았다.

"흠, 알았어요." 이 상황을 어떻게 자신에게 유리한 쪽으로 이용할 수 있을지 가늠해 보면서 갓프리 교장선생이 말했다.

⁜⁜⁜

친척 할아버지 셸. 진외종조인 셸이다. 오즈 충성령의 왕권 대리 총리였다가, 자기 스스로 오즈 충성령과 그 식민지들, 우가부와 글리쿠스와 '아직 기록되지 않은 영토들'의 황제를 자인하고 나선 사람. 그리고 결국에는 자기가 신이라고 주장한 황제. 확실히 대단한 경력이다.

'이름 없는 신'을 만날 준비는 뭘 어떻게 해야 하는지 영 모를 일이라고 레인은 생각했다. 특히 그 신이 자기 스스로 이름을 지어 가졌고, 친가 쪽으로 친척이 될 때는 더더욱 그렇지.

도로시와 레인은 의장실로 인도되었고 단순 소박한 의장으로 갈아입으라는 요청을 받았다. 그런 다음 오랜 전쟁으로 인하여 낡고 헌 기색이라고는 조금도 보이지 않는 궁실로 안내를 받았다. 윤이 나게 손질한 가죽을 댄 벽면에 싱싱한 프리티벨 꽃송이들이 아치를 그랬고 벽판에 박아 놓은 놋쇠 버팀대에 올려놓은 화로에서 애로센트와 절인 장미 향내가 풍겨 나왔다. 창들에는 레이스 커튼이 드리워져 있는데 누대의 오즈마들 중 누구의 삶에서 한 장면을 따서 짠 것이었다. 방문자들은 문양이 들어간 양탄자 위에 올라서기 전에 신을 벗어야만 했다. 촉감이 갓 돋아난 이끼를 밟는 것 같았다.

"나는 애버릭 본 텐메도스라고 하오." 코안경을 끼고 은빛 도는 콧수염을 굽실하게 기른 신사가 그렇게 말했다. "아가씨들에게 신황제 성하를 알현하는 자리에서 적절하게 처신하는 법을 알려 드리리다."

"신황제 성하라는 사람하고 우리하고 이렇게 따로 만나게 되나요? 아니, 정말로 그 사람을 만나기는 만나나요?" 도로시가 물었다. "그냥 물어보고 싶어서." 도로시는 옆으로 혓소리를 내며 나무라는 레인에게 말했다.

"머리를 가리고 들어갈 것이며 신황제 성하께서 지시하실 때까지는 베일을 벗지 말도록 하시오. 이야기를 하라는 말씀이 있을 때까지는 말을 하지 마시오. 신황제 성하께 등을 보여서는 안 되오. 물러가라는 말씀이 계시거든 뒷걸음질 쳐서 방을 나오도록 하시오. 머리는 가린 채이고 눈은 내리뜬 채여야 하오. 신황제 성하께서 언급하신 주제가 아닌 것에 대하여 말씀을 올려서는 안 되오. 지난 생에 대하여, 현재에 대하여, 앞으로 올 생에 대하여 신황제 성하의 축복을 비시오. 청원을 고려하실 때에 자비를 베풀어 주십사 신황제 성하께 비시오, 청원 드릴 것이 있다면 말이오. 시간은 대략 10분 드릴 거요. 질문 있소?"

"흠, 듣고 보니 마법사를 만났을 때 생각이 절로 나네요. 틀림없

이 모두가 읽고 그대로 따라 하는 규칙서가 있는 거겠죠. 대대로 똑
같이." 도로시가 말했다.

"이런 야단법석이라니. 난 장학사 대표님이 세인트프로즈에 내방
하셨을 때 생각이 나요. 신황제 성하께서는 자기 몸에 물을 끼얹을
일이 없으셨으면 좋겠네요." 레인이 말했다.

"암, 파티의 여흥이라도 그건 안 되지." 도로시가 맞장구쳤다.
"그건 난 이제 진짜 질색이야!"

"나는 이쪽의 가까이 있는 문으로 물러갈 거요. 반대쪽 끝의 문
이 열리면, 바로 그때 앞으로 나아가도록 하시오." 애버릭이 말했다.
"그 문을 통해 나아가는 거요. 하지만 내가 물러가기 전에, 게일 양,
아가씨께 개인적으로 한마디 해도 되겠소?"

"아무도 말릴 사람 없어 보이는데요, 제가 보기에는요."

"아가씨가 우리 국가를 위하여 공헌해 준 바에 대해 감사를 드리고
싶소." 애버릭은 그렇게 말했다. "나는 그 오즈의 마녀들과 아는 사이
였소. 트롭 자매 둘 말이오. 그들이 없어져서 우리에겐 다행이오."

애버릭은 레인을 도로시의 수행원 이상으로는 생각지 않는 게 분
명했다. 그거야 잘된 일이지. 레인은 그렇게 생각했다. 이 생을 살면
서 단 몇 순간이라도 더 익명으로 남아 있을 수 있잖아. 이 생이 짓
밟혀 끊어지기 전에 남아 있는 순간들을 소중히 하자고.

✛✛✛

반대편의 문이 활짝 열렸다. 애버릭의 지시에 따라 두 명의 방문
자들은 셸 트롭 신황제 성하 앞으로 나아갔다.

그는 옥좌에 앉아 있지 않았다. 황금 사슬로 천장에 연결되어 있는 팔각형의 캐노피 밑 멋진 조각이 되어 있는 옥좌가 있었지만 말이다. 옥좌는 그냥 놔두고, 뒤집은 양동이에 쭈그려 걸터앉아 있었다. 세 개의 작은 시계태엽 장치 기계들이 황제의 등뒤 그늘 속을 돌아다니고 있었다. 레인이 언젠가 시즈의 가게에서 보았던 구리로 된 둥그런 놈과는 달리 좁다란 게 메뚜기같이 생긴 놈들이었다. 그것들은 헌신적으로 부채를 부치고 파리를 날리느라 부산했다. 파리들은 온 사방에 있다.

나이가 얼추 쉰쯤 된 사나이다. 그는 공무에 입는 휘황찬란한 의장 대신에 소박하게 거친 마대 천으로 된 밑가리개를 하고 치마를 둘렀다. 어깨에는 거지의 숄이 둘려 있었다. 빈곤의 첫인상에도 불구하고 그의 눈은 날카롭고 몸매는 미끈했다. 그가 말했다.

"신황제 성하는 그 여자들을 결코 잘 알지 못했노라. 네사로즈 트롭, 사악한 동쪽 마녀라 불린 여수장. 엘파바 트롭, 사악한 서쪽 마녀라 불린 범죄자. 신황제 성하는 어린 시절에 쿼들링 나라의 황무지에서 그들과 함께 살았노라. 신황제 성하의 누이 엘파바는 불구의 몸으로 태어났도다. 신황제 성하의 누이 네사로즈는 불구의 몸으로 태어났도다. 신황제 성하 자신은 온전하고 깨끗한 몸으로 태어났으며 오즈의 황제이자 이름 없는 신의 형성자이니라."

아직까지는 질문이 나오지 않은 것 같아서 둘은 그저 기다렸다. 황제가 계속 말했다.

"신황제 성하는 신황제 성하의 누이 엘파바 트롭을 죽이는 데 사용된 양동이에 앉아 있노라. 이것은 신황제 성하에게 살아 있는 은총의 물이 상실됨을 일깨워 주노라. 먼치킨랜드와의 주권 싸움이 완

459

료되고 레스트워터가 고통 받는 오즈의 수도 시민들을 깨끗이 씻기고 풍성하게 길러 낼 수원지로서 영구적으로 점거될 그때에 회복될 상실이니라."

레인은 도로시가 혹시 그 양동이가 눈에 익나 보려고 흘긋거리는 것을 보았다. 하지만 도로시는 레인을 보고 그저 어깨만 으쓱 했다. 양동이는 양동이지 별 거 없잖아. 황제가 혼자 계속 말했다.

"신황제 성하의 누이들은 둘 다 도로시 게일의 손에, 또는 그 집 화롯가 돌에 맞아 생으로부터 분리되었노라. 그리하여 먼치킨랜드의 수장 직위가 공중에 떴도다. 그러므로 신황제 성하는 방문자에게 감사를 베푸는 바이다. 그녀가 신황제 성하에게 먼치킨랜드를 치리할 수장의 권리를 가져다주었기 때문이다. 이 도덕적 특권이 배신한 먼치킨랜드 반역자들을 정복하고자 군사력을 파견하는 노력을 지지하며 신성화하노라. 그러한 이유로써 신황제 성하는 신황제 성하를 알현할 권리를 수여하기에 이르렀노라. 신황제 성히는 도로시에 대하여 제기된 먼치킨랜드의 기소 건을 익히 알고 있도다. 신황제 성하는 도로시가 그의 친족의 죽음을 초래한 사태에 관하여 그 어떤 불법적인 행위가 있었다는 모든 의심을 전적으로 일소할 신성한 감사장을 출판할 것을 제안하노라. 증명서를 이리로."

시계태엽 장치 하인이 녹색 리본으로 묶고 밀랍으로 봉한 두루마리를 얹은 큰 금속 쟁반을 떠받친 채 앞으로 굴러 나왔다. 셸이 두루마리를 도로시에게 건네주었다. 그는 부드러운 동작으로 두 손을 합쳤다. 그의 시선은 결코 도로시에게서 떨어지지 않았다. 그가 말했다.

"신황제 성하는 이제 방문자들이 물러가도 좋다는 허락을 내리노라. 지상에 강림한 이 화신을 통하여 내리는 이름 없는 신의 축복을 받아 가지고 물러가라." 이때가 되어서야 그는 눈을 감았다. 불멸의 존재인 자기 자신의 광휘를 깨닫고서 감은 것이었다.

"하지만 우리는 내 아버지를 찾으러 온 거예요." 레인이 말했다.

시계태엽 장치 시종들이 내고 있던 치르르르 소리가 더욱 빨리 돌아갔다. 흡사 도저히 믿을 수 없는 사태에 그것들이 금속 폐로부터 숨을 토해 내기라도 하는 것 같았다. 어쩌면 어느 놈의 개스킷에서 고리가 빠져 버린 것인지, 뜨거운 기름이 새어서 냄새가 코를 찔렀다. 셸, 레인의 진외종조 셸은 말이 없었다. 마치 레인이 자기에게 말한 것이 아니라 아마 자기의 기계 하인 누구에게 말한 것이겠지 여기는 듯했다.

"우리는 거래를 하러 왔어요." 레인이 말했다. 하지만 레인 자신도 누구에게 말을 하는 건지 확신이 서지 않았다. 어쩌면 이 남자에게 말하는 것도, 시계태엽 장치들에게 말하는 것도 아니고 그 뒤에 놓여 있는 빈 옥좌에 대고 말하는 것 같았다.

"절대신과 거래를 할 순 없다." 셸이 말했다. 조용한 음성으로, 대화의 규칙이 깨졌다고 해서 크게 동요한 기색은 아니었다. 아무래도 방문자들이 나이 어리고 멍청한 것을 보아서 알았기 때문이리라. "이제 가거라. 나는 지쳤고 이 가슴속에 전쟁을 하고 있단다. 내가 마음속의 전쟁을 이겨야만 땅 위에서도 이길 수가 있는 것. 왜냐하면 나는 오즈의 혈액 그 자체이니까. 나는 오즈의 신성성이며, 내가 바로 신황제 성하이시다."

레인은 신성함에 포위되어 구석으로 몰린 기분이었다. 레인은 증조할아버지가 쿼들링들에게 가 그들을 개종시키려고 애썼던 통합교 신교사였음을 알고 있었다. 이모할머니인 네사로즈가 부친의 소신을 물려받아 먼치킨랜드에서 이를 제도화했던 것도 알고 있었다. 도로시가 처음으로 찾아왔을 때에야 겨우 전복되었던 신정(神政)이다. 레인은 진외종조 셀이 과연 신성한 줄을 알았다. 아무튼 이만하면 신성하달까.

다른 한편으로 할머니인 엘파바의 소신에 대해서는 레인은 아는 것이 없었다. 그리고 꼬마 다피가 속해 있던 곳 같은, 대담하게 할 말을 하는 수녀들의 독립적인 조직이 보여 준 용감성에 대하여 리르가 존경을 표한 적은 있을지라도 리르는 네서하우에서 어떠한 종교 의식이나 기도도 거행하지 않고 신학적인 논의는 일절 안 했다. 그리고 캔들의 신앙이란 약초와 직감으로 한정되어 있었다.

그래서 레인은 신앙적 헌신이라는 문제로부터는 거의 피하여 있었다. 이름 없는 신이라는 발상이 레인에게는 버거웠다. 부모에게 버림받았다면, 끝끝내 부모를 찾아내서 더더욱 깊이 사랑할 것인가, 아니면 부모 없이 살아가는 방법을 배울 것인가? 만약 이름 없는 신이 이사 가는 곳 주소도 남기지 않고 남의 눈을 피해 잠적했다면, 쓸데없이 그를 귀찮게 굴 것은 뭔가?

그래도. 레인은 딱 자기 스스로 생각할 능력을 갖출 만큼 세인트 프로즈에서 학교 교육을 받은 터였다. 신이 한 개인에게 자기 스스로를 주입해서 이 땅의 살아 있는 정수가, 오즈를 오즈로 만드는 오즈다움 그 자체가 되게 하였다면 그건 퍽이나 재주 있는 신일 것이다. 만약에 이게 정말로 진짜라고 하면, 그럼 황제인 셸 트롭이 어쩌다가 맨발로 파편을 밟을 시에는, 그래서 일주일 후에 그 발이 신성한지 아닌지 알 바 아니라는 극심한 감염으로 인해 발에 온통 물집이 잡혀 죽게 될 시에는 오즈에 무슨 일이 닥치게 될까?

"당신이 정말로 누구인지 제가 알기에는 너무 위대한 분이세요."
레인은 인정했다. "하지만 난 내가 누군지에 대해서는 좀 아는 게
있어요. 난 리르의 딸이에요. 사람들이 그러는데 난 엘파바의 손녀
래요. 바로 당신의 조카손녀예요. 내 이름은 레인이에요."

"얘는 또 먼치킨랜드의 적법한 딸이기도 하지요." 도로시가 끼어
들었다. "내가 계보를 제대로 파악한 거라면 말이에요. 내가 더듬어
봤는데, 먼치킨랜드의 수장 직위는 여계로 전해져 내려가요. 그러니
마지막으로 먼치킨랜드를 치리했던 수장에게 가장 가까운 혈족인
여성이 계승 우선권을 가져요. 그건 바로 여기 있는 내 친구 레인이
되죠."

"난 그건 상관없어." 레인이 말했다. "나는 오직 당신이 우리 아
버지를 잡아 갔나 알고 싶을 뿐이에요. 당신의 조카인 리르 말이에
요. 누군가 리르를 납치해 갔어요. 『그리머리』도 가져갔고요. 우리
가 여기 온 건 리르를 확실히 석방시키려고 온 거예요." 레인은 그
말을 좀 더 순하게 고쳐 말했다. "그러니까, 리르를 풀어 주십사 부
탁드리기 위해서 왔다는 얘기에요. 공손히 빌어요."

신황제는 그저 조금 신경이 거슬린 것 같았다.

"나는 사람 목숨을 가지고 흥정하지 않는다."

"당신은 내가 여덟 살 때에 먼치킨랜드를 공격하셨죠. 군사 공격
에는 사람 목숨들이 좌우되는 법이에요." 레인이 말했다.

"신황제 성하는 가슴속 깊이 경해하였노라. 물러가라."

도로시가 분연히 일어났다.

"이것 봐요, 당신. 나는 내가 한 짓이 뭔지, 하지 않은 짓이 뭔지

잘 알아요. 나는 당신의 사면상이 필요 없어요. 내가 언젠가 토토를 다시 만나서 토토가 너무나 흥분한 나머지 실례를 하지 않는 이상에는요. 토토는 어린 강아지가 아니죠. 양피지에 쓴 감사장이면 마침 바로 쓰기에 딱 적당한 휴지가 되겠네요."

"신황제 성하는 두통이 오노라. 부디 물러가도록 하라."

"내가 팔 걷고 나서는 날에는 당신 두통 따위는 문제가 아닐걸요. 처음으로 여기 오면서 난 당신의 손위 누이를 집으로 깔아뭉갰어요. 오즈를 떠나기 전에 당신의 또 다른 누이에게 양동이 물을 끼얹어 박살냈고요. 이제 당신까지 마저 손을 봐줄 때겠죠? 여기 무대 위에 다시 불려 나올 준비로써, 나는 샌프란시스코를 상당 부분 함께 가지고 재림했어요. 도금을 한 엘리베이터 철창을 타고 하늘에서 떨어져 산비탈에 정통으로 내리꽂혔다고요. 난 이 짓에 썩 능숙해지고 있어요. 내가 당신의 성스러운 왕국 위에다 시내 번화가의 상업 지구 건물들을 한 구역 통째로 푸짐하게 끌고서 떨어질 수도 있어요. 어디 한 번 내 신경을 거슬러 봐요."

퍽 대단한 허풍인걸. 레인은 생각했다. 그렇지만 셸 같은 사람에게는 먹히지 않을 것 같아. 너무나 오랜 기간 힘을 가지고 살아왔기에 무력한 처지에 있다는 것이 어떤 것인지 기억이 안 날 테니까.

도로시는 손뼉을 치고 노래는 부르지 않기로 한 약속을 깰 준비를 했다. 레인은 손짓으로 말렸다. 하지 마. 하지 마. 도로시는 폐 속으로 가득히 숨을 들이마시더니, 달콤한 곡조를 뽑아내리라는 확신으로 온 정신을 집중하여 합창단의 무지막지한 준비 표정을 얼굴에 못 박았다. 무정한 미녀여.

셸 할아버지, 자기 힘에 취해 정신이 돌아 버린 건 당신 혼자만이 아니네요. 레인이 생각했다.

시계태엽 장치 하인들이 숨을 곳을 찾아 달아날 때에, 웅장한 응접실의 문이 열렸고 애버릭 본 텐메도스가 뛰어들었다.

"이게 대체 무슨 일이오?" 애버릭이 외쳤다.

도로시는 입을 열어 비온 후 무지개 길과 빗방울과 폭풍우 운운하는 노래를 부르기 시작했다. 비가 억수로 많이도 나온다고 레인은 생각했다. 그 순간, 머리 위에서 폭풍 구름이 꽝 하고 폭풍우를 터뜨렸다. 노래 부르는 도로시의 음성과 장단을 맞추어 고막을 두들긴 굉음이었다. 도로시가 머리말에 해당하는 노랫가락 끝에 이르러 본격적인 곡조를 불러내기 전에 잠깐 숨을 고르자 때를 맞추어 무시무시한 천둥소리가 울려 퍼지고 이어서 또 한 방 꿍 하고 무엇이 내리치는 소리가 잇따랐다. 그들은 머리 위에 울리는 것이 천둥소리만은 아님을 알아차렸다.

14

오즈 중심부를 덮은 가을 구름이, 동쪽으로부터 다가오는 드래곤들을 가렸다. 트리즘 본 카발리시가 훈련시킨 드래곤들이다. 어쩌면 그놈들이 에메랄드 시 상공에 당도한 것이 번개를 불붙이고 천둥을 호출했는지도 모른다. 아니면 그것은 그저 이름 없는 신의 고약한 심술이었을지도. 문자 그대로의 진짜 폭풍우가 몰아치는 가운데, 그 위장 아래로 도시에 화염과 파괴를 퍼붓도록 방치했으니까.

갑자기 내린 어둠 속에서 레인과 도로시는 피할 곳을 찾아 달아났다. 둘은 시계태엽 장치 복사들 뒤를 따라갔는데, 그것들은 기압이 요동치면서 기계 장치 속 유리 개스킷이 폭발하는 바람에 하나씩 하나씩 대리석 바닥 위에 빙글빙글 돌다가 싱싱한 꽃을 장식해둔 받침기둥을 쳐 쓰러뜨렸다. 두 소녀 뒤로 셸이 따라오는지는 몰랐지만, 이름이 애버릭이라고 했던 그 남자가 누군가를 부르는 소리가 들리기는 했다. 그러니, 아마 애버릭이 황제를 안전한 곳으로 인도하고 있는 모양이었다.

"밖으로 나가면 안 돼." 애버릭이 고함치는 소리가 들렸다. 하지만 도로시는 건물들 무너지는 소리에 더럭 겁이 났다.

"이 빌어먹을 장소에서 우리는 깔려 죽게 될 거야. 근사한 묘소가 만들어지고 있는 중이라고." 도로시는 레인에게 외치고 레인의 손을 움켜쥐었다. "이쪽이야, 분명해. 난 방향 감각이 썩 좋거든."

"그러면, 오즈에서는 어떻게 나가려고 해요?" 레인이 소리 질렀다. 레인은 레인대로 신경이 날카롭게 곤두선 기색이었다. 아버지가 여기에, 우르릉 쿵쾅 떨어지는 이 돌들 속에 있는 것일까, 아니면 어딘가 다른 곳에 안전히 있는가? 그러니까, 아무튼 조금이나마 더 안전하게 말이지만?

궁전 건축술에 대한 도로시의 감각은 자기가 선전했던 것만큼 썩 좋지는 못했다. 둘은 가파르게 솟아오른 아치를 인, 살짝 굽어 돌아가는 긴 복도를 따라 달렸다. 크기를 거대하게 키워 놓은 호수 앵무조개의 빈 껍데기처럼 줄줄이 방들이 이어져 있는데, 가던 중 반대쪽에서 달려오는 애버릭과 마주치게 되었다. 애버릭은 셸의 손을 잡아 이끌고 있었다. 궁전의 기관원들과 일꾼들의 일단이 그 두 사람 뒤에 따라왔다.

"도시에 공격이 퍼붓고 있소." 애버릭이 그들에게 말했다.

"그리고 전 이제 막 몸이 풀리려고 하네요." 도로시가 말했고, 그러면서 공연을 할 태세를 취했다.

"하지 마!" 셸이 외쳤다.

"리르는 어디 있죠?" 도로시가 황제에게 육박하며 따져 물었다. "그 빌어먹을 책은 어디 있어요? 말을 해요, 아니면 내가 다시 재공연을 할 거예요."

467

"우리는 리르를 잡아 놓지 않았소." 에버릭이 말했디. "그러려는 시도를 안 했다는 건 아니오. 하지만 틀림없이 적군이 먼저 그를 손에 넣었을 거요. 놈들이 리르의 조력 없이 이처럼 대대적인 파괴 행위를 개시할 수 있었을 거라고 생각하나? 제발 좀, 아가씨. 도시가 붕괴하고 있소. 그 위에 한 술 더 뜨지 마시오."

도로시는 숨을 들이쉬었다가, 입을 꾹 다물었다.

"음, 알았어요, 그러면. 하지만 내 경고해 두겠어요."

"건물들이 무너지는 게 눈앞에 번연히 보이는데." 애버릭이 말했다. "법원은 산산이 부서져 불타고 있소. 봐요, 궁전에서 남쪽계단 감옥까지 직통으로 이어지는 길이 있어요. 지하로 간다면 하늘에서 쏟아지는 맹공격에서 좀 더 안전할 거요. 남쪽계단이 바로 지하지. 갑시다. 우리가 아가씨에게 그 정도는 해 줘야지요, 리르의 따님. 우리와 함께 가요."

"내 아버지가 감옥에 있는 게 아니면 난 안 가요." 레인이 말했다. "바깥에서 운에 맡겨 볼래요."

애버릭이 얼른 대답했다.

"그러면 알아서 하시오. 우린 기다릴 수 없으니. 신황제 성하께서는 안전한 거석 무덤 아래로 내려가셔야만 하오. 거기 계시다가 공중 공격이 지나고 난 후 승리하여 일어나실 것이오." 애버릭은 허둥지둥 달아나기 시작했고, 계속해서 회랑으로 모여들어 오는, 아직 남아 있던 궁전 사람들도 우르르 그 뒤를 따랐다.

소박한 옷을 입은 셸은 서 있던 자리에 잠시 더 머물렀다.

"레인 트롭. 나는 친딸이 없고 아들도 없다. 많은 여자들을 취했지만 아내는 없었지. 나의 야망에 적당한 여인을 찾지 못했으니까.

신황제 성하께는 아내가 없는 것이다."

"서두르는 게 좋을걸요." 레인이 말했다. 다시금 천둥소리가 다가
오고 있었다.

"먼치킨랜드의 수장 직위에 대하여 네가 가진 계승권은 나보다
우선하지." 셸이 단정했다. "너는 또한 나의 유일한 여성 혈족이라
는 자격으로서 오즈의 왕권 대행 총리가 될 확고한 권리를 갖게 돼.
누대를 이어 온 오즈마의 혈통은 최근 50년간 단절되어 죽어 버렸
으니까 말이다. 혹 내가 결국 신으로서 초월적인 면모를 발휘하여
일어나지 못한다면 그때는 왕위는 네 것이다. 옥좌를 받아들이고,
왕홀을 움켜쥐어라."

레인은 대답하지 않았다. 레인은 도로시의 손을 움켜쥐고는 둘이
냅다 달아났다.

✦✦✦

위병 대기소에 이미 공격이 가해진 후였다. 갓프리 클랍 교장선
생이었던 존재가 조각 나 널브러져 있었다. 교장선생의 사지는 동체
로부터 끊어져 나가 흩어져 있는데, 그 모습이 마치 지금 보이는 두
팔과 한 다리가, 어디로 갔는지 없어져 버린 자기들의 형제인 나머
지 한쪽 다리를 찾아 나선 것 같았다. 바깥쪽으로 더 나가 보니 구
빈원이 무너져 있고 병사로 뽑혀 나가기에는 몸이 너무 허약했던
남자들의 시체가 이미 길거리에 널려 있었다. 그게 뭔지, 이름을 국
가공격부라고 부르던 부처 건물은 화염에 휩싸여 있었다. 공포로 인
해 일어나는 소리를 따로 떼어 가늠하기란 어려운 일이었다. 위로는

드래곤늘이 겁에 실린 피라미를 물어 올리려고 물속에 세길스럽게 부리질을 하는 거대한 왜가리들처럼 천둥 구름에 들락날락 바늘땀을 뜨고 있고, 땅에서는 건물들이 부르르 진동하고 갇힌 이들, 충격 받은 이들, 비통한 이들과 공포에 질린 이들이 한 목소리로 울부짖고 있었으니까.

"여기서 빠져나가야 해." 도로시가 말했다. "웨스트게이트로 돌아가자. 친구들에게로 가자."

하지만 거기에 어디로 어떻게 날아가 떨어진 건지 나무에 걸려 있는 어린애가 하나 있었고, 레인은 말했다.

"저 갓난애를 저기 내버려두고 갈 순 없어요." 아기 어머니는 흙바닥에 치마가 얼굴에 덮인 모습으로 쓰러져 있었다. 죽었다. 그리고 옆으로 넘어진 유모차가 있었다. 바퀴가 아직 돌고 있었다. "팁은 저 애가 나뭇가지에 걸려 흔들리고 있게 내버려두지 않았을 거예요."

둘은 아이를 끌어내려 어떤 여자 팔에다 갖다 안겼다. 그 여자는 어디선가 멜론이 담긴 통을 가지고 허겁지겁 나타났다가, 가타부타 말도 없이 아기를 받아 안고 서둘러 사라져 갔다.

오즈마 둑길에서 소녀들은 드래곤 부대가 투하한 화염탄의 첫 파상 공격을 피하여 물속으로 몸을 던진 한 무리의 숙녀들을 보게 되었다. 그이들은 크게 펼쳐지는 치마 탓에 물 밖으로 기어오를 수가 없었다. 도로시와 레인이 서로 팔을 엮어서 둘이 함께 힘을 합쳐 끌어당겨 주었지만, 여인들이 화려한 나들이옷을 잿빛 물속에 버리고 속치마 바람으로 기어 올라오기로 마음을 고쳐먹지 않는 한 그들은 번갯불 번쩍이는 하늘과 황금빛 화염과 질주하는 구름들을 가득 비추는 연못 위의 수련 잎들이 되어서 둥둥 떠 있을 도리밖에 없었다. 여인들은 지금 당장의 긴급한 상황 앞에 굴복하여 구조를 받아들이고 서둘러 몸만 빠져나왔는데, 중인환시 사태에서 옷을 벗은 것이 에메랄드 시의 몰락보다도 더 중대하고 낯부끄러운 사건이라는 듯이 키득키득 웃으면서 나왔다.

레인은 글린다 부인과 함께 물 위에 겨울을 불러 내리고자 애썼던 그때 이후로는 드래곤을 본 일이 없었다. 드래곤에 대해서라면 얼마쯤 애착을 품고 기억 속에 간직했던 것이지만, 지금 레인은 혹하는 마음이 들지 않았다. 이 짐승들은 레인이 미처 상상조차 못해 본 악의를 띠고 구름에서 튀어나와 엄습해 내려왔다. 아버지가 먼치킨랜드 쪽에서 『그리머리』를 사용하여 이 공격에 예봉을 돋워 놓았는지, 아니면 폭풍우 몰아치는 날씨 탓에 드래곤들이 겁에 질려 더 거세게 공격하는 것인지 레인은 알지 못했다.

드래곤들이 발톱으로 움켜쥐고 있다가 땅에 떨어뜨리는 그것이 무언지 분간도 되지 않았다. 그러나 그것으로 인해 에메랄드 시 전역에 불타오르는 나무만 한 크기로 펑펑 폭발이 일어났다. 그 모양은 마치 나무들이 불길로 화한 듯했다. 나무줄기 같은 폭심으로부터 팔다리나 핏줄처럼 갈래갈래 뻗어 나는 가장자리의 불꽃이 한순간에 펑 하고 피어올랐다. 드래곤들, 그리고 드래곤들이 날라 온 폭발물들은 정부 하나를 전복하는 것 이상으로 큰일을 해내게 생겼다. 안 그래도 정부 전복은 이미 달성한 것 같고, 드래곤들은 오즈 땅에 살아 있는 생물들을 모조리 살육하고야 말 태세였다. 이리 뛰고 저리 뛰는 공포의 혼란상 가운데서 테이가 어디로 갔는지 없어졌다는 사실을 깨달은 건 이때가 되어서였다.

"다시 가봐야겠어." 레인이 도로시에게 말했다.

"우리가 못 가. 테이가 우릴 찾아낼 거야." 도로시가 말했다.

"토토처럼요?" 레인이 말했다. "빨리 와요."

"테이는 토토보다 영특해. 토토보다 영특하기가 그렇게 어렵다는 건 아니지만."

레인은 영웅이 아니었다. 성자도 아니었다. 레인 자신이 알고 있었다. 해결책을 찾고자 레인을 다급히 마음 졸이게 만든 것은 나뭇가지에 달랑달랑 걸려 있는 어린애도 아니고, 조각조각 나뉘어 땅바닥에 널려 있는 학교장 선생도 아니었다. 레인은 벼수달을 잃어버리고 차마 견뎌 낼 수 없었다. 그 나머지 것들을 이토록 많이 잃은 지금은 더욱. 자꾸만 자꾸만 반복된다. 상실해 버린다.

레인은 학교 운동장 비슷한 것 가장자리에 서 있었다. 정글짐이며 경사 오르기 같은 아이들 놀이기구가 있는 곳이었다. 거기서 레인은 도로시에게 "조개껍데기 이리 줘요." 하고 말했고, 도로시는 이번에야말로 토를 달지 않고 달라는 대로 주었다.

"이게 들을지 어떨지 모르겠지만 해로울 건 없겠죠." 레인은 고둥을 입술에 대고 힘이 자라는 한 길게, 세게, 다급하게 소리를 불었다.

다 불고 나자, 너무 힘을 쏟아서 그대로 쓰러져 기절해 버릴 뻔한 것을 도로시가 옆에서 받쳐 주었다. "오즈미스트들을?" 도로시가 물었다.

"올 수 있으면 오겠다고 그랬죠. 그리고 오즈미스트들은 이미 죽었으니까, 뭔가 그이들을 해칠 일은 없잖아요? 드래곤들은 구름을 가림막 삼아 숨어 있죠, 잘하면 오즈미스트들이 지상에 가림막을 쳐 줄 수 있을 거예요."

✢✢✢

역사가 되려고 서두르는 이는 없다. 심지어 유령들일지라도 그러지 않는다. 오즈미스트들은 서서히 모습을 나타내었다. 다른 무엇보다도 먼저 다른 냄새를 지우는 강한 냄새로써 자신들의 존재를 드러냈다. 새로 빨아 마련한 수의의 푸근한 냄새로 말이다. 하지만 정말로 오기는 왔다.

첫날에는 오즈의 낮은 지대 구역들에서 비쳐 보이는 가느다란 분수 물 같은 흰색 덩굴손들이 가닥가닥 목격되었다. 마치 땅바닥의 자갈로부터 돋아 오르는 것만 같았다. 그리 오래지 않아서 덩굴손들은 서로 얽히며 거리의 지면으로부터 1미터가 넘는 높이에 나지막한 덮개 지붕을 형성하였다. 그 지붕 밑 공기는 숨을 쉴 만했고, 살아남은 이들이 물을 찾거나 혈육의 시체를 찾아다닐 때 안전한 가림막이 되어 주었다. 자세를 낮추고 등을 구부린 채, 우물에서 누추한 거처로 달려가고 거처로부터 우물로 달려갈 통로가 마련된 것이다. 하늘을 향해 입을 헤벌린, 삼엄한 감시 아래 있는 남쪽계단 감옥 구덩이와 번트포크 지구와 웨스트게이트 인근 군 주둔지 너머의 곡물 창고들과 소위 '쿼들링 구역'이라 불리는 하층 노동자들의 행락 지구에 있는 선술집들…… 이것들이 제일 먼저 숨겨졌다.

한층 지대가 높은 곳에 세워져 있던 부동산들, 즉 메니핀 광장, 정부 기관들, 극장과 오페라 공연장 들은 그대로 노출된 채였다. 그 건물들이 드래곤들에게 두들겨 맞았다. 드래곤들은 보이는 목표를 타격하도록 가르침 받은 것이 분명했다. 드래곤들은 낮은 곳의 가난한 이들에게는 아무런 힘을 발휘 못했다. 가난한 이들이 분수를 지켜 눈에 띄지 않은 채로 있는 한은 말이다. 이번 한 번만은 가난한 이들에게 쏙 석셜한 소선이었다.

둘째 날이 되자 오즈미스트들은 힘이 커졌다. 에메랄드 시의 더 큰 구역이 보호를 받았다. 비록 공격에 나선 드래곤들이 어쩔 바를 알지 못하여 지르는 소리들은 더한층 무서웠지만 말이다. 그런 가운데서도 사람들은 정신을 차리고 일어나 다음날 할 일에 착수할 터였다. 그것이 감자를 구하러 나가는 일이든, 아니면 산산이 부서진 '냉혈한 네디'의 루비 교환소 자리를 훑어 뒤지는 일이든 간에. 궁전의 고위 관리들은 우르르 몰려가 세인트사탈린의 움집 문을 두들겨 댔다. 만에 하나 오즈의 신황제 성하께옵서 신성치 못하게도 죽음을 맞이해야 할 몸임이 밝혀질 시에는 그곳이야말로 위기 상황의 정부를 소집하기에 가장 안전한 장소라는 인식으로, 정신 이상 상태에서의 범죄는 무죄라고 달려갔던 것인데 그런 보람도 없이 정신 이상 상태의 범죄자들은 그들을 내쳤다. 그러면서 그네들은 이미 통제 아래 살 만큼 살아온 거 아니냐고, 됐으니 꺼지라고 했다.

✛✛✛

셋째 날 새벽이 밝기 전에 브르르가 오즈마 둑에 놓인 교량의 층계 밑에 잠들어 있던 레인을 찾았다. "왜 우리 있는 데로 돌아오지 않고 그랬어?" 브르르는 코로 레인을 떠들어 깨우면서 그렇게 말했다.

"나한테 아저씨가 필요한 때엔 용감히 나서 줄 줄 알고 있었어요." 레인이 응답하면서 브르르의 목에 두 팔을 둘렀다. "하지만 어떻게 우릴 찾아냈어요?"

"테이가 와서 우리를 이리로 이끌었단다." 브르르가 말했다. 그리고 거기에 테이가 있었다. 뒷전에서 꾸물거리고 있었다. 고블린의 저축물처럼 초록빛을 띤 모습으로 이제야 레인의 발목 언저리에 수염을 쫑긋거리는 참이었다.

레인은 사자에게 아버지가 에메랄드 시에 있는 것 같지 않다는 이야기를 했다. 공격이 동쪽으로부터 퍼부어 온 것을 보면 리르와 책은 먼치킨랜드인들의 손에 의해 강제 납치를 당했음이 분명하다.

"그러면 우리가 이제 그쪽으로 가는 거구나? 그런 거 아니냐?" 사자가 말했다.

"아직은 아니에요. 여기서 해야 할 일이 너무나도 많아요."

이 말에 사자는 처음에는 가타부타 말이 없었다. 그러고 나서 그가 말했다.

"그래, 내가 뭘 하면 좋을지 얘기해 주렴."

"난 아무 계획도 없어요. 전에도 한 번도 세운 적 없죠. 그렇지만 먼치킨랜드인들이 이 전쟁을 이겨 가고 있다손 치면 그쪽 군대가 이제 머지않아 도시에 입성할 거예요. 우리는 기다렸다가 그자들이 올 때에 맞이하면 돼요. 라 몸베이에게 『그리머리』가 중요하다면 그 책을 가지고 올 것이고, 책과 함께 아버지도 대동하고 오겠지요."

"우리가 기다리는 하루하루 중 그 어느 날에 몸베이가 리르의 목숨을 빼앗을는지 몰라."

"우리가 기다리는 하루하루 중 그 어느 날에……." 하고 레인이 말을 시작했지만, 이제는 잠이 완전히 깨어 버렸다. 도로시가 일종의 기름 낀 방수천 아래로부터 하품을 해 가며 기어 나오고 있었다. 첫 번째 할 일이 레인을 손짓해 불렀다. 다리 건너편 층계 밑에 살고 있는 저 아이들에게 아침거리를 찾아다 주는 일. 그래서 레인의 과묵함이 발동했다. "꼬마 다피는 어디 있어요? 대장님은요?"

"찜찜해하면서도 과감하게 나섰지, 둘 다. 꼬마 다피는 습격에 무너진 약방으로부터 물약들을 풀어내어 할 수 있는 한 최선을 다해 활용하고 있어. 그리고 대장이 돼서 대장님을 턱짓으로 부려 자길 보조하게 만들었지. 이따가 만나게 될 거다. 우리가 오늘을 목숨 부지하고 무사히 넘긴다면 말이야."

"오늘 하루는 무사히 넘길 거예요." 레인이 빙긋이 웃으면서 말했다. "오즈미스트들이 나날이 힘이 세져 가고 있어요. 그런 것 같지 않아요?"

그것은 사실이었다. 하루하루 지나갈수록 안개는 더 빽빽이 끼었다. 그 탓에 길 가기가 어려웠지만 어느 모로 보면 그 편이 한층 안전한 것이고, 드래곤들이 공격을 퍼붓는 소리가 들려오는 장소는 더더욱 일부 구역으로만 제한되었다.

✢✢✢

나흘째 되는 날에 캔들이 빗자루를 타고 당도했다. 이스키나리와, 이름이 키노트라는 창로(蒼老)한 독수리를 동반하여 왔다. 캔들은 오즈마 분수 가에서 십 대 소매치기 아이의 잘려 나간 다리 밑둥에 덧난 상처를 씻어 주고 있던 레인을 찾아냈다. 레인은 어머니를 제대로 쳐다보지도 않았다. 그냥 붕대 뭉치를 건네주고는 어떻게 감아 줘야 하는지 설명했다. 저녁때가 되어서야, 캔들이 다리 밑에 도로시와 레인과 다른 이들과 함께 북적이며 들어와 앉은 후에야 딸은 어머니가 그간 무엇을 했는지 이야기를 들었다. 하지만 캔들은 가져온 소식을 천천히 풀어 놓았다.

"노르가 소녀 적에 저 빗자루를 타고 나는 법을 배웠다는 게 기억났지." 돌 위에 누우면서 캔들이 말했다. 두 눈은 내리감고 한 손은 펼쳐 이마에 얹어 놓았으며, 다른 손은 레인의 두 손 사이에 꽉 붙잡혀 있었다.

"난 생각했어, 어쩌면 하늘을 나는 능력이 오로지 어린 사람에게나 재능을 지닌 사람에게만 주어지는 것이 아니라 꼭 필요로 하는 사람에게도 주어질지 모른다고. 무엇이 어찌 되든 간에 내가 빗자루를 타고 날 수 없다손 치더라도 너는 날 수 있을 거라고 생각했지. 난 빗자루를 찾아냈고 타는 법을 익혔단다. 아니, 정직하게 말하마. 비행의 기술을 통달한 것은 아니야. 그래도 그럭저럭 탈 수는 있었다."

"그럭저럭이라고요?" 어머니의 손바닥 느낌을 받아들이면서, 하지만 거의 잠이 들어 가는 채로 레인이 웅얼거렸다. "어떡하면 날 찾을지 어떻게 알았어요?"

캔들이 말을 이었다.

"하지만 그게 직감이잖니. 현재를 보는 것 말이다. 너도 언젠가는 갖게 될 거다. 아직 갖고 있지 않다면 말이야."

"나한테는 내 발톱도 안 보여요. 너무 피곤하네요." 레인이 말했다.

"내일 쿼들링 사람들 구역부터 일을 시작해요." 꼬마 다피가 대장 나리에게 말했다. "그 물구덩이 사람들 궁둥이마다 고약한 발진이 돋아났는데 난 그 발진 생긴 게 영 마음에 들지 않아요. 당신이 멋쟁이 폼쟁이 집인지 뭔지의 주방 뜰에서 슬쩍해 온 구리 세탁물

솥에다가 연고를 좀 달이도록 해야겠어요."

"드센 여자하고는 결혼하는 게 아니야." 대장 나리가 말하고는 뒹구르르 돌아누워 혼자 바보처럼 코를 골아 댔다.

"아버지한테 무슨 일이 생겼는지 들었니?" 다른 이들이 모두 조용해진 후에 캔들이 소곤거리는 소리로 말했다.

레인은 자기 자신의 내부에서 현재를 아는 능력을 조금이라도 발견해 보려고 했다. 현재에 대해 레인이 알 수 있었던 것이라고는 기진맥진함, 그뿐이었다.

"못 들었어요." 레인이 실토했다.

어머니는 일어나 앉았다.

"마음의 준비를 하렴, 레인."

"이런 얘기 들을 준비는 못 해요." 레인이 대꾸했다. "그렇지만 말해 주세요."

캔들은 신중하게 말했다. 자기 입에서 나가는 말 한마디 한마디를 마치 둥글게 마모된 돌멩이들을 가지런히, 좀처럼 먼저 것을 건드리는 일 없이 줄지어 늘어놓듯이 꺼내 놓았다.

"오랜 친구 한 분이 있어. 너희 아버지를 보았어. 마법에 걸려 낯선 시체가 되어 있는 걸. 그렇게 마차 위에서 죽은 것을. 그 독수리 이름이 키노트지. 그이가 습관을 깼어. 새들의 습관을. 관련되지 않는 습관을. 키노트가 소식을 전해 주었어. 나에게 알려 주었어. 왜냐하면 리르는 한때 명예 회원으로서 새들과 함께했었으니까. 네가 태어나기 전의 일이야."

"독수리가 뭘 알아요?" 넋을 잃은 아이가 속삭여 물었다.

"리르는 사생아로 태어났어. 그리고 새로서 하늘을 날았고. 코끼

478

리가 된 채로 먼치킨랜드 국경 너머로 끌려갔지. 코끼리 거죽을 쓴 채로 죽은 거야. 이 일이 이렇게 된 모양이다, 사랑하는 레인아. 다르게는 볼 수가 없단다.”

레인은 조금 울었다. 눈물이 얼음처럼 눈에 걸렸다. 도로시가 일어나 앉았다. 눈은 감은 채였다. 도로시의 어깨가 아주 잠깐 동안만 떨렸고, 이어서 도로시는 잠에 취한 상태에서 죽음을 슬퍼하는지 애도하는지 하는 노래 곡조를 흥얼거렸다. 어느 정도라도 마음에 위안을 주어 보려고 하는 노래 같았다. 아마도 이번 한 번만큼은 도로시의 노랫가락이 다른 이들의 마음도 마찬가지로 달래 준 모양이다. 레인은 잠이 올 것 같지 않았는데, 어머니의 두 손을 쥔 채로 아버지의 손을 꿈꾸며 곯아떨어졌다.

올올이 끝이 잘려 나간 인생. 레인의 인생, 그리고 아버지의 인생…… 레인은 이제 그 둘 사이에 어떤 차이가 있는지 알 수 없어졌다.

이스키나리는 다리 곁에서 애도의 경야를 했다. 리르 때문에 눈물은 흘리지 않았다.

‡‡‡

닷새째가 되자 드래곤들이 공격할 수 있는 목표물이라고는 황제궁의 큰 돔형 지붕 외에는 아무것도 남지 않았다. 궁전은 에메랄드 시를 파멸에서 구한 오즈미스트의 바리케이드 위로 불뚝 솟아나와 있었다. 드래곤들에게 단 하나 남은 주요 공격 대상이 되고 보니, 궁전 지붕은 어마어마하게 피해를 입었다. 하긴 소매치기, 교장선생,

479

세딕부, 아장아장 걷는 나이에 고아가 된 이린에만큼 피해를 본 것이야 아니겠지만 말이다. 지붕은 폭삭 내려앉아 궁전을 덮치지는 않은 채 역사의 안개 속에 상처 입은 모습으로 도발하듯 버티고 솟아 있었다.

한낮이 되자, 드래곤들은 명령을 받아 철수하였다. 거의 즉각적으로 오즈미스트들이 옅어지기 시작했지만, 걷히지는 않았다. 다섯째 날 해 질 녘에 라 몸베이가 의기양양히 에메랄드 시에 입성했다. 거의 눈에 보이게 된 거미 부하들 한 무리가 털투성이 다리들을 휘저으면서 몸베이가 탄 금칠 한 썰매 주위를 에워싸고 왔다. 몸베이의 썰매는 마치 눈 위를 미끄러지듯이 두껍게 쌓인 재 위를 가뿐히도 미끄러져 나갔다.

───── 잃어버린 과거를 불러내기 ─────

1

텐메도스의 마그리브인 애버릭은 국가역사부 관청 앞에서 라 몸
베이의 사절을 기다리고 있었다. 황제가 휴전 협상을 맡아 할 대사
역으로 그에게 뒤치다꺼리를 맡겼던 것이다. 처음에 애버릭은 놀이
터 안전 감시자 같은 비웃음을 머금었다. 그럴 밖에. 에메랄드 시는
엉망진창이었다. 아직 아무도 비를 들고 도시를 청소하러 나서지 못
한 상태였다. 광장에는 산산조각 난 대리석 오즈마들의 파편이 쫙
깔렸다. 소형 금속 나팔과 놋쇠 북이 내는 소리는 째지는 듯 요란했
지만, 한 줌밖에 안 되는 군중의 웅성거림을 제대로 덮어 가리지 못
했다.

회담 자리를 마련하는 건 패배자의 할일이지. 무너진 기둥 뒤에
서 훔쳐보면서 브르르는 그렇게 생각했다. 나한테 그 일을 하라고
하지 않은 게 놀랍지 뭐야.

사자는 혹시 어디 리르의 흔적이 있을까 하여 찾는 중이었다. 그
스스로 찾고 있는 것만큼 레인을 위해서도 찾고 있었다. 하지만 애

483

버릭이 자신을 알아보는 것은 그다지 탐탁지 않았다. 나중에, 사람들이 애버릭 이야기를 구설에 올려서 그 마그리브가 정전 협의 동안 내내 먼치킨랜드의 수장에게 아낌없는 공경을 바쳐서 무슨 호색한이나 된 것처럼 굴었다는 이야기를 하면, 브르르는 입을 꾹 다물고 있을 터였다. 그런 행실은 법률가의 수치이다. 수군거림에 따르면 애버릭은 오즈의 성황제인 신황제 성하 바로 그분 앞에서도 그렇게까지 굽신거리지는 않았다고 했다.

그러한 평가는 그게 진실이든 아니든 간에 저절로 애버릭에게 들러붙어서 그의 남은 평생 플로린스웨이트 클럽의 참나무실에서 남들 눈앞에서 드는 정찬을 어지간히 괴롭고 힘들게 만들었다.

라 몸베이는 허리를 잡아매지 않은 치맛자락을 종 모양으로 펼치며 가볍게 강림하였다. 두 어깨로부터 흘러 떨어지는 순백색 리넨이 굽이쳤다. 거미 비슷한 것들 무리가 몸베이 주변에 블러드하운드 같은 충성과 열정으로 우글우글 뭉쳐 있었는데, 몸베이가 손가락을 딱 튀기자 제각각 도르르 말려서 실꾸리처럼 되었고 수행 보조 한 명이 그것들을 통 안에 쓸어 담았다. 그것들이 치워지자 모두들 숨쉬기가 좀 편해졌다.

사자는 주의 깊게 바라보았다. 언제나 세부를 제대로 잘 보는 눈을 가진 그였다. 브르르는 히리 퍼켄스타엘이 이 상황의 장관을 어떻게 그려 냈을지 알 것 같았다. 버티우스 유파의 일원이라면 라 몸베이의 의상 가슴판을 어떻게 다루었을지 알 것 같았다. 희끄무레한 밍크 털 어깨걸이와, 낯선 글자로 아로새겨진 신비한 문양인 양 점점이 아플리케로 장식된 흰색의 마름모꼴들을 자유로운 필치로 그려냈으리라.

브르르는 나중에 동료들에게 말할 수 있도록 이 순간을 기억에
새겼다. 유산탄에 휩쓸려 날아가지 않고 남은 관상수와 관목들의
단풍 든 잎사귀들 가운데서 창백한 흰빛으로 성장한 아름다운 그
여인의 모습은 흡사 공백이 조금 번진 것 같다. 그녀에겐 뭔가 무
척…… 무척 섬세하고 정묘하면서 또 동시에 굳게 간수돼 있는 분
위기가 감돈다. 스러져 가는 오즈미스트들이 흐릿한 그곳에 떠가듯
이 나아온다. 아니면 그건 감상으로 인해 브르르의 눈에 낀 안개인
가? 무어라 말할까?

하지만 너무나도 자주, 형언할 수 없는 것을 가리킬 만한 말이 심
중에 떠오르기 전에 그 형언할 수 없는 것이 꺼져 없어지곤 한다.
무너져 버린 승인회 근처의 자기 자리에서, 겁쟁이 사자는 불가능한
일이 실제로 일어나는 광경을 바라보았다. 오즈 충성령이 벼락출세
한 먼치킨랜드 자유령 앞에 무릎을 꿇는다. 브르르는 나중에라도 할
말을 찾을 수 없을 것이다.

라 몸베이는 멈추어 서서 애버릭이 자기에게 다가올 수 있게 했
다. 공무에 어울리게 가다듬은 목소리로 몸베이는 오즈의 황제께서
나아와 자신과 함께 평화 협정의 조건을 논의했으면 한다고 말했다.
그런 다음 몸베이의 음성은 낮아졌고, 브르르는 그 밖에 또 무슨 말
이 오갔는지 들을 수 없었다. 라 몸베이가 썰매로 돌아간 다음에도
애버릭은 그 자리에 선 채 고개를 끄덕이고 꾸벅이기를 썰매가 미
끄러져 멀어질 때까지 했다. 그러더니 거의 대번에 브르르가 깨진
돌 뒤에 웅크리고 숨어 있는 곳을 돌아보았다. 그러니 브르르가 제
대로 숨지는 못한 게 분명했다.

"오즈의 기명 귀족 브르르 경." 애버릭이 불렀다.

낭연하지. 브르는 생각했다. 누가 공공연히 나를 귀족 칭호를 붙여 부를 때란, 그 칭호를 달아 준 권좌가 무너진 뒤일 밖에. 그래, 접수했어.

"거기 있는 거 보여요. 당신 조언이 필요하오."

브르는 설렁설렁, 과거 한때 형량 협상으로 그를 풀어 주며 황제의 비밀 정보부에 가담, 『그리머리』를 찾아 나서게 했던 남자에게 갔다.

애버릭은 마치 자신과 브르가 오즈 사슴 공원 어딘가에서, 아니면 시즈 대로를 따라 걷다가 우연히 마주치기라도 한 것처럼 말을 했다.

"수도로 돌아올 때를 정말 잘 잡으셨군. 이제 동물들의 군대가 그들의 무기…… 그러니까 이빨을 거두어도 될 때이지요. 하지만 내가 보니 당신은 개인적으로 라 몸베이의 썰매를 끌고 오진 않은 모양인데."

"단순 노동이라면 옛날 그 시절에 할 만큼 했지요. 좀 전의 제브라 네 마리면 굳이 내가 끼지 않아도 충분히 우아하게 일이 됐잖아요. 아, 당신 지금 내가 정복군의 일원으로 이곳에 온 거라고 말하는 거요? 내가? 그 무슨 우스꽝스러운. 꼭 내가 이기는 편에 서 본 적이 있는 것처럼 그러시네. 정말이지, 그건 나를 추켜올리는 얘기군요."

브르는 라 몸베이가 떠남과 함께 군중이 이미 사라져 버린 것이 기뻤다. 그 덕에 애버릭이 대꾸한 이야기를 들을 만큼 가까운 곳에 있는 사람은 아무도 없었다.

"당신은 『그리머리』의 소재를 찾기로 임무를 받아 놓고 아예 복귀를 하지 않았지. 당신을 기소하는 것은 내 소관이 아니오만, 이 점

일깨워 주겠소. 왕립법원 판사가 정한 가석방 조건을 함부로 위반하였으므로……."

"오즈에 새로운 통치 체제가 자리 잡으려는 참이고 보면, 그때의 조건들은 이제 무효가 아니겠는가 하는 생각도 해볼 수 있겠는데요. 아무튼, 왕립법원이 지금 당장은 휴회 중이니 말입니다만. 내가 이리로 오던 도중에 법원의 잔해를 지나쳐 왔거든요."

"아닌 게 아니라 바로 그렇소." 애버릭이 말했다. "다른 문제들은 제쳐 놓기로 하고, 난 당신의 도움이 필요하오. 후줄근하니 젖은 걸 보니 바깥에 나와 도시의 거리를 쏘다녔구려. 어디 아는 대로 말해 보시오. 아직 고스란히 서 있는 건물 중에 휴전의 조건을 도출할 양측 대표들을 수용할 만큼 규모가 크고도 위엄 있는 건물이 뭐가 남아 있겠소? 왕궁은 무사해요. 뭐, 대부분은 멀쩡하지. 하지만 라 몸베이를 궁으로 초대하여 차를 대접한답시고 중앙 돔이 머리 위에 무너져 내리게 만든다면 무례한 짓이겠지요."

사자는 잠시 생각해 보았다.

"글쎄요. '인민예술 및 기술아카데미'는 문을 닫았죠. 거기는 안 되고. '처프리경 전시관'은, 거기는 예전에는 조명이 썩 아름다웠는데, 지금은 아름다운 그림자에 잠겨 있겠고. 그래도 내 생각에 '숙녀의 신비' 건물은 아직 서 있을 것 같군요. 골드헤이븐 끝에 자리 잡은 작은 극장 말입니다. 게다가 이 얼마나 다행입니까? 내가 장담하는데 오후 공연은 취소되어서 없을걸요."

"너무 작아요. 게다가 너무…… 연극적이오. 황제께서는 라 몸베이로부터 다소 거리를 둘 만한 공간을 필요로 하실 거요. 신황제 성하 주위에 운신의 폭을 두어야 한다 이 말이오."

사자는 결국 '미학관'이 어떠냐고 제안했나. 둥근 형태에 벽돌로 지은 일종의 원형 경기장 같은 곳인데, 위에다 지붕을 씌워서 상거래 견본 시장을 연 지도 오래되었다. 골동품상들이 보유한 상품들, 즉 미술품과 해묵은 가구 중에서도 수집 대상이 될 만큼 가치가 있는 것들을 전시하는 장소였다. 브르르는 미학관을 운영하던 큰손들과 어울려 큰물에서 놀며 제법 잘나가던 때가 있었다. 감정가입네 으스대던 옛날의 이야기다. 현재 재위 중인 사람이든 앞으로 될 사람이든 오즈의 왕권 대행 총리에 대하여 그 어떤 의무감이 미련으로 남았던지, 마그리브 애버릭이 자기 편에 서서 말을 해 줄 수 있게끔 사자는 장소 준비를 조율해 주기로 했다.

"그럼 그렇게?" 애버릭이 물었다.

"그렇게 합시다." 브르르가 말했다. "차제에 내 칭호를 격상시켜 달라고 요청한다면 너무 과한 것일는지 모르지만……."

"브르르 본 겁쟁이, 커스터드 크림과 그 주변을 관할하는 공경급 겁쟁이 경으로 말이오?"

비웃음으로 깔아뭉개는 애버릭의 능력은 아직 녹슬지 않았다. 브르르는 자기가 너무 앞섰다는 것을 깨달았다.

"뭐, 그럼 이거나 하나 대답해 줘 보시죠. 누구든지 품고 있는 의문이니까." 브르르가 반격했다. 대답을 들어 보고 싶은 것만큼이나 화제를 바꾸고 싶은 마음도 강했다. "셸 트롭은 지금까지 상당한 세월 통치를 해 오면서 국민에게 그다지 자애를 보여 준 바가 없지요. 자기 손으로 국민을 전쟁으로 몰아넣어 참혹하게 망하게 만들지 않았냐고요. 몸베이의 공중 폭격에 항복한 이유가 대체 뭡니까? 민간인들이 대규모로 사망하고 에메랄드 시가 파괴된 것이 가슴 아파서 그랬다고는 할 수 없어요. 정말로 자기 자신의 목숨이 날아갈까 겁이 나기 시작한 거요? 그 사람은 불사신 아니었나요?"

"그분은 더럽혀질 수 있는 인간의 허울이, 그러니까 그의 껍데기(그의 이름 'Shell'은 단단한 껍데기를 뜻한다.)가 스러진 이후에도 영원히 살 것이라는 의미에서 불멸이오."

애버릭은 구스볼 시즌 마감 경기의 예상 점수 차를 논하기라도 하는 양 정치적 신학을 술술 매끄럽게 펼쳐 놓을 줄 알았다.

"그분의 원래 이름, 그러니까 통합교 목사였던 그의 아버지가 지어 준 이름이 '셸터갓(Sheltergod)'('신이 깃든 사람'이라는 뜻)인 줄을 당신도 알 텐데?"

"그럼 내 본명은 '벌거숭이'겠소." 브르르가 응수했지만 애버릭이 말을 끊었다.

"그 이름은 이름 없는 신이 우리들 모두의 내면에 던져 불타게 하시는 그 어떤 불꽃을 연상케 하지. 신황제 성하께서는 스스로 '사자의 몫'(여럿이서 나눌 때 가장 크고 좋은 부분을 가리키는 말)을 할당받으셨다고 굳게 믿어 왔을 것이오."

"흐흠. 그이가 내 몫을 가져간 게 분명하군요. 내 뱃속에는 신 같은 거 키우고 있지 않으니까 말이오. 무슨 기생충 같잖아요. 그런 게 있으면 아주까리기름을 마시든가 약욕을 하든가 해야 할걸."

"하지만 라 몸베이의 공격으로 인한 혼돈과 공포 속에, 그리고 물론 그분을 따르는 이들이 일으키게 될 반란 사태를 저어하는 부분으로 인해서도, 그분은 항복하도록 촉구받게 되신 거요."

"누가 촉구했나요? 그 사람에게 이래라저래라 할 만한 위치에 선 게 누군데요?"

"어지간히 추근거리는군. 그분이 자기 스스로 촉구한 거요, 물론. 그럼 이제 됐소?"

사자는 그 자리를 떠났다. 이번에는 우쭐우쭐 으스대며 걸어도 무방했다. 그러니까 신이 자기 스스로 촉구하고 그러는시는구면. 나머지 우리들이 그러는 것처럼 말이지.

✠✠✠

미술품 거래상들은 공격이 처음 퍼붓는 사이에 모두 시에서 피신하여, 지금쯤은 자기가 가장 좋아하는 회화의 파편들 속에서 길바닥에 죽어 넘어져 있든가, 아니면 수도에서 들려오는 소식을 고대하며 어디 여름 별장에서 어정거리고 있었다. 미학관은 겉면에 판자를 대어 건물을 둘러싸 놓은 상태였다. 몇 번이고 쾅쾅 두들기고 두어 번은 포효까지 한 끝에 사자는 화물 반입 반출구로 사람을 불러내는 데 성공했다. 3중으로 빗장 채워진 문이 열리고 시즈에서 온, 발목이 안쪽으로 옥은, 상류 사회 사람들을 접대하는 숙녀가 모습을 드러내었다. 전혀 얼토당토않은 얘기라고는 해도 한때 언론에서 사자와 짝을 이루어 한 쌍으로 구설에 올랐던 피어소디 스캘롭, 그 여자였다.

"우표딱지 하나라도 더 집어넣을 공간은 없어요." 피어소디는 그렇게 말했지만 다음 순간 사자를 알아보자 이렇게 덧붙였다. "특히 당신한테서는 아무것도 안 받아."

그러고는 문을 닫으려고 했다. 하지만 발이 안쪽으로 꼬부라진 게 잠깐 방해가 되었고, 그 사이에 브르르가 먼저 확 밀고 들어갔다.

"난 미술품 가격 흥정을 하자고 온 게 아니오. 사는 거든 파는 거든." 브르르가 으르렁거렸다.

"그렇담 이 도시에서 그거 안 하는 사람은 당신 하나뿐이네요."

피어소디 스캘롭이 무슨 얘기를 하는 건지 브르는 눈앞에 보고 있었다. 미학관은 2층 천장 높이까지 가구며 조그마한 골동품들이며 소중한 예술 작품이며 둘둘 말아 놓은 고급 벽걸이 장식과 양탄자로 꽉꽉 채워져 있었다.

"뒤죽박죽 창고가 됐지요." 피어소디가 말했다. "사람들은 앞으로 최고급 장식품들이 시세를 회복할 줄 알고 있고, 그래서 값나가는 것들을 여기에 쌓아 놓은 거예요. 수집가들 중에서 누가 전쟁이 정말로 끝났다는 조짐을 냄새 맡고 화재에서 건진 물건 급처분 판매장에 일착으로 달려올 그때까지요. 하지만 이젠 목구멍까지 꽉 차서 터질 지경이에요. 움직일 수도 없고, 재고 확인도 못 해요. 뭐가 좋은 물건이고 뭐가 불쏘시개로나 써서 점심밥 지을 불이나 피우는 게 나을 허섭스레기인지 살펴보아 분간할 수도 없을 지경이에요."

"물건 따위 전부 불살라서 진짜 성대한 점심을 지어 잡수시든 말든 그건 내 상관할 바 아니오." 사자가 말했다. "그런데 미학관 실내 중앙부는 내일 정오까지 싹 치워 줘야겠소."

"정신이 나갔군요. 언젠가는 홱 돌 줄 내 예전부터 잘 알고 있었지." 스캘롭 양이 말했다. "다소 과하게 신경줄이 팽팽하더라니. 옛날 시즈에서 당신이 화장실에 갔을 때면 사람들이 나에게 그런 얘길 귀띔해 줬죠. 여기 사람들도 같은 말을 할 거예요."

"내가 보조하지. 일을 거들 사람들도 데려다 줄 수 있소. 전부 다 광장 건너편에 있는 세인트글린다 수도회 본부로 옮겨 둘 거요. 그

491

건물이 아직 서 있다면 말이지만. 먼치킨랜드와의 전쟁은 끝났어요, 스캘롭 양. 끝났고, 좀생이 놈들이 이겼소."

"늘 좀생이 놈들이 이기지 않나요?" 피어소디 스캘롭이 말했다.

골동품들을 분류하는 데 오후가 다 갔다. 개중에 근사한 값진 회화들은 2층 난간을 따라 죽 걸어 두어 곧 치러질 행사를 빛내게 해도 좋았다. 가구 중 일부는 발코니 아래로 외벽을 따라 서로서로 잇닿을 만큼 촘촘히 붙여 놓으면 되었다. 어찌나 빽빽하게 끼워 넣었는지 1.8미터짜리 나무 울타리를 둘러친 꼴이었다. 그 나머지 물건들은 내가야만 했다.

브르르는 으르렁 포효를 하며 광장 건너편 수도원에 쳐들어가 그 건물을 징발했다. 수도회 본부는 수도에 힘쓰는 셰일샐로의 자매 수도원과는 달리 오랜 기간 황제의 영향력 아래 들어 있던 곳이고, 수녀들은 명령을 받들어 허둥지둥 따랐다. 그 여자들은 자기들이 할 역할이 생긴 데 대하여 기뻐 죽을 지경이었다. 수도원에는 죽 이어진 회랑에 공간이 넉넉해서 박물관 하나는 채우고도 남을 만한 갖가지 값진 골동품 실내 장식품들을 충분히 수용했다.

작업이 거의 다되었을 때에 브르르는 때마침 회랑 끝에 놓여 있는 참나무 궤 쪽으로 돌아와 있었는데 자물쇠가 텅 하고 풀리면서 뚜껑이 열렸고, 궤 안에 들었던 것들이 타일을 깐 수도원 바닥에 쏟아졌다. 쏟아진 물건들 중에 옛날 한 옛날에 글린다 부인이 도로시 게일에게 준 그 유명한 구두를 본떠 만든 보석 박힌 구두가 적어도 일곱 켤레쯤은 섞여 있었다. 사자는 구두 짝들을 죄다 수도원 정원 한복판에 있는 우물 속에 던져 넣었다. 그 구두들이 한때는 반짝였을지라도 그건 벌써 오래전의 일이었다.

2

애버릭 본 텐메도스를 보조하여 평화 회의 개최를 안배한 점을 사서, 길리킨 트라움의 하급 전권 대사 브르르 경은 그 자리에 참석하도록 초청을 받았다.

"출세했지." 브르르는 다리 밑의 떨거지들에게 말했다. "나는 아직 잔챙이에 불과하지만, 여러분이 역사를 엿보고 싶은 마음이 있으시다면 몇 명 슬쩍 들여보내 줄 순 있을 거예요."

"됐어요, 바빠서." 새로 획득한 매정한 목소리로 레인이 말했다.

"무언가 실질적인 일을 해야 하잖아요." 캔들이 사자에게 설명했다. "리르가 죽었으니 말이에요. 그것 말고 무슨 방법이 있겠어요? 뭔가 하든지, 아니면 죽든지 둘 중 하나지."

리르 일가에 충실하기로 작정한 거위는 동의하는 뜻으로 고개를 주억거렸다. 캔들이건 레인이건 이전에 마음에 들어 한 적이 없는 이스키나리였지만 이제는 한 귀가 나가 버린 그들의 한동아리에 한 축을 떠맡은 일원이었다.

"내 얘기를 하자면, 몸베이한테서 2킬로미터 이내에는 다가갈 생각도 없어." 도로시가 말했다. "나를 살인죄로 기소했던 게 그 여자의 법정이었잖아. 기억하고 있겠지? 그리고 혹시라도 내가 나한테 발행된 그 바보 같은 증명서를 휘두르려고 한다 치더라도 새 정권 아래서는 그게 아무 효력 없는 헛것일 거야. 그건 그렇고, 브르르, 넌 정신이상 중범죄자가 정의의 심판을 피해 악명 높은 탈출을 하게끔 조력 교사한 종범으로 감옥에 갇힐지도 모르지 않아?" 도로시는 속눈썹을 깜박거렸다.

하지만 사자는 너무나 많은 것을 잃었고, 또 무척 많은 것들을 얻은 터라 이제는 과거 일평생 사로잡혀 온 그 걱정근심의 먹잇감이 될 수 없었다. 노르가 먼저 갔다. 그리고 이젠 리르도 죽었다. 여기서 또 무슨 짓을 더 당할 수 있으랴? 정말이지?

✛✛✛

신황제 성하께 정전 협정의 조항들을 아뢰는 일은 애버릭의 할 일이었다. 소문에 듣기로 황제는 남쪽계단 감옥의 텅 빈 감방에 편안히 갇혀 있으면서 물과 셀러리로 연명하고, 한층 심오한 유미주의의 자비에 다가가고 있다고 했다.

애버릭은 황제의 주의를 끌어내기에 퍽 힘을 들이지 않을 수 없었다. 불쌍한 셸은 정신이 회까닥 해 버린 것이든지, 아니면 자기가 하려고 했던 것 이상으로 신성에 너무 깊숙이 발을 들여놓아 버린 것이든지 둘 중 하나였다.

"도대체 얘기가 안 먹히는 경우가 있잖소. 가끔씩 말이오." 애버릭은 브르르에게 그렇게 말했다. "하지만 목적을 달성하긴 할 거요. 저 으시시한 오즈미스트들이 조금씩조금씩 걷혀 가고 있지. 심지어 죽은 자들이라도 언제까지나 여기 씌어서 겁을 주고 있을 수는 없는 노릇이니까. 그들도 다른 할일이 있는 모양이오. 그리고 드래곤들은 에메랄드 시 외곽 북쪽의 키스팅게임 평야에 주둔해 있소. 황제가 문제에 집중할 마음이 없는 게 뚜렷해지면, 몸베이는 상황을 진전시키기 위해 그놈들을 다시 불러들일 수 있단 말이오. 의식 수준 그 어디쯤에서 황제도 이 사실을 알아요. 황제와 황제의 정부 장관들은 사태를 바로잡고자 할 수 있는 한 최대한 노력을 경주하고 있는 거요."

"항복의 전제조건이 뭔가요?" 브르르가 물었다.

"그건 기밀 사항이오." 애버릭이 말했다. 하지만 사자가 그를 덮쳐 누르고 고매한 치아의 기술로써 두 팔을 뜯어내 버리겠다고 위협하자, 애버릭은 사안의 기밀성에 대한 자신의 견해를 바꾸었다.

"아니, 아니. 난 황제가 포기하려고 하는 게 무언지에 흥미가 있는 게 아니오. 나는 그자가 포기하고 있는 게 뭔지 알아요. 애당초 그 작자가 내주고 말고 할 게 아닌 것도 알지. 내가 알고 싶은 것은 황제가 몸베이에게 어떤 요구를 하려고 하는가, 그거요."

"군사적인 항복의 세부 사항은 내게 생소해요. 하지만 내 소견에 신황제 성하께서는 요구를 할 처지가 아닌 줄로 아오."

"물론 요구는 할 수 있죠. 몸베이가 뭔가 제안하지 않는다면 황제는 항복을 거부할 수 있으니까. 그리고 항복하기를 거절한다면……."

"무슨 뜻인지 알겠소." 애버릭이 말했다. "당신이 누른 그쪽 팔꿈치, 앞으로도 쓸 일이 있으니까 놔둬요. 당신이 생각하기에 신황제 성하께서 라 몸베이에게 요청했으면 하는 것 중에 뭐 특별한 거라 도 있소?"

"사실은 있지요." 브르르가 말했다. "난 몸베이가 리르 트롭의 시신을 에메랄드 시로 운반해 와서 그의 가족이 매장할 수 있게 해 주었으면 좋겠소."

"몸베이가 리르 트롭을 죽였소?"

"틀림없어요. 뭐, 논리에 맞지 않소? 키아모코에서 리르를 납치한 게 에메랄드 시 짓이 아니었다면 몸베이의 부하들이 한 짓일 게 빤하오. 분명 그것이 몸베이가 드래곤들의 무작스러운 힘을 통제하여 휘두를 수 있었던 비결일 테죠. 결국은 몸베이가 한 발 먼저 리르를 찾은 거요. 그리고 『그리머리』에 손이 닿은 것이고."

"당신이 법정에서 그대에게 요청한 바를 수행했더라면, 즉 우리에게 『그리머리』를 찾아 주었더라면 먼치킨랜드가 오즈 충성령에 평화 협정을 제의하고 있었을걸. 그 반대가 아니라 말이오."

"신황제 성하가 항복 협정 문서에 서명하는 대가로서 요구할 것은 리르의 유해요." 겁쟁이 사자가 말했다. "내 말 제대로 알아들은 것 맞지요?"

✢✢✢

그날 저녁, 사자는 레인과 캔들을 포함한 동료들에게 자기가 리르의 시신을 내달라고 협상을 했노라는 이야기를 했다. 비록 그게 무슨 대단한 성과가 되랴만은…… 정말이지 그게 뭐 중요한가? 죽은 이는 고향에 묻히든 타향에 묻히든 어차피 죽은 건 마찬가지다.

교각 지주 밑으로 만들어 둔 화덕을 둘러싸고 모여서, 일행은 리르에 대한 이야기를 나누었다. 집을 잃은 에메랄드 시의 시민들 삼십 명이 황제의 조카에 대하여 이런저런 사연을 풀어놓는 일행의 이야기에 귀 기울였다. 도로시가 리르와 알고 지냈던 것은 과거에 한 번 아주 짧은 기간 동안만의 일이었다. 리르가 열네 살쯤 먹었던 시절이다.

"난 리르에 대해 기억나는 게 많지 않아. 리르가 한동안은 나에게 마음이 있었던 게 아닌가 생각하는데. 그렇지만 결국 아무래도 내가 그 사람 취향이 아니었던 거겠지. 내 신세가 그렇지 뭐."

도로시의 시선이 자기가 입은 옷의 지저분한 치맛단을 스쳤다. 저 애가 나이 열 살 때부터 리르한테 연심을 품어 왔었구먼. 브르는 생각했다. 딱한 것 같으니. 캔들이 말을 이었다.

"오늘 오후에 키노트 장군을 만났어요. 나에게 줄곧 무척 친절하게 대해 주시지요. 내가 그이에게 시신을 화장할 장작더미가 있었으면 한다는 말을 했지요. 시체가 너무 속속들이 오염되어서 벌써 화장을 해야만 했거나 먼치킨랜드에 매장된 게 아니라면 말이에요. 그 독수리 양반이 새들의 회의에 속한 고참 요원들을 불러서 경호원으로 의식에 배석시킬 거예요."

"난 그 자리에 안 가고 싶어요. 내가 참석해야 해요?" 레인이 물었다.

레인의 엄마가 답했다.

"우리가 언제 너에게 뭘 어떻게 해야 한다고 시킨 적이 있었니, 레인? 목숨 부지하고 살아 있어야 한다는 거 말고? 너는 네 하고 싶은 대로 하려무나."

화덕에서 나오는 불빛 아래 소녀는 멍하니 앉아 있었다. 불이 사그라져 꺼질 때까지. 그리고 불이 꺼지면서 그녀도 스르르 움츠려 누웠다. 사자는 레인을 다독여 편안히 해 주려 했지만 레인이 전혀 말을 듣지 않았다. 레인은 마치 아버지에게 덮칠 무덤의 한기를 자기가 앞서 느껴 보려고 하는 듯이 밤새도록 맨땅 위에 누워 떨면서 담요를 덮으려 하지 않았다. 테이가 그 두 팔 사이로 기어들어 움츠렸다. 반쪽짜리 위안이었다.

✛✛✛

사흘이 지나, 장식 천을 덮어씌워 안의 것을 가린 수레 한 채가 말 탄 호위병들의 경호를 받으며 '먼치킨 쥐구멍' 즉 에메랄드 시의 남문을 지나고 오즈 사슴 공원을 통과하여 오즈마 제방을 따라 세인트글린다 광장으로 향했다. 자기가 있어야 할 곳은 죽은 남편 곁이 아니라 살아 있는 딸 곁이라고 결정한 캔들을 대신하여 사자가 거기 서서 검은 코끼리 형태인 리르의 시신을 맞이했다.

괴괴함을 깨뜨리는 것이라고는 이제 다시 안전하게 도시의 하늘을 선회하는 비둘기 떼의 날갯짓뿐인 정적 속에, 오즈의 황제 성하께서는 남쪽계단 감옥의 그 어떤 비밀 출구를 통하여 모습을 드러내었다. 감옥의 관리자인 샤이드가 오즈마의 홀을, 그리고 텐메도스의 마그레이브인 애버릭이 왕관을 운반하였다.

몸베이는 미학관 층계에서 대기했다. 이날의 엄숙함을 지키기 위하여 몸베이는 자신의 외모를 매부리코에 창백한 얼음 같은 뺨으로

가다듬어 선보였다. 곧은 머리채는 강철 빛깔로 거의 보랏빛이 어릴
정도인데, 고리 모양으로 틀어서 에메랄드를 물린 성좌 모양의 메타
나이트 머리 장식으로 반듯하게 고정시켰다. 브르르는 잠시 시간이
지난 후에야 몸베이 옆에 붙어 있는 시중꾼이 팁이라는 사실을 깨
달았다.

3

설렁설렁 걸어 다리의 한쪽 끝 교각 아래에 야영 중인 친구들에게 돌아가면서 겁쟁이 사자는 팁의 존재를 언급해야 하는지 도무지 판단이 서지 않았다. 아버지의 시신이 도착하는 데다 어머니를 챙기기도 해야 하니 레인은 이미 심적 부담이 무척이나 큰 상황이다. 이번 주에 레인이 떠맡아 해 나가고 있는 일, 도움이 필요한 사람들을 돌보는 일은 제쳐 놓고라도 말이다. 왜 그리 이타적인 노고를 마다않는지, 브르르는 알 길이 없었다. 레인은 이전에는 다른 이들의 아픔을 요만큼이라도 인식하는 것 같지도 않았는데…… 하긴, 그 앤 자기 자신의 아픔도 인식하지 못했지. 사자는 레인이 도와달라고 오즈미스트들을 소환한 일로 인해, 그 유령 부스러기들이 무엇을 해놓았는지, 그리고 그것들이 할 수 없었던 일은 무엇인지 깨닫지 않을 수 없는 입장에 처하게 된 게 아닐까 생각했다.

어린 레인이 짊어지고 있는 짐이 이렇게나 크다. 레인은 친구인 팁의 귀환을 견딜 수 없을는지도 모른다. 그 소년에 대하여 레인이 갖고 있는 애착은 전혀 비밀이 아니고 누가 봐도 빤하니 말이다. 아마 레인 본인만 모를 것이다.

어찌되었든 간에 팁은 레인도 에메랄드 시에 와 있으리라 짐작하고 있을 거다. 레인의 아버지를 찾기 위해, 그리고 『그리머리』를 찾기 위해 자기가 떠나고 난 뒤 레인이 그 외에 달리 무슨 일을 할 줄로 예상했을까, 팁이? 쉽게 예상할 수 있는 일이다. 팁은 여기 와서 레인을 찾아보려고 할 것이다. 레인을 찾을 마음이 있다면 말이다.

하지만 만약 팁이 레인을 찾을 마음이 없다면, 레인이 그 녀석을 찾아내게끔 돕는 일이 레인에게 조금이라도 이로울까?

결국에는 도로시가 겁쟁이 사자가 봉착한 그 문제에 결정을 내려 주었다. 사자는 무너진 스팽글타운 창녀집 뒤편으로 여러 줄의 부서진 급수관이 비죽비죽 튀어나와 있는 데까지 도로시를 따라 함께 걸어갔다. 물이 뚝뚝 떨어지는 급수관들은 벽에 꽤 높직이 박혀 있어서 덩치가 큰 생물이라도 그리 심하게 몸을 웅크리지 않고 씻을 수가 있었다. 그리고 도로시가 여전히 여차하면 흥얼흥얼 노래를 불러 대는 버릇이 있고 보니, 사자는 도로시가 목욕 스펀지로 몸을 닦으며 도저히 믿을 수 없어 하는 쥐새끼들과 아직 도망치지 않고 그 지구에 남아 있던 매춘부들 들으라고 뮤지컬 한 자락을 공연해 보이는 사이에 그녀의 정숙한 품위를 지켜 주기 위해, 그녀의 겸손함을 지켜 주기 위해, 또 그녀에게 쏟아질 비평을 막아 주기 위해서라도, 보초를 섰다. 돌아오는 길에 도로시가 말했다.

"여기 에메랄드 시에서 내가 뭐가 되면 좋을까 하고 계속 생각해 보고 있는데 말이야."

정신이 레인 일에 가 있던 사자는 처음에는 도로시가 무슨 말을 하는 건지 제대로 이해하지 못했다. 도로시가 말을 이었다.

"그러니까 내 얘긴, 이번에는 처음 번에 그랬던 것처럼 나를 오즈에서 떠나보내 주려는 작전 같은 게 특별히 없어 보이잖아. 모두들 온통 다른 데 정신이 팔려 있고. 그렇다고 그걸 탓할 수도 없는 노릇이잖아? 그래서 난 이런 생각이 들었어, 그냥 뭔가 할 만한 직업을 찾아 일자리를 얻어 이곳에 정착해야 하는 거 아닌가. 아까 우리 낡은 샌드위치 광고판을 지나쳐 왔지? 스팽글타운 캬바레에서 실리피드의 18차 연례 복귀 투어를 한다고 광고하던 거. 그거 봤어? 내가 그 실리피드를 찾아가면 어떨 거 같아? 그 사람이 아직 생존해 있다면 말이지만, 그 사람을 찾아가서 전문적인 조언을 들을 수 있지 않을까? 내가 무대에 서서 공연할 수도 있을 거야. 알지? 그렇게 해서 얼마라도 돈을 모을 수 있겠지."

사자는 고개를 설레설레 흔들었다. 턱 밑에 늘어진 살이 처덕거리는 소리가 니도록 흔들었나.

"무슨 소리를 하고 있는 거야, 도로시? 우리는 정부의 역사적 변천을 목전에 바라보고 있는 중이야. 이민자들을 위한 직업 박람회를 주최하고 있는 게 아니라고. 정신 좀 차리고 균형 있는 시각을 가져 봐, 부탁이니까."

"네가 내 곁에 언제까지나 붙어 있지는 않을 거잖아. 내가 돌아왔다고 해서 양철 나무꾼과 허수아비가 극장의 인기 배우들 모양으로 눈앞에 퐁 튀어나와 춤과 노래로 날 환영해 주는 것도 아니고. 내가 그런 걸 아예 모르고 있는 줄 알았어? 인생이란 흘러가는 것인걸, 브르르. 우리 모두 변해 가지. 난 선택할 수 있는 길이 별로 없어. 정말이야. 만약에 내 힘으로 도저히 고향에 돌아갈 수 없는 것이라면 말이지. 어쩌면 그게 바로 어른이 된다는 건가 봐, 결국에는. 집을 떠나 어딘가를 향하여 멀리멀리 나올 만큼 나오고 나니, 고향이라는 말이 띨 수 있는 의미를 전부 거세시켜서 아무 뜻도 없게 만들어 버렸다는 사실을 깨닫는 거지."

"난 그런 말은 아예 입에 담지 않아."

"거세시킨다는 말? 미안."

"아니, 고향이라는 말."

그러자 브르르는 정말로 그랬구나 하는 생각이 들고, 도로시가 한 말 또한 옳다는 것을 깨닫게 되었다. 우리는 고향을 떠나 무한히 많은 궤도들을 얻어내지는 못한다. 최초의 경험들로 가득 찬 보물창고, 처음으로 의미라는 것이 생겨난 장소를 벗어나서는. 그 대신에 우리가 배우는 것은 모험이 우리를 고독 속에 가두어 밀봉한다는 것이다. 경험은 한층 단순했던 시절로 돌아갈 수 있는 우리의 허가증을 취소시켜 버린다. 조만간 우리에게는 고향과 비슷하기라도 한 것조차 없게 되고 만다.

"우리가 어떻게든 수를 내어서 너를 그 자줏빛 곡식이 물결치는 호박색 들판으로 돌려보내 줄 거야." 브르르는 그렇게 말했다. 비록 당장은 어떻게 할지 아무 방도가 떠오르지 않았지만 말이다. 뭘 어쩔 생각인가? 가서 수도회 본부 우물 속에서 그 모조품 구두들을 낚아 올릴까? 그래서 도로시가 애틋이 마음에 품고 있는 마법 여행의 추억을 웃음거리로 만들게?

둘은 다리까지 거의 다 왔다. 2킬로미터쯤 떨어진 곳에서 폭격당한 무슨 건물이 끝내 와르르 허물어져 내렸다. 피어나는 먼지 구름이, 심지어는 지금 이 시간에도, 도시에 지폈던 오즈미스트들을 연상시켰고 가까운 곳부터 죽은 자들을 수습해 가던 이들은 그 광경에 전율했다.

"우리한테 주어진 기회라는 게 그렇게 많지는 않지, 안 그래?" 도로시가 말했다. "난 지금까지 내가 받을 몫보다 더 많은 기회를 얻어 왔어. 심지어 건물들이 툭하면 내 주위에서 무너져 내리는 와중에도 말이야."

"무슨 말을 하려는 거지?"

"나는 우리가…… 우리 개개인이 하여튼 우리 문제에 대하여 대단히 무슨 선택을 할 여지가 있다고는 생각지 않아. 인생에 대한, 자유에 대한, 행복 추구에 대한 희망이 제아무리 살갑게 마음에 깃들어 있더라도 말이야. 나는 오즈를 피하지도 못했고, 오즈에서 벗어나지도 못했어. 난 그저 졸이야. 고아로 태어나겠다거나, 헨리 아저씨와 엠 아주머니 슬하에 가겠다고 내가 부탁해서 된 것이 아니야. 내 천덕스러운 성격으로 모든 이들을 찌증나게 하겠다고 작정한 적도 없어. 내가 도착한 그 주에 지진이 샌프란시스코를 덮친 건 내가 그렇게 만든 게 아니라고. 우리에게 주어진 상황에 우린 정말 어떻게 대단히 크게 할 수 있는 일이 없어. 우리에게 자유의지가 있을는지는 몰라도, 그게 결국 따지고 보면 그다지 자유롭지가 않은 거야. 내가 그런 식으로 간단히 중국에서 태어날 수도 있었을 거야."

사자는 찬동하는 뜻에서 그르렁그르렁 목 울리는 소리를 내었다. 다만 그것은 현명한, 마음을 달래 주려는 그르렁거림이었다.

"제한된 범위 안에서란 말이지. 우리에겐 잘될 기회가 비교적 드문 편이야."

"그렇기는 해도 말이지." 도로시의 두 눈은 부자연스러울 만큼

밝았다. 이게 도로시라는 걸 감안해도 그랬다. "내 생각에 우리가 구두끈 하나 갖지 못하고 있어서 신발에 끈도 못 맬 상황이라면 노상강도가 돼서 누군가 여벌을 가진 사람한테서 훔치는 편이 낫지."

"도로시, 너 참 걸물이라고 누가 너한테 말해 준 사람 없었어?" 겁쟁이 사자가 말했다.

도로시는 듣고 있지 않았다. 그녀는 건축물이 무너지는 쿵 소리를 뒤로하고 길을 따라 제 볼일에 정신이 팔려 쑤시고 달려오는, 개인지 뭔지 지저분한 몰골의 조그만 짐승을 뚫어지게 바라보고 있었다. 길가 도랑에 코를 박고 꼬리는 맹렬하게 흔들어 대는 그 개의 모습은 마치, 말하자면, 돌아갈 고향의 본질에 대해서나 자기 자신의 개인적인 자유의지를 적절하게 행사함에 있어 단 한 번도 의심을 품어 본 적이 없는 것 같았다.

"토토!" 도로시가 부르짖었다.

그러니까 저것이 바로 고향이란 것이로구나. 개가 대포알처럼 도로시의 품으로 뛰어드는 것을 보며 사자는 생각했다. 저 이상 더 좋을 수는 없지. 레인에게 만족스러운 결과를 주지 못하는 만남일지도 모른다는 걱정 때문에 레인이 팁과 재결합할 가능성을 박탈할 권리가 내게는 없어. 레인이 자기 운을 직접 시험하게 하자. 직접 결정을 내리게 하자.

밤이 되어 각자 잠자리에 들기 전에 브르르는 말했다.

"레인, 오늘 내가 본 것을 이야기해 주마."

4

팁이 몸베이와 함께 도착한 일을 어떻게 생각해야 할지 레인은 알 수 없었다. 이야기를 나눠 보기 전에 레인은 우선 팁의 모습을 보아야만 했다. 팁이 몸베이에게로 돌아가는 과정에 어떤 방식으로든 레인을 배반한 적은 없다는, 그녀 아버지의 죽음에 가담한 바 없었다는 확신을 얻기 위해서였다. 어쩌면 팁은 그동안 내내 먼치킨랜드의 밀정이었을지도 모른다.

아무튼 간에, 그 우연이, 팁이 하필이면 다른 곳 아닌 레인의 옷장 속에 숨어들었다는 우연이 있고 보면! 둘은 그 이야기를 한 적이 있었고 까르르 웃으며 그렇게 돼서 잘됐다고 좋아했더랬다. 레인은 이제 그때보다 한결 나이를 먹었고, 이제 그 점이 수상쩍었다.

"내가 손을 써서 미학관에 들어가 있게 해 주마." 브르르가 말했다. "가구를 그렇게 첩첩이 쌓아 두었으니 가구 다리들 사이에 숨을 곳이 여남은 곳은 더돼. 거기서 지켜보고 네가 마음 가는 대로 어떻게 할지 결정하면 돼. 조용히만 하고 있다면, 눈앞에 역사가 펼쳐지는 것을 목격할 거다."

"역사는 목격할 만큼 목격했어요." 레인이 말했다. "그래도 조용히 하는 건 할 수 있죠. 그거야 내 장기잖아요. 기억하죠?"

레인은 다음 날 아침 브르와 함께 갈 채비를 차렸다. 이른 시각이었다. 새벽도 되기 전. 운하에서 불어 올라오는 바람은 간밤에 머물렀던 곳으로부터 풍겨 온 재와 먼지로 더럽혀져 있었고, 그 탓에 이날 하루 공기는 꺼끌꺼끌할 터였다. 캔들도 같이 일어나서 말없이 레인이 옷 입는 것을 도와주었다. …… 레인에게 도움이 필요했다는 것은 아니다. 어머니와 딸이 얼굴 문지르는 수건이며 앞치마 끈을 가지고 부산을 떨며 서로서로 움직이는 데 거치적거렸다. 몇 척 떨어진 곳에서는 도로시가 토토를 팔에 안은 채 부드럽게 코를 골았다. 어슷하게 빗겨 비쳐드는 하늘의 밝기가 희끄무레하게 보이다가, 창백함이 덜해졌다. 캔들이 말했다.

"난 네가 잘못된 선택을 하지 않기를 바란다, 레인."

레인은 어머니를 올려다보지 않았다.

"내가 뭘 가지고 선택을 하게 될지 어떻게 알아요?"

"그건 모르지. 하지만 나는 안다…… 너에게 주어지는 가능성들 중에서 하나를 고르게 될 거라는 것은 내가 알아. 이건 모든 부모가 아는 거란다. 그러니까 나도 다른 부모처럼 알고 있는 거야."

"나를 한참 먼 데 떼어놓고 살았어도요?"

"그랬어도 알아." 캔들은 딸의 머리카락을 빗겨 주었다. "우린 따로따로 떨어져 살았지. 그렇지만 오늘 네가 알고 있는 게 뭔지 내게는 훤히 보인단다. 그리고 네가 모든 것을 다 알지는 못한다는 사실도 보여. 레인아, 부디……" 캔들은 말을 멈추었다.

"부디 내가 했던 실수는 하지 마라."

레인은 나직하게 못된 소리를 하는 자기 목소리를 들었다. 레인은 캔들이 실수한 결과물이다. 아니, 어쩌면 레인 자체가 바로 실수일 것이다. 거기에는 의심의 여지가 없다.

"내가 하려던 얘기는 전혀 그런 게 아니야." 캔들이 말했다. "선택은 매번 선택을 할 때마다 지혜를 불러온단다. 만약 선택하기 전에 지혜부터 챙겨야 한다면 그건 선택이 아니겠지. 그냥 방침일 뿐. 내가 하려는 말은……."

캔들은 이제 잠에서 깨어 제 몸을 핥고 있는 테이 쪽으로 주의를 돌렸다.

"내 말은 이거야. 그 애와 자지 마라."

"아, 잠이요. 잠이야 오늘밤 잘 만큼은 이미 잤네요."

짓까부는 척 짜증내기. 레인이 잠에서 깰 때 품고 있었을지 모를 사근사근함은 이미 증발해 없어졌다. 실컷 두들겨 맞은 나무들의 남은 가지 너머로 새벽이 돋아 오르기 시작했다. 사자와 벼수달과 함께 레인은 천막을 떠났다. 그리고 뒤를 돌아보지도 않고 어깨 너머로 한 손을 흔들어 어머니에게 작별 인사를 했다.

‡‡‡

미학관 건물 위에 드리운 새벽. 감상적인 분홍색이다. 새들 사이에 소문이 퍼져 나간 것이 분명했다. 야트막한 둥근 지붕의 실루엣에, 연한 노란색으로 오돌토돌 골이 진 화강암 늑재와 갓돌에 보초를 선 새들의 모습이 도드라졌다. 늙은 독수리 키노트는 사자와 소녀

가 다가오는 것을 보고 서너 마리의 호위병을 달고서 휙 날아 내려
와 그들을 만났다.

"지금 이들이 옛날 그 친구들은 아니지만 말이오." 키노트 장군
이 말했다. "새들은 인간들처럼 오래 사는 축들이 못 되거든. 하지만
존경할 만한 어엿한 이들이라오. 우리들의 벗이 떠나는 광경을 지켜
보러 온."

"어머나 사랑스러운 럴라인이 가호하사, 너 참 많이도 컸구나."
굴뚝새 한 마리가 레인을 보고 말했다. "나 기억나? 기억 안 나니, 귀
염둥아? 쿼들링 변두리 지역에서, 네가 '시계'와 함께 여행하고 있
었을 적에 봤잖아? 나 도시야. 아이구머니나 세상에, 아가씨가 다됐
네."

브르르는 흘긋 레인을 보았다. 얼굴이 텅 빈 듯했다. 언제나 동물
들에게 더 많은 시간을 할애하던 레인이, 자신의 인간이 보고 싶어
애가 달아 있었다.

"옛날 일을 지절대며 머뭇거리고 있을 수가 없어요." 사자가 말했
다. "이 애가 여기서 남의 눈에 띄지 않게 빨리 들어가 봐야 해요."

"우리는 저 위 꼭대기에 있을 거요." 독수리가 말했다. "우리가 필
요해지거든 으르렁 포효를 해서 부르도록 하시오, 사자. 힘닿는 대
로 높은 창을 깨고 들어갈 테니까."

✢✢✢

브르르는 앞발로 미학관 열쇠 다발을 끄집어냈다. 브르르와 레인
이 제일 먼저 도착했으므로, 브르르는 간략하게 안쪽을 둘러보게 해

주었나.

"학교에서 쓰는 긴 의자 한 개만 올라가 있는 이쪽 단상을 보렴. 황제가 입장해서 저 의자에 앉을 거란다. 그 맞은편, 높이는 정확하게 같은 높이이지만 제법 진귀한 바르퀴손 양탄자가 깔려 있는 단상에 라 몸베이가 착석할 거다. 몸베이가 앉을 옥좌는 실은 무대용 대도구야. 「땅다람쥐마을 왕의 딸」이라는 지역 극장의 상연물에서 가져온 거지. 뭐 그런들 몸베이가 싫다 할 것 같지는 않다만. 몸베이의 각료들이 이쪽에 자리할 거다. 봐라, 여기에 이렇게. 한편 황제 측 인사들과 여러 주에서 온 사절들은 저 우단 가름줄 뒤에 자리 잡게 되는 거야. 이 자리에 보석을 박은 밀랍 초는 좀 과한 것 같니? 그래, 내가 보기엔 과해 보이는구나."

브르는 박혀 있던 에메랄드들을 뽑아내고, 입술을 한일자로 꼭 다물었다. 그러고는 보석을 도로 제자리에 박아 넣었다.

레인은 주위를 서성거렸다. 실내 전체를 빙 두른 발코니 아래의 벽감 공간들에 온통 빽빽하게 먼지 앉은 가구들이 높이도 쌓여 있었다. 레인은 자기 한 몸 쑤시고 들어갈 만한 으슥한 장소를 찾아냈다. 기사와 그가 보호하는 숙녀를 조각한, 무덤에 세우는 옛 장식 대리석상은 어느 정도 높이를 제공해 주었다. 레인은 석상으로 기어 올라가 기사가 흉갑과 나란히 수평으로 든 돌검의 편편한 칼몸에 무릎을 꿇었다가 기사의 두 무릎 사이 공간으로 내려갈 수가 있었고, 그러면 목제 기둥 윗부분을 따라 흐르는 선 세공이 들어간 창살 사이로 장내가 엿보였다. 이렇게 반쯤 어둠침침한 데에 몸을 숨기고 있고, 이 이상 조명이 밝게 비치지만 않는다면 레인은 남의 눈에 띄는 일 없이 벌어지는 일들을 거의 놓치지 않고 지켜볼 수 있을 것이다.

레인은 옷장 하나의 문을 당겨 열어서 고장 난 우산 두어 개를 끄집어냈다. 혹시 필요할 경우 기어 들어가 숨을 만한 공간이 생겼다. 또 다른 가구에서는, 그것은 거대한 침대보 보관장이었는데, 맨 아래 서랍을 보아 두었다. 길이가 레인의 키보다 두 자나 긴 데다 들어가 잠을 자도 될 만큼 깊숙했다. 레인은 또 다른 서랍에서 베개를 꺼내 와서 이 정치적인 굴욕의 제전이 밤새도록 이어지거나 하여 이곳에 꼼짝 못하고 갇혀 버릴 경우를 대비해 자기가 누울 잠자리를 꾸몄다. 두 개째 베개에다가는 조개껍데기를 올려놓았다. 안전하게 놓아두려고 그런 것이다. 레인은 심지어 그 왕가의 침실용 요강도 찾아 놓았다. 그 유래가 인장으로 찍힌 딱지가 붙어 있는 요강이었다, '역겨운 오즈마'라고. 뭐, 꼭 써야 할 상황이라면 그걸 쓸 것이다.

"30분만 있으면 상인 통용문에 빵이 차려질 거다." 브르르가 말했다. "어느 시점까지는 네가 내 조수라고 하면 될 거야. 그랬다가 내가 신호를 하거든 슬그머니 모습을 감추도록 하려무나."

브르르 옆에 붙어서 레인은 출입구 언저리를 서성거리며 도시가 깨어나는 소리에 귀 기울였다. 말을 타고 온 이들은 늠름한 기승마를 쇠기둥에 매었다. 장사꾼들이 하나둘 모습을 드러내어 일찍 딴 밤이며 묵은내 나는 빵, 살구, 뭉글뭉글하고 약간 큼큼한 냄새를 풍기는 양파 타르트를 팔았다. 때때로 브르르가 레인의 귓전에 입속말로 현대 오즈의 저명인사 누가 누구라고 말을 해 주기도 했다. 시즈의 시장 나리께서 여기에 길리킨 사람 모두를 대표하여 참석했다. 쉠 오토코스라고 이름을 밝힌 스크로 족장은 빈쿠스의 몇몇 부족을 대신하여 증인을 서기 위해 이곳에 왔다.

"유나마타 족은 그에게 자기네들을 대표할 권리를 주려고 하지 않지." 브르르가 속삭였다. "한데 유나마타 족이 통치에 대하여 무슨 생각을 하는지 누군들 알겠니? 머리빗도 쓰지 않는 작자들인데."

쿼들링 나라로부터 파견된 대표단은 도착이 늦었다. 레인은 사람들이 하여튼 답이 없다는 듯이 데룩데룩 눈들을 굴리는 걸 알아차렸다. 누군가가 하는 말이 곁귀로 들려왔다.

"그 쩍쩍 달라붙는 진창 사람들이 어떤지 잘 아시죠? 그렇지만 쿼들링은, 아, 쿼들링들은, 미끄덕거리고, 어리석고, 신들에게 저주받은 쿼들링들은…… 아무래도 큰 도시에 왔다가 길을 잃었나 보죠."

그러다가 승자들의 선발대가 모여들기 시작했다. 먼치킨랜드인들이다. 먼치킨랜드 측 사람들 대부분은 꼬마 다피처럼 키가 작고 통통했다. 그 나머지는 좀 더 팔다리가 긴데, 가슴은 작고 골반은 큰 것이 레인이 나중에 김모퉁이에서 주워들은 말대로 그야말로 '캥거루 족'이었다.

예복을 입은 군대의 인사들, 긴 관복을 걸친 장관들, 전장에서 호출을 받아 참석한 몇몇 중요한 장성들이 있었다. 브르르는 혹시 지난 10년 중 대부분의 시간 동안 하우가드 요새 너머의 땅을 지켜 온 진주리아 장군이 참관하러 도착하지 않을까 했지만 그녀는 모습을 나타내지 않았다. 생각해 본 끝에 사자는, 아름다움과 찬란함에 대한 갈대처럼 흔들리는 의견들에 중심을 잡아 주기 위하여 날이면 날마다 외모를 바꿀 수 있는 정복군의 영도자라면 누구라도 '먼치킨랜드의 방어자'라고 알려져 있는 인기 만점의 여장군이 나타나서 윗사람에게 쏠려야 할 주목을 끌어가는 것은 반기지 않으리라는 점에 생각이 미쳤다.

"숨을 장소로 갈 시간이다." 브르르가 레인에게 귀띔해 주었다.

레인은 슬쩍 그림자 진 곳으로 들어가 숨기에 앞서 이쪽저쪽을 돌아보았다. 모두가 잉크병과 양피지 무더기, 법적인 지침서들을 가지고 부산을 떨고 있었다. 자리 배치를 놓고 옥신각신하고 누가 누구보다 앞이고 뒤인가를 가지고 언쟁을 벌인다. 뻔히 보이는 가운데 모습을 감추는 것이 어렵지 않았다.

일단 가구의 숲 속으로 들어오자 레인은 정해 둔 유리한 위치로 돌아가기 위해 이러저러하게 몸을 틀어 틈새를 빠져나갔다. 기억이 약간이나마 고개를 들었다. 레인에게는 제대로 정리된 기억이 떠오르는 건 아주 드문데도. 이것은 옛날 목베거홀 시절에 글린다 부인의 침실에서 이리저리 가구를 기어오르던 때 같았다. 단 한 개의 방에 가구 집기를 다 몰아넣어서 빽빽하게 들어찼을 때 말이다. 글린다 부인이 이 역사적인 순간에 증인을 서기 위하여 당도할 것인가? 레인은 목을 빼어 살펴보았다. 레인이 내다보는 시선 각도에 제일 먼저 들어온 사람은, 조금은 넋이 나간 듯한 모습이었는데, 바로 팁이었다.

레인은 숨을 멈추었다. 둘이 서로 만났던 때로부터 그렇게 긴 시간이 흐른 것은 아니지만 그 시간 동안에 무척이나 많은 일들이 일어나 버렸다. 레인의 아버지가 마법에 걸려 동물의 형태로 변신해 있었다는 소식, 그리고 그 모습 그대로 죽었다는 소식. 그 유명한 에메랄드 시에 퍼부은 드래곤들의 폭격. 그래서 팁은 달라 보였다. 불과 몇 주 안 되는 그 사이에. 사람이 그렇게 빨리 변할 수도 있을까? 팁에게 무슨 일이 일어났던 건가? 팁이 고생하며 하려고 한 일은 무엇이 있는가, 그리고 누구를 위해서였나? 레인을 위해서? 아니면 몸베이를 위해서?

앞서 들었던 불안한 마음이 전이를 거쳐서, 이제는 산산이 조각 날 것들이 이렇게도 많았다. 팁이 자기 곁에 있어 준 것이 오직 키아모코에 갈 때까지, 거기서 리르와 『그리머리』가 확보되었다는 사실을 알게 될 때까지만이었다면 어쩔 것인가? 팁이 레인을 이용해서 레인의 아버지와 책의 위치를 간파했던 것일까? 자기의 공인된 보호자 몸베이를 위해서? 혹시 리르의 납치가 아직 실행되지 않은 상황이었더라면 어땠을 것인가? 그랬으면 팁이 책을 훔쳐가지고 떠나갔을까? 실제로 팁이 떠난 식으로 가지 않고?

축축한 냉기가 레인의 살갗을 뒤덮었다. 레인은 죽 이용당해 왔다. 팁은 레인을 유혹하기 위해, 레인의 비밀을 알아내기 위해 어떻게든 그녀의 벽장 속에 심어져 있었던 것이다. 레인한테서 더 이상 나올 게 없게 되자 팁은 그녀를 떠났다. 아주 댓바람에 가 버렸다.

레인은 소용돌이무늬와 덩굴무늬 조각이 되어 있는 반들반들 칠을 한 참나무 기둥 뒤에 몸을 웅크렸다. 테이가 두 발에 몸을 비비며 감돌았다. 레인은 숨을 쉴 수가 없었다. 팁이 탁 트인 장내의 공간 복판에서 처음 보는 신중한 태도로 움직이는 것을 본 것만으로도. 뻣뻣한, 확신이 깃들어 있지 않은 몸짓. 한층 강해 보인다. 더 탄력 있어 보인다. 아니, 오히려 유연함이 덜한 건가?

거추장스러운 행사 참석자들이 꾸역꾸역 더 밀려 들어왔다. 시중 드는 사람들 몇몇은 부채를 들고 들어왔다. 공기가 심하게 더워질 것에 대비해서다. 또 다른 심부름꾼 떨거지들은 혹시라도 한기가 서릴까 하여 화로를 지참하고 있었다. 누군가가 열다섯 개의 악보대

514

와 열다섯 개의 연주자용 걸상을 갖다 늘어놓더니 잠시 후에 다른 누군가가 와서 그것들을 도로 내가도록 지시했다. 팁은 장내를 돌았다. 눈길은 천장에 보내 둔 채, 마치 이곳 경내의 안전을 든든히 다지려는 호위대의 일원이기라도 한 것처럼 순찰을 했다. 하지만 그러는 그의 모습은 얼이 나간 듯했다.

장내가 차츰 정돈되었다. 팁이 앉을 좌석은 마련되어 있지 않았다. 팁이 여기에서 어떠한 공식적인 역할을 맡고 있지 않은 것은 확실했다. 팁은 걸음을 천천히 했다. 운수가 레인과 팁 두 사람 모두를 상대로 도박을 하고 있었다. 팁은 널따란 실내에서 바로 그쪽 방향, 레인이 몸을 숨기고 있는 쪽 사분각에 발길을 멈추었고 첩첩이 쌓인 가구 중에서 어디 기댈 만한 곳이 없는지 찾기 시작했다. 그리고 엉덩이를 걸칠 만한 낮은 책상을 찾아 머리 위에 돌출한 난간 밑으로 몇 걸음을 걸어 들어왔다. 팁은 레인이 숨은 벽감 바로 옆 벽감에 들어가 있었고, 머리 위로 아치를 그린 입구를 통하여 레인은 팁을 볼 수 있었다. 모자걸이 여러 개와 거꾸로 뒤집어 놓은 탁자들의 다리 사이로 바라보이는 것이긴 했지만.

레인이 어디에 있는지 감지하고 바로 그쪽으로 방향을 잡은 건가? 어쩌면 세인트프로즈 학교에서도 그랬던 걸까? 레인이 그의 나침반 바늘을 끌어당기는 자석이었나? 하필이면 꼭 이쪽으로 와서 어정거리게? 뭔가 잘못됐다는 걸 지금까지보다도 더한층 확실히 느끼면서, 레인은 여기서 물러나야 한다는 생각을 했다. 숨만 쉴 수 있으면 물러나리라. 숨이 끊어지기 전에 물러나야지. 그러나 테이가 스르르 그림자를 타고 꿈틀꿈틀 몸을 틀며 나아가서는 팁의 발목께에 가 엉겼다. 꼭 레인의 발치에서 설치며 비비적거리듯이 그렇게

515

똑같이 활기 있게 상난지며 덤벼늘었다.

지금 레인이 눈앞에 보고 있는 바 팁은 어마어마한 침착성을 보여 주었다. 그는 턱을 그대로 든 채 테이를 알아차린 기색조차 없었다. 두 눈은 여전히 이곳 실내의 천장 가두리 장식을, 천장의 버팀대들을 더듬고 있었다. 흡사 하늘을 나는 원숭이들이 공격차 그림자 진 곳에 은신하고 있지나 않나 보는 것처럼 말이다. 뺨은 붉어지고 숨결은 가빠졌는데.

레인이 딛고 선 땅바닥이 흔들린다. 이쪽으로든 저쪽으로든 펄쩍 뛰어 건너야만 한다.

그 비자발적인 단서들(팁의 육체가 보이는 반응들이 얼마나 아름다운지!)을 기반 삼아 레인은 희망으로 방향을 잡고 비약할 참이었다. 이번만은. 그리하여 팁이 몸베이의 밀정이 아님을 믿어 주리라. 만약 팁이 자신을 팔아넘길 거라면, 바로 지금 하게 하자. 그러면 그걸로 알게 될 테니. 레인은 이제 이쪽이든 저쪽이든 진상을 알지 않고는 한순간도 더 살아갈 수가 없었다.

테이가 레인에게 돌아왔다. 아무런 소리도 내지 않고 왔다. 초록빛 정령이 이리저리 쏙쏙 빠져 다니는 모양을 보건대, 벼수달에게 가구 창고는 늪지대에 버금가는 자연스러운 서식처인 듯했다.

레인은 몸이 끼는 좁은 틈새의 미로를 비집어 나가기 시작했다. 팁이 가슴 앞으로 팔짱을 끼었다. 기쁘게 해 주기 어려운 사나이, 그러나 자기 앞에 펼쳐진 광경에 슬며시 만족감에 찬 사나이의 태도였다. 팁은 뒷걸음질 쳐 가장 가까운 기둥에 몸을 붙였다. 오른손을 통옷 위에 맨 천 허리띠 속에 찔러 넣는 것이 무슨 땅콩이라도 찾는 사람 같았다. 아니면 열쇠나, 아니면 손수건이라도. 그리고 왼손은 반들반들 윤기가 나는 실린더의 가장자리에 얹었고, 레인이 그 손을 잡았다. 레인은 그늘진 곳에 두 무릎을 꿇고 있었다. 기둥 뒤에서, 팁의 손가락 끝마다 입을 맞추며 오목하게 한 부드러운 손바닥으로 옮아갔다. 레인의 턱을 괴어 잡으려고 펼친 손바닥이다. 레인은 입술로 다시금 팁의 손가락 끝을 잘근잘근 집어 가다 입술을 벌려 손가락 두 개를 그 사이에 머금었다.

"승인받지 못한 봉사 인력들은 5분 내 퇴장하시오." 애버릭이 호령했다. "장내를 비워 고위 인사들이 들어올 자리를 마련해야 하니까."

만능 집사, 하인, 이런 일을 맡아 보는 부하 직원, 그리고 작은 지역 담당관들이 서둘러 나가며 먼지 티끌을 날려서 야트막한 둥근 지붕 바로 밑으로 빙 둘러 낸 채광창을 통하여 비껴드는 빛살을 흐리게 만들었다. 더 많은 점잖은 양반들과 먼치킨랜드에서 온 사나운 양반들이 당도하였다. 비록 장내가 더 가득 차고 온도도 더워져 왔지만, 소음 자체는 잦아들기 시작했다. 이제 강제로 퇴장당하게 될까, 그녀의 팁이? 아니면 남아 있어도 좋다는 허가를 받아 놓았을까? 레인은 그의 손목을 힘껏 잡아 끌었다. 이리 와. 이쪽으로 와. 팁을 뒤로, 그늘진 곳으로 끌어들여서 이제 얼굴과 얼굴을 맞대고 섰다.

"봤을 때 내가 또 없어져 있으면 안 돼." 팁이 소곤거렸다.

"네가 이 자리에 와 있는 줄 알고 있잖아. 네가 나가지 않는다는 거 알 거야." 레인이 마주 속삭였다. "너 떠났던 거니? 나를 떠났니, 팁?" 하지만 레인이 지금까지 일평생 무언가를 알았던 일이 있다고 친다면, 그게 바로 지금이었다. 팁의 얼굴을 뚫어지게 보자 대답을 알 수 있었다. 팁은 레인을 떠난 적이 없었다. "떠나지 마. 가지 마.

517

어떻게 나를 다시 찾으려고 그래?"

"그렇지만 네가 나한테 지도를 주었잖아. 당연히 찾지."

팁은 손가락으로 레인의 양쪽 관자놀이를 꾹 누르고, 집게손가락 하나를 자기 입술에 붙여 레인을 조용히 시킨 후에 슬쩍 자리를 피했다. 하지만 팁의 얼굴에 나타난 표정은 '기다려.'라고 말했다. 그 얼굴의 표정이 '좀 이따가.' 했다. '금방 올게.' 했다.

팁은 라 몸베이가 인도되어 올라올 단상 뒤편의 자기 자리로 갔다. 새롭게 띠게 된 군인 같은 태도로서 팁은 거기 섰다. 윤이 나게 닦은 장화 발을 약간만 벌리고, 재빠르게 무기를 움켜쥘 필요가 없음을 나타내는 동작으로서 두 팔을 등뒤로 척 뒷짐을 지었다. 팁은 그 사이에 머리를 더 짧게 깎은 모습이었다. 누군지 몰라도 면도칼을 잘못 놀려 그의 뒷목에 살짝 벤 상처를 만들어 놓았다. 지금까지 그렇게 많은 유혈과 죽음을 보아 온 레인이건만, 아직 흐느껴 운 일 따위 없었던 그녀는 지금 그 조그만 상처를 놓고 울고 싶었다.

황제가 당도했는데 어쩌면 팡파르가 전혀 울리지 않아서 레인은 온 줄도 미처 몰랐다. 셸은 레인이 기억하고 있는 모습보다 한층 더 몸이 굽어 웅크린 자세였다. 금박을 입힌 값진 양단 예복을 입었는데, 끝이 뾰족한 턱수염으로부터 맨발의 발가락까지 둥근 기둥처럼 쫙 떨어지는 옷이었다. 셸의 태도에 뭔가 그런 점이 있어서 레인은 그가 그 예복 밑에 아무것도 입지 않았을 것 같은 느낌이었다. 발가 벗었으면서도 긍지를 가지고 섰다. 하지만 셸의 두 눈은 조금 다른 빛으로 번들거렸다. 어쩌면 지금까지 제법 여러 날 동안을 제대로 된 영양분을 섭취하지 않고 지내 온 것 같았다.

셸은 잠시 자신을 위해 마련된 학생용 긴 의자에 앉아 있었다. 장내의 공기가 과도하게 풍겨대는 향내로 한층 장엄해지자, 그는 자세를 바꾸어 바닥에 두 무릎을 꿇었다. 누군가 서둘러 방석을 가져다 바쳤으나 셸은 손을 저어 물리쳤다. 그리고 마침내 라 몸베이가 등장하기까지 무릎 꿇은 자세로 남아 있었다. 두 눈을 감은 채로.

레인은 먼치킨랜드의 수장이 여러 가지 모습으로 치장하고 나타났던 이야기를 브르르에게서 상세히 들은 바 있고, 또 팁에게서 라 몸베이가 어떻게 변신 기술을 마음먹고 손에 넣었던 것인지도 이야기를 들었더랬다. 지금 라 몸베이의 모습은…… 그러니까 뭐라 할까? 그렇다. 뭔지 알았다. 목베거홀의 잔디밭을 가로질러 끌어내 가던 그 전선들의 선수상 같았다. 몸베이는 해묵은 참나무 토막으로 조각해 낸 여자 같았다. 미간이 넓고 눈과 눈 사이도 널찍한 몸베이의 두 눈은 농익은 먹자두 색깔이었다. 머리카락은 보통 금발이나 당근처럼 불그레한 금발이 아니라 일종의 납빛 같은 금발로서, 군데군데 금속성으로 반사되어 반짝거렸으며 꼭 끼는 드레스 몸통 부분과 치맛자락도 그러했다. 그녀는 장내에 있는 사람 누구보다도 키가 컸다.

라 몸베이가 자기 자리로 가서는 오즈의 황제에게 예를 표하고 일어서라고 했다. 황제는 일어섰다. 공식 발표는 무척 낮아서 땅바닥까지 깔리는 둥둥거리는 음성으로 시작되었지만 레인은 굳이 알아들어 보려고 애쓰지 않았다. 레인은 그냥 두 영도자들의 태도만 보고 있었다. 축 처지다 못해 거의 꺼질 지경인 황제의 모습과 다리를 떠받치는 외팔보처럼 부자연스러울 정도의 힘으로 꼿꼿이 내밀고 선 몸베이의 몸을 말이다.

일단 식전이 진행되자 통역자, 전달자, 구술자, 소통 담당자들이 줄줄 꼬리를 물고 놀려 늘어와 지역 언어로 의식 내용을 밀하고 있고 남녀 서기와 심부름꾼들이 원장(原狀)의 서류를 진행석으로 가져 갔다가 또 가져오기를 그치지 않았다. 또 다른 남녀 시종 시녀들은 차를 날라 들였다. 누군가가 한 발 늦게 에브의 놈 왕이 파견한 사절을 맞아들였다. 누군가는 쿼들링 대표가 도착할 때까지 의식 진행을 중지할 것을 청원했다. 또 다른 누군가는 다시 방금 들어간 청원을 질책하고 넘어갈 것을 청원했다. 그러자 쿼들링 사절이 일어서서 이미 참석해 있노라고 말했다. 신경 써 주셔서 감사하외다. 그 사람은 '버섯의심장'이었다. 쿼들링 나라의 최고 '권위자'로서 이 자리에 나타난 것이다. 버섯의심장은 밀림에서 입었던 바로 그 사타구니 가리개만 찼을 뿐 다른 것은 아무것도 입지 않았다.

결국에는 의식 진행이 어지간히 단조롭게 흘러가서 슬그머니 물러나 단 아래로 내려선 팁이 법정 교각 가까이의 유명한 오즈마 렉시트라이스 조상을 흡사하게 본뜬 저급의 석고상 아래 배치되어 있던 호위병과 잠깐 의논할 수도 있게 되었다. 팁은 그런 다음 시기적절하게 기회를 보아 장내를 한 바퀴 빙 둘러서 끝내 레인이 그를 기다리고 있는 쪽 구석 언저리에 다다랐다.

눈이란 눈은 모두 몸베이와 황제에게 쏠려 있었다. 아무도 팁을 보지 않았다. 그늘 속에 숨은 레인을 보지 못했다. 심지어 테이마저도 진행되고 있는 의식에 온 정신이 팔린 모습이었다. 팁은 뒷걸음질 쳐 그쪽 칸 안으로, 상자처럼 네모난 책상과 서류장과 조각품과 옷장과 침대보 보관장 사이로 들어섰다. 이제 그곳은 더 이상 글린다 부인의 응접실 같지 않았다. 이제는 여기가 물건이 빽빽하던 시즈의 그 지하층 가게 같았다. '아무짝에도 쓸모없는 망가진 물건, 당

신에게만 요긴한 물건 있어요.'

둘은 소리 내어 말을 하지는 않았다. 입 모양으로 말하는 시늉을 짓고, 서로 상대방의 입술을 읽었다. 서로의 얼굴에 떠오른 안도의 언어를 읽어 냈다.

너 괜찮니.

너는 괜찮아?

응, 난 괜찮아. 지금은.

어떻게 우리가 여기까지 왔나 몰라?

이제부터 어떡하면 될까 몰라?

난 너를……

난 너를……

거기에서 둘은 잠시 숨이 막혔다. 말이 떠오르지 않았다. 마침내 팁이 앞으로 몸을 기울였다. 팁은 두 팔로 레인을 얼싸안고, 레인의 엉덩이를 받쳐서 번쩍 들어 올려 얼굴을 레인의 가슴팍에 묻었다. 소리 없이 팁은 레인을 안아 들고 앞으로 걸음을 떼어 기사의 석상 위에 올려놓았다. 돌검의 편편한 칼몸 위에 걸터앉게 했다. 우리 이러면 안 되겠지, 팁이 말했다. 안 돼. 어떻게 그래.

팁은 기념 석상에 기어올라 와 두 무릎 사이에 레인의 둔부를 꽉 조였다. 큼직하고 부드럽고 능란한 손으로 그는 레인의 정수리를 감싸 덮었다. 그리고 기사가 든 대리석 칼의 자루 끝과 날밑 부분에 머리가 괴어지도록 레인을 뒤로 눌렀다. 잊혀 버린 시대 잊혀 버린 대의를 위하여 잊혀 버린 전투에서 싸우다 숨진 잊혀 버린 병사의 대리석 기념상 위에서, 팁은 온몸을 기울여 레인의 몸을 덮어 갔다. 안 돼. 팁이 말했다. 우리 이러면 안 돼.

테이는 딴 데를 보았다.

레인은 한 손을 올려 목에 건 목걸이를 더듬었다. 사슬에 한 손가락을 걸어 당겨서 노르가 준 로켓을 끄집어냈다. 레인은 그것을 손바닥에 잡았다가, 입 안에 쏙 집어넣어 혀로 굴렸다.

레인은 팁의 목 뒤 살갗을 만졌다. 머리를 너무 짧게 쳐서 까끌까끌 두피가 만져지는 그곳을. 안 되는데. 팁은 입모양으로 말했다. 이러면 정말 안 되는데. 그렇지만 팁의 얼굴은 거기 찬동하지 않고 차츰 레인의 얼굴로 가까워져 온다. 팁이 입술을 레인의 입술에 덮었다. 가볍게 잘근거리기만 했다. 레인은 입을 벌려서, 그에게 자신의 심장을 넘겨 주었다.

항복을 인정하는 의식의 절차는 합리적으로 격식을 갖추어, 그것
도 지나칠 만큼 융숭하게 갖추어 진행되었다. 단 한 군데 수월히 지
나가지 못할 지점은 애버릭이 이제부터 오즈 왕권 대행 총리 자리
에 오르게 된 라 몸베이에게 황제의 사적인 요구를 상기시켜 주었
을 때에 불거져 나왔다.

"신황제 성하께서는 그분의 조카인 리르 트롭의 시신을 매장할
권리를 요청하셨습니다. 먼치킨랜드 측에 억류되어 있었고 그 시신
이, 저희가 알기로는, 콜웬 그라운즈에서 에메랄드 시로 운구되어
온 인물 말입니다."

"아, 그 겉껍데기 몸뚱이는 무슨 쓸모도 없는걸." 라 몸베이가 말
했다. 몸베이는 이 시점에 자기가 직접 들이대고 협상을 하려 들었
는데, 그것은 품격 있는 경어를 주고받는 게 지겨워져 이제 옥좌에
올라가 앉고 싶기 때문이었다. "때가 되면 금세 닳아 벗겨져 나갈
걸 가지고."

"황제께서는 인산의 육신이 무무한 것임에 동의하시는 바입니다."애버릭이 말했다. "하지만 신황제 성하께서는 그의 가족에 대한 대우로써 시신이 합당하게 처리되게 할 것을 약속하셨습니다. 그렇게 하여 공식적으로 애도를 시작할 수 있게끔 말이옵니다."

　"아하." 상황이 이해가 가자 그 사안을 치워 버리려는 동작으로 한 손을 홱 저으면서 라 몸베이가 말했다. "리르의 시체를 달라고! 알았소. 그렇지만 그 녀석은 죽지 않았소. 본질적으로는 죽은 것이 아니야. 도대체 누가 리르가 죽었다고 그랬소? 그래요, 내가 그에게 약을 쓰고 마법을 걸긴 했지. 먼치킨랜드로 데려오려고 말이지요. 그런데 그 녀석은 전쟁 포로인 주제에 불퉁스럽고 무디어 빠진 놈이더군. 대의에 협조하기를 거부하겠느니 어쩌느니. 그 녀석이 검은 코끼리의 변장을 떨쳐 버릴 생각조차 안 한 것이 내 탓은 아니오. 스스로의 의지 결여로 인해 그 외형이 리르에게 철썩 달라붙은 거요. 자기가 벗어 버리지 않는다면 그 모습이 그를 죽이게 되지요. 그거야 내가 어쩔 수 없는 노릇 아니오, 흥! 남자라기보다 오히려 생쥐에 더 가까운 놈인데. 내 의견으로는 그 녀석은 애당초 코끼리가 될 만한 그릇도 못 되어요. 코끼리 노릇을 견뎌 낼 도리가 없지. 하지만 당신이 말하는 시체라는 게, 그러니까 그 몸뚱이 말인 거죠. 맞소, 그 녀석은 통치권 이양을 참관하러 여기에 우리와 함께 오는 것도 거부했소. 그래서 다시 약을 써 취하게 했어요. 나의 드래곤 조련사한테서 떼어 놓아야 해서. 리르는 상태가 그리 좋지 않소. 그 외형 속에 그렇게나 오랜 기간 머물러 있을 일이 아니었지. 그러니 시시각각 그 고통이 결국에는 그를 죽이게 될 거요. 하지만 지금 당장은 후줄근한 코끼리 몸뚱이를 수의로 걸치고 그 속에 그래도 살아는 있소, 변변치 않게시리. 나는 당신이 그 녀석을 석방할 것을 요구하는 줄 알았소. 그런 얘기 아니었소? 아침에 너무 일찍 일어났나. 정신 집중이 안 되는군."

여기에서 처음으로 셀이 말을 했다. 황제로서 최후의 분부를 내렸다.

"리르는 어쨌든 나의 친척이오. 우리의 인생길이 교차했던 몇 번의 만남에 내가 그런 줄 미처 알아주지 못했더라도 말이오. 리르를 변장한 외형으로부터 떼어내시오. 그렇게 하여 내가 나의 친지와 나 자신에게 한 약속을 명예롭게 할 수 있도록."

"항복에 동의하는 전제조건입니다." 애버릭이 읊조렸다.

"지금 당장? 끔찍하게도 불편한 상황이군. 그렇지만 그래, 알았어요. 그러려면 장내를 비워 줘야겠소." 몸베이가 한 손을 흔들었다.

"그의 부인은 참석을 시켜야지요. 그래야만 합당하고 적절한 일입니다." 겁쟁이 사자가 말하고 캔들을 부르러 사람을 보냈다.

"여러분, 난 이 일을 끝마치고 싶어요." 라 몸베이가 말했다. "여기 리르를 인간의 모습으로 되돌리기 위해 내가 할 수 있는 일을 지금 할 참이면…… 이자가 의식 도중에 우리 눈앞에서 푹 고꾸라져 죽는 일은 없었으면 좋겠는데…… 하여튼 그러려면 난 좀 쉬고 먹을 걸 먹어야 되겠어요."

✤✤✤

방이 완전히 비지는 않았다. 아랫사람들이 분주하게 오고가고, 서기들은 즐비하게 서명을 해 댈 필사본들을 만들었다. 레인과 팁은 그림자 진 곳에 남아 있었다. 자기를 물의 낭만으로 따끈하게 달아오르고, 옷차림 때문에 조마조마 부끄러운 마음으로 상대방의 모습을 한 치 한 치 읽어 감에 동원할 수 있는 모든 감각을 다했다.

저녁때쯤 되자 고위급 인물들은 거의 자리를 떠났다. 이제부터 오즈의 왕권대행 총리가 될 몸베이의 명령에 따라 그 대단한 바르퀴손 양탄자를 넓은 홀 한가운데로 옮겨 깔았다. 그 위에 몸베이의 기술에 소용되는 몇 가지 도구들이 배치되었다.

라 몸베이가 가름막 뒤에서 나타났을 때에, 남아서 그 광경을 지켜보는 이들은 불과 일이십 명뿐이었다. 브르르는 몸베이가 이제 잠재되어 있던 거렁뱅이 취향을 보여 주는구나 생각했다. 몸베이는 금을 두드려 만든 날개를 단 여신의 모습으로 돌아오지 않았다. 여신은커녕, 천년 대초원의 마귀할멈 모습을 하고 나타났다. 거의 쿰브리시아 같았다…… 호호할머니가 된 쿰브리시아 말이다. 몸베이의 치맛자락은 누덕누덕 대고 기운 것이고, 머리 위에 얹힌 챙모자는 떠돌이 고양이 두어 마리가 들어가 살아도 될 만큼 컸다. 숨은 장소에서 엿보던 레인은 몸베이가 예상 외로 작고 초라하다는 사실을 발견했다. 짤다랗다고 해도 좋을 정도다. 몸베이의 어깨는 잔뜩 굽은 게 어렸을 때 구루병이라도 앓은 사람 같고, 양 뺨은 허여멀겋게 축 늘어졌다. 어깨에 두른 숄이 꼭 부러진 잔가지를 씨실로, 죽은 담쟁이덩굴을 날실로 짠 것 같았다.

"저 모습이 바로 옛날 그 시절 몸베이 모습이야." 팁이 소곤거렸다. "다시 또 이런 모습으로 나타나는 걸 보게 되리라고는 생각도 못했는데."

몸베이는 네 개의 석탄에 불을 붙여 작은 검은색 철판 위에 올려

놓았다. 사르사 식물의 물약인지 뭔지가 담겨 있는 병 세 개의 주둥이에는 각각 공작 깃을 꽂아 두었다. 열쇠 두 개를 확고한 몸짓으로 내려놓았다. "물성(物性)의 열쇠." 몸베이가 멍한 어조로 말했다. "그리고 그 나머지 다른 모든 것의 열쇠." 하나하나 혼자 심취해서 하는 행동 같았다.

레인과 팁은 옷자락이 바스락 스치는 소리 하나 내지 않게끔 천천히 서로 옷을 입혀 주었다. 둘의 손가락은 끈을 매어야 할 곳을 머뭇거리며 손이 닿는 곳 그 한계까지 옷 아래 살결을 더듬었다. 팁은 레인의 단순한 원피스 등판의 단추를 하나하나 빠짐없이 빨았다. 레인은 목에 걸었던 사슬을 벗어서 팁의 목에다 걸어 주었다. 빨간 로켓이 팁이 입은 예복 가슴판 속으로 드리워졌다. 마침내 각자 자기 옷의 변장 속으로 돌아가서 남 보기에 괜찮을 만큼이 된 두 사람은 손을 꼭 잡고 일어섰다. 네 개의 손이 서로서로 단단히 매듭지어졌다.

레인은 팁과 함께 누웠던 것이 아버지를 생으로 어느 만큼 이끌어 온 것 같다는 느낌을 지우기 어려웠다. 꼭 그 옛날 리르가 캔들과 잠자리를 함으로써 레인을 생으로 이끌었던 것처럼 말이다. 그건 단지 느낌일 뿐이었지만, 그래도 레인은 그런 기분에 사로잡혔다.

캔들이 도밍곤을 가지고 도착했다. 여마법사 옆에 온 캔들은 저녁 당번 간호사 같았다. 캔들은 절을 하지 않았고 다른 경례도 없이 그대로 바닥에 앉아서 도밍곤을 무릎의 우묵한 곳에 괴었다.

어머니가 썩 도움이 될 거야. 레인은 생각했다. 어머니는 내가 태어나기 직전에 나스토야 공주에게서 인간의 가장을 벗겨 냈던 경험이 있지. 현재를 보는 능력. 리르의 자아에서 어느 부분인가가 아직 살아 있다면 캔들은 그걸 볼 수 있어.

그리고 내가 여기 있는 줄을 알고 있어. 레인은 그렇게 생각했다. 원래 그렇잖아. 하지만 침묵으로 나를 보호하고 있는 거야.

일꾼들이 짐 들여오는 문을 양쪽으로 활짝 열어 제치고 수레를 끌어들였다. 수레가 자칫 상인방에 걸려 못 들어올 뻔했다. 그 위에 부드럽게 김을 뿜는 검은 코끼리의 몸뚱이가 놓여 있었다. 레인의 아버지다, 전해 온 이야기가 사실이라면. 어디쯤에 살아 있다. 어떻게 인지 몰라도, 저 형상 속에 들어 있다.

"이런 젠장 할 연기에 거울 같으니, 아무도 뭘 어떻게 하라고 무슨 얘길 안 해 준 게야?" 몸베이가 못마땅한 콧소리를 냈다. 몸베이의 음성은 젠체하던 겉껍질이 벗겨져 나가 도시에 놀러 온 흔한 산골 마녀 같았다.

"다들 앉아. 내가 앉으라면 앉으라고. 이 일을 해내자면 좀 집중을 해야 한다 이 말이야. 저녁식사는 근사하게 잘 먹었네만 이번 주에 이래저래 일이 번다했으니, 이 일에 착수하는 마당에 만사 제대로 되어 있는지 확인을 해야겠어. 문에 빗장은 모두 채웠는가? 초에 불 좀 붙여. 저쪽에 있는 저것들."

사자가 고개를 끄덕였다. 애버릭과 황제는 장식 없는 긴 의자에 자리를 잡고 앉았다. 레인과 팁은 그림자에 숨어 으스스 몸을 떨었다. 이렇게 가물가물 흐린 불빛 아래 코끼리의 모습은 누가 실어다 부려 놓은 거대한 석탄 더미 같았다. 테이는 기사 석상의 감은 눈 위에 올라앉아 있었다. 캔들이 도밍곤으로 몸을 기울여 우아하고 애조 띤 음을 퉁겼다.

약초들이 나오고, 모종의 마법 가루가 대령했다. 어쩌면 그것은 그럴싸한 연출을 위한 곁다리 꽃불 장식에 불과하리라. 솟아오르는 김에서는 한순간 제비꽃 향내가 나다가 또 한순간 장뇌인지 감초 냄새가 났다.

‡‡‡

레인은 팁의 어깨에 몸을 기대었다. 모든 것이 다시 한 번 변하려고 하는 참이었다. 레인의 아버지는 일어나게 될 것이다. 이제는 리르가 몸베이에게 위협이 되지 않는다. 『그리머리』가 손아귀에 들어왔으니까. 그의 외삼촌이 내건 항복의 마지막 조건에 따라, 리르는 자유를 얻을 것이다. 레인의 가족은 다시 뭉칠 수 있으리라. 레인이 지금껏 알지도 못하고 살아온 평범한 가정생활이 일가족 모두를 응징하리라.

하지만 이 모든 일들의 와중에 팁은 어떻게 될까? 몸베이가 애지중지하는 소년 팁은? 레인과 팁이 살그머니 몸을 빼어 갈 만한, 인민의 궁전으로부터나 오만할 만큼 독립적인 딸을 단단히 옥죄어 안으려는 부모의 간섭으로부터 멀리 떨어진 장소가 과연 있을 것인가?

하지만 레인이 그러는 건 부모가 그렇게 만들어 놓은 것이었다.

스무 개의 손가락들이 얽힌 채, 끌어당기고, 비틀고, 되밀었다. 나를 아프게 해. 아직 내가 무엇을 느낄 수 있는 동안에. 혹시라도 이러다가 내가 죽어 다시는 아무것도 느낄 수 없게 될지도 모르잖아. 레인은 그렇게 생각했다.

"이게 참 어지간히 끈덕진 주문이지." 몸베이가 두덜거렸고, 탄성을 받기 위해 어느 정도 되짚어 들어가서 주문의 일부 요소를 새롭게 갱신하기 시작했다.

"아무래도 이 녀석이 내가 생각했던 것보다 벌써 요만큼은 더 죽어 있는가 보군요." 반시간이 지난 후에 몸베이가 사과했다. "분명이 일이 신황제 성하께 극복 불가능한 문젯거리를 선사하는 건 아니겠지요."

"셸이라고 부르시오." 황제가 말했다.

"리르는 조용한 축에 들죠. 그렇지만 옛날부터도 늘 누구와 잘 협력해서 움직이는 위인은 못 됩니다." 브르르가 한마디 했다.

"그야 말하면 뭐 해." 몸베이가 불평하고 다시 새로 시작했다.

또다시 20분이 지나고 몸베이는 뭔가 심상치 않은 낌새를 챘다.

"뭔가가 끼어들어 나를 방해하는군." 몸베이가 투덜거렸다. "잘 못된 것이 있어. 이 애송이 놈한테 내 앞을 가로막을 밑천이 있다는 건 도저히 못 믿겠어. 내 힘은 100년에 걸쳐 연마해 온 것이야."

몸베이는 두 개의 열쇠 중에서 하나를 나머지 하나를 가리키는 각도로 틀어 놓았다. 그러고 나서 다시 그것을 원래대로 했다.

"리르는 마녀의 아들이에요." 겁쟁이 사자가 말했다. "엘파바 트롭. 그 사실을 잊지 마시오."

"난 그년은 만나 본 적도 없네." 몸베이가 웅얼거렸다. 몸베이는 넋을 놓고 주문을 영창하기 시작했다. 두 손은 올라와서 이리저리 공중을 헤집으며 지글지글 타는 석탄이 뿜어내는 연기 무늬를 그리고 있었다.

"이 녀석을 놓치겠는걸." 갑자기 몸베이가 큰소리를 질렀다. "이놈이 나에게 끝끝내 맞설 수는 없어. 까마득히 말도 안 되는 이야기지. 책으로 해봐야겠어. 팁, 팁?"

몸베이가 쳐다보았더라면, 팁이 어두컴컴한 그늘진 곳으로 슬그머니 종적을 감추어 딴짓을 하고 있는 줄을 눈치 챘더라면 아마 부리던 마법을 멈추었으리라. 장내를 차단하고, 자기 마법의 결과를 비뚤어지게 만들고 있는 방해자 레인의 존재를 적발하여 내쫓아 버렸을 것이다. 이날 저녁의 일은 그냥 별것 없이 멀쩡한 결과를 빚어내는 쪽으로 잘 풀려 나갔을 수도 있었다, 역사의 극심한 아트로핀 중독을 시사하는 징후가 되지 않고. 그러나 몸베이는 피로한 상태라 기세가 평소 같지 않았다. 그녀는 눈길을 들지 않았다. 그냥 한 손을 내민 채 다시 팁을 부르기만 했고, 팁은 그림자 진 곳을 벗어나 앞으로 나갔다. 팁은 화분 받침대 위에 놓여 있던 『그리머리』를 집어들어 몸베이의 앙상한 손 위에 올려놓았다.

몸베이는 그것을 받아 척 내려놓고 능란한 손짓으로, 한순간의 머뭇거림도 없이, 책을 펼치고 책장을 파라락 넘겼다. 강력한 마녀다, 라 몸베이는. 게다가 자기가 거둔 승리로 인하여 더 한층 힘을 받았다. 『그리머리』가 이제는 더 이상 그 비밀을 몸베이 앞에 숨기지 못한다. 차락차락 넘어가는 책장 소리는 흡사 은제 사슬이 울리는 소리 같고, 뼈를 파서 만든 홈통을 통과하는 빗물의 밧줄 소리와도 같았다.

"잃어버렸던 것을 불러내기." 몸베이가 웅얼거렸다. "이 주문을 내가 분명히 이 책 속에서 보았거든. 내 뒤통수 치지 마라. 너를 손에 넣고 너를 이용하기 위하여 내가 그간 얼마나 고생을 했느냐 말이다."

몸베이는 이제 혼잣말을 하고 있었지만, 그 말소리 한 음절 한 음절이 공중에 바르르 진동하였다.

"외국인에게서 너에 관한 이야기를 들은 일이 없었너라면 나는 그냥 흔한 마녀로 살았을 것이다. 내가 살면서 협잡꾼을 한 명 만났다고 하면 그건 바로 그 인간이지. 그 작자가 혹시라도 이 책을 얻었으면 썼을 것보다 내가 책을 더 잘 이용한단 말이다. 나에게 복종해라!"

몸베이는 주문을 발견했고, 레인이 숨을 헉 들이쉬며 놀랄 만큼이나 빠르게 공중에 그 마법을 펼쳐 냈다. 글린다 부인과 함께 물위에 겨울을 불러내리고자 애를 썼던 차가운 기억. 과거 레인의 자아가 아직 거의 형성되지 않았던 시절의 일이다. 그때 그 주문을 발동시키기가 얼마나 어려웠던가, 하지만 동시에 얼마나 자연스러웠던가를 상기하면서 레인은 그 모든 것을 다시 생생히 느꼈다. 마치 레인도 몸베이가 걸고 있는 주문의 힘에 놀아나는 것만 같았다. 늙은 여마법사가 걸고 있는 마법이 다름 아닌 레인 자신의 과거를 앞으로 이끌어 내듯이, 레인의 마음에 '읽기'를 시작한다는 것이 어떤 것이었는지를 상기시켜 주는 것이었다. 『그리머리』의 마술적인 힘 아래 레인이 깨어나 삶을 마주했던 그 기억이 무엇에 지핀 듯 되살아났다. 몸 속 전체에서 짠 내를 품은 욕지기가 일었다. 핏속 깊은 곳으로부터 역한 반응이 일어났다. 레인은 아무것도 하지 않았다. 단지 자기가 지상에서 살아온 그늘진 나날들 위를 무엇인가가 드리운 그림자처럼 날개를 펴고 활강해 지나갈 따름이었다. 인위적인 계획 없이, 지향이나 목표는 갖지 않은 채 오직 훌쩍 바람을 타고 나타나는 그 무엇인가의 그림자처럼. 레인은 두 귀가 아팠다.

"잃어버렸던 것을 이 몸이 불러내고 있단 말이다, 빌어먹을!" 마귀할멈이 고함을 쳤다. "어디서 감히 뻗대는 거냐! 버티게 놔둘 줄 아느냐? 내가 너보다 힘이 세다, 리르 트롭! 내가 너에게 명령했으면 너는 이끌려 나오는 거야!"

있는 힘을 다해 주문에 저항하는 리르를 바라보고 있던 팁이 문득 몸베이의 등 뒤에서 양손과 무릎을 짚고 엎어졌다. 몸베이는 알아채지 못했다. 어쩌면 팁은 레인이 꽉 치받는 것을 느낀 그런 격통을 고스란히 자기도 느낀 모양이었다. 레인의 살갗은 화끈화끈 나병 환자처럼 문드러지는 것 같고 귓전에는 웅웅 소리가 휘몰아쳤다.

"너는 코끼리로 죽지 않아, 빌어먹을! 어디서 감히 죽으려고 해. 너 따위에게 그런 의지력은 없어!" 몸베이가 호통 쳤다.

"리르." 캔들이 부르짖었다. "그러지 마요. 가지 마요!"

고통이 레인의 양옆구리를 쥐어 비틀고, 레인을 지금 있는 자리에 붙들어 놓으려고 하는데, 그러나 레인은 붙들려 있지 않을 터였다. 레인은 숨었던 장소로부터 와락 뛰쳐나갔다. 조개껍데기를 입술에 대어 도밍곤이 연주하는 낮은 텅텅 잉잉 소리에다가 길고 처절한 부르짖음을 보태었다. 캔들의 두 눈은 솟아오른 눈물을 덮으며 감겼다. 캔들은 자기 딸이 분 명징한 나팔의 독주에 조금이라도 놀라지 않은 것이 분명했다. 자기가 뜯고 있는 도밍곤의 가락을 한 음도 놓치지 않았다.

고둥은 여름날 아침 레스트워터 호수 위에 짙게 낀 안개의 둑 속에서 울리는 낮은 무적 소리인 양 걸걸한 음을 빚어냈다. 오늘 하루도 호수를 건너가는 양 떼, 상거래 물품, 여행자들에게 세금을 뜯으려고 항구를 출발하는 순찰선처럼.

그 소리가 나기 무섭게 넓고 큰 실내의 바닥 판이 삐걱거렸다. 최후의 일격으로서, 끝까지 남아 있던 오즈미스트들이 스며 올라왔다.

천 개나 되는 바닥의 살라신 틈에서 김서림 뿜어져 나왔다. 오즈미스트들은 분가루처럼 뿌옇고 뜨뜻한 존재로, 감도는 냄새로 방에 자욱이 끼었다. 몹시 놀란 브르의 눈앞에서 오즈미스트들은 허여스름하면서도 조금씩 다른 색조를 띠어 갔다. 처음에는 연보랏빛인가 싶었는데, 그러자 그 다음에는 일종의 은빛 도는 녹색이었다. 꼭 몸베이가 부리는 주문 아래서 오즈미스트들도 저희들의 특정한 근본을 기억해 내기라도 한 듯했다. 혼령으로서의 근본이 아니라 그 혼령이 담겨 있던 유기체의 근본을 말이다.

팁은 쿵 소리가 나도록 바닥으로 고꾸라졌다. 레인은 자기 바로 앞에서 팁의 몸이 넘어가는 것을 번연히 보았다. 레인은 팁 쪽을 향해 몸을 트는 것과, 코끼리의 형상이 처음으로 약간 흔들리기 시작한 아버지 쪽으로 돌아서는 것 사이에서 꼼짝 못하게 끼여 버렸다. 그 상황을 자기 몸으로 느낀 탓인지, 레인 자신의 살갗이 조이고 떨리고 콧등에서부터 머리카락의 모근까지 쿡쿡 쑤셔 왔다. 마치 오즈미스트들이 공기 중에 모종의 건조제를, 암모니아나 양잿물을 분말로 한 것을 뿌려서 레인을 아프게 하기라도 하는 것처럼 레인은 열 손가락 끝과 어깻죽지와 넓적다리가 몽땅 한꺼번에 찌릿찌릿했다.

몸베이는 눈을 까뒤집을 듯 부릅뜨고 레인을 보고 있었다. 몸베이가 썼던 모자는 머리에서 뒤로 미끄러져 벗겨져서 드래곤의 알만큼이나 반들반들 대머리 진 두피를 드러내었다.

"고약한 년, 이게 무슨 짓이야!" 몸베이가 레인에게 소리 질렀다. 몸베이는 기면서 반쯤은 자세를 세워서 한 무릎으로 지탱하고 몸을 뻗쳐 올렸는데, 마치 일어나려다가는 늦고 말겠기에 게처럼 잽싸게 기어서 장내를 가로질러 레인을 단매에 때려누이기로 작심한 듯했

534

다. 몸베이가 좀 더 건장한 외양을 유지하고 있었더라면, 좀 더 관절이 유연히 잘 움직이는 모습으로 있었더라면 그럴 수 있었을 터이다. "네가 여기서 뭘 하고 있지? 어디에서 나타난 거야? 네년이 와도 좋다고 허락해 준 사람은 아무도 없어. 난 널 불러 돌아오게 한 것이 아니야!"

6

코끼리가 구르고 있었다. 리르가 구르고 있었다. 거대한 척추의
뼈들이 우가부 캐스터네즈처럼 요란히 따낙서렸나. 긴 코를 휘둘맀
다. 코끼리 발톱이 허공을 긁고 어둑어둑한 가운데 까만, 새까만 터
럭이 다발로 뭉텅뭉텅, 마치 불에 탄 풀을 쥐어뜯은 듯 빠지더니 바
닥에 흩어졌다. 코끼리는 콧소리를 높이 불었다. 그것이 숨넘어가는
단말마인지, 아니면 죽음의 숙명이 거두었던 승리에 교정을 가하는
나팔 소리인지 겁쟁이 사자는 전혀 분간할 수 없었다. 굳이 분간할
생각도 없었다. 브르르 자신이 무서워 떨면서 반쯤 숨이 넘어갈 지
경이었다.

황제만이 동요하지 않는 모습을 보였다. 지금까지 내내 무릎을
꿇은 채로, 여전히 차분하게 있었다. 황제는 두 손을 모아 쥐더니,
대례복 옷깃을 잡아 뒤로 벗어 내렸다. 옷은 그의 목에서 스르르 팔
뚝까지 벗겨져 내려갔지만 거기서 멈추었다. 황제가 두 눈을 뜨고는
이렇게 말했다.

"리르, 엘파바의 아들아. 나는 너를 제대로 인지한 적이 없었구나."

사자가 들은 바 들려온 신음은 동물의 것도 인간의 것도 아니었다. 코끼리는 뒷발을 디디고 일어섰다. 마치 라 몸베이 위로 엎어져 마녀를 납작하게 깔아뭉갤 것처럼 지탱한 자세가 부들부들 떨고 있었다. 몸 주위를 에워싼 오즈미스트들은 투명한 에메랄드빛이었다. 흡사 잉잉대며 날고 있는 천 마리의 딱정벌레 무리에 빛이 비친 양 황금빛과 에메랄드빛, 에메랄드빛과 황금빛으로 반짝인다. 그것은 럴라인마스의 색상이고 샴페인 색 일광에 떠도는 송홧가루 색상이다. 바깥쪽의 어스름 녘 하늘에는 호위병 새들의 날갯짓 소리가 가득 찼다. 둥근 지붕 위를 빙빙 돌며 외치고 있었다.

"리르가 살았다! 리르가 살아 있다!"

"기습 공격이야!" 라 몸베이가 비명 질렀다. "쿠데타다!"

몸베이가 동반한 몇 안 되는 경호원들은 기겁하여 마비된 상태로 마룻바닥에 쓰러진 뒤였다. 팁도 바로 그렇게 쓰러진 것 같아 보였다. 몸을 뒤틀고, 자세를 비딱하게 옆으로 기울인 채, 두 손을 다리 사이에 넣고 있었다. 모종의 발작이 덮친 모양이었다. 코끼리가 한 발로 몸을 지탱했다. 상아가 떨어져 나가고 가죽이 벗겨져 나갔다. 벌거벗은 상처투성이 사나이가 그 안에 숨겨져 있었다. 모습이 드러났다. 갓 태어난 코끼리보다도 작은 모습이다. 그 몸에서 변장을 떨쳐 버리고, 그가 원하든 원치 않든 간에 조금 더 목숨을 부지하라고 강제로 불려 나왔다.

바깥에서는, 새들이 라 몸베이의 째지는 외침 소리를 듣고 날아 내려와 그녀가 건물 주위에 깔아 놓은 거미 괴물들의 저지선을 공격했다. 그놈들은 발과 발을 서로 얽어 가로막고 있었는데, 새들은 각자 한 놈씩 목표를 잡고 내려앉았다. 심지어 굴뚝새인 도시마저도 엎치락뒤치락 끝에 거미들 중 한 놈을 같이 얽혀 있던 다른 놈들로부터 뜯어내어 들고 날아올랐다. 날개 힘이 미치는 한도까지 높이 날아 올라가 짐 덩어리를 떨어뜨려서 미학관의 둥근 지붕 위에서 박살이 나도록 했다.

레인은 지붕 위에 퍽퍽 떨어지는 소리들을 들을 수 있었다. 허겁지겁 팁이 있는 쪽으로 가면서도 레인은 아버지를 소리쳐 불렀다. 하지만 한 치 한 치 온몸을 긁어내는 고통이 그물처럼 덮치고 옥죄어 와 레인의 폐에 담긴 숨을 쥐어짜 버렸고, 마침내 쓰러졌다.

7

레인은 이레 동안 정신을 차리지 못했다. 그러는 사이에, 그날 저녁
에 벌어진 사건들은 비밀로 간주되어 왔으면서도 에메랄드 시에 있
는 이들 전부가 그 얘기 말고 다른 얘기는 아예 하지도 않고 있었다.

몸베이의 배신 행위가 백일하에 드러나 오즈 충성령의 평화 협정
은 연기되었다. 양쪽 군대의 사절들은 도로 지휘봉과 검을 집어 들
었다. 만약을 위해서였다. 하지만 아무튼 그것들을 오래 쥐고 있지는
않았다. 10년이 지나고 보면 전쟁도 전쟁 나름으로 늙어 가는 법이었
다. 서로 대치한 양쪽 진영의 병사들은 서로 빵을 나누어 먹으며 이
동식 노름판을 사이에 두고 마주앉았다. 몇몇 대대들은 도로시가 조
직한 가창 대회에 참가했다. 도로시는 분쟁의 와중에 일종의 미친
의례 주최자 아가씨로, 양군 모두의 마스코트로 바뀌어 있었다.

"내가 뭐 할 말이 있겠어요?" 도로시는 친구들을 보고 어깨를 추
썩였다. "전쟁부터가 미친 거잖아요."

리르가 인간의 근육을 웬만큼 조절하여 바르퀴손 양탄자 위로 고

꾸라질 수 있을 만큼까지 회복이 되자 캔들과 브르르는 그를 이끌어 미학관 문 바로 밖에다 그를 위해 마련해 둔 천막으로 들였다. 그간 온 힘을 다하고 온 성깔을 다하여 효엄이 있는 약이든 돌팔이 약이든 간에 온갖 연고며 완화제들을 챙겨 지닌 꼬마 다피가 그곳 천막에 기다리고 있었다. 꼬마 다피는 애당초 드래곤들에게 공격당한 젊은이로 처음 만났던 그 환자를 데리고 다시 치료에 착수했다. 리르, 새파란 나이의 리르는 하늘에서 떨어졌고 살아날 가망이 없었더랬다. 이렇게 오랜 세월이 흐른 지금 꼬마 다피는 그때의 모습을 기억했고, 훌륭하게 치료를 했다. 대장 나리가 돕겠답시고 좀 너무 우악스럽게 팔을 집어넣으면 손목을 찰싹 때려 가면서 말이다. 꼬마 다피의 남편은 가진 재주가 한 다발이지만 개중에 병상에서 간호하는 재주는 들어 있지 않은 모양이었다.

캔들은 레인도 천막 안에 데려다 놓았다. 그리고 밤새도록 불을 어둡게 켜 두었다. 가까이 놓인 두 침상에서 아버지의 딸은 긴깅을 찾으려고, 각자 다른 장애물에 맞서 안간힘을 다해 싸웠다. 애버릭이 와서 천막 근처에서 얼씬거렸지만 브르르는 그를 들여보내 주지 않았다.

"이건 당신이 상관할 일이 아니오." 브르르가 말했다.

✢✢✢

나중에, 자정을 한참 넘긴 시각에 오즈의 황제가 찾아왔다. 혼자서 왔다. 캄캄한 한밤중을 틈타 경호원도 수행원도 동반하지 않고 왔다. 줄에 맨 개 한 마리 끌고 오지 않았다. 사자는 꼿꼿이 자세를 세우고 낮게 경고하는 목울림 소리를 내었다. 하지만 셸은 어쨌든 간에 일가붙이였다. 그래서 사자는 그가 들어가게 놔두었다.

"당신은 이 애한테 신경 쓸 것 없어요." 캔들이 조용히 셸에게 말했다.

"그 애는 신의 조카손녀요." 신황제 성하가 말씀하셨다. "그 앤 내 큰누님의 손녀딸이지. 이제 그런 줄 환히 알겠소."

"가세요. 이 애가 변장하고 있을 때에는 몰랐던 것을 당신이 지금이라고 알 순 없어요. 사람의 모습이란 모두 변장이에요. 그런 주제에 본인이 신성하시다고? 당신은 사람들의 껍데기밖에 몰라요. 아무것도 몰라. 가 버려요!"

리르가 어두운 천막 안에서 일어나 앉았고, 무감각한 딸의 몸 너머로 처음으로 입을 열어 말했다.

"가요." 리르의 생각도 같았다. "우리 애한테 당신이 바랄 것은 아무것도 없어요."

"그 앤 미래와 과거를 다 쥐고 있어." 셸이 두 손을 잡아 비틀었다.

"그거야 우리나 저 애나 똑같은 분량으로 쥐고 있죠." 리르가 말했고, 신발 한 짝을 신황제 성하에게 집어 던졌다.

✢✢✢

새벽이 다 되어서 도로시가 천막에 들렀다. 떠들썩하게 한밤을 보내고 지칠 대로 지쳐서 왔다. 리르는 천막 안에 잠들어 있었고 도로시는 다시금 자기 때문에 굳이 깨울 것은 없다고 말했다. 도로시는 밖에 앉아 문지기 노릇을 하고 있던 브르에게 합류했다.

"지금 당장 어떻게든 하지 않으면 안 돼. 난 이렇게는 못살아. 자, 여기 술병에 물 담아 왔어. 사람들이 그러는데 몸베이가 구류 중이 래."

"아, 사람들이 하는 얘기들이야 많지. 안 그래?" 사자가 쉰 소리로 말했다. "핵심을 짚어 보자. 그래서 사람들이 팁에 대해서는 어떻다 고들 해?"

"별 말 안 해."

"네가 좀 더 알아볼 수 있을까?"

"나한테 밀정 노릇을 하라는 거야?" 도로시가 맥없는 웃음을 지었다. "이것 봐, 브르르. 나는 할 수 있는 만큼은 할 거야. 쿼들링 군대가 잔뜩 키스팅게임 평야로 진군해 있대. 드래곤들을 데리고 말이야. 내가 그리로 가서 그 주변 냄새를 맡아 볼 수는 있지."

"도로시, 넌 자신을 퍽이나 과대평가하는구나. 하지만 아무리 너라 해도 성난 병사들로 이루어진 군대 한가운데로 흔들흔들 걸어 들어갔다가는 곤욕을 치르게 될 거야. 조심을 해야지. 그들은 정복하러 온 거야. 그런데 속임수에 넘어가서 항복하는 꼴이 된 기분이라고. 그 앙갚음을 너한테 대고 할 거야."

"토토는 앙앙 잘 깨물어. 내가 무사히 지나가게 봐줄 거야."

"그 녀석은 네 바구니 속에서 정신없이 자고 있는걸."

이스키나리가 설레설레 머리를 흔들면서 천막에서 나왔다. 이스키나리 또한 밤을 새워 곁을 지키고 있던 중이었다.

"내가 같이 가 주지, 도로시. 틀림없이 키노트 장군이 우리한테 매 두 마리 보내 줄 수 있을 거야."

"아비 거위 나셨네." 브르르가 말했다.

"잡소리 관뒤." 이스키나리가 쏘아붙였다.

"사실은 이거야." 도로시가 말했다. "나는 그냥 여기 주저앉아 기다리고 있기보다 뭔가 도움이 되는 일을 하고 싶어."

도로시는 양손을 맞잡고 비틀었는데, 브르르가 보기에 아마 그 모습이 엠 아주머니와 조금은 비슷하리라 싶었다. 브르르는 어쩌면 과거 한때 어린 도로시가 마녀의 아들에게 마음이 있었는지도 모른다고 생각했던 게 기억났다. 리르는 이제 에누리할 길 없는 중년의 나이다. 그런데 도로시는 이제 막 결혼 적령기가 되어 가는 참이다. 도로시가 오즈로 다시 오는 게 너무 늦었다. 도로시 자신이 자라는 것보다 빠르게 성장함으로써 그녀에게서 도망칠 남자를 좀 더 빨리 찾아왔어야 했는데. 우리들의 도로시 아가씨가 꾹 참아야 했던 일이 정말 무지하게 많았구먼. 겁쟁이 사자는 생각했다. 이제 알 것 같아. 리르하고 상봉하는 건 만약 그러지 않을 수 있기만 했더라면 도로시가 되도록 피하고 싶었을 모험이었겠지.

"팁에 대해 뭔가 알아내는 일이 있으면 전갈해 줘." 브르르가 다정히 말했다. "그리고 이쪽 일행은 어떡할 건지 앞날의 계획을 내가 세우고 있지는 않지만, 그래도 리르와 레인이 자리를 옮겨도 될 만큼 상태가 나아지면 일가족이 천막을 비우고 도시에서 벗어나고 싶어 할 거라고 생각해. 자세한 사항은 나중에 해결하면 되겠지."

✢✢✢

엿새째 되는 날에 꼬마 다피가 떡 하니 버티고 앉아서 사자에게 말했다.

"이봐, 자네, 나하고 같이 곡물거래소에 가서 밀가루 도매상들에게 겁 좀 줘 보세. 가루를 사야 뭘 구워도 구워서 내가 몸소 조그마한 장사라도 시작할 게 아닌가."

"나 없이도 아주머니 혼자 거뜬히 하실 수 있잖습니까?" 브르르가 말했다.

"두 번 말 시키지 말게." 먼치킨랜드 여인이 말했다. "모든 상황이 아직 유동적인 지금 에메랄드 시의 선량한 사람들이 바지런히 상거래를 하러 나선 소박한 먼치킨랜드 촌 여자에게 혹시 개라도 풀는지 내 어떻게 알겠나."

꼬마 다피는 진심이었다. 난쟁이같이 작달막한 남편보다야 사자 쪽이 분명 신변을 지키는 데에는 한층 쓸모가 있을 것이다. 하지만 브르르는 꼬마 다피가 한편으로는 또 트롭 일가를 자기들끼리 몇 시간 놓아 둘 참이라는 걸 깨달았다. 가족끼리 화해를 할 만큼까지는 해볼 수 있게끔 말이다. 그리고 두루시는 사자도 그 장면에서는 빠져 주어야 한다고 생각했다.

✛✛✛

천막 안에는 리르와 캔들 단둘이었다. 레인은 자기 아버지가 수레 위에 뻣뻣이 굳어 있었던 것처럼 침상 위에 죽은 듯이 누워 있었다. 리르는 생각했다. 내가 이 애한테 내 가진 특징 중 제일 고약한 것들만 죄다 물려주었구나. 나 역시 한때 살 뜻을 잃은 적이 있었는데, 딸아이가 나보다 더 심지가 굳기를 바랄 수 있을까? 나하고 내 딸은 공통점이 거의 없지. 딱 하나 불합리의 공포, 내 인생 최초로부터 나에게 옮아 나를 괴롭혀 온 그것 말고는.

"동물로 변장하고서 어디로 갔던 거예요?" 캔들이 리르에게 물었다. 서쪽의 성에서 리르가 납치를 당한 이래 캔들이 그에게 직접 말을 걸기는 처음이었다. 보초를 서는 사자가 자리를 비웠다는 사실이 캔들에게 말을 해도 좋다는 허가를 내 준 것만 같았다.

리르는 이에 대해 생각한 바가 있었다.

"몸베이의 현혹 마법을 발동시킨 병사들은 자기들 생각보다 더 큰 선택의 자유를 내게 준 것이었어요. 그자들은 그게 표면적인 마법이라고 믿었소. 그리고 아마 어떤 사람에게는 정말 그러했을 수도 있겠지. 코끼리의 거죽을 덮어쓰는 것, 코끼리로 가장한다는 것이. 그렇지만 나는 나스토야 공주가 인간으로 살 적에 어떠했던가를 기억하고 있었소. 오랜 은신에도 불구하고 나스토야는 변장을 총체적으로 받아들이는 데 결코 인색하지 않았소. 그 의미란…… 나스토야 공주가 인간의 형상 속에 갇혀 있는 동안에 인간이 된다는 것은 어떤 것인지 그 방법을 배울 수 있는 만큼 한껏 배웠다는 거지요. 종당에는 그녀가 변장으로부터 풀려날 자유를 원하고, 그래서 동물로서 죽을 수 있기를 원했지만 말이오. 나는 나스토야 공주가 한결 지혜로운 선택을 했던 것이리라 생각했어요. 나는 공주가 인간으로 태어난 나보다 한층 윗길 가는 인간이 될 수 있었을 거라 생각했소. 지금까지 내 모습보다 한결 나은 인간이. 난 차라리 동물로서 죽었으면 좋겠다고 생각했소."

"겁쟁이 같은 선택이라고 할 수 있겠지, 아마." 리르는 시인했다. 캔들이 무슨 말을 한 것은 아니었다.

"당신은 에메랄드 시를 공격할 드래곤들 훈련에 협조하지 않았시요."

"그래요, 안 했소. 그건 트리즘이 했지요."

"장본인이 누구였을지, 난 보나 마나 훤히 알아요."

두 사람은 각자 천막의 맞은편 벽판에 눈길을 주었다.

"결국, 트리즘이 드래곤들에 관하여 충분히 아는 것이 있어서 혼자 그 일을 해낸 거죠." 캔들이 말했다. "아예 『그리머리』는 필요하지도 않았던 거잖아요. 아닌가요? 그렇게 고생을 시켜 놓고. 우리 인생이 갈가리 허물어졌는데. 그자들은 그 책을 읽어 줄 당신이 필요하지도 않은 거예요. 레인도 필요 없었고요."

도망치고 숨느라고 허비한 세월. 지금까지 몇 년인가.

"필요 없었지." 리르는 눈물을 머금고 인정했다. "그들에게 필요했던 건 시간뿐이었소…… 트리즘이 실험을 할 시간적 여유. 그 옛날 엘파바 트롭이 찢어내어 오즈의 마법사에게 보낸 그 한 장의 『그리머리』 책장에서 배운 것을 가지고 몇 번이고 기듭기듭 실험해 볼 시간. 그 내용을 해득해 갈 시간 말이오. 그런데 마침내 그 책을 자기네들 손에 넣자, 그자들은 알게 되었소…… 하! 트리즘이 그 책을 읽을 수 없었던 거지요. 나에게 읽혀 보려고 했지만 나는 거절했소. 바로 그때였어요, 내가 돌아오지 않기로 결정할 수밖에 없었던 게. 코끼리가 된 채 그대로, 변장이 나를 죽이게끔 방치해 두어야 했소. 몸베이는 분노했지요. 몸베이 역시 그 책을 읽으려고 해보았소. 저번 날 밤에는 어떻게 한 건지 모르겠군. 왜냐하면 몸베이가 책을 손에 넣고 나서 펴려고 해도 전혀 요만큼도 벌릴 수가 없었거든."

"물론 난 몸베이가 어떻게 책을 펴 보았는지 알아요. 레인이 거기 있었잖아요. 책은 레인에게 복종한 거예요, 몸베이가 아니라. 그 책이 저 스스로 그 주문을 떠오르게 했지요."

"레인은 아무 일 안 했소."

캔들이 눈을 굴렸다.

"아무 일도 안 한 건 당신이지요. 아니, 내가 하는 말 잘 들어요. 당신은 이런 일들이 벌어지는 동안 멈추게 하려고 한 일이 하나도 없었어요. 그 책을 펼쳐서 드래곤들이 저희 주인들에게 대들도록 하는 방법을 배우려고 해보지도 않았죠. 공격을 멈추지도 않았어요. 에메랄드 시에서는 그 공격 탓에 사랑하는 이를 잃고 낙담에 빠지지 않은 가족이 거의 없다시피 해요. 당신은 아예 무슨 노력을 하지도 않았어요…… 드래곤 떼에 불벼락을 내리려고 해보기나 했나요? 다른 사람 아닌 당신의 딸자식에게 쏟아지는 공습을 멈추기 위해 손끝 하나 까딱 안 했다고요."

"그 애가 여기 있는 줄 나는 몰랐소. 당연히 몰랐지."

"그 애가 여기 아니면 달리 어디에 있었겠어요?"

리르는 벵다의 다리에서 물 속에 던져진 여자아이를 생각했다. 젊은 병사가 불을 지른 다리. 그 다리는 지금껏 불타기를 그치지 않았고, 앞으로도 영영히 불타고 있을 것이다. 컴컴한 밤 어린애는 계속해서 내던져져 물에 떨어지고 있고, 앞으로도 떨어지기를 그치지 않으리라. 리르가 말을 이었다.

"당신한테 할 말이 없소. 『그리머리』는 그 책을 사용하는 이들에게 빠짐없이 비통한 슬픔만을 내려 주어요. 나는 그 책을 내 동포들에게 사용할 마음이 들지 않았소…… 오즈 충성령 사람에게든 먼치킨랜드인들에게든. 설령 내가 더 이상은 내 동족과 같은 인간이 아닐지라도 말이지요."

"당신답지 않아요, 리르. 그건 정말 고약해요. 비인간적이에요."
캔들이 말했다.

"내가 인간적인 선택을 했다고 주장하는 건 아니오." 리르가 인
정했다.

8

다음 날 아침 브르르가 천막 자락 사이로 슬쩍 들여다보았을 때, 레인은 잠자리에서 일어나 앉아 있었다.

"아니요, 가지 마요." 레인이 겁쟁이 사자를 불렀다. "나 이미 알았어요."

브르르는 어깨를 움츠렸다. 리르는 일어나서 수염을 깎기 위해 뭔가 쓸 만한 편의 시설을 찾으러 나갔다. 날씨가 점점 더 추워져 오고 있어서 일행이 앞으로 천막 생활을 오래는 하지 못할 터였다. 레인이 앞으로도 계속 회복되려면 말이다. 간밤의 일 이후로 아직 남편과 이야기를 나누어 보지 않은 채 캔들도 자리를 떴는데 리르 와는 다른 방향으로 갔다. 꼬마 다피와 대장 나리는 둘이서 나눠 마실 커피 깡통 하나를 들고 천막 밖의 양지 쪽에 나가 앉았다. 둘은 벌어들인 것을 낱낱이 다 헤아려 두었다. 꼬마 다피가 천막 속에 대고 큰소리로 말했다.

"도로시는 언제 돌아오려나? 밤새 겪고 온 모험 이야기들을 우리에게 흠뻑 퍼부은 다음 오전 내내 곯아떨어질 테지?"

사자는 도로시가 리르하고 대면하고 싶지 않아 하는 줄을 감지했지만 그런 얘기는 속에 묻어 둘 생각이었다. 그래서 대답했다.

"도로시는 자기 할일이 있어요."

"그 아가씬 허구한 날 할일이 있지."

레인이 낮은 목소리로 사자에게 말했다.

"아닌 척하지 않아도 돼요. 알고 있으니까. 나 다 알아요, 브르르. 원래부터 알고 있었어요."

브르르는 자기 생각에 도서관 앞 돌사자가 그러하리라 싶은 위엄과 빳빳이 풀 먹인 듯한 기세를 갖추어 몸을 바로 했다.

"글쎄다, 모든 게 다 달라졌지." 퍽이나 부드럽게 그가 말했다. 마치 하룻밤 새 장내에 곡예사들이 싹 없어져 버리고 그 대신 불을 먹는 나무 요정들이 찾아와 자리 잡은 이야기를 하는 것처럼 말이다. "그렇게까지 크게 놀랄 일은 아니야. 세상일이란 게 변하고 변하는 법이란다."

"몸베이에 대한 이 한 번의 기소에 힘입어 전쟁의 판세가 오즈 충성령 편으로 뒤집혔다는 말이에요? 그럼 누가 판세를 그렇게 기울여 놓은 거예요?"

"그 부분 나에게 이론이 있단다, 레인." 사자가 말했다. "왕권에 대한 낭만은 모든 짓밟힌 보통 사람들의 가슴속에 숨겨져 있으면서 가장 강력하게 살아 숨 쉬는 법이야. 깜짝 놀랄 일이긴 해. 나도 안다. 오즈의 시민들이 밤낮으로 폭동처럼 몰려다니며 성화같이 항의해 대고 소란을 일으키는데 양쪽 군대 어느 쪽도 시민을 향하여 무기를 들지 않는다니, 희한하지."

"팁은 어떡하고 있어요? 브르르, 무슨 일이 생긴 건지 나도 알아요. 난 장님이 아니라고요. 그리고 어쩌면 속으로는 원래부터 그런 줄 알고 있었던 것 같은 기분이에요. 그러니까 얘기해 보세요. 팁은 좀 어때요?"

브르르는 레인이 자신을 구워삶아 변변치 않으나마 자기가 알고 있는 것, 이제까지 귓전으로 들은 것들을 알아내려는 것인지, 아니면 자신이 알고 있기보다 한층 더 잘 알고 있는 레인이 그런 속내를 털어놓은 것인지 판가름을 해봐야 했다. 아마 후자이리라. 레인은 지금까지 그녀의 어린 시절 내내 증명된 바 아주 통뼈였으니까.

"도로시하고 이스키나리하고 상황을 엿보러 나갔어. 거위가 그 굴뚝새 아줌마를 통해 얘기를 전해 왔지. 팁은 잘 낫고 있다고 해. 거리에 도는 소문이 그래. 그간 승인회가 바로 옆 건물, 우리의 미학관 건물 안에서 회합을 갖고 적절한 절차를 밟아 조치를 취할 방도를 강구하고 있었지. 하지만 팁은 참석하지 않았어. 아직 그럴 정도로 힘이 난 건 아니라서."

"그래서 어디에 있는 거예요, 내…… 내 친구는?" 레인이 성급히 이야기를 끌어당겼다.

"마담 티스테인 여성신학대학 안에 독립된 거처를 마련해서 머무르게 했다는구나. 골드헤이븐 언저리 어디쯤에 있는 학교야."

"수행원들을 붙여 두었겠죠. 무장한 경비원도 세웠을 테고요."

"그게 말이다." 사자는 애써 미소를 띠었다. "그게, 그 사람은 너하고도 과거에 친분이 있는 사람으로 안다만, 시즈에서 아이어니시 양이라는 여자 분이 와 있단다. 세인트프로즈 학교에서 이리로 불려온 거야. 왜냐하면 마담 티스테인 학교 직원들과 학생들은 이미 몇 주 전에 모조리 이 도시에서 도망쳐 나가 환란 역경에서 발을 빼고 초지 호숫가에 편안히 앉아들 있기 때문이지. 아이어니시 양은 대수롭지 않게나마 어엿한 방식으로 팁과 과거에 안면이 있노라고 주장했어. 한 점 흠결 없는 그 선생의 기록이 황제의 마음을 사서 황제는 그이가 적임자라고 생각하게 되었지."

"그럼 몸베이는요?"

"아, 그건 이야기가 좀 달라. 어떤 이들은 몸베이가 남쪽계단에 들어가 있다고 그러는구나. 몸베이 본인의 안전을 위해 어둠을 타고 비밀리에 그쪽으로 은신했다는 거야. 궁전에서는 앞으로 그 소문을 확인해 주지도, 부인하지도 않을 거다. 또 다른 이들은 몸베이가, 다른 이들의 과거를 불러 올리면서 그만 실수로 자기 자신의 과거도 불러내어 그 과거가 몸베이를 덮쳤다고 한다. 그래서 몸베이의 핏속에 차오른 부패가 너무도 심해서, 벌써 한 세기는 전에 그렇게 되었어야 했던 대로 극도의 고령에 그만 기한을 맞이했다는 거지. 그 얘기도 또 확인하거나 부인하거나 하기 어려운 이야기다. 그리고 궁전 측에서 그 사안을 의문에 부쳐 두기로 할 만한 이유가 있지. 궁전에서는 애국심 강한 먼치킨랜드인들에게 표적이 되고 싶지 않은 거야. 자기네 먼치킨랜드의 수장이 수도에 들어서자마자 암살당했다면 일이 어떻게 되겠냐."

"아저씬 어떻게 생각하시는데요?"

"내 생각에 몸베이가 그때 마지막으로 딱 한 번 자기 모습을 바꿀 힘이 있었으면 우글벌레가 되었을 거고, 신문 최신호를 사려고 우르르 몰려가던 이들 중 누군가의 발에 밟혀 뭉개졌겠지 싶다."

"아니면 말아 쥔 신문으로 탁 때려잡았거나."

브르르는 기다렸다.

"전 글자 읽는 법을 배웠어요, 옛날에요." 레인이 말해 주었다. "신문 1면 머리기사 제목쯤은 나도 읽을 수 있어요. 아세요?"

"네가 읽을 수 있을 거라고 생각했지."

"왕정주의자들이 득세하겠죠."

"속단하기는 이르지. 하긴 축하 행사용 색종이조각 공장들이 야간 근무조를 편성해서 돌릴 모양이기는 하더라만."

레인은 한숨지었다.

"그럼 내 진외종조 할아버지는요?"

"글쎄다. 아직도 모든 게 공중에 떠 있는 상태 아니겠니, 응? 새로운 지도자가 과연 얼마나 통치할 준비가 되어 있을까 하는 문제도 있지. 도로시를 보면 알 수 있겠지만 나이가 언제나 지혜를 부여해 주는 것은 아니니까. 그리고 사람들은 저마다 성장하는 속도가 다르기도 하니까 말이다. 한 명 한 명 각각이지."

"셸이 왕좌를 포기했어요?"

"궁전이 군주 통치로 복귀하는 것을 받아들일지 여부는 아직 결정이 나지 않은 상태야. 그리고 문제의 군주가 통치하기를 원하느냐 원치 않느냐의 문제도 있고. 거기에 인간적인 선택이 개재되어 있다는 점 나는 이해가 간다."

"그런 게 있는지, 글쎄 난 모르겠네요." 레인이 말했다.

"허. 나에게 그런 식으로 말하지 마라. 내가 바로 겁쟁이 사자 아니냐. 알면서. 세상만사에 다 인간적인 선택이 들어 있는 거다."

레인은 사자의 어깨에 얼굴을 묻었다. 초록빛으로 변한 손을 그의 앞발에 얹었다.

"좋아요, 그럼." 레인이 말했다. "슬퍼하는 선 이세 그만 됐어요. 내가 알현을 할 수 있게 알선해 주실 수 있어요?"

"팁은 죽 네가 알현을 청하기를 기다리고 있다고, 최고위층 소식통으로부터 내 들어 둔 소식이 있지."

"최고위층 소식통이라니, 누가 그렇게 높아요?"

"작은 새가 하늘 위에서 물어다 준 얘기야."

9

마담 티스테인의 여성신학대학 문을 아이어니시 선생이 열어 주었다. 아이어니시 선생은 현관 층계에 서 있던 경비병들을 쫓아 한쪽으로 비켜나게 하면서 정말 이렇게 자꾸만 대검을 얼굴에 들이댄다면 확실히 본때를 보여 주겠노라고 을렀다.

"들어와요, 레이너리 양." 아이어니시 선생이 말했다. 선생은 새롭게 정신을 차린 덕택에 코르셋을 바싹 조인 모습이었다. 그녀는 레인의 외모상의 변화에 대하여 이렇게 중얼거린 것 말고는 아무 말 하지 않았다. "어쩜, 정말 훌쩍 자랐군요."

스칼리가 레인의 우산을 받아 들어 모자걸이에 기대 세웠다.

"레이너리 양은 이제 앞으로 부모님의 거처에서 편안히 지낼 거라 믿어요." 아이어니시 선생이 말했다. "뭔가 들고 싶은 생각이 있으면 스칼리가 비스킷이나 물이라도 한 잔 가져올 거예요. 여기에서 기다리도록 해요. 그러면 내가 곧 여왕님께 알려 드리도록 하겠어요."

"물은 제가 직접 따라 마실 수 있……."

"이 상황이 힘든 것은 누구에게나 마찬가지예요." 아이어니시 선생의 말은 엄격했다. "기다리세요."

선생은 비난하는 뜻이 가득한 눈빛으로 흘긋 뒤를 눌러 놓고 방을 나섰다. 잠시 후에 스칼리가 도기 쟁반 위에 레몬 과자 세 개와 몽글몽글한 치즈를 얹어 가지고 발끝걸음으로 들어왔다. 제아무리 왕족이 와 머물고 있다고 해도 학교의 식료품에는 별다른 개선이 없었던 게 분명했다.

"레이너리 양." 포장 도로 위에 드글드글 모여 있는 군중의 시야를 벗어나면서 스칼리가 말했다. 이 건물 바깥에는 신심 깊은 이들이 밤이고 낮이고 진을 치면서 기적을 언뜻이라도 목격하려고 난리였다. "아, 어떡해요. 레이너리 양." 스칼리는 흑득거리는 목소리를 가누지 못했다.

"너 보기에 그렇게까지 끔찍하진 않았으면 좋겠는데." 레인이 조금은 냉랭하게 말했다.

"끔찍하진 않아요." 스칼리가 말했고, 레인의 손을 쥐었다. 하지만 그 말 말고는 아무 말도 꺼내지 못한 채, 아이어니시 선생이 돌아오는 기척이 나자 식기실을 통해 얼른 내뺐다.

"자리에서 일어나도록 해요, 레이너리 양." 아이어니시 선생이 말하고는 팁이 들어오는 문을 등 뒤로 하여 물러섰다. 선생은 두 손을 잡아 비틀지 않으려고 무진 애를 쓰는 모습이었다. 아이어니시 선생이 물러가고 문이 짤깍 소리 하나 없이 굳게 닫히고 나자 레인이 입을 열었다.

"이제 오즈마라고 불러야 하니?"

"팁이라고 불러도 돼." 소녀가 대답했다.

"듣자니까 네가 네 몸에 무슨 일이 일어났는지를 알게 되어서 죽은 듯이 기절했다고 하던데, 생각이고 뭐고 할 수 있게 되고 나서의 얘기지만 그런 생각이 들더라. '기절을 하다니 꼭 계집애 같잖아.'"

"안 우스워, 레인. 상황이 이런데 우습게 됐냐? 너는 어떻게 알게 되었어?"

레인은 뒤로 빼지도 않고 가까이 다가가지도 않았다. 오즈마 티페타리우스도 마찬가지였다. 두 사람은 햇볕에 바랜 양탄자 이 끝과 저 끝에 서로 3미터 사이를 두고 서 있었다.

"그게 아마…… 모르겠어. 어쩌면 꿈에서 봤나 봐."

"거짓말 하네. 넌 거짓말을 하지 않잖아. 변했니?"

"글쎄." 레인은 초록색 손가락들을 쳐들었다. "조금 변하긴 했지."

팁은 기다리고 있었다.

"테이는 항상 널 좋아했어." 레인이 말했다. "그런데 테이는 남자들을 좋아하지 않았거든. 일반적으로."

"그런 거였어?"

레인은 생각해 보았다.

"응. 그래서 그랬던 것 같아."

"넌 그러는 테이가 수컷인지 암컷인지도 지금껏 전혀 모르고 지냈잖아, 안 그래? 그러면서 테이가 나에게 어떻게 반응하는지를 알았다고 우기려는 거야? 내가 마법에 걸려 남자아이로 변장한 모습이었는데도, 내가 기억도 못할 만큼 오랜 세월을 변장한 모습으로 지내 왔는데도……?"

"우리가 부부가 돼서 통치하는 건 용납될성싶지 않네." 레인이 말했다. "우선 다른 것보다도, 넌 나보다 나이가 한 백 살은 더 많잖아."

"글쎄. 내가 그 사실을 잘 감추긴 했지. 안 그래?" 팁의 어조는 쓰디썼다.

"넌 그동안 내내 알고 있었던 거 아니니?" 레인이 말했다.

"그런 거 아니야. 몸베이는 나를 다른 아이들하고 어울리지 못하게 따로 격리시켰어. 우리는 항상 몇 년마다 한 번씩 장소를 옮겼지. 어린 시절은 대개 영영 계속되는 것처럼 느껴지는 법이라고 그러잖니, 레인. 내 어린 시절도 그랬거든. 나는 다른 누구의 어린 시절보다 내 어린 시절이 더 길다는 사실을 모르고 살았어. 아마 내가 똑똑하질 못해서 그랬겠지. 그렇지만 그건 인정해 줘. 아니면 혹시 몸베이가 마법으로 나에게서 날짜 감각 같은 것을 뽑아내 버렸는지도 모르지. 아무래도 상관없어. 우리는 둘 다 우리 어린 시절을 날치기당한 거야, 레인. 그거 하난 확실하지. 설령 다른 건 아무것도 없다 할지라도."

"그래, 그건 맞아." 레인이 동의했다.

두 사람은 서로 상대방을 할끗할끗 훔쳐보았다. 초록빛 소녀와 오즈의 여왕이. 잊혔다가 이끌려 나온 것, 자신들이 바랐던 바와는 상충되지만, 그들에게 스며든 모습들이다. 레인은 흡사 열여섯 살 먹은 엘파바였다. 오즈마 티페타리우스는 반쯤 언 물 같은 빛깔의 눈을 가졌다.

두 사람은 양탄자를 가로질러 갈 수가 없었다. 서로를 끌어안을 수가 없었다. 어쩌면 언젠가는 그럴지도. 하지만 오늘은 아니다. 그런 일이 일어나려면 아직도 도둑맞아야 할 어린 시절이 더 남아 있었다. 아니, 어쩌면 도둑맞았던 어린 시절 중에 일부라도 돌려받아야만 그럴 수 있는 것일지도 모른다. 혹시 그러한 일이 일어날는지, 언제 일어날는지, 또 어떻게 해서 일어나게 될 것인지는 장차 무미한 미래가 가르쳐 줄 것이었다.

1

도시의 거리마다 오즈마가 돌아왔다는 말이 돌았다. 몇 주 지나기도 전에 가판대마다 6도 인쇄 삽화가 들어간 소책자가 쫙 깔렸다. 개중에 표지를 구릿빛 잉크로 인쇄한 판본은 값이 두 푼 더 비쌌는데 한 시간 만에 수집가들에게 모두 팔려나갔다. 마법사가 당도하고 오즈마 섭정공 파스토리우스가 축출된 것으로부터 시작하여 오즈의 근대사를 망라하고 있다는 책자였다. 책자에서 가장 근사한 부분은 모두가 제일 처음 넘겨보게 되는, 그로테스크하게 채색된 '파스토리우스 살해' 단락이었다. 아, 피 좀 보게! 마치 분수처럼 오즈마 궁전의 층계를 줄줄 타고 흘러내리네. 그에 이어 마법사가 '창백한 요술 여왕' 몸베이와 맺은 사악한 계약 이야기가 나온다. 마법사가 전설의 『그리머리』를 추적하는 데 매진하는 사이에 그 어린애를 남몰래 처리해 주기로 한 계약이다. 마법사는 애초에 바로 그 책을 찾으러 오즈에 왔던 것이며 끝내 그것을 자기 손아귀에 움켜쥐지 못하자 낙담해서 떠나갔던 것이다.

그 장의 끝 쪽 몇 장 그림 속에서 몸베이는 오즈미스트들과 은밀히 협정을 맺어 그들의 바람 같은 숨결인지 뭔지를 조금 뽑아내어서 마법사의 기구 속에 채워 넣었다. 마법사가 죽음의 사막을 다시 건너 돌아오는 일이 절대 없게끔 하기 위해서 말이다. 그야말로 드라마틱하게 멋진 이야기 장치였다. 증인들의 증언으로 뒷받침되는 이야기는 아니었지만. 증인들은 편집자에게 역사를 멋대로 다시 쓰지 말라고 불평하는 편지를 보냈다. 예술가라는 것들이 누리는 자유라니! 하여튼 예술가 부류들이란.

도로시는 도로시대로 내용의 한 부분을 차지했다. 3부였다. 도로시의 모습은 색이 너무 심하게 들어가서 성스킴블 발진에 걸린 쿼들링 같았다. 도로시는 우스운 장면에서는 대사도 있는('왕, 왕!') 동물 난쏙 친구 토토를 데리고 술 취한 여자 요술쟁이처럼 오즈를 이리저리 뛰어다니며 바구니에서 혼란의 씨앗을 뿌리고 책장 위에서는 썩 잘 묘사되지 못한 음악적인 박자에 맞춰 반짝거리는 구두를 차 올렸다.

누군가가 엘파바와 네사로즈 트롭에게, 그리고 그들에게 도로시가 저지른 범죄 행각에 고개를 끄덕였다. 그러나 황제가 오즈의 왕권 대행 총리를 폐지하려고 하기 때문이겠지만, 황제의 묘사에는 어느 정도 존경심이 깃들어 있었다. 오즈마가 마법에서 풀려날 때까지 자리를 지키는 사람으로 봉사해 온 것일 뿐이라고 해도 그랬다. 범죄의 역사는 얼마나 빨리 다시 쓰일 수 있는가. 그러나 그 말에는 어느 정도 쏠쏠한 진실이 깃들어 있었다. 셸 트롭은 먼치킨랜드를 침략하라고 명령했을지는 모르지만 파스토리우스를 죽이지는 않았다. 오즈마 티페타리우스를 영원히 소년 시절에 가둬 둘 수 있었던 강한 마법 주문을 건 것도 그가 아니었다. 그 마법 주문은 너무나 강해서, 마법 쥐('마법 쥐'라고?)가 속임수를 부려 라 몸베이가 우연히 자기 주문을 역전시켜 세계를 지배하겠다는, 혹은 오즈를 지배하겠다는 타락한 계획을 드러내지 않았다면 오즈마의 마법은 풀리지 않았을 것이다.

그 화려한 오락물은 2주 만에 7쇄에 들어갔다. 적어도 한 달 동안은 그 책이 붕어빵 포장지로 나오지는 않았다.

대중 잡지든 종교적인 책자이든 간에 최근의 물자 낭비와 심리적 우울에 대해 언급한 것은 거의 없었다. 콜웬 그라운즈의 드래곤들, 전쟁, 긴 궁핍, 물을 얻기 위한 싸움, 그 투쟁 양편에서 죽은 많은 사람들. 협상은 까다로운 단계에 머물러 있었다. 너무나 최근에 일어난 일이라 용서받을 수 없는(언젠가 용서를 받을 수나 있다면 말이지만) 혐오스러운 일을 보고 흥분할 수 있는 감수성이 허용될 상황이 아니었다.

과연 오즈마가 지배하게 될 것인가? 태어난 지 대략 85년쯤 흘러 갔지만 오즈마는 여전히 겉보기로는 미성년일 텐데, 어떻게 그녀의 합법성을 판정할 것인가? 몸베이 자신이 그 고약한 마술로 팁을 소년에서 원래 소녀대로 바꾸어 자기도 모르게 그 소녀가 바로 오즈마라고 정체를 밝히지 않았다면, 그 변신은 다른 뒷골목 축제의 속임수처럼 눈에 띄지도 않았을 것이다. (변신의 세세한 부분은 타락한 자들을 제외한 대부분의 시민들이 자세히 상상하기에는 너무 메스꺼웠다.) "오즈마가 아니야!" 몸베이가 미친 듯이 고함쳤다. 그곳에 있던 모든 사람들이 몸베이의 말을 들었고, 팁이 치료를 받기 위해 실려 갔을 때, 그 누구도 남자 옷을 입은 십 대 소녀의 모습을 놓치지 않고 보았다. (많은 남자들이 그 후 몇 달 동안 아내를 만족시키기 힘들었다. 아내들이 그 사태 이후 성가시게도 자기들 나름대로 화장을 했기 때문이다.)

오즈마가 아직도 사슬에 달린 붉은 로켓을 걸고 있는지…… 단 한 사람만이 그 질문을 할 만큼 충분히 사정을 알고 있었지만, 그녀는 그것을 묻지 않을 것이다.

살아 있는 사람 중에 다른 누구도 팁의 어머니 '역겨운 오즈마'를 본 적이 없었다. 그래서 빛바랜 로토그라비어 초상화로 할 수 있는 판단을 제외하면, 새 오즈마가 자신의 선조들과 가족 간에 닮았는지 아닌지 논평할 수 있는 사람은 아무도 없었다. 그 초상화들은 여러 왕권 대행 총리들이 통치하는 동안 세입자들이 새로 장식을 할 여유가 전혀 없었기 때문에 초라하게 남아 있던 집들에 선동적으로 걸려 있었다.

그리고 오즈마 티페타리우스는 그 책임을 받아들일까? 그래야만 했을까? 그녀에게 선택의 여지가 있었을까?

게다가, 먼치킨랜드가 그녀를 통일된 오즈의 통치자로 다시 받아들일까? 아무리 충실한 먼치킨랜드인도 오즈마 종족이 길리킨인이라는 사소하지만 생생한 사실은 잊을 수 없었다. 그러나 오즈마 티페타리우스를 먼치킨랜드에서 왕좌로 도로 데려온 것은 다름 아닌 몸베이였다. 그 사실은 그 반역 국가에 유리한 지분을 주었다. 한 달도 지나기 전에 몇몇 사람이 몸베이를 나라의 구세주라고 조용히 부르기 시작했다. 서로 싸우는 파벌들을 함께 협력하게 만들 오즈마가 없었으면 그 싸움은 아주 오래갈 수도 있었다.

레스트워터의 하우가드 요새에서, 에메랄드 시에서 어떤 지저분한 일이 벌어졌는지 사람들이 알게 되자 트래퍼 체리스톤 장군이 휴전을 요청하고 적대 행위를 끝내자는 논의를 하기 위해 먼치킨랜드의 아가씨를 하우가드 요새로 초청했다고 한다. 그 다음에 무슨 일이 일어났는지는 아무도 확실히 알 수 없었다. 지비디라는 나무 엘프가 단 한 명의 목격자였는데, 그는 말을 하지 않았다. 플로린스 웨이트 클럽의 오크나무 거실에서, 세 번째 포트와인 잔("고맙소.") 위로 소문이 떠돌고, 은퇴한 군 장교들이 그 소문을 속삭였다. 오즈의 충성스러운 장군 체리스톤은 진주리아 장군에게 오즈마가 에메랄드 시로 돌아온다는 헛소리를 함께 거부하고, 군대를 합쳐서 레스트워터를 그들이 군법재판으로 통치하고 호수에 대한 접근권을 가진 보호국을 세우자고 제안했다. 진주리아는 거부했다고 한다. 그래서 체리스톤이 그녀를 쏘았고, 그 다음 자기 생명도 버렸다.

목베거홀의 글린다 부인은 법적 지위는 물론이고 위치조차 여전히 알려지지 않았다.

'사악한 서쪽 마녀'의 혼란스러운 평판도 마찬가지였다. 그러나 오즈마 티페타리우스가 뜻밖에 돌아온 것을 환영하는 감상적이고, 심지어 애국적인 열정이 몰아치면서, 라 몸베이가 시행한 잃어버린 자를 불러내는 대마법은 리르 트롭을 죽지 않게 하고 그의 딸 레인의 녹색 피부를 드러낸 것 이상의 일을 했다는 말이 돌기 시작했다. 그 마법은 오즈마 티페타리우스를 어리고 말 못하는 남자로 일이백 년 더 숨겨 놓겠다는 몸베이 자신의 계획을 망치는 것 이상의 일을 해냈다. 몸베이가 부린『그리머리』의 마법은 뜻하지 않게 엘파바 트롭도 불러냈다고들 했다, 어디인지는 몰라도 그녀가 가 버렸던 곳으로부터.

✤✤✤

"꼭 엘파바가 누가 부른다고 올 사람 같잖나. 대체 엘파바를 뭘로 보는 거야? 파출부?" 대장 나리가 비꼬았다.

노르가 죽고 쌀쌀한 리르와 화난 캔들과 눈을 굴리지만 말이 없는 거위가 네서하우를 향해 떠나고 난 후 남은, 우연히 이루어진 가족은 노스타운 부근의 시즈로드에서 조금 떨어진 곳에 있는, 포격을 받은 연립빌라 아래쪽 평평한 정원에 쪼그려 앉아 있었다. 레인은 자기 마음속에서 모든 일을 정리하지 않으면 부모를 따라가지 않겠다고 버텼다.

상황이 어떻게든 저절로 바로잡힐 때까지 일행은 겨울 동안 이 쓰레기더미에 숨어 있었다. 눅눅한 습기가 올라와 모두 아침마다 두통을 느꼈지만, 강인한 담쟁이넝쿨은 건물 외부 석회가 가장 심하게 피해를 입은 부분을 숨겨 주었다. 그 장소에서는 몇 달 전 드래곤들의 폭격에 혜택 받은 바 없는 좁다란 뜰 한 사락이 내다보였다. 아무튼 테이는 산산이 부서져 나가고 남은 장식 체리 덤불 그루터기에 기어 올라가는 것을 좋아했다.

"난 엘파바 열풍이 이해가 가요. 집중 조명 아래 선 허풍선이를 참아내는 것보다 날개를 달고 강림해 줄 영웅을 기다리는 편이 쉽잖습니까." 사자가 말했다. "노르가 종종 그런 말을 했잖아요? 또 한 가지는, 이런저런 구원을 기다리면서 도덕적 위안을 받는 쪽이 자기 힘으로 해결하는 것보다 더 쉽지요. 아직 때가 되지 않았다고 하면 되니까."

"글쎄, 그 얘긴 군이 너한테 해 달라고 부탁한 적도 없는 얘기 같은데." 일단 리르가 떠나고 나자 도로시는 선선히 이 일행에 다시

합류했다. "그 점이라면, 난 이제 슬슬 몸을 풀고 준비가 돼 가는 참이야. 바로 여기서."

"내 말은 이거야." 사자는 설명했다. "들어 봐, 소위 '마녀는 어디 있나?' 열풍은 그냥 오즈마에 대한 갈망을 대체한 거지. 그게 다야. 지금 살아 있는 사람들 중에 혈통으로 계승되는 왕족 아래 산다는 게 어떤 건지 기억하고 있는 사람은 아무도 없어. 왕좌에 군림한 사람 없이 세 세대가 자라났지. 그때로 돌아간다는 것은 그저 최종적인 해결책에 대한 욕구를 너무 빨리 만족시켜 버린 거야. 사람들은 뭔가 결여된 것이 있어야만 해. 자신들이 갖지 못한 것을 열망해야만 직성이 풀려."

"내가 자랄 때는 그게 럴라인이었지." 꼬마 다피가 말했다. "언젠가는 반드시 럴라인이 돌아와서 우리 모두에게 은총을 내려 더 훌륭한 자세나 뭐 그런 걸 갖게 해 줄 거라고. 오즈마의 빈자리가 채워진다면, 길거리의 사람들에겐 새롭게 굶주려할 것이 필요해요. 그게 그 옛날 마녀면 안 되라는 법 있어요?"

"그 새롭게 굶주릴 허기란 것 말인데, 그건 그대로 쭉 생겨나야 할 거요. 안 그랬다간 아침에 손님들이 우르르 몰려들지 않을 테니." 난쟁이가 말했다.

부부는 꼬마 다피가 굽는 먼치킨랜드 먼치스로 제법 한탕 하고 있었다. 일단 충분한 자금을 확보하면 가스틸의 소매로 돌아가 비밀 재료를 더 수확할 여비를 댈 작정이었다.

"여기 문에 누가 왔군."

꼬마 다피와 함께 빵 수레를 갖고 떠나면서 대장 나리가 불렀다.

"널 찾는 사람일 거야, 도로시. 네가 나가 봐. 난 네 망할 개를 쫓아 마을을 절반쯤 도느라고 발바닥에 물집이 났어." 사자가 말했다. "번트포크 지구까지 달려가지 않고는 오줌도 못 싸는 녀석 같으니. 도로시, 토토에게 채울 개줄하고 입마개를 구하지 않을 거면 내가 너한테 마련해 주지."

"나한테 입마개를 씌우겠다고? 그랬다간 온 나라가 들고 일어나 널 가만 두지 않을걸." 도로시가 돌아왔다. "널 찾는 사람이야, 브르르. '브르르 경'을 만나고 싶대." 도로시는 심술궂게 살짝 절하는 흉내를 곁들였지만, 사자가 옆을 지날 때 그의 갈기를 헝클었다. "그런데 레인은 어디 갔지?"

도로시는 누구든 아는 사람은 말해 보라는 투로 물었지만 대답은 할머니 시계의 똑딱거리는 소리뿐이었다. 브르르는 군 경호원 같은 사람과 이야기하기 위해 정원으로 가 버렸다. 다른 사람은 아무도 집에 없었다.

✝✝✝

며칠 동안, 그레이트풀먼 거리의 갓돌에 모여든 다른 호사가들과 마찬가지로 레인은 자기도 모르게 자꾸만 마담 티스테인의 여성신학대학 앞으로 다가가고 있었다. 소박한 검은색 단색으로 칠해지고 흰 테두리로 마무리된 수수한 벽돌 건물은 자신 있게 관공서의 청렴함을 알렸다. 거리 쪽 창문들에는 커튼이 쳐 있었다. 각료들을 제외하면 아무도 오가지 않았고, 각료들은 논평을 거부했다. 레인은 애버릭 본 텐메도스를 한 번 보았다. 그는 가방을 메고, 오즈마의 소식을 들으려고 안달 난 누군가가 던진 썩은 살구를 몸을 숙여 피하고 있었다. 오즈마, 그들의 여왕. 그녀가 여왕이라면 말이지만.

레인은 은신처에서 삶을 보냈다. 평범한 것으로 가장된 삶. 레인은 이제 손목과 뺨과 다른 모든 곳에 어린 이 녹색 광휘에 저주를 받은 느낌이었다. 자기 모습을 차마 오랫동안 바라보고 있을 수 없었다. 그러나 한 끼 식사를 도둑질하고, 마음 약한 사람을 붙들고 늘어져 구걸을 하고, 한 시간이라도 일을 하거나, 아니면 더 짧은 시간 사랑을 나누기를 바라는 수천 명의 가난한 사람 중 한 명처럼 에메랄드 시의 거리를 헤매면서, 레인은 아무도 자신에게 신경 쓸 정신이 없다는 것을 깨달았다.

레인은 평생 자신을 숨길 필요가 없었던 것이다. 어쨌든 아무도 그녀를 찾고 싶어 하지 않았으니까.

포근한 겨울이 왔고, 오즈 사슴 공원에 자란 관목들에 레인의 모습을 숨겨 줄 만큼은 잎이 남아 있었다. 레인은, 이를테면 가장 천한 직업을 갖고 아침으로 겨자를 바른 종이와 잎사귀를 먹는 퀴들링 동네의 굶주린 가족들 속에서보다 여기서 자신이 주변에 더 잘 녹아드는 기분이었다. 이렇게 오즈마 제방을 따라 걸으며 레인 자신의 인생을 찾아볼 수 있다. 그게 어디 있는지는 몰라도.

마담 티스테인의 여성신학대학 맨 꼭대기 층에서 찾을 수는 없었다. 그것만은 확실했다.

아마 시즈로 올라가야 할 거라고 레인은 생각했다. 받아준다면 말이지만. 레인은 나이가 한 살 부족하지만 온갖 역경을 겪은 아이 어니시 선생은 레인이 영리하다는 결론을 내렸다. 1년의 준비 기간 동안 개인 교사를 두어 배울 수 있을 것이다. 레인의 할머니가 공식 대학생이 아니었기 때문에, 레인은 세습 학생 자격을 완전히 얻을

571

수는 없었다. 그러나 그런 것은 자잘한 일일 뿐. 아이어니시 선생이 그 정도는 잘 처리해 주었다.

테이는 날쌔게 레인을 따라왔지만, 레인은 그놈이 활동을 하지 못해 괴로워하는구나 싶었다. 레인은 테이를 도로 쿼들링 나라로 데려가서 친구들이 있는 곳에 풀어 줄 것이다. 테이는 수컷이든 암컷이든 동반자를 찾을 것이다. 레인은 그 벼수달에게 그 정도 해 줘야 할 빚이 있다.

레인은 남쪽계단 감옥의 성벽을 빙빙 돌면서 천천히 집으로, 혹은 집 비슷한 것으로 향하다가 마차가 지나가도록 멈춰 섰다. 빈쿠스의 두 어린아이들이 배수로에서 물을 철벅거리고 있었다. 그때 그 딱 붙는 바지를 입은 아르지키 사람들. 그 생각이 났다.

"사자는 드래곤을 언제라도 이길 수 있어." 한 아이가 피진 오즈어로 말했다.

"못 해." 다른 아이가 말했다.

"브르르는 할 수 있어. 이제 브르르가 책임자잖아." 첫째 아이가 반론했다.

그래서 레인은 팁이 브르르에게 승진이 연기된다는 조건으로 임시지만 오즈마의 보호 역을 수락했다는 사실을 알게 되었다. 팁은 길리킨 트라움의 하급 전권 대사에게 자기 섭정인 왕권 대행 총리로 승진할 것을 제의하여 정전을 확정했다. 다름 아닌 브르르 경, 한때 '겁쟁이 사자'로 알려졌던 인물이다. 오즈마가 어른이 되면 그때 스스로 통치할 것인지 다시 생각해 볼 것이다.

좋아, 좋아. 레인은 생각했다. 팁이 사자의 힘을 확인할 수 있었던 나날은 겨우 손으로 꼽을 정도였다. 그리고 노르의 죽음에 뒤따른 그 기간 동안 그가 한 일은 애도뿐이었다. 결국, 아파할 수 있는 능력, 통치자에게 가장 중요한 요소는 그것 아닌가?

✢✢✢

엄청나게 간단한 의식을 통해, 셸터갓 트롭 성하는 권력의 장비를 겁쟁이 사자에게 넘겨 주었다. 셸은 열쇠 두 개, 접힌 문서 몇 장, 자신의 재직 기간 중에 없어진 개인 물건들에 대한 영수증, 그리고 금화 한두 닢을 주었다. 어느 쪽이 더 합법적인지 몰라서 브르르는 그 물건들을 자기 옷방 나무 모자걸이 위에 두었다. 거기 두면 그의 갈기에 걸리적거리지 않을 것이기 때문이다. 다시 갈기를 곱슬곱슬하게 할 수 있게 되었는데 눌려서 납작해지는 건 질색이었다.

"공식 수여식을 할 때까지 머무시렵니까?" 사자가 셸에게 물었다.

"당신만 괜찮다면, 그러고 싶지 않군."

"글린다 부인을 먼치킨랜드에서 다시 불러들일 참입니다만."

"난 글린다를 썩 좋아한 적이 없소. 싫소, 이러나저러나 당신이 상관없다고 하면 나는 그냥 쉽게 가고 싶구려."

"하지만 어디로 갈 겁니까? 은둔 생활은 당신 같은, 음, 배경을 가진 사람에게는 별로 만족스럽지 않을걸요."

전직 황제가 말했다.

"옛날에 유모가 밤에 해 주곤 하던 이야기가 있소. 여러 옛날이야기에 등장하는 신화의 바다 옆에 어부와 그의 아내가 살았지. 어부는 펄떡거리는 커다란 잉어 한 마리를 잡았다오. 온몸이 금 비늘로 덮인 물고기였소. 그 물고기가 말을 했어요. 이야기에 나오는 물고기는 말할 수 있으니까, 알지요? 붉고기는 도로 바다에 던져 주면 대가로 소원 하나를 들어주겠다고 남자에게 약속했소. 남자는 딱히 빌 만한 대단한 소원이 떠오르지 않았소. 생각난 거라곤 아내가 쓸 국자나 하나 있었으면 좋겠다 정도였지. 그러나 그날 밤 그가 집에 가 보니 아내가 국자를 갖고 있었고, 아내는 얼마나 자존심이 없으면 겨우 부엌 살림 도구나 부탁하느냐고 그를 그 국자로 때렸소. 어부 아내가 말했소. 돌아가서 더 좋은 걸 부탁해요. 나는 오두막을 원해요. 우리가 잠을 자는 이 해초 들통 말고, 진짜 유리창이 달리고 비둘기장 주위에 장미가 핀 오두막을."

"그렇군요." 사자가 말했다. 그는 언제나 이야기를 두려워했고 하여간 나라 하나를 달려가야 했다.

"이야기가 어떻게 흘러갈지 상상할 수 있을 거요. 아내는 계속 남편을 도로 보내고 또 보내요. 물고기는 친절했지요. 어부의 아내가 무엇을 원하든 그걸 갖게 되었다오. 한데 그걸로는 결코 충분하지 않았지. 계속해서 그녀는 공작부인이 되게 해 달라고, 성을 갖고 싶다고, 여왕이 되겠다고, 궁전을 갖고 싶다고, 여황제가 되고 제국을 갖고 싶다고 요구했소. 왜 어부가 아내를 바다에 던져 버리지 않았는지 모르겠구려. 이야기란 때때로 이치에 딱 들어맞지는 않으니까."

"남자가 부인을 사랑했나 보죠."

"결국, 사방에서 끔찍한 태풍과 번개와 천둥이 몰아치는데도 그녀는 이름 없는 신 바로 그분처럼 되게 해 달라고 요구했소. 어부는 죽을 듯이 벌벌 떨면서 느릿느릿 바다로 가서 소원을 빌었지. 금 물고기가 말했소. '됐으니 돌아가세요. 부인은 바란 것을 얻었어요.'

그래서 어부가 집으로 돌아와 보니⋯⋯."

"어부의 아내는 이마에 금빛 태양을 달고 엉덩이에 은빛 달을 달고 있었겠지요." 사자가 추측했다.

"어부의 아내는 다시 해초 들통 속에 앉아 있었다오."

"자기 분수를 몰랐던 거로군요. 아, 교훈적입니다."

"그런 거였을까요? 결국, 어쩌면 가장 신과 같은 것은 가난한 걸지도 모르오. 과시와 영향력을 포기하는 것." 셸이 말했다.

"그러면 이제부터 도서관 문 여는 시간 동안 어린아이들에게 옛날이야기를 해 주는 일을 맡으려고 하십니까?" 사자는 이 만남을 끝내는 쪽으로 대화를 몰고 가려고 했다.

셸은 손뼉을 쳤다. 지금에 와서야 사자는 그 손이 얼룩덜룩한 반점이 있고 떨리고 있다는 것을 알아차렸다. 셸은 자기 누이 엘파바 같이 코가 길었고, 그 코끝 바로 아래 방울이 하나 맺히고 있었다. 감상이 고조되어서일까, 아니면 면역 체계의 흥분 탓일까?

"그레이트 켈스의 동굴에 대한 소문을 들었소. 키아모코만큼, 어쩌면 더 멀다 하오. 은둔자들이 살기 위해, 숨기 위해, 죽기 위해 가는 곳이오. 때때로 지진이 닥쳐 집안에 있는 은둔자들을 파묻어 버린다지. 난 거기 갈 준비를 해야 할 것 같소, 안 그렇소?"

사자는 대답하지 않았다. 그는 자기 의견을 혼자만 간직하는 법을 배우고 있었다. 몇 년 동안, 오즈마가 준비될 때까지, 그는 오즈 그 자체와 마찬가지였다. 오즈에게는 의견이 없었다. 존재만 있었다.

브르르를 왕권 대행 총리에 임명하려는 계획은 레인과 연루되었겠지만, 레인은 공적인 배경 속에서 오즈마와 가까워지는 것을 견딜수가 없었다. 오즈마는…… 팁은…… 오즈마는(그런데 정말 어느 쪽일까?) 나라에서 가장 큰 권력을 가졌으므로, 어느 날 어느 시간이든 레인에게 개인 접견을 하러 오라고 사람을 보낼 수도 있었다. 그랬다면 레인은 갔을 것이다. 그러나 그런 메시지는 도착하지 않았다. 그래서 젊은 차기 군주에게서 몇 피트 떨어진 공식 의자에 몇 시간 동안 앉아 있으라는 공식 초대를 받는다는 생각을 하면 레인은 가슴속에서 심장이 멈춰 버릴 듯한 느낌을 받았다.

그러나 레인에게는 심장이 없었다. 주어 버렸으니까.

레인의 우연히 만들어진 가족은 결코 그 사건에 대해 언급하지 않았다. 그들은 레인과 함께 집에 남아 있는 편이 훨씬 더 좋다고 항의했지만, 너무 힘찬 항의라 오히려 설득력이 없었다. 그들은 카드놀이를 더 좋아했다. 그러나 사자의 승진 소식이 도착한 날 오후에는 어쨌든 단편적인 환희가 터져 나왔다. 꼬마 다피와 대장 나리는 휴대용 술병에 담긴 위스키 스위트를 과음하며 한 쌍의 십 대처럼 흥청망청 놀아댐으로써 축하했다. 도로시는 공기가 싸늘해졌는데도 정원에 앉아 있었다. 실제 대관식 시간이 가까워 왔을 때, 그들 넷은 마음을 바꾸고 팔짱을 끼었다. 음, 꼬마 다피와 대장 나리는 팔을 끼었고, 팔 높이는 달랐지만 레인과 도로시도 그렇게 했다. 그들은 거리를 서둘러 지나가 군중 뒤쪽에 서서 멀리서 지켜보았다. 홀과 앞쪽 광장에는 오즈의 에메랄드 삼각기가 매달려 있었지만, 그 깃발은 빨강과 금빛 깃발들 속에 섞여 있었다. 아마 사자가 고른 색깔일 것이다. 그 깃발들은 어떤 면에서는 레인이 경탄하는 그 사건의 애국주의를 약화시키는 경향이 있었다.

그러나 음악은 끔찍했고, 너무 소리가 컸다.

레인이 행사에서 슬쩍 빠져나가기 직전 한 경비병이 그녀를 붙잡더니 이렇게 말했다.

"여기 계셨군요. 오늘 저녁 메니핀 광장에 있는 접견실로 오시라는 요청입니다."

그녀의 가슴이 계단을 오르듯 쿵쿵 뛰었다.

"분명 다른 사람과 절 착각하신 거겠죠."

"절대 아닙니다." 그는 레인에게 웃었다. "아시다시피, 빠져나가지는 못하십니다."

그녀는 그러지 못했다고 생각했다.

"나는 샤프롱이 있는 방에서 오즈마를 만나고 싶지 않아요……."

그녀가 말을 시작하려는데, 그가 끼어들었다.

"죄송합니다만. 저는 오즈마를 대리하고 있는 게 아닙니다."

그녀는 떨리는 목소리를 다스릴 수 있을 때까지 기다렸다.

"알겠어요. 그러면 난 체포된 건가요?"

"대외적으로만요. 에스코트를 바라시나요?"

"내 남자친구가 되겠다고 제안하시는 건가요?"

그의 얼굴이 붉어졌다.

"아닙니다, 아가씨, 기분 나쁘게 할 의도는 없었습니다. 저는 그저 밤에 혼자 다니는 것을 좋아하지 않으시면…… 밤에는 감히 돌아다니지 않는 아가씨들이 있으니까요, 그런 분이시라면, 제가 서비스를 제공하겠다고 넌지시 말씀드리려던 것뿐입니다. 제 연대의 서

미스 밀쏨입니다, 아가씨."

"네, 전 밤에 밖에 나와 다닌다고 곤란해하는 사람은 아니에요."

레인은 그렇게 말하고 그 주소를 적었다. 그녀는 도시 사방에 세워져 있는 무도회장에서 벌어지는 무도회에 초대를 받은 것이 아니었다. 레인이 누구와 춤을 추겠는가? 자기 할머니의 옛날 빗자루와?

✛✛✛

레인은 '인민 궁전'에서 솟아 있는 부분 위쪽으로 검은 하늘을 긁는, 폭발하는 듯한 색채 조명에 별 영향을 받지 않고 걸어갔다. '여인의 신비관'에서 합창을 주도하는 도로시의 목소리를 들은 것 같았지만, 그럴 리는 없었다. 이제 공식 업무가 끝났으니 도로시는 사자 옆에 있을 것이다. 도로시로 분장한 연예인이겠지. 레인은 계속 길을 갔다.

더 나은 도시 수로 위의 다리를 건너면서, 레인은 잠시 멈추어 물속에 비친 불꽃들을 보았다. 불꽃놀이는 거대하고 색채 현란한 거미들 같았다. 잠시 그녀는 이번에는 거대한 곤충들에게 다시 공격당하는 에메랄드 시를 보았다. 그러나 몸베이는 이제 구금되어 있었고, 몸베이의 블러드하운드 거미는 더 이상 레인이나 『그리머리』를 사냥하지 않았다. 과거는 과거였다. 레인은 여기서 벗어나야 했다. 안 그러면 미쳐 갈 것이다.

⁜⁜⁜

처음에 레인은 문간에 나온 남자를 알아보지 못했다. 서로 저녁 인사를 할 때까지는 남자도 레인이 누구인지 알아차리지 못했다. 목소리를 듣자 둘 다 신호를 받은 듯했고, 다음 순간 레인은 자기 아버지 팔에 안기는 방식과는 전혀 다르게 그의 팔에 안겼다. 퍼글스가 말했다.

"이날을 보기 위해 살아온 것 같구나! 너를 보니 아픈 눈이 시원해지는 것 같다."

"아니에요, 내가 눈을 아프게 만들고 있잖아요. 솔직히 말해요!"

그러나 그들은 웃었다. 레인은 지금까지 웃지 않았다, 그래, 레인은 살면서 웃을 일이 거의 없었다. 그랬다.

"그럼 여긴 글린다 부인 댁인가요? 어째서 그냥 그렇다고 전하지 않았어요?"

"글린다 부인은 자기 형편을 널리 알리고 싶어 하지 않으신다. 그러니까, 이건 임시 체류야. 부인이 사교적인 방문을 받으며 야단법석에 말려들어서는 안 되거든. 이런 상황에서는 곤란해."

"어떤 상황 때문에 조심하는지 물어도 돼요?"

"그건 글린다 부인이 직접 네게 말씀하시도록 남겨 두마. 글린다 부인께서는 앞쪽 응접실에서 너를 기다리고 계셔. 혼자 올라가 볼 수 있지? 오른쪽의 여닫이문이야. 나는 계단을 올라갈 수 없단다, 올라가서도 안 되고."

레인은 반쯤 올라가다가 돌아서서 그에게 부드럽게 물었다.

"퍼글스, 머시는 어떻게 됐어요?"

그는 고개를 젓고 시골 사람들이 역경에 처하면 고집스럽게 짓는 애매하고 경건한 몸짓을 했다.

✟✟✟

글린다 부인은 무릎 위에 작은 융단을 덮고 따뜻한 램프 불빛 속에 앉아 있었다.

"그런 커다란 사건에 신나서 뛰어다니고 계실 거라는 생각을 진작에 했어야 했는데요." 레인은 마치 잠시 신문 가판대에서 싸구려 신문 한 묶음을 가지러 다녀온 듯이 말했다.

"아, 초대가 연장되어 매우 기쁘긴 했지만, 야단법석에 대한 흥미는 극복한 지 오래됐단다."

"오즈의 선식 왕권 대행 총리씩이나 뇌시는 분이 이런 밤을 집에서 조용히 보내다니, 전 놀랐어요."

"이리 오렴, 애야, 불평은 그만하고, 네 모습을 보여 주렴."

글린다 부인의 목소리는 여전히 따스했지만 약간 약해졌고, 그녀의 가는 목이 떨리는 바람에 벌새의 퍼덕임만큼 아주 약하게 턱이 까딱거렸다. 그녀의 진주 취미는 여전했고, 실내용 티아라는 여러 번 쓴 듯 낡았지만 반짝거렸다. 고리에 매달려 글린다 부인의 목에서 늘어져 있는 안경도 그랬다. 그녀는 문서를 읽고 있었다. 누가 알았겠는가. 글린다는 코안경을 얼굴에 가져다 댔다.

"그러면 그게 사실이구나. 오, 애야, 사실이야."

"내가 원래대로 되었다는 거요?"

글린다는 고개를 끄덕이고 자기 옆의 소파를 두드렸다.

"그래, 난 그걸 믿어야 했어. 네가 리르의 딸이라는 걸. 내가 널 만났을 때는 이미 은폐 마법이 걸려 있었지. 너는 아이 돌보는 법을 모르는 다정하지만 약삭빠른 부모가 커다란 집에 보호를 받으라고 데려와 남기고 떠난 부랑자 아이일 수도 있었어."

"나를 무슨 빨랫감처럼 던져 놓고 갔어요, 안 그래요? 세탁하고 탈수하고 다듬어 널라고? 낯선 사람에게 말이에요." 레인이 말했다.

"이제 그러지 마라, 얘야. 너희 아빠, 엄마는 엄청난 압력을 받고 있었어. 그때는 우리 모두 그랬지. 우리 중 몇 명은 아직도 그렇고."

"그 이야기를 해 주세요."

"그들은 최선을 다했어. 게다가, 나는 완전히 낯선 사람도 아니었어. 나는 네 할머니를 잘 알고 있었잖니. 우리 사이는 그랬어." 그녀는 둘째와 셋째 손가락을 서로 얽듯이 함께 꼬았다.

"나는 부모에게서 모든 것을 물려받을 수 있었어요." 레인이 말했다. "지금 여기서 일어나고 있는 일의 진실을 알아차리는, 현재에 대한 우리 어머니의 본능. 때때로 과거를 읽고 말하는 우리 아버지의 능력. 그런데 나는 그 대가로 무엇을 얻었죠?"

"넌 살았잖니." 글린다가 간단히 말했다. "너는 살아남았어. 멋을 부려 말하지는 않을게. 멋이 네게 큰 의미가 없다는 건 알겠으니까."

"난 외롭게 살았어요." 레인이 말했다. "체리스톤 장군이 목베거 홀에 와서 부인을 가택연금시킬 때까지, 나는 부엌 뜰과 뒷계단 가사실, 호숫가 바위를 자유로이 출입했어요. 호숫가 바위에서는 물에 뛰어들 수 있었죠. 사방에 사람들이 있었지만 아무도 내 사람이 아니었고, 나도 누구의 사람도 아니었어요. 나는 그걸 보상받을 수 없어요."

"네 주위에서는 한 나라의 역사가 바뀌고 있었어. 아이들은 그걸 알아차리는 일이 드물지만, 거의 매해 그런 일이 일어난단다. 그렇게 큰 일이 일어났지만, 물론 네겐 별것 아니기도 하지. 모든 아이들은 버려졌다는 사실과 화해해. 그게 어른이 된다는 거란다, 레인."

"내 첫 기억은 쥐와 물고기, 그리고 진흙 속의 개구리예요." 레인이 말했다.

"그게 누구 잘못이니?" 글린다가 대답했다. "하여간, 그게 그렇게 끔찍해?"

"아무도 그렇게 외로워야 된다는 법은 없어요." 레인은 이를 갈았다. "나는 얼음 구멍에 손을 집어넣어 작은 금붕어를 꺼냈고, 그 금붕어가 얼마나 외로운지 알았어요. 그 금붕어가 내가 가진 첫 가족이에요."

글린다는 한숨을 쉬었다.

"너는 맨손이었지. 그 물고기가 그 위에서 퍼덕거리고 있었겠지? 좀 간질이기도 하고?"

"그래요. 딱 내 제일 빠른 기억과 비슷하네요."

"네가 그 물고기를 구출하려고 손을 넣었을 때 누가 네 벙어리장갑을 들고 있었다고 생각하니?"

레인은 글린다 부인의 무릎을 바라보았다.

"해가 졌을 때 금붕어가 자기 무리로 헤엄쳐 갈 수 있도록 누가 그 물고기를 도로 물에 넣어 줬다고 생각하니?" 안경이 글린다의 무릎에서 마루의 뜨개질거리 더미로 떨어졌다. "둑을 가로질러 너를 도로 데려오고, 목욕해서 몸을 데우라고 너를 넘겨 준 사람이 누구라고 생각하니?"

레인이 말했다.

"부인은 심지어 내가 진짜 엘파바의 손녀딸인 줄도 몰랐지요."

"나는 심지어 네가 진짜 엘파바의 손녀딸인 줄도 몰랐지."

거실 하녀가 차를 가져왔다. 글린다는 레인에게 오르몰루(청동을 금박으로 도금하는 공예 기법) 스탠드에 놓인 거품 수집품을 보여 주었다.

"현재 일은 내게 말하지 마라." 글린다가 말했다. "지금 일어나고 있는 일은 좀 알아. 네가 했던 일에 대해 말해 줘. 오래전 목베거에서 떠난 후 네가 어디 있었는지를."

레인은 간결하게 말해 주었다. 글린다는 뜨개질거리를 집어 들고 낮은 목소리로 코를 세면서 건성으로 주의를 기울였다. 그러나 레인이 '가스틸의 소매' 너머 아가씨물고기 회당 이야기를 하기 시작하자 글린다는 더 주의 깊게 듣기 시작했다.

"그 장소에 대해 자세히 말해 봐. 나는 건축을 사랑해. 내가 열을 올리는 일 중 하나지. 언제나 그랬어."

레인은 최선을 다했다. 낮고 모지라진 기둥들, 벽 속에 세로로 지어진 제단 부분, 높은 곳에서 본 모습. 물고기 같은 여신인지 뭔지는 몰라도 그 모습을.

"나는 신화학을 잘한 적이 한 번도 없었어." 글린다가 털어놓았다. "옛날 시즈에서, '포도의 대(大)형태학'에서 테사린은 완전히 나를 이겼지. 나는 기말 시험에서 커닝을 했지만, 아무한테도 말하지 마라. 말하면 내 학점은 취소될 거야. 커닝을 했는데도 학점이 그리 높지도 않았어."

"나도 신화학은 공부하지 않아요." 레인이 말했다.

"내가 관심이 있는 건 그 건물이야." 글린다 부인이 말했다. "비탈 위에 자리 잡은 그 건물에 대해 네가 하는 묘사 말이야. 나는 언제나 럴라인 사원들에 주의를 기울였어. 내 어린 시절에는 퍼사힐스에 작고 사소한 럴라인 목격담이 아주 많았어. 계곡 사람들은 분명히 예배당에 대해 화를 잘 내지. 말을 타다 보면 최소한 계절에 한 번은 담쟁이가 무성하게 자란 성석에 말 다리를 부러뜨리게 되니까. 하지만 네가 말해 준 건 럴라인 같지는 않아. 럴라인이라고 쳐도, 그건 우리의 하늘 여신과 여자 아바타 신화가 묽게 변주된 모습이야."

"그 거대한 돌 여인은 어머니 같고 근엄하고 물고기 꼬리로 몸을 지탱하고 있었어요. 말로 다 할 수가 없어요. 자세히 기억하지도 못하고요. 나는 그때 기억하는 한 처음으로 부모님을 만난 참이었고 솔직히 부모님의 불편한 처지에 정신이 팔려 있었어요."

"그래, 만약 내가 '왕관 얹은 머리들의 독서 토론 그룹과 항아리 밴드'의 모임에서 용감하게 의견을 말한다면, 네 부모가 종교적 감정의 강화와는 완전히 다른 목적으로 지어진 사원의 유적지에서 비틀거리며 걸어 나왔을 거라고 추측하겠어. 네 이야기를 들으면 나한테는 오히려 사업 중심지 같이 보여. 상업은 언제나 믿음보다 더 멋진 사원을 짓지."

"고원 지대의 생선 가게요?" 레인이 웃었다. "당신은 그 시험 공부를 좀 더 열심히 하셨어야 해요."

"흠, 네가 시즈에 가면 이제 내 대신 공부해 주겠니? 내 실수에서 교훈을 얻어야지." 글린다도 웃었다. "레인, 넌 뭘 할 거니?"

"모르겠어요."

"하지만 좋은 일을 해라, 알았지?" 그녀는 녹색 소녀에게 밝게 웡

크했다. "네 부모나 네 할머니를 위해서, 아니면 나를 위해서?"

"난 내가 무슨 좋은 일을 할 수 있을지 모르겠어요."

"우린 아무도 몰라. 그건 핑계가 되지 못해."

"부인은 뭘 할 건가요?" 레인은 도전적으로 물었다.

글린다는 한숨을 쉬었다.

"너 못 들었니?"

레인은 고개를 저었다.

"나는 '남쪽계단'으로 보내질 거야. 내일 가."

"왜요? 그건 불가능해요!"

"그건 불가능하지 않고, 이제 네가 그만 속상해하지 않으면 나도 속상해질 거야. 내가 내 실수에 대해 보상하는 건 매우 옳고 적절한 일이야. 목베거홀에 있을 때 나는 드래곤들에 대항해서 『그리머리』의 힘을 풀어놓았고, 그 드래곤들은 간접적으로 셀 트롭의 감독 아래 있었지. 나는 오즈의 왕권 대행 총리의 군대를 공격했어, 레인. 그건 반역죄나 마찬가지야. 난 용서받을 수 있겠지만 금방은 아니야. 서두르면 적절해 보이지 않을 거야. 그 사자가 만약 현명하게 통치하고 오즈 시민들의 신뢰를 얻으려면, 그에게 총신이 있는 것처럼 보이면 안 돼. 나를 포함해서. 정의는 그 정도 희생은 요구하지. 나는 전 왕권 대행 총리지만 잘못이 없지는 않아. 나는 아침에 떠나."

그녀가 웃었다. "가기 전에 이 작은 침실복을 다 뜨고 싶었지만, 남쪽계단에 가는 길에 브리클레인에서 마차를 멈추고 한 벌 사서 가져가야 할 것 같아. 난 최고의 모습으로 도착하고 싶어."

"하지만 그건 말도 안 돼요. 남쪽계단이라니! 당신이 간다면 나도 가야 해요."

"넌 아이였어, 얘야. 책임이 없어. 네가 계속 고집스레 반대한다면 아직도 아이인 거고." 그녀는 일어서면서 레인이 부축하도록 손을 내밀었다.

"난 널 잡아두면 안 돼, 얘야. 그리고 나 자신에게도 신경 쓸 일이 많아. 나는 그게 사실인지 매우 알고 싶었고, 이제 알아. 엘파바는 어느 날 돌아올지도 모르고, 돌아오지 않을지도 몰라. 하지만 그동안 나는 널 알게 되었어. 그건 내가 다 견뎌내게 도와줄 거야. 정말이야."

엘파바는 돌아오지 않을 거야, 레인은 생각했다. 그러나 글린다 같은 나이 든 바보에게 그 말을 할 수는 없었다.

"오, 레인." 소녀가 막 문 밖으로 나가려는데 글린다가 말했다. "한 가지만 더. 팁 이야기야. 넌 이야기란 해피엔딩이어야 한다고 생각할지 모르지만……."

"대체 누가 니힌데 이야기를 밀해 줬어요?" 레인이 물었다. "난 행복을 찾고 있지 않아요. 하지만 엔딩을 찾고 있지도 않아요."

레인은 글린다와 팁 이야기를 하지 않을 것이다. 그녀는 녹색 손가락만 까딱거린 후 미끄러지듯 나와 버렸다.

✢✢✢

레인이 겁쟁이 사자의 주의를 끄는 것은 어렵지 않았지만, 둘만의 시간을 갖기가 어려웠다. 그는 업무자들에게 둘러싸여 있었다.

"저 돔 때문에 계획위원회에서 건축가들을 데려와야 해, 알겠어? 아직 더 흔들릴 것에 대비해 여분의 지지대를 세우게. 디자인에 대해 이야기하고 싶으면 미학 교수에게 이야기해. 하지만 난 그대로 승인하고 싶어. 어느 대학인지는 상관없으니, 빗자루에서 밀짚 한 가닥 뽑아서 소원을 빌어. 글리쿤 대표단에게 지옥으로 가라고 말해. 아니, 그들에게 그런 말 하지 마. 대표단에 저녁을 먹자는 메모를 전하고 어두워진 후에 돌아오게 해. 퍼슬리, 그 목록 갖고 있어? 테니켄 시에 대표를 한 명 보내 젬시라는 이름의 군인을 아는 사람을 찾고 싶어. 그는 마법사 군대에 들어갔다 길리킨 대삼림에서 삼십 몇 년 전에 죽었어. 나한테 이유는 묻지 말고 그냥 하란 대로 해. 난 새로운 종류의 용기 훈장을 발행하고 있는데, 그의 친척은 그 훈장을 다 묶어서 몽땅 받을 자격이 있어. 그들이 그걸 거리에서 팔아도 신경 안 쓰겠어."

레인은 웃을 뻔했다. 정부 공무원으로서는 깡패 사자네.

"레인이 여기 왔어? 어디 있어? 여기 있구나, 아가씨. 나한테 글리쿤에 대해 조언해 주러 왔니? 그이들은 우리가 주선한 대먼치킨랜드 평화협상에 나서지 않겠다고 거부하고 있어. 그리고 골치 아픈 작은 일이 스칼프스에서 끓고 있어. 트롤 족장 사칼리 오아피시는 나와 아무 일도 하려 들지 않아. 까다로운 여자 같으니. 우린 꽤 오래 알고 지냈는데. 그 여자가 놈 왕을 끌어들이려고 한다 해도 난 놀라지 않을 거야. 트롤들 사이의 흔한 대의명분이지. 우리는 물러나 앉고 싶어도 역사는 끊임없이 생겨나는 것 같아. 먼치킨랜드 사람들 문제는 어떻고? 그들은 자기들 군에서 복무한 동물들에 대해 의료보험을 확대하자는 내 제안에 협력하지 않아. 우리 충격 받아도 되겠지, 그렇지?"

"잘살고 있는 것 같네요, 브르. 특별히 원기왕성하지는 않아도요."

"이거 그 조끼야, 그렇지? 진짜 람피니. 내 갈기 어떠냐?"

레인은 살래살래 고개를 저었다.

"그럴 것 같더라, 하지만 난 거기 익숙해졌단다. 머리띠를 하지 않아도 갈기가 눈에 들어가지 않게 해 주거든. 자, 색깔은 어때? 나는 나이보다 털이 빨리 은빛으로 세어 가고 있어. 하지만 약간 이상해 보이지?"

"아저씬 뮬라마 하에킴이 다시 아저씨를 찾아주기를 은근히 바라는군요? 이제 다시 홀몸이고, 아, 하여간, '숲의 왕'이니까요. 하!"

"하." 그는 동의했지만 약간 낙담했다. "뮬라마는 당국을 싫어했어. 당국을 피하려고 힘 닿는 한 모든 일을 했지. 그녀는 취임식에 오지 않았고, 카드도 보내지 않았어. 공물이라는 고귀하고 오래된 개념이 언제 유행에 뒤떨어지게 되었지? 뭐, 내 재위 기간이 끝나면 그녀도 다시 나타니겠지." 그는 미리 불안해하며 자기 구레나룻을 발톱으로 빗질하기 시작했다.

"브르르. 나 좀 봐요. 글린다 부인을 진짜로 남쪽계단 감옥에 넣으려는 건 아니죠?"

조수들은 엿들으려고 분주하지만 더 조용히 움직였다. 그는 으르렁거려서 그들을 방 밖으로 몰아냈지만, 그런 다음 레인에게 그 문제를 완전히 제대로 이해하고 있다고 말했다. 사자는 그 조치가 오래지 않기를 바랐다. 글린다는 그런 상황에서 가능한 한 정중한 대접을 받을 테지만, 자유의 대가는 비쌀 것이고 그녀는 그 대가를 지불해야 할 것이다.

"그건 국익을 위해서야, 레인." 사자가 말했다. "내 고문들이 그렇게 해도 체제에 안전하다고 조언하는 바로 그 순간 글린다 부인을 다시 끌어올릴 거야."

원숭이 미코 씨가 서명이 필요한 성명서 몇 장을 가지고 문간에 왔지만, 브르르는 짐을 싸라고 그를 다시 보냈다.

"저 영감님을 급여 대상자 명단에 올릴 수 있어서 아주 기뻐. 저 이한테 빚진 게 있으니까. 이제 우리 도로시를 어떻게 할까?" 그가 레인에게 물었다.

"날 보지 마요." 레인이 말했다. "이제 아저씨가 오즈마 섭정이잖 아요."

"도로시가 에메랄드 시 근처에 더 오래 머물면 그녀는 선동가가 될 거야. 아니면 자기 자신의 패러디가 되든가. 나머지 우리와 마찬 가지로." 사자가 말했다.

"도로시는 어떡하고 싶어 하는데요?"

"흠, 도로시는 집에 가고 싶어 하는 것 같구나. 이번에도 말이다. 그렇지 않을까?"

"내가 마지막으로 들었던 바로는 그래요. 알겠지만 도로시는 미 친 게 아니에요. 나도 떠나고 싶으니까."

"하지만 나는 전혀 몰랐어." 브르르가 말했다. "이제 나는 지도자 야. 생각할 시간이 없어."

"우리는 언제라도 『그리머리』를 써 볼 수 있었어요." 레인이 말 했다.

"미코 선생, 그 책을 보물 창고에서 가져와요." 브르르가 소리쳤 다. "난 변덕을 부리는 게 아주 좋아." 그는 레인에게 털어놓았다. "초콜릿 먹을래?"

"그러다 다시 힘들어질 거예요, 브르르. 출세는 한때인걸."

"모르겠다. 난 출세해 있는 동안을 즐기려는 것뿐이야."

그래, 동물이 오즈의 왕권 대행 총리가 되었구나. 레인은 생각했다, 이렇게 오랜 시간이 흐른 후에, 엘파바는 여기에 대해 대체 어떻게 생각할까?

✢✢✢

오즈를 떠나는 도로시의 출발은 아주 급하게 준비되어서 꼬마 다피와 대장 나리는 그곳에 없었다. 둘은 도시를 벗어나 가스틸의 소매로 수확 여행을 간 참이었다. 그들은 작별 인사도, 뭔가 더 짭짤한 것도 하지 못했다.

새벽이 오기 전, 브르르는 도로시에게 개인적으로 작별 인사를 할 수 있도록 왕실 근위병들로부터 빠져나와 이륜마차 한 대를 징발했다. 그는 로어쿼터에 소재한 개인 아틀리에의 불결한 안뜰에서 레인과 미코 씨를 만났다. 인목을 덜 끌 수 있도록 미코 씨가 찾아낸 후미진 지역이었다. 미코 씨는 그 책을 징발해 왔다. 초로의 여성 파니 양이 그곳에 모인 사람 몇 명에게 문을 열었다. 그녀는 그 대표단에서 겁쟁이 사자를 보았을 때 격식을 갖춰 낮게 절했다. 그가 온 것은 널리 알려지지 않았다. 그러나 새벽이 오기 전의 가스등 불빛에 녹색으로 빛나는 레인을 보자, 파니 양은 숨을 들이켜고 달아나더니 돌아오지 않았다.

손수레와 두엄 더미, 말라죽도록 내다 놓았지만 지금까지는 죽지 않은 줄기가 길쭉한 제라늄들 속에서, 레인은 낡은 담요 위에 자리

를 잡고 목베거홀 너머 소나무가 난 모래밭에서 만져 본 이후 처음
으로 『그리머리』를 만져 보았다.

미코 씨는 새로 맡은 책임의 긴장 때문에 거의 잠든 상태로 한쪽
에 서 있었다. 도로시는 다른 편에 무릎을 꿇었고, 토토가 그녀의 한
쪽 구두 가장자리를 씹고 있었다. 레인은 표지를 넘겼다. 책이 휙 열
리고 텅 빈 페이지가 나왔다. 그러니까 처음 시작은 빈 페이지였다.

그들은 '워터마크'에 해당하는 말을 몰랐다. 그러나 희미한 녹색
불빛을 페이지가 내뿜기 시작했다. 처음에는 너무나 흐릿해서 가까
운 나뭇잎에 균형을 잡고 올라앉은 물방울이 던진 굴절광인가 싶었
다. 갈지자 모양이다. O에서 빠져나온 Z라고, 레인은 생각했다. 이
미지의 가장자리는 흐렸다. 마치 아주 작은 종잇조각으로 만들어진
것처럼, 책장이 넘어갈 때 불빛 속에서 날아다니는 비현실적인 무
(無)의 종류처럼. 아마 책장의 오즈미스트들이겠지.

"저건 꼭 엘파바 같네, 안 그래?" 도로시가 눈물을 글썽거리며 말
했다.

"헛소리." 미코 씨가 말했다. 그는 옛날 좋았던 시절 시즈에서 엘
파바 트롭을 가르친 일이 있었다. "엘파바하고는 닮지도 않았어. 저
건 죽은 책벌레의 영혼이에요, 그뿐입니다. 볼일이나 끝냅시다."

"엘파바는 돌아오지 않을 거예요. 나도 그렇고요." 도로시가 말
했다.

레인은 펄럭펄럭 책장을 넘겼다. 책장은 레인의 손길 아래 순순
히 넘어갔다. '해충의 박멸에 대해서.' 아니야! 도로시가 열병처럼
오즈를 휩쓸긴 했지만 그렇다고 해충은 아니다. '물 위에 겨울을 불
러 내리기.' 레인에게는 여기서 모든 것이 시작되었다. 우연한 사건

의 집합이 아니라 자신의 삶에 대한 일관성 있는 기억이 시작된 곳이었다. '수컷의 어리석음, 그 소거나 증폭.' 맙소사, 제발 좀.

'그럼에도 불구하고 마음을 완전하게 만드는 법.' 이런 주문이 있었나?

레인은 자신에게나 또 오즈마에게 자칫 재앙을 불러오는 일 없게 조심해야 했다.

다음 페이지를 보고 레인은 웃었다. '바람과 함께 사라지다.' 그래, 도로시는 처음에 엄청나게 큰 태풍을 통해 도착했지, 안 그런가? 그것을 다시 불러낼 때가 온 것 같았다.

"준비됐어요?" 레인이 도로시에게 물었다.

"다음에는 휴일이었으면 좋겠어." 도로시가 말했다. "나는 바다 너머에 가 볼 거야. 아마 레반트. 아니면 리비에라. 아니면 아르헨티나 팜파스 초원. 대양 너머에 있는 중국 사람을 만나거나. 오즈 나들이 덕분에 내게는 확실히 여행 취미가 생겼어."

"바다 너머라니, 제발요."

레인은 책 위에 몸을 굽히고 있다가 도로시를 쳐다보았다. 레인은 자기 자신을 잘 알았다. 그녀는 뜨개질에 걸맞은 간결하고 함축적인 감상을 말하는 사람은 아니었다. 생각해 낼 수 있는 말은 이것뿐이었다.

"도로시, 다음번이라고요? 여행 보험이라도 들어 놔요."

"그래. 그리고 다음에는 내 행운 과자도 조금 더 신중하게 선택할 거야. 이제 잘 들어. 레인." 도로시에게는 늘 되로 주고 말로 받았다. "너무 늦기 전에? 팁을 포기하지 마. 오즈마 말이야. 네 앞에는 아직 아주 많은 것이 기다리고 있어. 내 소원은……."

"소원을 바라지 마요." 레인이 말했다. "시작하지 마요. 비는 건 오직……."

"그리고 네 할머니 말인데." 도로시가 말했다. "난 모르겠어……."

"난 이야기하고 싶지 않아요. 할 일이 있다고요."

"그냥, 그녀가 돌아올 필요는 없다는 뜻이었어." 도로시가 고통스럽게 미소 지으며 말했다. "내 말은, 봐, 네가 여기 있잖아."

레인은 비참한 기분으로 주위를 슬쩍 돌아보았다. 사자와 도로시가 눈물 어린 웃음을 지으며 열심히 레인을 바라보고 있었다. 레인은 화분에 심어진 제라늄을 그 둘에게 던지고 싶었다.

"언니가 날 가지고 더 이상 헛소리를 늘어놓기 전에 보내 버려야겠어." 레인이 소리쳤다.

도로시는 그 다음 브르르를 보았다.

"난 전에 허수아비를 제일 좋아했어."

도로시가 말을 시작했지만, 사자는 그녀에게 무뚝뚝하게 대답했다.

"나도 그랬지. 이제 겁쟁이 사자에게서 충고 좀 받을 준비가 됐니? 무사히 집으로 돌아가렴. 우리의 성대한 축복을 받으면서. 하지만 그곳에 가면, 항복하지 마, 도로시. 절대로 항복하지 마."

"너도 항복하지 않았지, 그렇지?" 도로시가 대답했다. "토박이 사자는 성공해. 자, 돌아가서 내가 제일 먼저 할 일은 헨리 아저씨와 엠 아주머니에게 무슨 일이 일어났는지 알아내는 거야. 하나님의 축복이 있기를. 그리고 샌프란시스코가 에메랄드 시만큼 난장판이라면, 그래, 꼬마 다피에게 조금 배워 둔 접골법이 있어. 난 본격적으로 해볼 거야. 물론 그 일을 하는 내내 노래를 부르겠지." 그녀는 마음을 가라앉히려고 자신을 놀리고 있었다. "우리는 멋진 2인조가 될 수도 있었을 거야, 브르르. 하지만 너는 용기 때문에 다른 길로 갔지."

그들은 더 이야기하지 않았지만, 그들이 서로 잡은 손을 놓기까지는 잠시 시간이 걸렸다.

레인은 주문을 읊기 시작했다. 자갈밭에서 작은 국지적 태풍이 일어났다. 잠시 그것은 또다시 오즈미스트들처럼 보였지만, 더 모래 같았다. 상승기류가 도로시를 공중에 들어 올렸다. 마치 들을 마음이 있는 사람 누구에게든 도로시가 계속 이야기하던 그 '엘리베이터' 안에서 높이 날고 있는 것 같았다. 도로시가 토토를 낚아채 올렸을 때 토토는 작고 뾰족한 똥을 남겼다. 미코 씨는 그것을 두엄더미 안으로 차 넣었다. 아무도 그 개에게 작별 인사를 할 틈이 없었다. 토토가 들어가 여행한 바구니가 땅에 남겨진 채 그들이 사라질 때의 힘을 받아 흔들거렸다.

✢✢✢

팁은 여전히 마담 티스테인의 대학에 남아 있었다. 아마 팁은 슬그머니 빠져나가기 좋은 순간까지 기다리고 있을 거야. 그렇지만 그 다음엔 어떡해? 그 다음엔 어떡해? 『그리머리』를 열고…… 그 다음엔 어떡해? 우리는 뭘 하지? 진실에서 슬그머니 도망쳐 다시 서로 변장한 채로 얽히나? 그건 아무 소용이 없을 것이다.

그러나 몇 주가 지나고, 그 다음 몇 달이 지났다. 어떤 메시지도 도착하지 않았다.

더 이상 오래 머물면 영원한 마비 상태에 빠지리라 생각했을 때,

레인은 에메랄드 시에서 떠날 준비를 했다. 일단 따뜻한 날씨가 자리를 잡으면 걸어서 떠날 것이다. 혼자서. 그녀는 겁쟁이 사자에게 그렇게 전했다. 그는 심부름꾼을 통해 답신을 보냈다. 아마 그는 너무 많은 작별을 경험했나 보다. 빵 한 덩이를 나누어 먹는 것처럼 아무렇지도 않게, 브르르는 레인에게 그 파란 가방에 담긴 『그리머리』를 주었다.

"이걸 사용할 수 있는 사람은 너 혼자밖에 없어." 그는 편지에 그렇게 썼다. "이건 도시에 두기에는 너무 위험해. 난 네가 이걸로 무엇을 할지 알고 싶지 않아. 내게 도로 갖고 오지만 마. 사랑해, 브르르."

그 책에 이어 끈으로 묶인 갈색 종이 꾸러미가 가방에서 빠져나왔다. 레인은 그것을 열어 보았다. '용기'라고 새겨진 메달이었다. 브르르는 자기 자신을 비웃고 있는 것일까? 리본은 은실이 섞인 상아색 실크였다. 틀림없이 그가 직접 그 디자인을 선택했을 것이다. 레인은 그것을 뒤집었다. 오오, 멋지다, 조각이 되어 있었다. 이렇게 씌어 있었다. "지나간 시간과 현재, 앞으로 올 시간 사이의 차이를 아는 레인에게."

✦✦✦

이제 그녀는 아침 시간을 좋아했다. 도로시가 오즈에서 가 버린 날 다음부터(안전하게 갔기를 바랐다. 어떤 소녀는 캔자스 골짜기에서 더 말썽이 되기 쉽겠지만) 레인은 자기가 밤이 새벽으로 바뀌어 갈 때 걷기를 좋아한다는 것을 깨달았다. 그 시간에는 쉽게 맹목이 되는 우리 눈이 보는 상 아래에서, 고유의 녹색이 공중에 맴돈다.

하여간, 어느 주중의 하루 새벽이 오기 전, 그녀는 테이를 토토가 옛날에 쓰던 바구니에 넣고 마담 티스테인의 여성신학대학 문간 위에 남겨 두었다. 그녀는 이런 쪽지를 썼다. "레인이 팁에게. 테이가 허락하는 한 오랫동안." 테이는 팁의 문간에 남겨 놓는다고 법석을 피우지 않았다. 벼수달은 마치 팁이 어디 있는지, 팁이 누구인지, 자기가 해야 할 일이 무엇인지 아는 것 같았다. 녹색 위안이 가능하다면, 위안이라는 작은 일을 해 주렴. 반쪽의 위안을. 누가 말할 수 있으랴.

그녀는 완전한 침묵 속에서 네서하우로 걸어갔다.

✢✢✢

다음 해, 그레스트레일 기차가 도착해서 키아모코에 있는 패거리에게 컬러 증보판 하나를 배달했을 때, 치스터리는 유모의 안경을 빌려 한 장 한 장 전부 그녀에게 소리 내어 읽어 주었다.

"허, 세상에." 유모가 말했다. 그리고 "그 부분 다시 읽어 줄래?" 와 "고맙기도 하지!"라고도 했다.

"이걸로 끝이에요." 다 읽었을 때 치스터리가 말했다.

"터무니없는 소리가 한 짐이구먼." 유모가 말했다. "하지만 나름 충격적이야. 걔가 다시 돌아올까?"

"엘파바요?" 치스터리가 말했다. "이제 그만해요, 유모."

"아니, 레인을 말하는 거야." 유모가 말했다. "정말이지, 원숭이 아가야. 난 바보가 아니란다. 레인은 에메랄드 시 근처에 머무르고 싶어 하지 않을 거야. 네 생각에 레인이 여기 돌아와서 살 것 같아? 결국 이건 레인의 성이잖아. 그리고 그렇게 많이 말썽을 일으켰던 그 오래된 책을 레인이 갖고 있을 게 틀림없다는 생각이 드는구나."

유모가 그렇게 정정해 주자 치스터리는 간단히 기가 꺾였다.

"미안해요, 레인의 앞날에 대해서는 아무것도 아는 게 없어요. 난 유모님이 엘파바가 돌아올 것 같냐고 묻는 줄 알았어요."

"설마." 유모는 완숙 달걀 껍질을 까서 껍질을 먹으려고 내려놓으며 말했다. 잠시 후 그녀가 덧붙였다. "게다가 엘파바는 이미 돌아왔어. 지난주에 내가 그녀를 계단에서 봤어."

그러나 치스터리는 식기를 쟁그랑거리고 있었다. 귀가 매우 어두워져서 그는 그 말을 듣지 못했다.

캔들과 리르는 또 한 해 정도 네서하우의 집에서 버텼지만, 결국 캔들은 자기 남편을 떠나기로 결심했다. 레인은 울었고 그것이 자기 잘못이라고 생각했다. 레인은 돌아오지 말았어야 했다. 자신의 끝없는 아픔을 가져와 부모의 오두막 방을 오염시키지 말았어야 했다. 나가야 할 사람은 자신이었다.

그러나 캔들은 자기가 어떻게 그 오래전에 딸의 어린 시절을 다른 사람에게 내주기로 설득되었는지 이해할 수 있을 때까지 떠나 있어야 한다고 고집을 부렸다. 그녀와 리르는 한 번도 다시 싸우지 않았지만, 연인처럼, 아니 친구처럼도 이야기하지 않았다. 때가 된 것이다.

"제 어린 시절은 결코 부모님이 가진 게 아니었고, 하여간 부모님은 주실 수 있는 최고의 방식으로 제게 주셨잖아요." 레인은 홀쩍거리면서 말했다. 그녀는 그렇게 믿게 되었다.

"리르는 죽을까 봐 겁에 질렸고, 그래서 너도 죽을까 봐 겁에 질렸던 거야." 리르의 캔들이 말했다. "네가 초록색으로 태어났을 때 그는 숨이 막혀서 너를 숨겼어. 난 그렇게 되도록 내버려두었고. 이제 나한테는 그렇게 보여, 초록색 꼬마야. 아마 나는 그를 용서하거나 나를 용서하는 법을 알게 될 거야. 그때가 되면 돌아올 거야. 나는 미래가 아니라 현재만 볼 수 있어."

캔들이 떠난 후 리르가 말했다.

"다 내 탓이야. 그리고 네가 갓난아기였을 때 캔들이 너를 먼저 떠난 일을 이야기하자면, 그건 그럴 만한 당연한 이유가 있었어. 널 구하기 위해서였어. 캔들은 네가 누군지 알고 있었어. 네 엄마는 그런 감각을 가졌으니까. 캔들은 네가 살아남을 것을 알았고, 내가 찾으라고 너를 남기고 떠났어. 그녀는 너에 대해 확신을 갖고 있었고 너를 보호할 본능도 있었어. 캔들이 지금 너를 위해, 나를 위해 하고 있는 일은 그때의 마찬가지로 좋은 일일 거야. 우리는 그걸 아직 알 수 없지만. 캔들은 현재를 본다는 걸 명심해라." 그는 움찔하는 흉내를 냈다. "내가 보증할 수 있어. 어떤 면에서는, 코끼리로서는 난 그녀에게 죽어 버렸어. 아마 그래서 그녀가 현재를 볼 수 없고, 내가 여전히 살아 있는 것으로 보지 못하는 걸 거야."

"아빠는 엄마가 그 유명한 트리즘을 찾으러 갔다고 생각해요? 아빠가 오랜 세월이 흐른 후 이제 그를 찾아냈기 때문에?" 레인은 말을 억누를 수가 없었다. 자기 슬픔을 헤아리는 것보다는 다른 사람에게 상처 주는 편이 더 쉬웠다.

"너도 알지? 네 어머니를 셰일샬로에 있는 세인트글린다 수녀원에서 만났을 때, 모두 네 어머니를 캔들이라고 불렀어. 캔들 오스콰

미. 그녀도 자신을 그렇게 불렀지. 하지만 나는 그것이 쿼아티 말을 잘못 발음한 거라고 생각해. 그녀의 이름은 '캔틀'에 더 가까워. 그건 '한 사물의 일부'라는 뜻이야. 부분. 조각. 어떤 것이 부서졌을 때 나오는 파편. 질그릇 조각. 조각상의, 껍질의 잘라낸 조각."

"그 이야기는 그만해요. 엄마가 돌아올지 안 올지 하는 얘기도요."

"알잖니, 나는 꼭지가 부서진 조개껍데기만 음악을 만들 수 있다고 들었어."

이스키나리가 말했다.

"저녁으로 메추리알을 먹을까 생각하는데 어때? 아니면 근사한 호수 송어나."

아버지도 딸도 그에게 대답하지 않았다. 레인은 앞마당에 나가서 언덕을 바라보았다. 더 이상 수집할 만큼 의미를 가진 것이 없었다. 세거나 의지할 수 있는 것이 아무것도 없었다. 하여간 레인은 걸었다. 무(無)를 주먹주먹 뚝뚝 떨어뜨리며, 자신을 자신에게서 비우려고 하며 걸었다.

✦✦✦

그들은 『그리머리』를 네서하우의 비탈에 파묻었다. 리르가 고대 마법사의 팔 안에서 그 책이 나타나는 것을 보았던 곳에서 기억나는 한 가장 가까운 장소에 묻었다. 그들은 엘파바의 빗자루가 겨울을 견뎌 내리라고 생각하며 그것을 땅에 꽂아 장소를 표시했다. 봄이 되면 그들은 그 장소를 영원히 표시하기 위해 돌을 끌어다 놓을 것이다.

그러나 그들이 봄에 돌아왔을 때 그 빗자루는 뿌리를 내리고 신록을 싹틔우기 시작했다. 그래서 그들은 그것을 확실한 표지 삼아 그대로 놔두었다.

또 한 해가 지나갔다. 팁에게서는 아무 전언도 오지 않았다. 레인은 에메랄드 시에서 오는 소식을, 아니면 사실은 오즈의 어떤 곳에서 오는 소식도 듣고 싶지 않았다. 그녀는 '다섯 개의 호수(파이브 레이크스)' 주변의 언덕들을 돌아다녔고, 그레이트 켈스로 들어가는 비탈을 대담하게 점점 더 멀리 올라갔다. 레인은 우편으로 지원해서 시즈 대학에 입학 허가를 받았지만, 학생 자리나 장학금을 받아들이지 않고 그 일이 그냥 지나가게 내버려 두었다.

세상은 천천히 사람이 살지 않는 곳으로 변해 가는 것 같았고, 바람은 그녀가 이해할 수 없는 미묘하고 공격적인 어조로 그녀에게 말했다.

그러다가 어느 봄날, 산비탈에는 겨우 잎사귀가 나고 있었지만 전형적으로 축축한 여름날 같은 오후에, 레인은 다시 오즈미스트들을 불러오고 숨겨진 오즈마 티페타리우스가 있던 장소를 드러내도록 라 몸베이를 속이는 일에 일조한 껍질에 대해 다시 생각했다. 오즈미스트들은 오직 현재의 나날에 대한 욕구만을 이야기했다. 그것이 그들에게는 미래였다. 레인은 여전히 미래에 대한 호기심을 갖고 있겠지만, 어느 날 레인도 죽을 것이다. 그녀는 분명 오즈마 티페타리우스의 아이들에 대해서 열렬히 알고 싶어 하며 오즈미스트들 속에 있을 것이다. 오즈마가 아이를 낳는다면 말이지만. 무슨 일이 일어날지 더 많이 알고 싶다는 욕구…… 그것은 끝없는 욕구였다, 안 그런가? 이야기는 계속되고 더 계속되려고 한다. 그녀는 삶에 대한 애착을 영원히, 심지어 죽음 속에서도 가졌다고 해서 오즈미스트들을 나무랄 수 없었다. 그녀 자신도 반쯤 죽어 있었지만 그 애착을 느꼈다. 초점도, 그 애착이 갈 대상도 없었지만.

레인은 발이 없는 나이 든 쿼들링 예언자 샬로틴에게서 훔쳤던 조개껍데기를 집어 들었다. 그녀는 그것을 불지 않았다. 부러진 끝을 더듬어 보았다, 그 물건이 노래할 수 있도록 해 주는 깨진 부분을. 레인은 언젠가 누군가가 하던 말을 떠올렸다. "그게 네게 하는 말에 잘 귀 기울여라."

레인은 그것을 귀에 갖다 대었다. 그때와 똑같은 극적인 쉬잇 소리, 기대의 현재, 기대의 소리. 절대 완전하지 않은 어떤 것 일부분.

물론 레인은 거기서 어떤 말도 나오게 할 수 없었다. 몇 년 동안이나 시도했지만 음성 같은 것은 한 번도 들어 본 적이 없었다. 레인은 그것을 도로 테이블 위에 놓았다. 작년부터 상당히 조용해진 거위는 악의를 품고 그녀를 바라보았다.

"그래? 누가 네게 메시지라도 남겼니?" 이스키나리가 날카롭게 물었다.

그의 질문이 대답을 자극했다. 이건 그녀에게 무엇을 말하고 있었을까? 말로 한 것은 아무것도 없었다. 그녀는 틀린 물건에 귀 기울이고 있었다. 그것은 쉬잇 소리를 통해 말하던 것이 아니었다. 그것의 존재를 통해 말했다.

그것은 그녀에게 말하고 있었다. 난 존재해, 그런데 그게 네게 무엇을 말해 주지?

리르는 파묻은 『그리머리』에 전혀 흥미를 느끼지 않았다. 대신 그는 빈 종이 여든 매 한 묶음을 찾아내 네서하우의 오두막에 배달해 달라고 땜장이와 협상을 했다. 그 다음 리르는 그 종이를 풀과 끈으로 묶어 일종의 필사본을 만들면서 럴라인타이드 달의 대부분을 보냈다. 엉성한 실험을 조금 거친 후, 그는 기름 램프 굴뚝의 검댕을 긁어내어 송진과 탄 나무껍질 숯과 함께 빻아 램프 그을음 한 통을 모으는 데 성공했다. 이스키나리는 깃털 펜을 기부했고, 리르는 앉아서 글을 썼다. 글쓰기는 리르가 기다리는 동안 그를 행복하게 만들어 주는 것 같았다. 흠, 그가 무엇을 기다리든 간에.

"뭐하고 있어요?" 리르의 열성에 레인은 짜증이 났다.

리르는 멀리서 바라보듯이 레인을 쳐다보았다. 그의 눈은 녹색이었다. 레인은 지금까지 그것을 한 번도 알아차리지 못했다.

"논문 같은 걸 한 편 쓰고 있어. 이쨌든 편지야. 브르에게, 오즈마에게 보낼 거야."

레인은 이미 모욕을 당했다. 그는 그녀의 삶 속으로 밀치고 들어오면서, 그것을 더 개선하려고 하고 있었다. 버려지는 쪽보다 더 성가셨다.

"무엇에 대한?"

"무엇에 대한. 무엇에 대한 거냐고 하면, 내 생각으로는…… 권력에 대한 거. 통치에 대한 거. 깃털 색깔은 같지 않아도 함께 몰려다니는 새들에 대한 거야. '새들의 회의'를 만들기 위해서. 상급자에게 복종하는 대신 위원회를 통해 자치를 하기로 결심한 수녀들에 대한 것. 오즈미스트들과 과거뿐만 아니라 미래에 귀 기울이려는 그들의 욕구에 대한 편지야. 아직 머릿속에서 그걸 다 정리하지는 못했어."

"궁정에서 한 자리 노리시는 거예요? 왕권 대행 총리의 고문으로요?"

"난 오직 궁정과 왕좌의 근거에 질문을 던지고 싶은 거야. 그것의 정당성에 대해."

"글쓰기는 결코 사람이 무슨 일을 하는 것을 도와준 적이 없어요."

"아마도, 생각하는 것 말고는." 리르는 다시 자기 일로 돌아갔다.

레인은 리르가 그렇게 깊이 생각에 빠지기에는 너무 젊다고 생각했고, 그의 인내심 때문에 조바심이 났다.

리르의 생각이 종이를 사각사각 긁는 소리를 피해, 레인은 바깥의 차가운 날씨 속에서 아스파라거스 밭 주위에 자연석 벽을 짓는 일을 했다. 레인은 아가씨물고기의 회당에 있던 윤을 낸 돌덩어리를 기억했다. 거기에는 말처럼 깃털 없이 매끈한 작은 생물이 새겨져 있었다. 아마도 어느 날 그녀는 혼자서 오즈를 가로질러 다니며 그 돌을 모을 것이다. 살아 있지 않은 대상은 사람들보다 덜 성가셨다.

레인은 어느 날 늦은 아침 노동을 멈추고 이마에서 땀을 닦아내고 있었다. 호숫가에는 얼음이 선반을 이루고 풀밭에는 서리가 내렸는데도 땀이 났다. 그때 그녀는 빗자루 나무 근처에서 뭔가 실룩거리는 것을 보았다. 어떤 악마나 요술쟁이가 무슨 수를 써서 『그리머리』를 냄새 맡고 찾아내었을까 봐 경계하면서, 그녀는 더 가까이 가서 살펴보았다. 레인은 나무 그늘 속에서 큰뱀 한 마리를 놀라게 했는데, 그 큰뱀은 알고 보니 큰뱀이었다. 큰뱀은 머리를 들고 접혀 있던 줄무늬가 진 목 자락을 홱 펼치며 말을 걸었다.

"그 무거운 돌을 나한테 쓸 필요는 없어. 난 너에게 아무 해도 끼칠 마음 없어."

레인은 돌을 엉덩이로 깔고 앉았다.

"넌 아침을 소화시키기에는 안 좋은 장소를 고른 것 같은데. 넌 그 나무에서 떨어져 있어야 해. 이건 일종의 기념 정원이야."

"난 바보가 아니야. 이 무덤 속에 뭐가 있는지 알아."

레인은 큰뱀이 무례하다고 생각하지는 않았다. 그러나 레인이 종교적 연민의 재능을 잃어버린 건 오래전의 일이었다. 레인은 너무 많이 자라 버렸다.

"넌 가는 게 좋을 거야."

"널 알아볼 것 같아. 네 부모가 너를 녹색에서 풀어주는 길 도왔던 것 같기도 해. 그 마법은 결국 닳아 없어졌구나. 대부분 그렇지." 큰뱀은 몇 십 개의 뱀 엉덩이 중 하나에 기대 더 가까이 몸을 숙였다. "그럼 넌 잘해 나가고 있구나? 성공했니?"

"전 인터뷰를 하지 않아요, 큰뱀 씨."

그는 민첩하게 나무줄기에 몸을 감아 약간 더 높이 올라간 다음 가지에서 머리를 떨어뜨려 그녀에게 더 가까이 다가왔다. 그의 눈은 톡 쏘는 노란색이었고, 불친절해 보이지는 않았다.

"아주 영리하구나. 나도 그렇거든. 그게 나 같은 종류에는 소용이 없더라고. 모두 내 말을 아주 꼬아 버리니까."

"이제 가지 그래요?"

"나보고 가라고? 아, 나를 그렇게 보지 마. 나는 그저 오즈를 염려하는 시민일 뿐이야. 또 고대의 큰뱀 직계는 아니라고 해도 난 존경받을 만한 뱀이야. 그리고 그만큼 노인을 괴롭히는 젊은이들에 대한 애정으로 힘들어하지. 나는 네가 이 나무 밑에 파묻어 놓은 것이 무엇인지 알 수 있어, 오지앤드라 레이너리 코 오스카미 트롭 양. 그리고 난 귀를 땅에 대고 있으니까, 이건 작은 농담이다만, 네가 겪어 온 일에 대해서 좀 알아. 하지만 왜 네가 네 마음대로 쓸 수 있는 도구를 사용해서 그 일을 처리하지 않는지는 짐작하지 못하겠어. 그리고 내가 너한테 이야기하는 동안은 그 화강암 곤봉 좀 내려놓으시지. 그것 때문에 정신이 딴 데 팔리고, 그거 전혀 예의 바르지도 않은 물건이야."

레인은 둥근 돌을 내려놓았으나 손과 마음을 단단히 움켜쥐고 있었다.

"그냥 하는 얘기야. 너는 오즈 전체를 통틀어 가장 마법에 소질이 있는 혈통을 타고났어. 이 땅에서 본 것 중에서 가장 강력한 변화의 도구를 가졌고. 그리고 응답해야 할 너 자신의 욕구가 있지. 팁은 오즈마로 변했어. 너도 변할 수 있어. 너는 레인일 수도 있고, 다른 것도 될 수 있어. 뭐, 꼭 집어 이름을 붙이진 않겠어. 하지만 너는 너 자신에게 이름을 붙일 수 있어. 왜 저항하는 거야?"

"이만 가는 게 좋겠어요."

"난 내 후손에게서 아무 미래를 보지 못하면 그놈들을 먹어 버려." 큰뱀이 말했다. "네가 갓난아이 시절 소개받았는데 먹지 않았다면, 왜 지금 와서 내 독니를 네게 박겠어? 넌 지금까지 매우 잘해 왔어. 엘파바의 일이 완성되도록 도왔고, 어떤 면에서는 네 아버지의 일도 그렇게 도왔지. 넌 상을 받을 만하지 않아? 오 이봐, 날 그렇게 보지 마. 난 지금 도덕적으로 중립적인 문제를 화제로 꺼내고 있다고. 넌 한쪽 성이나 다른 쪽 성으로 있는 게 더 순수하다고 생각해?

그게 차이를 만든다고? 알아, 아무도 큰뱀에게 귀를 기울이지 않아. 그럼 나는 이제 약속한 대로 갈 거야. 하지만 그 문제를 생각해 봐."

그는 풀 사이를 미끄러져 지나갔다. 그 자리를 더 자세히 보자 뒤에 남겨 두고 간 허물이 보였다. 녹색 껍질이었다. 그것으로 칼집을 만들 수 있었다. 도로 아스파라거스로 돌아가기 전에, 레인은 허물에 손가락을 넣고 큰뱀 노릇의 마법을 느껴 보려고 했다.

✛✛✛

레인은 떠나겠다고 아버지에게 허락을 청했다.

"언제 너한테 내 허락이 필요했니?" 리르가 차분하게 말했다. 쾌활한 척하려고 시도했지만 서툴렀다. "하지만 누가 오즈마의 메시지를 가지고 널 찾아온다면 난 뭐라고 말할까?"

"그럴 일 없어요."

"레인." 그가 부드럽게 말했다. "누구든지 사춘기 이전 나이로 한 세기를 대부분 보낸 사람이라면, 자라는 법을 배울 때까지 시간이 좀 필요할 거야. 그런 일은 일어날 수 있어."

"그래요. 그리고 엄마가 돌아올지도 모르죠. 트리즘도요."

그는 상처받지 않았다.

"나는 한 명을 위해 앞문을 잠그지 않고 열어 두고 다른 한 명을 위해 뒷문을 열어 두었어. 그들은 내가 어디 있는지 알아. 나는 그들 둘 다 소중히 여겼고, 지금도 그래. 그들이 누구든 간에. 나는 트리즘과 캔들을 둘 다 사랑해. 네가 팁과 오즈마를 둘 다 사랑하는 것도 불가능하지 않아."

"말하지 않아도 다른 사람의 마음속에 있는 진실을 아는 건 불가능해요." 레인이 말했다.

리르는 동의했다.

"그래, '나는' 너를 사랑해. 혹시나 네가 궁금했을까 봐 하는 말이야. 그리고 내가 짧은 시간이나마 코끼리로 삶을 보냈다는 걸 잊지 마라. 사람들은 코끼리는 절대로 잊지 않는다고 말하지. 그리고 내가 살고 숨 쉬는 한 그건 코끼리뿐 아니라 인간으로서도 마찬가지라고 말할 수 있단다. 자, 잘 들어. 난 진심이야, 내 필사적인 아가야. 네게 메시지가 도착하면 어쩌지? 네가 어디로 갔다고 말할까?"

그녀는 대수롭지 않다는 듯 한 팔을 공중에 뿌리듯이 치켜 올렸다.

"아, 위로 높이요. 무지개 너머 어딘가일 거예요."

2

감옥에서 글린다는 깜짝 놀라며 일어났다. 투옥된 섯보다 요통이 더 괴로웠다. 그러나 봄의 낌새는 '남쪽계단'의 탁 트인 협곡 지붕까지 스며들어 내려왔고 그녀는 상쾌함과 앞으로 올 봄의 오만한 가능성이 훅 끼치는 것을 느꼈다. 글린다의 안경은 1년 전에 부서졌다. 사실 그녀는 이제 안경이 필요하지 않았다. 그녀는 감옥 문손잡이를 돌리고 있는 사람이 누구인지 알았다. 글린다는 졸린 듯이 그녀의 이름을 부르고 한마디 덧붙였다.

"이 사악한 것아. 넌 물론 천천히 즐거운 시간을 보냈겠지."

3

네서하우에 심어지고 그 아래 묻힌 『그리머리』의 마법을 먹은 엘파바의 빗자루는 빗자루 나무로 자랐다. 소규모 마녀들의 한동아리에 너끈히 빗자루를 공급할 만큼 되었다. 나무에 열린 빗자루들 사이로 쇄쇄 부는 바람 소리가 사람을 홀린다고 말하면 너무 지나칠까? 세찬 바람이 부는 어느 봄날, 레인은 그 보물 나무에서 빗자루 하나를 꺾었다.

그러나 레인은 어느 날 밤 아버지가 깊이 잠들고 이스키나리가 코를 골며 산탄에 맞아 거꾸러진 거위처럼 벽난로 앞에 쓰러질 때까지 기다렸다. 레인은 아버지의 삽을 어깨에 걸치고 도로 빗자루 나무로 가서 부드럽게 말했다.

"좋아요, 유모. 당신 발자취를 따라가겠어요."

그리고 레인은 『그리머리』를 파냈다. 훔쳤다. 아버지가 자기가 한 일을 알도록 삽을 나무 아래 두었다. 그 다음 레인은 그 강력한 책을 방수포에 싸고 등에 책띠를 묶었다. 레인은 켈스를 가로질러 서쪽으로 걸어가기 시작했고, 그 길은 몇 달이 걸렸다. 레인은 팁이 자기를 따라오는지 보려고 뒤돌아보지 않았다. 한 번도.

가을쯤에는 너무 추워서 계속 갈 수가 없었기 때문에, 스크로의 외딴 부족과 함께 겨울을 보냈다. 그들 중 아무도 엘파바 트롭이나 오즈마 티페타리우스에 대해 들어 본 적이 없고 레인의 피부색이나 천년 대초원을 건너온 그녀의 외로운 순례에도 관심이 없어 보였다. 레인은 스크로 말을 조금 배웠고, 얼음장 같은 바람이 울부짖는 긴 저녁 발이 묶여 천막 안에 앉아 있을 때 부족 사람들에게 오락이 되라고 도로시 이야기를 하려고 했다. 그러나 할머니 하나가 레인의 손목을 물었다. 관두라는 신호였다. 그래서 레인은 관두었다.

레인은 한두 번 조개껍데기를 꺼냈다. 오즈어를 배운 '동물'들에게, 그 다음 해 봄 뜨내기들에게. 그들은 서쪽으로 너무 멀리 와 버렸기 때문에 도로 문명이 있는 곳으로 갈 방향을 찾아 행복해했다. 그들은 껍데기를 보고 무관심하게, 놀라지도 않고 고개를 끄덕였다. 짜증나는 성질을 가진 혹투성이 모래 동물 한 마리는 아무런 말도 없이 서쪽을, 서쪽을 가리켰다. 훨씬 더 서쪽을. 그런 다음 모래 속에 몸을 파묻고 아무리 간청해도 나오지 않았다.

한번은 드래곤 알 한 배를 모래 속에서 보고, 그대로 놓아 두었다.

그렇지만 드래곤 생각에 그녀는 처음으로 빗자루에 다리를 걸쳤다. 그녀가 손바구니 속에서 지옥에 갈 거라면, 날아서 가면 더 빨리 그곳에 가서 다 끝내겠지.

그녀는 단서를 기억해 내며 계속 갔다. 쿼들링 나라의 커다란 소금물 습지. 그곳 거대한 축대에 채색된 물고기 그림에다 해마다 다시 생생하게 덧칠을 했지. 오즈의 그 어느 호수에도 강에도 살고 있

610

지 않은 거대한 물고기. 오벨의 모래턱은 선창처럼 되어 있고. 오즈 지도 왼편 가장자리에 찍혀 있는 조개껍데기 문양. 글린다 부인이 아가씨물고기의 회당을 일종의 시장 중심지로 해석한 것. 사원보다 더 중요한, 오히려 제국의 기반에 더 가까운 것. 물고기 꼬리를 가진 여신이 지배하는 제국.

조개껍데기가 네게 말하는 것에 귀를 기울여라.

✤✤✤

별로 빠르지는 않지만 초원이 모래로 바뀌기 시작한 것을 레인은 알아차렸다. 초원은 레인이 빗자루에 타고 이만큼은 높이 올라갈 수 있다는 것을 알게 된 높이(그다지 대단한 높이는 아니었다.)에서 볼 수 있는 만큼 멀리까지 펼쳐져 있을 것이다. 그 너머로는 풀이 난 사이 사이 모래밭이 나타나다가 결국 초원이 사라질 것이다. 사람들은 그것을 끝없는 모래밭이라고 불렀고, 레인은 그 이유를 알았다. 모래가 물결과 물마루를 이루며 물결쳤다. 맑은 날에는 정지 상태로, 어둠 속에서는 맹렬하고 활동적으로, 밤을 기반으로 움직이고 다시 모습을 바꾸었다. 모래에 난 길은 없었다. 모래는 끝없이 자기 지리를 다시 고쳐 썼다.

그러나 그 다음 또 초원이 약간 나오고, 그 너머에 다시 사막의 견본이 나왔다. 세계는 지도가 보여 주는 몇 개의 점처럼 확고하지 않았다.

떠난 지 거의 1년 후, 레인은 빈쿠스 남서부 크본 알타의 서쪽 어딘가에 직접 지은 임시 오두막에서 일주일 동안 살고 있었다. 심한 기침병으로 하늘에서 내려온 것이다. 죽어 가고 있고 죽을지도 모르면서 그것을 알아차리지 못하고 황무지의 번갈아 나오는 땅 조각들 위로 영원히 날아가게 될까 봐 두려웠다. 레인은 매일 밤 조개껍데기 위에 구슬같이 맺히는 독한 술의 이슬을 모아서 핥았다. 아슬아슬하게 말라죽는 꼴을 면하고 있었다. 이제 시간이 많이 남아 있다고는 생각되지 않았다.

레인은 『그리머리』를 사막에 놓아두고 떠나고 싶지 않았다. 자기가 그랬듯이, 어느 전갈이 그것을 찾아 읽는 법을 저절로 깨우칠지도 몰랐다. 어느 날 새벽 거의 열에 들떠서 그녀는 조개껍데기를 가져와 그것으로 최대한 영양을 섭취한 후, 옛날의 삶을 추억하며 다시 한 번 뿔피리의 부러진 끝을 불었다.

오즈미스트들조차도 사막 속에서는 살아남을 수 없어. 레인은 혼자 생각하며 해가 뜰 때 잠에 빠졌다. 바람이 불어 레인의 지붕을 날려 버렸지만 레인은 현실에서 너무 떨어져 나온 나머지 알아차리지도 못했다. 해가 광활한 하늘을 지나며 레인의 초록색 피부를 갈색으로 얼룩덜룩하게 태워 버리겠다고 위협했다. 질끈 감은 눈꺼풀 뒤에서 붉은 빛은 피로 된 실처럼 꿈틀거렸다.

정오 무렵, 갈증으로 의식이 혼미한 채 레인은 눈을 떴다. 그녀는 뼈로 된 사람이 근처에 서서 자기를 내려다보는 모습을 본 것 같았다. 녹색 나뭇잎으로 된 외투를 걸친 모습이었다. 산소나무, 전나무, 호랑가시나무, 월계수. 있을 수 없는 생명체. 그 해골이 그녀를 보았다. 해골은 미소 짓는 것 같았다. 모든 해골은 미소 짓는다. 레인은 눈을 감고 그 모습을 잊었다.

612

＋＋＋

다시 그곳.

북쪽 농장 집 마당의 수탉 한 마리가 꼬꼬댁거리며 침묵을 깨뜨렸다. 달 없는 한밤중에 무엇인가 보이지 않는 것이 닭을 깨워 놓았다. 농부가 국자를 던져 위협하자 수탉은 조용해졌다.

위카샌드 터닝 바깥 거니네임에 희귀한 뼈 오크나무 숲이 있다. 수세기 동안 시들지도 않고 씨도 맺지 못하는 것으로 유명한 그 숲이 갑자기 확 꽃을 피웠다. 그 꽃들은 빛이 났다. 희지는 않지만 풍성하고 부드러운 옥색이고 가장자리는 연보랏빛이었다. 송로를 찾고 있던 대식가 하나가 그 광경을 발견했고, 그 미스터리를 캔버스 위에 담기 위해 한동안 화가들이 벌 떼처럼 몰려들었다. 그러나 캔버스 위에서 그 효과는 언제나 너무 놀라웠다. 마치 가짜로 그린 것처럼 보였다. 결국 대부분의 캔버스에는 덧칠이 되었다. 예술의 후원자들은 뼈 오크 꽃이 하얗거나 죽어 있는 쪽을 더 좋아했다.

새벽의 켈스워터. 거대한 거북이 넓적한 돌 판 하나가 다른 하나 위에 무너진 것처럼 괴어 있는 갈라진 틈으로부터 기어 나왔다. 거북은 수명 200년 중에서 80년을 은밀한 명상과 기도와 금식 속에서 살아왔고 아직은 우물거리는 긴 한평생에서 오전 나절이었다. 이 책과 이 전 책의 책장에 서술된 역사는 이 거북을 무시했으며 그녀도 그 역사를 무시했다. 그런 가차 없는 무시에 좌절하지 않고 거북은 곰팡이가 핀 지느러미 발을 움직여 앞으로 나아갔고, 녹처럼 붉은 각질로 덮여 딱딱한 부리는 공중을 긁었다. 지평선 너머로 새어나오는 빛이 호수를 장식한 잔물결 위에 걸렸다가 빠져나왔다. 보이지 않는 빗방울이 퍼뜨리는 것 같은 작은 원들이 호수 표면을 주름잡았다. 거북은 기억했다. 그녀는 그 소동이 물 위에서 스웜깃들이 벌이는 아침 활동이라는 것을 알았다. 그리고 맑은 아침 벌레들의 모임에 스웜깃이 미끄러지듯 들어오면 멀지 않은 곳에 배고픈 잉어나 호수 송어가 있다는 것도 알았다.

그런데…… 그런데 이곳은 퀠스워터. 죽은 호수다. 그러나 거북은 구태여 토를 달지 않았다.

✦✦✦

식물과 동물들에게는 이것이 그렇게 보였다. 오즈 어딘가의 다른 곳에서(어느 지방인지, 어느 도시인지는 중요하지 않다.) 스리퀸스 칼리지를 갓 졸업한 점잔 빼는 아데노이드증 선생 하나가 지방 학생들을 을러 가며 글자와 도덕을 익히도록 몰아 댈 교사 자리를 잡았다. 훈육의 고마움을 일찍부터 본보기 보여 줄 생각으로, 선생은 빽빽한 철망으로 만들어진 작은 상자를 교실로 가져갔다.

"이리 와서 이걸 봐라." 자기가 맡은 소년소녀들에게 그가 말했다. "우리는 자연 세계를 경계해야 한다. 자연의 폭력과 이기심의 습관에서 배우고, 자연이 살아남을 수 있도록 길들여야 한다. 나는 오늘 아침 난로 위에서 전에는 오즈에서 전혀 알려지지 않았던 종류의 곤충 한 마리를 발견했다. 나는 스리퀸스의 피닉스 교수 아래에서 곤충학과 나비학을 공부했기 때문에, 벌레에 대해 일가견이 있다고 자부한다. 이건 현존하는 어느 종의 변종이야. 더 작고, 더 약삭빠르고, 더 교묘한 위장용 색깔을 갖고 있지. 이놈이 번식할 수 있다면, 우리의 '끝없는 나뭇잎 속의 오즈' 전체를 갉아먹으며 돌아다닐 수 있을 거다. 우리 자신을 보호하기 위해 난 이놈을 이 상자 안에 가두었어. 이놈은 '초원'의 메뚜기나 늪의 양치류 메뚜기와 아주 약간 관계가 있어 보인다. 기분이 좋을 때는 다리를 비벼 음악소리를 내지. 지금은 기분이 좋지 않아. 하지만 우리는 이놈이 상자 안에서 기분 좋아지는 법을 배우게 만들 거다. 그리고 너희들도……."

아직도 오줌을 쌀까 봐 기저귀를 두 겹으로 차고 있는 제일 어린 학생이 구석에 놓인 버드나무 회초리를 집어 들어 항의도 아랑곳없이 그것으로 선생의 손가락을 찰싹 때렸다. 다른 학생들이 폭동을 일으켰다. 학생들은 창밖으로 책을 내던지고 선생을 몰고 가 닭장 속에 가두었다. 선생은 오전이 다 가도록 그 안에 앉아 흐느끼고 있었다. 학생들은 모두 동시에 점심을 먹고 포장지가 바람에 날아가도록 학교 운동장에 남겨두고, 그 귀뚜라미를 상자에서 놓아 주면서 무정부 상태에 대한 충성의 노래를 불렀다.

이 모든 사건 속에서 너무 많은 것을 읽으면 안 된다. 거칠어지는 것은 때로 아이들의 천성이다. 그리고 다른 땅에서 온 어느 여행자가 우리에게 일깨워 주었듯이, 거칠음 속에 세계의 구원이 있다.

✦✦✦

그게 그날 저녁인지 다음 날 저녁인지, 레인은 정신을 차렸다. 저녁 공기는 충분히 서늘했다. 우산이 지는 햇볕으로부터 레인의 얼굴을 가려 주고 있었다. 레인은 환상을 보고 있는 것이 분명했다. 레인은 돌아 버린 자기 정신에 감탄하여 말했다. "정말 좋아."

"네가 좋아했으면 했지." 낯익은 목소리가 말했다. 이스키나리가 뒤집힌 천 사발 같은 우산 뒤에서 내다보았다.

"네가 죽음의 천사야? 맙소사. 넌 살아서도 나를 충분히 겁 줬잖아. 나와 함께 저승의 강을 건너가진 않을 거지, 응?"

"아주 재미있군. 크래커 하나 먹어." 이스키나리는 애를 써서 목에 매단 작은 가방으로부터 단단하고 둥근 비스킷을 물어 끄집어냈다. "걱정 마, 이건 꼬마 다피의 이상한 컵케이크가 아니니까."

"이 판엔 그거라도 반갑기만 하지. 여긴 뭐 하러 왔어?"

"나는 거의 1년 동안 네 뒤를 따라왔어. 그 혹독한 겨울이 지나고도 네가 초원에서 돌아오지 않으니 네 아버지가 너를 찾으라고 나를 보냈지. 듣자니 넌 계속 길을 갔다더군. 난 네 눈에 띄지 않게 몇 달 동안 몇 킬로미터 뒤에 대기하고 있었지. 주제넘게 굴고 싶지 않았거든."

"아, 가끔씩 약간 주제넘은 건 환영이야."

"넌 탈수 상태야. 내가 그 조개껍데기를 가지고 날아가서 어디서 신선한 물을 좀 가져올게."

"여긴 물이 없어."

"넌 어디서 찾아야 하는지 모르는 거야."

그것이 짜증나는 신기루가 아니라 진짜 이스키나리라면, 그는 팔걸이 붕대 같은 것으로 조개껍데기를 몸에 붙여 지니고 나가서 한동안을 있었다. 그런 뒤 돌아오자 조개껍데기의 우묵한 곳에 찰랑찰랑하게 물이 차 있었다. 레인은 어찌나 빨리 마셨던지 대부분을 도로 토해냈다. 이스키나리는 상관치 않았다. 그는 물을 더 갖다 주었고, 레인은 두 번째 물을 더 깔끔하게 마시고 토하지 않았다.

✢✢✢

아침에, 혹은 그 다음 날 아침에 레인은 다시 몸이 좋아졌다.

"네서하우에서 여기까지 내내 그 우산을 가져온 거야?"

"어떤 밤에는 그걸 쓰기도 했어. 내 깃털은 점점 빠지고 있고 방광도 예전 같지 않아."

그래, 이스키나리는 나이 든 거위였다.

"넌 한 번도 날 좋아하지 않았는데."

"지금도 널 안 좋아해. 하지만 나는 네 아버지의 단짝친구니까, 개인적인 감정은 옆으로 제쳐 두자고. 장담하지만, 우리에겐 갈 길이 있잖아."

"얼마나 더 멀리 가야 하는지 난 몰라."

"나도 몰라." 이스키나리는 레인을 보고 미소를 지었는지 찡그렸는지 했다. 거위에게서는 그 차이를 알기 어려웠다. 특히 이스키나리에게서는. "하지만 내 생각엔 우리는 가장자리에서 그리 멀지 않아."

"가장자리라." 그녀가 말했다.

"네가 가는 곳."

"넌 내가 어디로 가는지 모르잖아."

"궁극적으로는 모르지."

그들은 이 교착 상태에 대해 한동안 생각에 잠겼고, 그 다음 이스키나리가 수그러들었다.

"네 아버지는 대단한 마법사는 아니야, 그렇지?"

"대단한 아버지도 아니에요."

"하지만 키노트와 '새들의 회의'와 함께 날았을 때, 그는 새로서는 아주 훌륭했어. 그는 약간 배웠지. 충분히 배우지는 않았어."

레인은 다음 말을 기다렸다.

"새들은 언제나 알고 있었어." 이스키나리가 말했다. "최소한 어떤 '새'들은. 하지만 새들과 새들은 보통 자기들끼리만 간직했지. 그들은 동류들끼리 몰려다녀. 그들에게 자신들과 다른 자들과 어울려 다니라고 설득하려면 아주 드문 영혼이 있어야 해. 너희 아버지는 드래곤들이 처음에는 오즈를 위협하고, 모든 새들에게서 하늘을 빼앗고 모든 기어 다니는 생물들에게서 땅을 빼앗겠다고 위협한 그 어두운 시대에 그런 운동을 벌였어. 리르는 네가 지금 날듯이 자기 빗자루를 타고 우리와 함께 날았어. 그는 우리에게서 더 많은 것을 배웠을 수도 있겠지만, 그는 젊었고 새들은, 음, 새들은 자진해서 많은 것을 하지는 않아. 그런 건 그들의 천성이 아니야. 그들은 중립적이고, 매력적인 과묵함을 가지고 있지."

"어떤 새들은 그렇지." 레인이 인정했다. "넌 말고."

"그래서 우리는 알았어." 이스키나리가 말을 계속했다. "우리는 언제나 알고 있었고, 아니면 어쨌든 소문으로 들었어. 우리는 네게 우리가 들은 것을 말할 수도 있었어. 난 네게 말할 수 있었어. 인간들은 너무나 맹목적이라서, 눈은 땅에 두고 자신이 언제나 중심에 있어. 새들은 자신이 무엇의 중심이 아니라 모든 것의 가장자리에 있다는 걸 알아. 지도의 끝에. 우리는 누군가의 지평선이 다른 사람의 지평선을 스치는 곳에만 살아. 우리는 사물의 가장자리에서만 목격되지. 하지만 사물의 가장자리에서, 우리는 많은 것을 목격해."

"내가 가십이나 이야기하려고 이 몇 달 내내 따라온 게 아니야." 이스키나리는 화가 난 듯이 보였다. "나는 네게 계속 가라고 말하려는 거야."

"흠, 그럼 좋아. 하지만 내가 옳다면, 나는 혼자 갈 거야."

"너는 땅에서의 규칙을 만들렴. 나는 공중에서의 규칙을 만들 테니까."

레인은 출발했고 그가 따라오고 있는지 보려고 뒤를 돌아보지 않았다. 레인은 그가 발톱에 접은 우산을 끼고 따라오고 있다는 것을 알았다. 그녀가 그것을 들고 간다면 더 친절한 일일 테지만, 레인은 친절할 마음의 준비가 되어 있지 않았다.

✢✢✢

그날 밤, 레인은 따끔거리는 풀밭 속에서 잠을 자다가 팁의 꿈을 꾸었다. 사실은 그것이 팁인지 오즈마인지 몰랐다. 그 꿈은 레인이 욕구와 후회와 희망을 동시에 맹렬히 품게 만드는 꿈이었다. 그녀는 따뜻한 날이었는데도 식은땀으로 축축해진 채 어둠 속에서 깨어났다. 레스트워터에서처럼 안개 같은 것이 사초 위에 매달려 있는 걸 보니 따뜻한 날이 맞았다.

레인은 혼잣말을 했다. 마침내 메시지가 도착했기 때문에 아버지가 이스키나리를 보내 나를 쫓아가게 한 걸까?

그러나 레인은 어느 쪽 답이 나오건 대답이 두려워서 그 거위에게 묻지 않을 것이다. 그녀는 알 준비가 되어 있지 않았다.

✢✢✢

레인은 쭈그려 앉을 장소를 찾은 다음 이스키나리와 함께 아침을 먹었다. 마른 비스킷이 더 많이 나왔다. 맛있었다. 바람, 그림자들의 세계. 빛나는 검은 벨벳 위를 가로지르며 보이지 않는 실에 매달려 있는 조롱하는 별들. 그들은 말을 하지 않았다…… 소녀도, 거위도, 별들도.

새벽이 가까이 왔을 때, 그녀는 풀밭을 터벅터벅 걸어 가까운 비탈 꼭대기로 갔다. 날이 맑을지 보고, 다음에 펼쳐진 지역이 슬쩍 보이는지 보려고 간 것이다.

비탈 너머 절벽 가장자리에서, 땅이 줄어들어 돌아오는 곡선 길이 되었다. 더 심한 바람이 깎아낸 비스듬한 면이었다. 공기는 더 강하고, 더 무뚝뚝하고, 더 차갑고, 톡 쏘는 맛이 더욱 가득해서, 마치 바람을 타고 불어오는 낯선 식초 냄새 같았다.

레인은 계속 길을 갔다. 비탈을 내려가 그 다음의 곡선 길을 올라갔다. 바람은 레인이 전에 땅에서는 한 번도, 한 번도 들어 본 적 없는 포효를, 소음을 품고 있었다.

안개는 여러 겹의 채색된 스카프가 되었다. 그 스카프를 통해 레인의 등 뒤로 햇빛이 소용돌이치며 초자연적인 언덕들을 금빛으로 빛나게 만들었다.

그것은 땅의 언덕이 아니었다.

세계의 가장자리는 물이었다. 눈으로 볼 수 있는 한 멀리까지 물. 부채꼴 바닷가에서 수평선까지 물. 끝이 없었다. 결국 그 소리는 바람 소리가 아니라 움직이는 물의 소리였다. 모래에 끝없이 밀어닥쳐 모래를 때리고 도로 물러가는 물소리. 물거품을 내뱉는 공장 같았고, 소금기가 눈을 찔렀다. 물의 무게가 이쪽저쪽으로 몰리면서 철썩거렸고, 아연 빛깔로 비스듬히 줄무늬가 졌다. 에메랄드, 새끼양의 양털, 터키석. 울고 있는 거대한 세계의 테두리.

레인은 거위를 기다리지 않았다. 그녀는 빗자루에 다리를 걸치고 즉각 출발했다. 이 힘에 거스르려면 새로운 비행 기술이 필요할 것이다. 그날 나중에, 만약 버텨 낸다면 레인은 뒤를 흘끗 돌아보고 거위가 자기의 출발을 예견하고 1마일 정도 뒤에서 꾸준히 보조를 맞춰 따라오는 모습을 볼 수도 있을 것이다. 그녀는 그렇게 될 거라고 믿었다.

레인은 이것만 계획할 것이다, 새가 그럴 것처럼 세상 속으로 움직여 나아가, 알 수 있는 모든 것의 가장자리에 앉는 것. 거기서 아래의 물과 위의 하늘과 함께 공중에서 빙글빙글 돌 것이다. 아무리 높이 올라가도 오즈의 악취, 오즈의 숨결이 느껴지지 않고 어떤 지평선에서도 오즈의 모습이 보이지 않을 때까지 기다렸다가 그 책을 놓아 버릴 것이다. 책이 신화의 바다 속으로 처박히게 할 것이다.

책의 마법을 움켜쥐지 말고, 삶을 살자.

뒤를 향해 돌아서서 그것이 어땠는지 바라보자. 아니면 앞을 향해 돌아서서 새로운 것을 배우자.

알려진 모든 것으로부터 한참이나 위로 올라와 소녀는 바람의 앞쪽 끄트머리를 타고 균형을 잡았다. 그 모습은 마치 사나운 공기에 휘말려 올라가 빙글빙글 돌며 날아가는 바다 그 자체의 초록색 얼룩 같았다.

그 나라에 대해 이야기할 것은 많이 남지 않았네.
멀리 떨어진 파란 태양, 구름 띠 속
물의 잎맥. 단단한 땅 그 자체는
평범하지. 낯익은 유적들에
선돌들이 흩어져 있네, 우리 사람들이
해독하는 능력을 잃어버린 돌.
우리가 얼마나 깊이 잠들었던가? 해파리 아래에서
상록수의 산형 꽃차례는, 각각이 하나의 꿈,
그리고 기운 넘치는 별들, 낯선 흐름들이
우리의 생각을 태피스트리처럼 잡아당겨
풀어헤쳐 전쟁으로 만들지. 모든 봄
나이팅게일은 녹색 화산의 입술 위에 올라앉았네.
쥐들은 사원을 포기했지.
내 마음은 떠나기를 갈망하는 항해였다.
—토드 히어런, 「아틀란티스」에서

……우리는 표시되지 않은 세계에서 제2의 삶을 사는 법을 배
워야 한다.
—론 매클린, 「오리 변주곡」에서

감사의 말

이런저런 방식으로 'Out of Oz'를 종이 위에 펼쳐내는 작업을 도 와준 여러 친구와 동료들, 한 분 한 분 모두 감사합니다.

—멋진 재킷과 케이스, 삽화와 지도를 그려준 화가 더글러스 스 미스.

—꼼꼼하게 원고를 읽고 도움이 되는 논평을 해 준 데이비드 그 로프, 베티 레빈, 앤디 뉴먼.

—같은 면에서 '존 호킨스 앤드 어소시에이츠'(출판대행사)의 월 리엄 라이스.

—캐시 존스, 리에트 스털릭, 린 그래디, 그리고 하퍼콜린스의 다 른 훌륭한 분들. 리치 애쿠언, 벤 브루턴, 제시카 디퓨테이토, 태비 어 코발처크, 숀 니콜스, 리사 스토크스, 나미체 왈리야야, 첼시 에 멜하인츠, 로리 영.

—뮤지컬 「위키드」의 프로듀서와 크리에이터들과 공연자들. 고 국과 세계 전역에서 그들의 멋진 공연은 내 삶의 끊임없는 배경 멜

로디가 되었다.

—기술적인 문제부터 회계 문제에 대한 밤샘 포스팅에 걸친 위기관리를 해 준 GM 사무실의 스코트 글로리오소, 로리 셸리, 엘리자베스 윌리엄스. 그러나 내가 색인을 만들고 '위키드 연대기' 첫 세 권의 시놉시스를 쓰도록 도와준 에밀리 프라바커에게는 특별히 감사한다. 그 시놉시스는 내가 복잡한 이야기를 복잡한 결론으로 이끌어 가는 데 매우 귀중한 지도이자 가이드였다.

—소설을 끝맺을 때 자신들의 작품을 인용하도록 허가해 준 토드 히어런과 론 매클린.

—소설 책장 속에서는 찾을 수 없는 모든 삶에 대하여 앤디와 머과이어 뉴먼의 다음 세대들에게 감사한다.

코다

이 책의 표지를 덮고 작가가 책장 속으로 가라앉아 자신이 창조한 인물들을 통해 살고 그 인물들 옆에서 살도록 허락해 주기 전에, 그 곳에서 마지막으로 바라보라. 우리의 수평선 너머를 보는 다음 눈길들은 다른 것을 보게 될 것이다. 제기하고 탐험해야 할 독립된 논점을 재촉하는 새로운 것을.

해뜨기 전의 오즈. 고대의 동트기 전 빛은 하늘 아래의 대지를 미스터리로 만들고, 모든 익명의 삶들을 훨씬 더 미스터리로 만든다. 지친 별들은 깜박깜박 꺼지고, 구름의 얼룩이 창백한 마리골드 빛 여명과 한밤중을 갈라낸다. 얇은 하늘은 그 단계를 조금 더 오래 지속하면서, 지상에 묶여 있는 권태와 부활, 절망의 드라마, 개인적인 포부와 희생의 드라마, 국가적인 수고와 수치의 드라마를 가린다. 반가운 기억 상실과, 우리의 잠들 수 있는 능력, 어둠 속에 사라질 수 있는 능력. 오늘은 우리를 금세 부끄럽게 하고 영광을 주기 위해서 스포트라이트를 비출 것이다. 그러나 머지않았다, 사랑스러운 이여. 우리는 기다릴 수 있다.

해가 뜰 때의 오즈. 어떤 높이에서건 윤곽은 알아볼 수 있다. 그레이트 켈스의 쇠를 깎아 만든 듯한 봉우리, 마들렌 산맥의 푸딩 같은 산언덕들. 시즈, 브라이트 레틴스, 에메랄드 시의 묘한 질감으로 돌출된 윤곽. 어둠 속 픽셀 단위의 점 몇 개는 무시하자. (일찍 일어나는 사람들은 병든 친척과 함께 사는 사람이거나 밤늦게까지 책을 읽는 학자들, 그 정도뿐이다.) 이 시간에는 해도에 그려 넣을 수 있는 인간의 산업과 야망은 거의 보이지 않는다. 이것은 겨우 막 살아나기 시작한, 거칠게 생략된 풍경이다. 번진 연필로 그려진 지도이자 초벌이다. 빛이 도착하면 많은 것을 채워 넣어야 한다. 그러나 그 지도를 내가 발견할 수 있는 곳에 남겨두어서 고맙습니다, L. 프랭크 봄 선생님.

세계가 깨어나 어둠 속에서 옷을 입고 일상적인 겉모습을 걸치는 것을 바라보면 우리가 어둠 속에서 빠른 걸음으로 걸어가며 멀리서 누군가를 마주칠 때 인간의 성격을 어떻게 헤아리는가 하는 생각이 난다. 우리는 거리의 그 남자를, 숲속의 그 아이를, 우물가의 그 마녀를, 우리 사이의 사자를 빠르게 흘끗 볼 수 있을 뿐이다. 대부분의 경우, 우리의 첫인상이 도와주어야 한다.

그렇지만 앞으로 몸을 기울일지 눈을 돌려 버릴지 선택하기 전에 우리는 그 첫 번째의 거친 눈길, 절대로 믿음직하게 끌어안을 수도 버릴 수도 없는 날것 그대로의 가설만 갖고 있는 경우가 많다. 정말로 얄팍한 근거지만, 일단 읽어 낸 것의 단순한 암시와 메아리를 꿰어 맞춰 우리는 서로 소중히 여기는 위험을 무릅쓴다. 곧 빛이 우리를 눈멀게 하겠지만, 어둠 속에서 알게 된 것이 우리가 견딜 수 있게 해 준다.

또한 읽음은, 어둑어둑함 속에서라도, 잃어버린 것을 불러들인다.

옮긴이 이지연

편집자, 번역가, 소설가. 어슐러 르 귄의 『어스시의 마법사』, 아서 클라크의
『2010 스페이스 오디세이』, 그레고리 머과이어의 『위키드』 등을 옮겼고,
SF 앤솔로지 『책에 갇히다』, 『퍼스트 콘택트』 등에 단편소설을 실었다.

위키드 6

오즈마 이야기

———

1판 1쇄 펴냄 2013년 3월 10일
1판 6쇄 펴냄 2020년 4월 8일
2판 1쇄 찍음 2024년 12월 1일
2판 1쇄 펴냄 2024년 12월 5일

지은이 · 그레고리 머과이어
옮긴이 · 이지연
발행인 · 박근섭, 박상준
펴낸곳 · (주)민음사

출판 등록 · 1966. 5. 19. 제16-490호
서울특별시 강남구 도산대로1길 62(신사동)
강남출판문화센터 5층 (우편번호 06027)
대표전화 02-515-2000 · 팩시밀리 02-515-2007

www.minumsa.com

한국어 판 ⓒ (주)민음사, 2013, 2024. Printed in Seoul, Korea

ISBN 978-89-374-2844-9(04840)
ISBN 978-89-374-2820-3(세트)

* 잘못 만들어진 책은 구입처에서 교환해 드립니다.